鄭騫著

景午叢編 上編

臺灣中華書局印行

自序

這部景午叢編共收專著通論書評雜文等八十六篇，是我六十五歲以前所寫零篇文章的全部。這些文章，內容頗爲庬雜，篇幅之長短也是相差懸殊，不像一部文集，只好叫作叢編。景午則是我生之年的干支丙午的代字。唐人避高祖之父李昞的嫌名，丙午丙申等字樣用景字代替。我生爲現代人沒有避唐諱的必要；但景午似乎古雅一點，又有麗日中天之象，這是一天之中我最喜歡的時刻。於是，取此二字以名斯編，把牠印出來，就正於當世碩彥。我另有幾部專書，幾篇字數較多的論文，或已有單行本，或準備將來陸續印行。

全書依內容性質分爲二集。上集收通論書評雜文等六十二篇，內容限於詩詞散曲戲劇。其中三十一篇曾於民國五十年結集，由臺灣科學出版社印行，名爲「從詩到曲」。現在照原來編次重印，又續添三十一篇，有當初未收的，有後來新作的，已印行的也偶有修改或加附記；仍用舊名而註明是增訂本。下集收專著二十四篇，都是考據性質的，內容仍以詩詞曲劇爲主，而旁及史傳與小說。命名爲「燕臺述學」，以紀念我四五十年來求學教書的兩個學校，燕京大學與臺灣大學。我的文章都是在這兩個大學撰寫的。兩集的區分，在內容性質而不在篇幅，從詩到曲固然都是萬餘字以下的短篇，燕臺述學則長者五六萬言，少者三四千字。文章的次序，或按年排列，或以類相從，隨時制宜，不拘定格。文體則各篇忽而文言，忽而白話，這是我寫文章的大毛病，積習已深，想改也改不過來了。但一篇之中還是極力避免夾雜。

這些文章，多數曾經發表，都在文後註明寫作年月及發表處所。承各刊物主持人許可彙編成集，謹在此一併致謝。臺灣中華書局經理劉紹安先生、編輯主任孫再壬先生允爲印行全書，從詩到曲初版發行人曹沭珏先生慨允重印，尤爲銘感。

鄭　騫　民國六十年三月

從詩到曲初版自序

飽食終日無所用心的生活最爲難過，讀書寫作從古以來即被認爲賢於博弈，敝帚自珍則是人之常情；所以我過去在讀書之餘曾寫過若干篇文章現在又把其中一部分印成這本集子。全書三十一篇，都是與詩詞曲有關的論文這三種文體發展的順序，是由詩而詞而曲，一般人也是按照這個順序去誦讀他們，因此這本集子就定名爲從詩到曲。若蒙長者及朋輩不棄，賜予教正，我當然非常感奮；若有比我年輕的初學者能從此中得到一些啓發，也是使我非常欣悅的事。

我過去所寫關於詩詞曲的文章並不止此數，這裏所收錄的只是篇幅比較短、內容比較淺近而啓發性較多的一部分，凡是長達一萬餘字以上的專論，都未收錄。我印這本書的主要目的是輯存舊作，那些專論都有抽印本，容易保存，暫時沒有重印必要；本集所收則都是從報章雜誌上剪下來的零篇，極易散失，而且形式參差，不便於閱讀，有些篇因爲日久甚至字跡都模糊了。還有若干篇，我預備把他們附入有關的專書，如載於大陸雜誌的北曲格式的變化，即可附入我所編北曲新譜而不必收入文集。

曹逑珏先生在他主持的科學出版社爲我印行這本書並親任校對，這是我要特別致謝的。大陸雜誌發行人董彥堂先生、編輯趙鐵寒先生，文學雜誌發行人劉守宜先生、編輯夏濟安先生、侯健先生，惠允我重印在他們的刊物上發表過的文章，在此一併致謝。

鄭　騫

民國五十年八月

目錄

論讀詩

新文學運動起來以後，詩也發生了新舊的分別。這種分別，在以前不是沒有。以前雖然沒有新詩舊詩的說法，卻有所謂古風與近體。古風還不是舊詩？近體還不是新詩？六朝後期講求聲病對偶的五言古詩，也有人叫牠「新體詩」。到現在，無論古風、近體、新體，都成了舊詩了。本來所謂新舊，只是相對的而不是絕對的。只有在某種文體演變的時期，有所謂新舊的分別。在這時期，舊的固然漸趨沒落，新的也不過方在發展。到了新的發展成熟的時候，舊的已竟消融在新的之內，新的已竟確立，成爲蒼老的枝幹，不再是柔嫩的萌芽，也就無所謂新舊了。現在講到詩，新舊異同的觀念依然存在，正足以表明我們這一期的詩的文學，尚未發展完成。那麼，在新舊之分未能盡泯的時候，我們讀詩還是讀舊詩呢？還是讀新詩呢？我以爲在創作方面，應當作各種新的嘗試；爲了獲得嘗試創作的能力根柢，還是要讀舊詩。

詩體的需要轉變，已是不能否認的事實。王國維先生在人間詞話卷上裏，有這樣一段話：

四言敝而有楚辭，楚辭敝而有五言，五言敝而有七言，古詩敝而有律絕，律絕敝而有詞。蓋文體通行既久，染指遂多，自成習套，豪傑之士，亦難於其中自出新意，故遁而作他體，以自解脫。一切文體所以始盛中衰者，皆由於此。故謂文學後不如前，余未敢信，但就一體論，則此說固無以易也。

他所論詩體發展的程序，雖有商量餘地，而所論原理，則是對的。所謂敝，卽是衰微、凝固。衰微則不能活躍，凝固則無從發展。以前通行的詩體之衰微凝固，絕不自今日始，遠在南宋末年，一切古風律絕，已竟沒有多少活躍發展的生命力。元明以來沒有像以前那樣偉大的詩家，正是詩體已僵的緣故。詞曲只能算是詩的新生支流，並不能繼承古風律絕而作詩的新體。因爲牠們始終受着音樂譜律的支配，不能徹底盡量發揮詩的作用。所以，我以爲元明以來，詩只有變格的發展而沒有本格的發展。本格的發展，正有待於今後數十年中文學者的努力。因爲現代人的生活文化，與以前截然不同，人們的心境比較以前複雜廣大，僅靠受音律支配的詞曲，和受平仄對仗束縛的律絕，固然不足以容納表現近代人的思想情感；卽使用格式比較自由，伸縮性較大的古風，也還是不能收此功效。勢非另換新體不可。但是，二三十年來，新體詩運動的成績，究竟在那裏呢？新詩界起初還有蓬勃的生氣，後來頗有些荒蕪枯竭了。所以然的原故，一言以蔽之曰：一般作者的根柢不够。近年以來，老輩的新詩作家，或者根本改行，不再從事於此，或者跳回舊詩裏邊去尋求根柢，暫時還不會跳出來。(自然有人不想再跳，有人想跳也跳不出來了。) 他們的新詩，只是當年的嘗試作品。後起之秀的新詩作家，卽使知道從各方面尋求根柢，也因年齡經驗的關係，而感到工力不足。何況還有些人根本就有偏執之見，或者畏難的心理，而不肯旁求博覽，轉益多師，或竟茫然而不知所從呢。於是近年來的新詩界，遂呈上述荒蕪枯竭的現象了。

文學上的演化，只是一種新陳代謝式的遞嬗。正如所謂「薪盡火傳，」薪雖有舊有的與新添的分別，而新的薪並不能自燃，牠的火焰還是從舊的薪那裏傳來的。又如人體機能的新陳代謝，各部分的細胞，雖有老死與新生的不同，而生命力則只有一份，遞相傳授。如果眞有所謂世界末日，到那一天，現世界的一切，全都完事，甚麼也不必說了。只要還有這個世界，以往人努力的成績，會永遠存在。這與「日光之下，並無新事，」一樣是至理名言。時至今日，新詩雖在急切的需要，而情感意境的啓發涵泳，文辭技巧的運用觀摩，還是非借重舊詩不可。要緊在怎樣把從舊詩裏得來的資料，提鍊淨化了，運用在新詩裏。在今日而讀舊詩，絕不是迷戀骸骨，因爲舊詩根本不曾死亡。而且迷戀骸骨這句話，在文學演進上根本不能成立，本來是生生不息的東西，那有甚麼骸骨可迷戀？新舊交替的情形，又像海河交界一樣。所有的江河，發源時本來是澄淸的，因爲流過的地域多了，沙泥俱下，遂變成黃濁。但到與海交界的地方，總是黃色越來越淡，綠色越來越顯，終至與海水一樣的碧綠。海水雖是碧綠的，所容受的卻是黃濁的江水、河水，只是海能將牠淨化而已。如果大海不肯容納江河，恐怕終久要變成泥塘。或者有人以爲舊詩讀多了，便養成習慣，而不能再創造新的，欣賞新的，就是上文所謂「跳不出來」。自然很有些人是如此，不過因爲怕跳不出來而廢舊詩不讀，確是因噎廢食。沉溺不返，或振奮自拔，完全是天才工力與環境經驗的問題。本來，成就一個詩人，談何容易。天才是最重要的，而每人的才分各有限度，無法增益。（所謂進步，只是把固有的天才磨鍊出來，並不是增加了甚麼。）環境經驗又是屬於外界的，不能完全由我們支配。我們所能把握得住的，只有工力二字。韓愈之於文，杜甫之於詩，全是從舊的裏面出來，而成就新的，我們在二家的作品裏，處處可以看出他們鎔鑄古書的痕跡。他們的各種條件俱備，所以有此成績。我們在今日，讀舊詩而不能振拔以自闢新路，只是天才不高，經驗不夠，環境不適宜的緣故，這是無可奈何的；我們不能因此而放棄我們惟一能握住的條件——工力。綜上所論，爲了創作，爲了欣賞，讀舊詩是理所當然的事。至於二十年來的新詩，不是不可讀，而是苦於可讀的太少。本來只有二十年的工夫，好的壞的合在一起，又能有多少？

以上是從理論上說明讀詩要讀舊詩；以下再談讀舊詩的方法。

第一先說次序。中國詩可分四個時期：周秦爲第一期，漢魏六朝爲第二期，唐宋爲第三期，元明淸爲第四期。周秦時期的作品，只有詩經與騷辯。詩經的國風是歌謠，頌近於後代的賦，雅的一部分近於風，一部分又近於頌。騷辯則全是賦體。所以說詩在這時期，至少是形式上還沒有完全成立。而且卽以詩經、騷辯而論，文法訓詁旣與近代相去甚遠，內容也沒有後來的詩那樣完備。這時期的詩自然不適合於初學誦讀。漢魏六朝的詩，比周秦時期進步多了；但是文法訓詁離現代還是稍遠，而且這時期的詩，大半是景勝於情，表勝於裏，又嫌五言太多，在內容形式兩方面，還是不易引起初學興趣。元明淸三朝，則是舊詩的沒落時期，幾個大名家已竟無甚可觀，其餘更是「等諸自鄶」。這時期的詩，除了爲專門研究，或者爲啓發創作動機之外，不讀也沒甚麼不可。總結起來說，初學讀詩，絕對應當從唐宋入手。這是舊詩的全盛時期，內容形式都發展到登峯造極的地步，文法訓詁旣與近代相近，思想生活也差不多，技巧工力又易於觀摩。宋詩還有初學不易了解領會的地方，唐詩確是初學的入門正軌。讀過唐詩，再讀宋詩，這算第一步。然後再從周秦直到南宋，按着時代，順流而下，這算第二步。到這時，唐宋詩已讀過兩遍，周秦漢魏六朝的詩，也有了相當認識，讀者的舊詩根柢也就算確立了。至於元以後的詩，讀一讀也好。有時在創作方面，元明淸人的詩，所給予我們的啓示，要超過古代，這是因爲思想、文物以及生活的各方面更相近的原故。不過在深厚精妙上，牠們實在遠不如古。所以我認爲爲了創作，當然可以讀元以後詩，但爲了欣賞，爲了養成詩的興趣，則不妨暫置。至於五言七言古風律絕，先讀那一種好，那倒無須固定。依我個人的經驗，還是先讀七言古近體，再讀五言古近體好一點，因爲無論在辭藻上，音節上，七言詩都比五言詩容易被欣賞。從先教初學讀詩，多半先讀絕句，那只是取其易於成誦。實在無論讀作，都不宜從絕句入手。

第二再談讀本普通讀詩，都是先讀選本再讀專集，這好像是個無須更易的程序。但要知道，讀詩而只靠選本，絕對不够，尤其是在今日。讀選本只能用最少的工夫大部分的工夫還要用在專集上。如同遊覽一座名園，進門以後，勝景無窮也許整天看不完而進大門不過是一舉足而已。讀選本只是進大門的工夫，有的選本連大門都不是。選本只能代表某一選家的見解、眼光，至多是他那個時代的反映。一切選本所選未必都是佳作，佳作更未必全都入選。現在要找一本適合當代需要的選本實在太少。就拿李商隱詩作例，普通選本所選，不過就是韓碑、錦瑟、馬嵬驛、籌筆驛、夜雨寄北等詩，這些篇並非不好，可是李的更好的詩，眞正清新深婉，足以代表晚唐代表李個人的詩，反倒有些不會入選。又像韓偓的詩，是抒情妙手，以前選本選他的詩太少了。這就是因爲元明以後，直到晚清，始終是理勝、質勝時期，李韓的詩則是以情勝，以文勝，不合那時選者脾胃，不能爲他們所了解。到了我們這個情勝、文勝的時代，再去讀理勝、質勝時代的選本，當然不能見到李、韓的佳作，當然不能見到我們所喜歡的美麗的抒情詩。永久性和普遍性最大的是抒情詩，中國舊詩的精華所在，也是抒情詩；現存的舊選本，多半忽略了這一點，如何能作初學的指針。以上不過是舉其一端，此外例子還多，在在足以證明舊有的選本都是前一時期文化的反映，與近代並不相合。至於新出的選本，更多因襲膚淺的粗製品，還不如舊有的有牠自己的風格。初學讀這些選本有時很危險，因爲容易叫他們想：舊詩就是這樣的麼？所以到名家全集裏去自己尋找自己所喜歡的作品，是現代讀詩者必有的工作。同時我們更希望有一本適合近代需要的選本出現。

第三再說讀法。這也差不多是有一定步驟的。當然第一步先要把音訓、典故弄清楚了。大部分的名選本或名家全集，都有現成注釋；遇到沒有注本的，只好查查字典辭書。有的詩是有本事背景的，也應該從注釋或有關的書籍裏檢查明白才能徹底了解本詩的意義。有時好的作品，不需要這一步，卽使不知道牠的本事背景，卽使有一兩個典故不知道，甚至有的字還認不淸楚，也照樣能够領會。但這僅限於好的抒情詩，而且這種能力需要天才與修養，初學不容易到此程度。卽使有此程度，也還是把一切都弄淸楚了好。至於一般穿鑿附會的解釋，不關痛癢的批評，則可以不必管牠。所以詩話一類的書籍，初學大可不讀，有那工夫，不如多讀一些專集，讀的多了，自然能養成一種理解評判的能力。因爲讀詩本來就是靠着感覺力，這種感覺力只有常去感覺，才能養成。本詩的一切了解之後，第二步工夫是背誦。背誦是讀詩的重要工夫，不論是爲了欣賞而讀，或是爲了創作而讀，必須能背誦若干篇詩，才能得到所謂詩學素養，才能有上文所說的感覺力，才能運用所得到的資料。含蓄的越多越深，越容易吸收，越容易發揮。只有背誦，能把所讀的詩含蓄起來。否則所得的印象、興味，全是浮的，等於毫無所得。起始背誦的時候，或者感覺困難而乏味，但背的多了，就能很容易的成誦。例如一首七律，在初學者或者讀五六徧還不能背，背詩多了之後，最多兩三徧就可以背下來，過目成誦也不算奇蹟。爲了要背誦的緣故，朗讀是必要的，而且朗讀的功用，不止在於背誦。常有人一聲不響的看詩，這在玩味尋思的時候，是可以如此作，但若只是默誦而不朗讀，不止不易背誦，也不易了解詩的情味。因爲詩的生命總有一半寄託在音調上，朗讀便是讀者與作者的共鳴。至於朗讀的腔調，則無一定，大概每人各有不同，都是讀詩多了之後，自己養成的習慣腔調。拿着自己慣用的腔調去讀詩，也容易懂，也容易背，常有事半功倍的情形。

最後有一句話，就是學詩不能只讀詩，也不能只讀一切文藝作品，總要博覽羣籍，才不致於枯窘空疏。最少要讀史書以開拓胸襟識見，讀哲學書以濬發思想。文史哲三者，向來是有密切關係的。此外對於自然的觀察，人事的體驗，也一樣要緊。謝靈運作永嘉太守以後，詩筆大進，人說他得江山之助；杜甫的詩到安史亂後才成熟完美；蘇軾自謫居黃州以後，才能自成風格；游行自在。這都可見自然和人事，對於詩的影響。足不出戶的人，絕不能作好詩，也不會欣賞詩。陸放翁有兩句詩說：「汝欲求學詩，工夫在詩外」，就是上述的意思。

本文是爲初學的人作的，所以盡是些淺近易知的話，但相信總還平實而沒有偏宕的地方。我願一般愛好文藝的青年，好好把古來諸大名家的詩集全讀一過；然後再揀自己所喜歡的若干家若干篇，熟讀深思；再加上上文所謂詩外的工夫，到大家三四十歲以後，總會在新詩的建設上，有所成就。

這是我十八九年前的舊作。現在的見解，已有與那時不盡相同的地方，尤其是對於新詩的看法；但大體上無甚改變。爲了保存從前的「我見」，也就不加改動，照原樣子擺在這裏。

民國四十九年三月附記。

詩人的寂寞（上）

千古詩人都是寂寞的，若不是寂寞，他們就寫不出詩來。人在心如止水的時候，總是很自然的過着日常生活，當然無所謂詩。但是很少人能夠長久保持這種止水似的心情與常態生活。已往的回憶，未來的冥想，天時人事的變遷，花開葉落，暮雨朝雲，一切都像風吹水面似的，惹起人們心情的波動。這些波動，層疊堆積起來，就需要寄託，需要發洩。這是人之常情，尤其多情善感的詩人，更是如此。寄託發洩的方法事物，當然很多。讀一本書，飲幾杯酒，以至找朋友談天，登山臨水，聽戲看電影，都足以安頓心神，不一定必須寫詩。可是如果要寫詩的話，這些都是不適宜的。因爲寫詩是收視反聽的內向生活，而這些都是外向生活，就是把內在的詩情詩意寄託發洩到外邊的事物上去了，這樣如何能寫出詩來。譬如，讀了旁人的詩，有時雖能引起詩興，而寫詩却要在放下書本之後。更少有人能夠一面飲酒談笑，一面寫詩。即席成詠，當衆揮毫，只能寫出有韻的文字，而不是詩。登山臨水，望遠與懷，聽歌看舞，即事生悲，也和讀書談宴一樣，只能作爲詩的發動，至多是詩的草創，而不能使詩完成。詩的完成總要在這一切外向生活過去以後，酒闌人散，斗室燈青，意聚筆端，神凝紙上。此時此境，還不就是所謂寂寞？只有此時此境，方好寫詩。詩的創作與完成，不是在情感由靜之動的時候，而是在由靜之動以後再靜下來的時候。沒有人在某種情感意念初起，就能寫詩。初起的情感意念，不是太過，就是不及，必須經過相當時間的沈吟醞釀，得到中和的境界，方能如蠶吐絲，舒適自然的宣洩出來。上文所說種種外向生活，都只能算作沈吟醞釀之一部分，寂寞才是最後的中和境界。

寂寞是介乎苦悶與悠閑之間的。苦悶是詩的情調，但要看是何種程度的苦悶；若是苦悶得像一塊大石頭壓在心上，那就連喘氣都喘不過來了。心神不寧，坐立不安，看甚麼都不順眼，甚麼都作不下去，還說甚麼詩情詩意？悠閑也是詩的情調，但若悠閑到物我兩忘，心與境化，則所剩下的只有會心微笑，一刹那間已經自滿自足，更無須安排組織的去作詩。陶淵明所謂「此中有眞意，欲辨已忘言」，陳簡齋所謂「忽有好詩生眼底，安排句法已難尋」，正是寫這種極度的悠閑，這是最不易寫出而又不可多得的境界。苦悶既過於沉重，悠閑又過於輕靈，過於沉重就把詩情給壓抑住了，堵塞住了，過於輕靈又好像推動不起來。只有寂寞是苦悶漸趨舒緩，悠閑無所棲泊時的心情，是最適於寫詩的。所以我說若不是寂寞，詩人們就寫不出詩來。

詩的完成，需要寂寞，詩的內容當然不僅是寂寞；寂寞只有一部分詩專寫寂寞心情。以此擅長的詩人，很有些家，現在只從魏晉劉宋的詩人中各舉一家，細談一談，附帶再說說齊梁唐宋。

首先要說阮籍，這位善作青白眼的先生。他的詠懷詩第六十三首說「多慮令志散，寂寞使心憂。」此外全部八十二首之中，好像再沒有提到這兩個字；但有一首詩，寫得傳神透骨，那就是第十七首：

獨坐空堂上，誰可與歡者；出門臨永路，不見行車馬；登高望九州，悠悠分曠野，孤鳥西北飛，離獸東南下。

日暮思親友，晤言用自寫。

吳淇解釋得很清楚，他說：

吾非斯人之徒與而誰與。乃獨坐空堂上無人焉；出門臨永路無人焉；登高望九州無人焉；所見惟鳥飛獸下耳。其寫無人處，可謂盡情。

「吾非斯人之徒與而誰與」是孔子的話，換成近代語就是說人是羣性動物，不能離羣索居。可是屋子裏沒有人，門口外邊沒有人，登高遠望還是只見鳥獸而不見人。踽踽涼涼，獨來獨往，眞寂寞得夠受。晉書本傳說他：

時率意獨駕，不由徑路，車迹所窮，輒慟哭而返。嘗登廣武，觀楚漢戰處，歎曰，時無英雄，使豎子成名。

這段紀載，正好與此詩參看。舉目不見親朋，出門惟有曠野，只好廻駕慟哭，臨風長歎了。他一生還有種種奇怪的行爲，也都是寂寞心情的反映。

然則他爲甚麼這樣寂寞呢？主要是時代關係。本傳說：

籍本有濟世志，屬魏晉之際，天下多故，名士少有全者，籍由是不與世事，遂酣飮爲常。

他想作一番事業而又怕事，想避世而又因爲家世門第的關係逃避不開。政局的險惡，社會的混亂，使這位脾氣大膽量小的先生汲汲皇皇，不可終日，好像一天也活不下去；而他還偏要活下去。既傷世難之紛紜，復悲人生之短促。於是弩悶得他行事則奇特顚狂，作詩則悲涼掩抑。他的詠懷詩明說寂寞的雖不多，却是全部八十二首都籠罩着一層極度寂寞近於苦悶的空氣。從這一點去看阮籍的詩，總比舊日一般注阮說阮的人能得到比較正確深刻的觀念。阮籍作詩固然是以當時的政治社會情形爲出發點，但他的詩乃是從這一點出發以後，再加上性情抱負，學問思想，鎔冶擴充而成的東西。所表現的是他個人的人生觀與人類共同具有的苦悶感。任何詩人作詩的過程也是如此，不能總粘在一件事情上那樣簡單狹隘。一般注家把詠懷詩幾乎每一首都牽扯到當時的政治上去，好像阮籍一生只知道魏晉之間，只認得姓曹的同姓司馬的，眞成了「蝨處褌中」了。

寂寞既是介乎苦悶與悠閒之間的，當然很容易有所偏倚。如果說阮籍的寂寞偏於苦悶，陶淵明的寂寞就是偏於悠閒。淵明的思想是儒家的，却生在一個釋老空氣濃厚的社會裏。淵明的性情是高潔閒靜的，却生在一個奔競成風，喪亂相尋的時代。這卽是他所說的「世與我而相違」與世相違，那有不寂寞的。雖有野老田翁，桑麻共話，近鄰親友，雞黍相招，那只是暫時的寄託。到了長夜獨飲，形影問答，寂寞心情就湧上來了。他的停雲詩完全是寫寂寞的。此外如「萬族各有託，孤雲獨無依。」「欲言無予和，揮杯勸孤影。」「寢迹衡門下，邈與世相絕，顧眄莫誰知，荆扉晝常閉。」「貧居乏人工，灌木荒余宅，班班有翔鳥，寂寂無行跡。」處處流露着寂寞心情，描寫着寂寞生涯。若夫「蕭索空宇中，了無一可悅。」「被褐守長夜，晨鷄不肯鳴。」則又近於苦悶了。但是他能擔負，能忍耐，以至把苦悶舒散緩和了，只剩下寂寞。他又進而賞玩這寂寞。卽如他的讀山海經詩第一首：

孟夏草木長，遶屋樹扶疏，衆鳥欣有託，吾亦愛吾廬。既耕亦已種，時還讀我書。窮巷隔深轍，頗迴故人車。

歡然酌春酒，摘我園中蔬，微雨從東來，好風與之俱；汎覽周王傳，流觀山海圖。俯仰終宇宙，不樂復何如。

「窮巷隔深轍，頗迴故人車。」不一定是自喜其生活環境之清閒安靜，這實在與「獨坐空堂上，誰可與歡者」是一樣的心情。不過他只這麼輕微的點了一下，緊接轉入歡然以下數句，而歸結到「俯仰終宇宙，不樂復何如。」這種欣賞玩味的態度，就使淵明的寂寞偏於悠閒。他的詩大部分都充滿了這種意味，悠閒冲遠，這是從寂寞甚至苦悶中冶鍊出來的。

我們熟讀陶詩，就要覺得淵明隨時隨地都保持着一種獨往獨來的氣象。但絕不是孤僻，他能與外物旁人取得調和。所以無論是「道狹草木長，夕露沾我衣。」「傾壺絕餘瀝，窺竈不見烟。」與夫「采菊東籬下，悠然見南山。」「春秋多佳日登高賦新詩。」總是一貫的悠閒冲遠。王弘送酒，欣然命酌，蓮社談經，他也可以去湊湊熱鬧。瀟灑坦率平易近人，不像阮籍那樣佯狂作怪。辛稼軒是很了解淵明的他有這幾句詞：

須信采菊東籬，高情千載，只有陶彭澤。念奴嬌

萬事紛紛一笑中，淵明把菊對秋風。細看爽氣今猶在，惟有南山一似翁。鷓鴣天

我以爲稼軒所謂高情爽氣，卽是我所謂從寂寞甚至苦悶冶鍊出來的情調，與獨往獨來而能與外物旁人相調和的氣象。用淵明自己的話來形容就是「微雨洗高林，淸飈矯雲翮。」淵明的詩格人品所以敻絕古今，其故在此。阮籍與淵明比較起來就似乎沉鬱有餘，超爽不足。至於阮陶的不同，性情學養固然有關，主要原因還是環境事實的不同。陶淵明不願受檀道濟的餽贈，就可以麾而去之；阮籍對於司馬昭却不能不虛與委蛇，若能遁跡故鄉，躬耕自給，他也不用一醉六十日了。

陶淵明謝靈運自來是並稱的。這兩家的詩，從外形上看，迥乎不同，陶重白描，質樸疏朗，謝主雕繪，茂密精嚴。但他們的內涵却有相同的地方。他們兩個人都有一副豪邁的氣概和寂寞的心情。這種豪邁的氣概就成爲兩個人的生活力。陶淵明以這力量去擔負他歸田以後的矛盾心情困乏生活。謝靈運以這力量來發洩他入宋以後的悲憤抑鬱。不過陶的力量是向內的，是一種定力；謝的力量則是向外的，是一種動力。這種不同，乃是因爲陶能賞玩寂寞，謝則彷彿絲毫不能忍耐。所以淵明表現於外的是淡泊寧靜，靈運只是一味的躁急狂放。宋書本傳記載靈運在京作秘書監的時候說：

靈運意不平，多稱疾不朝直。穿池植援，種竹樹果，驅課公役，無復期度。出郭游行或一日百六七十里，經

既失意於功名，遂放情於山水，總算不錯。可是他的天性，愛好山水之外，又還好熱鬧，喜豪奢，對於都市生活多少不復關懷，所至輒爲詩詠，以致其意焉。

後來徐羨之一班人索與把他排擠出朝，到永嘉去作太守。本傳說：

出爲永嘉太守。郡有名山水，靈運素所愛好，出守既不得志，遂肆意游遨，徧歷諸縣，動踰旬朔，民間聽訟，

憤。

可是入宋以後總不大得意。本傳說：

高祖受命，降公爵爲侯。……朝廷惟以文義處之，不以應實相許。自謂才能宜參權要，既不見知，常懷憤

冑貴族，所謂謝家子弟，當然有遺傳的豪貴氣習，自尊自傲。他的述祖德詩開頭就說「達人貴自我，高情屬天雲」。

陶淵明之所以寂寞，已如前述。謝靈運之所以寂寞，則是因爲他的豪情勝概，他的優越感受了壓抑。他是世

寞，自投於閣」了。

他在永嘉作太守，在臨川作內史，都是這樣隨便亂來，一直鬧到起兵造反，送掉性命，不止如揚子雲的「惟寂惟

知是靈運，乃安。……在會稽亦多徒衆，驚動縣邑。

千重，莫不備盡。……常自始寧南山伐木開逕，直至臨海，從者數百人。臨海太守王琇驚駭，謂爲山賊，徐

靈運內因父祖之資，生業甚厚。奴僮既衆，義故門生數百。鑿山浚湖，功役無已，尋山陟嶺，必造幽峻，巖障

他在家鄉閑居，更是熱鬧。本傳說：

旬不歸，既無表聞，又不請急。

有點留戀。在永嘉只有自然的風景，而沒有賓朋宴集車馬喧闐，使他非常感覺到異鄉冷宦離羣索居之苦。所以他在永嘉特別寂寞。他的詩以此時所作爲多而且好，正是因爲寂寞的內心與優美的外境相接觸而融化了的原故。前人說他到永嘉以後詩筆大進，爲得江山之助，那只說了外邊的一半。我們讀他的永嘉諸詩，如登池上樓、游南亭、登江中孤嶼、晚出西射堂，都可以理會到這位詩人的孤寂之感。這些都是傳誦的名作，不備錄，現在單舉兩首專說寂寞的詩看一看：

昔余游京華，未嘗廢丘壑，矧乃歸山川，心跡雙寂寞。虛館絕諍訟，空庭來鳥雀，臥疾豐暇豫，翰墨時間作。懷抱觀古今，寢食展戲謔。既笑沮溺苦，又哂子雲閣，執戟亦以疲，耕稼豈云樂。萬事難並歡，達生幸可託。（齋中讀書）

旅人心長久，憂憂自相接，故鄉路遙遠，川陸不可涉。汨汨莫與娛，發春託登躡，歡願既無並，戚慮庶有協。極目睞左澗，迴顧眺右狹，日沒澗增波，雲生嶺逾疊，白芷競新苕，綠蘋齊初葉。摘芳芳靡諼，愉樂樂不燮，佳期緬無像，騁望誰云愜。（登上戍石鼓山）

永嘉以後，他在始寧閒居的時候作詩頗多，風格意境同永嘉諸作相去不遠。屏處故鄉，端居無事，出外則開山伐木，在家則會友論文，皆所以寄託其寂寞心情也。綜觀靈運一生，種種躁急狂放的行爲，恰與阮籍的窮途慟哭廣武長歎一樣，都是從寂寞心情上生出來的，而他們之所以寂寞，又都與當時政治有關。不過阮籍的利害觀念很清楚，膽量又小，縱飲佯狂，乃是避免與世人正面接觸，他其實理智得很。謝靈運則任情信意，滿不理會。若夫陶淵明的高情爽氣，當然與他們又不同了。

總起來說：阮陶謝三家同樣的具有寂寞心情，而其表現在作品行爲上的風格，則因性情學養，身世環境的關係，而各有差異。

阮陶謝三家以後，所謂六朝後期，齊梁詩人的作品，多少都帶一點寂寞的意味，這當然與阮陶謝三人一樣，都是時代的反映。中晚唐詩也是如此。可惜這一類詩有時不易爲粗人淺人所了解。吾師竹溪沈先生有一首詩：

莫憑高古論風雅，體製何曾有故常。寂寞心情誰會得，齊梁中晚待平章。

說得很好。但我個人却不大喜歡齊梁詩。我以爲他們只有華美的外表去裝點寂寞，而缺少堅強的生命力。所以這時期的詩多是表勝於裏，景勝於情。用舊話說就是徒尚綺麗，風骨不遒。只有庾信的詩賦，與阮陶謝三家同樣有這種力量。但他是由南入北的人物，承六朝之偉業，作唐人之先驅，並不屬於齊梁範圍。若夫唐人詩的高華豪邁，那是那一朝也比不上的；中晚以後，雖然漸漸的收歛起來，趨入深秀雋永一途，高華豪邁的流風餘韻却依然存在。當時以寫寂寞見長的幾家也都是寓清剛於凄婉，在阮陶謝以外另開新境，也可以說是冶晉宋與齊梁於一爐而加上唐人自己。這類的作家，如李商隱、杜牧、韓偓皆是。只有柳宗元一人，風格境界，大致近於謝靈運，而清新疏朗之致，還是靈運所無。至於宋人，他們的生活都是內向的，收歛的，他們的詩是講究理趣的，當然更擅於寫寂寞了。如王安石、蘇軾、陳與義，楊萬里四家，在這一點上全有獨到的地方，尤其要注意他們的七言絕句。寫這種情調，五古七絕，最爲適宜，所以用七古的較少。只有東坡一首定惠院東海棠詩，藉海棠以自寫幽獨，眞如空谷佳人，遺世獨立，文長不具錄，讀者可以自己找出看看。

民國三十三年；讀書青年。

詩人的寂寞（下）

謝客風容映古今，發源誰似柳州深。朱絃一拂遺音在，却是當年寂寞心。

這是元遺山論詩絕句三十首的第二十首，查初白評語說：「以柳州接康樂，千古特識。」我也很贊同元氏的說法，所以本篇就從柳宗元起，與前篇的謝靈運遙遙相接。他們中間當然還有許多詩人可說，但既不是作文學史，又不要寫甚麼寂寞派詩人評傳，也就無庸備述了。柳宗元的詩「精裁密緻」（語見舊唐書本傳）風格頗像謝靈運，而又參以陶淵明的沖夷自然，不像謝的板滯重拙，宋濂說他斟酌於陶謝之中，是不錯的。但這是就形式而言，若論到內容，則其沉鬱悲涼的寂寞心情，實與謝更爲相近。

柳的心情與謝相近，乃是因爲兩人的身世遭遇頗爲相同。他們都是熱中之士，謝是少年勛貴，柳也是少年得志，但後來都中途失意，謝出守永嘉，柳貶官永州。謝在永嘉，居官不樂，時常出郭縱遊，柳在永州，幽憂憔悴，也是寄情山水。但無論外界景物怎樣清奇幽美，總不能塡充內心的空虛，離羣索居，去國懷人之感，無論如何也去不掉。所以謝在永嘉作詩說「心跡雙寂寞」，柳在永州作詩也多用寂寞索寞等字樣。如下面三詩，可以算這時期的代表之作：

溪居

久爲簪組累，幸此南夷謫。閒依農圃隣，偶似山林客。曉耕翻露草，夜榜響溪石。來往不逢人，長歌楚天碧。

悠悠雨初霽，獨繞清溪曲，引杖試荒泉，解帶圍新竹。沈吟亦何事，寂寞固所欲，幸此息營營，嘯歌靜炎燠。（夏初雨後尋愚溪）

杪秋霜露重，晨起行幽谷。黃葉覆溪橋，荒村惟古木，寒花疏寂歷，幽泉微斷續。機心久已忘，何事驚麋鹿。（秋曉行南谷經荒村）

我最喜歡「來往不逢人，長歌楚天碧」兩句，這是鎔謝情陶韻於一爐的。其餘諸句，寫一個幽獨之士，澤畔行吟，寓情於景，更爲陶謝集中所不多見。陶的「策扶老以流憩，時矯首而遐觀」「登東皋以舒嘯，臨清流而賦詩」情調好像與此數首相近，但只是一味的悠閒沖淡，孤迴而不悲涼。謝詩則爲板重的字法句法所累，更少此種生動親切的描寫。僅此數詩，柳的寫寂寞已竟可以在陶謝之外自樹一幟，更不必說：「秋氣集南磵，獨遊亭午時，廻風一蕭瑟，林影久參差」那首名作「南磵中題」了。

總觀柳與陶謝的同中有異，還是因爲環境的緣故。淵明的生活無論怎樣困乏，心情無論怎樣衝突矛盾，畢竟是自願隱居，躬耕鄉里，所以他還能擔負忍耐，進而融化冶鍊，歸於悠閒。謝靈運出官永嘉，還是在內地，離家並不甚遠，在郡也只有一年，悶得那樣，怪他自己脾氣不好。若夫柳宗元則不然了。萬里投荒，十年去國，形神無偶，言語不通。比起陶謝來，他需要更大的力量去擔負寂寞悲涼，需要把這些隱藏在心靈更深的地方。於是發洩出來也就比陶謝更加沉鬱悽惻。至於整個柳詩的幽奇森秀，則是南方山水的啓發涵蘊，與謝靈運的得江山之助又是相同的了。

本文的範圍是唐宋兩朝，這是詩史上的中堅時期，名家太多，指不勝屈，就是前篇所舉的八家也來不及逐一詳述。所以柳宗元之外，我只想寫李商隱、王安石和蘇軾，合計起來唐宋各有兩家，正好是前篇所舉的一半。

李商隱的爲人情深氣傲，而又頗爲拘謹。這種個性使他很容易感覺寂寞，他的精麗深婉的作風又極適於描寫寂寞，但他的作品明說寂寞的並不甚多，當然不是不說，乃是另有一種說法。原來他表現任何情調，都是用象徵之筆，烘托點染，唱嘆出之，這樣才成就所謂精麗深婉，說到寂寞當然也是如此。即如下面的詩：

三更三點萬家眠，露欲爲霜月墮烟。鬪鼠上床蝙蝠出，玉琴時動倚窗絃。（半夜）

一點沒有明說，而所表現的完全是寂寞。三更三點，夜深人睡，當然是最靜寂的時候，靜寂得月光像輕烟似的墮下來，靜寂得風動琴絃都聽得見聲音。如此烘托點染，寂寞即在其中，何用明說。與這首詩風格意境相同的還有一首七律：

密鎖重關掩綠苔，廊深閤迥此徘徊。先知風起月含暈，尙自露寒花未開。蝙拂簾旌終展轉，鼠翻窗網小驚猜。背燈獨共餘香語，不覺猶歌夜起來。（正月崇讓宅）

這詩的第三聯，即是前首第三句的注脚。鼠鬪蝠出，是以小動物的動作反襯環境的靜寂。小驚猜三字則是從人與鼠兩方面說，窗網翻動，嚇了老鼠一跳，同時也嚇了人一跳。蓋因靜寂之極，神經過敏，故能感覺到任何微小的動作聲音。風動琴絃，鼠翻窗網，是一件事。

這兩首詩都是寫夜的，李商隱很擅長此種筆墨，夜好像能啓發他的創作。他有一句詩很好：「臥後淸宵細細長，」這眞是孤寂的詩人生活。獨夜端居，最宜冥想，而李詩的特點也就在其想像力。他有許多詩思都該是從這細細淸宵中生出來的。像普通傳誦的嫦娥詩：

雲母屛風燭影深，長河漸落曉星沈，嫦娥應悔偷靈藥，碧海青天夜夜心。

嫦娥何以要悔偷靈藥還不就是因爲年年夜夜碧海青天的孤冷。而李商隱所以能想像到嫦娥的心情者，正是因爲短燭將殘，長河漸落之時，他自己先感覺到孤冷。這不就是夜的啓發麽？

李詩的美是深幽的美，所以寫夜色及雨景的詩，多而且好。但李商隱並不是晝伏夜出的貓頭鷹，他照樣能寫晴明的白晝，如這些詩：

花明柳暗繞天愁，上盡重城更上樓。欲問孤鴻向何處，不知身世自悠悠。夕陽樓

日日春光鬪日光，山城斜路杏花香。幾時心緒渾無事，得及遊絲百尺長。春光

日射紗窗風撼扉，香羅掩手春事違。廻廊四合掩寂寞，碧鸚鵡對紅薔薇。日射

都是寫白晝的，與寫夜的詩異曲同工。但雖寫白晝，却還是那樣靜細深美。第三首則以日光映射中的碧鳥紅花渲染寂寞，與「端居」詩的「階下青苔與紅樹，雨中寥落月中愁」一樣。凡此皆可看出寂寞是李詩中一貫的情調，花晨月夕雨夜晴天，並有此感。

若以爲李詩完全是陰柔的，那就錯了。自然李詩有時偏於陰柔，正如杜牧詩之偏於陽剛。杜牧有一首詩：

長空淡淡飛鳥沒，萬古消沉向此中。君看漢家何事業，五陵無樹起秋風。

試與夕陽樓一首對比，就可以看出二家的不同。但像杜那樣的風骨氣勢，李並不是沒有，如「安定城樓」「重有感」「韓碑」諸詩都很遒逸高朗，就是「無題」諸作也都是秀而有骨。齊梁詩人所缺少的就是這個。所以李雖與他們同樣的抱着亂世的寂寞心情，同樣的講求雕繪點染，而詩格却較他們爲高，就是因爲多了遒逸高

朗的風骨和深摯的情感。這樣才能托得往藻麗的外形，才能使寂寞的氣氛不致失於單弱沉悶。

王安石的新法是好是壞，爲功爲罪，後人未曾設身處地，當然無從說起。不過他之失敗於個性的執拗倔強則是古今之所公認。他在當權的時候，力排衆議，一意孤行，鬧得誰也不肯同他合作，這在我們看起來，已經够寂寞的了。但總還有事可作，帝廷相府，熱鬧一氣。到了失勢罷相，閒居金陵，才眞是寂寞到極點。這與謝靈運的出守，柳宗元的謫居又不相同。柳在永州的心情，是屈原的放逐南荒與宋玉的貧士失職合而爲一的。所以他的文章近於騷辯。謝靈運則始終是鬧少爺脾氣。王安石是個抱有極大雄心的政治家，又曾居相位，一旦失敗，投閒置散，這當然不是尋常的寂寞。再加上他執拗倔強的個性，使他很難忍耐下去；而他還必須忍耐，於是只有把滿腔的侘傺憤悶寄託在詩上。他的寂寞的背景比謝比柳都要深厚廣大，發而爲詩，其情味氣象，自然也就更爲深廣。漫叟詩話說：「荆公定林後詩，精深華妙，非少作之比。」正是由於寂寞心情的涵蘊。我以爲陶淵明的寂寞生於沖遠的思，李商隱的寂寞生於深摯的情，王安石的寂寞則是生於侘傺不平之氣。思情氣三者，都是富於普遍性，永久性的，都是生命力的原素，所以這三家寫寂寞的詩也最爲生動深刻。

講到王安石寫寂寞的詩，首先要提出下面一首七絕：

川原一片綠交加，深樹冥冥不見花，風日有情無處着，初回光景到桑麻。（出郊）

這裏所寫的是從煊赫到冷落，從紛擾到沉寂，也就是他自己罷相閒居時的寫照。他這時失掉權勢，無可施爲。從先政務繁忙，想到郊外與田父野老共話桑麻，都沒那種機會；現在則寂無餘事，葛巾野服，以策杖行田爲消遣了。這不就是千紅萬紫過去以後的「風日有情無處着，初回光景到桑麻」麼？這首詩可以代表王氏晚年閒居無那的心情。還有：

北山輸綠漲橫陂，直塹回塘灩灩時。細數落花因坐久，緩尋芳草得歸遲。（北山）

杖藜緣塹復穿橋，誰與高秋共寂寥？佇立東岡一搔首，冷雲衰草暮迢迢。（寄蔡天啓）

這兩首詩，一寫春光明媚，一寫秋色荒寒，外境全異而內心相同。若不是寂寞無事，絕沒那工夫去細數落花，緩尋芳草；也不會緣塹穿橋，東岡佇立，望冷雲衰草而搔首踟躕。這與柳宗元的「悠悠雨初霽，獨繞清溪曲，引杖試荒泉，解帶圍新竹」正好相同。「誰與高秋共寂寥？」大概只有他自己。

七絕之外還有一首題爲「歲晚」的五律：

月映林塘淡，天涵笑語涼。俯窺憐綠淨，小立佇幽香。携幼尋新菂，扶衰坐野航。延緣久未已，歲晚惜流光。

情調與上邊兩首七絕一樣，「俯窺憐綠淨，小立佇幽香」相當於細數落花，緩尋芳草，而意思全在憐字佇字，有此二字，逼眞的寫出徘徊瞻眺的神氣，即是所謂「延緣」。更有意味的是「攜幼尋新菂」兩句。菂即是蓮蓬，小孩子很喜歡吃的東西。他這時國家大事不能再管了，一個人帶着小孩子出去散步，給他找蓮蓬吃，或者自己也吃點，這是甚麼樣的心情？淺人或以爲是閒適吧。漫叟詩話說他作此詩，自比謝靈運，蓋亦所謂「朱絃一拂遺音在，却是當年寂寞心」也。

蘇軾的爲人瀟灑坦率，愛才好客，到處總有人追隨，他也非常喜歡接待他們，「座上客常滿，尊中酒不空。」這樣一個人總應該不會感到寂寞；但他至少也曾度過兩次寂寞的時期，都是謫居，一次在黃州，一次在瓊州。那時雖也有人來看望他，陪伴他，地方官和士人對他都很好，但謫居況味總是蕭索拘束的，當然趕不上在杭州徐州以及在汴梁時的湖山歌舞，玉堂淸貴。他在黃州時住幾間破屋，耕幾畝薄田來維持生活，在瓊州則幾乎是穴居野處了。白天一個人隨處閒逛，晚間靜對昏燈，或者獨踏明月，雖有家眷子姪們在一起，又怎能消除此時此地的孤寂。黃州還是內地，又擅江山之勝，他已經悶得可以，何況在萬里海南的荒島上呢？

怎樣看出東坡在黃州的寂寞？請讀這首海棠詩，題目是「寓居定惠院之東，雜花滿山，有海棠一株，土人不知貴也。」

江城地瘴蕃草木，只有名花苦幽獨。嫣然一笑竹籬間，桃李漫山總麤俗。也知造物有深意，故遣佳人在空谷。自然富貴出天姿，不待金盤薦華屋。朱唇得酒暈生臉，翠袖捲紗紅映肉。林深霧暗曉光遲，日暖風輕春睡足。雨中有淚亦悽愴，月下無人更清淑。先生食飽無一事，散步逍遙自捫腹。不問人家與僧舍，拄杖敲門看修竹。忽逢絕艷照衰朽，歎息無言揩病目。陋邦何處得此花，無乃好事移西蜀？寸根千里不易致，銜子飛來定鴻鵠。天涯流落俱可念，爲飮一樽歌此曲。明朝酒醒還獨來，雪落紛紛那忍觸。

這詩我在前篇曾經提到，那時因爲文長未錄，現在講到東坡本身，還是寫出來比較方便。開首六句，總括大意。空谷佳人，靚妝幽獨，是從「土人不知貴也」來的，只此一句就可看出東坡賔黃時的孤寂。林深霧暗以下四句寫花的寂寞，先生食飽以下四句寫人的寂寞。後四句充實了前四句，使其人格化，前四句渲染了後四句，使其美化。於是海棠與人合而爲一，何況海棠的出產地西蜀又是東坡的故鄉，自然就歸結到「天涯流落俱可念」了。我在前篇說這首詩藉海棠以自寫幽獨，眞如空谷佳人，遺世獨立。讀者看了本詩，總該相信我的話吧。

在瓊州寫寂寞的詩很多，鈔幾首七絕作代表。

半醒半醉問諸黎，竹刺籐梢步步迷，但尋牛矢覓歸路，家在牛欄西復西。下同
總角黎家三四童，口吹葱葉送迎翁。莫作天涯萬里意，溪邊自有舞雩風。被酒獨行徧至子雲威徽先覺四黎之舍
寂寂東坡一病翁，白鬚蕭散滿霜風，小兒誤喜朱顏在，一笑那知是酒紅。下同
父老爭看烏角巾，應緣曾現宰官身，溪邊古路三叉口，獨立斜陽數過人。縱筆

東坡中年以前的絕句，本以淸麗整秀見長，這四首却非常平淡質樸，也許有人不大喜歡這種風格。我以前也不大喜歡「但尋牛矢覓歸路」，曾奇怪何以東坡筆下這樣無擇。近來也還不能說十分喜歡這一首，不過我已了解他那種滿不在乎的神氣，這是這四首詩裏一貫的神氣，是從寂寞無聊中慢慢熬鍊出來的。

東坡這時的生活很像柳宗元之在永州，但他的性情曠達，學養深厚，與柳有本質的不同。而且已是六十歲人，屢經憂患，不像柳貶永州時只有三十幾歲又是初遭挫折。因此在與柳相同的生活之外，他又具有與陶淵明相同的胸襟氣象。他到海外去，以陶柳兩集自隨，號稱南遷二友。他這時期的詩也是融會陶的悠閒沖淡與柳的孤迥幽奇而自成風格。上邊四首我最喜歡「總角黎家三四童，口吹葱葉送迎翁，」和「溪邊古路三叉口，獨立斜陽數過人」幾句。這純是他自己的風格意境，所寫的也是寂寞，却沒有「來往不逢人，長歌楚天碧」那樣孤峭，而是和潤瀟灑。正因爲他雖同於柳的困窮，却得到陶的自在，於是野老溪童，彼我無間，天涯海角的荒村，融化成舞雩歸詠的氣象了。如必欲在這裏尋求悲涼蕭索，也不是沒有，卽「寂寂東坡一病翁」那一首是也。

總結前篇和本篇，一共舉出具有寂寞心情而筆之於詩的作家七人，六朝唐宋各時期都有，各家有各家的面目。讀者若願意順着我所說的途徑，在各家的全集裏多找些這類的作品來讀，或者對於所謂詩人的寂寞能

有深刻的了解。當然最要緊的還是實際生活上的體驗，這却不是可以強求的，只好看各人的機緣如何了。

民國三十三年；讀書青年。

寫此文後四年，卽民國三十七年秋天，我來到臺灣。到臺北後不久，有一次從泰順街囘臺灣大學；那時泰順街南部一帶都是水田小徑，縱橫繚繞，不像現在這樣屋舍整齊，於是我迷了路。走來走去，轉不出圈子，沿路看到不少牛矢；我立卽想起牛矢歸路之語。從此對於東坡此詩，不但不覺得奇怪，反而甚爲欣賞了。囘去後曾作了四首七絕。今天校稿，這裏正好有一塊空白，就拿這四首詩塡補吧。

古道斜陽數過人，此翁襟抱自淸眞；廻風林影尋常事，南磵何爲獨愴神？
少年常怪東坡老，牛矢何緣寫入詩？今日南荒迷歸路，臨風惆悵立多時。
荒烟無際四山靑，豐草平林水道町；忽憶金閶門外路，薰風解慍酒微醒。
莫辭暫負蓬萊米，惟願重斟虎跑泉。兵火未銷頭已白，故鄕不用問歸年。

我來臺以前在上海暨南大學敎書，常往來於蘇杭兩地。很欣賞蘇州酒舘情調，及西湖虎跑泉水泡龍井茶。水道町卽現在泰順街溫州街南部至羅斯福路三段一帶。初到臺時，配給米要到米店去領，三輪車又非常少，有一次我眞的自己把米扛囘來。負米之典，並非泛用。臺灣產米有蓬萊、在來二種，我喜食蓬萊種。虎跑跑字應讀平聲，從俗作上聲。

四十九年八月十八日附記。

雪天的詩

窗外下着初雪；我想起三十年前的往事。

民國初年的一個冬天，我隨着父母從吉林某縣縣城，坐馬車到一百四十里外去搭火車。所經過的都是萬山環繞，丘陵起伏的地方。走在半路，下起雪來。又不敢在孤處野外的小店裏多住，清早起來就冒雪出發。風雪瀰漫，越來越大，雪花紛紛密密的飄灑下來，說其大如掌，那是古人的誇飾之詞，同鵝毛確差不多。遠處的峯巒都隱沒在烟霧裏，微露一點痕影。地屬窮邊，民房很少，飛鳥行人，一概沒有，只有我們這一行列，幾輛馬車在荒漠的雪地上前進。往前看，漫漫浩浩，一望皆白，車過去便有長的轍迹，圓的蹄痕，蜿蜒散碎的印在雪上。我穿着一件黑色大衣，躺在車上，聽着馬蹄踏雪，淸脆的聲音，偶然坐起，看看雪景。車夫沒有帶油布，敞車又沒有篷子，雪落下來，都堆積在我的身上，黑白相間，他們說我像一隻雪地的狗熊，這是在那邊山上常看見的東西。

從這一次以後，我便長住北平，居於斯，遊於斯，讀書作事，總沒離開這個地方。有時也出遠門，但從未「起旱」，也就無從再在這樣大的天地裏觀賞這樣大的雪。只是在尋常的園林庭院看看小雪而已；僅只小雪，已足令我心曠神怡了。

我喜歡晴天，也喜歡陰天；喜歡雨，尤其喜歡雪。雨同雪都是偉大的。雨能洗滌地上的一切，使他們活潑淸新；雪能裝點地上的一切，使他們莊嚴皓潔。浸潤滋長的功用，則又相同。只有一點分別：雨的偉大是動的，雪的偉大是靜的。下起大雨來眞是「九天之雲下垂，四海之水皆立」；下雪的時候，無論怎樣瀰漫飄舞，總不會像雨那樣聲勢浩蕩。我「少學琴書偶愛閒靜」，當然喜歡雪。但這不是我尤其喜歡雪的惟一理由。我並非不喜歡動的美，下大雨的時候，我也會像小孩子一樣歡呼跳躍。實在說起來，凡是靜的都蘊藏着動力，若是靜而沒有動力，那就死了。我所以尤其喜歡雪的原故，乃是因爲雨曾在我某次搬家途中驟然光臨，澆毀了我許多書籍。這個無法報復的仇恨，「只好拿「尤其喜歡雪」來報復。

雨和雪從初下的時候就不一樣。雨總不會善來，雖不一定每次都是「山雨欲來風滿樓」，總要有點風雲變色，所以有「風是雨之頭」之說。春天如絲的細雨，還有點恬靜的意味，若在夏天，則常是油然作雲，沛然下雨，勃乎而莫之能禦了。雪就比雨來得悠閒的多。下雪之前，先有所謂釀雪。彤雲四垂，微風不起，杈枒的老樹，樹上的寒鵲棲鴉，一切都是安閒寂靜的，有時要釀這麼好幾天。下雪好，積雪好，釀雪的天氣同樣的好。白居易有一首小詩：

綠螘新醅酒，紅泥小火爐。晚來天欲雪，能飲一杯無？

晚來欲雪，四圍都是灰色的雲，天低得像要壓下來，蕭條憭慄，令人不能爲懷。但在屋裏却不妨弄得越溫暖越濃厚越好。新醅旺火，既暖且濃，再加上紅綠的顏色，這與外面的景象在相反之中取得調和，此時此境，能一杯不飲麼？

釀了許久，雪是下來了，也還是那麼輕倩，悠揚飄灑，如韓愈詠雪詩所說：

只見縱橫落，寧知遠近來，飄颻還自弄，歷亂竟誰催。座暖消那怪，池淸失可猜，坳中初蓋底，垤處遂成堆。

退之此詩，相當有名，這一段寫雪的悠揚飄灑，也頗有神氣。但我總以爲這詩稍嫌着跡，「賦得」氣重一點，寫雪最好用輕靈超妙之筆，所以這些句反不及陶淵明的兩句：

傾耳無希聲，在目皓已潔。癸卯十二月中作與從弟敬遠

照道理說，物質接觸，總要發出聲音，雪花無論怎樣「輕鬆纖軟」，總是物質，與地接觸，當然有聲。但是人類的耳朶太聾了，在下雪的時候，雖傾耳細聽，也沒有希微的聲音；而不知不覺，眼前已然皓皓皚皚，到處是琪樹瑤林，瓊樓玉宇，這眞是無言的偉大，比起雨的叫囂而至，似高一籌，至少是別具風格。羅大經鶴林玉露批評這兩句詩說：「此十字，雪之輕虛潔白，盡在是矣，後此者莫能加也。」我以爲輕虛潔白之外，還要加上四個字：莊嚴閒靜。蘇軾有一首臨江仙詞，前半闋云：

自古相從休務日，何妨低唱微吟。天垂雲重作春陰，座中人半醉，簾外雪將深。

每到冬天，我常愛讀牠，這是合淵明樂天之意而加以點染的。

與淵明詩可以等量齊觀的，還有王維的兩句：

灑空深巷靜，積素廣庭閒。冬晚對雪憶胡居士家

下雪的時候，大街上無論怎樣路靜人稀，也總有些車馬行人，只有在狹長的深巷裏，開開街門向兩邊一望，寒風割面，密雪灑空，平時的小販小孩們都不見了，是那樣的特別寂靜。即使偶然有一個人走過，也衝不破這寂靜，在他走後，寂靜反而更加重了些，這與「蟬噪林逾靜」是一樣的道理。至於獨坐窗前或者站在廊子上，觀賞廣庭積素，人鳥俱寂，心境兩閒，也是家居樂事之一。最好是四面廻廊的房子，可以免去踐踏掃除，一直把積雪保存到

太陽出來，任其自行融化。可惜普通房子，多半沒有廻廊，常是要旋落旋掃，或者踏上許多脚印。這與下雨的時候必須踏着水走是一樣的不便不快。

說到積雪，也是雪與雨的異點之一。積雨也是個現成名詞，不過那說的是連陰天落下的雨，或者滲入地中，或者流到溝渠溪谷裏去，很少積存住的，存住就成災了。雪却可以堆積在地上房上山上樹上，而成爲奇觀美景。若是還在陰天，有灰黯的雲襯托着，更顯得皓潔閒靜；到了天已放晴，被陽光照耀，則又煇煌燦爛，鮮耀奪目。卽使風吹日晒，不得長久，也可以保持幾天，不像雨那樣一過就算沒了。要觀賞積雪，在家裏是不成的，面積不够大，眼界不够寬。雖然不一定必要到深山曠野，至少要在社稷壇、三海、頤和那樣的園林，天安門前那樣的通衢，才能觀賞到眞正的雪後美景。站在北海白塔或者景山上看着白雪擁覆蒼松叢繞的故宮舊苑，長安大道上的車馬往來，碾銀踏玉，這豈是在家裏所能見到的。綠酒紅爐，春生斗室，固然也很不錯，但是溫暖得有點頭腦不淸的時候，從屋子裏出來，被雪後的寒風一吹，其淸凉爽快亦不亞於夏天吃冰激凌。我每逢雪後出遊於長安道上，就會想起杜牧的一首長安春雪：

秦陵漢苑參差雪，北闕南山次第春。車馬滿城原上去，豈知惆悵有閒人。

有閒人三字，千萬不要連讀而講成「有閒階級」。「閒人」和「有閒階級」意義並不十分相同。這詩的佳處在能從喧擾中寫出寂寥之感，說是悲天憫人亦無不可。對此美景而生惆悵，杜牧之到底是個詩人。

牧之此詩注重在寫雪後出遊的情調，至於寫雪後景物的佳作，當然很多，眼前最熟的有下邊兩首：

終南陰嶺秀，積雪浮雲端，林表明霽色，城中增暮寒。祖詠望終南殘雪

千山鳥飛絕，萬徑人蹤滅，孤舟簑笠翁，獨釣寒江雪。柳宗元 江雪

「積雪浮雲端」是說晴光映雪閃灼奪目遠望如同浮在雲端一樣，若解作積雪在浮雲之端以狀山之高，那就呆像了。暮寒增厲，霽色添明，全是從旁襯托的寫法，與「千山鳥飛絕，萬徑人蹤滅」一樣，並沒有具體摹寫而淸寒孤迥的神理，具在其中。若夫韓愈詠雪，則另是一種筆墨。

壓野榮芝菌，傾都委貨財。娥嬉華蕩瀁，胥怒浪崔嵬。磧迥疑浮地，雲平想輾雷。隨車翻縞帶，逐馬散銀杯。

萬屋漫汗合，千株照耀開。

眞賣力氣！雪是輕靈的，似不必用這樣重筆來寫。但是除了韓退之又有幾個人能這樣「龍文萬斛鼎，筆力可獨扛。」韓的思想識度，近來已有多人論及，我不想多說，他的散文也不完全令人喜歡，至於他的詩，則當別論。

從正面寫積雪的詩，我最喜歡楊萬里的一首七絕：

只知逐勝忽忘寒，小立春風夕照間，最愛東山晴後雪，軟紅光裏湧銀山。

詩題是「雪後晚晴，四山皆靑，惟東山全白，賦最愛東山晴後雪二絕句。」第二首不大好，不鈔了。這題與詩合看，更能增加詩的美麗。四山皆靑，一山全白，籠罩在軟紅的夕陽光裏，冷艷絕倫，令人佇立風前，欲歸難捨。這與祖詠的詩同是寫晴雪，至於寫夜雪的，一時想不起來甚麼好詩，只有一段饒有詩意的散文。

崇禎五年十二月，余住西湖，大雪三日，湖中人鳥聲俱絕。是日更定矣，余拏一小舟，擁毳衣爐火，獨往湖心亭看雪。霧凇沆碭，天與雲、與山、與水，上下一白。湖上影子，惟長隄一痕，湖心亭一點，與余舟一芥，舟中人兩三粒而已。張岱 陶庵夢憶

不要以爲這裏所寫的太黯淡，好就好在這黯淡上。畫雪景所用顏色，只有灰與白，偶爾加上點紅，（梅花或是人物的巾服）那是襯托，這裏乾脆連襯托都不要，只是一味的黯淡。

積雪雖美，可惜不易保存，人類的踐踏掃除之外，最利害的是狂風暖日。一陣風會將房上樹上的積雪刮得乾乾淨淨；一兩天的日光曝曬，到處的雪全消融了，只賸下山頂牆根一點餘跡，或者孩子們堆在陰涼處的大雪人。經年積雪的高峰，只是少數地方人的專利品，那能到處全有？當然我們並不希望保存積雪到很久，若眞那樣，雖不致日久生厭，也就平淡無奇。只希望不要在我們正欣賞牠的時候被毁壞了就是。所以我們恨的還不是狂風暖日，而是踐踏掃除。辛棄疾有幾句詞：

九衢中，杯逐馬，帶隨車。問誰解愛惜瓊華？（上西平）

却嫌鳥雀投林去，觸破當樓雲母屏。（鷓鴣天）

松共竹，翠成堆，要擎殘雪鬪疎梅。亂鴉畢竟無才思，時把瓊瑤蹴下來。（鷓鴣天）

這是無可奈何的，微如飛鳥，尚不能保持雪的整潔，何況人類，那能一下雪就停止活動了呢。

積雪消融，點點滴滴，從檐端樹杪流下來，也是一種美景。這時的天氣最可喜悅，雪後晴初，尖風旭日，一切都是明逈的，清寒之中却含有溫暖的氣氛，欣欣的生意。陸游有兩句詩：

日映滿窗松竹影，雪消並舍鳥烏聲。（雪晴）

還有蔣春霖的幾句詞：

依然淺畫溪山，愁殺煖寒院宇。春回萬瓦，聽滴斷檐聲淒楚。賸幾分殘粉樓臺，好趁夕陽勾取。（東風第一枝）

還有晏殊的浣溪沙：

殘雪寂寥初散後，春風悠颺欲來時。

都是我最喜歡的境界。但到了這時候，雪已融化無存，只在人們的心頭留下一點清寒，來冬再見了。

說了半天，話題是以與雪有關的詩詞為主，都是正經作品，現在換換筆墨，講幾首打油詩。第一首是聽一位河南朋友說的：

老天下雪不下雨，雪到地上變成雨，與其雪到地上變成雨，何如不下雪就下雨。

句句是實話，句句是費話，此其所以為打油也。但這首還不能十分算作打油詩，這是介乎打油詩與民間詩之間的。民間詩與打油詩的性質有時並不相同，卽如：

不會作天強作天，不是旱來就是淹，你若下來我上去，風調雨順過幾年。

金剛本是一團泥，努目皺眉把人欺，你說你是好漢子，敢同俺去洗澡去？

只能說是民間詩而非打油詩。打油詩的性質有兩種，一是貌為文雅，實則俗陋，一是故意的胡鬧；民間詩則就是這樣的粗直本色，無所謂雅俗，亦非胡鬧。

打油詩的始祖有兩種說法，都是雪詩。第一、楊愼升庵外集載唐人張打油詩云；

江上一籠統，（或作一條桶）井上黑窟窿，黃狗身上白，白狗身上腫。

第二、李開先詞謔云：

中原音韻作詞十法「造語不可作張打油語。」士夫不知所謂，多有問予者。乃汴之行省掾一參知政事，廳後作一粉壁雪中陞廳，見有題詩於壁上者：「六出飄飄降九霄，街前街後盡瓊瑤。有朝一日天晴了，使掃箒的使掃箒，使鍬的使鍬。」參政大怒曰，「何人大膽，敢汚吾壁？」左右以張打油對。……以是遐邇聞名，詩詞但涉鄙俗者，謂之張打油語。

明人說話，常是不大可靠，楊升庵尤其好隨便瞎說。打油詩打到唐朝，恐怕太遠。不如李說以爲元人，源源本本，較爲可信。以詩而論，第一首向來傳誦，並不高明，酒後茶餘，助談博笑而已。博笑處在末一句，正爲其胡來混湊。從前劉叔雅先生講謝惠連雪賦，很不贊成「皓鶴奪鮮，白鷳失素」兩句，他以爲白雪之白非白羽之白，如此牽引比附，實近於「白狗身上腫」了。第二首乍看起來，好似可笑之外別無意義，其實後三句够悲涼的，頗有酒闌人散，鳳去樓空之感。大凡玩世不恭之人，滑稽詼諧之作，常是深深的蘊藏着悲涼冷落的情緒。以雪之莊嚴皓潔，終不免於「使掃箒的使掃箒，使鍬的使鍬」，然則世間好物，皆不堅牢，不只「彩雲易散琉璃脆」也。

這首詩雋永深刻，前邊一首也不失爲幼稚中見樸拙，總而言之都有意境。最惡劣的是下邊一首說打油詩不是打油詩，說謎語不是謎語的東西。

天公喪母地丁憂，萬里山河戴孝兜。明日太陽來赴弔，滴滴噠噠淚交流。

這東西之所以爲惡劣，不僅是呆板粘滯，把西子刻畫成無鹽，最可惡的是神氣十足，彷彿自以爲偉大的了不得。難道把天公地母萬里山河全搬出來就算偉大了麼？豈有此理！

越說越沒好東西，擱筆可也。

民國三十二年。

陶淵明與田園詩人

尋常提到田園詩人，總要想起陶淵明，差不多每部文學史都說陶淵明是中國第一個田園詩人。從前我總不大承認這種說法以爲陶淵明一生不是「田園詩人」所能包括，近來覺得也可以如此說，不過要認淸田園詩人的性質，和陶淵明與後來一般田園詩人的不同。

要認淸田園詩人的性質，首先要知道所謂田園詩不僅是歌詠自然，嘯傲山水的遣興陶情之作。很多人以爲田園詩祇是如此，田園詩人也不過就是樂天安命的避世者；那是錯誤的，至少是過於狹窄的觀念。眞正的田園詩不止描寫田園風景，還要描寫農夫生活，不能單寫耕田的快樂，農夫的艱苦也要寫。尤其重要的是親切體驗。若祇是旁觀的督課農桑，或者偶爾高興拿幾次鋤頭，未嘗親犯霜露，飽嘗甘苦，都不能算作眞正的田園詩人，他們的作品也就不能算作眞正的、好的田園詩。而且既稱爲詩人，絕對沒有始終過着一種單純生活的。假使某人生長田間，老死田間，一輩子沒出過家門，耕讀以外沒作過其他事情，這個人也許會作幾首詩，但絕不會成爲詩人，因爲他的生活內容太簡單貧乏了。古今山林隱逸之士作不出第一流的好詩，正是爲此。所以歷來所謂的田園詩人，沒有一個是終身務農的田夫野老，祇是在他某一時期的生活，某一部分的作品裏，有些田園意味，不過有久暫多寡之不同而已。照以上所說，我們當然承認陶淵明是田園詩人，而且是個標準田園詩人。現在先說一說後來各家，再論淵明自己。

六朝詩很少田園作品，元以後的詩漸趨沒落，現祇就詩的全盛時期，唐宋兩朝來說。在這兩期很有些詩家以田園詩人見稱，像王維、儲光羲、柳宗元、白居易、范成大、陸游諸人，都有些好的田園詩，每人略舉幾首寫在下面。此外祇作過少數田園詩而又不甚好的作家就不多舉了。

斜光照墟落，窮巷牛羊歸；野老念牧童，倚杖候荊扉。雉雊麥苗秀，蠶眠桑葉稀。田夫荷鋤至，相見語依依。即此羨閒逸，悵然吟式微。（王維渭川田家）

積雨空林烟火遲，蒸藜炊黍餉東菑。漠漠水田飛白鷺，陰陰夏木囀黃鸝。山中習靜觀朝槿，松下淸齋折露葵。野老與人爭席罷，海鷗何事更相疑。（王維積雨輞川莊）

仲夏日中時，草木看欲焦。田家惜工力，把鋤來東皐。顧望浮雲陰，往往誤傷苗。歸來悲困極，兄嫂共相譊。無錢可沽酒，何以解劬勞。夜深星漢明，庭宇虛寥寥。高柳三五株，可以獨逍遙。（儲光羲同王十三維偶然作）

野老本貧賤，冒暑鋤瓜田。一畦未及終，樹下高枕眠。荷蓧者誰子，皤皤來息肩。不復問鄉墟，相見但依然。腹中無一物，高話羲皇年。落日臨層隅，逍遙望晴川。使婦提蠶筐，呼兒榜漁船。悠悠泛綠水，去摘浦中蓮。蓮花豔且美，使我不能還。（上同）

蓐食徇所務，驅牛向東阡。雞鳴村巷白，夜色歸暮田。札札耒耜聲，飛飛來烏鳶。竭茲筋力事，持用窮歲年；

盡輸助徭役，聊就空自眠。子孫日已長，世世還復然。

籬落隔煙火，農談四鄰夕。庭際秋蟲鳴，疎麻方寂歷。蠶絲盡輸稅，機杼空倚壁。里胥夜經過，雞黍事筵席。各言官長峻，文字多督責。東鄉後租期，車轂陷泥澤。公門少推恕，鞭扑恣狼籍。努力慎經營，肌膚眞可惜。

迎新在此歲，惟恐踵前跡。

古道饒蒺藜，縈廻古城曲，蓼花被堤岸，陂水寒更淥。是時收穫竟，落日多樵牧，風高榆柳疏，霜重梨棗熟。行人迷去住，野馬競棲宿，田翁笑相念，昏黑愼原陸。今年幸少豐，無厭饘與粥。以上柳宗元田家三首

田家少閑月，五月人倍忙，夜來南風起，小麥覆隴黃。婦姑荷簞食，童稚携壺漿，相隨餉田去，丁壯在南岡。足蒸暑土氣，背灼炎天光，力盡不知熱，但惜夏日長。復有貧婦人，抱子在其傍，右手秉遺穗，左臂懸弊筐。聽其相顧言，聞者爲悲傷，家田輸稅盡，拾此充飢腸。今我何功德，曾不事農桑，吏祿三百石，歲晏有餘糧，念此私自媿，盡日不能忘。白居易觀刈麥

七月行已半，早涼天氣清，清晨起巾櫛，徐步出柴荊。露杖筇枝冷，風襟越蕉輕，閑携弟姪輩，同上秋原行。新棗未全赤，晚瓜有餘馨，依依田家叟，設此相逢迎。自我到此邨，往往白髮生，邨中相識久，老幼皆有情。留連向暮歸，樹樹風蟬聲，是時新雨足，禾黍夾道青，見此令人飽，何必待西成。白居易秋遊原上

高田二麥接山青，傍水低田綠未耕，桃杏滿村春似錦，踏歌椎鼓過清明。

蝴蝶雙雙入菜花，日長無客到田家，鷄飛過籬犬吠竇，知有行商來買茶。

新綠園林曉氣涼，晨炊早出看移秧，百花飄盡桑麻小，夾路風來阿魏香。

晝出耘田夜績麻，村莊兒女各當家，童孫未解供耕織，也傍桑陰學種瓜。以上范成大四時田園雜興

小園煙草接鄰家，桑柘陰陰一徑斜，臥讀陶詩未終卷，又乘微雨去鋤瓜。陸游小園四首之一

村南村北鵓鴣聲，水刺新秧漫漫平，行徧天涯千萬里，却從鄰父學春耕。同上

紛紛紅紫已成塵，布穀聲中夏令新，夾路桑麻行不盡，始知身是太平人。陸游初夏

園丁傍架摘黃瓜，村女沿籬采碧花，城市尙餘三伏熱，秋光先到野人家。陸游秋懷

以上的詩都是第一流的田園作品，合起來看，內容也很完備，寫田園風景的，寫農民生活的快樂、苦惱，各種描寫應有盡有；祇有一個共同缺點，就是缺少內在的生命力。他們寫的無論怎樣精彩，怎樣逼眞，總寫的是旁人而不是自己，寫的是由觀察欣賞所得的外境，而不是從經驗體貼而來的內心。在他們的詩裏，祇有文人對於農村生活的詠歎，沒有農夫對於本身生活的敍述。這就是因爲他們都不曾親執鋤犁，躬犯霜露的緣故；尤其是他們並沒有把耕種當作唯一的養生之資，所以農夫的眞正哀樂，對於他們總是模胡影響地隔着一層。至於志士仁人內心的隱痛，在他們更談不到了。這些人裏邊祇有儲光羲的詩確是個中人語，他是最名符其實的田園詩人。不過他的缺欠還是樂多苦少，他所寫的是理想的農村生活，多少在實際上加了一些渲染。

那麼，陶淵明的田園詩怎樣呢？陶詩描寫田園風景的像：

熙熙令音，猗猗原陸，卉木繁榮，和風淸穆。勸農

山滌餘靄，宇曖微霄，有風自南，翼彼新苗。時運

平疇交遠風，良苗亦懷新。雖未量歲功，卽事多所欣。癸卯歲始春懷古田舍

夙晨裝吾駕，啓塗情已緬，鳥哢歡新節，冷風送餘善，寒竹被荒蹊，地爲罕人遠。同上

方宅十餘畝，草屋八九間，榆柳蔭後簷，桃李羅堂前，曖曖遠人村，依依墟里烟。歸園田居

看去不像儲王各家作品那樣美麗，這固然是淵明一貫的蕭散冲淡的作風，但也是田園詩的本色。這裏沒有甚

麼修飾渲染，祇有樸實眞淳的描寫。特別可注意的是「平疇交遠風，良苗亦懷新。」蘇軾評這兩句詩說：「非古之耦耕植杖者不能道此語，非予之世農亦不識此語之妙。」的確，廣大的沃野平疇，嫩綠的新苗，被交流的和風吹動着，新苗自己是充滿了欣欣生意，而農人對着自己的收穫，自然也是躊躇滿志，高興的不得了。這是田園風景裏邊最高最美的境界。後來的田園詩，描寫儘管比陶詩美麗，却多是從四圍渲染，而沒有抓住這一點核心。祇有東坡的一首浣溪沙詞，可以傳出一些淵明所有的意境。

軟草平莎過雨新，輕沙走馬路無塵，何時收拾耦耕身？日暖桑麻光似潑，風來蒿艾氣如薰，使君原是此中人。（徐州謝雨作五首之一）

「使君原是此中人」，就是上文所謂「世農」。我們要想了解田園詩的佳處，當然也非作些年此中人不可。如果有田可歸的話，種地去吧！

描寫風景美麗也好，樸實也好，各有各的好處。陶詩與後來不同的地方，要緊還是在農村生活的敍述，像：

孟夏草木長，遶屋樹扶疏，衆鳥欣有託，吾亦愛吾廬。既耕亦已種，時還讀我書。窮巷隔深轍，頗迴故人車。歡言酌春酒，摘我園中蔬，微雨從東來，好風與之俱。汎覽周王傳，流觀山海圖。俯仰終宇宙，不樂復何如。（讀山海經）

春秋多佳日，登高賦新詩，過門更相呼，有酒斟酌之。農務各自歸，閑暇輒相思，相思則披衣，言笑無厭時。此理將不勝，無爲忽去茲，衣食當須紀，力耕不吾欺。（移居）

種豆南山下，草盛豆苗稀。晨興理荒穢，帶月荷鋤歸。道狹草木長，夕露沾我衣。衣沾不足惜，但使願無違。

歸園田居

人生歸有道，衣食固其端，孰是都不營，而以求自安。開春理常業，歲功聊可觀。晨出肆微勤，日入負耒還。山中饒霜露，風氣亦先寒。田家豈不苦，弗獲辭此難。四體誠乃疲，庶無異患干。盥濯息簷下，斗酒散襟顏，遙遙沮溺心，千載乃相關。但願長如此，躬耕非所歎。庚戌歲九月中於西田穫旱稻

也寫快樂也寫苦惱，苦樂兩面，都比後代的田園詩寫得深切逼眞，恰如蘇軾評柳宗元南磵詩的話：「憂中有樂，樂中有憂，蓋妙絕古今矣。」所以如此，正因爲他寫的是經驗體貼之談，是從內心流露出來的生活實感。從淵明的詩和關於他的記載裏，可以看出他的確曾經躬親田畝，午日曝背，夕露沾衣的生活，他是領受過的。這種生活從他四十一歲起，直到六十三歲他死，繼續二十多年。在這二十年中，他始終以種田爲養生之資。收成好，固然很高興，收成不好，就要挨餓。如「怨詩楚調示龐主簿鄧治中」所說：

炎火屢焚如，螟蜮恣中田，風雨縱横至，收斂不盈廛。夏日常抱飢，寒夜無被眠，造夕思鷄鳴，及晨願烏遷。

田園對於淵明的關係如此密切，他過的是徹底的農村生活，而且時期很久，所以他的田園詩字字都是從心裏流出來的，絕非士大夫階級反串的作品所能及。

在前文我曾提出所謂志士仁人的隱痛，陶淵明便是有這種隱痛的人。朱熹曾說過：

隱者多是帶性負氣之人爲之。陶欲有爲而不能者也。朱子語錄

「欲有爲而不能，」一句說透了淵明心事。蘇軾說過：

所貴於枯淡者，謂外枯而中膏，似淡而實美，淵明子厚之流是也。

明人范士楫說：

淵明人本用物，以左時稱詩本華宕，以沖夷稱。（歷代詩家題辭）

正好合併朱蘇兩人的意見。淵明詩所以能中膏實美，所以能華宕，乃是由心靈上的矛盾衝突醞釀而成的生命力在那裏活躍。他的田園詩所以不同凡響，除去經驗眞切以外，還是因爲比較後來諸人心中多了這一層矛盾衝突。這矛盾衝突究竟是甚麼呢？現在說明這個問題。

淵明有這樣幾句詩：

憶我少壯時，無樂自欣豫，猛志逸四海，騫翮思遠翥。荏苒歲月頹，此心稍已去。（雜詩十二首之五）

日月擲人去，有志不獲騁。念此懷悲悽，終曉不能靜。（雜詩十二首之二）

淵明所謂的志，到底是志在甚麼？這從他的學術思想裏可以觀測出來。

先師遺訓，余豈云墜？四十無聞，斯不足畏。脂我名車，策我名驥，千里雖遙，孰敢不至。（榮木）

先師有遺訓，憂道不憂貧。（癸卯歲始春懷古田舍）

談諧無俗調，所說聖人篇。（答龐參軍）

周生述孔業，祖謝響然臻，道喪向千載，今朝復斯聞。（示周續之祖企謝景夷三郎）

少年罕人事，游好在六經。（飲酒二十首之十六）

從這些詩裏，可知淵明的學術思想純粹是儒家的。儒家所講的不過是修齊治平，淵明的最高志願當然也就是兼善天下。杜甫的「致君堯舜上，再使風俗淳」，就是淵明的志願，也是一般儒者的共同志願。

但是，陶淵明是不能達到這志願的：第一是時代問題，第二是個人問題。淵明的時代有如梁任公先生所說：

當時士大夫浮華奔競，廉恥掃地，是淵明最痛心的事。當時那些談玄人物，滿嘴裏清靜無爲，滿腔裏聲色貨利。淵明對於這班人最是痛心疾首。（陶淵明之文藝及其品格）

這話朱熹早說過：

晉宋人物，雖曰尚清高，然個個要官職，這邊一面清談，那邊一面招權納貨。陶淵明眞個是能不要，此所以高於晉宋人物。（朱子語錄）

淵明自己說得更透澈，他說：

夫履信思順，生人之善行，抱朴守靜，君子之篤素。自眞風告逝，大僞斯興，閭閻懈廉退之節，市朝驅易進之心。懷正志道之士，或潛玉於當年，潔己清操之人，或沒世以徒勤。故夷皓有安歸之歎，三閭發已矣之哀。（感士不遇賦）

已經把當時社會形容盡了。根據夷皓兩句，更可知他所看不上的不祇是「晉宋之間」，他以爲社會風俗早就是這樣，所以他說「愚生三季後，慨然念黃虞」，「道喪向千載，人人惜其情」。孔子時代已竟要如飲酒第二十首所說的「彌縫使其淳」了。風俗之壞，既不自當日始，淵明的志願難遂，當然不單是時代問題，更重要的還是個人問題。

個人才氣魄力若是够，也許能轉移風俗，也許能效法孔子的「彌縫使其淳」。但淵明自己知道沒有這能力，我們也知道淵明沒有這能力。他根本不是能在社會上作事的人，更談不到甚麼移風易俗。

性剛才拙，與物多忤。（與子儼等疏）

少學琴書，偶愛閑靜。（同上）

少無適俗韻，性本愛邱山。（歸園田居）

我行豈不遙，登陟千里餘，目倦川塗異，心念山澤居，望雲慚高鳥，臨水愧游魚。（始作鎭軍參軍經曲阿）

自古歎行役，我今始知之，山川一何曠，巽坎難與期。……久游戀所生，如何淹在茲。（庚子歲五月中從都還阻風規林）

這樣一位喜靜惡動，剛拙高潔的先生，有飯吃祇願北窗高臥，沒飯吃祇好帶月荷鋤，那能旋乾轉坤，騫翮遠翥？既不能移風易俗作一番事業，又不肯隨波逐流的混飯吃，他祇好抱着一腔弘願歸去來兮了。

淵明歸田後的生活心情始終是苦樂兩面。像歸園田居第一首、讀山海經第一首、移居第二首所表示的是樂的一方面；怨詩楚調、癸卯十二月中作與從弟敬遠、飲酒第十六首所表示的是苦的一方面。本來一個有志之士，不獲有所作為，不得已退歸田畝，又常過着困乏生活，那有不苦惱的。但是閑靜的田園生活對他也很有興趣；未曾隨波逐流，始終孤高自賞，也是一種精神上的安慰。所以他煩起來就要說「長吟掩柴門，聊為隴畝民」「竟抱固窮節，飢寒飽所更」「蕭索空宇中，了無一可悅」；高興起來也會說「此理將不勝，無為忽去茲」「俯仰終宇宙，不樂復何如。」淵明的田園生活就在這樣矛盾衝突的心情中度下去。而他常說的話如：

四體誠乃疲，庶無異患干。……但願長如此，躬耕非所歎。（庚戌歲九月中於西田穫早稻）

衣沾不足惜，但使願無違。（歸園田居）

和徵辟不起不受州官餽遺的故事又正足以表示他意志的堅強性情的豪邁，這樣，方能擔負矛盾衝突的心情。涵養既久這一切又都融化了，融化成一種悠然的氣象沖淡而有力量也就是全部陶詩的風格。後代的田園詩人那有這樣的心情意志他們也悠然但不是由實際生活鍛鍊融化而成的正如同「一隻玉杯沒有了底」；

綜合本篇所論陶淵明是田園詩人但絕不僅是一個歌詠自然嘯傲山水的樂天人物。

民國三十二年舊稿。

民國四十九年文學雜誌七卷五期。

這篇文章有幾句提到陶淵明的年齡：「這種生活從他四十一歲起，直到六十三歲他死，繼續二十多年。」淵明歸園田居二十多年是沒問題的，問題是從那年起到那年止。這要看他究竟活了多少歲。關於淵明的年壽，眞是聚訟紛紜，異說竟有五種之多。

一、六十三歲蕭統陶淵明傳，宋書及晉書淵明傳。

二、七十六歲宋人張縯說，見李公煥陶集箋注。

三、五十六歲梁啓超陶淵明年譜。

四、五十二歲古直陶靖節年譜。

五、五十一歲逯欽立陶淵明行年簡考。此說始見於吳汝綸古詩鈔注文。

沈約、蕭統上距淵明不過數十年，他們所記六十三歲，是最早而又流傳最廣的說法，爲齊梁以後民國以前一般學者之所公認；若沒有確實的證據、充足的理由，無法也不必把牠推翻。顏延之是淵明同時人，他的陶徵士誄也說淵明春秋六十有三，但這篇文章有兩種傳本，昭明文選本作「春秋若干」，既有異文，只好不拿牠作證。張說僅憑不可靠的孤證。古遂兩說穿鑿附會，糾纏不清，甚至連一紀是十二年都忘記了。梁說乍看甚爲博辯，發表之後確曾轟動一時，有許多人相信，我也曾經是其中之一；但細加參詳，梁先生的論據也還是含胡脆弱的，所以這四種新說都不能成立，六十三歲的舊說也就無法推翻。我所說淵明田園生活的起訖年歲，卽是根據舊說來的。淵明四十一歲是在晉安帝義熙元年乙巳，也就是他從彭澤棄官歸田作歸去來辭的那一年。（郭銀田著田園詩人陶潛第四章第一節對於淵明年壽的各種說法有扼要的概述及正確的平議，可以參閱。郭氏是主張舊說的。）

此外我又說：「淵明的學術思想純粹是儒家的」這是我十幾年前不成熟的偏見。最近幾年，我已明瞭淵明的思想有相當濃厚的道家色彩，並還有時與釋理暗合，他並不是「粹然純儒」其實陶淵明就是陶淵明，無所謂儒、釋、道。

民國四十九年八月附記。

鍾嶸詩品謝靈運條訂誤

鍾嶸詩品是中國文學批評名著，盡人皆知，不用在這裏介紹。本文所要提到的是其中謝靈運條的三項錯誤：一是詩品本身的誤字，一是後人的誤注，一是誤校。

謝靈運在詩品中被列入上品，關於他的一條，有一百五十餘字，是詩品中篇幅最長的。這一條對於謝詩有精確詳盡的評論，並附載靈運幼時軼事。講中國文學批評，寫中國文學史提到謝靈運時，幾乎沒有不引用此條的；既有錯誤，當然要提出來加以考訂。爲了省去閱者翻檢之勞，先把原文抄在下面：

宋臨川太守謝靈運詩其源出於陳思，雜有景陽之體，故尙巧似，而逸蕩過之，頗以繁蕪爲累。嶸謂若人興多才高，博寓目輒書，內無乏思，外無遺物，其繁富宜哉。然名章迥句，處處間起，麗典新聲，絡繹奔會。譬猶青松之拔灌木，白玉之映塵沙，未足貶其高潔也。初，錢塘杜明師夜夢東南有人來入其館，是夕卽靈運生於會稽。旬日而謝玄亡。其家以子孫難得，送靈運於杜治養之；十五方還都，故名客兒。據明刊夷門廣牘本

我所謂詩品本身的誤字，是謝玄的玄字。我認爲玄字乃安字之誤，這個在靈運生後十天死去的人，不是他的祖父謝玄，而是他的叔曾祖謝安。詩品的板本很多，文字頗有異同！謝玄的玄字各本俱同，並無異文，只有淸代諸刻本避聖祖諱改玄爲元。因爲各本一樣，人們也就忽略了這個問題。現在臺灣通行的詩品注本，有陳延傑的詩品注，及杜天縻的詩品新注，杜注幾乎是全部抄襲陳注。這兩種注本都照原文作注云：「玄康樂之祖也。」只

有許文雨的詩品釋提出疑問，（原書有單行本，又收入許氏所編文論講疏。）他說：

按沈約宋書本傳云「謝靈運祖玄晉車騎將軍；父瑍，生而不慧，爲秘書郞，早亡。靈運幼便穎悟，玄甚異之，謂親知曰我乃生瑍，瑍那得生靈運。」若記室所云者不誤，則靈運生甫旬日，車騎何能辨其聰慧，見親知而歎之耶？仲偉殆誤其父瑍爲祖玄歟！

謝靈運傳在宋書卷六十七。記室是鍾嶸的官，仲偉是鍾嶸的字，許氏前後兩稱各異，這樣行文，眞要把人鬧胡塗了。但他所提的疑問是對的，可惜所舉只有孤證。我現在再補一條證據，卽是靈運與謝玄祖孫年齡的差別。宋書靈運傳說他被殺於宋文帝元嘉十年（癸酉）年四十九歲，據此上推，生於晉孝武帝太元十年。（乙酉）晉書卷七十九謝玄傳說玄卒於太元十三年（戊子）年四十六歲。兩傳對照，可知謝玄死時靈運年已四歲，而不是生甫旬日。今北方俗諺云，「三歲看大，五歲看老。」三四歲的小孩當然可以看出聰明來了。

根據以上二證，可以斷定在靈運生後旬日而亡的人不是謝玄。許氏說恐是謝瑍，不過懸揣之詞；我說是謝安，則是有證據的。因爲現在已無從考定謝瑍死於那一年，而謝安則確是在生靈運那年死去的。晉書卷九孝武帝紀太元十年下云：

八月丁酉，使持節、侍中、中書監、大都督十五州諸軍事、衞將軍、太保、謝安薨。

晉書卷七十九謝安傳也說，安死之年太歲在酉。謝安在當時是一人之下，萬人之上的大人物，謝氏能與王氏並稱王謝，可說全在此人。他的死亡，在謝家當然是大事。魏晉時人多半迷信，謝家遇到這樣大喪，不祥孰甚？於是不敢把新生的小孩留在家裏，而把他送到旁處去躲避。此卽詩品所謂：「家人以子孫難得，送靈運於杜，治養之。」杜家是信奉五斗米道的，（詳見下文）此舉總有借宗教之力祓除不祥之意。而且，據說謝安死前曾有怪異之事。太平廣記一百四十一引異苑云：

東晉謝安於後府接賓，婦劉氏見狗銜安頭來，久之，乃失所在，是月安薨。

我們固然不相信這種鬼話；但是「天道幽且遠，鬼神茫昧然」，以我們現在的知識程度，還不能對這類事輕下斷語，何況古代？無論是劉氏眞有所見也好，她個人的幻覺也好，只要她繪影繪聲的一說，就會使謝家的人更急於要把這小孩送出去躲災了。

所以，我說謝玄乃謝安之誤，雖不敢十分斷言，總較許氏疑爲謝瑍之說爲有據。如果我所說的不錯，我們還可以推定一事，卽是謝靈運的生日。據長曆推算，這一年的八月丁酉（謝安卒日）是二十二日，上溯十天，靈運的生日該是八月十二日。至於這個玄字是鍾嶸自己的筆誤，還是後人誤鈔誤刻，那就無從查考，只知道從明代以來，各本均同此誤而已。

詩品本條末尾有一句舊注，文云：「治音稚，奉道之家靖室也。」這是詩品惟一的舊注，是何代何人所注，不得而知。明嘉靖時刻的叢書夷門廣牘，其中收有詩品，已有此注，可見由來已久。陳杜兩種注本均保留此注，但並未冠以舊注兩字，而混入他們自己的注解裏邊，在注書體例上說，這是荒唐。尤其重要的是，他們不但乾沒了這句舊注，而且忽略了牠，以致把原文讀錯，而湮沒了原文給予我們的重要資料。許著詩品釋及葉長青的詩品集釋雖標明此係舊注，但同樣忽略而未加闡釋。這就是我所謂誤注。現在先把這句注文說明。

奉道之家的道，卽是漢末張道陵所創的五斗米道，又稱天師道，爲後世道教之祖。魏晉之世，信奉這種道的人頗多，包括達官貴人學者名流，以至販夫走卒。靖室這個名詞，見於晉書卷八十王凝之傳，附其父羲之傳後，其文云：

王氏世事張氏五斗米道，凝之彌篤。孫恩之攻會稽，僚佐請爲之備。凝之不從，方入靖室請禱，出語諸將佐曰「吾已請大道，許鬼兵相助，賊自破矣」既不設備，遂爲孫恩所害。

又有靜室之說，見於三國志魏志卷八張魯傳注引典略，文云：

張角爲太平道，張修裴松之云應是張衡。按：衡爲道陵之子，傳其法術。爲五斗米道，……修法略與角同，加施靜室，使病者處其中思過。

靖字本有靜義，參閱右引兩傳文，可知靖室亦卽靜室，是奉五斗米道的人修持祈禱的地方。五斗米道初起時，本以給人治病爲號召，所以靜室裏也可住病人。明瞭這句注文，就可知道「送靈運於杜，治養之」這句話是說「把靈運送到杜家去，養在靖室裏邊。」至於怎樣養法？有沒有甚麼宗敎方式？那就有待詳考，也不一定考得出來。詩品又說靈運「十五方還都」，這十五年中固然不見得始終養於靖室，但總是住在杜家，至少是與杜家保持接觸。靈運旣與五斗米道有如此長久而密切的關係，受其影響，自不待言。五斗米道託始於道家，宗敎迷信雖與哲理有別，道家的書總是要熟讀的，前面所引張魯傳注云「五斗米道以老子五千文使人都習」可爲證明。所以靈運後來雖篤信佛敎，精研內典，而在他的作品裏仍有許多道家的理致與情調。這與時代風氣卽魏晉玄學固然有關，而最大來源却是他幼年時的生活環境。

關於錢塘杜家，晉書卷一百孫恩傳有一段記載：

孫恩世奉五斗米道。恩叔父泰，字敬遠，師事錢塘杜子恭；而子恭有秘術。嘗就人借瓜刀，其主求之，子恭曰，「當卽相還耳。」既而刀主行至嘉興，有魚躍入船中，破魚得瓜刀。其爲神效，往往如此。子恭死，泰傳其術。

觀此記載，可知錢塘杜家是當時五斗米道的宗師，頗有法術。以謝氏門第之高，不會在「尋常百姓家」寄養子孫，一定就是在這個杜家。如說當時錢塘有兩個杜姓，都是奉道大家，不會那樣巧。我想杜子恭與詩品所說杜明師也許就是一人，明師可能不是名字而是稱號。這當然是揣測之詞；但其爲一家，則無可置疑。一代大詩人就是在這個家庭裏長起來的。

所以，詩品所記這一段軼事，實在是研究謝靈運生平的重要資料，而這句舊注則是重要的啓示，沒有這句舊注，我們不知道治字的意義，也就無從知道杜家是怎樣一個環境。陳杜二注本忽略了這句舊注，於是把杜治二字連在一起讀，在旁邊加上一條人名線，憑空造出一個人來，姓杜名治。許葉兩注雖未誤讀，其忽略不求甚解則一，這一段重要而有趣味的資料遂被湮沒了。

「繁蕪爲累」 陳杜兩注作「繁富爲累」；「興多才高博」，有些本子作「興多才高」，沒有博字。此二者就是我所謂誤校。詩品的板本有二十餘種，此地能見到的有十餘種。繁蕪的蕪字，我所見諸本俱同，只有陳杜兩注作繁富。杜注是鈔襲陳注的，改蕪爲富，恐怕是始於陳延傑。但在此地有幾種本子未能見到，所以還不能確定爲何人所改。此字之所以被改，我想有兩種原因：第一，改者認爲鍾嶸既把謝詩列入上品，特加推崇，不應又用蕪字貶他。第二，改者認爲前邊說繁蕪，後邊說繁富，前後不一致。但是他卻忘了「繁蕪爲累」的累字，這句無論如何也是貶詞。繁富在詩品中的用法則是褒詞，下品晉中書張載條云「長虞父子，繁富可嘉」，卽是例證。謝詩有時確是失之繁蕪，如「還舊園作見顏范二中書詩」卽是。他的詩散佚甚多，一定還有若干這樣的蕪篇，我們不會見到當時人對於謝詩已有此評，梁簡文帝蕭綱與湘東王書就曾說過：「學謝則不屆其精華，但得其冗長。」鍾氏不能否認這種事實而又愛重謝詩，所以用先貶後褒之法。前邊說「繁蕪爲累，」後邊說「繁富宜哉，」卽以繁富二字引起下文名章麗典等四句贊美之辭。若前邊沒有蕪字，則「未足貶其高潔也」的貶字便沒有來源。其文意之轉換，語氣之輕重，一望可知；改蕪爲富以求前後一致，完全違反鍾氏本意。與多才高博的博字，諸本或有或無，大致是明刻諸本皆有此字，清刻諸本或無此字，陳杜二注也是無此字的。其實此字斷不可少。才高博是才高而博的意思，才高故「內無乏思，」才博故「外無遺物，」沒有博字，「外無遺物」一句便顯得沒有着落。後人以爲「興多才高博」五字成句，不合六朝時句法，一般習慣又只說才高而很少說才博，於是認定博字是衍文而硬給刪掉。不知六朝文章五字成句的並不太少見，才博卽是才大如海之意，沒甚麼難懂。上文說過，明刻諸本皆有博字，「書貴舊本」固然不是定理，但有時確是如此。

上述三項之外，還有一項，不一定算是錯誤，但須加以說明，那就是謝靈運的官銜。宋書靈運傳說他最後的官職是臨川內史，而詩品稱他爲臨川太守。今按：太守與內史實際雖是一樣而名義不同，這是晉宋時的官制。晉書卷二十四職官志云「郡皆置太守，諸王國以內史掌太守之任。」宋書卷四十百官志下亦云宋用晉制，王國太守稱內史。（原文甚繁，大意如此。）宋時臨川是王國，撰世說新語的劉義慶卽是臨川王，所以宋書卷三十六州郡志二江州諸郡長官皆稱太守，只有臨川稱內史。謝靈運的官銜當然是臨川內史；詩品太守之稱，實與當時官制不合。許葉陳杜各注本都沒有提到這個問題，今附帶說明於此。

民國四十八年，新生報讀書週刊。

謝安的夢與王安石的詩

王安石是個不平凡的政治家，也是個不平凡的詩人。我不懂政治、經濟，熙寧新法利弊如何，未便妄談，提到王安石，只好談一談他的詩。他晚年罷相閒居金陵的時候有這樣兩首七絕：

憶昨同追八馬蹄，約公投老此山棲。公乘白鳳知何處？我適新年值白雞。（次張唐公韻）

招提詩句漫黃埃，忽忽籠紗雨過梅。老值白雞能不死，復隨春色破寒來。（庚申正月遊齊安院，有詩云：「水南水北重重柳」；壬戌正月再遊。）

又有一首五古，其中四句云：

予衰極今歲，倘與雞夢協；委蛻亦何恨，吾兒已長鬣。（遊土山示蔡天啓秘校）

此公與白雞有何關係而在詩中屢次提到？這是有典故的。晉書謝安傳敍謝安將死之前的軼事云：

安悵然謂所親曰：「昔桓溫在時，吾常懼不全。忽夢乘溫輿行十六里，見一白雞而止。乘溫輿者，代其位也；十六里，止今十六年矣；白雞主酉，今太歲在酉，吾病殆不起乎。」乃上疏遜位，尋薨，年六十六。

後來詩文用這個典故的很多。如李白東山吟云：

攜妓東土山，悵然悲謝安。我妓今朝如花月，他妓古墳荒草寒。白雞夢後三百歲，灑酒澆君同所歡。

李德裕懷嵩記云：

洎太和己丑，徵接舊老，同升台階。或纔歎止輿，已協白雞之夢；或未聞稅駕，遽有黃犬之悲。

前者是憑弔謝安本人，後者是說居高位者的死亡，都不是作者自喻。王安石用這個典故則是說他自己，因爲他是自比謝安的。

王謝二公的確有些類似的地方。謝安未出仕以前，望重朝野，當時至有「安石不肯出，將如蒼生何？」之歎。王安石本來也是負天下重望的名士，宋史安石本傳云：

館閣之命屢下，安石屢辭，士大夫謂其無意於世，恨不識其面。朝廷每欲俾以美官，惟患其不就也。

這與謝安的高臥東山，屢徵不起，是一個派頭，而謝的字與王的名又恰巧相同。我想王安石每讀謝安傳至「安石不肯出，將如蒼生何？」十字，總要撚鬚微笑吧。到了他罷相以後，更以謝安自比，因爲他以爲他晚年的遭際與謝安頗爲相同。晉書桓伊傳（附桓玄傳後）云：

謝安女壻王國寶，專利無檢行，安惡其爲人，每抑制之。及孝武末年，嗜酒好內，而會稽王道子昏醟尤甚，惟狎昵諂邪。於是國寶讒諛之計，稍行於主相之間；而好利險詖之徒，以安功名盛極而構會之，嫌隙遂成。帝召伊飲讌，安侍坐。……伊便撫箏而歌怨詩曰：「爲君既不易，爲臣良獨難，忠信事不顯，乃有見疑患。周旦佐文武，金縢功不刊，推心輔王政，二叔反流言。」聲節慷慨，俯仰可觀。安泣下沾襟，乃越席而就之，捋其鬚曰：「使君於此不凡。」帝甚有愧色。（醟音詠，酗酒也。）

謝安傳云：

會稽王道子專權而姦諂，頗相扇構。安出鎮廣陵之步丘，築壘曰新城以避之。安雖受朝寄，然東山之志，始末不渝，每形於言色。及鎮新城，盡室而行，造汎海之裝，欲須經略粗定，自海道還東。雅志未就，遂遇疾

篤，上疏請量移旋旆；遂還都。聞當輿入西州門，自以本志不遂，深自慨失。（下接前文所引「因悵然謂所親曰」云云）

據此兩段，知謝安雖功高當世，到晚年也是憂讒畏譏，雅志未遂，鬱鬱以歿。王安石在宋朝非常受神宗信任，言聽計從，全盛時的權勢，不減於謝安之在晉朝。到了後來反對新法的人太多，天時人事又有許多壞現象，神宗開始懷疑新法之不可用，呂惠卿（安石一手提拔的人）又乘勢倒戈排擠，弄得安石四面楚歌，只好自請罷相。安石是個頗爲執拗的人，一生只重理想而不大理會實際，他始終自信他的新法是救時良策；他所痛心疾首的只是當時那些反對新法的人，尤其痛恨呂惠卿之反覆傾邪。他以爲他之不能安於其位，全是因爲小人的讒構，與謝安的情形一樣。罷相之後，退居金陵，常是一個人出去閒走，恰好金陵附近有許多「謝公陳跡，」於是由兩人名字的相同而想到中年出處晚年遭際的符合，俯仰身世，不由得對於謝安起了親切之感。他有兩首「謝公墩」絕句云：

我名公字偶相同，我屋公墩在眼中。公去我來墩屬我，不應墩姓尚隨公。

謝公陳跡自難追，山月淮雲祇往時。一去可憐終不返，暮年垂淚對桓伊。

這兩首詩大有與謝公相視而笑莫逆於心之概，不是尋常弔古之作。第一首直把謝公當作一家人，爭墩是爭着玩，正是「不見外」之意。第二首則頗爲傷感，這纔是作者眞意所在。「一去可憐終不返，暮年垂淚對桓伊」說謝安亦是說他自己，所謂詠史即是詠懷。他另有一首題謝公墩的五言古風云：

走馬白下門，投鞭謝公墩，昔人不可見，故物尙或存。問樵樵不知，問牧牧不言；摩挲蒼苔石，點檢屐齒痕。想此絓長檣，想此繫短轅，想此玩雲月，狼藉盤與尊。井逕亦已沒，漫然禾黍村。摧藏羊曇骨，放浪李白神。亦已同山丘，緬懷蒔蘭蓀。小草戲陳跡，甘棠詠遺恩，萬事付鬼籙，恥榮何足論。天機自開闔，人理孰畔援；

公色無喜懼，倘知禍福根，涕淚對桓伊，暮年無乃昏。

這比前邊那兩首七絕表示得似乎更爲親切篇末又提到涕淚對桓伊，更可知所以如此親切的緣故了。

王安石總要算是熱中功名的人，凡是熱中之士，沒有不比一般人更珍惜生命的，雖然有時爲了功名事業、主張信仰他們好像比一般人輕視生命。謝安避讒出鎭得病囘金陵，不久卽死始終沒能囘到他的舊隱之地會稽東山。王安石罷相以後也住在金陵在那裏他也有很深的鄉思。雖然他從少年以來先後在金陵住了很久，已有第二故鄉之感但他對於他的故鄉撫州仍是非常懷戀。他有一首五律：

北山無躑躅，故國有楊梅悵望心常折，慇勤手自栽。暮年逢火改，晴日對花開。萬里烏塘路，春風自往來。

題齊安寺山亭。李壁注云：烏塘在撫州，與先生墓相近。

此詩悲涼掩抑，是很好的思鄉之作。這時他已是六十左右的老人，衰年暮景久客異方當然容易想到故鄉之遙遠與餘年之短促。尤其是這時他的兒子王雱新卒，老年喪子，情懷更是不堪，眞所謂「旣痛逝者，行自念也。」這時他的心裏充滿了死的恐怖。謝安卒於晉孝武帝太元十年乙酉，果然應了白雞之夢；王安石晚年閒居金陵，恰好也遇到一個雞年宋神宗元豐四年辛酉。西方庚辛金，其色白辛酉正是白雞，比謝安的乙酉更與夢兆相協。而王安石的生年是宋眞宗天禧三年辛酉，尤爲巧合。他旣感覺到自己的身世出處與謝安頗爲近似，名字又相同，而今在衰病之年，謝安病卒之地，遇到這個「白雞」，而且是他的甲子一週「本命年」，不由的使充滿他胸中的恐怖更加深刻，他惟恐辛酉這年過不去「我適新年值白雞，」便是這種恐怖心理的表現。實際在辛酉以前他便感到這件事，他有一首絕句：

水南水北重重柳，山後山前處處梅。未卽此身隨物化，年年長趁此時來。（庚申遊齊安院）

庚申尙在辛酉之前一年，他已恐懼到此身將隨物化了。及至辛酉過去而到了壬戌，居然沒死，所以纔有前邊所引「招提詩壁漫黃埃」卽用此詩韻的那首七絕。「老値白雞能不死，復隨春色破寒來」，眞是喜出望外。

王安石的詩與謝安的夢，關係就是如此。想來殊爲可笑。卽使兩人的出處身世完全相同，王安石畢竟不是謝安石，謝安石夢見白雞，王安石並不會作過這樣怪夢。爲了旁人的死亡之兆這樣害怕，未免多餘。而且，從後人的眼光看來，王謝二公還是不像的方面居多。他們只是名字偶然相同，以名士出爲宰相相同。此外毋寧說是相反。謝安出山之後，防止了桓溫的圖謀不軌，擋住了苻堅的傾國來侵，致晉室於小康而成爲救時良相。有人說他全仗運氣好，這話並不盡然，他的確有些眞本領。王安石的相業倒也頗爲煊赫，但他不像謝安那樣走運，執政幾年，弄得舉國騷然，功未成而身退。謝安的本領是沉得住氣，謙退鎭靜，處處息事寧人。王安石則躁急執拗，不能容人，喜功好事。還有，當時晉宋的國勢，雖不至於像「大厦將傾」，卻已不甚堅牢。對此情形，謝安的作風只是彌縫修補，王安石則頗想拆掉了重蓋。至於兩人的私生活，王安石一生儉約樸素，從不注意聲色之娛；謝安石則東山絲竹，相當豪侈。就以晚年際遇來說，也是似同實異。謝安那樣謙退鎭靜，息事寧人，而仍不免於讒構，眞是太寃。無怪這位以雅量高致見稱的老頭兒也要泣下沾襟。王安石的受人攻擊，則是勢所必至，當時有許多人攻擊他的，確只是政見不同，談不到讒構，只有呂惠卿的傾險頗像王國寶而已。總上所述，王安石覺得他自己與謝安相同，雖與實際不合，卻也不失爲一種兀傲自喜之概；爲了謝安的夢兆而汲汲皇皇，便有點拉扯不上。但他的確這樣想，這樣信，而不只一次的寫之於詩了。

卽此白雞一事，使我們覺得王安石這個人頗爲天眞，如同小孩一樣，自己幻想，自己誇大，而自己深信不疑。這正是詩人的氣質。不幸的是，他一生始終稟着這種氣質再加上躁急執拗而從事政治。幻想誇大可以說是詩人所必有的，躁急執拗在詩人也沒有甚麼關係，頂多不過是落落寡合；但這一切在政治家尤其是古代「燮理陰陽，調和鼎鼐」的宰相則是大忌。所以王安石的相業整個失敗，新法雖尙有人繼續推行，他個人則是一蹶不振。他的性格見解是詩人與學究混合的性格見解，他的志願事業則是政治家的志願事業，這當然是一種矛盾。這種矛盾在政治上使王安石失敗，在文學上則使他成功。他晚年閒居金陵時所作的詩，很有些首是中國詩裏頗爲少見的作品。這些詩，充分表現出一個雄心政治家失敗以後的悲涼寂寞。

講到王安石晚年的詩，首先要提出下面一首七絕：

川原一片綠交加，深樹冥冥不見花；風日有情無處著，初回光景到桑麻。（出郊）

這裏所寫的是從烜赫到冷落，從紛擾到沉寂，也就是他自己罷相閒居時的寫照。他這時失掉權勢，無可施爲。從前政務繁忙，想到郊外與田父野老共話桑麻，都沒那種機會；現在則寂無餘事，葛巾野服，以策杖行田爲消遣了。這不就是千紅萬紫過去以後的「風日有情無處著，初回光景到桑麻」麼？還有：

北山輸綠漲橫陂，直塹回塘灩灩時。細數落花因坐久，緩尋芳草得歸遲。（北山）

杖藜緣塹復穿橋，誰與高秋共寂寥？佇立東岡一搔首，冷雲衰草暮迢迢。（寄蔡天啓）

這兩首詩，一寫春光明媚，一寫秋色荒寒，外境全異而內心相同。若不是寂寞無聊，絕沒那些工夫去細數落花，緩尋芳草，也不會緣塹穿橋，東岡佇立，望冷雲衰草而搔首踟躕。這與柳宗元的「悠悠雨初霽，獨繞淸溪曲，引杖試荒泉，解帶圍新竹，」正好相同。「誰與高秋共寂寥？」大概只有他自己吧。還有一首題爲「歲晚」的五律：

月映林塘淡，天涵笑語涼。俯窺憐綠淨，小立佇幽香。攜幼尋新菂，扶衰坐野航。延緣久未已，歲晚惜流光。

情調與上邊兩首七絕一樣。「俯窺憐綠淨，小立佇幽香，」相當於細數落花，緩尋芳草，而意思全在憐字佇字，有此二字，逼眞的寫出徘徊瞻眺的神氣，卽是所謂「延緣」。更有意味的是「攜幼尋新菂」兩句，菂是蓮蓬，小孩子很喜歡吃的東西。他這時國家大事無從管起了，一個人帶着小孩子出去散步，給他找蓮蓬吃，或者自己也吃一點。這是甚麼樣的心情？淺人或以爲是閒適吧。漫叟詩話說他作此詩自比謝靈運，蓋亦元遺山所謂「朱絃一拂遺音在，却是當年寂寞心」也。

詩人所寫寂寞心情有兩種，一種是悠閒的，一種是悲涼的。陶淵明詩卽屬於前者，王安石晚年的詩則屬於後者。像以上所引諸詩，還算是寓悲涼於閒靜，並不露骨，另有三首七絕，題目是「封舒國公」，則把悲涼孤迴的情懷，寫得躍然紙上。

陳跡難尋天柱源，疏封投老誤明恩。國人欲識公歸處，楊柳蕭蕭白下門。

桐鄉山遠復川長，紫翠連城碧滿隍。今日桐鄉誰愛我，當時我自愛桐鄉。

開國桐鄉已白頭，國人誰復記前遊。故情但有吳塘水，轉入東江向我流。

王安石罷相後封舒國公，後來纔改封荊國。這個舒國是他的舊遊之地，他曾作過舒州通判，從那時起他卽有經世之意。作通判時愛桐鄉，作宰相則愛天下。可是到了罷相時，封舒國公不過是個虛面子，實際上他已成了衆矢之的，怨謗之府。舒國也好，整個天下也好，還有誰能了解他多年以來經國濟民的弘願？他只有騎着小驢，沿着蕭蕭楊柳，走到郊外去與高秋共寂寥了。聞見近錄：「王荆公領觀使，歸金陵，居鍾山下，出卽乘驢。」石林避暑錄話：「王荆公不耐靜坐，非臥卽行。晚居鍾山謝公墩，自山距城適相半，謂之半山。嘗畜一驢，每旦食罷，必一至鍾山，縱步山間。」

漫叟詩話說：「荆公定林後詩精深華妙，非少作之比。」定林以後卽是閒居金陵時期。以上所引諸詩，都可稱爲「精深華妙」之作。其所以如此，則是因爲具有深厚的情感與高華的氣度。若僅是一個曾居高位的政治家，則只能高華而未必深厚，若是尋常沒甚麼地位的人，則或能深厚而未必高華。只有王安石以不平凡的宰相而兼不平凡的詩人，才能如此精深華妙。

民國四十六年；文學雜誌二卷五期。

詞曲的特質

詞曲是同類別的文學作品而同中有異。同在形式規律，異在內容風格。正和許多同胞兄弟一樣，面貌神態儘管相似，而性情行爲並不相同。

先說相同之點。詞曲都是配合音樂能够歌唱的詩，其組織成分當然是文字與音樂。他們所使用的文字，是唐以來一般文學作品所使用的文字。國風、楚辭、以及漢魏六朝詩賦駢文所使用的文字，在詞曲裏固然少見；宋元時代的語體文及方言俗語，也不像一般所想像的那樣普遍使用。他們所配合的音樂，則是隋唐以來中國音樂受了外國特別是印度的影響，演變而成的一種新樂。這種新樂雖然自宋以後還在不斷演變，隨時有新的成分加入，如金元胡樂及明清的民間音樂，但總是未離其宗，和六朝以前的中國古樂，現在流行的西洋音樂，都不一樣。因爲要配樂，詞曲都有固定的格式，卽所謂詞調、曲調，或稱詞牌、曲牌，如西江月、采桑子、粉蝶兒、混江龍之類。這些也就是樂譜。既是樂譜，句法當然是長短不齊的居大多數，所以詞曲都是長短句，而不再是通篇五言或七言。（如生查子之五言八句，玉樓春之七言八句，只占極少數，而且都是初期的調子。）以前雖有雜言詩，作品畢竟不多；而且雜言詩是縱橫變化，隨意長短的，詞曲句法的長短，則要配合樂譜，看起來似較通篇五或七言爲有彈性，實在並非伸縮自如。作詩只調平仄，塡詞製曲還要細分四聲。詞及南曲，每個調子中都有若干字的四聲是固定的，該用平聲或上或去或入，不能移易。名篇佳作，莫不如此。北曲雖只有平上去三聲，其分配組織之嚴格，也是一樣。四聲或三聲之外，字的陰陽清濁，也有相當精細的考究。以上種種，組成詞曲本身相同而與詩相異的特點。這個特點，使喜歡諧婉的人，認詞曲爲鏗鏘曼妙的詩歌，使喜歡古拙的人，認爲這玩藝兒的音節有點輕飄。對於天才宜於收斂曲折的人，詞曲是足以見其利器的盤根錯節，對於天才放曠不受羈勒的人詞曲幾乎是荆天棘地。所謂「知我者其惟春秋乎！罪我者其惟春秋乎！」畢竟是知我者多，罪我者少，所以詞曲雖只是詩之一體，而能與詩鼎立，附庸蔚爲大國。

以上是說詞曲在形式規律方面的同點。當然同中不免有異，詳見下文。但那些異點，都是後天環境，人爲的歧異，不礙於此同胞兄弟之面貌相似。

在性行也就是內容風格方面，詞曲雖云相異，却也是異中有同。這弟兄兩個的性行都是偏於瀟灑輕俊美秀疏放，而缺少莊嚴厚重雄峻。他們都只能作少爺而不能作老爺。所不同者：詞是翩翩佳公子，曲則多少有點惡少氣味。詞所表現的是中國文化的陰柔美，曲所表現的則是中國文化衰落時期一般文人對於現實的反應。以下分開來說。

先從詞調的組成上看詞的風格。絕大多數的詞調，都是由單式，三五七言雙式，二四六言兩種句法合組而成。完全單式句的詞調像玉樓春完全雙式句的像十二時，占極少數而且都只是小令。這樣單雙句式相配合的組織，造成了音律的和諧。尤其要注意的是：多數詞調的組成，都是雙式句比較多，單式比較少。越是講究音律的詞家所常用的調子越是如此，音樂性越高的調子越是如此。這種雙多單少的配合方式，使詞的音律舒徐和緩，不近於立體而近於平面。這是構成陰柔美的條件之一。自然，詞調的音律也有縱橫跌宕，近於立體不近於平面的，如水調歌頭、歸朝歡、這兩個調子。他們之所以縱橫跌宕，正因爲其中句式單多雙少。但像這樣的調子，不僅在詞調裏占少數，而且只有稱爲豪放派，不甚拘音律的詞人才用。蘇東坡、辛稼軒、兩個人合計起來有四十首水調歌頭，五首歸朝歡。柳耆卿、秦少游、賀方回、周美成、姜白石、史梅溪、吳夢窗、張玉田、王碧山、周草窗、十個人合計起來兩調不及十首。柳秦以下十人都是講究音律的，他們是詞史上的正統作家中堅分子。蘇辛詞則是變調，是詞史上的彗星。儘管許多人喜歡蘇辛詞，我也是其中之一，我們仍要承認上述正統變調，多數少數的事實。主觀的欣賞不管甚麼正變多少，客觀的批評論析則不能不就多數的正統方面立論。所以我說：從詞調的組成上，也就是從音律上看，詞所表現的風格是陰柔之美。

再從作詞所用語彙及表現方法來看。詞中字面都是輕靈曼妙的，古樸典重的字面簡直不用。表現方法則華飾多於素描，優美多於壯美，很少痛快淋漓奔放顯豁之作，多是隱約含蓄，託興深微，一唱三歎。「畫屛金鷓鴣」「柳絲嫋娜春無力」正好入詞；「鄠杜秋天失鵰鶚」「芭蕉葉大梔子肥」便只好入詩。「碧雲天，黃花地，秋色連波，波上寒烟翠」是詞；「無邊落木蕭蕭下，不盡長江滾滾來」便只是詩。「今宵剩把銀釭照，猶恐相逢是夢中」入詩卽嫌其輕；「夜闌更秉燭，相對如夢寐」入詞卽嫌其直。「三十功名塵與土，八千里路雲和月」與「壯志飢餐胡虜肉，笑談渴飮匈奴血」雖同在一首詞裏，前兩句像詞，後兩句就不大像。如上所述，已可知詞的性質是怎樣的。宋人論詞，雖說有婉約、豪放兩派，但我們衡量詞史上的名家，究竟有多少可屬於婉約派？有多少可屬於豪放派呢？一般公認的比例數，大致是五比一。所謂正變多少之分，不只在音律方面如此，在語彙及表現方法上也是如此；誠然，詞所用的語彙及表現方法未免稍爲狹窄，但這正是詞的本質。詞本來就不是雄澗壯偉的東西；前人甚至目之爲小道末技，固然礙難承認，若稱之爲精金美玉，却是頗爲恰當。精金美玉不是山上的石頭，那有大塊兒的？「山石犖确」也很美，但是另外一種。比之於光：詞中的景物情調都是在月光之下的，無論怎樣皎潔如畫，也是月光；並非日光，即使是日光，也只是無限好的夕陽。比之於水：詞是一道淸溪，是一片澄湖，只能泛起些漣漪，至大是烟波浩渺；有時却會波濤洶湧起來，那就是蘇東坡的「大江東去」辛稼軒的「千古江山」。但要注意：至此爲止，不能再過，文各有體，勉強不得。

總而言之：詞之代表陰柔之美，是無可置疑的，有時也作陽剛的表現，則是因爲「兩儀雖分，同出太極。」詞之所以有此性分，則因爲他的全盛時代在南北兩宋。宋朝的一切，都足以代表中國文化的陰柔方面，不只詞之一端。最後我們要注意：柔並不是一味的軟綿綿，而要有一種韌性。所以粗獷叫囂固然是詞之異端，纖艷儇薄的靡靡之音也同爲魔道。詞有韌性，才能成爲文學之一體。中華民族也仗着歷代相傳的一股韌勁兒，才能屹然立國，從古至今。

除了極少數的纖艷儇薄之作，我們在詞裏找不出毛病來；那樣的作品也只有沒出息的不成其爲詞人的作者去作，正經詞家，決不肯爲此。詞的氣質既是如此純良，所以我說他是翩翩佳公子。曲則也有好處，也有毛病，雖與詞同是善良人家的孩子，氣質却有點駁雜，所以我說他多少有點惡少氣味。現在先說說曲的好處。

曲與詞一樣是配合音樂能够歌唱的詩，形式規律都差不多；只有幾點比詞進步，至少是換了個樣兒。

第一、詞較詩進步的地方，就是句法長短各異。但是詞的格式還是死的，雖然不像五七言詩的平板堆積，而句法字數仍有一定，不能隨便增減攤破。到了曲，特別是北曲，因爲許加襯字，他的彈性比詞更大，更易於伸縮變化，也就更能充分發揮其作用。

第二、曲韻比詞韻更爲合理，更爲活潑適用。韻部的分合既與近代口語相近，又有四聲通押之例，入聲分派於平上去三聲之例，凡此種種，都使作者對於韻的運用更能週轉自如，更能發揮音律的妙用。詞韻則既不如詩韻之古，又不似曲韻之新。押韻之外，曲在句子裏邊的平仄配合，即所謂調律方面，也因入聲之分派於平上去三聲，而增加不少方便。南曲入聲雖仍獨立，有時亦可代用爲平或上去聲。

第三、詞所用的文字大部是典雅的；曲則加入若干後起的新字及方言俗語，或者單用，或者很巧妙的與典雅的文字調和在一起，這樣語彙就寬廣了很多。

第四、詞只是一首一首的單位，最長不過二百餘字，而且這樣長的調子占極少數；普通所謂長調總是在百字左右，小令更不必說。簡幅既小，自然施展不開。曲則小令之外又有套數，更可以擴大起來，與另一種文體，即作爲賓白用的散文，合起來寫成劇本。波瀾氣勢當然比詞大得多。詞也有合若干首以詠一事的。或只有詞，前附駢文致語，如歐陽修的采桑子詠潁州西湖；或與散文間隔使用，如趙德麟的商調蝶戀花詠崔張事。前者近於散套，後者近於劇套。還有以若干首分詠若干事而合爲一篇的，如秦觀的調笑轉踏。但他們都是用同一詞牌，重複呆板，不如散套劇套，聯用不同曲牌，長短快慢，抑揚頓挫，可有不少的變化。

曲比詞有這幾種方便，所以能盡量發揮。無論抒情紀事，寫景狀物，都能酣暢淋漓，盡態極妍。而且所採用的題材，比詞也要廣泛。這不能不說是中國文學一種進步。對於以前各種文體，曲確有點滙集衆流的意思。所可惜者，他只是把衆流滙集在一個狹窄固定的河床。這就是說，他不但受了音律的限制，同時也受了時代的不良影響，使他不能生出眞正浩瀚流轉，光華燦爛的勢派。

曲雖許用襯字，畢竟不能離了本格，又有四聲陰陽等考究，其所受音律上的限制，自不必說。若夫時代的不良影響，則因爲曲是元明兩朝的產物。凡是讀過歷史的人，都知道這兩朝的政治社會不怎麼淸明健全，是中國文化的衰落時期。其情形大致有如下述：在上者的施爲是凶暴昏虐，在下者的風氣是頹廢淫靡。政治的黑暗情形，社會的畸形狀態，暴君之昏虐特權階級如元之蒙古人，明之藩王及豪紳，與一部分疆臣吏胥之貪縱不法，使有心之士，對於現實生出一種厭惡恐怖與悲憫交織而成的苦悶。他們受不了這種苦悶，而又打不開牠，於是頹廢下去。頹廢的結果便是淫靡。同時又有一般人，很熱中而又不得志。於是或者假撇清，滿心功名富貴，滿口山林泉石；或者怨天尤人，大發牢騷。旁人看去則只見其鄙陋無聊。我以爲曲有四弊：頹廢、鄙陋、荒唐、纖佻。頹廢與鄙陋如上所述。荒唐是由頹廢生出來的。人一頹廢了，就把是非眞僞都不當回事，胡天胡帝，信口雌黃。這種情形，在散曲裏較少，在劇曲裏頗多。試把元人雜劇及有名的幾種南戲傳奇翻閱一過，就可以發現許多荒唐謬悠的地方，如關目結構之無情無理，時代地理人物官爵之顚倒錯亂。這不完全是作者的知識不夠，而是他們根本不想去注意這些事。纖佻則是淫靡風氣的反映，是從抒寫男女之情上生出來的毛病。古今中外的文學沒有不寫男女之情的，這是正當而優美的人類情感，無可非議。但在寫出來的時候，要寫得蘊藉深厚，若寫得太露太盡而流於纖佻輕薄，那就失去其正當優美。元明曲裏邊每涉到男女之情，常是容易犯這種毛病，於是連累到整個的曲。近代戲曲小說專家馬隅卿先生，就曾自名其藏書室爲「不登大雅之堂」。這四弊，儘夠說明曲所表現的是中國文化衰落時期一般文人對於現實的反應。這四弊使曲的氣質駁雜，而不免成爲一個惡少。

中國文化的本質是優良的，自有其從古以來一貫相仍的傳統。暫時的衰落，只是如日月之蝕的君子之過。日月雖蝕，不會天昏地暗；健壯的人偶然得病，也不一定臥床不起。曲也是這樣，雖有四弊，惡根並不深，不中四弊之毒的作品，也頗有些個。問題在我們能不能認清曲的本質，去抉擇洗伐，隱惡揚善。所以讀曲選曲，最怕的是以冶艷爲飄逸清麗，以鄙俚爲本色自然。須知，一涉纖俗，無藥可醫；而誤認纖俗爲曲的本質又從而欣賞之者，則大有人在。因此我們要拿准眼光，從散曲劇曲的全集裏自己去找莊重醇雅之作，不要爲陳陳相因的選本所誤。

本文主旨在說明詞曲與中國文化之關係，此外作法技巧沿革演變作家評介等項都不在本文範圍之內。前文既已說明詞所表現的是中國文化的陰柔美，曲所表現的是中國文化衰落時期一般文人對於現實的反應，全文自可就此結束。現在只有一點意見要附帶提出，就是詞曲的前途問題。

在欣賞方面，詞曲是有前途的。古人精神性情所寄的作品，「譬如日月光景常新。」這是事實。在創作方面，詞曲是沒有甚麼前途的。用敝舊了僵硬了的文體，再想拿來使用，一定不能運用自如；卽使偶有天才作家，能使牠復興，也只能曇花一現。這也是事實。詞曲當然不能扭轉事實而造成奇蹟。以上是就進化的通例來說；至於詞曲本身，則又有兩件事使牠們不易復興。第一、現代詩歌的趨向，是句法長短不齊，純依天籟的自由詩，這種趨向甚爲明顯。詞曲雖是長短句，却是受音樂譜律支配的長短，而非自然天籟，四聲陰陽的限制，當然更不必說，這種體製殊不足以應現代詩歌的需要。欲求整齊之美則不如五七言古律絕，欲求參差錯落之美又非現代的自由詩。兩頭落空，豈能長久。第二、我國最近將來的政治社會，將是淸明健全的，最近將來的文化，將偏於陽剛之美。復興後的中國文化，必定是漢唐的燦爛發揚，而不是宋元明的收斂靜止。這決不是過爲樂觀，以自欺當安慰，至多五十年，事實會證明此言不謬。詞曲的內容風格，如本文所論，與這種時代精神實不相合。綜此二端，已可斷定詞曲在將來僅供欣賞，難備創作，更不必談「大象轉四時，功成者自去」的通例。最後要聲明，以上所說，決不降低詞曲本身的價値地位。碧霄萬里，雲物皎潔，我們賞月的時候，決不理會到他已是一個荒蕪的世界，死去的星球。

即使在創作方面，個人也不受全體的約束。喜歡的儘可以去喜歡，要作的儘可以去作，不能說將來任何人也作不出好的詞曲。陶淵明的四言詩，其文學價值是不遜於三百篇的。

民國四十三年；中國文化論集。

詞曲概說示例

本講義共分四部：第一部、詞曲的規律，第二部、詞曲的類別，第三部、詞選及解說，第四部、曲選及解說。

第一部　詞曲的規律

詞曲都是配合音樂能夠歌唱的詩。因爲要配樂，他們都有固定的格式，用爲寫作及歌唱時的依據。這些格式，卽所謂詞調曲調，或稱詞牌曲牌，如菩薩蠻、滿江紅、新水令、駐馬聽之類。離開牌調而自由寫作，詞曲就不成其爲詞曲，而只是長短句的詩。在文學價值上說，長短句的詩同詞曲是一樣的；但不是一類東西，正如雞鴨蔬筍營養價值相同，而味道並不一樣。到現在，詞曲雖不再被之管絃，其音樂性却依然存在。當初就是根據音樂製作出來的，連根鑄在一起，怎能分開。所以雖說不唱，還是有人在那裏唱曲以至唱詞，不過不是宋元明原來的唱法而已。而且，我們雖不唱詞曲，却仍讀詞曲，讀時就會感到其鏗鏘曼妙，怡情悅耳，不一定要唱才能覺到，這當然是音樂性所發生的作用。所以，我們無論讀詞曲，作詞曲，都要十分重視其所藉以表示其音樂性的格式。作成各種格式的方法，卽是規律。關於詞曲的規律，有下列幾項須要弄淸楚，現在分別說明。

一．斷句　詞曲因爲押韻的關係，斷句並不太難。不過，第一要認明句式，第二要知道破法。先說句式。有些句子，其字數雖然相同，而這些字的組織段落並不相同，所謂組織段落，卽是句式。例如「斜陽冉冉春無極」與

「千古事、雲飛烟滅,」兩句同是七字,而句式並不相同,前者是上四下三,後者是上三下四。又如:「雙雙、金鷓鴣,」與「過春風十里」同爲五字,而前者上二下三,後者上一下四。這本是最起碼的認識,但有些初學作詞的人却忽略了他,只管字數而不管句式,這樣的作品,讀起來誰都覺得不順口,其毛病就在這裏。再說破法,有時十幾個字一連直下,因爲字數多了,讀時不能不破開爲兩句或三句,而其破開後的形式有時不同,這就是破法的問題。例如:水調歌頭第二三兩句本是十一字一氣直下,普通多破爲六字與五字兩句,如「不知天上宮闕,今夕是何年;」但也可以破爲四字與七字兩句,如「等閒更把,萬斛瓊粉蓋玻璃。」此外,如一連十二個字可以破爲三個四字,亦可破爲兩個六字,有時又只能用上述二者之一。這種例子,在長調,尤其是南宋的長調裏更多。我們必須細讀名作,認明各種破法,不可亂破,也不必拘於一格。更要注意,破句的時候,如有文義與音節衝突的情形,寧可顧音節而不顧文義,因爲所謂句,只是音節上的停頓,並不一定表示語意的完成,句斷意連的情形是常見的。

二　分段　每首詞或曲都包含有若干句,當然不會一氣連接,也不會每句獨立,總要分成若干段落,分段才是表示語意的完成。各個牌調,其段落大致是固定的,作者要按照段落去作,讀者也要按照段落去讀,方能得其宛轉曲折之致。小令句數少,組織簡單,段落大概都是一望而知,長調則有時不易分清。有一個通用的原則,即每到押韻處,即是分段處;但有時接連幾句都押韻,又有時接連幾句都不押韻,這個通則就行不通了。所以,談到分段的方法,只能說是「隨調而異,無例可循。」讀詞曲稍多的人,自然能夠斟酌各篇作品的文義音節而劃分段落。初學者則只有排列同一調子的作品,比較勘對,讀多了以後,也就能分開。總之,分段雖關重要,却不太難,所以歷來的詞律及曲譜都不甚注意這一點。最後要說明,分段有時是活的,兩個人所作同一牌調,其分段可能不一樣；不過這種情形很少而已。

三　調律　律有兩種意義。其一爲格律或規律之律，即是各個調子的規矩作法，包括平仄、押韻、句法、一切在內。其二，乃是指每句裏邊平仄聲的分配。本段所說的是第二義，調律也就是調平仄。作詩只調平仄而已；詞曲還要細分。即分平聲爲陰平陽平二者，分仄聲爲上去入三者，這樣就是五聲。陰陽平之分似不甚重要，（唱時仍是重要，寫作誦讀時則是次要。）所以普通只說詞曲要講究四聲，即平上去入。詞曲每調之中總有若干字四聲是固定的，不僅平仄不能通融，同屬仄聲的上去入三聲也不能混用。例如齊天樂末句三字必用「平去上」，黃鍾醉花陰首句末三字必用「去平上」，琵琶仙第二句第五字必用入聲。諸如此類，四聲都是固定的，若不如此，就叫作「落腔」，不僅不能唱，就是讀起來也要失去其抑揚抗墜，鏗鏘曼妙的音樂美。一調之中偶有一兩處弄錯了，也許還不要緊，假使錯誤一多，這個調子就全被破壞了。至於平上去入四聲，其在聲樂上的性質作用如何分別，則非本講義篇幅所能暢論，讀者請參閱萬樹詞律發凡第十二、十三、十四等三條，即「平仄固有定律矣」云云以下三條，還有王季烈的螾廬曲談（商務出版）論度曲章，即可知其大概。上述四聲之說，乃就詞及南曲言之，若北曲，則因用元以後北方音之故，只有平上去三聲，入聲即照北音讀法，分別變爲平或上或去，而不復存在。（在南曲，入聲原則上雖仍獨立，卻常用以「濟三聲之窮」，但代平聲時多，代上去時少。詞裏也有以入代平或上去之例，但更爲少見。總之，入聲自宋以後，漸漸名存實亡，在語言及文學寫作兩方面都是如此。）

四　協韻　協韻即普通所謂押韻。作詩的慣例是平聲與平聲協，仄聲與仄聲協，詞曲則不盡如此。北曲是三聲通協的，即平上去三聲的字押在一起。詞則平聲獨用，入聲獨用，上去兩聲合用。獨用均可；有時平聲也可與上去押在一起，只限於西江月、渡江雲、換巢鸞鳳等少數調子，又有平仄換協之例，即某幾句協平聲韻，某幾句協仄聲韻，平仄聲彼此則不必協韻，例如虞美人南曲協韻規矩，大致與詞相同，而平上去三聲通協的情形遠較詞爲多，則又近於北曲了。上邊所謂平仄通協或三聲通協，並不是平仄聲隨便押一個字就行，那一句該平聲韻，那一句該仄聲韻，仍有一定。以上所說是詞曲協韻的大致情形；再進一步要談到選韻。類如東鍾韻沉雄，江陽韻壯濶，車遮淒咽，寒山悲涼，這要看所用的調子和要抒寫的情調來斟酌選用。（關於選韻，參閱後邊詞選李後主浪淘沙、柳永雪梅香兩詞注文。）

五　選調　詞曲的牌調，有些並無特質，拿來寫任何題目都可以；有些則因聲調或習慣的關係，而不能普遍應用。例如：賀新郎本是個悲壯慷慨的調子，寫淒婉之情也還可以，並不適於歡娛喜慶之用。但有人因爲調名「賀新郎」之故，就塡上一首來賀人結婚。這雖沒甚麼不可以，從詞的藝術觀點來看，便覺不妥。試看宋名家作品，賀新郎不知多少，有幾首是爲「賀新郎」而作呢？還有壽樓春，這是史梅溪創始的調子，（不知是否他的自度曲，但以前未見作者，故云創始。）因爲聲調淒婉而梅溪那首詞又是悼亡之作，後來便被限定爲悼亡專用。卽不作悼亡，也只能寫悲哀的情調。曾見有人不問來由，只看調名，塡了一首爲人作壽；壽星不懂這套，有些賀客則在那裏竊竊私議。這種情形，其不妥又甚於賀新郎了。自然，這種名目與內情相反的調子並不多，我們選調的時候倒不必十分顧慮到這一點，以上不過是舉例言之。要緊的是：我們要把若干調子，特別是長調，逐調熟讀，記住他們的格律之後，也就能够體會到他們的聲響，或爲悲壯慷慨，或爲歡娛恬適，或爲清新深婉，或爲悽愴怨慕。遇到寫作的時候，按照所要表現的情調，所要寫的內容去找合適的調子，也就行了。

六　襯字　上面五項，敘述舉例雖以詞爲主，却都是詞曲通用的。本項則與詞無大關係，於曲關係重要。無論詞曲，每調各句的字數都有一定；但曲在固定的字數之外，又還可以加上若干字，以補充文義，表示語氣。句中固定應有的字叫作正字，外加的字就叫作襯字。襯字多半都是虛字，卽形容詞、副詞、助詞、連接詞之類，加在句首句中均可。例如：仙呂天下樂首句只有七字，金鑾作云「見放着十里青山玄度宅」「見放着」三字是加在句首的襯字，「十里」以下七字是正字。仙呂賺尾第四句亦只有七字，楊果作云「見壁指一似桑榆侵着道旁」「指一似着」四字是加在句中的襯字，其餘七字是正字。此外偶然有在句尾加襯字者，非常少見，可以不去管他。在北曲，襯字的數量可多可少，並無限制，南曲則襯字越少越好。這是因爲北曲的板（卽歌唱時的速度）是活動的，多幾個字也趕得上板。南曲的板是固定的，襯字多了便趕不上板。以上所說襯字的情形，在詞裏偶然也有，但極少見，所以我說本項與詞無大關係。有人認爲詞無襯字，則又不然，詞不是絕無襯字，不過少見而已。清朝編欽定詞譜的那些人，就是因爲不知詞有襯字，更不懂增減攤破的原則，所以有時會把一個調子弄出二三十體來。襯字之外還有所謂增字，如三字句可增爲五字句，六字句可增爲上三下四之七字句之類，則是曲的特點，作詞沒有這種辦法。曲的增字是個專門問題，增字這個名詞也是我所假定的，有許多要講，非此處所能容納，請參閱拙作「論北曲句法的變化」一文。（見大陸雜誌一卷七期）

第二部　詞曲的類別

詞的類別比較簡單，就體裁來說，不過按字數多少，分爲小令、中調、長調，或云令詞、慢詞，這些分別人所共知，不用多講。就用途來說，詞僅供清唱之用，唐宋大曲，也只是在歌唱之外加上舞蹈，而且與詞並非一件東西。若曲則體裁上有南曲北曲之分，用途上有散曲戲曲之分；而散曲又分小令與套數，戲曲又分雜劇與傳奇。其類別比詞複雜多了。所以本章可以說是專講曲的類別。今就上述諸項，分別說明。

一　南曲北曲　南曲是從詞演變出來的，與詞同出於唐宋燕樂，而又加上些南宋以至明初的民間音樂。北曲也源於唐宋燕樂和詞，但加上了民間音樂之外，又有金元胡樂的成分。南曲去詞較近，北曲去詞較遠。南北曲各有他們所用的牌調；規律很多不同。例如襯字之多少，入聲之有無，已見上述；聯套的形式，南北也顯有歧異。唱法則北曲七音全用，南曲只用五音。七音即宮、商、角、變徵、（簡稱變）徵、羽、變宮，（簡稱閏）亦即西樂的1 2 3 4 5 6 7。五音即宮、商、角、徵、羽，亦即西樂的1 2 3 5 6。至於所謂「崑曲」，那只是明朝嘉靖時，江蘇崑山縣人所發明的一種唱腔，可以用來唱南曲，也可用來唱北曲，不是與南北曲鼎立的東西。崑曲本名崑腔，這個名字遠較崑曲為適合他的本質。（關於南北曲的分別，可以寫一本書，這裏只能簡單說明。）

二　散曲戲曲　散曲專為清唱之用，與詞相同，同屬於詩歌。戲曲則為串演之用，乃是戲劇，要有賓白科介等言詞動作，由相當的角色扮出來演唱，曲只是劇中人所唱的詞句而已。我們所要講的以屬於詩歌的詞與散曲為限，戲劇不在本講義範圍之內，所以雜劇傳奇等項都不去講，只講小令與套數。

三　小令套數　曲的小令與詞一樣，都是按照牌調作出來的，一調就是一首，自成單位。不過詞在小令之外還有中調長調，也就是說，詞的牌調有短至一二十字的，有長至一二百字的。曲的小令則僅是小令，每調短者二十字左右，長者五十字左右，很少超過六十字的。比較長的牌調，差不多都是套數用的，而不能拿來作小令。因為曲既有小令套數之別，其牌調也就有小令專用、套數專用，及二者通用之分。至於套數，則是把同一宮調的若干曲牌聯在一起，（宮調即仙呂、中呂等，是表示「調子」高低的，其性質與國樂之工調、乙字調等，西樂之F調、C調等相同。每套首曲之上，冠以宮調名，即所以表示這一套所用「調子」之高低。）同協一韻，前面有個固定的首曲，後面有個尾聲，這樣就算一套。每套短者只有一首一尾，長者可包括二十幾個牌調；但這樣短的只最初期的作品中有之，這樣長的則多用於戲曲。普通常見之套，一首一尾之外，中間的牌調少則兩三個，多則七八個。各套所用牌調，孰先孰後，次序都有一定，不只作首曲用的必在第一，尾聲必在第末。這是因爲各牌調的唱腔高低快慢不同之故。如把牌調的次序弄錯，唱起來就忽高忽低，忽快忽慢，而變成亂七八糟的噪音了。舉例來說：「仙呂點絳唇、混江龍、油葫蘆、天下樂、那吒令、鵲踏枝、寄生草、尾聲」，這是一套的固定次序。點絳唇照例是作首曲用的，與尾聲都不能移動，自不必說；如把混江龍與天下樂互易，也是不行。一套中所用牌調，或全屬於南曲，或全屬於北曲，不能混用，故有南套北套之稱。有時用一支北曲一支南曲，如此循環相間成套，則名爲南北合套，簡稱合套。但只有固定的若干牌調可以如此作，並非所有牌調都可南北相間聯成一套。套數的組織法，某調應在前，某調應在後，叫作「套式」，如上列點絳唇至尾聲，卽是一種套式。欲知各種套式，可看蔡瑩的「元劇聯套述例」及周明泰的「元明樂府套數舉略」二書。散曲與詞最大的分別，卽在前者有套數而後者無之。唐宋大曲及宋人賺詞，固然都有點像散曲的套數，也可以說是套數的起源，但他們與詞並非一事。

以上簡單說明詞曲的規律及類別；下面是詞選與曲選。選錄標準以名家作品爲限，每家一首，倒不一定是他們的膾炙人口之作。篇幅所關，不能多選，舉例而已。欲多讀作品，可看拙編「詞選」及「曲選」。本講義所選詞曲全數在內，關於典故、字義、作者小傳等，請看此二書。本講義所附解說，多半是藉題發揮，以說明欣賞、技巧等問題。凡詞曲選注解過的，儘量避免重複。最後要聲明：詞是含蓄的，可說的話多，曲是顯露的，可說的話少，而且許多原則理論是詞曲通用的，所以詞選的解說多，曲選的解說少。

第三部　詞選及解說
小令長調各十首，按作者時代排列。

菩薩蠻
唐　溫庭筠　飛卿

小山重疊金明滅，鬢雲欲度香腮雪。嬾起畫蛾眉，弄妝梳洗遲。　照花前後鏡，花面交相映。新貼繡羅襦，雙雙金鷓鴣。

秦少游曾作水龍吟詞，首兩句云：「小樓連遠橫空，下窺繡轂雕鞍驟。」蘇東坡譏笑他：「十三個字只說得一個人騎馬樓前過。」右詞四十四字只說得一個人晨起化妝事之細微，同於一個人騎馬樓前過，字數則多了三倍有餘。但能於尋常事物尋常動作中，寫出顧影低徊，孤芳自賞的情致，境界似小而意深神遠。故王國維先生人間詞話云：「境有大小，不以是而分優劣。」「落日照大旗，馬鳴風蕭蕭」不必勝於「細雨魚兒出，微風燕子斜」也。

天仙子
前蜀　韋莊　端己

蟾彩霜華夜不分，天外鴻聲枕上聞，繡衾香冷嬾重薰。人寂寂，葉紛紛，才睡依前夢見君。

宋人沈伯時樂府指迷云：「鍊句下語最是緊要。如說桃，不可直說破桃，須用紅雨劉郎等字；如詠柳，不可直說破柳，須用章臺灞岸等字。」人間詞話則云：「詞忌用替代字，美成解語花之桂華流瓦，境界極妙，惜以桂華二字代月耳。」二說恰好相反。沈說固嫌其鑿，王說亦是矯枉過正。或用代字，或用本色，要看全詞風調如何而定，不能拘於一格。即如右詞，用蟾彩二字代月字，字面濃麗，却不傷全詞意境之清眞；若直用「月色」二字，反覺其不勻稱。勻稱二字爲作詞要義，不可不知。而且，詞的本質是精金美玉，寧可失之過華，不可失之過樸。若通篇白描的作品，如韋作女冠子之類，則自成一格，又當別論。

采桑子

南唐　馮延巳　正中

小堂深靜無人到，滿院春風。惆悵牆東，一樹櫻桃帶雨紅。　愁心似醉兼如病，欲語還慵。日暮疏鐘，雙燕歸棲畫閣中。

人間詞話云：「畫屛金鷓鴣，飛卿語也，其詞品似之。絃上黃鶯語，端已語也，其詞品亦似之。正中詞品，若欲於其詞句中求之，則和淚試嚴妝，殆近之歟。」是對於三家詞的定評。右詞一樹櫻桃帶雨紅，及馮作另一采桑子之綠樹青苔半夕陽，南鄉子詠春草之細雨濕流光，都可以用來解釋和淚試嚴妝五字。

浪淘沙

南唐後主　李　煜　重光

簾外雨潺潺，春意闌珊，羅衾不耐五更寒。夢裏不知身是客，一晌貪歡。　獨自莫憑欄，無限江山，別時容易見時難。流水落花春去也，天上人間。

右詞之感喟蒼凉，與其所用寒山韻有關。試看另外兩首同用寒山韻的浪淘沙，第一首宋人張舜民作，第二首清人朱彝尊作。

木葉下君山，空水漫漫，十分斟酒斂芳顏。不是渭城西去客，休唱陽關。　醉袖撫危欄，天淡雲閒，何人此路得生還。回首夕陽紅盡處，應是長安。

衰柳白門灣，潮打城還。小長干接大長干。歌板酒旗零落盡，剩有漁竿。 秋草六朝寒，花雨空壇。更無人處一憑欄。燕子斜陽來又去，如此江山。

讀者將此三詞熟讀，便能領會到寒山韻適於表現悲涼的情調。進一步卽可悟選韻之法。自然，詞的聲響不盡關韻，句子裏邊諸字的配合也有同樣關係。

浣溪沙

宋 晏殊 同叔

一曲新詞酒一杯，去年天氣舊亭臺，夕陽西下幾時廻。 無可奈何花落去，似曾相識燕歸來，小園香徑獨徘徊。

東坡赤壁賦云：「自其變者而觀之，則天地曾不能以一瞬；自其不變者而觀之，則物與我皆無盡也。」右詞落花句卽是自其變者而觀之，燕歸句卽是自其不變者而觀之。同叔有詩句云：「靜尋啄木藏身處，閒看游絲到地時，」極能寫出香徑徘徊情味，與花落燕歸一聯同爲名句，惜全詩不存。

踏莎行

歐陽修 永叔

候館梅殘，溪橋柳細，草薰風暖搖征轡。離愁漸遠漸無窮，迢迢不斷如春水。 寸寸柔腸，盈盈粉淚，樓高莫近危欄倚。平蕪盡處是春山，行人更在春山外。

清人劉熙載藝概云：「馮正中詞，晏同叔得其俊，歐陽永叔得其深。」俊在氣韻，深在情致，讀右浣溪沙踏莎行兩詞，可悟晏俊歐深之語。然歐詞有時過於「流連光景，惆悵自憐，」我寧喜晏之俊，不喜歐之深

阮郎歸　晏幾道 叔原

天邊金掌露成霜，雲隨雁字長。綠杯紅袖趁重陽，人情似故鄉。　蘭佩紫，菊簪黃，殷勤理舊狂。欲將沈醉換悲涼，清歌莫斷腸。

叔原詞最喜歡用顏色，也最善於用顏色；尤其紅綠兩色對擧並用，一部小山詞中有幾十處，都很淒艷動人。其要點是他總把這兩種濃重的顏色加上一層悲涼的氣氛，最顯着的例子是「綠鬢舊人皆老大，紅粱新燕又歸來」（浣溪沙）所以我曾以小山自己的詞句「露紅烟綠」來形容他這種作風。

雪梅香　柳永 耆卿

景蕭索，危樓獨立面晴空。動悲秋情緒，當時宋玉應同。漁市孤烟裊寒碧，水村殘葉舞愁紅。楚天濶，浪浸斜陽，千里溶溶。　臨風，想佳麗，別後愁顏，鎮斂眉峰。可惜當年，頓乖雨跡雲蹤。雅態妍姿正歡洽，落花流水忽西東。無聊恨，相思意，盡分付征鴻。

柳詞善寫冷落之景，右詞漁市孤烟以下幾句，寫景之工，不減於有名的八聲甘州和雨霖鈴。但我選這個調子還是爲了他的音節聲響。我在拙編詞選本詞注文裏說：「此調流利頓挫，甚爲美聽，不知何以宋人竟無繼響。清人始有塡之者，鄭文焯夢半塘翁一首，靑勝氷寒矣。」半塘翁是淸末名詞人王鵬運。現在把鄭作鈔在下面。

影悽寂，虛梁落月暗驚逢。悵孤鴻天外，哀絃響絕秋空。遺世高情謝猿鶴，過江餘淚迸蛟龍。敍愁濶，少別千年，猶是怱怱。　幽踪，曠延佇，薜雨蘿烟，夜嘯誰同。送客衰蘭，漫悲舊曲回風。故國傷心渺天北，暮雲何意戀江東。沈沈恨，一枕關山魂繞青楓。

這詞勝於柳作，只在一個雅字。柳詞用筆高健，意則淺俗，他的作品大都如此，這是性情襟抱的關係，勉強不來。這個調子屬於正宮。燕南芝庵所撰唱論上說：「正宮惆悵雄壯。」雖是元人論曲的話，但詞曲音理一樣。所以柳鄭兩作，都用與這種情調最適合的東鍾韻。鄭作另一首用寒山韻，就頗爲遜色，可見選韻是有關係的。

永遇樂 彭城夜宿燕子樓，夢盼盼，因作此詞。　蘇軾 子瞻

明月如霜，好風如水，清景無限。曲港跳魚，圓荷瀉露，寂寞無人見。紞如三鼓，鏗然一葉，黯黯夢雲驚斷。夜茫茫，重尋無處，覺來小園行徧。　天涯倦客，山中歸路，望斷故園心眼。燕子樓空，佳人何在，空鎖樓中燕。古今如夢，何曾夢覺，但有舊歡新怨。異時對，黃樓夜景，爲余浩歎。

古今如夢三句，與「大江東去，浪淘盡千古風流人物，」異曲同工；彼以氣概勝，此以神理勝。我們尤其要注意末句爲余浩歎的「余」字。東坡此時已有「身經萬里頭初白，名已千秋心自清」的意味，所以這個「余」字說得特別有力。否則，一個無名下士，誰會爲你而浩歎呢？其後數年謫居黃州，也就是作「大江東去」的時候，經過人世的挫折磨鍊，便在「笑我生華髮」之下只說「人生如夢，一尊還酹江月。」豪情勝概，已收斂起來了。其實在那首詞裏，東坡何嘗不隱然自信，他與周公瑾同爲「千古風流人物」之一！

千秋歲　秦觀 少游

水邊沙外，城郭春寒退。花影亂，鶯聲碎。飄零疎酒盞，離別寬衣帶。人不見，碧雲暮合空相對。　憶昔西池會，鵷鷺同飛蓋。携手處，今誰在。日邊淸夢斷，鏡裏朱顏改。春去也，飛紅萬點愁如海。

這首千秋歲，自來膾炙人口，末兩句尤爲有名，其神味則全在「去也」「萬點」兩組去上聲連用字，所謂聲情跌宕是也。詞曲中兩個仄聲字相連，或宜去上，或宜上去，或可不拘，隨調而異。各種詞律曲譜於各調下常有說明，可供參考。

渡江雲　周邦彥 美成

晴嵐低楚甸，暖廻雁翼，陣勢起平沙。驟驚春在眼，借問何時，委曲到山家。塗香暈色，盛粉飾，爭作妍華。千萬絲，陌頭楊柳，漸漸可藏鴉。　堪嗟，淸江東注，畫舸西流，指長安日下。愁宴闌，風翻旗尾，潮濺烏紗。今宵正對初弦月，傍水驛，深艤蒹葭。沈恨處，時時自剔燈花。

周詞寫景寫情，俱以曲折勝。右詞起首三句，寫景便有無限曲折。其他如大酺首數句，霜葉飛首數句，解語花首數句，皆是此等手法。寫情之曲折，則莫過於解連環怨懷無託云云，有廻腸蕩氣之致。渡江雲調，聲韻悠揚，畫龍點睛處在長安日下句用仄聲韻。日字本入聲，中原音韻作去聲用，但亦可作平聲用，宋詞元曲皆然。右詞日字卽作平聲，故後來名家如夢窗玉田，此處皆用平聲。

感皇恩　朱敦儒 希眞

曾醉武陵溪，竹深花好，玉佩雲鬟共春笑。主人好事，座客雨巾風帽。日斜青鳳舞，金尊倒。　歌斷渭城，月沈星曉，海上歸來故人少。舊游重到，但有夕陽衰草。恍然眞一夢，人空老。

自來論朱希眞詞，大都注意他的蕭散樂易之作，而忽略了他作風的另一面悲涼淒咽。我特選右詞以爲介紹。此外如減字木蘭花聽琵琶兩首等，都可代表這種作風。辛稼軒感皇恩案上數編書云云，似受右詞影響。

南歌子

李淸照 易安

天上星河轉，人間簾幕垂。涼生枕簟淚痕滋，起解羅衣，聊問夜何其。　翠貼蓮蓬小，金銷藕葉稀。舊時天氣舊時衣，只有情懷，不似舊家時。

周濟介存齋論詞雜著云：「閨秀詞惟淸照最優，究苦無骨。」乃是不了解易安的論調。沈曾植菌閣瑣談云：「墮情者醉其芬馨，飛想者賞其神駿。」則是確評。如念奴嬌、浣溪沙、醉花陰，都是芬馨之作；代表其神駿者則爲漁家傲、臨江仙。右詞芬馨神駿兼而有之。

瑞鶴仙 賦梅

辛棄疾 幼安

雁霜寒透幙，正護月雲輕，嫩冰猶薄。溪奩照梳掠，想含香弄粉，艷妝難學。玉肌瘦弱，更重重、龍綃襯着。倚東風，一笑嫣然，轉盼萬花羞落。　寂寞，家山何在，雪後園林，水邊樓閣。瑤池舊約，鱗鴻更仗誰託。粉蝶兒只解，尋桃覓柳，開遍南枝未覺。但傷心，冷落黃昏，數聲畫角。

北宋詠物之詞不多，詠物之風盛於南宋。稼軒亦此中能手，其深婉細膩，雕鏤精工處，不讓宋末諸家，氣象則非宋末諸人所及。右詞直把梅花人格化了；「倚東風」云云，卽是李延年的「北方有佳人，絕世而獨立」杜甫的「天寒翠袖薄，日暮倚修竹」。凡以粗豪論稼軒詞者，請看他的詠物諸作。

滿江紅　原有小序，從略。　姜夔　堯章

仙姥來時，正一望、千頃翠瀾。旌旗共、亂雲俱下，依約前山。命駕羣龍金作軛，相從諸娣玉爲冠。向夜深、風定悄無人，聞珮環。　神奇處，君試看，奠淮右，阻江南。遣六丁雷電，別守東關。却笑英雄無好手，一篙春水走曹瞞。又怎知、人在小紅樓，簾影間。

滿江紅本用仄聲韻，堯章創用平聲韻，讀起來別有風味。後來吳夢窗諸人都有仿作，詞選一二九頁選夢窗一首，可與姜詞合讀。聞珮環之珮字去聲最好，簾影間之影字也應去聲。堯章詞以瘦硬稱，右詞卽可看出，我最喜歡却笑英雄兩句。

東風第一枝　詠春雪　史達祖　邦卿

巧沁蘭心，偷黏草甲，東風欲障新煖。謾凝碧瓦難留，信知暮寒輕淺。行天入鏡，做弄出、輕鬆纖軟。料故園、不捲重簾，誤了乍來雙燕。　青未了、柳回白眼，紅欲斷、杏開素面。舊游憶著山陰，厚盟遂妨上苑。寒爐重暖，便放慢、春衫針線。恐鳳鞾、挑菜歸來，萬一灞橋相見。

輕鬆纖軟四字，寫春雪神貌俱備；史詞風格也可用此四字形容。姜史自來並稱，而姜硬史軟，風格並不相同。

史詞總是纏綿往復，深婉低徊；姜則如張炎詞源所評，「野雲孤飛，去留無迹。」

賀新郎　陪履齋先生滄浪看梅

吳文英　君特

喬木生雲氣，訪中興，英雄陳跡，暗追前事。戰艦東風慳借便，夢斷神州故里。旋小築、吳宮閒地。華表月明歸夜鶴，歎當時花竹今如此。枝上露，濺清淚。　遨頭小簇行春隊，步蒼苔，尋幽別塢，問梅開未。重唱梅邊新度曲，催發寒梢凍蕊。此心與、東君同意。後不如今今非昔，兩無言，相對滄浪水。懷此恨，寄殘醉。

吳夢窗的身世無從詳考，他常有與當時權貴應酬之作，很容易被誤會為江湖名士，甚至清客之流。其實他的氣骨很高，也是個傷時憂國的有志之士。右詞後不如今以下數句，明指宋末國勢而言，何等沈痛。他又有水龍吟詞，首兩句云「幾番時事重論，座中共惜斜陽下，」亦是此意。八聲甘州遊靈岩一首，境界之高，筆勢之密，是夢窗代表作，但因其為傳誦之作，右詞則似被忽略，故我選此遺彼。本選於諸家詞去取之際，常有此種情形。

西子妝慢　原有小序，從略。

張　炎　叔夏

白浪搖天，青陰漲地，一片野懷幽意。楊花點點是春心，替風前、萬花吹淚。遙岑寸碧，有誰識、朝來清氣。自沈吟，甚流光輕擲，繁華如此。　斜陽外，隱約孤村，隔塢閒門閉。漁舟何似莫歸來，想桃源、路通人世。危橋靜倚，千年事，都消一醉。謾依依，愁落鵑聲萬里。

西子妝慢是夢窗自度曲，叔夏稱其「聲調妍雅；」但兩人各只一首，此外仿作者不多。寸碧之碧字是韻，以入代上此句須作「平平去上」即後半之危橋靜倚也。右詞高華淸遠，不失玉田本色，似較夢窗原作爲勝，原作見夢窗詞甲稿。一般論之吳密張疎，各有千秋，但我寧取吳之密。

齊天樂　蟬　王沂孫　聖與

一襟餘恨宮魂斷，年年翠陰庭樹。乍咽涼柯，還移暗葉，重把離愁深訴。西窗過雨，怪瑤珮流空，玉箏調柱。鏡暗妝殘，爲誰嬌鬢尙如許。　銅仙鉛淚似洗，歎移盤去遠，難貯零露。病翼經秋，枯形閱世，消得斜陽幾度。餘音更苦，甚獨抱淸商，頓成淒楚。謾想薰風，柳絲千萬縷。

詠物詞盛於南宋，尤盛於宋末元初，在當時遺民詞人中，王聖與最以詠物著稱。詠物和詠史相同，都是詠懷。碧山詠物詞好處卽在每首都能傳神託意，因物寄情，寫出一般遺民故國之思，身世之感。當時宋朝已無復興之望，不像南渡之初還有半壁江山。所以這兩個時期詞風不同，前者氣壯，後者神傷，從詠物詞亦可看出。

女冠子　元夕　蔣捷　勝欲

蕙花香也，雲晴池館如畫。春風飛到，寶釵樓上，一片笙簫，琉璃光射。而今燈漫掛，不是暗塵明月，那時元夜。況年來，心嬾意怯，羞與蛾兒爭耍。　江城人悄初更打，問繁華誰解，再向天公借。剔殘紅灺，但夢裏隱隱，鈿車羅帕。吳牋銀粉砑，待把舊家風景，寫成閒話。笑綠鬟鄰女，倚窗猶唱，夕陽西下。

蔣勝欲也是宋末遺民，故國之思，隨時流露，而都是直接寫出，不大用「託物寄情」之法。其賀新郎詞云：「彩扇紅牙今都在，恨無人解聽開元曲。」瑞鶴仙云：「勸淸光乍可，幽窗相伴，休照紅樓夜笛。怕人間，換譜伊涼，素娥未識。」與右詞結尾數語，寫法相同。當時，北方胡樂，初到江南，宋遺民對之很有反響。如劉辰翁詞云：「有時也解高歌去，但高歌不是番腔底。」番腔卽謂胡樂。

第四部　曲選及解說（南北小令各十首，南套北套合套各一套。）

四塊玉　以下十首北小令

元　關漢卿　己齋

自送別，心難捨，一點相思幾時絕。凭闌袖拂楊花雪。溪又斜，山又遮，人去也。

漢卿所作雜劇，方面甚廣，如單刀會、拜月亭、竇娥冤三劇，幾似三人手筆。惟所作散曲，則全爲閨怨相思之作，蓋以餘力爲之，非精神所專注也。四塊玉屬南呂宮，宮調之說見前。

慶東原

白樸　仁甫

忘憂草，含笑花，勸君聞早冠宜掛。那裏也能言陸賈，那裏也良謀子牙，那裏也豪氣張華。千古是非心，一夕漁樵話。

曲中此種頹廢情調，幾於觸目皆是，是爲元時一般文人對於當代黑暗社會，尤其不平政治之反響。讀者諒其心，悲其遇可也。慶東原屬雙調。

撥不斷

馬致遠　東籬

菊花開，正歸來。伴虎溪僧、鶴林友、龍山客，似杜工部、陶淵明、李太白，有洞庭柑、東陽酒、西湖蟹。哎，楚三閭休怪。

句旁加黑點者爲襯字，後仿此。哎字雖是襯字，而傳神在此，能寫出亂世有心人蹙蹙靡騁之概。東籬所作散曲雜劇，俱爲元代第一，涵虛子明寧獻王朱權論曲以朝陽鳴鳳喻之，非溢美也。撥不斷屬雙調。

山坡羊　潼關懷古　張養浩 希孟

峯巒如聚，波濤如怒，山河表裏潼關路。望西都，意踟躕，傷心秦漢經行處，宮闕萬間都做了土。興，百姓苦，亡，百姓苦。

張希孟一代名臣，餘事倚聲，不能以曲家論，故所作俱爲小令，此外不過一二短套。然幾無一首不佳，悲天憫人之襟抱，光風霽月之性情，俱見於此。右曲爲赴陝西行臺中丞時作，可參閱曲選二五九頁小傳。山坡羊屬中呂宮。

塞鴻秋　貫雲石 酸齋

戰西風幾點賓鴻至，感起我南朝千古傷心事。展花箋欲寫幾句知心事，空交我停霜毫半晌無才思。往常得興時，一掃無瑕疵，今日個病厭厭剛寫下兩個相思字。

酸齋此曲在當時甚有名，但周德清中原音韻頗譏其襯字太多。依作曲習慣，戲劇用之北曲不妨多加襯字，觀元人雜劇可知，散曲則不論南北，襯字愈少愈好，周之譏貫，不爲無理。塞鴻秋屬正宮，詞曲俱不許重韻，右曲犯規重用事字。

梧葉兒　徐再思 甜齋

鴛鴦浦，鸚鵡洲，竹葉小漁舟。烟中樹，山外樓，水邊鷗。扇面兒、瀟湘暮秋。

此曲特點在全首無動詞，只是若干景物堆列一起，而自然調諧，自有聯絡。通篇不寫情感，情感卽在其中。是爲文學中最超脫之境；但惟詞曲小令及絕句詩能之，字數稍多便無能爲力矣。梧葉兒屬商調。

折桂令 丙子遊越懷古　　喬吉 夢符

蓬萊老樹蒼雲，禾黍高低，狐兎紛紜。半折殘碑，空餘故址，總是黃塵。東晉亡也再難尋個右軍，西施去也絕不見甚佳人。海氣長昏，啼鴂聲乾，天地無春。

元人小令喬張並稱，其說始於明人李開先之編刻喬張樂府。實則喬不逮張遠甚，其作品柔者無骨，剛者無致。然所作雜劇則綿麗清婉，自成一格。折桂令屬雙調。

水仙子 懷古　　張可久 小山

秋風遠塞皀鵰旗，明月高臺金鳳杯。紅粧肯爲蒼生計，女妖嬈能有幾？兩蛾眉、千古光輝。漢和番、昭君去，越吞吳、西子歸，戰馬空肥。

張小山不作雜劇，亦不多作套數，專作小令，多至六七百首，以富麗精工勝，惟稍嫌眞氣不足。其人生活環境頗爲狹窄，而作品如彼之多，故讀來有千篇一律之感。東籬希孟諸人，曲外別有事在，小山則曲外無所有矣。然就曲論曲，小山固不失爲第一流作家。水仙子屬雙調。

清江引　　明 王九思 敬夫

紫閣山人王敬夫，盛世閒人物。嬾修山海經，怕奏長楊賦，病起花間刪樂府。

情致之灑落，聲調之諧婉，堪稱獨步。此曲聲調抑揚處，全在幾個去聲與上聲字，閣字入作上，物字樂字入作去。敬字若改上聲字便不起調，而作者適字敬夫所謂文章本天成，妙手偶得之。淸江引屬雙調。

朝天子 解官至舍　馮惟敏 汝行

不着人眼空，不降錢手窮，故意把家緣弄。早年志氣藐三公，到底無實用。東海荒村，南山舊壠，說歸來，非是哄。買三尺小童，學一世老農，悟往事眞如夢。

元人雜劇常有本色白描之作，世且以此爲元曲佳處。元人散曲則實以工麗勝，白描作品甚少，偶然有之，非謔卽俗。欲求謔不傷雅，質不近俚之筆，元明兩代惟海浮足以當之。馮自號海浮山人 明人北小令作者不多，王馮之外，康海王磐常倫諸人作品亦有可觀。

四塊金 以下南小令十首，俱明人作。　康海 伯涵

靑雲致身，奈可長門妒。丹丘跨蹇，險被浮名誤。笑榮華似電逐，歎歲矢如弦促。酒滿瓊壺，興逾金谷。懶歡娛，恐疏見西崦，又度落霞孤鶩。

此調句法整齊，律澀而穩，與中呂駐雲飛之跌宕，商調黃鶯兒之諧婉，各極其工；而作者甚少，讀者可試爲之。奈可卽奈何之意。四塊金屬仙呂入雙調過曲。

醉羅歌　張鍊 伯純

夜涼夜涼天街靜，雲霽雲霽月華明。霜砧寒雁送秋聲，猶自把欄干凭。砧聲淒切，愁懷怕聽，雁聲嘹唳，離魂乍驚，更長越覺人孤另。風飄葉，花弄影，今宵有夢也難成。

此調悠揚馳驟處，全在首兩句疊字及中段四個四字句；然亦有因疊字而厭之者，無論聲調文字，愛憎之情固各有不同也。　此調屬仙呂宮，係從醉扶歸、皂羅袍、排歌、三個牌調中各取數句集成。自首至欄干凭四句屬醉扶歸，砧聲至孤另五句屬皂羅袍，末三句屬排歌，故名醉羅歌，蓋於原來調名中各取一字也。此種辦法謂之集曲，在南曲中頗爲普遍，北曲用此法集成之調極少。（北曲中之轉調貨郎兒即係集曲性質；然亦有謂北無集曲者，吳臞安先生即持此說。）吾人作曲，只能取古人已集成之牌調用之；因各調之高低快慢俱有一定，若非精通音律而隨意自行集湊，則全亂矣。

一江風　常倫（明卿）

雨初晴，一洗山容淨，宜寫入冰綃幀。敞雲亭，樹影當窗，苔色侵簾，花落瑤階靜。銀箏入耳清，金壺信手傾，消盡閒中興。

明卿作曲，每嫌氣粗詞蕪，如右曲之勻淨淸婉，頗不多見。此君才氣縱橫，若天假以年，其成就當不止此。（明卿卒時，年僅三十四歲。）一江風屬南呂宮。

駐馬聽　楊愼（用修）

客路秋宵，一點漁燈伴寂寥。潮生瓜步，霜冷蕪城，月落楓橋。玉人何處教吹簫，愁心怕聽淒涼調。一枕無聊，鼕鼕更鼓催人行棹。

北曲亦有此調，與此大同小異，今錄馮惟敏作一首以爲比較。

五岳遨遊，山水都歸摩詰手。兩都馳驟，文章直與馬班儔。向來三載客燕州，幾番曾憶東山否。尙兀自抱篁篠，花開花落人依舊。

南曲末二句亦可併爲七字一句。如楊作另一首云「消除賴有尊中酒」是也。駐馬聽南屬中呂宮，北屬雙調。

駐雲飛　陳鐸 大聲

庭院昏黃，香霧空濛月轉廊。月色侵羅帳，燈影搖書幌。嗏！開宴出紅妝，痛飲何妨。幾夜輕寒、報道花無恙，半醉移燈看海棠。

駐雲飛屬中呂宮，爲明代流行之「小曲」，其性質幾與打棗竿、掛枝兒等相同；余頗不喜其聲調，以流行之故，選此一首示例。大聲作品北曲多精而雅，南曲多艷而俗。嗏字是格。格爲照例應有之字而不必與文義有關者，如北曲尾聲之「唱道」二字，南曲水紅花之「也囉」二字及此嗏字皆是。原無專名，九宮大成譜始定名爲格。

傍妝臺　李開先 伯華

恨匆匆，眼前光景耳邊風。疾飛夜月如朝日，春雁即秋鴻。每逢冷節花相似，但入新年人不同。爲棲鳥，作臥龍，得從容處且從容。

李作傍妝臺百首，多豪宕矯健之筆，蓋以北曲風格寫南曲也。王九思曾盡和之，合編爲南曲次韻，附於渼陂全集之後。傍妝臺屬仙呂宮。

黃鶯兒　沈仕 懋學

花影閉簾櫳，嚲流蘇，繡帳空。今宵更覺相思重。燈花玉蟲，香烟翠龍，愁來却把瑤琴弄。向東風，誰知調裏，奏出是離鴻。

黃鶯兒調最諧婉，亦爲南小令中常用之調，佳作極多；但只宜寫軟性情調，不宜硬性，聲調使然也。沈作諸曲多閨怨相思之類，其曲集名「唾窗絨」可以知其作風矣。黃鶯兒屬商調。

玉抱肚　銅雀臺懷古　梁辰魚 伯龍

雀臺高峻，看西陵，重重暮雲。歎一時、霸業何雄，笑千秋、荒址猶存。只今凝望已消魂，況復當時歌舞人。

梁伯龍爲人豪俊有奇氣，其作品亦然，與沈青門仕之軟媚恰爲對照。玉抱肚屬仙呂入雙調。

桂枝香　九日同友人集雨花臺　陳所聞 藎卿

淸尊新釀，黃花初放，江峰亂落筵前，羅綺晴驕臺上。逐詞盟浪游，逐詞盟浪游。聽白苧人人高唱，把紅樹山山遙望。弄秋光，避俗尋幽寺，長歌入醉鄉。

桂枝香屬仙呂宮，聲調極爲高朗，今配以江陽韻，所謂愈唱愈高去天三尺矣。此題而用此調此韻，可悟選調選韻之理。

金落索　馬上遣興　王驥德 伯良

春從別後拋，人在天涯老。滿路黃沙，不住的鵂鶹叫。斜陽上樹梢，晚風號，攪亂情懷千萬條。說甚麼十年夢斷邯鄲道，只今日老大愁經豫讓橋。情絲套，幾時碎却倩幷刀。儘着他曲唱紅么，淚濕青袍，我啊祇自按伊涼調。

豪宕激裊，眞有伊涼悲壯之概，惟稍嫌氣粗耳。　金落索又名金索掛梧桐，屬南呂。　此調爲集曲首至上樹梢四句屬金梧桐，晚風二句屬東甌令，十年二句屬針線箱，情絲二句屬索兒序，末三句屬寄生子。

大石調青杏子　北套　　元　朱庭玉

遊宦又驅馳，意徘徊、執手臨歧。欲留難戀應無計。昨宵好夢，今朝幽怨，何日歸期。

歸塞北

腸斷處，取次作別離。五里短亭人上馬，一聲長嘆淚沾衣，回首各東西。

初問口

萬疊雲山，千重烟水，音書縱有憑誰寄。恨縈牽，愁堆積，天天不管人憔悴。

連用天字，呼天之意。

怨別離

感情風物正淒淒，晉山青，汾水碧。誰返扁舟蘆花外，歸棹急，驚散鴛鴦相背飛。

擂鼓體

一鞭行色苦相催，皆因些子，浮名薄利。萍梗飄流無定跡，好在陽關圖畫裏。

催拍子帶賺煞

未飲離杯心如醉，須信道、送君千里。怨怨哀哀，悽悽楚楚，苦苦啼啼。唱道！分破鸞釵，丁寧囑咐好將息。不枉了·男兒墮志氣，消得英雄眼中淚。

唱道二字是格，解說見前南小令駐雲飛注文。朱庭玉所作北套，俱見朝野新聲太平樂府，淸麗芊綿，篇篇可誦，而名不甚著，余故表而出之。

羽調四季花　懷金陵舊知　南套　梁辰魚　伯龍

寒氣透疎櫺，正窗兒破，風兒猛，背却殘燈。愁聽，高梧露滴秋夜淸，南山子規啼一聲。月沈西，門暗扃。曉鐘何處，噹噹五更，薰籠坐倚直到明。輾轉夢不成·，難道便·一生孤另，奈香冷篆冷，衾冷枕冷人冷。

集　賢　賓

六朝舊事心暗評，消磨多少豪英。朱雀烏衣留話柄，記潘妃、蓮步輕盈。景陽廢井，多半是、佳人薄命。須自省，盡沈沒、暮天鴻影。

簇　林　鶯

還懷舊，自幼齡，播蜚聲，滿上京，長干歷偏諸名勝。鳳凰·臺晝登，燕子·磯曉行，莫愁湖上春風艇。總無憑，年華已矣，何事負平生。

琥珀貓兒墜

而今憔悴，獨對短檠燈。眼見淒涼逢暮景，當初誰道誰·道·恁伶仃。牽情，羞·覩·那·烏鵲橋邊，匹配雙星。

水紅花

海盟山誓信非輕。數年庚，今成畫餅，一生寂寞竟何曾。問儒卿，甘心誰等。挽不住、夕陽西下，遣不去恨難平，這場恩怨不分明也囉！

末句明字協韻，其下加也囉二字而與文義無關；此種情形，與楚辭之兮、些等字相同。惟兮、些等字非必加者；此二字則定格如此，非加不可。

尾　聲

歎行藏，頻看鏡，大都塵世總浮萍，不如淨掃花前去學誦經。

四季花亦作四時花，本屬羽調，羽調曲不多，照例可與仙呂合用，故此套有題羽調者，亦有題仙呂者。集賢賓以下四曲本屬商調，今借入羽調；此種情形，謂之借宮。各宮調曲牌之能否通借，均有一定，不能隨意亂借。

北雙調新水令　吳門春泛　南北合套　金　鑾　在衡

春光二月滿姑蘇，正瀰漫、柳烟花霧。暖風薰醉眼，寶馬趁香車。縹緲雲裾，邀仙子坐天路。

南二犯江兒水

有綠水青山無數，分明是幻瑤宮嘘洞府。見山明疊翠，水繞平蕪。恰初晴江上雨，花軟趁蜂鬚，泥香飛燕雛。漫說西湖，爭似東吳，果然的並燕歌兼趙舞。看幾處、丹青畫圖，更一代、風流人物，端的是俯千秋高萬古。

北雁兒落帶過得勝令

我則見天連震澤湖，水繞楓橋渡，清風陸羽泉，落日梁鴻墓。此地是仙都，何處訪蓬壺，雨過山偏好，人歸鳥自呼。笙竽，正天籟鳴琪樹；雲衢，漸靈風響玉除。

南夜行船序

懷古，笑殺強吳，歎當年、誰覆一抔黃土。傷情處，剩水殘山，空餘丘墟。多少春光，來往遊人，幾番烏兎。風雨，但尋常宮闕，又成禾黍。

北川撥棹

我恰纔怨陶朱，載西施浮子胥。到而今野店荒墟，細柳新蒲，芳草長途，廢沼平湖。尙猶自、蘭橈畫櫓，怎教他春作主。

南孝南歌

春猶戀，酒再酤，明日看花花有無。金犢駐遊車，玉碗洗行厨。喜相逢、吹簫伴侶，行盡旗亭，和不就陽春句。山氣佳，人影疏，樓外樓，渡傍渡。

北清江引

桃源望來何處所咫尺迷歸路。樓船天上回，簫鼓雲中度，江頭小蟾猶未吐。

南尾聲

切・莫・教・鶯花漸老春光去，攧斷的芳心無主，把歡娛、恁般孤負。

南北合套，多以北調作首曲，以南調起者居少數。北曲剛健，南曲諧婉，故後來傳奇中所有南北合套，多爲生旦遞唱，生唱北，旦唱南。　　金在衡工於北曲，南曲似非所長，然所作合套中之南曲，則幾無一首不佳。

民國四十三年中華文藝函授學校講義。

再論詞調

詞是配合音樂的詩歌，既爲音樂，當然要有樂譜。所謂詞調或詞牌，如滿江紅、采桑子之類，即是樂譜的名字。按照樂譜塡入詞句以備歌唱，所以作詞又叫作塡詞。每調共若干句，每句若干字，那些字該用平聲，那些字該用仄聲，（有時還要分上去入）那些字平仄不拘，那些句押韻或不押韻，以上這些組成了所謂牌調，前發講義已大致談到，本文乃是補充資料，特別是關於長短調的區別。

詞調有短有長，短的叫作令，長的叫作慢，通稱則爲小令、長調。二者的區別並沒有固定的字數，大概七八十字以下即是小令，八九十字以上即是長調，而且令慢之別並不全在字之多少。明人在小令長調之外加入所謂中調，並未對三者的字數作嚴格區分，其說也還可用。清初有人強分「五十八字以內爲小令，五十九字至九十字爲中調，九十一字以外爲長調」，則是穿鑿附會，於古無據的說法，不足憑信。

長調較小令更富於音樂性，規矩也就更嚴。具體撮要而言，即是小令大部只分平仄，長調則要講四聲，一調之中總有數字平上去入不能錯用。例如齊天樂末句末三字須用平去上，（姜夔作云，「一聲聲更苦」，王沂孫作云，「柳絲千萬縷」，「聲更苦、千萬縷、俱平去上。」）揚州慢前後疊倒數第二句末字均須用入聲。（姜夔作前云「漸黃昏清角」，後云「念橋邊紅藥」，角藥兩字俱入聲。）這是定律，名手佳作都是如此。也有不守這定律的，在規矩上不算嚴重的錯誤，（只要平仄不錯）在技巧上則有個術語叫作落腔，又叫落調。落者失落之意，意思是說把調子的音樂性丟掉了。句子裏邊如此，句末的韻也是如此。該押仄聲韻的小令，押上去聲 註 或押入韻尚可通融；長調則有的須押上去聲，如齊天樂，有的須押入聲，如琵琶仙，不能錯亂。要明白每個長調的四聲規定，及應用那種聲的韻，可看萬樹的詞律，或舒夢蘭的白香詞譜，或林大椿的詞式。（商務印書館出版。）

註　塡詞去上兩聲可以通押，入聲則須獨用。

前發講義說過分段問題，其要點云：「每首詞都包含有若干句，當然不會一氣連接，也不會每句獨立，總要分成若干段落，分段才是表示語意的完成。……小令句數少，組織簡單，段落大概都是一望即知，長調則有時不易分淸。小令每調多者十句左右，少者四五句，通常都是兩句一段，偶有三句一段的，前者如菩薩蠻、虞美人，後者如臨江仙、鷓鴣天。但無論兩句或三句一段，總是整齊勻稱的；長調則錯綜變化，幾乎每調各是一樣組織。可以說：小令不脫詩的形式，如玉樓春、虞美人同樣等於一首七律，不過前者與詩一樣是七言八句，後者則變爲「七五七九七五七九」而已。長調則段落不齊，句法不一，全是詞的形式。也可以說長調才是詞的本格，小令只是句法變，長調則整個組織也變了。

因此，長調中有所謂領調字，是小令所沒有的。領調字卽是數句合爲一段，用一個虛字冠於其上，把他們統攝起來，這個字就叫作領調字。例如：周邦彥解連環，「想移根換葉，猶是舊時，手種紅藥」的想字，辛棄疾水龍吟，「把吳鉤看了，欄干拍遍，無人會，登臨意」的把字，王沂孫眉嫵，「漸新痕懸柳，淡影穿花，依約破初暝」的漸字。這些都是領調字。凡領調字有兩種條件，第一必爲虛字，第二必爲仄聲，去聲更好。長調的轉折搖曳，傳神達意，大部要借重領調字，如老子所謂「當其無，有車之用」是也。

關於令慢這兩個名詞的解釋，其說不一，比較合理的說法是這樣的。令這個名詞出於唐人打令。打令是唐人宴會時的一種游戲大致類似所謂酒令或近代開會後的餘興打令輸了的人或被指派的人或者貢獻其他節目或者唱一首「曲子」詞在唐宋時，也叫作曲子這當然不必也不能唱長的註只唱一首短的也就行了。所以短詞就叫作令意爲可供行令之用。長調叫作慢則取調長聲緩之意。本來是從小令演變出來的，如小令有西江月，長調有西江月慢，小令有卜算子長調有卜算子慢之類；但其後完全自創非由小令演變出來的長調，也都叫作慢詞了。自然調名不一定有慢字而且多數是沒有的。

註 舊說多以爲唐代只有小令並無長調實不盡然其證有二。第一，敦煌石室所出雲謠集一般認爲唐人作品其中卽有八九十字以上的長調，如鳳歸雲、傾杯樂、內家嬌之類。第二，唐崔令欽教坊記所載當時詞調，如破陣樂、還京樂、夜半樂之類在宋詞都是長調，我們沒有理由說這些都是在唐爲小令在宋爲長調的同名異實之作。不過唐代長調有些是有聲無辭，卽只有樂譜而沒有文人塡製歌詞，有些則是雖有歌詞而非出文人之手，其詞鄙俚，流行不廣，遂致失傳，因此後人遂認爲唐無長調。

但，同是長調又有快慢之分，這要看句式之單雙而不在字數之多少。三五七言的謂之單式句，二四六言的謂之雙式句。一個調子，單式句多了就快，雙式句多了就慢。試看這兩首詞：

歸朝歡

蘇軾

我夢扁舟浮震澤，雪浪搖空千頃白。覺來滿眼是廬山，倚天無數開青壁。此生長接淅，與君同是江南客。夢中遊，覺來淸賞，同作飛梭擲。 明日西風還掛席，唱我新詞淚沾臆。靈均去後楚山空，澧陽蘭芷無顏色。君才如夢得，武陵更在西南極。竹枝詞，莫傜新唱，誰謂古今隔。

高陽臺　吳文英

修竹凝妝，垂楊駐馬，憑欄淺畫成圖。山色誰題，樓前有雁斜書。東風緊送斜陽下，弄舊寒，晚酒醒餘。自銷凝，能幾花前，頓老相如。　傷春不在高樓上，在燈前欹枕，雨外熏鑪。怕艤遊船，臨流可奈清臞。飛紅若到西湖底，攪翠瀾，總是愁魚。莫重來，吹盡香棉，淚滿平蕪。

高陽臺一百字，歸朝歡一百零四字，但讀起來便覺得高陽臺慢，歸朝歡快，不像只差四個字。這就是因爲高陽臺幾乎全是雙式句，歸朝歡幾乎全是單式句。尤其是每段末一句之爲單爲雙，更有關係，試看另外兩首詞：

水調歌頭　蘇軾

明月幾時有，把酒問青天。不知天上宮闕，今夕是何年。我欲乘風歸去，惟恐瓊樓玉宇，高處不勝寒。起舞弄清影，何似在人間。　轉朱閣，低綺戶，照無眠。不應有恨，何事長向別時圓。人有悲歡離合，月有陰晴圓缺，此事古難全。但願人長久，千里共嬋娟。

念奴嬌　蘇軾

大江東去，浪淘盡、千古風流人物。故壘西邊，人道是，三國周郎赤壁。亂石崩雲，驚濤裂岸，捲起千堆雪。江山如畫，一時多少豪傑。　遙想公瑾當年，小喬初嫁了，雄姿英發。羽扇綸巾，談笑間，強虜灰飛烟滅。故國神游，多情應笑我，早生華髮。人生如夢，一尊還酹江月。

水調歌頭九十五字，念奴嬌一百字，但前者快的多，因爲水調每段末句都是單式，念奴嬌則只有捲起千堆雪一句單式。這種情形，在小令也是一樣，如生查子和醉太平：

生查子　　辛棄疾

悠悠萬世功，矻矻當年苦。魚自入深淵，人自居平土。紅日又西沈，白浪長東去。不是望金山，我自思量禹。

醉太平　　劉過

情高意眞，眉長鬢青。小樓明月調箏，寫春風數聲。思君憶君，魂牽夢縈。翠綃香暖雲屏，更那堪酒醒。

生查子是快調，醉太平是慢調，而前者比後者尙多二字，這就因爲生查子全是單式句，醉太平全是雙式句。醉太平前後兩個五字句，都是上一下四，照例作雙式句看。明乎此，便可知詞的快慢全在音節聲響，與字數多寡不一定有關。以上所說快慢，是在歌唱或誦讀時的快慢，長調之稱慢詞，則已成專門名詞，乃是另一回事。

詞調無論長短，大多數分爲前後兩疊。有些調子前後完全相同，小令如玉樓春、虞美人等，極爲常見。有些調子前後小異，長調差不多都是如此，小令則部分如此；其異處常是後疊開頭幾句與前疊不同，這種情形叫作換頭。前後疊相差很多的，只有長調如此，小令都是前後一致或大同小異的。此外又有不分疊的，如十六字令，這種不分的情形，當然只有小令如此。若長調則分兩疊之外，又有分三疊、四疊的，前者如蘭陵王，後者則鶯啼序之外未見他調。還有一首長調前兩疊完全相同，第三疊與之大異，這叫「雙拽頭」，如瑞龍吟。現在把上述諸體，各舉一例，附在後邊。

十六字令　不分前後疊　蔡伸

天，休使圓蟾照客眠。人何在，桂影自嬋娟。

虞美人　前後疊相同　李煜

春花秋月何時了，往事知多少。小樓昨夜又東風，故國不堪回首月明中。　雕欄玉砌應猶在，只是朱顏改。問君能有幾多愁，恰似一江春水向東流。

鷓鴣天　前後小異　小令　辛棄疾

壯歲旌旗擁萬夫，錦襜突騎渡江初。燕兵夜娖銀胡觮，漢箭朝飛金僕姑。　追往事，歎今吾，春風不染白髭鬚。却將萬字平戎策，換得東家種樹書。

念奴嬌　前後小異　長調　蘇軾

詞見前。

天香　前後不同　王沂孫

孤嶠蟠烟，層濤蛻月，驪宮夜採鉛水。訊遠槎風，夢深薇露，化作斷魂心字。紅磁候火，還乍識、冰環玉指。一縷縈簾翠影，依稀海天雲氣。　幾回殢嬌半醉，剪春燈、夜寒花碎。更好故溪飛雪，小窗深閉。荀令如今頓老，總忘却尊前舊風味。謾惜餘熏，空篝素被。

蘭陵王 三疊　　周邦彥

柳陰直，烟裏絲絲弄碧。隋堤上，曾見幾番，拂水飄綿送行色。登臨望故國，誰識京華倦客。長亭路，年去歲來，應折柔條過千尺。　閑尋舊踪跡，又酒趁哀絃，燈照離席。梨花榆火催寒食。愁一箭風快，半篙波暖，回頭迢遞便數驛，望人在天北。　悽惻，恨堆積。漸別浦縈廻，津堠岑寂，斜陽冉冉春無極。念月榭携手，露橋聞笛。沈思前事，似夢裏，淚暗滴。

鶯啼序 四疊　　吳文英

殘寒正欺病酒，掩沈香繡戶。燕來晚，飛入西城，似說春事遲暮。畫船載、淸明過却，晴烟冉冉吳宮樹。念羈情，游蕩隨風，化爲輕絮。　十載西湖，傍柳繫馬，趁嬌塵軟霧。遡紅漸、招入仙谿，錦兒偷寄幽素。倚銀屛，春寬夢窄，斷紅溼。歌紈金縷。暝隄空，輕把斜陽，總還鷗鷺。　幽蘭旋老，杜若還生，水鄉尚寄旅。別後訪，六橋無信，事往花萎，瘞玉埋香，幾番風雨。長波妒盼，遙山羞黛，漁燈分影春江宿，記當時短楫桃根渡。靑樓彷彿，臨分敗壁題詩，淚墨慘淡塵土。　危亭望極，草色天涯，歎鬢侵半苧。暗點檢，離痕歡唾，尚染鮫綃，嚲鳳迷歸，破鸞慵舞。殷勤待寫，書中長恨，藍霞遼海沈過雁，漫相思彈入哀箏柱。傷心千里江南，怨曲重招，斷魂在否。

瑞龍吟 雙拽頭　　周邦彥

章臺路，還見褪粉梅梢，試花桃樹。愔愔坊陌人家，定巢燕子，歸來舊處。　黯凝竚，因念個人癡小，乍窺門戶。侵晨淺約宮黃，障風映袖，盈盈笑語。　前度劉郎重到，訪鄰尋里，同時歌舞。惟有舊家秋娘，聲價如故。吟牋賦筆，猶記燕臺句。知誰件，名園露飲，東城閒步。事與孤鴻去，探春盡是，傷離意緒。官柳低金縷，歸騎晚，纖纖池塘飛雨。斷腸院落，一簾風絮。

關於長調小令的一切，大致如上所述，詞的重要規矩，已有一個輪廓，還有些細微的問題，則是專門性質，只好從略了。

民國四十三年，中華文藝函授學校講義。

溫庭筠韋莊與詞的創始

我曾寫過一篇「柳永蘇軾與詞的發展」現在談一談柳蘇以前與他們在詞史上有同等地位的兩個作家：溫庭筠與韋莊。這兩個人年歲雖不相及，（差約半世紀，）在詞史上他們却是同期的人物。柳蘇的貢獻在詞的發展，溫韋的貢獻則在詞的創始。自然，詞並不始於溫韋。溫是晚唐人，韋則已入五代，而在中唐之世，詞已經興起了。但是中唐的詞實在還未脫詩的形式。當時有限的若干詞調，大部分是七言或五言或六言絕句式的，或全同絕句，或稍爲增減變化，像憶江南（初期詞調之一）那樣三五七言句子並用的詞調很少。調子既是這樣簡單而稀少，每個作家的作品也都不多。劉禹錫和白居易是當時兩個作詞比較多的人。劉禹錫有四十一首詞，（據林大椿輯唐五代詞，）其中有楊柳枝十三首，竹枝十一首，浪淘沙九首，共三十三首，佔全數四分之三，這些都是七言絕句式的，究竟算詞算詩，還是問題。卽使因爲這些在當時都是供歌唱的而算它們爲詞，劉禹錫所用的調子也只有紇那曲、憶江南、瀟湘神、楊柳枝、竹枝、浪淘沙、拋球樂等七個。白居易的詞大致與此情形相同。此外幾個作者，更不過是每人幾首而已。所以，從作品的形式及數量上說，中唐不過是從詩到詞的過渡時期，所有作品都是介乎詞與詩之間的東西。這時的詞，還不能確定的叫它作詞，正如巴顏喀喇山南那一條僅可濫觴的淸溪，雖可承認它是長江的發源，却不能說它就是長江。

到了溫韋的時候，上距劉白雖只數十年，詞的面目已經與前大不相同。溫韋所用的詞調，不僅數量較前人爲多，而且大部分是長短句並用句數也較多的眞正詞調，不再是絕句式的非詩非詞亦詩亦詞的東西。據花間集所載，溫詞共有十八調六十六首，韋詞有二十調四十七首。林大椿輯唐五代詞所收尙不止此數：溫詞二十調七十首，韋詞二十二調五十四首。但林輯有幾首也許不可靠；花間所載則是完全可信的。這種數量，是溫韋以前的作家所沒有的。以上是就形式數量上說；若夫風格情調，在中唐之時更談不到。劉禹錫、白居易都是大詩家，他們的詞則是偶然寄情遣興的小玩藝，內容與形式一樣簡單狹小，那裏談得到風格情調。溫韋就不如此了。他們的詞，各有各的格調面目不同，一望而知溫一定是溫，韋一定是韋。詞到溫韋，方在形式、數量、以及內容上，完全脫離詩的範圍而獨立，到此時詞才成其爲詞，到此時才有所謂詞家。附庸蔚爲大國，是從此時開始的；以前恐怕連附庸都够不上。

溫韋兩家面目各殊，到底都是甚麼樣的面目呢？花間集所收晚唐五代詞人十八家，我何以單舉溫韋兩家作爲創始時期的代表？因爲一部詞史始終是婉約與豪放兩派並流對峙的局面，而溫韋兩人的作風，正好分別代表這兩派。這是他們面目各殊的情形，也就是我單舉出他們的緣故。我舊作「三十家詞選序論」上有一段說：

飛卿（溫字）託物寄情，端己（韋字）直抒胸臆；飛卿詞深美，端己詞清俊。後世所謂婉約派，多自溫出；豪放派多自韋出。雖發揚光大，後來居上，而探本尋源，莫能或易。此所以溫韋並稱，爲詞家開山祖也。（燕京大學文學年報第六期）

我寫本篇，就是要發揮這段話的主旨。欲明此旨，當然先要說明甚麼叫婉約派，甚麼叫豪放派。至於最初使用這兩個名詞以分詞家宗派的，則是宋朝的女詞人李易安。

文學的作用當然不只抒情，詞這種文體，却是只供抒情之用。王國維人間詞話上說：「詞之爲體，要眇宜修，能言詩之所不能言，而不能盡言詩之所能言。」卽是詞之作用專在抒情的意思。抒情之外，寫景詠物，只是象徵寄託，實在還是抒情；詠寫景物的作品，若無情感在內充實活躍，則是雕木爲龍，剪彩爲花，無論如何形似，也是毫無生氣。若用詞來紀事說理，恐怕只有失敗。詞的作用旣是抒情，所謂婉約與豪放也就是抒情時兩種不同的方法態度。有人表現情感並不直截了當的痛快說出，而是含蓄委婉，指東說西，借題取喻，使聽者讀者深思頓悟，自行領會。這就是所謂婉約。與此相反，有甚麼話說甚麼話，痛快淋漓，明白顯豁，使人當下了然，感覺爽利，這就是所謂豪放。婉約派的詞藻多偏於濃麗，因爲他們表現時唱歎廻旋，綽有餘地，可以容納塗飾雕琢，而且欲求寄託，常是需要如此。豪放派的詞藻多偏於疏淡，因爲他們滿懷奔放的熱情，急於痛快說出，不暇也無須在字句詞藻上多下工夫。自然婉約濃麗不可流於晦澀臃腫，豪放疏淡不可流於輕滑淺率。兩派雖似相反，實則相成。卽如周邦彥與辛棄疾兩家，周宗婉約，辛主豪放，其實周詞何嘗不自然流利，辛詞何嘗不整鍊精深，只是大體上有所偏至而已。若在詞藻之外，再論音節，則婉約派常用舒緩和暢的調子，豪放派常用健捷激裊的調子。（健捷激裊四字本是唱曲專用語，見元人燕南芝菴撰「唱論」，我借用在這裏；詞出一家，總沒甚麼不妥吧。）這種音節上的不同當然是隨着風格的不同來的；婉約與舒緩，豪放與健捷，還不都是一回事麼。試看柳永、周邦彥、姜夔、吳文英諸人所用的詞調，與蘇軾、張孝祥、辛棄疾、劉克莊諸人所用詞調，大半不同，卽可看出這兩派在音節上亦有顯著的差別。旣明白了婉約與豪放的不同，再去遍讀歷代名家作品，便可知道一部文學史始終是這兩派並流對峙。婉約屬於陰柔的美，豪放屬於陽剛的美，文藝的美總難出這兩個範圍，歷代各體文學的風格宗派，也就不出這兩樣。只是詞史局面較小，兩派並流對峙的情形更易看出而已。

有人以爲還有一種中性的美，這種說法我現在對之有點了解，但還不太明白。

一大段泛論過去該提到溫韋本身了，怎見得婉約派多自溫出，豪放派多自韋出呢？有詞爲證：

玉樓明月長相憶，柳絲嫋娜春無力。門外草萋萋，送君聞馬嘶。　畫羅金翡翠，香燭銷成淚。花落子規啼，綠窗殘夢迷。（菩薩蠻）

寶函鈿雀金鸂鶒，沈香閣上吳山碧。楊柳又如絲，驛橋春雨時。　畫樓音信斷，芳草江南岸。鸞鏡與花枝，此情誰得知。（菩薩蠻）

憑繡檻，解羅幃，未得君書，斷腸瀟湘春雁飛。不知征馬幾時歸；海棠花謝也，雨霏霏。（遐方怨）

花半拆，雨初晴，未捲珠簾，夢殘惆悵聞曉鶯。宿妝眉淺粉山橫，約鬟鸞鏡裏，繡羅輕。（遐方怨）（以上四首溫詞）

人人盡說江南好，游人只合江南老。春水碧於天，畫船聽雨眠。　壚邊人似月，皓腕凝霜雪。未老莫還鄉，還鄉須斷腸。（菩薩蠻）

如今却憶江南樂，當時年少春衫薄。騎馬倚斜橋，滿樓紅袖招。　翠屛金屈曲，醉入花叢宿。此度見花枝，白頭誓不歸。（菩薩蠻）

四月十七，正是去年今日，別君時。忍淚佯低面，含羞半斂眉。　不知魂已斷，空有夢相隨。除却天邊月，沒人知。（女冠子）

昨夜夜半，枕上分明夢見，語多時。依舊桃花面，頻低柳葉眉。　半羞還半喜，欲去又依依。覺來知是夢，不勝悲。（女冠子）（以上四首韋詞）

讀過以上諸詞，可以看出溫詞濃麗，韋詞疏淡，溫詞含蓄，韋詞痛快。溫詞所寫是人類對於宇宙人生所同具的感覺與印象，韋詞所寫則是他個人的離合悲歡。用人間詞話的說法來講，溫詞是造境，韋詞是寫境，溫詞是無我之境，韋詞是有我之境。用普通話來解釋，溫詞是客觀的描摹，韋詞是主觀的抒寫。從各方面來看，溫韋的作風都是對立的。溫詞各種特質是婉約派的出發點，因爲這些特質所表現出來的風格是深厚、茂密、精美、靜穆，這都是婉約派的好處。韋詞各種特質則是豪放派的出發點，因爲這些特質所表現出來的風格是顯豁、清利、樸素、生動，這都是豪放派的好處。後來婉約豪放兩派作家，其規模氣象自然非溫韋所能籠罩，而溫韋詞爲此兩種作風之始，則是可以斷言的。

總起來說：溫韋兩家的詞，作品數量比以前多，形式比以前開始像詞，作風則是開後來兩大派之先河，所以我說他們的貢獻在詞的創始。附帶有一點要說明：他們的表現方法雖有不同，中心情調則是一樣。除去晚景不同之外，溫韋兩人的生活方式，身世經驗，很多相同的地方，特別是在初期詞描寫最多的兩性生活上，兩人更多相同之點。韋在菩薩蠻女冠子裏所表現的生活情調，溫不是沒有，也不是不寫，只是他不用韋那樣的方法去寫而已。總論已畢，現在再就溫韋兩家風格異同，分別評論。

張惠言詞選序說：「飛卿之詞深美閎約。」周濟介存齋論詞雜著說：「飛卿醞釀最深。」所謂醞釀，卽是對於宇宙人生的觀察體驗。想把觀察體驗所得的感覺與印象寫出來，常是要以外界景物爲寄託，當然詞藻也就易於濃麗。有寄託，所以深；濃麗，所以美；背景是整個宇宙人生，所以閎；寫出來的則是其中精粹，（卽上文所謂感覺與印象）所以約。若照文藝理論說，這種「深美閎約」的風格，是最高的風格，此境至不易到。兪平伯讀詞偶得上說：

飛卿之詞，每節取可以調和的諸印象而雜置一處，聽其自然融合；在讀者心眼中仁者見仁知者見知。不必問其脈絡神理如何如何而脈絡神理按之儼然自在。譬之雙美，異地相逢，一朝綰合，柔情美景，並入毫端，固未易以跡象求也。

這一段話，說盡溫詞的眞價値，也就是人間詞話所說：「無我之境，以物觀物，故不知何者爲我，何者爲物。」文學的主要條件是美，這種作風的特點也就是美。若僅是聲音形色的美，那是浮淺的，缺少生命力的，所以必須要深美。深者：不僅是淺近的欣賞，還要有透澈的觀察；不是一時的激動，而是長時期的醞釀。明瞭此點，然後可讀溫詞。

在文藝理論上說，韋詞的境界或不及溫詞之深美，但在引人入勝的效果上，韋詞却又似勝於溫詞。很有些人，讀了溫詞，不是不覺得它美，但總是捉摸不着，所謂「七寶樓臺，眩人眼目。」又如「水光雲影，搖蕩綠波，撫玩無極，追尋已遠。」這些雖是前人論吳夢窗詞的話，也可借來批評溫詞。溫詞有點像雲裳霞帔的天際神仙，可望而不可即；韋詞則是具有氣血骨肉的人，荊釵布裙，有時也許珠光寶氣，但總是具體的站在人們面前。溫詞又像是罩着彩繪紗罩的燈，美而朦朧；韋詞則只有白磁燈傘，美或不及，亮則過之。「人人盡說江南好，游人只合江南老。」「如今却憶江南樂，當時年少春衫薄。」雖極簡樸，而其給予人的印象，則似比「玉樓明月長相憶，柳絲嫋娜春無力。」「寶函鈿雀金鸂鶒，沈香閣上吳山碧。」更爲眞切。這就是因爲有作者個人的情感在裏邊活躍。溫詞當然不是沒有情感，而是把他個人的情感融冶在人類的共同感覺之中。多費了這麼一道手，人們對於他的了解也就要多費一回事。韋詞那麼疏淡而能與金碧輝煌的溫詞並美，且更易動人，全在「直接」二字；他直接的把情感表現給人們，人們也就容易直接領受。豪放派的長處就在這裏，不獨韋詞爲然。

以上所說，只是溫韋兩家互相比較批評；若就全部詞史來說，韋詞又不如李後主及兩宋諸大家之更能動人。因爲韋詞畢竟是詞史初期的作品，堂廡氣象還差得多，眼界之大，感慨之深，當然不能不讓後賢。韋的菩薩蠻五首，與李後主的浪淘沙、虞美人諸詞，都是感舊之作，韋詞那像後主那樣寓沈着於豪放，寄俊逸於悲涼呢。倒是溫詞的「深美閎約」精麗而又簡古，後來詞人很少能够作到。納蘭成德在他的淥水亭雜識上說：「花間之詞，如古玉器，貴重而不適用。」他所謂不適用，卽不是直接抒寫，不易爲人所了解的意思。此意上文已說明，不必再說；以貴重的古玉器評花間詞，則的是確論。溫詞居花間之首，他也正好能代表花間作家的風格；韋詞在簡古方面也足以代表花間。後來兩宋的詞，能精麗，能淡雅，而不能簡古；如同仿古製作的銅器玉器，形狀花紋色澤都能酷肖，所作不出者，只是那種古樸的氣韻。兩宋的詞，規模濶大了，氣象開朗了，而溫韋以次花間各家所共具的簡古之致也就大部失掉了。「簡古」是陸游用以評花間詞的，不要看輕了這兩字。國風這一部古代民謠，所以能與漢魏六朝唐宋輝煌燦爛的詩並傳不朽，就是因爲簡古。花間集在詞裏的地位，正如同國風在詩裏的地位，惟其簡古，始能渾涵包舉，歷久長新。溫韋兩家作風雖異，其簡古則無二致，這也是創始作家的特徵。

民國三十三年初稿，四十七年改定；文學雜誌四卷一期。

論馮延巳詞

王國維先生在人間詞話上說：『「畫屏金鷓鴣，」飛卿（溫庭筠）語也，其詞品似之。「絃上黃鶯語，」端己（韋莊）語也，其詞品亦似之。正中（馮延巳）詞品，若欲於其詞句中求之，「則和淚試嚴妝」殆近之歟。』這段批評非常恰當。作品既然是作者襟懷情調的表現，當然可以從其中挑選出適當的句子來形容作者的詞品。現在根據王先生的意見加以發揮，把溫韋馮三人詞的風格，分着來說一說。

溫詞全是客觀的描摹，他所寫的景是人人目中所見之景，他所寫的情是人人心中所具之情。換句話說，即是把人類共同的感覺印象，用象徵的手法表現出來。他並不曾抒寫他個人的身世生活，悲歡哀樂。所以他的詞正像畫屏上的金鷓鴣，精麗華美，具有普天之下的鷓鴣所共有的美麗，而沒有任何一隻鷓鴣所獨有的生命。但是，溫詞雖不曾表現出任何個體所獨有的生命，却是普天之下所有生命的結晶。這樣的詞，淺而觀之，好像不够生動活躍，若在文學素養深厚天機靈敏的人看來，則自有一種渾融靜穆的意味。無論是雕塑或繪畫的花鳥人物，做到好處，常要被讚美爲「栩栩欲活」所謂欲活的，有時好像比眞活的還要優美動人，就是上述的道理。像溫詞這樣，才眞是爲藝術而藝術的作品。

至於韋詞，則是主觀的抒寫，他所寫的情與景自然也是人人心目中所共有，却是以他自己爲中心。如菩薩蠻「紅樓別夜」等五首，女冠子「四月十七」等二首，都是只限於他個人而不能移易到旁人身上去。不像溫詞，無論淡如「夜來皓月才當午，重簾悄悄無人語，」或濃如「寶函鈿雀金鸂鶒，沈香閣上吳山碧，」都是客觀的描摹而非主觀的抒寫。所以王先生以「絃上黃鶯語」來形容韋的詞。黃鶯與金鷓鴣都是很美麗的鳥，不過這隻鳥是有生命的，因爲牠會叫了。韋端已以詞來抒寫情懷，流連光景，正如同「春日遲遲」而「倉庚載鳴」。

馮延巳是個熱中功利的人，又生在五代那樣喪亂相尋的時代。他在南唐作宰相，屢次遇到失意的事，他的政敵又多，彼此傾壓排擠無所不用其極。這樣的政治生涯使他的心情空虛、不安；而當時社會的普遍現象又是從來亂世所共有的現象，一面是黑暗與恐怖，一面是沈湎與放縱。政治的遭遇與社會的氣氛合併起來，使馮延巳總是抱着滿腔空虛苦悶，去過看花飲酒奢佚的生活。這與謝靈運的縱情山水是同樣的心情。所以馮詞的風格與謝詩一樣，在高華濃麗的底面蘊藏着無限悲凉。如他的蝶戀花云：

誰道閒情抛棄久，每到春來，惆悵還依舊。日日花前常病酒，不辭鏡裏朱顏瘦。　河畔青蕪堤上柳，爲問新愁，何事年年有。獨立小橋風滿袖，平林新月人歸後。

采桑子云：

花前失却游春侶，獨自尋芳。滿目悲凉，縱有笙歌亦斷腸。　林間戲蝶簾間燕，各自雙雙。忍更思量，綠樹青苔半夕陽。

都是這種寓悲凉於濃麗的風格，亦卽王先生所謂「和淚試嚴妝」。但這句話似嫌過於抽象，不如「畫屏金鷓鴣」，「絃上黃鶯語」那樣具體而顯豁。在馮的詞集裏又找不到甚麼鳥兒來形容他的詞。結果我想起一句「一樹櫻桃帶雨紅」。這句見於馮的一首采桑子，全詞如下：

小堂深靜無人到，滿院春風。惆悵牆東，一樹櫻桃帶雨紅。　愁心似醉兼如病，欲語還慵。日暮疏鐘，雙燕歸棲畫閣中。

一樹盈盈，朱實綠葉，誠然可稱得起嚴妝，「帶雨紅，」則是和淚了。白居易在長恨歌裏說楊太眞「玉容寂寞淚闌干，梨花一枝春帶雨，」那是形容「雲鬢半偏新睡覺，花冠不整下堂來」的寂寞玉容，只好借喻於梨花；若夫「和淚試嚴妝，」自然要說朱櫻帶雨。還有前面所引「綠樹青苔半夕陽」那一句也很可用來形容馮詞。夕陽是紅的，是光明溫暖的，但與綠樹青苔相映，則增加了蕭森悽惻之感；尤其是半字，寫出陽光與陰影的對照。學者能體味這兩句詞，則於馮詞風格思過半矣。

民國三十五年。

小山詞中的紅與綠

在各種顏色裏邊，紅與綠好像最不登大雅之堂。尤其是這兩種顏色配合在一起，過於濃重，更容易引起人們的厭惡。「大紅大綠」已成了代表俗艷的名詞。但有些文人很會適宜地運用紅綠二色，使人對之起清雅優美之感。這種例子很多，我想提出晏幾道的小山詞，他好像是最喜歡寫紅紅綠綠的詩人。現在先作一個統計，把小山詞裏紅綠並舉的句子，找出鈔在下面。碧與翠之於綠，正如朱紫之於紅，是類似的顏色，也包括在內。

靚粧眉沁綠，羞臉粉生紅。

綠嬌紅小正堪憐。以上俱臨江仙

庭院碧苔紅葉徧，金菊開時，已近重陽宴。

笑艷秋蓮生綠浦，紅臉青腰，舊識凌波女。

碧落秋風吹玉樹，翠節紅旌，晚過銀河路。

碧玉高樓臨水住，紅杏開時，花底曾相遇。以上俱蝶戀花

雲隨碧玉歌聲轉，雪繞紅綃舞袖回。

朱絃曲怨愁春盡，綠酒盃寒記夜來。

羅幙翠，錦筵紅，釵頭羅勝寫宜冬。

碧藕花開水殿涼，萬年枝外轉紅陽。以上鷓鴣天

紅塵陌上遊，碧柳堤邊住。

君貌不長紅，我鬢無重綠。以上生查子

綠水帶青潮，水上朱闌小渡橋。

拾蕊人稀紅漸少，葉底杏青梅小。南鄉子

謝客池塘生綠草，一夜紅梅先老。

紅燭淚前低語，綠箋花裏新詞。

紅樓桂酒新開，曾携翠袖同來。

丹杏牆東當日見，幽會綠窗題徧。

殘綠斷紅香片片，長是西風堪怨。以上淸平樂

牆頭丹杏雨餘花，門外綠楊風後絮。

晚紅初減謝池花，新綠已遮瓊苑路。以上木蘭花

長亭晚送，都似綠窗前日夢；小字還家，恰應紅燈昨夜花。減字木蘭花

露紅煙綠，儘有狂情鬥春早。泛淸波摘徧

長留青鬢住，莫放紅顏去。

綠鬢紅杏枝。以上菩薩蠻

臉紅心緒學梅粧，眉翠工夫如月畫。
紅窗青鏡待粧梅，綠陌高樓催送雁。以上玉樓春
綠盃紅袖趁重陽。
舞腰浮動綠雲穠，櫻桃半點紅。以上阮郎歸
絳唇青鬢，漸少花前語。歸田樂
戶外綠楊春繫馬，牀前紅燭夜呼盧。
綠箋紅豆憶前歡。
靨朱眉翠喜清秋。
翠閣朱闌倚處危，夜涼閒拈彩簫吹。
綠酒細傾斟別恨，紅箋小寫問歸期。
綠鬢舊人皆老大，紅粱新燕又歸來。以上浣溪沙
常記東樓夜雪，翠幙遮紅燭。六么令
遮悶綠，掩羞紅，晚來團扇風。
紅日淡，綠烟輕，流鶯三兩聲。
紅解笑，綠能顰，千般惱亂春。以上更漏子
暈殘紅，勻宿翠，滿鏡花開。于飛樂

時候草綠花紅，斜陽外，遠水溶溶。（愁倚闌令）
回思十載朱顏青鬢，枉被浮名誤。（御街行）
小綠間長紅，露蕊煙叢。
穠蛾疊柳臉紅蓮。（以上浪淘沙）
御紗新製石榴裙，沉香慢火薰。越羅雙帶宮樣，飛露碧波紋。（訴衷情）
記得青樓當日事，寫向紅窗夜月前。（破陣子）
又依前誤了，紅箋香信，翠袖歡期。（好女兒）
綠勾闌畔，黃昏淡月，携手對殘紅。
西溪丹杏，波前媚臉，珠露與深勻。南橋翠柳，煙中愁黛，絲雨惱嬌顰。（以上少年遊）
更誰情淺似春風，一夜滿枝新綠替殘紅。（虞美人）
紅窗碧玉新名舊。（采桑子）
斜雁朱絃，孤鸞綠鏡。
綠徑穿花，紅樓壓水。（以上踏莎行）
朱闌碧砌皆如舊。（秋蕊香）
綠蕙紅蘭芳意歇，金蕊正風流。（武陵春）
晚綠寒紅，芳意匆匆。（行香子）

蓮葉雨，蓼花風，秋恨幾枝紅。遠烟收盡水溶溶，飛雁碧雲中。燕歸來

小山詞全集二百五十餘首，右所舉例近六十條，單舉紅或綠一種顏色，或雖一首之中紅綠並見而句意沒有直接關係的，還都不會舉出。卽此可見晏小山是如何地愛用這兩種顏色了。

晏小山是個門祚式微身世飄零的貴公子（附記），又天生是個多情善感的風流才士，所以他的作品在高華朗潤的風度之外，顯示着無限悲涼情調，在濃豔的色澤之上，籠罩着一層黯淡的氣氛。他對於紅綠兩色的運用正好把上述的情形表現出來。所以我常用「露紅烟綠」四字來批評小山詞，我認爲這與用「一樹櫻桃帶雨紅」批評馮延巳的詞是一樣恰當。讀者試行尋繹上引諸例，小山用紅綠諸字，多半是形容秋天冬天或者早春，眞正的陽春三月，在小山詞裏倒不曾怎樣描寫。小山是要用紅綠來渲染調劑秋冬早春的蕭瑟淸寒的。另一方面，又可看出小山越用紅綠諸字，他所寫的情調越悲涼。如「君貌不長紅，我鬢無重綠，」「綠鬢舊人皆老大，紅梁新燕又歸來，」「更誰情淺似春風，一夜滿枝新綠替殘紅」之類，這都是和淚試嚴妝的餘風。馮煦在六十一家詞選序例上說：「小山淮海皆古之傷心人也。」讀者能注意到小山對於顏色的運用，便能知道馮氏之言爲不謬了。

民國三十五年。

（附記）小山晚年曾任開封府推官，見宋會要；退職之後，還有他父親的賜第可以居住，見碧鷄漫志；他的哥哥晏知止也曾歷守蘇州、蔡州、潁州等外郡，見續資治通鑑長編。根據這些事實，「門祚式微身世飄零」八個字應改爲「門祚漸趨式微仕宦未嘗顯達，」我作此文在二十餘年以前，對於小山的身世經歷，知道

的還不够多，所以這八個字用的不甚妥當。至於此文的主旨，則現在並無改變。五十九年冬日記。

柳永蘇軾與詞的發展

柳永與蘇軾，似乎不能相提並論。蘇軾是一代文豪，各體文字無不精妙，在政治社會上也有崇高的地位。柳永則塡詞之外，詩文都無所表現，只是個「落魄江湖載酒行」的名士。柳蘇並稱，多少有點擬不於倫。但是，從整個文學造詣以及人品風度上來講，柳之於蘇，固然相去甚遠；若單就作詞來講，柳永在詞史上的地位，絕不比蘇軾低。在詞的發展上，柳蘇兩家同樣重要，無分軒輊。總括地說：就是柳永在形式方面使詞發展，蘇軾在內容方面使詞發展。

詞在初起時，只是一種樂歌，是供歌者們在賓筵別席上唱來遣情助興的，所以其風格與詩不同。第一要符合歌唱時的環境氣氛，第二要適合歌者的身分口氣。當時的歌者大都是女性，若在燈紅酒綠的華筵上，命十七八女郎執紅牙拍而「慷慨悲歌」，未免不大調和。所以唐五代的詞，差不多千篇一律，觸目都是些羅衾雁字，惜別傷春，寫景不出園亭，言情惟工綺艷。正因爲在這時期，詞的功用性質只限於此。到了南唐，馮延巳詞的堂廡氣象，似比花間諸家弘濶一點，但也不過是感情比較深摯濃厚，個性主觀的成分較多而已，根本上還是出不了傷時念遠，感舊懷人。李後主詞境界之大，感慨之深，當然不是唐五代所能籠罩。但是詞中李後主正如詩中陶淵明，都是超時代的人物；他們本人雖能在時代風氣之外特立獨行，而時代風氣却並未馬上隨着他們轉變。

以上是內容問題。形式方面，唐五代詞沒有長調，通用的都是六七十字以內的小令，與內容同樣狹小。而且，形式狹小又影響到內容。因爲調子不長，所以卽使有更多的話，更大的波瀾開闔，也無法容納，無從施展。詞在唐五代所以始終被認爲小道末技而不曾取得與詩文同樣的地位，就是因爲內容形式俱嫌狹小的緣故。（當時究竟是有長調而未曾被利用，或是根本還沒甚麼長調，留待下文討論。）

宋代前期作家，如晏殊、歐陽修、張先諸人之詞，內容仍不出唐五代範圍，形式上雖已試爲長調，仍是以小令爲主。晏歐集中長調不過居全數十之一二；張先作長調稍多，也不過全集十之三四，而且技術並不太高明，他與晏歐都不是運用長調的成功人物。註一 柳永與晏歐張同時，較蘇軾早二十多年，註二 他是頭一個善寫長調的詞人。他的樂章集三卷連同續添曲子（彊村叢書本）共收詞二百零數首，用調一百三十左右，小令只有三十餘調，全集十分之八都是長調。其數量之多已是前所未有，而他寫長調的技術又很高妙。柳永在詞史上的地位，就奠定在他所作長調的量與質上。

不要輕看了長調的興起，這不是件小事，與詞的發展完成大有關係。那麼，長調究竟起於何時呢？我從前認爲唐五代之時已有長調，但只是些樂譜，並沒有人來按譜塡詞，卽使有也只是些俗陋的樂工以及半通的文人，當然談不到詞藻意境，失傳是很容易的。註三 所以流傳下來的唐五代詞，只是文人學士按照短的樂譜所塡的小令；直到北宋初年還是如此。唐崔令欽教坊記中所載調名三百餘個，其中有不少樂譜與歌詞完全失傳，或者有些個就是長調。以上是我從前的意見；近來我却另有一種想法。我以爲唐五代至宋初不僅在寫作上沒有人利用長調，恐怕當時的樂譜根本就沒有甚麼長調。否則，何以那樣長的時期，那樣盛的塡詞風氣，竟沒有人試驗去塡長調？現在流傳的長調，其歌詞固然都是宋人所作，其樂譜恐怕也都是宋代樂工所製。柳永所作長調，調名見於教坊記者只有十二三個，不過全數八分之一，而且很多可能名同實異。(唐宋詞調名同實異的很多，如女冠子、拋球樂，在唐五代詞裏都是小令，在柳詞裏便都成了長調。)所以我認為與其說是長調起於中晚唐，不如說是起於宋初。有了長調詞這種文體纔得到發展的基礎；若是長久因襲唐五代的小令形式，恐怕詞的歷史在北宋就要終了。那樣形式簡短內容狹窄的小玩藝，如何能卓然樹立，發揚光大。只有長調興起，這纔挽救了詞的危運。詞的波瀾壯濶氣象弘偉是長調興起以後的事；而柳永則是第一個寫長調又多又好的人。所以我說：柳永在詞史上的地位，奠定在他所作長調的量與質上。欲知其詳，先看前人對於柳詞的批評。

柳耆卿樂章集，世多愛賞。□□(原缺二字)該洽，序事閑暇，有首有尾；亦間出佳語；又能擇聲律諧美者用之。惟是淺近卑俗，自成一體，不知書者尤好之。(王灼碧鷄漫志)

柳詞格固不高，而音律諧婉，語意妥帖，承平氣象，形容曲盡；尤工於羈旅行役。(陳振孫直齋書錄解題)

耆卿鋪叙委宛，言近意遠，森秀幽淡之趣在骨。(周濟介存齋論詞雜著)

耆卿詞細密而妥溜，明白而家常，善於叙事有過前人。惟綺羅薌澤之態，所在多有，故覺風期未上耳。(劉熙載藝概)

耆卿詞曲處能直，密處能疏，奡處能平。狀難狀之景，達難達之情，而出之以自然。自是北宋巨手。(馮煦蒿庵論詞)

前人批評柳詞的很多，為了節省篇幅，只採錄了宋人兩條，清人三條，都是很精當的評語。他們所說柳詞的好處，全在鋪叙形容，當然非用長調不可。柳詞名作如雨霖鈴、八聲甘州，膾炙人口，不必鈔出，現在另鈔幾首例子在下面。

凍雲黯淡天氣，扁舟一葉，乘興離江渚。渡萬壑千巖，越溪深處。怒濤漸息，樵風乍起，更聞商旅相呼，片帆高舉；泛畫鷁翩翩過南浦。　望中酒旆閃閃，一簇烟村，數行霜樹。殘日下，漁人鳴榔歸去。敗荷零落，衰楊掩映，岸邊兩兩三三，浣紗遊女；避行客、含羞笑相語。　到此因念，繡閣輕拋，浪萍難駐。歎後約丁寧竟何據。慘離懷、空恨歲晚歸期阻。凝淚眼、杳杳神京路；斷鴻聲遠長天暮。夜半樂　凡押韻處皆用句號，押韻而語意與下句相連者用分號。

登孤壘荒涼，危亭曠望，靜臨烟渚。對雌霓掛雨，雄風拂檻，微收煩暑。漸覺一葉驚秋，殘蟬噪晚，素商時序。覽景想前歡，指神京、非霧非烟深處。　向此成追感，新愁易積，故人難聚。憑高盡日凝竚；贏得消魂無語。極目霽靄霏微，暝鴉零亂，蕭索江城暮。南樓畫角，又送殘陽去。竹馬子

向深秋，雨餘爽氣肅西郊。陌上夜闌，襟袖起涼飇。天末殘星，流電未滅，閃閃隔林梢。又是曉雞聲斷，陽烏光動，漸分山路迢迢。　驅驅行役，苒苒光陰，蠅頭利祿，蝸角功名，畢竟成何事，漫相高。拋擲雲泉，狎玩塵土，壯節等閒消。幸有五湖烟浪，一船風月，會須歸去老漁樵。鳳歸雲

遠岸收殘雨。雨殘稍覺江天暮。拾翠汀洲人寂靜，立雙雙鷗鷺。望幾點漁燈，掩映蒹葭浦。停畫橈、兩兩舟人語。道去程今夜，遙指前村烟樹。　遊宦成羈旅。短檣吟倚閒凝竚。萬水千山迷遠近，想鄉關何處。自別後，風亭月榭孤歡聚。剛斷腸、惹得離情苦。聽杜宇聲聲，勸人不如歸去。安公子

以上這些詞，還有雨霖鈴、八聲甘州諸名篇，都是所謂「音律諧婉」，「細密妥溜」，「曲處能直，密處能疏」之作。如此種種佳處，若非長調，何從施展？那眞是英雄無用武之地了。

總起來說：長調興起之後，詞的形式開始得到伸展擴充；柳永能把這種唐五代人所未曾用過的形式運用

自如，這樣纔能在所謂傷春惜別，室內身邊之外，寫出更深曲的情感，更濶大的境界。就像柳詞所寫的登山臨水，望遠興懷，其淒清高曠，在唐五代詞裏是不容易找到的。從此以後，詞的精神面目，為之一變，詞的生命纔能延續下去。所以我說長調的興起，是詞史上一件大事，而柳永便是這件大事的首先推動者。

但是柳詞意境雖比前人弘濶，本質却無大異，總脫不掉綺羅薌澤之態，兒女之情，詞在內容上更進一步的發展，還是在蘇軾詞出來之後。

前人詞話提到蘇軾，常是與柳永並論。但他們多半是揚蘇抑柳，而不曾理會到柳與蘇在詞史上有同樣的地位。即如以下數條：

長短句雖至本朝始盛，而前人自立，與眞情衰矣。東坡先生非醉心於音律者，偶爾作歌，指出向上一路，新天下耳目，弄筆者始知自振。今少年妄謂東坡移詩律作長短句，十有八九不學柳耆卿，則學曹元寵，雖可笑，亦毋用笑也。（王灼碧雞漫志）

眉山蘇氏，一洗綺羅薌澤之態，擺脫綢繆宛轉之度，使人登高望遠，擧首高歌，而逸懷浩氣，超然乎塵垢之外。於是花間為皂隸，而柳氏為輿臺矣。（胡寅酒邊詞序）

名家當行，固有二派。蘇公自云：「吾醉後作草書，覺酒氣拂拂從十指間出。」黃魯直亦云：「東坡書挾海上風濤之氣。」讀坡詞當作如是觀。瑣瑣與柳七較錙銖，無乃為髯公所笑。（王士禛花草蒙拾）

北宋人詞，惟蘇文忠之清雄，夐乎軼塵絕迹，令人無從步趨。蓋霄壤相懸，寧止才華而已；其性情，其學問，其襟抱，擧非恆流所能夢見。（王鵬運語，龍沐勛唐宋名家詞選引）

前三者說蘇比柳高其所以然的緣故，則如王鵬運所說，蘇的才華性情，學問襟抱，舉非恒流所能夢見。柳永比起蘇軾，當然只是一個「恒流」。蘇如天馬行空，柳雖不致局促如轅下駒，也不過是個「尋常行路人」。他詞中所寫，只是些落拓放浪的踪跡，江湖羈旅的愁思。蘇的逸懷浩氣，天風海雨，在柳詞裏找不出來。柳更有一個毛病，他常以頹靡塵下的情調，俳諧質俚的詞句，應市井歌唱的需求，有些下筆無擇。所以王灼說他「淺近卑俗」，陳振孫說他「詞格不高」，劉熙載說他「風期未上」。詞格與人格當然有密切的關係，柳詞的風格，正是他個人性情生活的反映。他的性情並不一定是輕佻儇薄，他的生活則完全是放浪頹靡。抱着流落不偶的沉哀，整年的看舞聽歌，淺斟低唱，即便有些逸懷浩氣，也消磨淨盡了。蘇則無論江湖廊廟，到處受人尊敬，無形中養成卓犖不羣的自尊心，與高雅的品格風度，再加上天資學問，當然與柳不能同日而語。這種差別，表現到他們的作品上，就形成了蘇詞柳詞的異點。而後人給予柳詞的評價，也就低於蘇詞。這種評價是公道的。因爲蘇詞一出，纔把詞的領域擴大，地位提高，詞到此時，纔完全脫離了小道末技，進而與詩文佔有同樣的地位。王灼所謂「向上一路」，即是此意。柳對於詞，則只是拓寬，並未向上。

提起蘇詞，總會想到他的赤壁懷古大江東去，這是傳誦之作，不必鈔寫全文。這首詞完全表露出所謂逸懷浩氣，而最大特點，就是有作者自己，即所謂「人格與學問的結晶」註四。蘇軾所以能把詞擴大提高，全在於此。懷古的詞，五代人也有，像歐陽炯的江城子：

晚日金陵岸草平，落霞明，水無情。六代豪華，暗逐逝波聲。惟有姑蘇臺畔月，如西子鏡，照江城。花間集

若就文藝技巧而論，似乎比大江東去更爲高渾，讀了此詞，便覺得大江東去有點費勁。但是，歐陽此詞，有如天際

眞人，不管怎麼高渾超妙，總是離我們稍遠。蘇的大江東去則鬚眉畢現，是人而不是神，所以更爲生動，更爲實際。歐陽那樣的詞正如花間集中多數作品，非具有相當的文藝天才，文學素養，不易十分瞭解欣賞。蘇詞則任何人讀了也要感到酣暢生動。這就是因爲蘇詞完全是自我表現。公瑾當年，東坡此日，遙遙相契，莫逆於心。「此中有人呼之欲出」是主觀的具體的；不像花間諸作全是客觀的想像的，超妙有餘，切實不足。納蘭成德淥水亭雜志說：「花間之詞如古玉器，貴重而不適用。」卽是此意。

大江東去固然被公認爲蘇詞的代表作品，但還有一首永遇樂，似更能代表蘇詞，却不如大江東去那樣普遍傳誦，現在鈔在下面：

明月如霜，好風如水，清景無限。曲港跳魚，圓荷瀉露，寂寞無人見。紞如三鼓，鏗然一葉，黯黯夢雲驚斷。夜茫茫，重尋無處，覺來小園行徧。　天涯倦客，山中歸路，望斷故園心眼。燕子樓空，佳人何在，空鎖樓中燕。古今如夢，何曾夢覺，但有舊歡新怨。異時對，黃樓夜景，爲予浩歎。

張炎詞源曾以「淸麗舒徐」四字評蘇詞，周濟介存齋論詞雜著云：「吾賞東坡韶秀。」所謂「淸麗舒徐」，所謂「韶秀」，是蘇詞在豪放之外另一面的佳處。一般人好像只注意蘇詞的豪放而忽略了這六個字。這首永遇樂的前半，正好將這六字代表出來。這種筆墨柳永或能作到；後半「古今如夢」以下，則絕非柳永所能說得出。「古今如夢，何曾夢覺，惟有舊歡新怨。」柳永沒有那樣深刻而超妙的思力。「異時對，黃樓夜景，爲予浩歎。」柳永沒有那樣高朗豪俊的胸襟氣概。這首永遇樂是蘇軾作徐州（彭城）太守時作的，題目是「彭城夜宿燕子樓，夢盼盼，因作此詞。」黃樓也是他在徐州時蓋的。他自信可以和徐州以往的英雄名士美人並傳千古，所以纔說「爲予浩歎，」一個「予」字豈是輕易說出。關於黃樓，他有一首詩：

吾州下邑生劉季，誰數區區張與李。重瞳遺跡已塵埃，惟有黃樓臨泗水。而今太守老且寒，俠氣不洗儒生酸；猶勝白門窮呂布，欲將鞍馬事曹瞞。（答范淳甫）

他自注云：「郡有廳事，俗謂之霸王廳，相傳不可坐；僕拆之以蓋黃樓。」霸王身後餘威，廳不可坐，乾脆拆了它蓋我的；呂布、張、李（張建封、李光弼）之流，更不在話下。即此詩可以想見此公的豪情勝概。柳永那有這個。蘇詞特點是處處有他自己，柳永詞裏也有他自己，他們同樣比唐五代詞更爲主觀，更趨實際。但蘇所表現的自我是高雅磊落的，柳所表現的自我則是平凡局促的。人品學問性情思想的不同，造成蘇柳兩家的差異。

不過，蘇詞長調不多，所用只是有限二十來個長調，不像柳詞所用長調有百十來個之多；蘇詞對於音律也不甚講求。柳的筆墨細膩妥溜而又非常高健，這與蘇詞已可稱是「異曲同工」；其音律則於生澀之中反倒見出諧婉，尤爲蘇所不及。蘇只是從胸襟氣勢方面開後來張孝祥、陸游、辛棄疾一派，而不曾從工力技巧方面開後來周邦彥、姜夔、吳文英一派。尤其是音律，現在詞雖不能再歌唱了，可是僅憑諷誦，我們已能感到，柳周一派確是很諧婉優美的樂歌，蘇辛一派則不免成爲長短句的詩。詞的內容當然可以與詩相同，但總該有它自己的格調體製；所以我們只好承認以前一般論詞者的說法，以柳周爲正宗，蘇辛爲變調。（變調並非不如正宗，有時也許變調會比正宗容易被人欣賞。所謂正變，只是爲了分析敍述的方便而起的名詞，並沒有甚麼軒輊輕重。）蘇軾以詩爲詞，固然使詞的領域擴大了，地位提高了；但詞並沒從蘇得到本體的發展，詞的本體發展，還是在柳周一派。蘇軾雖爲名家，却不見得就是內行；柳永則是地道內行，他曾在音律及格式上盡莫大努力，運用新聲新調，以奠定後來本體發展的基礎。這個「尋常行路人」能與「行空天馬」並立，就在乎此。後來周邦彥繼承柳的形式而襟抱勝於柳，辛棄疾繼承蘇的內容而音律嚴於蘇，遂成爲詞中二聖。（前人曾說以周爲詞聖，以辛爲詞聖則是新的說法，聖人本來可以有多數。）詞到了周辛兩家才發展到登峰造極如日中天而承先啓後則是柳蘇兩家的事業。所以我說柳永在形式方面使詞發展，蘇軾在內容方面使詞發展。

註一　張先在詞史上一直是個毀譽參半的作家周濟宋四家詞選序論云「子野（張先字）清出處生脆處，味極雋永只是偏才，無大起落」是最正確的批評。

註二　柳永是宋仁宗景祐元年（一〇三四）進士，蘇軾則生於景祐三年（一〇三六），即使柳是少年科第，也要比蘇大二十幾歲。

註三　敦煌寫本雲謠集雜曲子（收入彊村叢書）中有長調，與本文所說長調是兩件事，容另爲文詳論。

註四　此語見胡適詞選蘇軾小傳。

民國三十三年寫，四十六年改定；文學雜誌三卷一期。

朱敦儒的樵歌

朱敦儒的樵歌，是我很喜歡的一部詞集，但我不喜歡那些過度白描以致枯乾淺率的作品。本來，白描只是文學技巧風格之一端，並非不二法門。過度白描以致枯乾淺率，與過度塗飾以致臃腫板滯，正所謂其失維均。說白描勝於塗飾，內容重於外表，那是從前矯枉過正的論調。近年來，文學理論已漸漸步入正軌，承認白描並不見得勝於塗飾，外表要與內容並重。這是極可欣喜的事。

話雖如此說，白描總是樵歌勝處之一。集中白描作品，如下面幾首：

世事短如春夢，人情薄似秋雲。不須計較苦勞心，萬事原來有命。　幸遇三杯酒美，況逢一朵花新。片時歡笑且相親，明日陰晴未定。

日日深杯酒滿，朝朝小圃花開。自歌自舞自開懷，且喜無拘無礙。　青史幾番春夢，紅塵多少奇才。不須計較更安排，領取而今現在。以上二首西江月

堪笑一場顛倒夢，元來恰似浮雲。塵勞何事最相親？今朝忙到夜，過臘又逢春。　流水滔滔無住處，飛光忽忽西沉。世間誰是百年人！個中須着眼，認取自家身。

生長西都逢化日，行歌不記流年。花間相過酒家眠。乘風游二室，弄雪過三川。　莫笑衰容雙鬢改，自家風味依然。碧潭明月水中天。誰知閑老子，不肯作神仙。以上二首臨江仙

這都是恰到好處的白描佳作。正如韋莊的女冠子，（四月十七）二首，顧夐的訴衷情，（永夜抛人何處去，）放在花間集及韋顧本人其他濃麗作品中間的確如華筵珍席攙上些山肴野蔌，點綴映襯佳趣天成。其他諸大家集中多少都有幾首這樣作品。但旁人不過是偶爾爲之，樵歌裏邊這樣作品却有很多。其實這只是樵歌的一體，也可以說是他與其他詞人不同之處；若以爲樵歌佳處全在於此，那就錯了。桃花扇中哀江南套新水令曲首句云「山松野草帶花挑，」大可借來形容樵歌的作風；雖是山松野草却要帶花挑。朱敦儒絕不是只砍一些乾柴棒子，囘家對付着生火的樵夫。

所謂乾柴棒子也者，樵歌裏不是沒有，例如：

元來老子曾垂教，挫銳和光爲妙。因甚不聽他，強要爭機巧。只爲忒惺惺，惹盡閑煩惱。你但莫、多愁早老，你但且、不分不曉。第一隨風便使舵，第二君言亦大好。管取沒人嫌，便總道先生俏。（憶帝京）

虛空無礙，你自痴迷不自在。撒手游行，到處笙歌擁路迎。天然美滿，不用些兒心計算。莫聽先生，引入深山百丈坑。（減字木蘭花）

這也就是我所謂枯乾淺率的作品。如有人推許此種惡札，那當然是誤解了白描的意義，同時也不認識詞是怎麼一種文體。十幾年前的確有人持此看法；在詞上乃是對於清末民初推尊周清眞吳夢窗一派的反動。凡是反動初起，沒有不矯枉過正的。以今觀之，樵歌中這類詞與夢窗集中一部分作品之堆砌晦澀，一樣不成東西。峨冠博帶，「紅綠纏身」（此語見王湘綺日記，是譏笑民國初年某武官制服的。）固然有些討厭；像但不衫不履，裼裘而來也就行了，何必袒裼裸裎。實在說，以上這種詞連乾柴棒子都不是，乾柴棒子總還有些火苗，能燃燒一些時候，這些詞讀過索然了無餘味，烟多餘少，一團茅草而已。汪叔耕序樵歌說：「多塵外之想，雖雜以微塵，而其淸氣自不可沒。」所謂微塵者，上引諸詞是也。

至於淸氣往來使人與塵外之想的作品，則有下邊這樣的詞：

老後人間無處去，多謝碧桃留我住。紅塵回步舊烟霞，淸境開扉新院宇。　隱几日長香一縷，風散飛花紅不聚。眼前尋得自家春，罷問玉霄雲海路。（木蘭花）

搖首出紅塵，醒醉更無時節。活計綠蓑青笠，慣披霜衝雪。　晚來風定釣絲閒，上下是新月。千里水天一色，看孤鴻明滅。（好事近）

其實這裏所表現的情調和上面所引憶帝京、減字木蘭花、原來相同。只因其技巧高妙，淸麗蘊藉，遂覺此勝於彼。即此可知形式技巧的重要性一點也不次於內容。

樵歌擅場之處，還是在朱氏中年渡江以後的傷時感舊之作。這些詞裏邊充滿了適合於詞這種文體的情調。詞之爲體，婉約曲折，最好用來抒情，尤其是傷感之情。韋莊、李煜、晏幾道、秦觀，這些人所以卓然名家，還不全是由於以淸麗之筆寫傷感之情？宋史四四五朱氏本傳稱他「素工詩及樂府，婉麗淸暢。」這纔是樵歌的眞正好處。其所以能如此者，悲涼壯慨的情調之外，當然還要有淸麗芊綿的筆墨，纔能表裏如一，情景渾融。如下邊這幾首詞：

曾爲梅花醉不歸，佳人挽袖乞新詞。輕紅遍寫鴛鴦帶，濃碧爭斟翡翠卮。　人已老，事皆非，花前不飲淚沾衣。如今但欲關門睡，一任梅花作雪飛。（鷓鴣天）

劉郎已老，不管桃花依舊笑。要聽琵琶，重院鶯啼覓謝家。　曲終人醉，多似潯陽江上淚。萬里東風，國破山河落照紅。

慵歌怕酒，今日春衫驚着瘦。雙燕簾櫳，金鴨香沈客淚中。　琵琶重聽，誰信人間多少恨。落日東風，吹得桃花滿院紅。（以上二首減字木蘭花）

登臨何處自消憂，直北看揚州。朱雀橋邊晚市，石頭城下新秋。　昔人何在？悲涼故國，寂寞潮頭。個是一場春夢，長江不住東流。（朝中措）

欲讀樵歌，須於此中求之。當然也要領略他那些高級的白描作品及其晚年游行自在的襟懷。櫻桃與鮮筍拌食，味則甘芳與苦澀相兼，色則鮮紅與嫩黃並美。樵歌風味就是這樣的。

民國三十二年。

此文是將近二十年前作的，到了現在，我對於樵歌的根本看法雖然無甚改變，但對於其中各首詞的愛憎取舍，却已有些不同。第一我現在更喜歡他那些游行自在的白描作品，例如：

有何不可？依舊一枚閑底我。飯飽茶香，瞌睡之時便上牀。　百般經過，且喜青鞋踏不破。小院低窗，桃李花開春晝長。（減字木蘭花）

老來可喜，是歷徧人間，諳知物外。看透虛空，將恨海愁山，一時挼碎。免被花迷，不爲酒困，到處惺惺地。飽來覓睡，睡起逢場作戲。　休說古往今來，乃翁心裏，沒許多般事。也不蘄仙，不佞佛，不學栖栖孔子。懶共賢爭，從教他笑，如此只如此。雜劇打了，戲衫脫與獃底。（念奴嬌）

這樣的詞，我從前並不喜歡他們減字木蘭花只知道欣賞最後兩句，念奴嬌幾乎視之爲「乾柴棒子。」現在則覺得他們很有意趣，主要的緣故是我已有了其中所寫的心境。第二、前引朝中措詞，如果現在叫我舉例，我會代之以這一首感皇恩。

會醉武陵溪，竹深花好，玉佩雲鬟共春笑。主人好事，坐客雨巾風帽。日斜青鳳舞，金尊倒。　歌斷渭城，月沉星曉，海上歸來故人少。舊游重到，但有夕陽衰草。恍然眞一夢，人空老。

我現在認爲朝中措雖是慷慨悲歌，却有點浮淺；感皇恩不是慷慨而是淒婉，所以意味更爲深厚。以前我所欣賞的傷時感舊之作都是悲壯的，現在則是悲而不壯的了。從以上這些改變，可以看出年齡上的差別。本想把前文刪掉或重作，但爲了保存舊日思想情趣的痕跡，所以仍舊收入集中。

四十九年暮春附記。

杜著辛棄疾評傳序

辛稼軒不僅是宋詞大家之一，同時也是個忠義奮發功名慷慨之士，受了時與地的限制，壯志未伸，宏圖莫展，只留下六百多首詞。這些詞的根源，是他一生動蕩的身世，鬱勃的懷抱，所以能够深厚雄闊，蒼渾沉鬱，「於剪紅刻翠之外，屹然別立一宗，迄今不廢。」（四庫提要）他的成就不盡由於他的才氣、性情、學問，更重要的是他所處的時與地。我常想：辛稼軒若早生五十年，遭逢時會，很可能成爲出將入相的重臣之一，其所表現總該比張魏公強一點；但始則軍書旁午，繼則功成名遂，也就寫不出詞來了。若晚生五十年，悲壯偉大的場面已經過去，宋朝在南方偏安，金朝在北方苟安，像稼軒這樣的人，不但才略無處施展，忠憤不平之氣也無從鬱積，恐怕只能成爲一個普通詞人，尋常疆吏。偏偏他生於南渡後不久的紹興十年，甫經淪陷的山東北方的情形既能啓發激厲，使他想有所作爲，而南方的氣氛又足以壓抑摧折，使他「欲飛還歛」（稼軒水龍吟詞句。）二者互相蕩摩，這才產生出那樣的身世、懷抱，那樣的作品。王國維先生在人間詞話裏曾說：「有有我之境，有無我之境。」詞人也可以照此分爲兩派。溫飛卿以及二晏、歐陽的詞是無我的，他們所寫的是人類共同具有的情調；蘇辛詞是有我的，他們的詞裏處處有他們自己。有我、無我，都可成爲上乘作品，但對於他們研究欣賞的方法，則因之有所不同，這是自然之理。所以我們要想認識辛稼軒，不但要認識他的詞，更要認識他這個人，包括他所處的時代與環境。

基於上文所述，我們多年以來，一直期待着有一部好的辛稼軒評傳；現在，杜呈祥先生滿足了我們這種願望。杜先生這本書，以深入淺出的文筆，運用翔實的資料，把稼軒一生報國的壯志，立身的大節，忠義奮發之氣，經文緯武之才，歷任疆圻、退居林壑的各種生活，一齊寫得躍然紙上，使我們在千載之下，如見其人；而於稼軒的身世懷抱對於他的作品的關係，尤能曲爲傳出。學者讀了這本評傳之後，再去讀稼軒詞，自然心領神會，倍覺親切，有晤言一室之樂了。而且，稼軒雖然以詞傳世，我們卻准知道他志不在此。他一生的志願，就是他給陳同甫所寫壯詞破陣子裏面說的，「了卻君王天下事，贏得生前身後名」，區區詞人二字的頭銜，恐怕他不大願意接受。現在杜先生這本評傳，替他表彰出來，使一般人知道他不僅是個詞人，而且是一個「壯歲旌旗擁萬夫」「突騎渡江」，寫過「萬字平戎策」，練過「飛虎軍」的豪傑之士。這對於稼軒自己，似乎比評介他的詞更爲重要。這本書對於一般讀者以及稼軒本人的貢獻之大，也就可想而知。

然而，稼軒畢竟是以詞傳世的，他的謀猷勳業，已是事過境遷，無從得見。他留給我們的，僅是詞林裏這一株奇樹。稼軒詞風格如何，前人已有定評，不用多講。我只想提出以下三點：一、稼軒是忠義之士，但他的詞裏卻很少纏綿忠愛之作，很少直接說到國家。他所寫的，都是他個人的壯慨之懷，鬱勃之氣，與夫退居時的閒而不適之情。要想知道稼軒謀國的忠藎，不肯偏安事敵的志節，須從他的言論如九議十論，和他歷官中外時一切實際設施上去看，在詞裏是找不到的。二、有些人每評稼軒詞爲粗豪，實際則是豪而不粗。稼軒詞「慷慨縱橫，有不可一世之概」，四庫提要 誠然是豪；但是堅實沈着，絕無浮囂之弊，自然不能說是粗。若夫形式方面，則其規律之精嚴，針線之細密，簡直可與清眞、夢窗一較長短，試取他的長調細讀，自知。蘇、辛並稱，而同中有異，異點之一，卽在規律。晁無咎曾評蘇詞爲「橫放傑出，自是曲子中縛不住者」，辛詞則是縛在曲子中而仍能「龍騰虎擲」劉熙載藝概，運轉自如，此其所以爲奇才絕調。三、儘管其爲第一流作品，但就詞這種文體的本質而論，稼軒詞確是變調，並非正宗。周濟宋四家詞選序論說「稼軒斂雄心抗高調變溫婉，成悲凉。」這十二個字是辛詞確評。本來，「詞之爲體，要眇宜修」王國維人間詞語，確是適於軟性而不適於硬性；所以蘇之清曠，辛之豪縱，都只能算是變調。正變與優劣自無關聯，但正者順流，變者逆挽，寫作時的難易也就相差很多。試看自宋迄淸的詞家，屬於婉約派的有多少？屬於豪放派的，蘇辛之外又有幾人？所以稼軒詞只宜欣賞，不宜學步，這是學不好的，幾乎是「學我者病，似我者死。」其緣故不只是一般人沒有稼軒的才氣、性情、學問，主要的還是他們沒有那樣風雲動蕩的身世。下面兩段詞話說得很好。謝章鋌賭棋山莊詞話：「學稼軒要於豪邁中見精緻，近人學稼軒，只學得莽字、粗字。稼軒是極有性情人，學稼軒者，胸中須先具一段眞氣奇氣，否則雖紙上奔騰，其中俄空焉，亦蕭蕭索索如牖下風耳。」陳廷焯白雨齋詞話：「稼軒一體，後人不易學步；無稼軒才力，無稼軒胸襟，又不處稼軒境地，欲於粗莽中見沉鬱，其可得乎？」

杜先生因爲我編過稼軒年譜，注過稼軒詞，囑我給他這本書作序，並寫一點對於稼軒詞的意見。盛意難却，只得遵命寫了。結果平凡雜亂，實在不像篇序文，這一點要請杜先生及本書讀者寬宥；讀者們還是子細閱讀杜先生這本評傳吧！

民國四十三年。

辛稼軒與陶淵明

辛稼軒與陶淵明，相去千年，性情身世既不相同，作品風格亦不類似，好像不能相提並論。但稼軒詞中，關涉到陶的地方確實很多，這當然有他的原故，也就是說他們在不同之中，總有相同的地方。

稼軒詞中與淵明有關的全詞及斷句，共有三十多處，從這些詞句可以看出辛之於陶，遙遙相契，莫逆於心。他已從性情生活中，深切領會到陶詩的風味。他一方面說「須信此翁未死，到如今凜然生氣；」一方面又說，「空悵望，風流已矣，江山特地愁余。」這樣反覆咏歎，若有不能已於言者，與杜甫所謂「悵望千秋一灑淚，蕭條異代不同時，」望古遙集，實有同感。

欲明辛之於陶所以如此融洽契合，當然先要明瞭陶淵明是怎樣一個人。如果陶淵明僅是一個飲酒賦詩的田園隱士，他決寫不出那樣一部詩集，辛稼軒也不會那樣欣賞他的作品。

陶淵明是一個有性情，有思想，熱誠眞摯的人物，他是個典型的儒家者流。儒家者流照例是想對於社會國家有所貢獻，有所作爲的。不幸陶淵明生在晉宋之間那樣一個時代，政治社會黑暗而混亂；有才具魄力的人都未必能旋乾轉坤，陶淵明那裏行，「性剛才拙，與世多忤，」抱着一腔經世濟民的弘願而歸去來兮，是他唯一的退路，也就是唯一的出路。這是無可奈何的。朱熹說：「陶欲有爲而不能者也。」若以爲他一直是超然出世的人物，那就錯了。

元人劉秉忠南鄉子詞云：「鳳鳥不來人漸老，謀生二頃田園也易成。」陶淵明却不會這樣瀟灑。他沒有二頃田園，只有十幾畝地。「種豆南山下，草盛豆苗稀，晨興理荒穢，帶月荷鋤歸，道狹草木長，夕露沾我衣。」已是够困苦的了。再趕上荒年，有時竟要挨餓。他當然不歡迎飢寒交迫的痛苦，更忍受不了有志未騁，離羣索居的寂寞。想起少年時的壯志，眼前的荒涼，自己也不知道這叫幹甚麼。於是有這樣一首詩：

少年罕人事，遊好在六經；行行向不惑，淹留遂無成。竟抱固窮節，飢寒飽所更。敝廬交悲風，荒草沒前庭，披褐守長夜，晨雞不肯鳴。孟公不在茲，終以翳吾情。（飲酒第十六首）

陶詩一百五十餘首，以這一首最爲悲涼，拿來與讀山海經的第一首對照，十足的看出此翁的內心矛盾。那一首詩傳誦較爲普遍，不鈔了。

淵明歸田以後的心情，始終是這樣衝突矛盾，但他能把這個衝突矛盾排遣融化，使之歸於悠閒沖淡。這種鍛鍊修養，需要很強的意志，很強的生命力，所謂堅苦卓絕是也。正如同七色板，若非用大力加速旋轉，不會合爲白色。所謂白色也者，不就是淡泊寧靜的象徵麼？惟其陶淵明有這樣堅卓強固的意志與生命力，他纔能在飢寒與寂寞物質與精神兩重壓迫下，悠然的活下去，飲酒賦詩，以此終老；而不會中途變卦，再去折腰五斗，奔走風塵。人生反正只有三條路：向前，退後，與站住了不動，都需要很大的力量。若陶淵明者，一臥柴桑，萬牛難起，這是辛稼軒之所以稱之爲「到如今凛然生氣。」

稼軒又說：「看淵明風流酷似，臥龍諸葛。」「晚歲凄其無諸葛，惟有黃花入手。」陶淵明與諸葛亮，出處進退，雖絕不相同，却是一流人物。如同一棵樹上的南北兩枝，趨向雖異，而其生長的能力則來自相同的根幹，並不是兩回事。諸葛亮的「鞠躬盡瘁，死而後已，」與陶淵明的安貧守志，不受徵聘餽遺，同樣是生命力的表現。向前走與開倒車，都用的是那一份機器。諸葛亮早年高臥隆中，晚年六出祁山，倒轉過來便是陶淵明，此尚論古今人者所不可不知。首創這種議論的並不是辛稼軒，而是黃山谷。山谷「宿舊彭澤懷陶令」詩云：

潛魚願深渺，淵明無由逃。彭澤當此時，沈冥一世豪。司馬寒如灰，禮樂卯金刀。歲晚以字行，更始號元亮。淒其望諸葛，骯髒猶漢相。時無益州牧，指揮用諸將。平生本朝心，歲月閱江浪。空餘詩語工，落筆九天上。向來非無人，此友獨可尚。屬予剛制酒，無用酌杯盎。欲招千歲魂，斯文或宜當。

這首詩是稼軒詞語所本，一望可知。山谷所謂豪，稼軒所謂風流，卽是我所謂堅強的生命力。唐人於陶好像不甚了解，宋人則大半對於陶有眞切的認識，這也是風會使然。

辛稼軒誰都知道他是個「慷慨有大略，」才兼文武的英雄。但與南宋初年的情勢風氣，有點不合，所以不見容於朝廷大臣。在歷任疆圻，頗有建樹之後，以莫須有的罪名，受到落職處分，被迫而歸去來兮。這與陶淵明任彭澤縣令之自行掛印宵遁，當然不同。他的宦囊頗富，在上饒修了一座弘麗的別墅，卽是集中常提到的帶湖。所謂稼軒就是這個別墅裏的房舍之一。據洪邁稼軒記所述，這別墅的氣象決非「方宅十餘畝，草屋八九間」所能比擬。所以稼軒歸田之初，並不曾感到像淵明那樣的饑寒困窘，但却比淵明更爲寂寞以至悲憤。如他的水調歌頭兩個半首：

笑吾廬，門掩草，徑封苔。未應兩手無用，要把蟹螯杯。說劍論詩餘事，醉舞狂歌欲倒，老子頗堪哀。白髮寧有種，一一醒時栽。

短燈檠，長劍鋏，欲生苔。雕弓掛壁無用，照影落清杯。多病關心藥裹，小摘親鉏菜甲，老子政須哀。夜雨北窗竹，更倩野人栽。

這都是在他初落職後一二年之中作的。這時雖也曾作詞提到淵明，但不過尋常用典而已。過了幾年以後，情緒緩和下來，漸漸了解歸園田居的風趣，更進一步了解淵明的心事與生活，於是對此翁親切起來。這還是受了他在詞上的同調前輩蘇東坡的影響。辛詞云「我愧淵明久矣，猶借此翁湔洗，素壁寫歸來」全用東坡和陶詩引語意，其原文云：

然吾於淵明，豈獨好其詩也，如其爲人，實有感焉。淵明臨終疏告儼等：「吾少而窮苦，每以家弊，東西游走。性剛才拙，與物多忤，自量爲己，必貽俗患，黽勉辭世，使汝等幼而飢寒。」淵明此語，蓋實錄也。吾眞有此病而不早自知，半生出仕，以犯世患，此所以深愧淵明，欲以晚節師範其萬一也。

這篇詩引是蘇子由作的，以上一段則是引用東坡自己的話。功名仕宦中人，遭遇挫折而罷職歸隱，大概都要有點深愧淵明之感罷。而像歸去來辭歸園田居第一首，讀山海經詩第一首裏所寫的那種簡素自然，悠閒沖淡的生活心情又是任何人也要喜悅的，所以他們在愧淵明之餘，總會進一步而喜淵明。辛稼軒也未能脫去這個情形。於是他說「淵明似勝臥龍些」「自古此山元有，何事當時纔見，此意有誰知。」「問北窗高臥，東籬自醉，應別有歸來意。」若是僅僅嚮往於淵明那種悠閒的心情，簡素的生活，那又成了尋常文士，或者退休的達官貴人，不足以言了解淵明。稼軒是認識淵明的生命力的，所以他以淵明比諸葛亮，所以他說淵明到如今還是生氣凜然。

他在二次出仕又被免職歸來以後，人生經驗更多了，對於陶淵明的認識更爲眞切。他曾以停雲名其居室，櫽括淵明停雲詩，以及寫作大部份與陶有關的詞，都是二次歸田，徙居鉛山以後，也就是他六十歲左右的事。因爲他的性情畢竟與陶不同，若非年齡增長，人事磨鍊，他是不大容易了解陶詩的。他四十歲以前的作品，幾無一字提到陶詩，卽是證明。

民國三十五年作；四十二年改定。

辛稼軒與韓侂冑

南宋有三大姦臣：秦檜、韓侂冑、賈似道。賈似道最不足道，貪庸驕妄，只知道在半閒堂鬥蟋蟀。秦檜與韓侂冑恰好成爲對比，秦主和議，韓主恢復；這裏邊却有一個相同之點：他們都是想藉此固位，以政治上的主張來保持個人的權勢。秦檜是看透了當時南北大勢，尤其是高宗的心理，所以極力主和，他也就憑藉這一點而做了二十年權相。韓侂冑的主張恢復則是爲了有人勸他「立蓋世功名以自固。」不管他們的主張對與不對，也不管進行的方法與結果如何，動機總是私心，不能公忠謀國，此其所以爲姦臣也。

秦與韓還有一個相同之點，一方面誅鋤異己，一方面收攬人望，這是古今中外姦臣以至權臣一貫的作風，並不只秦韓如此。不過他們兩個在這兩方面作得好像更爲澈底。像秦檜之殺岳飛，韓侂冑之貶趙汝愚，眞有股蠻幹勁。當時有許多衆望所歸的人物也的確曾被他們延攬過去。關於秦繆醜公的事，與本題沒大關係，可以不再多說，專說韓侂冑。在他當權後期所進用的人物，的確有些中外屬望的英傑耆宿，如薛叔似、陳謙、丘崈、辛棄疾皆是。宋史韓傳上曾歎息說道：「當時固有困於久斥，損晚節以規榮進者矣。」其實這裏邊也還另有道理。

韓侂冑在當時所以不理於衆口，只爲了兩件事，一是貶趙汝愚，一是禁僞學，這都是他當權前期的事情。後來給他出主意的那個人曾經作過右丞相的京鏜死了，他的作風也就有所改變。宋史韓傳上說：

「一時善類，悉罹黨禍，雖本侂冑意，而謀實始京鏜。逮鏜死，侂冑亦稍厭前事。張孝伯以爲不弛黨禁，後恐不免報復之禍，侂胄以爲然。追復汝愚、朱熹職名，留正、周必大亦復秩還政，徐誼等皆先後復官，僞黨之禁寖解。」

這時韓的地位已相當穩固，又有這樣一個轉變來收拾人心，於是人心對他也漸漸的向而不背了。正在這時，他就興起了恢復之議。「恢復」當然是南宋朝野一件大事，無論是想爲國家報仇雪恥的，以及想爲個人求取功名富貴的，聽到這兩個字都非常興奮。恰好在這時候，金朝的國勢日非，一天比一天削弱，北有新興强盛的蒙古，內部則「府倉空匱，賦歛日煩。」一般有志功名之士都在想趁這機會給國家拾個便宜，也倒不錯，他們與韓侂胄就這樣的沆瀣一氣了。

恢復之議起來之後，當時人的態度可以分爲三派：一派是根本看不起韓侂胄這個人，「他還配談甚麼恢復！」一派對於韓個人倒還不太輕視，却認爲本國力量太差，輕舉妄動不但不能恢復失地，反而更要招來許多麻煩。這兩派都是反對派。與韓一致贊成此議的是第三派，其中又有兩派：有些人只是阿諛從順，跟着瞎起鬨，另有些人則認爲恢復不是不可行，但在實行的方法步驟上要十分審愼周詳，才能够進戰退守，有利無害。辛稼軒便是屬於第三派中的後一派。我前邊所說想爲國家報仇雪恥以及想爲個人求取功名富貴的有志之士，也多半是這一派。

辛稼軒是以詞聞名的，也就有人稱他爲詞人。固然，辛稼軒留給我們的只是一部稼軒長短句，但在當時他絕不僅僅是個詞人，他在政治以及軍事上很有地位，也曾外任封疆，內登卿貳，塡詞只是他的餘事。千年以後，事過境遷，政治軍事上的一切早已灰飛烟滅，於是詞就成爲他一生僅存的事業了。他是個熱中功名之士，他一生志願可以用他自己的兩句詞來包括：「了却君王天下事，贏得生前身後名。」這是他寄給陳亮同甫的破陣子裏的兩句，說的是他們兩個人共同的心事。不幸他一生始終沒得大用，屢廢屢起，疆吏卿貳在旁人已竟是相當高的地位，在辛稼軒的心目中却算不了甚麼。所以他的詞裏總含蘊着牢騷悲憤抑鬱不平之氣。他的志願是「打回老家去，」他是山東濟南人，但連自己的地位都不能長保，還提甚麼恢復中原呢。他就是這樣鬱鬱的過到六十來歲。

向來熱中之士所以不甘閒廢有兩個緣故：閒不起與閒不住，前者是經濟壓迫，後者是精神苦悶，正如俗話所說「挑水的放下扁擔。」當韓侂冑轉變作風收攬人望的時候，辛稼軒落職家居已竟很久了，恐怕已是既閒不住又閒不起。他聽到韓侂冑提議舉兵恢復的消息，很興奮而又很懷疑，懷疑韓侂冑和他左右的那些庸材們是否能勝此重任。他有一首膾炙人口的漢宮春，正是這種心情的反映。這首詞全文如下：

「春已歸來，看美人頭上，裊裊春旛。無端風雨，未肯收盡餘寒。年時燕子，料今宵、夢到西園。渾未辦，黃柑薦酒，更傳青韭堆盤。　　却笑東風從此，便薰梅染柳，更沒些閑。閑時又來鏡裏，轉變朱顏。清愁不斷，問何人會解連環。生怕見，花開花落，朝來塞雁先還。」

恢復的呼聲，消沉了二十多年，一般志切國仇，思欲自效的人士，正像冬天蟄伏一樣寂寞苦悶。一旦有在高位者重提此事，還不是像美人頭上春旛裊裊，告訴我們春天已到了麼。偏有一些人主張持重，這與早春的風雨餘寒一樣地使人不快。雖然如此，春天總是要來的，久蟄思動的志士們已像燕子般作起青春之夢了。可惜主持春之筵席的人有點不知道好歹，他並沒有把色香味俱佳的黃柑拿來薦酒，只堆了一盤子韭菜當做珍饈美味，這比風雨餘寒還要可厭可怕。無疑的，這是譏諷韓侂冑的用人不當。的確，韓的左右像陳自強、蘇師旦那等樣人，也不過等於一根韭菜而已。然而這種情形並非長久如此。韓的作風轉變了，他已竟像東風的薰梅染柳而逐漸網羅英俊，而且恐怕不久就要網羅到自己頭上。這豈不是求仁得仁？乾脆出山好了。事情又不是這樣簡單。英俊材智之士雖被引用，貪庸諂佞之輩卻沒有去，黃柑青韭弄在一起，這叫甚麼味道。南宋偏安積弱，數十年人不知兵，恢復之事本就沒有把握，再加上這樣一羣人物，這樣一個局面，如何能作樂觀。然則自己就是出去也未必能有甚麼作爲，何苦淌這渾水。想要堅臥不起吧，已竟六十多歲，難道還能再活六十歲？「烈士暮年，壯心未已」，誰也不願意丟掉這個難得而且可能是最後的機會。就是這樣翻來覆去，左思右想，怎樣也不合適：淸愁不斷，連環難解，此之謂也。總而言之，恢復中原，決非易事，恐怕只是一種空想而已。在這時候，擡起頭來看看，碧空萬里，白雁數行，他們倒先囘北方去了。這種滋味，眞够受的。周介存說，「辛詞之怨，未有怨於此者。」當然是如此，稼軒一生家國身世之感，全寄託在這首詞上了。

鮦陽居士解釋東坡卜算子詞，說是刺時感遇之作，被王漁洋罵爲「村夫子強作解事。」我這樣解釋稼軒漢宮春詞，曾對一位自稱專治純文學的朋友談過，他好像也不以爲然。我却要堅持我的見解，因爲有史實作根據，不像鮦陽居士那樣無中生有，全憑臆測。不過我們要知道這是感興，是寄託，不是燈謎、隱語。在作者寫作的時候，內心外境融爲一片，以象徵之筆出之，所謂化境是也。講時無可奈何，只好這樣分析開來講，若以爲稼軒作此詞時，像作燈謎一樣，一句一段的影射出來，當然天下之大無此笨伯。

經過若干時間，考慮若干次，稼軒畢竟出山了。他作了知紹興府兼浙東安撫使，改知鎭江府。鎭揚一帶在當時是介於後方與前線之間的，過揚州再往北，就是宋金對峙的淮水流域。這時恢復之議已竟準備實行了，鎭江大軍雲集，守臣的地位，當然重要。但在辛稼軒却毫不滿足，他不願意僅作一個看老營的地方官，他想掌握更大的軍權。他有一首與漢宮春同樣傳誦的永遇樂詞云：

「千古江山，英雄無覓孫仲謀處。舞榭歌臺，風流總被，雨打風吹去。斜陽草樹，尋常巷陌，人道寄奴曾住。想當年，金戈鐵馬，氣吞萬里如虎。　元嘉草草，封狼居胥，贏得倉皇北顧。四十三年，望中猶記，烽火揚州路。可堪回首，佛狸祠下，一片神鴉社鼓。憑誰問，廉頗老矣，尚能飯否。」

這詞的題目是「京口北固亭懷古」，京口卽是鎭江。關於這詞的解釋，我想鈔拙作稼軒詞校注裏的一段。

「高宗紹興辛巳壬午間，金主亮大舉南侵，稼軒卽於此時率義軍七八千人渡江歸宋。至甯宗嘉泰乙丑知鎭江府，前後相距四十三年。登北固山可望揚州，其地爲金亮與宋對峙處，亦卽稼軒率兵渡江處，故有『望中猶記，烽火揚州路』之語。京口英雄，仲謀之後，當推宋武。宋武一生事業，自以北伐爲首。稼軒亦主恢復之議，且自信有恢復之才，浮沉江左，四十年未得大用，牢騷孤憤，抑鬱可知。前章乃專寫此二人，望古遙集，聲情激越，蓋歆羡與感慨兩種情調交織於懷也。劉宋文帝元嘉中，聽王玄謨諸人之議，出師北伐，國力未集，致遭敗衂。魏太武帝遂引兵南下，直抵長江，飲馬瓜渡。文帝登石頭城，北望敵軍甚盛，頗有懼色，始悔北伐之草草。稼軒守鎭江時，韓侂胄當國，恢復之議正盛。侂胄用人既不得當，軍事之布置，財貨之徵集，亦欠週密，鹵莽出兵，輕舉妄動，其後卒致大敗，淮甸盡失。稼軒此時已隱憂事之不濟，故敘元嘉往事，以劉喻趙，諷諭當局。四十三年以下，純是個人身世之感，而仍與時事有關。此時金邦雖漸趨衰亂，餘勢尚盛，故有佛狸祠下，神鴉社鼓之語，以視宋之主和者泄沓，主戰者輕躁，軍備財力，外強中乾，迥不相侔，稼軒中心鬱悶，可以想見。末二句有據鞍顧盼以示可用之意，其所謂『烈士暮年，壯心未已』乎。羅大經鶴林玉露云，此詞爲寄丘宗卿密者。宗卿此時方爲重臣，見宋史丘傳及韓侂冑傳，此詞果爲寄丘，則又有求自試表之意也。

從這首詞裏，可以看出兩點。第一、稼軒對於他當時的地位並不滿意，希望更進一步。第二、稼軒於恢復之議雖然贊成，却沒多少把握，當時的情形叫他失望，他抱着很大的隱憂。嘉靖本的程珌洺水集有丙子輪對劄子一文，於當時情勢和稼軒的韜略有很詳細的敍述，節錄於下：

「甲子之夏，辛棄疾嘗爲臣言：『中國之兵，不戰自潰者，蓋自李顯忠符離之役始。百年以來，父以詔子，子以授孫，雖盡僇之，不爲衰止。唯當以禁旅列屯江上，以壯國威。至若渡淮迎敵，左右應援，則非沿邊土丁斷不可用。目今鎭江所造紅衲萬領，且欲先招萬人，正爲是也。蓋沿邊之人，幼則走馬臂弓，長則騎河爲盜，其視虜人，素所狎易。若夫通、泰、眞、揚、濡須之人，則手便犂鉏，膽驚鉦鼓，與吳人一耳，其可例以爲邊丁哉。招之得其地矣，又當各分其屯，無雜官軍。蓋一與之雜，則日漸月染，盡成弁甲之人。不幸有警，則彼此相持，莫肯先進；一有微功，則彼此交奪，反戈自戕，豈暇向敵哉。』……又與臣言：『諜者師之耳目也，兵之勝負與夫國之安危悉繫焉。而比年來有司以銀數兩布數匹給之，而欲使之捐軀深入，刺取虜之動息，豈理也哉。』於是出方尺之錦以示臣，其上皆虜人兵騎之數，屯戍之地，與夫將帥之姓名。且指其錦而言曰：『此已費四千緡矣。』又言：『棄疾之遣諜也，必鈎之旁證，使不得而欺。如已至幽燕矣，又令至中山，至濟南。中山之爲州也，或背水或負山，官寺帑廩位置之方，左右之所歸，當悉數之。其往濟南也亦然。』又曰『北方之地，皆棄疾少年所經行者，彼皆不得而欺也。』又指其錦而言曰『虜之士馬尚若是，其可易乎。』蓋方是時朝廷有其意而未有其事也。明年乙丑，棄疾免歸。又明年丙寅始出師，一出塗地不可收拾。百年敎養之兵一日而潰，百年葺治之器一日而散，百年公私之蓋藏一日而空，百年中原之人心一日而失。鄧友龍敗，朝以丘崈代之。臣從丘崈至於淮甸，目擊橫潰，爲之推尋其由，無一而非棄疾預言於二年之先者。」

像這樣的深憂遠慮，老成謀國，豈是韓侂胄和他左右那幾個庸材所及。而當時官軍的腐敗情形也未免太可笑，照這樣的軍隊，還要談甚麼恢復，無怪乎辛稼軒在那裏着急想把練兵籌餉的大權拿過來重新整頓一番。推想他的意思，恢復之事，是要經過相當時期的籌備才能有所舉動，否則就成了「草草封狼居胥」了。

韓侂胄和他的左右親信却沒有這種耐性。他們急於建功自不必說，而且根本不知道本國有多大能力，只知道金邦是不如以前強盛了，老鴉落在猪身上，只看見人家黑，沒看見自己。對於辛稼軒的老謀深算是不大理會的。再加上來往與駐屯在鎭江的那些驕兵悍將，與這位素以嚴峻威猛著稱的老太守，總不會賓主融洽，相安無事。所以稼軒在那時所作的瑞鷓鴣詞有句云：「膠膠擾擾幾時休，一出山來不自由。」又一首云：「却笑使君那得似，清江萬頃白鷗飛。」還有一首律詩題云「丙寅歲山間競傳諸將有下棘寺者」，開頭兩句是「去年騎鶴上揚州，意氣平呑萬戶侯，」以下是些滿招損謙受益一類的歎詞。丙寅的去歲是乙丑，也就是稼軒守鎭江的時候，從這些詩句詞句，可以看出當時諸將之驕橫與稼軒心中之憤懣。因爲如此，辛稼軒在鎭江也就未能久於其位。先是他所保擧的人有了過失，被連累而降兩官，由朝議大夫降爲朝散大夫，跟着就改知隆興府，（今江西南昌，）這倒不算左遷，因爲當時知隆興府例兼江西安撫使，算是封疆大吏。但還沒到任，就又改爲提舉冲佑觀，這在當時叫做奉祠，比免職稍強一點，總而言之是罷官歸家。這是乙丑年夏天的事，在鎭江不過一年多點。這時韓侂胄的威權正在極盛時期，他「拜平章軍國事，位在宰相百僚上，」就在乙丑的七月，辛稼軒却於同時投閒置散了。稼軒當然非常不痛快，他在奉祠回家的路上有一首瑞鷓鴣，其中有兩句云：「鄭賈正應求死鼠，葉公豈是好眞龍。」這是很露骨的罵韓侂胄不認識好人。

在辛稼軒奉祠回家的第二年，也就是丙寅年夏天，韓侂胄命將出師了，結果大敗，不必去查宋史及續通鑑諸書，只看前邊所引程珌洺水集就可知道當時兵敗的情形。葉紹翁四朝聞見錄戊集有這樣一段：

「韓侂胄用兵既敗，爲之鬚髮俱白，悶不知所爲。優伶因上賜侂胄宴，設樊遲樊噲，旁有一人曰樊惱。又設一人揖問遲：『誰與你取名？』對以夫子所取。則拜曰：『是聖門之高弟也。』又揖問噲曰：『誰名汝？』對曰：『漢高祖所命。』則拜曰：『眞漢家之名將也。』又揖惱曰：『誰名汝？』對以樊惱自取。」

韓侂胄比辛稼軒年輕一紀，兩個人都是屬猴的。此時這位自取煩惱而鬚髮俱白的速成老頭，想起那個早已鬚髮俱白的眞老頭來了。馬上起用稼軒知紹興府兼兩浙東路安撫使，稼軒辭免（就是辭職照准）了。跟着進寶文閣待制，又進龍圖閣，差知江陵府，還未上任，又令赴行在奏事，試兵部侍郎，稼軒又辭免了。只以「在京宮觀」的頭銜在臨安住了幾個月，又回到他的第二故鄉——鉛山，過了不到兩三個月，就在次年（開禧三年丁卯）的九月病逝。總起來說，辛稼軒最後一二年中與韓侂胄的關係完全是貌合神離，不像起初那兩三年還有點合作的意思。所以辛韓的關係在辛從京口奉祠歸家的時候已竟算結束了。

稼軒病逝之後僅兩個月，臨安發生政變，一般主和的人由史彌遠、錢象祖爲首，殺了韓侂冑，韓黨全部放逐，政府改組，政策也就整個改變，由主戰而主和。稼軒生前沒趕上這個變化，身後却受到牽累，在他死後第二年，有一個叫倪思的人奏了一本，說他迎合開邊，請追削爵秩，奪從官祀典，朝廷也准如所請。直到恭帝德祐元年，才恢復爵秩，予諡忠敏。我們綜觀當時情形，稼軒乃是老驥伏櫪，哀鳴而思戰鬬，他也知道與韓侂冑這般人共謀恢復十九是不成功，只是平生志願至老未遂，有此機會，不能不試一試。所以，一感到情形不合，就急流勇退，幾次任命都辭免了。可見稼軒出處之際，自有其個人的立場；而且，照上文所說，也自有其主張與謀略。這樣的人，說不上是韓黨，更不是迎合；但是當時却拿他當韓黨辦了。宋朝的朋黨意氣之爭，從神宗以後，一直是這樣，並無足怪。

民國三十七年再生月刊。

這篇文章寫於十二年前，現在重閱一遍，覺得有些要補充的地方，寫出如下。

第一：韓侂冑這個人的壞處，只是志廣才疎，輕舉妄動，而且好諛惡直，無知人之明。他的心術行爲並不像秦檜那樣姦惡。好像是李慈銘，也曾說過，「侂冑之姦，視秦賈有間。」我以前寫此文對韓的批評，還是未能擺脫宋史韓傳的影響。宋史是推崇道學家的，韓曾禁過道學，名之曰僞，宋史對他的記載自然不會有好話。

第二：稼軒與朱晦庵熹是好朋友，朱是僞學之禁的主要對象，稼軒與韓合作，豈不是背棄了老朋友而跑到他的敵人那邊？關於這一點，我們要知道，稼軒出山是在「追復趙汝愚朱熹職名，僞黨之禁寖解」之後，前已說過了。這也就是說，稼軒與韓合作是在韓開始與正人君子合作之後。宋史稼軒傳云：「熹歿，僞學禁方嚴，門生故舊至無送葬者。棄疾爲文往哭之云：所不朽者，垂萬世名，孰謂公死，凜凜猶生。」他肯冒忌諱去祭龔晦庵，當然不是背友之人。如果說既曾爲敵，即使改變政策，也不願與之合作；則稼軒又不是那樣硜硜然的耿介之士。

第三、因爲韓的「人望」有問題，後來評論稼軒的人每每避免談到辛韓之間這一段關係。稼軒曾有壽韓淸平樂詞，集中不收，有人說是劉過作的，有人說是稼軒眞筆，有人則彷彿爲賢者諱似的，說這詞一定是假的。我則以爲這首詞是誰作的固難確定，但即使眞爲辛作，也於他無損。辛韓合作，事實具在，又何在乎一首詞；詞中對韓特別恭維，則是宋代壽詞習慣，更無足怪。總之，韓之爲人並非大惡，稼軒與之合作，也自有其立場，後人自然無須爲他避諱這件事。

民國四十九年附記。

辛稼軒的一首菩薩蠻

鬱孤臺下淸江水，中間多少行人淚。西北望長安，可憐無數山。　靑山遮不住，畢竟東流去。江晚正愁予，山深聞鷓鴣。

這是辛稼軒的一首菩薩蠻，題目是「書江西造口壁」。從宋以來，一直膾炙人口，爲辛詞名作之一。本來寫菩薩蠻這個調子要以飄逸爲主，無論是像溫派那樣穠麗或韋派那樣疏淡；稼軒這一首卻變爲沉着奔放大開大闔的雄肆之筆，所以爲世人所歎賞。梁任公在藝蘅館詞選裏說：「菩薩蠻如此大聲鞺鞳，得未曾有」。這代表一般人的意見。但稼軒寫作此詞有無背景，亦卽從前所謂本事呢？如果有，又是甚麼？這裏卻有一個與本詞差不多同時出現的謬說，而且流傳至今，將近千年，好像還沒有人指出其錯誤。

也是宋人而時代比稼軒晚的羅大經，在他的筆記鶴林玉露卷一解釋此詞云：「南渡之初，虜人追隆祐太后御舟，至造口，不及而還。幼安自此起興，鷓鴣之句，謂恢復行不得也。」這就是上文所謂謬說。照羅氏的說法，此詞是感懷國事，忠憤激烈之作了；其實滿不是那麼回事。忠憤激烈倒是不錯，卻不是爲了隆祐御舟之被金人追趕與中原之不能恢復，而是爲了自己的不得大用，所謂「失職不平」的牢騷是也。稼軒一生忠義奮發之氣，具見於他的若干篇奏議，一部稼軒詞則很少涉及國事，絕大部份是寫他個人的生活與心情。這一點是讀辛詞不可不知的。

讀詩解詩，本來忌諱牽引事實，穿鑿附會，像猜燈謎似的亂猜；詞是空靈含蓄的東西，尤其不能那樣刻舟求劍。但如果確有憑證，很清楚的知道作品的背景，也不妨表而出之，使讀者更能了解作者的心情旨趣。我第一次讀稼軒這首詞同時卽看到羅氏的解釋，我是在一本詞選上看到的。我並不反對他這種以時事解詞的態度，也不曾東翻西閱去考訂他解釋對了沒有。我只感到這首詞所說的方向沒準兒。「青山遮不住，畢竟東流去」顯然說的是上文所謂「淸江水」，「行不得也」之歎是因江水東流而興起的，也無問題？那麼，「西北望長安」與此何關？如說是致慨於西北的長安之不能恢復，何以全首又以贛江東流爲主題？忽然而西，忽然而東，到底他的感慨在那一邊？這個問題往來心中很久。問題的中心則在：首尾都說贛江東流，而中間忽然插入一句「西北望長安」。後來看到雙照樓覆刻的宋四卷本稼軒詞，得到了初步解決：在這個本子裏，此句作「東北是長安」，與通行諸本不同。這樣，方向是一順了；（是之於望，只是字面深淺不同，意義是一樣的。）而稼軒的本意，則直到我考查出他作此詞的年月才得到具體答案，才知道羅氏的猜測是錯誤的。現在，先把詞中的典實弄淸楚，然後根據作詞年月和「東北」「西北」的異文來給本詞作一個正確解釋。

相傳鷓鴣的鳴聲是「行不得也哥哥」，這是人所共知的。贛江附近山中這種鳥很多。造口在贛州城外，是造水入贛江的口子，造水又名皀水，所以造口又名皀口：見王象之輿地紀勝，淸一統志，贛州府志諸書。鬱孤臺則在造口附近。輿地紀勝卷三十二贛州景物條云：

「鬱孤臺，鬱然孤起平地數丈，冠冕一郡之形勝，而襟帶千里之山川。」

「望闕臺在郡治，趙淸獻公記曰：陽爲鬱孤，北爲望闕。」

贛州府志卷九云：

「望闕臺在文壁山，其山隆阜鬱然孤峙，故舊名鬱孤臺。唐李勉爲州刺史，登臺北望，慨然曰：余雖不及子牟，心在魏闕一也。乃易匾爲望闕。宋紹興十七年，知軍曾慥增搆二臺，南曰鬱孤，北曰望闕。」

輿地紀勝是宋朝當時的記載，贛州府志雖是清代晚出之書，却較詳盡，所以我一並引用，合觀兩書所記，鬱孤望闕實在是一而二，二而一，不過望闕之名不如鬱孤普遍而已。而稼軒作此詞的本意却與望闕兩字大有關係，這只要考查一下稼軒作詞的年月和他在那一年的事跡，便可明瞭。

稼軒於宋孝宗淳熙二年六月，「以倉部郎中任江西提刑，節制諸軍，討捕茶寇。」當年十月平寇成功。這年他三十六歲。次年秋冬間，調任京西轉運判官，在任一年有零。事詳宋史孝宗紀、稼軒本傳及宋會要諸書。江西提刑照例駐贛州，在此以前他沒有到過贛州，以後也不曾舊地重遊，拙作辛稼軒年譜中曾有考定。這一首詞當然是在贛一年期中所作。

由賴文政爲首的茶寇當時鬧得很兇，屢敗官軍，已成流寇；稼軒到江西後，「親提死士與之角，」方才討平。他有一首水調歌頭，其中有句云：「誰唱黃鷄白酒，猶記紅旗清夜，千騎月臨關。」就是記這件事。稼軒本是熱中功名之士，在江南沉頓下僚已久，自然想借這機會有所進展。宋朝制度是中央集權的，只在南渡初年外官權勢稍重，高宗與金人講和之後，很快又把權勢收歸朝廷。當時功名之士要想發展，非「在朝爲官」不可。稼軒本以朝官出爲提刑，事平之後，當然更想回到臨安以圖進取。但他這個希望並沒有實現，只得到一個祕閣修撰的頭銜；在贛州過了一年，索興調到京西，(今襄陽一帶，) 越調越遠，提刑改任轉運判官，也有左遷之嫌。他在贛期間，自然會從臨安得到消息知道內調不大可能他另有一首滿江紅也是在贛州作其中有「倦客不知身遠近佳人已卜歸消息」兩句可見後來京西之行也在意中無疑的是朝中當道故意排斥他這使他非常憤懣悲涼菩薩蠻便是這種心情的表現。

「行人淚」的行人是說他自己他是以朝官外任的鬱孤臺近在贛州城外風景又好該是他不斷登臨的地方這個臺又有望闕之名他這時的心情正好是「身在江湖心懸魏闕」所以他「自此起興」長安向來被用爲京城的代名詞稼軒詞中的長安卽是借喻臨安並非陝西那個長安望長安更與恢復西北無關臨安亦卽當時的闕下正在贛州東北與江流同一方向無數青山遮不住東流的江水却能遮住他東望長安的雙眼所以惹得他淚灑江波聞鷓鴣而起行不得也之歎進一步說「可憐無數山」也是隱喻卽孔子龜山操「吾欲望魯兮龜山蔽之」之意轉文解釋便是「傷朝士之蔽賢也」如此一講順理成章全詞本意完全明瞭隆祐太后之被金人追趕中原之淪陷與此毫不相干至於東北之變爲西北不是刻集的人妄改就是稼軒自己有所忌諱而故意改作迷離惝怳之詞。

稼軒何以這樣不走運呢?這是南宋政局派系和稼軒個人出身的關係當時政府人士大致可分兩派一派主張整軍經武恢復中原一派則認爲國家元氣已傷應當保境和戎與民休息前者爲政主嚴厲奮發後者則主簡易寬緩後一派中的人物大部是江南人他們不但爲了政治主張並且爲了地域之見對於北方來的「歸正人」特別歧視而稼軒則是一部份歸正人的領袖所謂歸正人卽是中原淪陷後從北方起義渡江的人士包括作戰時陣前起義的兵將稼軒是山東濟南人他是紹興末年率領七八千義軍南渡的渡江以後他的「部曲」

解散了，他自己則作了若干年的地方小官。他曾感慨的說：「不念英雄江左老，用之可以尊中國。歎詩書萬卷致君人，翻沉陸。」後來漸漸進用，入居部曹，出爲憲使，是虞允文和葉衡兩個宰相的力量，他們都很器重他，先後幫他的忙。討平茶寇時，虞允文已先此死去，葉衡又因事去職，他便失去了朝中的支持者；此外當政的人都是些主和派，他們不喜歡北方人，尤其不喜歡稼軒這樣對外志切恢復，爲政浚厲剛猛的人物，即如周必大，簡直故意和稼軒爲難。這樣的「青山」擋在前頭，使他沒有機會「了卻君王天下事，贏得生前身後名。」這是他的兩句破陣子。

不但在江西如此，稼軒一生始終被壓抑在這種環境之下。他後來逐漸發展，外官做到安撫使，內官做到兵部侍郎，貼職加到龍圖閣待制：地位不算低，在歸正人中尤其是鳳毛麟角。但以稼軒的才氣和志量而言，則是吃了一輩子虧，何況他曾經兩度「落職」閒居。平生鬱勃之氣，完全發之於詞，這才有那樣「龍騰虎擲」的筆勢，（劉後村評稼軒詞語）所以，想了解稼軒詞，必須了解南宋高孝光寧四朝的政局、派系，和稼軒的身世際遇；因爲稼軒不是一個吟風弄月的江湖詞客。

民國四十年，大陸雜誌三卷四期。

劉秉忠的藏春樂府

詞到南宋，已經發展成熟，登峯造極，入元以後，便是走下坡路。但是，一架電扇，關上電門，還要繼續轉動幾下，何況曾經風行一時的文體，當然不能一下子就消聲匿跡。所以在元朝初年，詞還保留着一些餘勢，到了中葉，大德延祐以後，才眞的衰落下去。元初保持着兩宋餘勢的詞，可以分爲南北兩派。著名的詞家如張炎、周密、王沂孫、以及後來的張翥，都屬於南派。屬於北派的則有劉秉忠與劉因。南派的作風，是繼承柳周姜史的，這一派是詞的正宗；也就是說，他們所走的路子，是順着詞的本質發展的路子，所以他們的作品，出色當行，他們的名氣也就比北派二劉大得多。

這一派的佳作，固然是細膩妥溜，珠輝玉映，諧婉的音節，藻麗的詞句，處處足以引人入勝。却有一種共同的短處，就是缺少豪放的情調與飄逸的氣韻。他們作詞，講究唱歎寄託，纏綿深婉，這雖是很優美的風格，而與此俱來的壞處流弊，便是平鈍晦澀，若非具有相當高深的文學天才和修養的人，不容易欣賞領會這種作品。青年人讀詞，十九喜歡豪放一派而不喜歡婉約一派，喜歡北宋而不喜歡南宋，就是這個緣故。也有些青年，讀詞不久便喜歡玉田夢窗，這都是早熟的「出窩老」，他們無論在創作上或欣賞批評上，恐怕都不能有多大成就。正如同小孩子們，在童年便循規蹈矩，應對中節，長大多半不是壞人就是廢物。青年人讀詞，喜歡蘇辛，就是喜歡那種衝勁，脆勁，率勁。所謂衝勁脆勁率勁，久住北京的人大概都懂得這些土語，文言之，卽豪放飄逸是也。所以，元初的南派詞，只有修養成熟的專家們能去欣賞南派詞人名氣之盛，也正是因為自來論詞選詞的人多半屬於所謂專家。若要找青年初學所喜愛的作品，還是要從北派裏找。且鈔幾首看看：

滿路紅塵飛不去，春風弄我華顛。故園桃李酒尊前，賞心逢美景，此事古難全。若智若癡人總笑，夕陽空裊吟鞭。馬頭山色翠相連；不知山下客，何日是歸年。（臨江仙）

詩酒休驚誤一生，黃塵南北路，幾功名。枝頭烏鵲夢頻驚，西州月，夜夜照人明。枕上數寒更，西風殘漏滴，兩三聲。客中新感故園情，音書斷，天曉雁孤鳴。（小重山）

杜宇聲中去住，蝸牛角上輸贏。金甌名字儘人爭；秋鴻影，湖水鏡般明。楊柳烟凝露重，蓮花月冷風清。萬年枝穩鵲休驚，鄰家笛，夜夜故園情。（江月晃重山）

長安三唱曉鷄聲，誰不被利名驚。攬鏡照星星，都老却，當年後生。山林蒼翠，江湖煙景，歸去沒人爭。休望濯塵纓，幾時得，滄浪水清。（太常引）

這幾首詞，都是劉秉忠作，見於他的詞集藏春樂府（四印齋校刻宋元三十一家詞本）。當然趕不上蘇辛的豪放雄駿，（蘇辛詞本是無人能及的，）却有張周王所沒有的飄逸清新。不只這幾個元初南派作家就是在南宋其他作家裏也不多見這種作風。這是北宋詞的嗣響，與南宋詞是並流異源的。宋朝南渡以後，程學行於南，蘇學行於北。學術思想上如此，文學上也是如此。蘇詞一派到了南宋雖也大行於世，而有張孝祥、陸游、辛棄疾、劉克莊諸大家。但其發展情形總不如繼承柳周的一派興盛。辛棄疾與姜夔是同時而分別代表兩派的；但姜以後有史達祖、吳文英及上述的張周王諸人，辛以後則只有一個劉克莊勉強支持豪放派的門面。在北方的金朝，則金初的吳蔡體，（吳激與蔡松年）金末的元好問（遺山詞，）

都走的是豪放一路，正因爲蘇學盛行，而北人的性格情調又接近豪放一派。劉秉忠是地道北方人，世居邢台，家庭血統，學問淵源，都是從北宋傳下來的，所以他的詞也完全是北宋遺風，沒有南宋的氣息。這正如同語言方面，黃河流域早已變了中原音韻，而在閩廣一帶，還保留着許多唐音，是一樣道理。

劉秉忠這個名字，在文學史上好像有點生疏，在政治史上却是個名人，事跡詳見元史卷一百五十七本傳。他的一生，與明初的劉伯溫基很多相同的地方。秉忠佐元世祖，劉基佐明太祖，都是開國元勛，但既非將又非相，只是運籌帷幄，參贊機密，如小說中所謂軍師。他們的學問都很淵博，都會陰陽占驗之術，都擅長詩詞。難得又都姓劉。所不同者，劉基是在家人，劉秉忠則是個和尚，法名叫子聰，雖在元世祖幕下參與文武軍國大事二十餘年，却始終是個和尚顧問。晚年才奉旨還俗，改用俗家名字，拜官太保，參領中書省事，並且賜婚賜第。但他還是齋居蔬食，過僧人的生活。在這一點上，又很像明成祖時的姚廣孝。

劉秉忠雖然出家，但並不是個純粹的佛教徒。他是個儒僧。他的生活方式雖然是佛教式的，他的思想學術則完全是儒家者流。他並不是自幼出家，他是世家子弟，幼讀儒書，長爲郡吏，到二十多歲才剃度爲僧。爲僧以後，仍然是諸子百家，陰陽術數，無所不讀。本傳說他自幼好學，至老不衰。在他的詩藏春集裏有這樣的句子：

照世聖經明似鏡，通方古道直如絃。齊中

衣冠三代凋零後，禮樂一秦灰燼餘，讀書

儀鳳作歌猶有道，感麟絕筆再無經。秋夜

三代盛時存此道，六經今日付何人。接與狂歌從這些句詩，就可以看出他是一個儒者。所以他始終以儒家的道理法度輔導元世祖。據史傳上說，元朝一代的典章制度，全出他手所定。佛家那管這一套？他們也沒有這一套。從前人說宋朝的理學是陽儒陰釋，劉秉忠則是陽釋陰儒。其實若從心地來說，無論儒釋，都是與物有情，視民如傷的。劉秉忠佐元開國，在儒家說是平治天下，在佛家說卽是普渡衆生。恕我把佛教說得太淺。本傳說他從元世祖征雲南伐宋，常勸世祖少殺人，所全活者甚衆。這是消極的保全民命。至於開陳治道，創立規模，則是積極的求得人民的安居樂業。所以他的詩裏常有憂民濟世等語。他有一首詞，更可看出他的心事。

堂上簫韶人不奏，鳳凰何處飛鳴。黃塵擾擾馬縱橫。誰能知樂毅，志不在齊城。　後輩謾搜前輩錯，到頭義重功輕。海隅四面盡蒼生，東風吹綠草，布穀勸春耕。臨江仙

他具有民胞物與的胸懷，他希望海隅四面，年年處處看到「東風吹綠草，布穀勸春耕。」但他所生的時代，黑暗而恐怖，實在不是他所理想的時代，所以說「堂上簫韶人不奏，鳳凰何處飛鳴。」又有一句詞說「鳳鳥不來人漸老，」可見他對於當世是如何不滿。他棄家爲僧，未必不是想逃避現實，所謂窮則獨善其身。但是由一個偶然的機會，遇見元世祖。他知道這個人是當時惟一可與有爲的強有力者。既爲他所信任，正好利用這個機會來利民濟物，所謂達則兼善天下。而在當時，儒生是最不値錢的，一般蒙古人不大看得起這羣書獃子，同時又很疑忌他們；却都非常信佛。佛門弟子參政，既得崇敬，又免猜嫌。於是他又利用和尙的身分來施展儒家的本領。他有兩句詩說：「欲著儒冠替僧帽，而今値得幾文錢。」可以知道他爲甚麼陰儒而陽釋了。至於他的心境，則是圓融通達，了無滯礙，本沒甚麼儒家釋教的分別界限。「秋鴻影，湖水鏡般明。」他的心境正與這句詞相同。

我們既已明瞭劉秉忠的身世思想，自然就可以知道他的詞何以能作得那樣飄逸灑落。我舊作三十家詞選序論上有一段說：

藏春詞佳處在性情深厚，襟抱磊落；悲天憫人之胸懷，深沈之思想，尤爲歷來詞家所無，凄婉蒼涼之致，猶爲餘事。（文學年報第六期）

這段話或者可以說明劉詞的風格。王鵬運跋藏春樂府所云：

往與碧瀣翁論詞，謂雄廓而不失之傖楚，蘊藉而不流於側媚，周旋於法度之中而聲情識力常若有餘於法度之外，庶爲塡詞當行。目論者庶不薄塡詞爲小道。藏春詞境，雅與之合。（四印齋刻本藏春樂府）

雖推崇備至，而所論只是形式技巧問題，未曾探及內心。

方才說到劉詞有凄婉蒼涼之致，這是甚麼緣故呢？以他這樣圓融通達的人，還有甚麼不能釋然的沉哀隱痛麼？的確有。第一：他的本意是要利民濟物的，而當時的政治社會却是那樣黑暗混亂。他費了很大的心力，僅能使政治略上軌道，一切情形不致太壞而已。離他的理想希望，還差得很遠。試翻故籍，看一看那時的世事是甚麼樣子，便可想到這位悲天憫人的仁者，心中不會怎樣暢快。請看下邊這首詞。

既天生萬物，自隨分有安排。看鸞鶩雲霄，驊騮道路，斥鷃蒿萊。東君更相料理，著春風吹處百花開。戰馬頻投北望，賓鴻又自南來。　紫垣星月隔塵埃，千載坼中台。歎麟出非時，鳳歸何日，草滿金臺。江山閱人多矣，計古來英物總沈埋。鏡裏不堪看鬢，樽前且好開懷。（木蘭花慢）

「麟出非時，鳳歸何日，草滿金臺。」這種情調與江南人的故國之思一樣沈痛悲涼。第二：他是個喜歡山林靜趣的人，鄉土觀念又很深。而一生從軍佐政，南北奔馳，不得一時安閒，曾經受過一次「雲南大罪」。如下詞云：

同是天涯流落客，君還先到襄城。雲南關險夢猶驚，記曾明月底，高枕遠江聲。　年去年來人漸老，不堪苦事功名。傾開懷抱酒多情，幾時同一醉，揮手謝公卿。臨江仙

這是何等凄婉。此外在他的詩裏詞裏，處處流露着思鄉的心情，表示着歸隱的志願。「不知山下客，何日是歸年。」却始終欲歸不得，這也是使他不能釋然於中的。第三，他少年時好像還有一段戀愛故事。請再看一首木蘭花慢。

笑平生活計，渺浮海一虛舟。任紫塞風沙，烏蠻瘴霧，即處林丘。天地幾番朝暮，問夕陽無語水東流。白首王家年少，夢魂正繞揚州。　鳳城歌舞酒家樓，肯管世間愁？奈麋鹿疏情，烟霞痼疾，難與同游。桃花爲春憔悴，念劉郎雙鬢也成秋。舊事十年夜雨，不堪重到心頭。

一樹桃花，十年夜雨，所謂舊事，到底是怎麼回事，只有問和尚自己了。因此我神經過敏的想，他的出家，除去逃避世事之外，也許還有旁的緣故吧？這雖只是我妄測高深，總怪子聰大師，藏春不秘，一部藏春詩詞，始終不及兒女之情，却在此處露了馬脚。總上三點，藏春詞境之凄婉蒼凉，其故可知矣。

元史本傳說秉忠有文集十卷，現存的只有藏春集六卷，前三卷七律，第四卷七絕，第五卷詞，第六卷附錄行狀碑文等。此書只有四庫全書的本子，未見刻本，故流傳不廣。他的詩倒也沒有甚麼出色的地方。詞集則有四印齋校印本，流傳較爲普遍。從前四印齋所刻詞也不甚易得，近年有影印本行世，已竟不算難得之書了。

民國三十三年；讀書青年。

論詞衰於明曲衰於淸

詞衰於明，是文學史上公認的事實。曲衰於淸，從歌唱扮演方面說，似不盡然，若從誦讀寫作方面說，曲在淸朝，確是日趨衰落；而且所謂曲者，並不專指戲曲，還有散曲在內。其實，詞衰於明，乃是轉變，曲衰於淸，則是潛伏。所以詞能夠復盛於淸，而曲在今日也彷彿漸漸的擡頭。只是從牠們的本身上，表面上看來，明詞淸曲確有衰落的現象而已。這當然各有各的原因，本文主旨是要說明這種種原因，同時把所謂轉變潛伏的情勢也加以說明。

詞之衰落，並不自明朝始，從元朝中葉，詞已竟衰落下去。但兩宋的流風餘韻，尙未盡泯，元朝還有幾位詞家，若干好詞。不必說元初南方的張炎、王沂孫、周密、北方的劉秉忠、劉因，這幾個大家，就是後來的張翥、張埜、薩都剌等人，也都不失爲中郞虎賁，老成典型。所以我們尙不能說詞衰於元。到了明朝，便不然了。明朝享國的年代，比元加倍有餘，可是在這期間，能有幾個詞家？最出名的如劉基、陳鐸、陳子龍，在明朝已是鳳毛麟角，若放在唐宋詞裏邊，也不過中下而已。歷代詩餘、明詞綜、明詞彙選、古今詩餘醉諸書選錄的明詞，合計起來，去其重複，總有千數百首。用衡量唐宋詞的眼光去看，恐怕及格的連五十首都不到。明人塡詞，都是偶然揮灑，很少專攻此道，所以多不成集，僅有的若干詞集，流傳也非常少。明詞差不多就不能成爲文學史上的名詞。詞在明朝，眞是衰到極點。

明詞所以如此式微的緣故，簡單說來，就是受了文壇上新舊兩方的夾攻。所謂舊，是詩文的復古；所謂新，是曲的盛行。明代文壇，流行着兩種風氣。有一派人提倡復古，極端的就主張文必秦漢，詩必盛唐。雖不是人人如此，但普遍的都是看不起宋以後的作品。只有歐蘇曾王受人重視，那是沾了古文家的光，明人重視他們，是在散文方面。至於宋詩，在明朝最不走運，那時讀宋詩的人很少，一般人想不起來讀宋詩，就是想讀也不易找到讀本。因爲明人不喜歡翻刻宋人的集子，我們現在所能見到的明板集部書，唐以前的很多，宋朝的就很少。宋詩既被明朝復古派這樣輕視，詞在他們心目中乃是所謂「文運衰微」時期的產物，小道末技，當然更要被棄置不顧。這種重漢唐輕兩宋的復古風氣主宰了明代文壇的大部，明代文學運動的表面，全爲這種風氣所籠罩。嘉隆以後三袁鍾譚出來，復古的風氣雖然動搖，但其結果只是詩文方面的比較解放，他們對於詞依舊是淡然漠然。明詞受了這種風氣的影響，已竟不得不衰落了，何況還有另一種風氣。

詩文的復古，是明朝文壇上層表面的風氣，另一種風氣，則是在下層底面活躍的，那就是作曲，曲在明朝，表面上雖似不能與詩古文辭在文壇上占同等的地位，牠的潛勢力却不比詩文低弱，而且更爲活潑普遍。因爲牠是新興的有生氣的東西。曲與復古的詩文分佔了明代文壇的兩面，於是把詞擠得無地容身。而曲對於詞的壓迫，似乎更大，因爲曲是與詞最爲相近的文體。按照文學史的慣例，某種文體興起以後，舊有文體裏邊與之最相接近的一種，必要首先受到影響以至衰落。詞在明朝，正好遇到這種命運。若沒有曲，以馮惟敏、王九思、康海、徐渭、湯顯祖諸人的才情襟抱，總可寫出些好詞來，而振起當時詞壇的頹勢。

新興文體所以常能壓倒與牠相近的固有文體，是因爲牠總比後者更爲進步，常是有其長而無其短。曲較之詞，最少增加了下列幾項技巧上的方便：

第一、詞較詩進步的地方，就是句法的長短各異，富有彈性，易於伸縮變化。但是詞的格律還是死的。雖然不像詩大都是五七言的句子，而每句句法字數，仍有一定，不能隨意增減攤破。到了曲，特別是北曲，因爲許加襯字，牠的彈性比詞更大，更易於伸縮變化，也就更能充分發揮其作用。元人雜劇以及散曲，所以能寫難達之情狀，難摹之景，酣暢淋漓，盡態極妍，至少有一部分是得力於這種格律上的方便。

第二、曲韻比詞韻更爲合理，更爲活潑適用，韻部的分合，既與口語比較接近，又有平仄通押之例，入聲分配平上去三聲之例。凡此種種，都使作者於韻的運用上，更能迴轉自如，更能發展音律的妙用。詞的用韻，既不如詩韻之古，又不似曲韻之新，他是介乎中古音韻與近代音韻之間的，在復古與趨新兩種空氣之下，就成爲「兩頭不着」的情形了。

第三、詞只是一首一首的單位，最長之調也不過二百餘字，篇幅既小，自然施展不開。曲則可以聯貫若干支小令而成爲套數，更可以擴大起來寫成整本的戲劇。無論抒情紀事，狀物寫景，都能盡量發揮。波瀾氣勢，當然比詞大得多。（宋詞也有合若干首以詠一事的，如歐陽修的采桑子詠潁州西湖，趙德麟的蝶戀花詠崔張事。但都是用同一詞牌，單調重複，不如曲套的換用不同曲牌，多有變化。）

曲既比詞多了上述幾種進步之點，一般人的棄詞就曲，當然是意中事。這是詞在明朝，於復古之外，所受另一種風氣的影響。

總上所述，明代的文人，凝重謹飭之士，都走上復古之途，他們講的是周秦漢唐，詩賦古文，詞在他們眼裏，是後起的末技小道，不值注意。放浪不羈與夫侘傺不平的才子們，則發洩其才情懷抱在曲上邊。體製與曲相近，而其機能不如曲之活潑，範圍不及曲之寬廣的詞，當然不爲他們所採用，就是餘事塡詞，也因爲作慣了曲的關係，思致筆路，都固定在曲那一方面，再也寫不出好的詞來。明代曲家，或者根本不作詞，或者雖作詞而比起他們的曲來，工拙相去太遠。即此可見詞與曲之不並立。在這復古趨新兩重壓迫之下，明詞才有那樣衰落的現象。

我在本文開頭所說，詞衰於明，乃是轉變，即是詞轉爲曲之意。當時的文人才士們並不是不需要詞這類的文體，詞的功用在明朝依然存在。不過有了與牠相近而又更爲進步的曲，於是詞的發展就轉到曲上去，而其本身則呈現停頓衰敝的現象。到了清朝雍乾以後，曲又衰落下去，而文人們依然需要比詩輕倩纏綿，較富彈性的文體，於是詞又復興起來。可見詞衰於明，乃是轉變，當時曲的發展，也可說是詞的發展。假使詞至明朝，氣數已盡，那就不會復興於清了。

以上是就當時文壇情勢來說明詞衰於明的原因。此外還有兩件事，都是在這種情勢之下產生出來的。

第一、詞籍流傳不廣。現在所見到的明刻詞籍，只有寥寥幾部，差不多都是選本，至於單行專集，據我所知道的，只有辛稼軒詞同李後主詞。宋代彙刻本如典雅詞，長沙坊刻百名家詞，都未見有明代翻刻。這與當時只刻唐以前書，不多刻宋人集部，自然是一貫的情形。在這種情形之下，學者讀詞已竟很艱難，他們所見到的，只是選本上那一部分，既未得窺宋人之全，如何能作出好詞。毛氏汲古閣印行宋六十名家詞已在明末清初，當然不算。

第二、詞律的破壞。明人的詞，辭藻意境兩無可取，更有一種很普遍的毛病，就是不合格律，長調尤甚。不是字數多寡不合，就是平仄不調，或者句法不對，如上三下四誤作上四下三之類。這種現象固然是因爲缺少詞譜一類的書，作者無所適從，但最大的緣故還是在曲上。從曲興起以後，詞律就漸漸爲所混淆破壞。遠在金元，已竟如此。現存的兩種金人諸宮調劉知遠傳與董西廂裏邊，所用詞調很多，但都變了面目。完全名同實異，倒沒關係，最影響於詞的格律的是大同小異，似是而非，這最容易使學者迷惘。元明以後，更變得莫可究詰。讀者試把那兩種諸宮調裏所用的詞調，以及元明南北曲裏與詞調同名的曲牌，逐一比勘，便可知道自金至明，詞律是怎樣的逐漸混淆破壞。明人塡詞，既無精確的譜律可以遵循，詞的唱法又已失傳，他們只習於曲的音節格律，以這種手眼習慣來塡詞，當然無怪其顚倒錯亂。

這兩件事，第一件是從復古的風氣產生出來的，第二件是從作曲的風氣產生出來的。所以我說明詞之衰，乃是因爲處處受到夾攻。

論到曲衰於清，有兩點先要說明。第一、曲並不是一入清朝，馬上就衰落下去。曲在順治康熙兩朝，依然保持着全盛時代的情形。這時期的作品，無論在質或量上，較之萬曆以來，並不減色，同時還有兩部弘偉壯麗的劇本出現長生殿與桃花扇。曲之衰落，是雍乾以後的事。第二、所謂曲之衰落，並不在歌唱扮演方面，在這一點上，曲在清朝不但未衰，而且有更盛之勢。我們所謂衰，乃是指着曲的寫作技巧日益低下，離着文藝欣賞越來越遠。我們所謂曲，並不專指場上觀聽之戲，主要還是案頭誦讀之書。因爲戲曲的生命，一部分在歌唱扮演，一部分却在詞藻意境。元人雜劇，歌唱的腔調，扮演的情形，久已失傳，我們現在還誦讀牠，研究牠，正是因爲在歌唱扮演之外，牠還有牠的詞藻意境，還有文藝欣賞價値。何況戲曲之外還有散曲。散曲本身，是詩的一種別體，牠的生命，當然更是完全寄託在詞藻意境，寫作的技巧上。雍乾以後，雖不斷有人寫作戲曲，但不是詞藻意境俱無可取，就是不合格律。多半是既不便演唱，又不宜誦讀。蔣士銓的藏園九種曲，黃憲淸的倚晴樓七種曲，已竟是好的，把牠們放在元明作品裏，又算得了甚麼呢。尤其是散曲，清朝的作家竟沒一個趕得上元明人的，作者也非常之少。散曲是更接近詩詞的，更宜於誦讀欣賞的，清人好像更不注意牠。這個最好利用的新興文體，竟沒有人繼續元明人去發揚光大，這比戲曲作品之低劣，更足以證明清代曲之衰微。

曲衰於清的原因，究竟是甚麼呢？一言以蔽之曰：與時代精神不合。曲的興盛時期，是元明兩朝，這兩朝是中國史上的黑暗時代。所以在元明曲裏邊，也就充滿了黑暗時代的色彩。清朝的政治社會，比較元明兩朝，清明健全多了，這時的文人學士，當然不歡迎，甚至憎惡這種代表黑暗時代的文學作品。明人雖不重詞，只是隔膜而已，清人對於曲，則甚至輕鄙憎惡。清代文化，是對於元明文化的一個反動，這種反動的勢力，當然會波及到代表元明文學的作品上來。

上文所說黑暗時代的色彩，都是些甚麼呢？原來在歷史上所謂黑暗時代，差不多都是一樣情形。在上者的施政，是殘暴昏虐，在下者的風氣，是頹廢淫靡。因爲政治的黑暗情形，社會的畸形狀態，暴君之昏虐，權臣猾吏之貪縱不法，使有心之士，對於政治社會，生出一種厭惡、恐怖與悲憫交織而成的苦悶。他們受不了這種苦悶，而又打不開他，於是頹廢下去，頹廢的結果，便是淫靡。同時又有一般人，很希望進取功名富貴，而功名富貴又輪不到他們頭上，於是或者假撇清，滿心升官發財，滿口山林泉石。或者怨天尤人，大發牢騷，旁人看去，只見其鄙陋無聊而已。元明曲裏邊，這種空氣頗爲濃厚，這就是所謂黑暗時代的色彩。所以我常說元明曲有四弊：頹廢、鄙陋、荒唐、纖佻。頹廢與鄙陋，如上所述。荒唐是由頹廢生出來的，因爲人一頹廢了，就拿眞僞是非，都不當回事，胡天胡帝，信口雌黃，（當然作者的知識程度也有關係。）纖佻則是淫靡風氣的反映。這四弊都是清代文化所不能容的，曲在清代學術文化界的地位，所以至爲低下，就是因爲這種時代精神的牴牾。

因爲政治社會比較清明，清朝人無論在甚麼上，他們的態度都是前進的，他們的心情思想都是光明健全的。他們想幹政治，儘有機會致君澤民，同時獲得自己的功名富貴。想作學問也儘有太平的歲月，優裕的生活，使他們得以從容安適的去用功。這樣當然會養成向前向上，實事求是的精神。既不會頹廢放縱，也無從生出那種欲求功名富貴而不得，於是怨尤嫉妬，或者滿口假不指着的鄙陋氣。所謂元明曲的四弊，已竟有兩弊與清朝時代精神不合了。至於荒唐，多半出在劇曲裏邊。我們只要把元曲選百種以及有名的幾種南戲翻閱一過，就可以發見許多荒唐謬悠的地方。關目結構的無情無理，時代地理官爵人物的顚倒錯亂，到處都是。這與清朝的學術空氣，未免大相逕庭。清人是講考據，重實在的。（這雖然是學術界的風氣，弄純文學的人當然也要受到影響，何況清朝根本沒有幾個只弄詞章而不講義理考據的人。）他們弄慣正經切實的學問，看到曲子裏邊的胡說八道，當然要起反感。最後談到纖佻，這是從抒寫男女之情上生出來的毛病。古今中外的文學，沒有不寫男女之情的，這是正當而優美的人類情感，無可非議。但在寫出來的時候，要寫得蘊藉深厚。若寫得太露太盡而流於纖佻輕薄，那就失去其正當優美。元明曲裏邊，每涉到男女之情，常是容易墮入纖佻輕薄，甚而至於猥褻。於是連累到整個的曲，或爲縉紳難言不登大雅的東西。明人，特別是萬曆以後，好像不大在乎這個，縉紳先生並不難言之。這是當時社會風氣頹廢淫靡的緣故。到了清朝，社會風氣改變，一般學士大夫都是端雅凝重的，他們不是沒有男女之情，但因爲風氣的關係，當發之於文的時候，更需要蘊藉深厚之致。這並不是假道學，這是由社會風習涵養而成的自然心理。曲裏邊浮薄淺露的描寫，纖佻的氣氛，他們如何看得下去，寫得出來。總起來說，元明曲的四弊，都與清朝的時代精神牴牾，當時的人既不愛讀，又不愛作，只有極少數人從事於此，曲在清朝，就這樣的衰落下去。

還有一點要補充說明。清代文學的主要空氣是雅正，曲之爲物卻是既不雅又不正。其內容的不雅不正就是所謂四弊。形式上則多用方言俗語，以及民間傳說的俗典，這與清代文人的習慣也不相合。

我在本文開始所說曲衰於清，乃是潛伏，這話是甚麼意思，可以分兩面來說。第一、清朝戲曲的寫作，雖然不振，歌唱扮演，則有更盛之勢，我在前邊，已然提到。這不限於舊日的崑曲，新興的花部諸曲，也應算在其內。在明朝，戲曲還仿佛是偏屬於詩歌的，只多了一點音樂的成分，並沒有完全獨立而成爲近代文學上所謂戲劇，因爲牠的條件還不够。經過清朝二百餘年的演進變化，這才逐漸具備了戲劇的條件，進而與詩歌並立，成爲文學上的一個部門；（雖然只是歌舞劇。）這種演進變化，始終是潛伏在文化的低層，並不像現在似的，戲劇運動也露出表面，與文學的其他部門分庭抗禮。這是潛伏的第一個意義。第二個意義則是就寫作的立場來說。我以爲曲這種文體，始終還沒有被充分利用，儘有發展的餘地而尚未發展。元明的曲，技巧上當然很高明，而內容却欠正當，欠充實。所謂欠正當者，卽是上文所說的四弊。所謂欠充實者，是說還有很多題材意境，可以寫到曲裏邊去。換句話說，就是我們需要把代表黑暗時代的曲，洗刷擴展，成爲代表光明時代的曲。清人雖不曾措意及此，而曲這種文體，却依然潛伏在文壇的角落上，等待我們後來者的發揚光大，這是潛伏的第二個意義。

詞經過了清代的復興，已經發展到極點，而無可再發展。牠本來是一種很小的東西，不過是詩的附庸，曲的前驅，所以詞的發展，恐怕是至此而止。曲則尚有發展的餘地。近年以來，治曲之風漸起，這是自然要有的現象，文學上的伏流，終於要湧現的。若能於搜索材料考訂故實之外，再從文學本身的欣賞創作上多用工夫，則曲的前途，實有甚大的希望。

民國三十二年。

三十家詞選序目

倚聲塡詞，肇端李唐，千年以來，作者輩出。其能獨具風格，卓然自立者，私見所及，以爲有下列之三十家焉。平居誦習，多在於斯，雨屋深燈，高吟自樂。嘗取所尤嗜者若干首，鈔錄成帙，置諸案頭，刪繁爲約，取便誦讀而已。非云佳作名篇，即此可盡，亦未思強引他人，共此酸鹹。然選本作用，可分二端：一曰反映選者之時代，二曰表現選者之見解與性情。今夫方趾圓顱，熙來攘往，與予同此時代者多矣，是中豈無奇文共賞，妙契遙符之士。秋蟲春鳥，聲氣應求，足音跫然，可慰空谷；三撫斯編，則又未肯終閟也。刋印行世，既患未能，乃先錄其目，藉獻賞音。復取古今評語，先得我心者，彙鈔成帙，一得之愚，依次附錄。去取之旨，略在其中，覽者當自得之。民國二十九年初夏，鄭騫識於成府村居。

唐五代四家 細目從略

溫庭筠　韋莊　馮延巳　李煜

宋十八家

晏殊　歐陽修　晏幾道　柳永　蘇軾　黃庭堅　秦觀　周邦彥　朱敦儒

陳與義　李清照　陸游　辛棄疾　姜夔　史達祖　吳文英　張炎　蔣捷

金一家

元好問

元一家

劉秉忠

清及近代六家

納蘭成德　蔣春霖　文廷式　沈曾植　朱孝臧　王國維

附改編目錄

唐五代六家

溫庭筠　韋莊　顧敻　孫光憲　馮延巳　李煜

宋二十四家

晏殊　歐陽修　晏幾道　張先　柳永　蘇軾　黃庭堅　秦觀　賀鑄

周邦彥　朱敦儒　陳與義　李淸照　張孝祥　陸游　辛棄疾　劉克莊　姜夔

史達祖　吳文英　王沂孫　張炎　周密　蔣捷

金二家

蔡松年　元好問

元三家

劉秉忠　劉因　張翥

清七家

朱彝尊　陳維崧　納蘭成德　項廷紀　蔣春霖　鄭文焯　朱孝臧

此文民國二十九年作，載於同年燕京大學文學年報。其後十四年，予在臺灣，編注詞選及續詞選問世。時異境遷，情趣轉變，去取遂異於昔。爰附改編之目，用資比較。猶記此文初發表時，張孟劬先生見之，頗咎其別裁失當；在臺改編之本則與先生持論大致符合。然翁墓之木拱矣。近有句云：「餘生妄擬營三窟，往事何由起九原。」今昔之感，固不僅學問一端。四十九年編集時記。

從元曲四弊說到張養浩的雲莊樂府

在元曲裏邊有兩種頗不高明的氣氛頹廢與鄙陋。這完全是時代的反映。元朝在異族統治之下，種族待遇的不平，帝王的昏虐，特權階級的驕橫，權臣猾吏的貪縱不法，這一切組成了一個世紀的黑暗政治，畸形社會。當時的文士們，「亂世偷生，躄躄靡騁，」對於這樣的政治社會，具有一種由厭惡、恐怖與悲天憫人之感交織而成的苦悶。他們忍受不了而又解脫不開，於是很容易頹廢下去；頹廢的結果，即不免流於萎靡放浪，或則寄情聲色，或則遁跡山林，痲醉身心，逃避現實。同時又有一般人，很希望進取功名富貴，而亂世的功名富貴又輪不到他們這般老實人頭上；於是一面「假撇清，」滿心升官發財，滿口山林泉石，一面怨天尤人，大發牢騷。看在旁人眼裏，則只見其鄙陋無聊。這樣的生活心情表現在作品上，就形成了那兩種頗不高明的氣氛。個人的鄙陋與風俗人心還沒有太大的直接關係；頹廢就甚爲不妥，說好了是傷心人別有懷抱，而其流弊所及，則幾乎成了妨礙健全精神思想的毒素。自清代康乾以來，曲這種文體所以始終未能普遍流行，有形式與內容兩種緣故。形式上的緣故是有些方言俚語俗字俗典的難解，與夫譜律之不普及。有些人讀曲，因爲不諳譜律而弄不清句法，作曲更感無所適從。內容上的緣故，則是頹廢與鄙陋之外，再加上荒唐與纖佻，我常稱之爲曲中四弊。有了這四弊，使人雖有心提倡而不顧提倡，即使提倡也難普遍，因爲自清以來，人們的精神思想總是比較元明兩朝光明健全，看不慣這種作風。曲這種文學的種種好處，也就因此而被湮沒了很久。

荒唐纖佻二者，與本文主題雲莊樂府沒有關係，但既已述及，也不妨附帶說明。荒唐是由頹廢生出來的，人一頹廢了就把眞僞是非都不當回事，胡天胡帝，信口雌黃。這種毛病多在戲曲方面。我們只要把元人雜劇，以及元末明初幾種南戲，如琵琶記、拜月亭之類翻閱一遍，就可以發見許多荒唐謬悠的地方。關目結構的不合情理，時代地理官爵人物的顚倒錯亂，到處都是。讀慣了「正經書」寫慣了「正經文章」的人，看了當然要起反感。纖佻則是在寫男女之情的時候生出來的毛病。古今中外的文學，沒有不寫男女之情的，這是正當優美的人類情感，無可非議。但在寫出來的時候，要寫得深厚蘊藉，若寫得太露太盡而流於纖佻輕薄，那就失去其正當優美，元曲裏邊，每涉及男女之情，常會墮入纖佻輕薄，於是連累到整個的曲，成爲不登大雅之堂的東西。荒唐之病，明較輕，入纖佻則明甚於元。

綜上所述，可知元曲的技巧雖很精湛，風格則相當狹窄低陋。元曲的好處在寫景之美，狀物之精，描寫人生動態、社會情事之能盡態極姸，形容畢肖。至於以作者自己爲中心，表現出純正的思想，眞摯的性情，雄潤的胸襟懷抱，也就是說，能成爲作者人格與學問結晶的作品，那就頗爲少見。合於這種條件的有兩個人，一個是馬致遠，一個是張養浩。馬致遠的曲是元代第一，明寧獻王朱權的涵虛子論曲推尊他爲冠乎羣英的朝陽鳴鳳，這個批評已成定論。張養浩則未曾作過雜劇，所作散曲數量也較馬爲少，所以不像馬致遠那樣出名。惟其如此，我們更要特別給他介紹。尤其是張養浩竟曾被某些文學史作家誤認爲「無病呻吟的頹廢派的代表」我們更不能不掃清這種謬論，使人認識張養浩的爲人與他的作品的眞面目。

張養浩的散曲集全名爲「雲莊張文忠公休居自適小樂府」現在簡稱爲「雲莊樂府，」全書一卷，共收小令一百五十餘首，套數兩套。有盧前校刋飲虹簃叢書本，商務印書館出版任訥盧前合輯散曲集叢本，北平孔德學校石印本前兩種較爲易得。這三種本子都是以明成化刋本爲底本，所以大致相同。成化本以前則只知有濟南刻小字本從來沒有人見過，成化本也早成古董。

元人散曲的風格，大致可分爲淸麗與豪放兩派。雲莊曲的好處是淸麗豪放兼而有之；尤其難得的是典雅的詞藻，高朗的格調。他對於崎嶇艱險的仕途，閒適的隱居生活，都有很生動的描寫；對於短促的人生與無窮的今古，有很沉重的感慨。雖都是篇幅很短的小令，雖僅有一百五十幾首，氣象却有籠罩一切之概。恐怕有些讀者對於他的曲還感陌生，先鈔幾首在下邊作例子：

〔慶東原〕　鶴立花邊玉，鶯啼樹杪絃，喜沙鷗也解相留戀。一個衝開錦川，一個啼殘翠烟，一個飛上青天。詩句欲成時，滿地雲撩亂。

〔喜春來〕　梅花已有飄零意，楊柳將垂嬝娜枝，杏桃彷彿露胭脂。殘照底，青出的草芽齊。探春

〔殿前歡〕　會尋思，過中年便賦去來辭。爲甚等閒不肯來城市，只怕俗却新詩。對着這、落花村，流水隄，柴門閉，柳外山橫翠。便有些、斜風細雨，也近不得、這蒲笠簑衣。村居

〔十二月兼堯民歌〕　從跳出功名火坑，來到這花月蓬瀛；守着這良田數頃，看一會雨種烟耕；到大來心頭不驚，每日家直睡到天明。　見斜川鷄犬樂昇平，繞屋桑麻翠烟生，杖藜無處不堪行，滿目雲山畫難成。泉聲、響時子細聽，轉覺柴門靜。

〔沉醉東風〕　蔬圃蓮池藥欄，石田茅屋柴關。俺這裏、花發的疾，溪流的慢，綽然亭、別是人間。對着這、萬頃風

烟四面山，因此上、功名意嬾。

〔沉醉東風〕昨日顏如渥丹，今朝鬢髮斑斑。恰纔桃李春，又早桑榆晚，斷送了古人何限。只爲天地無情，樂事慳，因此上、功名意嬾。

〔朱履曲〕弄世界機關識破，叩天門意氣消磨，人潦倒、青山慢嵯峨。前面有千古遠，後頭有萬年多，量半炊時成得甚麽。

〔山坡羊〕天津橋上，凭欄遙望，春陵王氣都凋喪。樹蒼蒼，水茫茫，雲臺不見中興將。千古轉頭歸滅亡：功也不久長，名、也不久長。洛陽懷古

〔山坡羊〕峰巒如聚，波濤如怒，山河表裏潼關路。望西都，意躊躇，傷心秦漢經行處，宮闕萬間都做了土：興、百姓苦，亡、百姓苦。潼關懷古

〔山坡羊〕三傑當日，俱曾此地，殷勤納諫論興廢。見遺基，怎不傷悲，山河猶帶英雄氣。試上最高處閒坐地：東、也在圖畫裏，西、也在圖畫裏。未央懷古

〔天淨沙〕昨朝楊柳依依，今朝雨雪霏霏，社燕秋鴻忒疾。若不是、濁醪有味，怎消磨、這日月東西。

〔天淨沙〕年時尚覺平安，今年陡恁衰殘，更着十年試看：烟消雲散，一杯誰共歌歡。

這十二支曲，把我上文所說雲莊樂府各種風格，各種好處，差不多完全包括在內，只有對於仕途宦味的描寫，留待下文再舉例。讀者至此，對於雲莊樂府總有一個賅括的認識了。

要想徹底明瞭一個作家，當然要先知道他的事跡。張養浩的事跡見元史卷一百七十五本傳，爲省讀者翻

檢之勞，節鈔在下面：

張養浩字希孟，濟南人。幼有行義。……山東按察使焦遂聞之，薦爲東平學正。遊京師，獻書於平章不忽木；大奇之，辟爲禮部令史，仍薦入御史臺。一日病，不忽木親至其家問疾，四顧壁立，歎曰：「此眞臺掾也。」及爲丞相掾，選授堂邑縣尹。……去官十年，民猶爲立碑頌德。仁宗在東宮，召爲司經，未至，改文學，拜監察御史。……疏時政萬餘言，言皆切直，當國者不能容。遂除翰林待制，復構以罪，罷之，戒省臺勿復用。養浩恐及禍，乃變姓名遁去。尚書省罷，始召爲右司都事。……遷翰林直學士。……以禮部侍郎知貢舉……拜禮部尚書。英宗卽位，命參議中書省事。……後以父老，棄官歸養，召爲吏部尚書，不拜。……泰定元年，以太子詹事丞兼經筵說書召，又辭。改淮東廉訪使，進翰林學士，皆不赴。……天曆二年，關中大旱，饑民相食，特拜陝西行臺中丞。既聞命，卽散其家之所有與鄉里貧乏者，登車就道。遇餓者則振之，死者則葬之。道經華山，禱雨於嶽祠，泣拜不能起，天忽陰翳，一雨二日。及到官，復禱於社壇，大雨如注，水三尺乃止，禾黍自生，秦人大喜。……到官四月，未嘗家居，止宿公署，夜則禱於天，晝則出振饑民，終日無少怠。每一念至，卽撫膺痛哭，遂得疾不起，卒年六十。……追封濱國公，謚文忠。

以上節錄的兩段傳文，第一段是隱居以前的事跡，第二段是被召再起以後的事。要緊的是後邊一段，忽略了此段，就無從了解張養浩的爲人和雲莊樂府的風格。

據黃溍金華文集卷八張文忠公祠堂碑，知道養浩家在濟南城內，他的別墅雲莊則在城北十里，華不注山及鵲山之陽，歷山之陰。這一帶山水風景很優美。他歸隱時年紀剛過五十，到六十歲再起，在這個別墅裏住了約十年光景。這十年的生活頗爲閒適，雲莊樂府大部作於這段時期。他是在歷宦中外飽經憂患之後退隱的，所以他的作品中常致慨於世路之崎嶇，宦途之艱險，與夫人生之短促，而歸結於嘯傲烟霞，及時行樂。這種作品，粗心看去，好像就是頹廢與鄙陋，尤其像下列諸曲：

〔川撥棹〕他每日笑呵呵，他道淵明不如我。跳出天羅，占斷烟波，竹塢松坡，到處婆娑，倒大來清閒快活。更看時節，醉了呵，休怪他。

〔七弟兄〕笑歌，咏歌，似風魔，他把功名富貴皆參破。有花有酒有行窩，無煩無惱無災禍。

〔梅花酒〕年紀又半百過，壯志也消磨，暮景也蹉跎，鬢髮也都皤。想人生有幾何，恨日月似擲梭，得磨陀處且磨陀。

〔收江南〕向樽前休惜醉顏酡，古和今都是一南柯，紫羅襴未必勝漁蓑。休只管戀他，急回頭，好景已無多。

註一

〔胡十八〕正妙年，不覺的老來到，思往常，似昨朝。好光陰流水不相饒，都不如醉了，睡著，任金烏搬廢與，我只推不知道。

的確有些頹廢的嫌疑，於是就有人根據這些曲子，批評張養浩爲「出世的無容心的極端的個人主義者」。（此語頗嫌累贅，原文如此，未便擅改。）假如雲莊樂府全部都是這種作品，假如他後半生一直就是那樣隱居下去，此說還有幾分道理；但我們讀過元史本傳，再細讀雲莊樂府全集之後，便知事實絕非如此。諸看下邊這三支中呂喜春來一套南呂一枝花：

〔喜春來〕　親登華嶽悲哀雨，自捨資財拯救民；滿城都道好官人。還自哂，比顏御史費精神。

〔喜春來〕　十年不作南柯夢，一旦還爲西土臣；空教人道好官人。還自哂，閑殺欒湖春。

〔喜春來〕　路逢餓殍須親問，道遇流民必細詢；滿城都道好官人。還自哂，只落的、白髮滿頭新。

〔南呂一枝花〕　用盡我、爲民爲國心，祈下些、值玉值金雨。數年空盼望，一旦遂沾濡；喚省焦枯，喜萬象春如故，恨流民尚在途。留不住、都棄業抛家，當不的也、離鄕背土。

〔梁州第七〕　恨不的、把野草翻騰作菽粟，澄河沙都變化作金珠。直使千門萬戶家豪富，我也不枉了受天祿。眼覷着災傷，敎我沒是處，只落的雪滿頭顱。

〔尾聲〕　靑天多謝相扶助，赤子從今罷歎吁，只願的、三日霖霪不停住。便下的、當街上似五湖，都淹了九衢，猶自洗不盡從前受過的苦。

這三支一套曲在寫作技巧上說，似乎不如前面引的那些例子，有點拙而直；但是氣象濶大，情感眞摯深厚，在元散曲裏是別開生面之作，我們要遺貌取神去欣賞它們。曲中說的全是陝西旱災，自然是再起以後，逝世以前不久的作品，以此數曲與本傳所載在陝事跡對照，便可知此君絕非極端個人主義的頹廢派。他是個悲天憫人，胞與爲懷的仁者；他的隱居閒適之作，也絕不是人云亦云的傳染病。旣不是明人艾俊所作雲莊樂府引言上所說的「政成歸隱」，更不是如後人所說的「故意以此鳴高」，的確是「傷心人別有懷抱」。

就元史本傳所載張養浩歸隱以前的言行來看，他本來是很想有一番作爲的，但當時的政治社會，滿不是那們回事。苟合取容，甚至同流合汚，在他這樣有抱負的人，當然是不可能；若是危言危行，想作中流砥柱，恐怕很可能把自己犧牲掉而於國於民依然無補。這樣還不如回家去過自己的日子，於是他纔以養親而歸隱在山間林下。雖然過的是閒散舒適的生活，他的熱情血性則依然潛伏，並不因此而湮沒。所以雖然屢召不起，而一旦國家有事，人民遇到災難，政府找他出去救濟，他便幡然出仕，並且以全力赴之，「鞠躬盡瘁，死而後已」。如此仁勇兼備，其胸襟氣度，豈是當時一般落魄江湖的才人名士所能望其項背。所以我們讀了雲莊樂府只感到眞摯悲涼，而找不到空虛無聊的頹廢氣。有些地方看起來似乎近於頹廢，其底面還是沉重的感慨，這是志士仁人生逢亂世壓抑不住的呼聲，不能謂之無病呻吟。尤其要注意的是，他在悲天憫人的同時還自嘲自憫，所謂「只落的雪滿頭顱」「還自哂，閒殺灤湖春」「還自哂，只落的白髮滿頭新」。這在淺識之流恐怕又該批評了：「既然爲民服務，何必口出怨言？」其實這何嘗是口出怨言，這纔是眞摯的態度。只顧旁人而一點不想到自己，那是不近人情的；志士仁人之所以異乎尋常者，是想到自己之後而還能舍己爲人。就像張養浩這樣，一面對着鏡中白髮懷念舊隱湖山，一面還不惜以衰病之軀盡全力以救災拯難，這纔眞正是殉道者的偉大精神。嗚呼！如此君者，散財濟衆，捨命爲民，倒落了個「出世的無容心的極端的個人主義者」，天下奇冤，有甚於此者乎？

作官不易，作好官尤其不易，何況在元朝那樣時代，不只艱難，有時甚至危險。張養浩出仕三十年（註二），內外大小的官都作過，眞是飽嘗甘苦，所以他的曲中對於仕途宦味有很眞切生動的描寫。如下面幾曲：

〔沉醉東風〕班定遠、飄零玉關，楚靈均、憔悴江干。李斯有黃犬悲，陸機有華亭歎，張束之老來遭難。把個蘇子瞻、長流了四五番，因此上、功名意嬾。

〔沉醉東風〕萬言策、長沙不還，六韜書、雲夢空歎。只爲他、進身的疾，收心的晚，終不免、有許多憂患。見了些、無下梢從前玉筍班因此上功名意嬾。

〔朱履曲〕那的是爲官榮貴止不過多喫些筵席，更不呵、安揷些舊相知。家庭中添些蓋作，囊篋裏，儹些東西；教好人每看作甚的。

〔朱履曲〕纔上馬、齊聲兒喝道，只這的、便是送了人的根苗，直引到深坑裏恰心焦。禍來也、何處躱，天怒也、怎生饒；把舊來時威風不見了。

看破了空虛的榮華，看淸了潛伏的艱險，這都是現身說法，過來人語。其雍容高朗的氣度，尤其是一般落魄文人失職不平之士所沒有的。他們那些人也作這類的曲，但是僅具形骸，並無神理，因爲他們沒有親歷實感，或者是「吃不到葡萄說葡萄酸。」張養浩則是吃過葡萄，眞知道酸味，其實也知道甜味。所以寫出曲來，自然就會眞切生動。至於雍容高朗的氣度，則完全是環境陶養成的，孟子所謂「居移氣，養移體。」凡是居過高位，見過場面的人，都有這種氣度。就像王安石晚年罷相閑居金陵時的詩，情調是够悲涼蕭瑟的，而其氣度之高華，還是與一般文士不同。還有，雲莊樂府本是以典雅見長的，但用俗語白描的作品也很「本色，」前面的兩支朱履曲，卽是一例。

張養浩的曲，既無頹廢與鄙陋的毛病，更沒有荒唐與纖佻。前面已經說過，荒唐之弊大部是在劇曲方面，敢曲作品犯這個毛病的很少。張養浩的曲則不但不荒唐，而且所用古典都很精當貼切。他的作品沒有一首寫男女之情，沒有一首涉及女性，纖佻當然更談不到。這種情形在元曲中極少見，這也是雲莊樂府特色之一註三。總起來說：格調高朗，詞藻典麗，寫隱居的閒適而不流於頹廢，寫仕途之艱險而非由於鄙陋。這就是張養浩的雲莊樂府；而其悲天憫人的襟抱，深厚眞摯的性情，更不可及。

註一　孔德石印本及飲虹簃叢書本，以上四曲皆題爲梅花酒兼七弟兄一曲，蓋沿成化原刻之誤。此四曲實爲雙調新水令套之一部份，全套見太平樂府及雍熙樂府；散曲集叢本據以改正，今從之。

註二　雲莊樂府慶東原曲云：「海來濶風波內，山般高塵土中，整作了三個十年夢。」又朝天子曲云：「玩水遊山，身無拘繫，這的是三十年落的。」弱冠出仕，五十退隱，正好三十年。

註三　散曲集叢本、飲虹簃叢書本，據青樓韻語廣集補收水仙子一支，朱履曲二支，據雍熙樂府補收朝天曲四支，都是標準的纖佻之作，筆墨尤爲庸俗，一望而知是元或明下駟作品，放在雲莊樂府中，簡直不倫不類。青樓韻語廣集是坊間綴輯的俗書，根本靠不住。雍熙樂府的四支朝天曲見原書卷十八頁五，並未注作者名，不知任盧二君何所見而說是張作。如此不分眞僞甚至毫無根據的補遺，眞是誣古誤今。

民國三十四年初稿，四十六年改定；文學雜誌二卷二期。

元雜劇的紀錄

雜劇是元代文學的代表作品，已有定評。到底在當時有多少人寫作這種劇本？他們的作品共有多少？現存和亡佚的各占若干？這些問題當然是一般人很想知道的。據我初步統計：元代雜劇作家有名氏可考的是一百零八人，共作劇五百九十一本，現存一百二十二，殘缺三十二，亡佚四百三十七。這一百零八人中，有全本作品現存的五十七人，只有殘本的七人，作品無存的四十四人。此外還有無名氏若干人，共作劇一百四十二本，現存四十八，殘缺十二，亡佚八十二。合計元人所作雜劇共爲七百三十三本，現存一百七十，殘缺四十四，亡佚五百十九。以上所謂元人，包括少數由元入明，甚至洪武元年以後出生的明初人在內。元劇作家差不多沒有一個人生卒年月確實可考，各劇作成的年代更無從考查，元明之間的作家及作品也就無從確定其爲元爲明，無名氏的時代當然更難核定。而且拿朝代的變更來劃分文學史上的時期，本來不甚合理，明初雜劇，從風格及規律上看，總算不失元人榘矱，與其過於謹嚴而失收了眞正元人的作品，倒不如放寬些把只占全部作家極少數的明初人一併計入。

以上不過是一個簡單統計，當然大家願意知道得更詳細點：這些作家的姓名經歷，各人作劇的數量，劇的名目，那些存，那些亡，那些殘缺，現存的都有甚麼板本，殘缺的逸文收錄在甚麼地方。這樣的一個淸單，就是所謂元人雜劇總目。統計材料，確定範圍，這是研究元劇的初步準備。從事於這一工作的，從元明直到近代都有，但是爲了材料及方法的關係，始終不曾完成一部合理想的總目。現在把過去的情形說明，再來擬一個新計劃。

最早著錄元劇的書，要算元末鍾嗣成的錄鬼簿，這是一部元代曲家小傳及作品的總紀錄。其中包括散曲，但以雜劇爲主，每一作者名下都有小傳及所作雜劇的名目。因爲是元朝當時人的紀錄，所以後來著錄元劇都以這本書爲主要資料。這書傳本很多，有清康熙時曹寅刻楝亭十二種本（有影印），近人劉世珩暖紅室刻本，近人王國維校注本（收入上海六藝書局出版的曲苑），都很易得。這幾種本子同出一源，內容一樣，只在文字上小有異同。另外還有一種本子，民國二十年才發現的，是一個明鈔本，內容與前述通行本差別很多。從這些差別上可以斷定這個鈔本是初稿，通行刻本則是修改過的定稿；詳細情形，另文敘述。初稿較之定稿，作者人數、作品數量及所屬作者，均有異同。最大差別，亦卽初稿勝於定稿之處，乃是初稿大多數劇本都注有題目正名，定稿則只有總題。（題目正名與總題之分，見本書「元劇的結構」篇。）這些題目正名可以幫助我們大略窺知佚劇的情節，考定存劇的作者，是很有用的。不過，初稿是明人鈔本，又經過明初曲家賈仲名整理，這些題目正名是鍾嗣成的原注，還是賈仲名或者其他明人的補注，却已無從查考。恐怕不是原注；如是原注，定稿何以要删去呢？初稿後邊又有續編，仿照鍾作正編的體裁，著錄正編未收的作家及其作品，多數是明初人。這部續編未題作者姓名，從前都以爲是賈仲名，但其中關於賈的紀載頗像他身後的口氣，也許是仲名原本後人增訂，也許根本不是賈作。不過，全部沒有宣德以後的紀事，至晚爲宣德初年人作是無疑義的。前面說的題目正名，至晚也該是宣德初年人所注。續編後面又附錄無名氏作七十八本。所以初稿的正編部分收劇雖比定稿爲少，加上續編及無名氏，則較定稿爲多。這部初稿只有一部明鈔本，可稱海內孤本，後來由馬廉、趙萬里、鄭振鐸三人合鈔一部，北京大學據以影印行世。影印本也是流傳不廣，而且原書鈔手惡劣，脫誤甚多，很應當重校重印。馬廉曾據各本校過，名爲錄鬼簿新校注，載於北京圖書館館刊十卷一至五號，但仍多疏謬，體例也欠精善，這事必須重來。

還有一部著錄元明雜劇的書，其時代比錄鬼簿正編晚，比續編早，這是明寧獻王朱權的太和正音譜。書分八章，其中「羣英所編雜劇」一章，卽是元明雜劇的目錄。書前有洪武三十一年戊寅作者自序，成書或更早數年。去元未遠，文獻足徵，向來被認爲與錄鬼簿同樣重要。這書所收作者名氏可考的雜劇，大致與錄鬼簿相同，極少出錄鬼簿之外；各劇又都用簡題，文字上很少可供校勘之處。他的貢獻是在無名氏方面。這書著錄無名氏雜劇一百一十本，除去誤收作者可考的二十七本，誤分一本，還有八十二本出於錄鬼簿續編附錄七十八本之外的有五十本之多。這書有一個不大不小的錯誤。他記載所收雜劇總數云：「元五百三十五」，實數只有四百四十五，相差九十本。又云：「國朝三十三本」，內無名氏「三本」，實際只有有名氏的三十本，無名氏的三本不知去向。正音譜有兩種本子行世，涵芬樓秘笈覆洪武本，中國書店影印舊鈔本，全是如此。這兩種本子同出一源，不知道是原本脫誤，還是朱權數錯了。後人習而不察，沿訛襲誤的頗有人在。我想他大概是連無名氏計算的。有名四百四十五加無名一百一十，共爲五百五十五，「五百三十五」的三字很可能是五字之誤。他是把元人與無名氏分爲兩項而各記數目的，而元人的數目却把二者合併計算；若不重新細數，誰知道他所謂元人五百三(五)十五包括無名氏的一百一十在內？總而言之，夠胡塗的。至於國朝無名氏那三本，則無法考查究竟弄到那裏去了。

正音譜著錄的「羣英所編雜劇」，被明人臧懋循附在他所刻元曲選前面，略有增刪，並加了一些校勘，只可附屬於正音譜供參考之用，不能算作一種獨立的資料。臧氏的校勘常是妄生枝節，如萬花堂下注黃花峪之類，其實二者毫無關係。此外還弄錯了一件事。正音譜有些劇本下注「二本」字樣，這是說此劇有兩個作者所作的兩種本子，名同實異，所以在兩作者名下互見而各注二本。臧氏却把他當作劇本本身的數量，以爲此劇有八折，分爲二本。於是他所統計的元劇憑空增出不少，而且錯中又錯。臧氏說「元羣英所撰雜劇共五百四十九本」，即使照他的誤解來算，有名的只有四百九十三本，有名無名合計是五百九十八本，怎樣算也不是五百四十九。

正續錄鬼簿、太和正音譜，這三種主要資料之外，還有些輔佐資料。

永樂大典目錄雜劇之部，只收九十本，又無作者姓名，够不上說是著錄；但其中有五本爲鬼簿正音所無。嘉靖時，高儒的百川書志卷六史部外史類，晁瑮的寶文堂書目卷中樂府類，都著錄有若干雜劇。不過這兩部書目區分不清，散曲雜劇傳奇甚至還有詩詞，混在一起；只有與鬼簿正音名目相同或有傳本的若干種，可以確定爲雜劇，其餘便不准知道是甚麼體裁，更弄不清時代。所以除去參校之外，並無大用，不能根據他們來作補充。這三種目錄之外，還有元明人所刻各種雜劇總集，如元刊雜劇三十種、元曲選之類，也可作著錄雜劇的資料。各總集中所收雜劇，有些是鬼簿正音所未收的，當然要據以入錄。以上所說，都是元明舊籍，清康熙時錢曾的也是園書目，雖屬晚出，去元已遠，却與元明舊籍同樣重要。在這部書目裏，著錄雜劇三百種，有些從來不見著錄，有些雖見著錄而文字時有異同。不過不見著錄的恐怕大部分是明中葉作品，只能作爲附錄。稍後，有乾隆時黃文暘編的曲海總目，見於李斗的揚州畫舫錄，所錄元人雜劇無出元曲選之外者，只有若干本故意不用舊有簡題，此外毫無新異之處。

正續錄鬼簿、太和正音譜、永樂大典目錄、百川書志、寶文堂書目、各種元刋明刻雜劇總集、也是園書目，以及曲海總目這些書籍只能作爲著錄元劇的資料，都不是理想的元劇總目。第一、那一部也不完全，彼無此有，彼有此無。第二、諸書著錄各劇名目及所屬作者常有歧異。第三、他們更不是按照我們理想的體例編輯的。所以必須彙集諸書，參校考訂，在精審完備的體例之下着手編輯，才能成功一部理想的元劇總目。

在民國二十年以前，都知道王國維是近代第一個編戲曲目錄的人。他的名著「曲錄」的卷二卷三都是雜劇，卷二爲元人雜劇，卷三爲明人、元明無名氏、及清人雜劇。這部書體例謹嚴，方法精密，的確曾經「彙集諸書，參校考訂。」但因事屬草創，也就難免有些缺欠。第一、他所根據的材料不够。如錄鬼簿初稿、續錄鬼簿、永樂大典目錄、百川書志、寶文堂書目他或者確未見到，如錄鬼簿初稿及續編，或者可能見到而並未引用。民國二十七年才發見的趙琦美鈔校本古今雜劇，卽所謂也是園舊藏古今雜劇，後來商務印書館校印其中一部分稱爲孤本元明雜劇。當然他更未見過。因爲材料不够，對於異文的校勘，作者的考訂，各劇存佚及板本的說明，也就不能翔實精確。第二、他只注出現存的全劇而未注出殘存的單折；元劇大半亡佚，這些僅存的單折當然不可忽視。第三、有些雜劇準知道是元人作品，雖然是無名氏，也應該放在作者姓氏可考的元人作品一起；王先生把元明無名氏作品一律放在明人之後，而且是在明人所作南雜劇之後，這是很不妥的。

民國二十年，馬廉、趙萬里、鄭振鐸三人在寧波發見了姚燮梅伯所著今樂考證稿本，這才知道在王撰曲錄之前六十餘年，已有人從事於此。民國二十五年，姚書始由北京大學影印行世。這書的雜劇部分取材不及曲錄廣博，體例也不及曲錄精審各劇的存佚殘缺及板本都未注明。只有兩點勝於曲錄。第一，他把元明無名氏一律放在有名氏的元人後邊次序排列較曲錄妥當第二，有些劇的後邊搜輯了一些前人評語及有關本劇的故實。但姚氏之不曾見到後出的若干資料則與王氏是一樣的。二三十年來新材料之陸續發現前人舊作體例之未盡精善，使我們感覺元劇總目有重編的必要。

前邊所謂「彙集諸書參校考訂，」只是抽象來說編輯一個新的元劇總目，其具體方法應當是這樣：

一　著錄範圍不必限於純粹元人明初人也可包括在內，其理由已見上文。只要把他們分爲三部分元人、元明無名氏、明初人也就很妥當了。本此原則，凡是見於正續錄鬼簿、正音譜、永樂大典目錄的雜劇，都可收入這個總目；雖明寧獻王朱權之作也不必刪除。這樣，就叫作元明雜劇總目好了；但是不行，在這總錄裏不包括宣德以後的作品，更不包括南雜劇，若叫作元及明初北雜劇總目又太囉嗦了，只好名之爲元人雜劇總目，且不必循名責實罷。

二　遵照錄鬼簿以來一直沿用的辦法，以人爲綱，首出作者姓名，次列所著雜劇。各劇都要書明總題，總題無考始可書簡題；題目正名可考的都注在總題之下。諸書所載總題、簡題、題目正名，文字如有歧異，分別校列。作者如有問題，亦爲考定。

三　各劇是旦本或末本，儘可能考出注明。

四　全劇現存的在總題下注存字，並注明其板本；僅存單折的注缺字，不足一折的注殘字，並注明現存部分見於何書；全劇不存的注佚字。

五　各劇的逸文，要在明代各種曲選如盛世新聲、詞林摘艷、雍熙樂府、北曲拾遺，以及曲譜如太和正音譜、北詞廣正譜裏去找。近人趙景深的元人雜劇輯逸，顧隨的元明殘劇八種，在這上面很有貢獻，但仍欠完備。

六　各家小傳及評語，附入本目或另爲一編，看篇幅決定。

此外還有些瑣細專門的項目，在這裏不想多說，等正式着手編輯時，在凡例裏邊再詳細論列。本文只是拋磚引玉，引起同道的興趣，並貢獻意見以備參考而已。

民國四十年，大陸雜誌三卷十二期。

元雜劇的結構

元人雜劇是中國戲劇的最初形式；又是從宋金說唱（如鼓子詞及諸宮調，）以及簡單表演（如南宋官本雜劇及金人院本，）轉變到正式戲劇的橋梁。所以他的結構很特殊，自有加以敘述的必要。王國維先生宋元戲曲史第十一章也是這個題目，但二十年來關於元明戲劇的新材料屢有發現，研究方法也與前不同；所以本文只有一小部分採用王書，其餘部分有些是彙集王書以外各家新說，有些是我個人研究所得。爲了適應本刊篇幅及性質，只作簡單賅括的敘述，考據問題概不詳談。關於元人雜劇的簡稱：若稱元劇，則當時還有南戲；若稱雜劇，其名又不僅元代才有；元曲則應當包括散曲在內；這些都不甚妥。本文爲方便起見，姑依王先生舊說簡稱之爲元劇。因爲南戲是在元末才大盛的，元代戲劇實以雜劇爲主。

元劇的每一個單位叫作一本。這是古代戲劇專用名詞，南宋官本雜劇、元人雜劇、明清傳奇，都以本稱。直到現在，皮黃及各種地方戲還是如此。但若用普通字眼稱元劇單位爲一種，亦無不可，不像皮黃戲只能說全本落馬湖，不能說全種落馬湖。

元劇每本各有名目，如尋常所知漢宮秋、梧桐雨之類。但這只是他們的簡題，並非全名。簡題的來源是這樣的：元劇每本都有所謂「題目、正名，」或者各一句，或各兩句，每句字數不拘，但必須一律，以六言、七言、八言者爲多，題目在前，正名在後。例如漢宮秋的題目、正名是這樣兩句：

題目　沈黑江明妃靑塚恨
正名　破幽夢孤雁漢宮秋

梧桐雨的題目、正名是這樣四句：

題目　安祿山反叛兵戈舉
　　　陳玄禮拆散鸞凰侶
正名　楊貴妃曉日荔枝香
　　　唐明皇秋夜梧桐雨

如用四句，總是這樣押韻的多。題目、正名照例寫在全劇後面同時又把那一句正名或二句之中的後一句寫在劇的前面，這個沒有專詞，姑且杜撰一個叫作「總題」吧。總題既有六七個字以上，當然可以按文義語氣讀作兩段，節取其中比較切實具體的一段，就成爲這本劇的簡題。如上所舉：「破幽夢孤雁漢宮秋」是總題，「漢宮秋」是簡題。如果總題各段分兩相等，這個劇本就可能有兩個簡題。如「硃砂擔滴水浮漚記」，又叫「硃砂擔」又叫「浮漚記」。題目、正名雖是兩個名詞，其性質作用却是一樣，所以有少數劇本只有題目而無正名，或只有正名而無題目，明中葉以後新出的雜劇，則又將題目、正名合稱正目。足見兩者是一而二，二而一了。

每本雜劇，照例分作四段，每段叫作一折。每折包括曲子一套及若干賓白；賓白對話叫作賓，獨白叫作白。註一曲子由主角獨唱，賓白則由主角及配角分別念說。當然在唱曲念白之外還要有動作，這種叫作科。每折綜合曲、白、科、三者表演故事的一個段落，四折聯貫，表演完整個故事。如果四折表演不完，穿揷不起來，可以另加小段，名曰楔子，以補四折之不足；楔子的本義卽是作木工時塡補縫隙的小木頭。楔子普通只用一個，放在第一折之前；把楔子放在折與折之間或用兩個楔子的都居少數。楔子也有曲和賓白，但曲子不用成套，只用一兩支，而且照例用仙呂賞花時，或端正好。如果四折加楔子還不够用，則可以再作一本（四折）或若干本，也就是若干個四折。如西廂記有五本共二十折，西遊記有六本共二十四折。

四折之曲四套，全部要用北曲，所以又叫作北雜劇。只有插曲可以用南曲，（見下文。）賈仲名撰昇仙夢用南北合套，因爲賈是元末明初人，那時雜劇規律已因南戲之盛而被破壞。這四套曲宮調韻部都不許重複，也就是說：某折用了南呂宮，其餘任何一折都不能再用南呂宮，某折用了江陽韻，其餘任何一折都不能再用江陽韻。依照元人慣例，第一折必用仙呂宮，第二折常用南呂宮或正宮，第三折常用中呂宮，第四折常用雙調；其餘宮調，除第一折外，各折可以斟酌使用，視劇情而定。這是音樂的關係。宮調卽是現在唱戲所謂調門，西洋音樂所謂調子。宮調錯置或重複，卽是調子的高低錯置或重複，唱出來便不和諧了。不許重韻，當然也是求聲調上的變化調劑。

第一折前部總是虛寫的居多，由劇中人自叙身世懷抱，作者也可以乘機發牢騷，罵罵人。元劇作者都是憤世嫉俗，他們作劇常是借他人酒杯澆胸中塊壘。第一折後部多半寫故事的開端，很少把重要劇情放在第一折的，——當然無此道理。二三兩折才是故事的發展；尤其第三折，多數作者把全劇最高峯放在這裏。第四折則是收束全劇，有些劇本到此已成弩末，只塡三五支曲的短套便終場了。元劇中情文並茂的曲子多在第三折，這是全劇的中心極峰；動人的警句多在第一折前部，這是作者性情襟抱寄託之處。

元劇不是獨角戲而是由主角配角合演；但全劇所有的曲子則要由一個人唱，其餘各角，只能說白不能唱曲，在唱的方面眞是獨角戲了。這位獨唱家（以下稱之爲主唱者）所扮飾的劇中人却不一定是一個人。換句話說：他所扮飾的不一定是劇中主要人物，而是各折中開口唱曲的人物。主要人物在某折中不唱，而仍須出場，改由他角扮飾。例如漢宮秋、梧桐雨，固然始終由主唱者扮飾漢元帝、唐明皇；像單刀會，主要人物是關羽，而主唱者則分飾喬國老、（第一折）、司馬德操、（第二折）、關羽（第三四折）。不過，主唱者雖不限定扮飾同一個人，却必須是同性，不能此折扮男，下折扮女。在元劇中，主唱的男人由正末扮，主唱的女人由正旦扮，所以元劇有「末本」、「旦本」之分。現存元劇，末本占多數，約合總數五分之四弱，旦本只合五分之一強。上文所謂男人女人，乃指劇中人的性別，並非伶人的性別。元朝戲班裏，男人總是作配角、場面、或管雜務，主唱的人多半是女性。這該是唐宋歌妓的遺風，她們在唐唱詩及樂府，在宋唱詞，在元唱曲，進而粉墨登場唱起戲來了。上述規矩限於四折裏邊，楔子並不受此限制。楔子雖也是一人獨唱，這個人却不一定與四折中的唱者同其性別。如竇娥寃是旦本，楔子却由末扮竇娥之父竇天章唱。

第四折唱完以後，可以再加一小段，用來完成劇情或另起餘波。這一小段也合其他諸折一樣，有曲有白，仍由正末或正旦唱曲，其餘角色說白。這一段只用曲一至三支，曲調是有一定的：一支則用雙調水仙子，兩支則用雙調沽美酒、太平令，或仙呂後庭花、柳葉兒，三支則用雙調側磚兒、竹枝歌、水仙子。這幾支曲與第四折所用宮調異同均可，但必須換韻。元劇是否每本都有這一段，已無從詳考。現存劇本中只有單刀會、東窗事犯、氣英布、倩女離魂四劇有之。一定不是每劇全有，否則不能只剩下這一些。這一段不知叫甚麼名稱？其性質結構同楔子差不多，但與楔子似不能混爲一談。第一、楔子都是放在第一折前或折與折之間，此則在劇尾。第二、楔子例用的曲調與此全異。第三、楔子可以用其他角色唱，此則必須正末或正旦。第四、臧懋循編刊元曲選，楔子都分別標明，氣英布、倩女離魂兩劇這一段都未標明是楔子。李玄玉的北詞廣正譜黃鍾宮套數分題，明說倩女離魂劇後的金山玉即側磚兒又作荆山玉、竹枝歌、水仙子三曲作散場用。也許這一段叫作散場吧？但又不像個名堂，只好存疑俟考了。還有一點補充：同一劇的不同刊本，這一段或有或無，例如元刊本單刀會有這一段，孤本元明雜劇無之；元曲選本氣英布有這一段，元刊本無之。從這上也可看出這一段不像楔子那樣重要。

在任何一折套曲的中間或是前後，可以插入曲子一兩支，這個沒有專名，借用現代語名之爲插曲。這一兩支插曲不必與本套同宮調韻部，反而是不同的居多。不一定用北曲；有時用南曲有時用不入調的山歌小曲。插曲都是「打諢」性質，其詞句都是無理取鬧，詼諧滑稽的；大都由丑、淨或搽旦唱，正旦向不唱插曲，正末偶爾來唱，也還是「打諢」，無關正經。以上所說是插曲的一種。還有一種插曲，或在劇中唱道情以勸世覺迷，如竹葉舟第四折套曲前列禦寇所唱，或爲劇中穿插歌舞場面所唱的舞曲，如金安壽第一折衆歌兒所唱，及第四折八仙所唱。這種插曲語氣都很正經，也不限定只用一兩支曲，也不一定由一個人唱。打諢的插曲比較常見；道情或舞曲比較少見，而且是元劇末期的產物。劇中插入歌舞場面始於元末，入明而盛，合唱也是元末以後的風氣。

上文述元劇結構大致已畢；以下就上文所留若干問題加以解釋。

第一　折字的意義即是段落或節次之意，不必求之過深；明人或寫作摺，也還是此意。最初，所謂一折並不限於包括一套曲子及若干賓白；任何一場一段，即使無曲文而只有賓白，都可以叫作一折。劇本則首尾銜接，所謂四折及楔子都不分開。不過全本之中必須包括曲子四套而已。元刊雜劇三十種及明初朱有燉自刻的雜劇誠齋樂府，都是如此。在這些劇本裏，全劇銜接不分，而常見有「一折」字樣，都是小的段落，合計起來，那個劇本也不止四折。這是折字的本義，元劇最初的形式。照現在的樣子分成四折而其中的小折不再標明，恐怕是明中葉以後的事，因爲晚至嘉靖戊午刋本的雜劇十段錦還是不分。既分四折以後，折字的意義就此固定爲必須有曲全套的一段，其本義及元劇最初形式則爲人所忽略了。

第二　元劇何以必須分爲四折？這個問題向來沒有確切答案。大概是上演時間及伶人精力的問題。元劇一本要演多大時間？現已無從查考。若就近年演唱元劇單折如北詐、學舌註二之類的時間勉強推測，大約演唱四折加上各折之間的雜耍，見下正好是多半個下午吧。這是演一場戲的標準時間，過則太長，不及又太短。古今唱法不同，這當然只是臆測之詞。若夫伶人的精力，則無論如何唱法，四大套曲子總算够多，過此就不免精疲力盡了。一人獨唱的辦法，限制了元劇的長度，使他止於四折。三折、兩折，則實在太短，那時的戲場，隨時都有人來去，演劇的時間如果太短，不等後幾批聽衆來就散場了。固然可以把一本短劇演兩次，總不如四折團圓更有吸引力。日本青木正兒氏說：元劇的四折或係源於南宋官本雜劇的四段。見氏所著中國近代戲曲史王古魯譯本第二十八頁，其說不能成立，因爲青木把官本雜劇的段數弄錯了。我認爲官本雜劇只有兩段或三段；這不是幾句話所能說淸的，容另文詳述。

第三　四折一人獨唱，有時還要改扮不同人物，怎麼忙得過來？固然兩折之間可以穿插旁人的戲，但有時主角的戲是銜接的，又當如何？原來元劇四折並不是一氣演完，折與折之間還夾演旁的雜耍；這樣，主角就有休息和改扮的時間。此說見於臧懋循改本玉茗堂四夢的眉批。民國初年東北各埠演戲還有此遺風，如演八本楊家將，開場演前四本，中間換演他劇，然後再演後四本。不知旁處有沒有這種情形？近年恐怕在那裏都不多見了。

第四　元代每一個戲班子裏是否只有一個正末一個正旦，現在還沒有定論。如果有兩個人以上，他們可以輪流替換，一人獨唱之說便須推翻。既無定論，只好仍從舊說。

第五　本文所說各種規矩，有些是有例外的，雖然例外的作品很少，總還是提出來好。

一、題目正名　沒有題目正名的，有元刋本西蜀夢、拜月亭、楚昭王、陳摶高臥、魔合羅、貶夜郎、介子推、范張鷄黍、孤本元明雜劇本哭存孝、黃鶴樓、雲窗夢、共十一種。其中西蜀夢至介子推七種，都是因爲劇文恰到頁尾，爲了省一板偸工減料，而把題目正名删去未刻。元刋雜劇本來是很簡率的坊本。雲窗夢則原本殘缺不到尾，有無題目正名無從知道。所以，無故沒有題目正名的只有范張鷄黍、哭存孝、黃鶴樓三種；但元曲選本范張鷄黍有題目正名，錄鬼簿著錄此三劇全有正名。可知元劇必有題目正名，毫無例外，只有刻本偶有删漏而已。　不以正名爲總題而以題目爲總題的有元曲選本誶范叔、隔江鬭智兩種。　以正名爲總題而取題目中字爲簡題的有元曲選本金安壽一種。　總題與正名文字小異的有元刋本鐵拐李、元曲選本魔合羅、灰闌記、後庭花、麗春堂、新續古名家雜劇影印名元明雜劇本風雲會、誤入桃源、孤本元明雜劇本剪髮待賓、莊周夢、昇仙夢共十種。

二、折數　現存元劇一百六七十種，其中只有趙氏孤兒、五侯宴、東牆記、降桑椹四種各有五折。但元刋本趙氏孤兒原只四折，元曲選本有五折，而第五折文字風格與前大異，情節亦嫌蛇足，顯然是後人加上去的；五侯宴等三種是否元人舊作大有問題，我在元劇作者質疑文中會論到東牆記至少不是白樸原本。錄鬼簿著錄張時起撰賽花月秋千記，特別注明六折，舊鈔本錄鬼簿則無此注，秋千記已亡，無從考查。錄鬼簿著錄雜劇五百餘種，只此一種注明折數，可見四折之數甚少例外。

三、楔子用曲及第一折宮調　元劇有楔子的凡一百零五本，不用賞花時或端正好的只有三本：崔府君用仙呂憶王孫，雙獻功用越調金蕉葉，村樂堂用雙調新水令。第一折不用仙呂宮的只有三本：西廂記第五本用商調，雙獻功用正宮，燕青博魚用大石調。嬌紅記第二本用中呂，不在此數，因爲作者劉兌是元明之間人，嬌紅記一般視爲明代雜劇。

四、獨唱及末本旦本　只有貨郎旦，正旦唱一折，副旦唱三折，張生煮海，旦唱三折末唱一折，生金閣，末唱三折旦唱一折，是例外之作。西廂記有時一折之中旦末合唱，此劇有明人竄改之處，須當別論。東牆記中也有旦末合唱，此劇根本不是白樸舊本。昇仙夢旦末合唱，則因爲作者賈仲名至永樂時猶存，前文已提到過。

綜觀上述，元劇例外之作寥寥可數，規矩之謹嚴，可以概見。其所以如此，一來因爲前有所承，由來已久，養成了習慣；二則由於古人偏於保守的習性。而這些規矩都是自繩自縛，沒罪找枷扛的，所以僅流行於元代一朝，結構比較自由合理的南戲傳奇興起以後，不久便取而代之。

註一　賓白的解釋向有兩說。明姜南抱璞簡記云：「北曲中有全賓全白，兩人相說曰賓，一人自說曰白。」明徐渭南詞叙錄云：「唱爲主，白爲賓，故曰賓白，言其明白易曉也。」徐說牽強附會，一般學者均從姜說。（此論非是，詳後二〇四頁附記。）

註二　北詐即敬德裝瘋，爲楊梓撰敬德不伏老之第三折。學舌即胖姑學舌，爲楊景賢（舊說誤作吳昌齡）撰西游記之第二本第二折。

民國四十年，大陸雜誌二卷十二期。

論元雜劇散場

我們都知道元人雜劇是每本四折，每折由主角正旦或正末，唱同一宮調同一韻的曲子一套。同折之中，不能換宮換韻這是元人雜劇的定律。但有幾本雜劇却不遵守這個定律。元刊雜劇三十種本的單刀會、貶夜郎、東窗事犯；元曲選本的氣英布、倩女離魂。以上五劇，在第四折套曲收尾之後，都有與本折套曲同宮調而換韻，或者宮調及韻全不相同的曲子兩三支。前者如單刀會第四折雙調新水令套，用車遮韻，套後有沽美酒、太平令二曲，宮調雖同，而改支思韻。後者如貶夜郎第四折雙調新水令套，用先天韻，套後有仙呂後庭花，柳葉兒二曲，改車遮韻。東窗事犯第四折正宮端正好套，用眞文韻，套後亦有仙呂後庭花，柳葉兒二曲，改皆來韻。氣英布第四折黃鐘醉花陰套，用魚模韻，套後有借雙調側磚兒、竹枝兒、水仙子三曲，改江陽韻。倩女離魂第四折黃鐘醉花陰套，用庚青韻，套後亦有借雙調側磚兒、竹枝歌、（即竹枝兒）水仙子三曲，前兩曲改支思韻，後一曲又改眞文韻。元人雜劇，規律極嚴，很少例外，同折之中，不能換宮換韻，更是金科玉律。何以這五劇的作者這樣破壞成規？現在我們要討論這個問題。

首先要說明，那並不是破壞成規，前述五劇第四折附加的曲子並不屬於本折，乃是另外一種東西。究竟是甚麼東西呢？有兩個假定：第一假定：這些附加的曲子，不是正曲而是捱曲。元人雜劇在每折套曲的中間，或者前後，常可以捱唱小曲一兩支。這一兩支小曲，不必與本套同宮調，亦不必同韻，反而是全不相同的居多。也不一定由主角正末或正旦來唱，常是由另外的角色丑淨或搽旦之類來唱。插曲在套曲中間的，例如瀟湘雨第四折，正旦唱正宮端正好套，用先天韻，中間由搽旦插唱正宮醉太平一支，用支思韻。插曲在套曲之前的，例如小尉遲第二折，正末唱中呂粉蝶兒套，用皆來韻，在正末上場之前先由淨唱雙調清江引一支，用家麻韻。插曲在套曲之後的，例如蝴蝶夢第三折，正旦唱正宮端正好套，用先天韻，正旦唱完全套下場之後，復由丑唱正宮端正好，滾繡球二曲，用支思韻。準此諸例，前述五劇的附曲，似乎可以說是本折之末的插曲，正如蝴蝶夢之例。但是這個假定，並不能成立。第一，插曲及其附帶的賓白科介，本是插科打諢的性質。所以插曲的曲詞，都是些無理取鬧，詼諧滑稽的諢語。唱插曲的角色，也就不用正經人物，不是丑淨，卽是搽旦，間或由正末唱（例如硃砂擔及還牢末），也還是插科打諢，無關正經。前述五劇的附曲，除去單刀會的沽美酒太平令稍近諢語之外，其餘四種的附曲都是鄭重其事的與劇情有關的一節，而並非科諢。唱的人也不是丑淨搽旦而是主角，性質作用既不相同，唱曲的角色又不一樣，可見這些附曲不是插曲。第二，在元曲選百種裏，帶插曲的有十幾種，這些插曲，一律混入賓白，低一格印，而氣英布，倩女離魂兩劇所附諸曲，却都是與正曲一樣平行印出，而不混入賓白低印一格，可知這些附曲與插曲並非一事。

第一個假定既難成立，還有第二個假定：這些附曲或許是楔子。元雜劇的楔子是用來在正曲之外，補充或者聯絡劇情的。楔子中的唱詞以及賓白科介，都是鄭重的寫正經事，與正曲沒有分別，決不同於插曲的僅供科諢之用。唱的人也都是主角，正旦正末，或者僅僅次要於主角的人物，如冲末外末之類，用淨唱者，只有謝金吾一例，而所唱的仍是正經劇情，不是尋常丑淨的諢語。在這兩點上，（唱詞以及賓白科介的性質作用，和主唱的角色）前述五劇的附曲，與楔子實在極爲相近。如單刀會第四折，是正末扮關羽唱，沽美酒太平令二曲，觀其語氣，仍是關唱。貶夜郎第四折，是正末扮李白所唱，後庭花柳葉兒二曲則是李白釆石捉月淹死以後，他的魂所唱。東窗事犯第四折，是正末扮何宗立唱，後庭花柳葉兒二曲，觀其詞意是岳飛所唱。岳飛在本劇的第一個楔子及第一折第三折內，都由正末扮飾，這裏唱後庭花柳葉兒的，當然還是正末。至於元曲選的氣英布和倩女離魂的側磚兒、竹枝歌、水三仙子曲，則在原本上已分別注明是正末正旦所唱。如上所論，唱曲的人既都是正末或者正旦而不是丑淨搽旦，其曲詞以及賓白科介的性質作用，又都是完成劇情，（如東窗事犯、氣英布、倩女離魂）或另起餘波，（如單刀會、貶夜郎）而不是外饒的科諢。我們說這五劇的附曲不是插曲而是楔子，似乎可以成立了。然而不然，這些還不一定是楔子，有三條證據。第一是從楔子安放的位置來看。據蔡瑩元劇聯套述例所統計，楔子放在第一折之前的有五十餘種，放在首折次折之間的有十一種，次折三折之間的有六種，三折四折之間的只有三種，合計起來，還不及放在第一折之前的二分之一。可見元人雜劇的楔子，用作發端的最多，越到劇本的後部，越少用牠。至於把楔子放在第四折之後的，更是未見其例。但我們也可以說前述五劇即是楔子在第四折後的實例，所以這一條證據當然不夠。請述第二條證據，這是從楔子用曲的牌名來看的。元劇楔子中的唱曲，例用仙呂賞花時（或連么篇，）或仙呂端正好（或連么篇，）不用賞花時端正好的，只有崔府君用仙呂憶王孫，雙獻功用越調金蕉葉連么篇。至於用沽美酒太平令、後庭花、柳葉兒、側磚兒、竹枝歌、水仙子的，從未見過。只有明周憲王朱有燉的義勇辭金第四折前的楔子用後庭花、柳葉兒。但憲王是明永樂宣德年間的作家，那時元劇規律，破壞殆盡，憲王自己就常獨出心裁，不守成法，研究元雜劇，當然不能以他的作品爲例證。楔子唱曲何以必用賞花時或端正好，在元劇唱腔及演奏情形失傳已久之後，一時無從解答，也許永遠無從解答。但無論如何，既然千篇一律，總有他的理由（大概是音律上的關係。）這五劇的附曲既不用楔子通用的曲牌，自然不能遽謂之爲楔子。但是楔子所用曲牌，並非絕無例外，既許崔府君用憶王孫，雙獻功用金蕉葉，何以就不許單刀會用沽美酒、太平令，貶夜郎及東窗事犯用後庭花、柳葉兒？所以這第二條證據也還不十分有力。於是又來到第三個證據，這是從刋印格式上來看的。臧晉叔編印元曲選，於各劇楔子，都分別標出，不與折中正曲賓白連接一起。但氣英布及倩女離魂兩劇所附側磚兒以下三曲及附帶的賓白則與第四折中曲白連接而下，並不分開，如果這是楔子，何以臧氏不爲標出？臧氏雖號稱孟浪，總不致如此胡塗。

以上三證合在一起，大致已可判定這些附曲並非楔子。不過若沒有更強有力的證據，還不能肯定的如此說。因爲這些附曲與楔子實在太相近了。現在我們再引用李玄玉北詞廣正譜上的一條說明，有了這一條，我們才知道這些附曲的確不是揷曲，不是楔子，而是所謂「散場」。

北詞廣正譜第一帙，目錄第三頁，黃鐘宮套數分題，引鄭德輝倩女離魂劇套式如下：

醉花陰　喜遷鶯　出隊子　刮地風　四門子　古水仙子　寨兒令　神仗兒　幺篇　掛金索

尾借雙調　水仙子

其下有注文云：

時本有雙調金山玉、竹枝歌，在水仙子前，三調俱別韻，作散場。金山玉即荊山玉，爲側磚兒別名。

元曲選本這一折套曲的次序是：

醉花陰　喜遷鶯　出隊子　刮地風　四門子　古水仙子　寨兒令　神仗兒　幺篇　掛金索

尾　側磚兒　竹枝歌　水仙子

正與李玄玉所謂時本相同，可見玄玉的話是可靠的。單刀會，貶夜郎，東窗事犯，氣英布四劇的附曲，從那一點看，都與倩女離魂的側磚兒、竹枝歌、水仙子，是同樣的東西。倩女離魂的附曲既是作散場用，其餘四種的附曲當然也是作散場用了。散場這個名詞，最早見於元刊雜劇三十種，這三十種裏，有七種（拜月亭，氣英布，薛仁貴，介子推，霍光鬼諫，竹葉舟，博望燒屯）劇尾都注有散場字樣，但都未載其曲辭，所以從前不知道散場是甚麼。現在根據李氏的說明，才知道所謂散場，原來就是我們討論的劇尾附曲。我們懷疑這些附曲是插曲，而其性質作用全不相同。懷疑牠們是楔子中所用唱曲，又有以上那三條反證。現在發現了李玄玉的解釋，總可以作一定論了。尤其是氣英布劇，元刊本劇尾明注散場字樣，而元曲選本恰有側磚兒、竹枝歌、水仙子三曲，這更足以證實我們的定論。

總結起來說：散場是附在雜劇劇尾，即第四折之後的東西，也有曲子，也有賓白科介，（元刊三十種本無賓白科介，是全本照例如此，）或用以完成劇情，或是另起餘波，其性質作用與楔子非常相近，而決不是所謂插曲。所用唱詞，都是照例帶用的曲牌。（沽美酒例帶太平令，後庭花例帶青哥兒，或柳葉兒，側磚兒例帶竹枝歌，甚少例外。）這些曲子，與第四折所用套曲宮調異同均可，但必須換韻，所換之韻，只限一次。倩女離魂劇散場曲換韻二次，乃是因為側磚兒竹枝歌二曲為時本所加，並非原文。每種雜劇，不一定有散場，正如每種雜劇不一定有楔子。而散場較楔子，似乎更為次要，所以元刊本雜劇，於各劇楔子曲文，都詳細載出，於各劇散場，或者載出曲文，或者只注散場二字。而雜劇中有散場者，亦只此數本，遠不及有楔子者之多。孤本元明雜劇所收脈望館鈔校本單刀會劇，即刪去沽美酒太平令二曲，若夫他劇之楔子，則未有被刪去者，即此亦可見散場之重要性遜於楔子。元人雜劇之外，明周憲王朱有燉所作桃源景，仙官慶會二劇，亦有散場，均用後庭花過柳葉兒曲，與本文所述元人五劇之散場，無甚異點，不必多說。至如尤侗的桃花源劇，把楔子放在第四折之後，則是清人之事雜劇到了清代，還有甚麼舊規可講。自然，不守元人舊規，不見得就是不好，桃花源劇的意境，更非元代俗手所能寫出也。

這篇文章是民國三十三年十月寫的，寫成之後，並不十分自信，只是存此一說而已。所以後來我寫元人雜劇的結構一文時，對於這個問題還說是存疑。姑且印在這裏，以供當世學人參考。四十九年編集時題。

元雜劇的結構篇附記（見前一九八頁）

元代及明初刊印雜劇，往往只印曲詞而無賓白，或僅印其一部分。故明宣德刋本周憲王牡丹仙、牡丹園諸劇，劇名之下皆注「全賓」，以表示曲詞賓白俱全。而其所謂「全賓，」包括「兩人相說」「一人自說」兩項。可知：或曰賓，或曰白，或曰賓白，皆是一物。白爲其本身之性質，賓爲其在劇本中之地位。元代劇本不印賓白，卽因「唱爲主」之故。徐說當然近理，予舊稿從姜說，應改正。玉篇釋白字云：「明也，告語也。」徐說從第一義，應改從第二義。五十九年冬日記。

吉川著元雜劇研究中譯本序

元雜劇是元代文學的代表，也是中國古代戲劇中的最佳作品。研究元雜劇則是半世紀以來新興起的一門學問。中日學者都有著作陸續問世，其成就非清代學者所能企及。重要的緣故是因爲元雜劇的價值與地位，在這五十年中纔得確定。在清代，元雜劇與明傳奇同被認爲不登大雅之堂的小道末技，研究的人自然也就少了。

在中日學者許多關於元雜劇的著作之中，我早已聽說日本名漢學家吉川幸次郎先生的元雜劇研究是一本極好的書，但因不懂日文，未能閱讀。現在讀了鄭清茂君的中譯本，使我認識了這部鉅著的寶貴價值。本書是吉川先生精心結撰之作，全書重心雖似在於下篇，實則上下兩篇是銖兩悉稱的。現在把我所見到的本書精彩部分提出於下。

上篇第二三兩章，考證敍述元雜劇作者的事跡及時代，極爲翔實。其主旨是要說明許多元雜劇作者都是有敎養有身分的人士，不像一般人所誤解的那樣弇陋微賤。這在某一部分人心目中，確提高了元雜劇的地位。自然有許多人決不因爲作者身分之微賤，胸襟之弇陋，而輕視元雜劇；但在某些人心中確實有此觀念，這是必須予以澄淸的。這兩章書經過精密的考證，深透的觀察，已達成這個目標。

下篇第四章，論元雜劇歌辭句子的長度、論襯字、論押韻，這幾段精湛透闢，對於我國文字沒有極深了解的人是寫不出來的。以前有些人誦讀元雜劇，欣賞其文辭之優美，却不甚明瞭其所以優美而又異於詩詞的緣故。現在這本書把這個所以然分析闡述出來了，不惟嘉惠後學，卽是我們稍微懂得些元曲的人，也感覺到先得我心的愉悅。

本書序說，篇幅雖短，却很重要。第一節提出元雜劇在文學史上的意義，共分七點，都是愜心貴當之論。這七點確定了元雜劇的文學價值，鞏固了元雜劇的文學地位。在王國維先生的元雜劇之文章以外，這是一篇對於元雜劇性質最詳明的解說，最正確的評判。序說第四節元雜劇的資料，則給研究者指出詳明正確的途徑。

除去上述諸項之外，本書論元雜劇的來源及其社會政治背景各部分，尚有許多精闢的見解。這一項在作者自序裏有詳細說明，讀者可以參閱，這裏不多引述了。本書是研究元雜劇的人，無論先進後學，都應一讀的名作；可惜以前沒有譯本，在中國未能普及。現在感謝鄭清茂君將此書翻譯出來。鄭君是國立臺灣大學中國文學研究所出身的文學碩士，中日兩國文字都有很好的根柢。從前嚴復先生所立信達雅三字，至今仍是翻譯文字顚撲不破的準則。我深知鄭君的中文造詣及其治學態度，其能達能雅是沒問題的。他翻譯這本書的時候，遇到引用中國書籍，必檢尋原書悉心勘對，使之還原。這雖是翻譯的必需條件，已可見其用力之勤，與用心之細。在這方面，以及全書文字的斟酌，他的高年級同學羅錦堂君也曾從旁協助。我讀完全書之後，覺得文筆流暢，沒有甚麼含胡支離詞不達意的地方，或者生硬艱澀的詞句。我認爲這個譯本是成功的。至於其中是否有與原著不盡符合之處，也就是說是否能够信到百分之百，我既不懂日文，自不能隨便說，只有留待吉川先生自己的審定和讀者的批評。

我們讀一部篇幅較長範圍較廣的書當然不會毫無異議本書自也不在例外。現在提出我個人的幾點意見，共同討論。

一、在本書序說第四節中吉川先生似乎忽視了元刻雜劇三十種的價值。這部書是現存惟一的元雜劇原本，雖然沒有賓白，但在歌辭方面却有許多地方遠勝於明人的本子如臧懋循的元曲選等。臧選改壞了甚至改錯了的地方實在不少，幸而有此元刻本，才使我們得見元雜劇歌辭的眞面目；何況其中還有若干別無他本的上等作品。我以爲這部書應當特別加以介紹與推崇；但吉川先生在這方面說得很少。

二、吉川先生根據胡適之先生再談關漢卿的年代一文，說胡先生把「錄鬼簿上卷作者的活動時期一概置於元貞大德年間」是錯誤的，並列舉數條理由加以反駁。（本書上篇第二章元雜劇的作者上）這篇文章是胡先生給馮沅君女士的一封信，載於民國二十六年出版的燕京大學文學年報第三期。我把這本雜誌找來看過，發現胡先生原文只說關漢卿不是金遺民，（這一點吉川先生是承認了的，）又把關漢卿、馬致遠寫作雜劇的年代往後推了幾年。他並沒有「把錄鬼簿上卷作者的活動時期一概置於元貞大德年間」，也沒有說元雜劇的寫作到了元貞大德年間才開始。吉川先生大概誤會了胡先生的意思；其實他們兩位先生所持見解大體是一樣的。

三、吉川先生認爲元雜劇的賓白與歌辭必爲同一人所作。（本書下篇第一章元雜劇的構成上。）我頗懷疑現存元雜劇的賓白是經明代文人以及伶工大量增改過的；元人原本賓白要比較簡單，文字也會有許多不同。因爲現存本賓白有許多地方實在近於囉嗦，而所用口語也不大像宋元口語，却與明代中葉以後通用的很相近似。關於這一問題不是三言兩語所能說完，我只在這裏提一個端緒而已。

我對於吉川先生景仰已久，鄭君則是從大學一年級到研究所卒業，相處七八年的老學生。我能有機會爲此書的譯本作序，眞是感到光榮和愉快。

民國四十九年。

馮惟敏與散曲的將來

我有一篇「馮惟敏及其著述」其中有傳,有年表,有著述考,要想知道馮的事跡及著述,可以參閱。他的曲集名海浮山堂詞稿,全書四卷,收入任訥中敏所編散曲叢刊。讀者先看看卷一的雙調新水令憶弟時在秦州,正宮端正好邑齋初度自述仙呂點絳唇改官謝恩,雙調新水令仰高亭自壽仙呂點絳唇郡廳自壽諸套,便可明瞭馮氏散曲的作風,認識馮氏的思想性情胸襟學問,這裏不再多引。

馮惟敏以前的散曲,技巧雖很精湛,內容風格則相當狹窄低陋。所表現的思想是當時社會上流行的頹廢思想,所描寫的生活是當時社會上流行的萎靡生活。牠的好處只在寫景狀物與夫描寫社會上的種種形態,能夠盡態極姸,形容畢肖。說得最高,也不過是爲藝術而藝術的作品而已。欲求以作者自己爲中心,表現出純正的思想,眞摯的性情,雄闊的胸襟懷抱,也就是說能成爲作者人格與學問的結晶的作品,簡直是鳳毛麟角。在元朝只有一個張養浩,他的雲莊樂府頗合這種條件。但雲莊樂府小令佔大多數,套曲只有兩套,在形式上說,還是狹窄,不能充分表現出以上所述爲高尙雅正的文藝作品所需要的幾點。到了明朝,康海與王九思兩人的散曲是以他們自己爲中心的,那裏邊有作者個人的性情襟抱。但只是失職不平的感慨與山林泉石的愛好,結果還出不了元人所謂警悟厭世、散誕逍遙那一套。馮惟敏的散曲與張康王三人可以算作同派,而堂廡氣象比他們三人更顯得闊大一些,更能充分的表現出作者的人格與學問。有了馮惟敏,散曲這種文體方才從末技小道走上高尚雅正一途。王灼碧鷄漫志批評東坡詞云：「東坡先生非醉心於音律者，偶爾作歌，指出向上一路，新天下耳目，弄筆者始知自振。」在「指出向上一路」這一點上馮惟敏之於曲正如蘇軾之於詞。馮以前的張康王三家也走的是這一條路，不過總未成熟，總未擴大，馮則是此派中集大成的人物。可惜自馮以後，散曲隨着當時社會風氣的墮落，又轉向淫靡纖艷的路上去；到了清朝，社會風氣轉而向上，散曲則始終不爲人所注意，不但沒有改進，反被視爲小道末技而逐漸消沉下去。於是截至現在爲止，馮惟敏的散曲遂成了雖不見得前無古人卻是後無來者的作品。

要明瞭馮惟敏的散曲，必先明瞭他的家學淵源。惟敏的父親馮裕是個理學家，師事義州賀欽，得白沙陳獻章之傳。又很喜歡作詩。在外作地方官多年，所至有循聲惠政。晚年退隱，與幾個朋友結成詩社，唱酬終老。惟敏的幾個弟兄也都以文采學行著稱於時。他就是在這樣的家庭環境裏長起來的。他的學術思想，立身治行，完全以儒家爲準則，所以在他的作品裏邊也充滿了儒家氣息，試讀本文開首我所舉出的各散套即可看出。這在散曲裏邊甚爲少見。在曲子裏邊，無論是散曲，是雜劇傳奇，始終是道家空氣非常濃厚，而且是沒出息的道家。我們每一讀曲便感覺到其中充滿了頹廢放縱，這是曲子的大毛病。因此儒家者流看不起這種玩藝，也就不去寫作。同時，他們越不寫作，散曲的風格內容越無從提高，散曲就在這種循環狀態之下始終抬不起頭來。只在正德嘉靖兩朝，北曲已竟逐漸衰微的時候，忽然回光返照，這時有些好像不應作曲的人也都作曲了，如王守仁、如何瑭，都是理學名儒，卻都作有散曲。再加上專門作曲的如康王馮等人，他們給予散曲尤其是北曲一種新生命。這時的散曲已竟不是舊日的散曲所能籠罩，在這一派裏馮惟敏最爲晚出而集其大成。他的最大特點便是以儒家的思想襟抱放在曲子裏邊來代替道家的氣氛，這就是所謂向上一路。這種情形正好像詞在北宋中葉的情形，所以我說馮之於曲有點像蘇之於詞。所不同者，蘇詞後來有繼承者，馮曲則竟成絕響，這不能不說是曲之不幸。我在「論詞衰於明曲衰於淸」一文中有這樣一段話：

我以爲曲這種文體，始終還沒有被充分利用，儘有發展餘地而尙未發展。元明的曲，技巧上當然很高明，內容却欠正當、欠充實。所謂欠正當者，卽是上文所說的四弊。頹廢、鄙陋、荒唐、纖佻。所謂欠充實者，是說還有很多題材意境可以寫到曲裏邊去。換句話說，就是我們需要把代表黑暗時代的曲，洗刷擴展，成爲代表光明時代的曲。

康王馮諸人的散曲，比起元代及明初的作品，內容正當多了，充實多了，可惜是至此而止。繼續發揚光大，把曲這種文體充分利用，殊有待於今後的努力。

以上所說，是我舊日的意見，仔細想來，恐怕這只是一種空想，也許曲的發展眞是至此而止。這有兩個理由。第一、曲與音樂有密切關係。以後作曲雖然可以像淸人作詞一樣，使牠脫離音樂而獨立發展，但牠總是以元明那種音樂爲根基而生出來的東西。雖不必再求其能被之絃索，韻律格式總要顧到雙調新水令無論怎樣也要像個雙調新水令。這就是說，無論怎樣曲也不能完全脫離他所附麗的音樂。作到那裏也還是南北曲。南曲之弊，嘽緩柔靡，北曲之弊，嘈雜淒緊，根本都不是甚麼中正之音。他們本身卽是代表元明黑暗時代的音樂，附麗在這種音樂上的文藝作品當然也只能作爲代表黑暗時代的文藝。像康王馮等人的作風，是想把曲的內容引到光明路上去的，無論他們是有意是無意。而他們那種作風所以無人能繼者，未必不是因爲曲在牠的本質韻律格式上天生就是一種無法向上的東西。不然，何以自嘉靖朝至今五六百年，曲這種文體始終爬不上去？當然，這只是我個人的臆見，果眞如此，則康王馮諸人的才情筆力更爲不可及了。第二、現代新體詩歌的趨向是自由詩，這種趨勢甚爲明顯。本來，自唐以來的詩歌，在正統方面，不出五七言古律絕的範圍。律絕的刻板不必說了，古風的句法也還是變化無多，大多數是通體五言或者七言，長短句的雜言詩雖有而不多。在支流方面，詞與曲雖然都是句法長短不齊，但他們的長短不齊是受音樂譜律的支配的，有時竟還不如古風之伸縮自如。如此說來，中國的詩壇已竟有千餘年不曾得到眞正伸縮自如富於彈性的格調了；或者說始終不曾得到過亦未爲不可。欲求能以容納近代人思想情感的作品，當然不是舊詩，也不是詞曲，而是更多自由多變化的長短句。尤其是曲，受音樂譜律的限制最利害，須用去聲的地方用上聲便不像那個調子，如此嚴格，與現代所需要的自由詩未免大相違戾。欲求繼續發展，其勢恐不可能。綜合上述兩端，我所謂充分利用曲這種文體，多半只是一種空想。往後也許有少數人能夠作出與前代不同的好曲子。文學史上這種逆流復古的例子很多，如陶淵明之四言詩，李白之五言古皆是。但只限於少數的天才始能作到，而且都是曇花一現的。若從整個文學趨勢上說，曲這種文體復興之望似乎很少。然則馮惟敏的散曲或竟成爲散曲史上的總歸宿總結穴，其價值更是不可忽視的了。

民國三十五年，青年文化。

王九思碧山樂府守律舉例

明代嘉靖一朝，是南北曲升降的樞紐，尤其是戲曲方面。在此以前，南戲傳奇雖已流行，而北雜劇尚保持其餘勢；在此以後，傳奇大盛，北雜劇則銷聲匿跡的衰落下去。但是當時的幾個散曲作家，如康海、王九思、常倫、金鑾、馮惟敏，則都以北調見長。康、王、馮、尤爲傑出。這些人是北曲的回光返照，在他們以後，（馮惟敏最晚，卒於萬曆初年。）無論戲曲散曲都是南曲的世界了。

康、王、馮、三人中馮是晚生後輩。王生於成化四年戊子，長於馮四十三歲；康生於成化十一年乙未，長於馮三十六歲。康王生同時居同里，一生遭際相同，齊名並稱，詩文皆然，不只曲子；但曲子究竟是他們最大的成就，而王的成就好像比康更大。王的胸襟才氣，都高於康，限於篇幅，暫不多講，只從最微細的地方看一看王曲的技巧。

音律是曲子的生命，倘若音律不諧，則一切旁的技巧都談不到。王氏作曲，守律非常謹嚴，而且他是深明音律的。王世貞藝苑巵言有這樣一段話：

王敬夫（字九思）將塡詞，以厚貲募國工，杜門學按琵琶三絃，習諸技藝而後出之。

四庫提要也說：

九思酷好音律，嘗傾貲購樂工，學琵琶，得其神解。……其於塡曲之四聲，雜以帶字，不失尺寸，可謂聲音文字，兼擅其勝。

王氏曲律的謹嚴，從下面這個例子就可以看出：

〔五煞〕傍花枝笑語香，舞龍泉膽氣粗。良辰美景眞難遇。鳥聲弄出笙簧譜，山色堆成金碧圖。眼底都成趣。更看那夕陽遠樹，煙靄平蕪。

〔四煞〕想東山興可同，比西湖樂有餘。春風十里桃源路。花前無奈金樽滿，醉後須教玉手扶，用意兒留人住。百忙裏挽不回紅日，苦死的繫定了白駒。

〔三煞〕暈桃腮帶了酒容，露春纖扯住錦裾。空愁避飲難逃去。殷勤翠袖傳鸚鵡，潦倒青衫問蹇驢。飛不過垂楊渡。相看一笑，爛醉如愚。

〔二煞〕響禪林幾杵鐘，落煙村數點烏。一樽酒盡青山暮。牧童牛背笛聲遠，楊柳樓心月影孤。剛扶上雕鞍去。鞭搖飛絮，馬識歸途。

〔一煞〕紫驊騮款款行，絳紗籠遠遠趨。傍人又作神仙覷。滿庭花月香隨影，一榻春風醉枕書。有甚麼愁和慮。作一個甕頭吏部，也不落枕上華胥。

〔五煞〕喜明君聖不矜，喜良臣氣不粗。明良千載今遭遇。太平眼見華夷表，長策同爲社稷圖。天保詩人趣。空教想像，自揣荒蕪。

〔四煞〕豪華幾載過，星霜兩鬢餘，馬蹄兒忘却東華路。乾坤尚有丹心苦，日月誰將赤手扶？自樂在林泉住。獵常悲黃犬，興不在驪駒。

〔三煞〕想君門掛錦袍，親庭戲彩裾。流光似水抛人去。道旁不效桓公馬，山下常騎魏野驢。船兒窄無人渡。

君乎休笑，吾也非愚。

〔二煞〕暝寒空野水鶴噪斜陽衰柳烏淡煙微靄秋容暮。錦囊滿貯詩成早，瓦盞微斟酒飲初。乘興也登山去。嵐光滴翠，雲影隨途。

〔一煞〕傍層霄月已多，望衡門路可趨。風流未許時人覷。恥隨种放南山隱，休上襄陽北闕書。却也有江湖慮：願地天交泰，魚水和胥。

以上是題爲春遊和題爲秋興次春遊韻的兩套正宮端正好中的煞曲各五支。這個調子照例是八句。我們比勘右列十支，第一二五八句末一字都是平聲第三六七句末一字都是去聲或變爲去聲的入聲，第四句末一字都是上聲。只有第二套四煞的第七句末一字黃犬的犬字是上聲破了例。這是因爲要用這個典故，沒有辦法。在這十支曲中，協韻的地方平去謹嚴分明，並不算什麼。平去之分是北曲音律的主幹。例如正宮叨叨令每句協韻處都用去聲，仙呂寄生草除第一韻外其餘諸韻俱協去聲，能作到這種情形只能說是合乎規矩，還談不到技巧。只有第四句末一字完全用上聲，這纔是技巧。這個字本來用去用上俱無不可，只要是仄聲就行（北曲無入聲。）但因爲全調句尾不是平聲就是去聲，此處若仍用去聲便顯得單調，用個上聲字馬上就會感到抑揚有致。這一點說出來也沒甚麼稀奇，但作起來却有時很費斟酌，曲之不易作即在於此。所以向來散曲家的作品既不易好又不易多。王作此調十首而音律一致，可以見其才氣與工力了。此外王作諸曲音律之細，俱如此例，所以讀起來特別鏗鏘諧婉。康海有次韻王作的正宮端正好套，煞曲五支規律之謹嚴一如王作，看得出來是有意競賽。馮惟敏在這一點上就不如康王。馮作諸曲，格律時有可商之處。王氏散曲可稱是正宗，清詞麗句，中規合度。馮曲氣勢較王弘闊，胸襟較王高遠若夫詞藻音律則有時沙泥俱下，不甚講求。康作清麗不如王，雄肆不如馮，只在音律上比馮爲精細耳。

談了半天，似乎只斤斤於音律上邊，而且講求得又近於瑣細。殊不知這是作曲技巧的重要部分，若不明平上去三聲在北曲裏邊如何安排分配，則永遠不會了解北曲的音節美是怎樣來的。不錯，這是一種束縛，但這束縛就是曲子的生命所在。作自由詩是各人的自由，若作曲子，無論誦讀寫作，都要弄清這一套。否則就無所謂音節美了。以前聽前輩講詞曲，說要嚴別四聲，常笑其迂拘，今日乃自笑當時之幼稚。陶淵明詩云：「昔聞長者言，掩耳每不喜；奈何五十年，忽已親此事。」這樣平易的四句詩，却隨處可以找到例證，這正是淵明之所以爲偉大。

民國三十六年，上海中央日報俗文學週刊。

跋碧山樂府

崇禎十三年，盩厔王琿彙刻王九思碧山樂府八卷，附九思所著渼陂全集後。卷一二小令，卷三四套數，卷五詩餘，卷六南曲次韻，卷七杜甫游春雜劇，卷八中山狼院本。此爲碧山樂府最足本，蓋合詞及雜劇傳奇彙爲一集，不只散曲。盧氏飲虹簃叢書本僅有小令及套數，且數量少於崇禎本。飲虹本收小令一百八十七首，內有浪淘沙十八首，崇禎本此十八首浪淘沙改入詩餘，尚有小令三百二十五首，較飲虹本多出一百五十六首。飲虹本收套數九套，崇禎本收三十二套，但飲虹本有兩套爲崇禎本所無，兩本合併，應得三十四套。飲虹所據爲東海張吉士刻康王樂府，原非足本。崇禎本諸曲爲飲虹本所無者，皆注彙續稿或彙新稿，此二稿蓋張吉士本刊行後所作者也。

崇禎本之外，予又於書肆中見明鈔本，全書上下二卷，上卷北詞長套，北詞短套，下卷北詞小令，南詞短套，南詞小令。所謂短套，卽小令同調同題三首以上者，此體明人謂之重頭，短套之名，不知何所依據。所收小令套數，多於飲虹所據張吉士本，少於崇禎本，但無出二本之外者。凡崇禎本注彙新稿諸曲，皆無之，蓋續稿既出，新稿未成時之本。首頁題「鄠杜王九思敬夫著，毘陵吳搗謙幼安校」卷端有序，脫去一頁，其餘文云：

流傳都下，膾炙人口。至世宗時，先君執法臺中，凡寮宷搢紳燕集，每每各舉所記□□□詞多寡，爲金谷酒數。□□□□□□知有碧山樂府矣。老來遭家多難，萍寄荆湘，偶於友人徐從善氏案頭得之，如見故人，不覺撫掌開卷高歌，爲之酩酊。但惜其篇章雜亂，攜歸銓次，以置篋中，當一部鼓吹。戊戌清和月，兒莊自新安來省覲，因命刻之，廣傳諸好事者。清朝野史書於宜都客星堂中。

清朝野史當是攜謙別署，銓次篇章即分別套令。戊戌爲萬曆二十六年。吳氏原刻，未見傳本，亦不見於諸家藏書目錄。余所見鈔本，審其紙墨字體，確是明鈔，不知是據吳刻抄錄，抑即吳氏寫定待印之底本而實未付印。持校崇禎刻本，補出卷二缺頁一頁，得曲五支；又改定越調綉停針套中分調訛誤如下：

〔梅花酒〕雪兒再謳，紫雲舞就，起來不覺金釵溜，笑釃滿紫金甌。願從今遊宇宙，崑崙海東頭，快樂遠遊，狀元郎萬年壽。休得遲留，天風滿袖，黃鶴舞罷青鸞又，看山色爛如綉。願從今遊宇宙，崑崙海東頭，快樂遠遊，狀元郎萬年壽，狀元郎萬年壽。崇禎本卷三頁十七及飲虹本卷二頁九如此。

〔梅花酒〕雪兒再謳，紫雲舞就，起來不覺金釵溜，笑釃滿紫金甌。合 願從今遊宇宙，崑崙海東頭，快樂遠遊，狀元郎萬年壽，狀元郎萬年壽。

〔前腔〕休得遲留，天風滿袖，黃鶴舞罷青鸞又，看山色爛如綉。合前 明鈔本如此

此外尚有異文若干事，不具錄。明鈔本爲海豐吳氏石蓮闇舊藏，有李葆恂跋語三則，吳重憙跋語四則。李跋之一云：「曩在秦中，有郃陽打碑工秦老者，年七十餘矣，酒酣即高歌一曲，人多不解何詞，問之，皆康王樂府也。據云其少年時，屢聞其祖父歌康狀元曲，不知其爲明人也。可知康王風流未沫，關中猶豔稱之。」錄記於此，以備曲典。

李跋又一則云：「卷首有關尹子朱文方印，篆刻遒勁，似漢玉章；然關尹子與老子同時，詎有印記？四兒放云：

「明季有汪關，號尹子，善篆刻，周櫟園印人傳中記有其人。此書或曾爲藏弆，故以此印識之乎？印人傳往曾寓目，老而善忘，姑記於此，以待詳考。」按：此印章雖不能確定爲汪關所有，但所用印色爲明代流行之「水印」，卷末又有陶元美印章，亦用「水印」，此亦書爲明鈔之一證也。二十九年六月二十九日，連雨未霽，記於燈下，時在成府村居。

民國三十年，燕京大學文學年報第七期。

附記　作此文後二年，購得前記明鈔本。又五年，在上海購得南京新印飲虹簃叢書，中有碧山續稿新稿及南曲次韻，蓋此叢書乃陸續印行者，前在北方所見，非足本也。此新印本與崇禎本及明鈔本之異同如何，容俟詳考。三十七年識於上海青雲路暨南大學宿舍。

玉茗新詞

臧懋循（晉叔）改訂臨川四夢，合稱玉茗新詞。玉茗新詞，明刻有圖本外，僅有嘉慶中金陵坊刻巾箱本，（與笠翁十種合編，）二本均不常見，明刻尤少。明刻本有晉叔所作玉茗堂傳奇引，巾箱本無之，錄之以供治曲者之參考：

臨川湯義仍爲牡丹亭四記，論者曰：「此案頭之書，非筵上之曲。」夫旣謂之曲矣，而不可奏於筵上，則又安取彼哉？且以臨川之才，何必減元人，而猶有不足於曲者，何也？當元時，所工北劇耳。獨施君美幽閨，高則誠琵琶二記，聲調近南，後人遂奉爲渠矱。而不知幽閨半雜贋本，已失眞多矣。卽「天不念」「拜新月」等曲，吳人以供淸唱，而調亦不純，其餘曲名，莫可考正。故魏良輔只點琵琶板而不及幽閨，有以也。琵琶諸曲頗爲合調，而舖敍無當。如登程折，賜宴折，用末淨丑諸色，皆涉無謂。陳留洛陽，相距不三舍，而動稱萬里關山。中郎寄書高堂，直爲拐兒給誤，何繆戾之甚也。至曲每失韻，白多冗詞，又其細矣。今臨川生不踏吳門，學未窺音律，艷往哲之聲名，逞汗漫之詞藻，局故鄉之聞見，按無節之絃歌，幾何不爲元人所笑乎。予病後，一切圖史，悉已謝棄；間取四記，爲之反覆刪訂。事必麗行，音必諧曲，使聞者快心而觀者忘倦，卽與王實甫西廂諸劇並傳樂府可矣。雖然南曲之盛，無如今日，而訛以沿訛，舛以襲舛，無論作者，第求一賞音人不可得，此伯牙所以輟絃於子期，而匠石廢斤於郢人也。刻旣成，撫之三歎。萬曆徒維敦牂之歲夏五日，東海臧晉叔書於雕蟲館。

此序行草寫刻，字體與元曲選序相同，或是臧氏手書。序中指桑說槐，所論幽閨琵琶之失，皆暗喻臨川。夫臨川之失在場子之繁冗平衍，所謂累死伶人膩死觀衆；若夫曲調格律，則直至今日傳唱者仍是臨川原文而非晉叔改本。晉叔自以爲知音，其實眼光學力似尚不及鈕少雅也。且因遷就格律，於詞藻意境，未能兼顧，遂不免有點金成鐵處。徒維敦牂爲戊午，即萬曆四十六年。臨川卒於前一年丁巳，見續疑年錄(註)。四夢成書則在前十七年。四夢最後成者爲邯鄲記，臨川自序題萬曆辛丑，即萬曆二十九年。晉叔改訂時，四夢當已盛行於歌場矣。明刻本眉批巾箱本無之，明刻後印者，眉批亦多漫漶，今擇其有關劇學者節錄於下。

凡唱尾聲末句，崑人喜用低調，獨海鹽多高揭之，如此尾尤不可不用崑調也。批還魂記寫眞折尾聲，見開明印六十種曲本四十三頁，此曲晉叔改形模二字爲春容，巫山下加神字。

臨川傳奇好爲傷世之語，亦如今士子作舉業，往往入時事。此臨川大病，而世人反用稱賞，始知高山流水之調，難逢識者。批冥判折，見六十種曲本七十一頁。按：臨川一生心事，非晉叔所知。

此曲在北調元無定句，然太長則厭人，故爲刪其繁冗者。下後庭花曲亦然。批同上齣混江龍曲，見同頁。按：此言可爲臨川諍友。

天下樂那吒令二曲，即元人無以加之。予謂臨川爲南北詞，若出兩手，今臨川已矣，恨不及面共評騭也。批同上齣。

臨川此折在急難後，蓋見北劇四折止旦末供唱，故於生旦等曲皆接踵登場。不知北劇每折間以爨弄隊舞吹打，故旦末常有餘力。若以概施南曲，將無唐文皇追宋金剛，不至死不止乎？批寇間折，見六十種曲本一百五十頁。按：臨川作曲，似未曾爲爨演設想，故只能唱單折，不能照演全本。晉叔改訂字句，雖不盡滿人意，刪併場子，似勝原本。

「原來丞相府十分尊重」元人作曲，專以此等語爲當行，不尙藻麗，卽詩詞亦然。批硬拷折新水令曲，見六十種曲本一百八十三頁。

曲中凡三字四字有韻者，皆須用尋常唱賺法。批閙喜折入賺曲，見六十種曲本一百九十一頁。

賺與不是路本兩調，而崑山海鹽點板各得其一，予嘗以語黃數然，拘於時尙，竟不得從也。今臨川入賺與琵琶句法長短不同，而接前曲又不合調，故特改此。若下板當以崑山「暗憶秦樓」爲得。批紫釵記佳期議允折入賺曲，見六十種曲本十九頁。

凡尾聲接緊板之後，方與調叶；故有介白者不宜更作尾聲，使臨頭腰板無以下拍，如此曲後便可用落場詩；今有尾者，直爲「拭雨粘雲」之句不忍棄耳，非正調也。評得鮑成言折醉羅歌前腔尾聲，見六十種曲本二十六至二十七頁。

貓兒墜曲無一句入調者，或謂予好改竄以掩人美，亦惟臨川能訶之。評春闈赴洛齣見六十種曲本四十七頁。按：原本作琥珀墜。據此條知晉叔在當時已以好改竄著稱。

鑼鼓令曲見琵琶，吳中唱者俱不得其傳，大率用刮鼓令、皀羅袍演之。批計局收才齣見六十種曲本八十三頁。

金落索見琵琶記，臨川作此多不合調，吳人謂非能唱曲者不能作曲，信然。批淚展銀屏齣金索掛梧桐曲見六十種曲本九十五頁。

三換頭在琵琶記有「這其間只是我不合來長安看花」我與花二字皆韻脚也，解前腔「這壁廂只得把那壁廂暫時拚捨」把與捨可見。今吳人爲曲者皆不知此，又何求多於臨川乎。批開箋泣玉齣三換頭曲，見六十種曲本一百零七頁。

臨川有尼持籤，道捧龜等白，旦拜觀音江兒水曲，皆弋陽派也。賞此者獨四明屠長卿，宣城梅禹金而已。批凍賣珠釵齣，見六十種曲本一百十五頁。

原本高陽臺六曲，今止用其二，以此後尚有南北詞，故前宜稍簡。俗謂之「壽星頭」亦戲中所忌。批花前遇俠齣，見六十種曲本一百四十四頁。

世謂末折爲「底板」蓋無他情致，亦不必冗長，故刪其二曲及尾聲。計玉茗堂上下共省十六折。按：原本五十三齣改本三十六齣，所省應是十七折；或晉叔所見原本爲五十二折。

然近來傳奇已無長於此者。自吳中張伯起紅拂記等作，止用三十折，優人皆喜爲之。遂日趨日短，有至二十餘折者矣。況中間情節，非迫促而乏悠長之思，卽牽率而多迂緩之事，殊可厭人。予故取玉茗堂本細加刪訂，在竭俳優之力，以悅當筵之耳。以上兩條俱批末折。

今揚州孝感寺契玄禪師像尚持釣竿。批南柯記情著齣，見六十種曲本十九頁。

曲中咳、哥、兄三字，皆以韻代嗏字，本新安作法，吳下以爲笑端。不知西廂有云：「咍，怎生不肯回過臉兒來」亦一字一韻也。至哥兄字出花面之口，亦何異焉。批就徵齣駐雲飛三支，見六十種曲本二十六頁至二十八頁，原本五支，臧刪存三支。

予嘗怪屠長卿作曇花記，有白數千言，竟無一曲，以爲臨川誤之。蓋元劇往往有此，不知楔子體不得概用折數中也。批同上齣結尾，三十一頁。

駙馬暫住東華館，令郡主輩探望，因攝周田二友同在其國，此本傳也。唐人小說家周匝如是，故臨川爲南柯邯鄲二傳奇，皆不敢妄有增益，而埋伏照應皆悉備矣。批貳館齣，見六十種曲本三十三頁。

原本有丑貼等諢語，皆削去。杜詩云「惡竹應須斬萬竿」予以爲惡竹猶賢於惡諢也。批閨警曲結尾。見六十種曲本七十二頁。按：晉叔改本尚有「熱屎熱尿馬子」等語未去，豈以此等爲非惡諢耶？

諸戲底板無如破窰記，其曲爲喬合笙，蓋北調也。臨川牡丹亭與南柯皆用南北詞爲之，有唱有做，勝破窰多矣。（批末折。）

番將從無唱此腔者，以其詞爲北調故用之，第須帶唱帶做乃得。（批邯鄲記大捷齣北二犯江兒水曲，見六十種曲本五十二頁。）

原本有紅芍藥、紅衫兒會河陽等曲，蓋仿幽閨記「兵擾攘」爲之此項吳中亦無傳授，故予改大和佛，舞霓裳，以與後紅繡鞋合。（批召還齣，見六十種曲本八十九頁。）

此南北詞見散套「小扇輕羅」本楊花腔也，然傳奇中用此調亦自悅耳。（批兩欲齣北中呂粉蝶兒南泣顏回套，見六十種曲本九十六頁。）

臨川作傳奇，常怪其頭緒太多，而邯鄲不滿三十折，當是束於本傳，不敢別出己意故也。然使顧道行、張伯起諸人爲之，即一字一句不能矣。（批末折。）

（註）　續疑年錄云臨川卒於萬曆四十五年丁巳，其說非是，予誤從之。應從近人徐君所編湯顯祖年譜改爲萬曆四十四年丙辰，即臧序之前兩年。五十九年附註。

李賀的生平及其詩 註一

李賀，字長吉，後世有人稱他爲昌谷生，生於唐德宗貞元六年庚午（七九〇），死於憲宗元和十一年丙申（八一六）年僅二十七歲。註二 短命、奇才，留下許多篇不朽的名作，成爲中國文學史上一顆彗星，一朵曇花。

他的遠祖李亮，是唐高祖李淵的叔父，封爲鄭王，謚曰孝，稱鄭孝王，又稱大鄭王；另有一個鄭王，是高祖的小兒子，名元懿，謚曰惠，又稱小鄭王。唐朝皇室的祖籍是隴西郡成紀縣，（今甘肅秦安縣）所以李賀在他的詩裏自稱「隴西長吉」又云「刺促成紀人」遂有人誤以爲他眞是隴西人，據說到現在甘肅隴西縣還有他的「遺蹟」；實則他家住在福昌縣（今河南宜陽縣）城西的昌谷，其地有女几山、昌谷水，帶水依山，風物恬美幽靜，他詩中常說的「昌谷山居」、「南園」、就在這裏。福昌在洛陽西南，距離很近，李家在洛陽可能也有住宅。從他的詩可以看出他有時住在洛陽城裏，有時住在福昌鄉下。綜合上文，用現在地名來說：李賀是河南宜陽縣人，祖籍甘肅秦安縣。

李賀是唐朝的遠支宗室，祖先雖曾封王，到他那時候早已沒有爵位，世系也不太淸楚，名爲「諸王孫」實在已是「爲庶爲淸門」了。他的父親名叫李晉肅，曾作過小官，名位不顯，母親鄭氏，姊弟各一人，他結過婚，妻姓不詳，沒有子女。人丁相當稀少，同族弟兄可考者也只有三人。雖有田園在昌谷，從他的詩裏可以看出不過較勝於陶淵明的「方宅十餘畝，草屋八九間」算不了大地主，只是個小康之家。

李賀的身材、相貌、生活習慣，在李商隱的李賀小傳裏有詳細生動的描寫敍述。從他詩歌中所表現的哀傷幽鬱的情調，和短命而死的事實，可知他是一個身體瘦弱、早熟、多病的青年。他從小就很聰明，當然沒問題，新唐書卷二零三李賀傳說他「七歲能辭章」，也非常可能。這樣「小時了了」的人，古今並不太少。但李賀傳說他的「高軒過」，詩是七歲時寫的，因此大受韓愈、皇甫湜的賞識，則是無稽之談。從當時事實及詩的內容來看，這是不可能的事。正和許多旁的詩人一樣，李賀幼年童年時的生活情形，因爲缺乏記載，已無從詳考。他開始能寫像樣的詩（我是說像他詩集裏那樣的詩）大約在十六七歲，總計他的寫作生涯不過十年，但卽此十年，已足流傳千古了。

李家只是中產人家，李賀的父親在他不到二十歲時就去世了，他當然要進入仕途，以維持生活，支撐門戶。在唐宋時，讀書人進身之階只有科舉。李賀曾參加河南府的府試，他考中了，獲得資格到京城去參加禮部的進士考試，當時叫作「舉進士」。禮部考試及格，經皇帝認可，才算是「進士及第」。但李賀是命途多舛的，就在這時，有人出來攻擊他，說他父親名叫晉肅，他應進士考就是犯了他父親的嫌名，註三 還是不去考試爲合理。註四 韓愈是李賀的前輩，一直很器重他，鼓勵他，於是寫了一篇「諱辨」替他辯護，其中有一句很有趣的話是「父名晉肅，子不得舉進士；若父名仁，子不得爲人乎？」諱辨全文所持理由是很充足的，但李賀仍是顧忌到旁人的議論，多少也許有些負氣，雖到了長安，却沒去應考。這個挫折對於李賀影響很大！因爲從此他失去了進取的機會。李賀多病、善感、富於幻想，是個十足的詩人典型，但他也和一般青年人一樣，有進取功名的雄心，「猛志逸四海，騫翮思遠翥。」這種情調見於他的「南園十三首」之一：「男兒何不帶吳鉤，收取關山五十州。請君暫上凌煙閣，若個書生萬戶侯。」如今，雲程始軔，便遭摧抑，難怪他在詩裏常常因功名不遂而發出鬱積幽怨之聲。

李賀既未參加進士考試，總要找個事情作，於是他「屈就」了隸屬於太常寺的奉禮郎，即是朝會祭祀時的司儀。註五 這是個地位很低（從九品下）工作又呆板枯燥的小官，對於一個年僅二十一二歲，志氣超邁的詩人當然很不適宜。他有一首「贈陳商」詩，其首數句云：「長安有男兒，二十心已朽，楞伽堆案前，楚辭繫肘後。人生有窮拙，日暮聊飲酒。祇今道已塞，何必須白首。」結尾云：「風雪直齋壇，墨組貫銅綬，臣妾氣態間，惟欲承箕帚。天眼何時開？古劍庸一吼。」可想其心情之抑鬱了。但奉禮郎職務並不忙碌，他儘有時間讀書、游宴、冥想、賦詩。長安城中多采多姿的都市生活，城外的古蹟風景，供給他不少題材詩料。他有很多詩歌從題目及內容都可看出是在長安任職時所作。他對奉禮郎這個官職既不感興趣，健康情形又不好，在長安不滿三年就因病辭官回到昌谷家居。這一年他大約是二十四歲。家居生活倒也頗爲寫意，李賀小傳所記他騎驢出游，尋詩覓句的情形，多半是在昌谷家居之時，他在家所寫的詩不比在長安所寫爲少。他這次家居年餘，中間曾在長安小住。

以李賀的家境和年齡，在家裏「賦閒」當然不是長久之計。於是在二十五歲那年的秋天，他又離開家到潞州（今山西長治縣）去作事。潞州自唐德宗建中元年以後，是昭義軍節度使的治所，這時的節度使是郗士美，李賀的朋友張徹作郗的幕僚，李賀到潞州就是投奔張徹去的。他的行程是從洛陽往北渡過黃河，先到河陽（今河南孟縣），然後進入太行山區，經長平（今山西晉城縣）、高平（今山西高平縣）、而抵潞州。（以上行程據朱譜）路程不比洛陽到長安遠，却比較曲折。沿路他作了若干紀游詠古的詩，如河陽歌、長平箭鏃歌等都是此行作品。在潞州約兩年多，二十七歲時回到昌谷，不久就死去了。他從長安辭官回昌谷是因病，這次由潞州回家可能也是因爲身體支持不下去。他的病，因爲他母親說過「嘔心」的話，他詩中又常用「血」字，所以許多人懷疑是肺病，也許是心臟衰弱，這個當然無從查考。總之他的脆弱多病的體格，與石破天驚的才華，都是與生俱來的。體弱，所以只活了二十七歲；才高，所以能在如此短促局狹的一生裏寫出許多不朽名作。其思路之深幽奇險而又晶瑩澄澈，則是體弱的產物，身心健康的人想象不出那種境界。至於李賀小傳所記他臨終時的神話傳說，「姑妄聽之」是最聰明的辦法。朱譜引近人洪君云：「賀惟畏死，不同於衆，時復道及死，不能去懷；然又厭苦人世，故復常作天上想。李傳所記日白玉樓，應是賀意中樂土，日召之作記，則賀向之全力以赴之者，乃有自見之道。瀕死神志既虧，種種想遂幻作種種行，要以洩其隱情，償其潛願耳。」其言看起來很有道理，實則亦是「想當然耳」。這種事情，不必尋求解釋。李賀小傳這篇文章的佳處就在其頗似「長吉詩境」。奇幻之詩人有奇幻之結局；我們爲甚麼不信。

綜觀李賀一生：位卑名低，交游不廣，蹤跡所至，不出河南西北部、陝西東部、山西南部這個小範圍。註六 家庭、婚姻也看不出有甚麼波折變故。壽命既短促，生活圈子又很狹窄，在人事方面，實在够不上一個偉大詩人的條件。但他留下的二百四十幾首詩，却大部分是前無古人、後無來者、評價甚高、影響極深的作品。所以，李賀是一個標準的天才詩人，以天才之有餘，補人事之不足。一般詩才的主要成分不外高度的觀察、敏銳的感受、豐富的想象、與表現的能力。李賀四者俱全，而最突出的是想象。他能够「上窮碧落下黃泉」。上窮碧落者如「綠章封事」，下黃泉者如「感諷五首」的第三首。在他的詩裏，人境雖似不足，天上與地下則有餘。不過，他的詩畢竟是幅度深而不廣，波瀾壯而不闊；能寫出李杜蘇黃諸人所不能到的某些境界，却不能寫出李杜蘇黃諸人所能到的許多境界。李杜蘇黃是雄才、是大家，李賀則是奇才、是名家。他的詩有奇情壯采之作，如「金銅仙人辭漢歌」、「雁門太守行」、「秦王飲酒」等，所以是彗星；有冷豔幽馨之作，如「美人梳頭歌」、「大隄曲」、「蘇小小墓」等，所以是曇花。彗星之喻，前人常說；曇花之喻，好像沒人說過。無論彗星也好，曇花也好，其像電光石火之一閃卽逝則是相同的。

李賀的詩集名爲「李長吉歌詩」，有很多註解的本子，最通行的是淸人王琦的「李長吉歌詩彙解」，有木刻本，有臺灣世界書局排印本。後者與明人曾益的李賀詩解，淸初姚文燮的昌谷詩集註、方扶南的評本合爲一冊，題名「李賀詩註」。王註最詳細，議論比較平正通達，附錄的資料也多。姚文燮註硬把李詩逐篇與唐代史事勉強牽合，穿鑿附會，在所有註解中最爲荒謬。看了他的註，胡塗的人會更胡塗，明白人惹一肚子氣，以不看爲妙。註七 像李賀詩這樣幽深縹緲，恍惚迷離的作品，想求得其文心詩旨，一定要憑仗讀者自己的敏感與直覺，「以意逆志，是爲得之」。沒有註解不行，專靠註解更不行。

註一　爲了配合本刋的性質及篇幅，這篇文章儘量求其簡明淺近；有若干問題，只寫出正確結論，不作詳考。比較重要而必須考辨說明的事項，則分註於後。全篇敍事部分及一切考證，主要依據朱自淸撰「李賀年譜」，見民國二十四年出版淸華學報十卷四期，及葉慶炳撰「兩唐書李賀傳考辨」，見民國五十七年出版淡江學報第七期。二者之中，葉文考辨較詳。論詩部分只是我個人的一些淺見；王琦彙解卷首附有集評，讀者可以參閱。

註二　李賀小傳及舊唐書卷一三七李賀傳都說他年僅二十四歲；新唐書卷二零三李賀傳說是二十七，

李賀的朋友沈亞之也說「賀年二十七，官卒奉常」後人均從二十七歲之說。本條及註四、註五的考證，俱見朱譜及葉文。

註三　古人避君父的名諱，同音的字也要避，叫作嫌名。

註四　唐人康駢撰「劇談錄」說，李賀得罪了另一個詩人元稹，所以元稹攻擊李賀說他不應當舉進士。其說虛妄不實。

註五　新舊唐書李賀傳都說他的官職是協律郎，經過考據證明是奉禮而不是協律。

註六　朱譜以爲李賀曾到過江南。其說論據貧弱，不足信。

註七　詳見葉慶炳撰「姚文燮昌谷詩註糾謬」，五十八年出版淡江學報第八期。

民國五十九年，國語日報古今文選。

跋所謂金刊本李賀歌詩編

四部叢刊初集所收李賀歌詩編，沿藏書家舊說，題爲金本；實則此書刊於蒙古憲宗六年（一二五六），其時金亡已二十二年。首先發現此事的是王國維，見於他的觀堂別集卷三「蒙古刊李賀歌詩編跋」。但是我在沒有讀過王先生這篇文章以前，已斷定這書是蒙古刊本。以下先說我的考證。

我的主要論據是刊印此書的趙衍所寫的跋，其文云：

龍山先生爲文章，法六經，尙奇語，詩極精深，體備諸家，尤長於賀。渾源劉京叔爲龍山小集敍云：「古漻井，苦夜長等詩，雷翰林希顏、麻徵君知幾諸公稱之，以爲全類李長吉。」亂後隱居海上，教授郡侯諸子。卑士先與余讀賀詩，雖歷歷上口，於義理未曉，又從而開省之，然恨不能盡其傳。及龍山入燕，吾友孫伯成從之學；余繼起海上，朝夕侍側，垂十五年，詩之道頗得聞之。……雙溪中書君詩鳴於世，得賀最深，嘗與龍山論詩及賀，出所藏舊本，乃司馬溫公物也，然亦不無小異。龍山因之校定，且曰：「喜賀者尙少，況其作者耶！」意欲刊行，以廣其傳，冀有知之者。會病不起，余與伯成緒其志而爲之。此書行，學賀者多矣，未必不發自吾龍山也。丙辰秋日，碣石趙衍題。（按：所謂司馬溫公物，不知是鈔本或刊本。）

金朝自太祖收國建元（一一一五）至哀宗天興亡國（一二三四），恰爲一百二十年正，其間有兩個丙辰，第一個是太宗天會十四年（一一三六，熙宗已即位，未改元），第二個是章宗明昌七年即承安元年（一一九六）。

趙跋云，龍山先生亂後隱居海上教授，又提到雷希顏（淵）及劉京叔（祁）。承安丙辰，金朝太平無事，雷淵是十三歲的童子，不會入翰林，劉祁尚未出生。註一趙跋所署丙辰當然不是這一年，更早的天會丙辰更不必說。兩個都不是，自然是在金亡之後。金亡於甲午（一二三四），其後第一個丙辰即是蒙古憲宗六年，第二個是元仁宗延祐三年（一三一六），上距金亡已八十二年。趙跋所署不能是延祐丙辰。第一，金亡以前沒有甚麼亂事，金亡以後，一般讀書人多數以「隱居教授」爲業，跋中所謂亂後，顯然是指金末之亂。趙衍及見此時期在世的龍山先生而與之談論詩道，當時必已成年，不可能活到延祐年間。第二，跋中提到雙溪中書君，抬頭以示尊敬，一定是耶律鑄，此人於定宗、憲宗時嗣其父楚材領中書省事，自號雙溪醉隱，有雙溪醉隱集。他卒於世祖二十二年，年六十五歲，見元史一四六本傳，到了延祐丙辰，墓木拱矣，與他同時的趙衍諸人也不會活到那一年。綜合上文所述，金元前後四個丙辰，只有憲宗六年與序中所說人物時事相合，這本李賀歌詩編刋於其年，自無問題。

此書之被認爲金刋本，其誤始於何焯（義門），他以爲龍山先生是金詩人劉仲尹；但他只稱此書爲「碣石趙衍刋本」，並未肯定說是金刋。到了黃丕烈（蕘圃）才如此說。四部叢刋影印此書，也影印了黃跋。跋云：

金刻李賀歌詩編四卷，余去年得何義門手校者，始知世有其書，諸家藏書目未之載也。何云「碣石趙衍刋本，每葉二十行，行二十字」，頃見是本，正合，其爲金刻無疑。（下略）此跋已輯入蕘圃藏書題識卷七

跋後又有一條云：「金劉仲尹，字致君，蓋州人，有龍山集；李獻能欽叔，其外孫也。義門語，並記。」這段話就是定此書爲金刋的惟一根據。其後的瞿氏鐵琴銅劍樓藏書目錄卷十九著錄此書，也題爲金刋，沿用黃說，並無新證。四部叢刋影印此書，即是向瞿家借來的。今按：中州集卷三劉仲尹小傳云：

仲尹字致君，蓋州人，後遷沃州。正隆二年進士。以潞州節度副使召爲都水監丞，卒。致君家世豪侈而能折節讀書，詩樂府俱有蘊藉。有龍山集，嘗於其外孫欽叔處見之，參涪翁而得法者也。

何焯之說，全據此傳，但他與黃丕烈都沒有注意到這個龍山與趙衍所說的龍山事跡、時代全不相符。劉仲尹是海陵王正隆二年（一一五七）進士，乃金代前期人物。元好問編中州集在癸巳（一二三三）見中州集小引。癸巳即金亡於蔡州之前一年，據小傳所說，那時仲尹已經死了，怎麼能又在亂後隱居教授？兩個龍山，顯非一人，據以考定此書刊印年代，當然不對。

我查過有關資料，確定此書年代之後，仍不知道龍山先生倒底是何許人；忽想起應當看看四部叢刊的敍錄，果然在其中發現這樣一段：「近人觀堂王氏謂龍山爲呂鯤字，以詩鳴燕趙間，出耶律相門下，非致君號也。」由這個線索，才查閱了王先生的文章，知道我的推斷不錯。其文不長，全鈔於下，以省讀者翻檢之勞：

案：趙衍跋題丙辰者，蒙古憲宗六年，雙溪中書君者耶律丞相鑄也。蓋蒙古刊本，非金刊本也。

又案：元史耶律希亮傳「憲宗嘗遣鑄覈錢糧於燕。鑄曰：『臣先世皆讀儒書，儒生俱在中土，願携諸子至燕受業。』憲宗從之。乃命希亮師事北平趙衍，時方九歲。丙辰，憲宗召鑄還和林，希亮獨留燕。」（纛按：傳在元史卷一百八十，此所引略有刪節。）此本趙衍跋中述雙溪中書君出所藏舊本，全與希亮傳年月相合，是此本爲蒙古憲宗丙辰所刊無疑矣。

何義門跋以龍山爲劉致君號，非也。秋澗集四十三西岩趙君文集云：「西岩崛起畎畝，從龍山呂先生學。」又云：「虎岩、龍山二公，挺英逸不凡之材，挾邁往淩雲之氣，雅爲中書令耶律公賓禮，至令其子雙溪從之間學由是趙李之學自爲燕薊一派。」玉堂嘉話一記「呂遜嘗談趙著呂鯤以詩鳴燕朔間，二人皆出耶律相門下。虎岩每得一聯一詠，卽提擲其帽於几。龍山從旁謂曰：『不知李杜平時費多少帽子？』聞者爲捧腹。」是龍山乃呂鯤字，劉致君輩行較高，不得至蒙古時尙在也。乙丑夏五又記」鶱按：玉堂嘉話卷一卽秋澗集卷九十三。「燕朔」原引誤作「燕趙」，「爲捧腹」引作「爲之捧腹」，今據秋澗集改定。「虎岩每得」原作「虎嚴每得」，「於几」原作「於九」，皆排印之誤。

此文周詳精密，已成定論。以希亮傳記事與趙衍跋參閱，又可推知龍山論詩趙衍刋書皆在燕山，卽今北平。叢刋敍錄作者旣見王文而仍題爲金本，我想他是要維持此書舊有的聲價。題爲金刋，卽表示其與宋本同時，而且金刋書籍不多，物以稀爲貴。若題爲蒙古刋或元初刋，則容易使人發生錯覺，以爲是比宋本晚。舊日藏書家與目錄學者，佞古結習往往如此。殊不知金亡以後二三十年中，亦卽所謂蒙古時期，中原喪亂，文物凋零，刋書的事絕無僅有；考定此書爲蒙古刋本，不僅循名責實，而且更顯出其難得可貴。（註二）

既有王先生的論定，我本想不再作這個題目；但是我的結論雖與王先生相同，所用資料，及考證方法、過程，並不一樣，所以還是寫了出來，作爲王文的補充及注釋。兩篇合讀，對於初學考據的人也未嘗不可以算是一項示範。

註一　雷淵生於金世宗大定二十四年甲辰一一八四，劉祁生於章宗泰和三年癸亥一二零三，俱見拙著「白仁甫交游生卒考」。（廣文月刋創刋號）

註二　蒙古憲宗六年卽宋理宗寶祐四年，下距宋亡於厓山還有二十三年。却不能說李賀歌詩編是宋本，因爲其時中原地方已久非宋土，而各種版本的區別有時是時代的，有時是地域的。還有元朝初期，國號「蒙古，」世祖至元八年始改爲「元。」這個史實，有時被人忽略，提到蒙古，以爲是種族之稱，或地理名詞。如題爲蒙古本，好像是在蒙古地方刊印的，像「高麗刊本」「日本刊本」一樣。四部叢刊仍題金本，可能也是爲了這個原因。

附記　袁克文（寒雲）跋宋宣城本李賀歌詩編云：「又有金刊袖珍本，有箋註，無集外詩。」他所說的是吳正子註本，與本文所論並非一書；據國立中央圖書館善本書目，其書是元刊本，不是金刊。

民國五十九年，書目季刊四卷四期。

李賀感諷詩第三首及其英譯

唐代有名的詩人，李白被稱為詩仙，杜甫稱詩聖，王維稱詩禪或詩佛；李賀，一般人認為鬼才，所以有時被稱為詩鬼。這些「尊號」是否恰當，姑且不必管他，現在只想談談李賀的一首確實鬼氣森森的詩，感諷五首的第三首。傳統的詩選，當然不會選這樣的作品，我却很喜歡他，給中國學生講過，給外國學生也講過，意在使他們知道傳統選本之外，中國有很多可讀的好詩。去年我在耶魯大學教書，有一位美國學生 Mr. Peter Bear 中國名字叫熊培德，姓譯義而名譯音，他送我一本英譯晚唐詩選 Poems of the Late T'ang，其中正好有這首詩，是逐句直譯的，原作十句，譯文也分十行。譯筆是否能傳出原作的神味意境？音節是否調諧和暢？我的英文程度尚不足以作深入批評。我只能粗淺的看出其中有若干可商討的地方，尤其是顯然的誤譯。現在，把原作及譯文對照寫在下面，先把原作逐句加以解釋發揮，再討論譯文的得失。至於這本晚唐詩的譯者，是英國某一個大學的漢學教授 Professor A.C. Graham，聽說他是研究經學及子書的，但從這本譯作及附錄的一篇論漢詩英譯 The Translation of Chinese Poetry，可以看出此君對於中國古代詩歌也有相當造詣。他選譯李賀詩有二十二首，足見對於李詩的注意。近年西洋漢學家知道李賀而且能欣賞他的詩的人漸漸多了，這是他們對於中國詩的進一步認識。其實早就應該知道欣賞，以往只是為傳統甚至俗陋的選本所誤而已。

感諷 五首之三	From Criticisms (Third of five)
南山何其悲！	The Southern hills, how mournful!
鬼雨灑空草。	A ghostly rain sprinkles the empty grass.
長安夜半秋，	In Ch'ang-An, on an autumn midnight,
風前幾人老？	How many men grow old before the wind?
（一作風剪春姿老。）	
低迷黃昏徑，	Dim, dim, the path in the twilight,
裊裊青櫟道；	Branches curl on the black oaks by the road.
月午樹立影，	The trees cast upright shadows and the moon at the zenith
（一作月午樹無影。）	
一山惟白曉。	Covers the hills with a white dawn.
漆炬迎新人，	Darkened torches welcome a new kinsman:
幽壙螢擾擾。	In the most secret tomb the fireflies swarm.

(In the last couplet the will-o'-the-wisp is apparently welcoming Li Ho into the land of dead, as a bride is welcomed into her husband's family.)

依照中國一般習俗，人死了總要埋葬在高亢的地方，以防水患，不只是地上的河流積雨，還有地下水。所以附近有山的城市，人們的墳墓都是在山上。「驅車上東門，遙望郭『北』墓」就是因爲洛陽城北地勢較高。北邙山也就成了墳場的代詞。陶淵明詩：「一旦百歲後，相與還北邙。」白居易詩：「何事不隨東洛水？誰家又葬北邙山！」終南山則在長安城南，簡稱南山。旁人遙望南山，會想到達官貴人的別墅，隱士幽居的淸泉白石，也許會幻想到蓬萊仙境；李賀則單想到山上的墳墓。不用「鬼雨灑空草」，南山已是「何其悲」了。我們讀過楚辭山鬼篇的「風飄飄兮神靈雨」，李商隱重過聖女祠詩的「一春夢雨長飄瓦，盡日靈風不滿旗」。「鬼雨」眞是個新鮮名詞。楚辭那一篇題爲山鬼，實是山中女神，並非人死而爲鬼。山神、聖女，當然只能說神靈雨、夢雨，李賀寫的是死亡和墳墓，不說鬼雨還說甚麼呢？春天，草莖是充實肥嫩的，一莖復一莖，相連相續，茂密無間，就像一根根毛線織成毯子一樣，所以說芳草如茵。到了秋天，草木變衰，樹葉子陸續脫落了，草莖腓薄了，莖與莖之間發生距離，有了空隙，一莖一莖的獨立搖動着，這就是李賀所說的空草。我不知道 empty grass 是否能把這個意境表現出來。

茫茫寰宇，芸芸衆生，隨時有人來到這個世界，也隨時有人離去。鬼雨在南山之上飄灑，秋風在長安城中吹拂，夜半的時候，誰知道有多少人失去他們的生命。有些人福壽全歸，有些人壯年凋謝，有人功成身退，有人賫志以沒。說「幾人老」，可以包括各式各樣的人物；如作「風剪春姿老」，則只限於蘭摧蕙折的年輕人。「幾人老」內涵較爲寬廣，「風剪春姿」意義較爲深刻，句法較爲洗鍊，二者實難判其優劣。作者自己和當時後世的讀者也很難有准主意，今天喜歡這一句，過些天可能又喜歡另一句。很多文學作品的異文就是這樣並存下來的。所以我認爲譯者應當照「風剪春姿老」另譯一行附在後面。

人死了總要出殯淸晨從城裏出發，「行行重行行」到了墓地，掩土封穴，一切完事，總該是紅日西斜的時候了。「向來相送人各自還其家」家屬親戚在無可奈何的悲傷之下也只有踏着夕陽愴然歸去再過一會兒，連太陽都沉到山那邊去了。「蒼然暮色，自遠而至」山徑已看不大淸楚晚風吹動漸已凋零的樹葉，眞是「死一般的寂靜。」在世之時，一部分人走的是康莊大道另一部分經歷過多少驚濤駭浪絕大多數則是平淡無奇的每日在大街小巷憧憧往來。最後却一個一個都走上這條「低迷黃昏徑，裊裊靑櫟道。」怪不得韓昌黎說「人生雖多途，趨死惟一軌。」

徘徊歎息，涼夜漸深已是「中天懸明月」了。本來因月光斜度的關係，顯出一條條的樹影，現在月光從天頂正中垂直下射，舖在地上的樹影也都直立起來與樹身併合爲一；月光沒有了斜度，樹也就無影。滿山滿地只有銀白色的月光，雖在午夜，却像天剛破曉一樣。「白曉」也是個新鮮名詞，正好與「黃昏」相對。無影是第一層意思，看見之後，馬上就感覺到；立影是所以無影的緣故，是第二層意思，要想一想才能明白。作詩所謂鍊字鍊句，就是第一層不要而要第二層以至第三層。「月午樹無影」是比較平凡的句子，普通詩人可以寫得出；立影是經過洗鍊的，是標準的李長吉字法。但無影在聲音上却另有一種作用：午樹無三字分占上去平三聲而同爲魚模韻，連讀起來有一種茫漠之感，與這兩句所寫意境相符合。所以，無影、立影、中文原本當然要兩存，譯本倒不必要另一行。照意思翻譯，無影不如立影，自可不必另譯，聲音則是譯不出來的。這與「風剪春姿老」句情形不同。

在外面繞了半夜，正想回房屋去休息，忽見點點星星上下閃灼的微光，從遠處過來。人眼看是流螢，鬼眼比人眼看的清楚，乃是一大羣老住戶手裏拿着火把，來歡迎這個新客。首先上前的應當是濶別多年的家人親友，隨後是一些素不相識的陌生人——到了這裏都開始成爲熟人了。「啊！多年不見。你好麼？」「先生貴姓？」「小弟弟！你幾歲的時候來的？」寒喧問訊，不絕於耳，「羣賢畢至，少長咸集。」好熱鬧的歡迎會。忽然從角落上發出一個冷漠的聲音：「你也來了！」這傢伙眞是個小氣鬼！這麼久了，聽他的語調好像還沒忘記以前的仇恨、嫉妒。

註　鄉間演戲，表演陰曹地府人物，有黑無常與白無常。他們兩個各如其色的穿長袍，戴高帽子，帽子上直行寫着四個大字。黑無常主吉，四個字是「一見大吉」；白無常主凶，四個字是「你也來了。」

講到此詩最後兩句，我們不由想起長吉的另一篇詩，題目是「綠章封事」，是寫道士爲人建醮的，其首四句云：「青霓扣額呼宮神，鴻龍玉狗開天門；石榴花發滿溪津，溪女洗花染白雲。」我們常看到片片白雲逐漸變爲紅霞，科學家說是太陽光的映照，詩人却告訴我們這是天上的女孩子在溪水邊洗石榴花，石榴花是大紅的，把溪上飄浮的白雲也給染紅了。李長吉的想像力能喚開天門而看到天上的景物，也能穿透幽壙而看到地下風光，眞够豐富。難怪把後來註詩的人都給搞胡塗了。詩人的實境在人間，幻想在天上，李長吉的詩天上人間之外還有地下，此其所以爲鬼才也歟！

註　王琦李長吉歌詩彙解卷一注此兩句云：「二句未詳。吳正子以白雲爲紈素，謂取榴花染之而以爲服。予謂當是建醮之地有此花木，溪女採之，淨洗而以供神。杜甫朝獻太淸宮賦有『祝融擲火以焚香，溪女捧盤而盥漱』一句，溪女恐是童女，司壇中獻花酌水之事者。染白雲卽是映白雲之意。」初云

「未詳，」可見是搞胡塗了。以下始終粘在人間實景上說，越說越不明白。他們都忽略了上面一句，

不知天門已開，更想不到李長吉的眼睛那樣好，能看見天宮景物，而且天上居然也有石榴花。

對於全詩有相當了解之後，該談到那篇英譯了。除去上面已說過的之外，還有如下幾點可供討論。(一)「風前幾人老」的老字在這裏當死亡講。其所以不說死而說老，第一是以老代死比較含蓄，這一點，不懂原文的人或者可以看出。第二是爲了押韻，這一點他們無從了解。譯文直譯爲 old，如果遇腦筋不太靈活的人，眞把牠解釋成衰老，本句固然講的下去，全詩就上下不聯貫了。不過，這只是我的過慮，既能讀詩，大概沒有那樣笨的人。(二) 譯「低迷」爲 dim, dim, 聲音和意思都譯過去了，跟譯淒冷爲 Chilly 一樣巧妙。但這種中西文字的巧合，可遇而不可求。(三) 中國文字不分單數、複數，英文則不然。譯文第八行的 hill 加上 s 成爲複數，用來翻譯姜白石詞「淮南皓月冷千山，」倒還不差，翻譯此句便大有問題。「一山」即是滿山，這裏所寫的只是眼前近處，其境界是幽深的、狹窄的，從幽深狹窄中見出沉重。如把山字譯成複數，便是許多山，有空曠之感或層疊起伏之感，不合原作的境界。第一行的 Southern hills 則可以譯爲複數，因爲那是泛指南山一帶。(四) 我乍見 kinsman 一字，頗爲吃驚，以爲他把「新人」讀成親人，那可不是漢學家所應有的錯誤；想到還有一個 new 字，又看過附注之後，才知他把「新人」解爲新娘子。kinsman 是男性，bride 則是女性，於是譯者不得不在附注裏繞一個大圈子以自圓其說，越繞越遠，簡直把原作最重要最美妙的想像給破壞了。就我的淺見，這首詩已經算是很不錯的譯作，却還有此錯誤，主要的原因是譯者只知近代語管新娘子叫新人，而不知古代很少叫新人而叫新婦。這首詩所想像的是人死後的情形，可以是李賀本人，也可以是男女老少任何人，譯者

肯定說成李賀，便顯呆相。難怪他一定要用 kinsman 而又在附注裏繞那麼大圈子。此外很可能有若干問題，整體的或枝節的，我沒看出來，那就有待於中英文俱佳的人作進一步的探討。我寫這篇文章主旨是要介紹這首詩，關於英譯的一些意見只是拋磚引玉而已。

民國五十六年，現代文學第三十三期。

兩首顏色鮮明的宋詩

黃栗留鳴桑椹美，紫櫻桃熟麥風涼。朱輪昔愧無遺愛，白首重來似故鄉。（歐陽修：再至汝陰三絕句之一）

縹蒂緗枝出絳房，綠陰青子送春忙，涓涓泣露紫含笑，焰焰燒空紅佛桑。落日孤煙知客恨，短籬破屋爲誰香？主人白髮青裙袂，子美詩中黃四娘。（蘇軾：題見後）

我很喜歡這兩首詩，喜歡其顏色與情感的配合。顏色屬於外境，情感屬於內心；顏色是死的，情感是活的。彩色電影所以勝於幻燈片，就是因爲有電光把牠照活了。情感卽是電光。我在「小山詞中的紅與綠」文中曾說，晏小山運用紅綠兩種濃艷的顏色非常成功，所謂「運用」卽是把內心的情感與外物的顏色配合起來。文心雕龍詮賦篇說：「如組織之品朱紫，畫繪之著玄黃，文雖雜而有質，色雖糅而有本。」（雜字通行本作新，乃是形近之誤，應從唐寫本作雜。）情感、意象、理致、氣勢等卽是文之質色之本。現在根據上述理論來分析這兩首詩。總起來說，歐詩是衰年暮景，舊地重游，所謂「欣慨交心」；蘇詩則是遠謫異方，天涯淪落，遷客的淒涼中帶有詩人高傲之氣。

宋朝的汝陰郡卽潁州，現在的安徽阜陽。宋仁宗皇祐元年，歐陽修四十三歲，從揚州移知潁州，這是他第一次到這個地方。趙令畤侯鯖錄說他在此以前到過潁州，其說恐不可靠。在任年餘，改知應天府。皇祐五年至和元年之間他給他母親服孝，又在潁州住了幾個月，這是第二次到了英宗治平四年，歐陽已六十一歲，以刑部尚書出知亳州，特別請求朝廷許他便道經過潁州，這是第三次。這首詩卽是這次便道過潁時所作，時間是陰曆閏三月中旬或下旬，上距作太守時已有十八九年，離服孝閑居也有十四年了，所以此詩第三首說「十四五年勞夢寐，此時才得少踟躕。」他很喜歡潁州的氣候風土，離開久了，總想再來看一看。（本文所敍歐陽及蘇東坡事跡年月，都是根據他們的傳及年譜，因爲要講的是文學批評欣賞，不是考據，所以不一一注出。）

誰都看得出來，歐陽這首詩前兩句寫景，後兩句寫情；景是華中平原春末夏初的淸和寧靜，情是老太守重臨舊治的感慨。此詩可以說是「冠頂格，」每句之首是一個顏色字：黃、紫、朱、白。冠頂格是個俗陋的名詞，所謂這個格、那個格，近於文字遊戲，我本不願提到這個名詞；但歐陽的確作的是這種形式，而絕對不是文字遊戲。可見文學作品之爲遊戲或嚴肅，主要在其內容，如何形式體裁，乃是次要的事。

黃栗留，鳥名，卽是黃鶯。桑椹是桑樹的複果，顏色有深紫與乳白兩種，味甘可食，小孩子最歡迎的東西。北平初夏街頭，小販常把紅櫻桃白桑椹擺在一起叫賣，襯以又圓又大的綠葉子；我寫此文時，叫賣的聲音如在耳中，而不嘗此味已二十年了。櫻桃的顏色，正紅之外，又有深紫、微黃兩種，歐詩所寫已點明是紫的。麥穗成熟後則是金黃色，唐人詩所謂「四月南風大麥黃。」同一顏色，有深有淺，人們的感受因之而不同。淺黃色明麗，淺紫色也明麗，深紫則有沈鬱之感。黃栗留的羽毛深淺相間，而淺黃者居多。淺黃色的鳥，飛鳴棲止於櫻桃樹上，與深紫色的果實相映，眞是「相得益彰。」而且，櫻桃之外，又有桑椹之紫與麥穗之黃，纍纍的桑椹與櫻桃在高處，波浪式的麥穗在低處。中原初夏，風日淸和，「蒲靑柳碧」之間，點綴以深淺不同的黃紫兩色，這是極美的農村圖畫。但只能以甘美來形容桑椹的味道，以凉爽來寫出麥風吹拂時人們的感覺；二者的顏色則留給讀者自已去想像。這樣，詩句才能流動，才有透氣的地方。「蒲青柳碧春一色」是李商隱的詩。

朱輪句表示歐陽修的身份與他和潁州的關係。他以前來潁州作太守，坐的是朱輪車，這次則是作亳州太守，路過潁州，當然還是朱輪。白首表示年紀，點出舊地重來的今昔之感。除非少數有「不白之寃」的人，到六十一歲當然是白首而歐陽則是「貌先年老」，四十七八歲時已是鬚髮皆白了。朱即是紅，紅白兩色相映，最鮮明。辛稼軒滿江紅詞云：「點火櫻桃，照一架酴醾如雪」，這是多麼鮮明的對照。難怪美國人冬天爬雪山多穿紅夾克，白髮老翁喜歡打紅領帶。中國繪畫上的雪裡梅花也是紅白相映。畫中賞雪的人往往是穿紅斗蓬。但這兩句詩的意境却在「昔愧無遺愛」與「重來似故鄉」。甚至全詩的重點也在此，這才能寫出流光迅速之感與他個人對於潁州風土之愛好。沒有這十個字，黃紫朱白四色便是雜而無質，糅而無本。

歐陽這次來潁是便道經過，四年後，即神宗熙寧四年，他六十五歲，以太子少師致仕（退休），並沒有回到江西廬陵故鄉而來到潁州住家。在此以前，他已在潁州置下田產；過了整一年，熙寧五年秋天，他即病逝潁州，葬在潁州附近的新鄭。他的子孫從此就在潁州定居。綜觀歐陽一生，生於四川綿州，長於湖北隨州，二十四歲中進士以後，一直在長江以北作事，最後終老於潁。雖號稱江西廬陵人，而六十六年之中只到過家鄉兩次：一次是五歲時隨母還鄉葬父，一次是四十七歲歸葬他的母親，兩次合計，在老家不滿一年。這也是讀文學史者不可不知之事。到了哲宗元祐六年，歐陽逝世之後二十年，作潁州太守之後四十三年，他的門生，與他齊名或更過之的蘇東坡也來守潁州，曾做了一首很有名的木蘭花令即玉樓春來紀念他。全詞如下：「霜餘已失長淮濶，空聽潺潺清潁咽。佳人猶唱醉翁詞，四十三年如電抹。　草頭秋露流珠滑，三五盈盈還二八；與予同是識翁人，惟有西湖波底月。」這個不算大的州城，却與當時兩個大文學家有緣；可惜歐蘇常常宴會觴詠，號稱一郡名勝的西湖，現在已湮沒了。

東坡在潁約近一年，五十六歲的下半年和五十七歲的上半年；到他五十九歲，哲宗紹聖元年，便因新黨得勢與其他元祐黨人同時遠謫，他去的是廣東惠州。當年十月到惠，住在嘉祐寺，第二年移居合江亭，六十二歲夏天改謫昌化軍，即現在的海南島。在惠州共經過三個春天：六十、六十一、六十二歲。他那首十彩繽紛的七律題目很長，像一篇小序：「正月二十六日，偶與數客野步嘉祐僧舍東南野人家，雜花盛開，扣門求觀。主人林氏媼出應，白髮青裙，少寡，獨居三十年矣。感歎之餘，作詩記之。」觀題中嘉祐僧舍云云，此詩可能是六十歲正月初到惠州不久仍住在嘉祐寺時所作。如果在次一年，則恰巧與歐詩同爲六十一歲時的作品。

含笑、佛桑（亦作榑桑），這兩種花臺灣都有，佛桑尤其普遍，人家庭園籬落間種植的很多，多數是紅色的，也有黃及橘紅色兩種，黃的最美，但不好養。第二句完全是嶺南節物；在北方，陰曆正月底春天還沒有來呢。黃仲則詩所謂「二月不青草，蕭然薊北春。」縹是綠中泛白，緗是黃中透綠。現在北方話即有所謂緗色，但書寫時多訛爲「香色」，又稱「香黃色」，因爲北方供佛所燒線香其色恰是黃中透綠，不像臺灣線香顏色是黑的。一般花蒂多是縹色，春天新生樹枝都帶緗色。綠中泛白的花蒂，黃中透綠的花枝，絳紅色的花房：全詩共用十種顏色，第一句就佔了三種，但不嫌其雜，因爲這三色是在一個整體上面。前半首則佔了七種：縹、緗、絳、綠、青、紫、紅，其餘三種，白、青、黃，集中於末二句。青裙之青非青子之青，子是青綠，裙是青黑，所以兩個青字要算兩種。黃字在這裏是姓氏而不是眞的顏色，巧妙就在這裏，下面再談；現在要注意的是第五六兩句。這兩句全無顏色，是全詩中的一段「空白」。這段「空白」才是無色之色，衆色之本，正像一個水晶盤子，把衆色收攏起來使其統一調合；又像一片白光，把衆色照耀起來使之活潑生動。「落日孤煙」可能是來自王維的詩「渡頭餘落日，墟里上孤煙」，或「大漠孤煙直，長河落日圓」，這兩個王右丞喜用的名詞，在此詩中之作用大矣哉。上文說過，東坡此時已六十歲，衰年遠謫，當然有「恨」，而這些盛開的雜花所爲之香的則是一位三十年寂寞獨居的老太太「短籬破屋」，「落日孤煙」正是這一主一客環境與心情的寫照。一個「誰」字，引出下句的「主人」；白髮靑裙，僅只兩種而且都很樸素的顏色，與前半首的七彩絢爛成爲強烈的對比，於是全詩主題意境躍然在目。顏色鮮明而波瀾壯濶，律詩作到如此地步，「歎觀止矣」。波瀾壯濶較顏色鮮明更爲重要；不然，便成了「麗而不則」，即是說只表面美麗而沒有質地，沒有分量。東坡此兩句正是全詩波瀾之所在，所以需要一段空白，如果這兩句再塗抹上些顏色，便把全詩「通路」堵塞住，成爲波瀾不起的死水。當然沒有人會笨到如此。最後一句則是「文章本天成，妙手偶得之」的餘波，在這餘波裏顯出東坡高傲的胸襟氣派。杜子美「江畔獨步尋花七絕句」之一云：「黃四娘家花滿蹊，千朵萬朵壓枝低。留連戲蝶時時舞，自在嬌鶯恰恰啼。」林老太太是詩中的黃四娘，蘇東坡不就是作詩的杜子美麼？正好四娘的姓是一種顏色，這個典故就被用上了。東坡在黃州作念奴嬌「大江東去」詞，提到周公瑾，在這裏又想起杜子美，這都是他自信可以與古人並傳不朽的表現。以前我在一個朋友的扇上看到兩句詩：「身經萬里頭初白，名已千秋心自清。」不知道是誰的詩，而印象甚深，東坡就是這樣的心情。

東坡作詩是喜歡用顏色字的，像「酒如人面天然白，山向吾曹分外靑」（平山堂次王居卿祠部韻）「老來厭伴紅裙醉，病起空驚白髮新」（病後述古邀往城外尋春），「烏菱白芡不論錢，亂繫青菰裹綠盤」（望湖樓醉書）之類的句子很多。去年某一期的中央日報副刊，曾有某君的一篇文章論到此點，他把東坡用顏色字的詩句搜羅很多，「縹蒂緗枝」一首也舉出了，但他只列了斷句而未錄全篇。東坡其他用顏色的詩或者可以如此講，此詩則非通論全首不可；因為不但要看他的描寫，還要看他的組織，不但要觀其色，還要識其本。

民國五十六年，純文學第六期。

成府談詞

民國二十九年庚辰，予任教北平燕京大學，講授之餘，試撰詞話若干條，興到筆隨，「辭無詮次」；其中一部分曾散載於當時出版之燕大文學年報。越二十二年壬寅之秋，全部錄出，用備省覽。謄寫之際，每有見解異於往昔或仍舊意而別有發揮者，輒低一格附識於各條之後。又五年丙午，復取平時筆記中論詞之語，分別繫錄，不低格而註「新附」二字者是也。雖新舊並陳，條理凌亂，而二十餘年中情趣宗旨之變遷，略見於此，或足供讀詞者參考之資。編錄既竟，總名之曰「成府談詞」，以識緣起。成府者，燕京大學東門外之一村落，小橋深巷，樹老陰清，頗饒幽靜之趣。予讀書時，藏修息游於此者四年，教書時又居住於此者三年餘。桑下三宿，未能忘情，況七八年之久乎？「別來已白數莖頭，何日得重遊？」潘逍遙憶餘杭詞也。「舊家應在，梧桐覆井，楊柳藏門，閒身空老，孤篷聽雨，燈火江村。」倪雲林人月圓曲也。每讀斯語，感慨系之。憂生憫亂，寒暑相催，鬢之白者已不止數莖矣。民國五十六年丁未重九日識於臺北寓廬。

溫庭筠　韋莊

湯顯祖評花間集云：「溫飛卿菩薩蠻，如芙蓉浴碧，楊柳挹青。意中之意，言外之言，無不巧儁而妙入。」「芙蓉浴碧，楊柳挹青」此八字可評全部溫詞。若僅以「鏤金錯彩」觀之，則是遺神而取貌矣。

飛卿詞融情入景，意與境渾，故能如張惠言所謂「深美閎約」。劉熙載藝概僅賞其「精豔絕人」，猶爲皮相之談。然張氏詞選釋菩薩蠻，穿鑿附會，墮入惡趣；其論飛卿雖是，其所以解釋此論者則非。菩薩蠻「小山重叠金明滅」一首原非飛卿極品，以適居花間首列，選本、詞話，多涉及之，遂若飛卿僅能爲此類閨情之作。其實，「牡丹花謝」、「南園滿地」、「夜來皓月」諸首，皆勝於此，所寫雖仍是閨情，氣象却非閨情所能籠罩。

此是予二三十年前論調，當時欣賞詩詞，只知豪放而不解婉約，但喜顯豁而不辨幽微；今則持論幾於相反矣。秦少游曾作水龍吟，首兩句云：「小樓連遠橫空，下窺繡轂雕鞍驟。」蘇東坡譏之云：「十三個字只說得一個人騎馬樓前過。」飛卿菩薩蠻「小山重叠」云云共四十四字，只說得一個人晨起化妝，事之細微同於一個人騎馬樓前過，字數則多出三倍有餘。但能於尋常事物尋常動作中，寫出顧影低徊，孤芳自賞之情致，境界似小而意深神遠。故王國維人間詞話云：「境有大小，不以是而分優劣。『落日照大旗，馬鳴風蕭蕭』不必勝於『細雨魚兒出，微風燕子斜』也。」（新附）

此條見予所撰詞曲概說示例，其寫作時期晚於前條約十四五年，並錄於此，以見予論詞宗旨轉變之跡。若謂此種轉變爲進步，則未必然。

飛卿詞託物寄情，端己詞直抒胸臆，飛卿詞深美，端己詞清剛。後世所謂婉約派多自溫出，豪放派多自韋出。雖發揚光大，後來居上，而探本尋源，莫能或易，此所以溫韋並稱爲詞家開山祖也。

端己菩薩蠻云：「人人盡說江南好，游人只合江南老，春水碧於天，畫船聽雨眠。」記曾見一評本云：「江南之好，只如此耶？」其實此正放翁評花間詞所謂「簡古」。若以陶詩「春秋多佳日」、「山氣日夕佳」觀之，端己之作，猶有鋪敍矣。

晏殊　歐陽修（新附）

珠玉詞淸剛淡雅，深情內斂，非淺識所能了解，近人遂有譏爲「身處富貴無病呻吟」者。不知同叔一生，亦曾屢遭拂逆，且與物有情而地位崇高性格嚴峻，更易蘊成寂寞心境，故發爲詞章，充實眞摯，安得謂之無病呻吟！文人哀樂，與生俱來，斷無作幾日官卽變成「心涵涵面團團」之理。爲此語譏同叔者，吾知其始終未出三家村也。

王國維人間詞話：「永叔玉樓春，『人間自是有情痴，此恨不關風與月。直須看盡洛城花，始與東風容易別。』於豪放之中有沈着之致，所以尤高。」所謂豪放中見沈着，歐詞佳者皆然，不止此玉樓春。馮煦宋六十一家詞選序錄（詞話叢編改題蒿庵論詞）以爲歐詞「疏儁開子瞻，深婉開少游」，亦是此意。疏儁卽是豪放，深婉卽是沈着。疏儁而不能深婉則失於輕滑，豪放而不能沈着則失於叫囂，二者皆詞之魔道。

醉翁琴趣外編中多諧謔鄙俚之作，忌者僞構，坊賈妄編，二種成分皆有之，然其中亦有眞摯自然之詞爲近體樂府所未收者，須分別觀之。

珠玉詞緣情體物細妙入微處，爲六一所不及；六一情調之奔放，氣勢之沈雄，又爲珠玉所無。

晏歐詞雖不能如蘇辛之幾於每事皆可寫入，而堂廡氣象決非花間所能籠罩。張皐文「尊體」之說，爲詞壇正論，欲於五代宋初求能尊體者，正中二主與晏歐皆是。能深刻眞摯以寫人生，卽是尊體，非必纏綿忠愛。陳廷焯白雨齋詞話不解此旨，乃僅以豔詞目晏歐，眞顚倒之論。

大晏臨江仙云「資善堂中三十載，舊人多是凋零。與君相見最傷情，一尊如舊，聊且話平生。　此別要知須強飮，雪殘風細長亭。待君歸覲九重城，帝宸思舊，朝夕奉皇明。」小晏臨江仙云：「東野亡來無麗句，于君去後少交親，追思往事好沾巾。白頭王建在，猶見詠詩人。學道深山空自老，留名千載不干身，酒筵歌席莫辭頻。爭如南陌上，占取一年春。」此兩詞予初讀二晏詞時即甚喜之，惜後半首皆少遜耳。兩詞不僅牌調相同，情感意境亦同；論其風調，則前者雍容，後者瀟灑，父子身分性情之異，亦可於此中見之。（新附）

晏幾道　秦　觀

小山詞境，清新悽婉，高華綺麗之外表，不能掩其蒼涼寂寞之內心，傷感文學，此爲上品。人間詞話云：「小山矜貴有餘，但可方駕子野方回，未足抗衡淮海。」是猶以尋常貴公子目小山矣。

小山詞傷感中見豪邁，淒清中有溫暖，與少游之淒厲幽遠異趣。小山多寫高堂華燭酒闌人散之空虛，淮海則多寫登山臨水棲遲零落之苦悶。二人性情家世環境遭遇不同，故詞境亦異，其爲自寫傷心則一也。（馮煦蒿菴論詞：「淮海小山，眞古之傷心人也。」）

少游「飛紅萬點愁如海」之句，膾炙人口，當時和者甚衆。李長吉詩云，「桃花亂落如紅雨，」杜工部詩云，「一片花飛減却春，風飄萬點更愁人。」李東川詩云，「遠客坐長夜，雨聲孤寺秋。請量東海水，看取淺深愁。」文人運思造語相近似者，有暗合，亦有明用；秦詞未必出於唐人，亦未必不出於唐人。（新附）

黃庭堅

宋時，晁無咎陳後山論詞，皆秦黃並稱；近代論者始多揚秦抑黃，蓋病其時有粗鄙淺率之作耳。然秦七亦時傷平鈍，無害其爲大家。黃九硬語盤空，於倔強中見姿態處，實能別開生面，論者偏加苛責，何也？陳廷焯白雨齋詞話論黃詞云：「於倔強中見姿態，以之作詩尙未必盡合，況以之爲詞耶？」此君中「溫柔敦厚」之毒深矣。予編注詞選選錄之黃詞定風波等數首至今愛誦若夫「此君受溫厚敦厚之毒深矣」則五十歲以後決不作此等語也。

賀鑄

王國維人間詞話：「北宋名家，以方回爲最次，其詞如歷下新城之詩，非不華贍，惜少眞味。」此論說盡東山樂府短處。方回爲人蓋今世所謂「大江湖」之流，當然不能作好詞。集中惟石州慢一首，清潤深遠，可稱佳什，梅子黃時雨次之。小梅花數闋（見彊村叢書本東山樂府，或云是金人高憲作）看似豪縱，實則油滑，情淺故也。初學見之，墮入魔窟矣。

小梅花「城上路凄風露」一首，見中州集，題高仲常（憲）作。中州集爲元遺山編選其本朝人作品，不應誤收，小梅花之音節聲響亦不似北宋時詞牌，此數闋殆非方回作品。

賀公好大言，高自稱許，故張文潛爲東山樂府作序云：「盛麗如游金張之堂，而妖冶如攬嬙施之袪，幽潔如屈宋，悲壯如蘇李。覽之者自知之，蓋有不可勝言者矣。」寫得烏烟瘴氣，恰如其人。後之論者，則方以爲美談也。

陳廷焯白雨齋詞話云：「方回詞，胸中眼中另有一種傷心說不出處，全得力於楚騷而運以變化，允推神品。」「神品」二字固爲過譽；然「傷心說不出」，方回胸中確有此意味。予往者以「大江湖」「烏烟瘴氣」譏此公，而論其詞爲「情淺無眞味」，眞妄談也。予於古今詞人所作褒貶前後懸殊者，宋人則賀方回，近人則鄭叔問。然綜觀各家詞話，詞人所得毀譽相去之遠，未有如方回者，非僅予一人對之如此。

予對於方回觀念之轉變，在讀其慶湖遺老集諸詩之後；不讀賀詩不能認識其爲人及其詞。賀詞上承溫尉，下啓夢窗，爲近代論詞者所公認。然上下皆有所不逮，蓋穠麗一派中之蜂腰也。方回有鷓鴣天一首題爲半死桐，乃悼亡之作。前半云：「重到閶門萬事非，同來何事不同歸，梧桐半死清霜後，頭白鴛鴦失伴飛。」北夢瑣言：「唐江淮間有妓徐月英，其送人詩云：惆悵人間事久違，兩人同去一人歸。生憎平望亭中水，忍照鴛鴦相背飛。」若謂爲賀詞所本，頗有幾分似處。七修類稿卷三十四以此詩爲放翁沈園詩所本，則太附會矣。白居易爲薛台悼亡詩：「半死梧桐老病身，重泉一念一傷神。手攜稚子夜歸院，月冷房空不見人。」半死桐之題，當出於此。(新附)

蘇軾

張炎詞源：「東坡詞如水龍吟詠楊花、詠聞笛，又如過秦樓、洞仙歌、卜算子等作，皆清麗舒徐，高出人表。」周濟介存齋論詞雜著：「人賞東坡粗豪，吾賞東坡韶秀。韶秀是東坡佳處，粗豪則病也。」清麗舒徐，韶秀，皆是蘇詞確評，而古今罕道及者。蘇詞與辛不同處，卽在舒徐二字；韶秀則稼軒偶然能到。欲證此論須讀全集，張氏所舉諸例，但舉其似已者耳，殊非東坡上乘。

予近年始知水龍吟詠聞笛確是絕妙好詞，張氏所舉其餘四首則始終不能欣賞。私見以爲代表東坡舒徐韶秀之作，當推八聲甘州寄參寥子、雨中花慢、青玉案和賀方回韻寄伯固、蝶戀花京口得鄉書諸詞。宋人筆記詩話有謂青玉案爲華亭姚晉作者，其說非是。

秦少游江城子「飛紅萬點愁如海」和者甚衆，黃山谷作「波濤萬頃珠沉海」最佳；此詞亦見晁無咎集，恐無咎無此筆力。晁集末句作「驚濤自捲珠沉海」，亦不如「波濤萬頃」。東坡在海南時亦有和作云：「島邊天外，未老身先退。珠淚濺，丹衷碎。聲搖蒼玉佩，色重黃金帶。一萬里，斜陽却與長安對。路遠誰云會罪大天能蓋君命重，臣節在。新恩雖可冀，舊學終難改。吾已矣！乘桴且恁浮於海。」蒼涼兀傲，眞所謂「文章老更成」者。此詞東坡樂府不載，見於能改齋漫錄。（新附）

陳與義

白雨齋詞話：「陳與義擬法駕導引三章，以淸虛之筆寫濶大之景，語帶仙氣，洗脫凡豔殆盡」的是確評。詞中「自洗玉舟斟白醴，月華微映是空舟。」「千乘載花紅一色，人間遙指是祥雲。」皆可爲去非詩詞寫照。

朱敦儒

樵歌行世甚晚，故諸家詞話多不之及。集中如鷓鴣天「曾爲梅花醉不歸」、朝中措「登臨何處自消憂」、減字木蘭花聽琵琶二首、相見歡「東風吹盡江梅」、又「金陵城上西樓」諸作，悲涼壯慨中，仍饒淸麗之致；蓋緣生長太平，中年經亂，又以北人初至江南，身世環境有以醞釀之也。宋人身經南渡而能以詞寫感者，去非希眞二家而已。

此段末語殊謬，當時不知何以竟將易安居士忘掉，卽石林蘆川諸人亦不應一筆抹殺。

希眞閒適之詞如臨江仙「堪笑一場顚倒夢」、又「生長西都逢化日」、木蘭花「老後人間無處去」、減字木蘭花「有何不可」諸作，皆恰到好處。過此分際，如感皇恩「一個小園兒」、蘇幕遮「瘦仙人」之類，則頹然自放，不成其爲詞。大抵滑稽率易之作，無論爲詩爲詞爲曲，皆惡札也。

木蘭花「老後人間」一首最佳，有深沈之思，眞摯之情，如此閒適，方不致浮泛庸陋。鷓鴣天「五陵俠少今誰健，似我親逢建武年」又「道人還了鴛鴦債，紙帳梅花自在眠」西江月「日日深杯酒滿」全首如此之類，看似閒適，實則悵惘，希眞心事須於此八字中求之。

以上論樵歌諸條，皆甚爲膚淺，重其爲昔年見解，過而存之。予另有專文論樵歌，收入「從詩到曲」亦是舊時淺見。雖然，「昨非今豈是，明日又今非」也。

李清照

沈曾植菌閣瑣談：「易安跌宕昭彰，氣調極類少游，刻摯且兼山谷。……自明以來，墮情者醉其芬馨，飛想者賞其神駿；易安有靈，後者當許爲知己」。自來論易安詞，未有如此深透者，拈出神駿二字，尤爲特識。故云易安當許後者爲知己也。易安詞如南歌子「天上星河轉」、臨江仙「庭院深深深幾許」、漁家傲「天接雲濤連曉霧」諸首，皆所謂刻摯神駿之作。他如浣溪沙「淡蕩春光寒食天」、攤破浣溪沙「病起蕭蕭兩鬢華」、醉花陰「薄霧濃雲消永晝」諸首，亦皆於芬馨之中寓神駿之氣。若夫聲聲慢、如夢令諸傳誦作品，實非易安極詣。周介存論易安云「閨秀詞惟清照最優，究苦無骨」，蓋先存一閨秀作品無骨之成見，又僅就聲聲慢一類詞立論耳。嘗疑周氏所見易安詞恐只聲聲慢、如夢令、武陵春、鳳凰臺上憶吹簫等數首。

辛棄疾（全部新附）

陳廷焯白雨齋詞話云：「東坡心地光明磊落，忠愛根於性生，故詞極超曠而意極和平。稼軒有吞吐八荒之概，而機會不來，正則可以爲郭李、爲岳韓，變則即桓溫之流亞。故詞極豪雄而意極悲鬱。後人無東坡胸襟，又無稼軒氣概，漫爲規橅，適形粗鄙耳。」此段論東坡稼軒其人其詞，最爲確切。稼軒是漢唐人物而生於宋代，既無機會爲郭李，更不願爲桓溫，此其所以終身不得大用而僅以詞傳也。

稼軒是文人之知兵者，以郭李擬之，稍嫌不倫，蓋「正派」之桓溫也。

王國維人間詞話云：「東坡之詞曠，稼軒之詞豪。」拈出曠豪二字，與白雨齋持論暗合。予謂：曠者能擺脫，故蘇詞寫情感每從窄處轉向寬處；豪者能擔負，故辛詞每從寬處轉向窄處。蘇滿庭芳「歸去來兮，吾歸何處，萬里家在岷峨。」一首，是曠之例證。辛沁園春「老子平生，笑盡人間，兒女怨恩。」一首，是豪之例證。

梁任公跋四卷本稼軒詞，謂稼軒爲澹榮利尚氣節之人。尚氣節固矣；稼軒豈是澹榮利者。梁先生之意，似以澹榮利爲高，此是南宋以後人見解。

稼軒瑞鷓鴣云：「却笑千年曹孟德，夢中相對也龍鍾。」顧亭林濟南詩云：「愁來獨憶辛忠敏，老淚無端痛古人。」此四句予最喜讀，悵望千秋，「會心處正不在遠。」

稼軒蘭陵王己未記夢詞，與賀新郎咏琵琶、送茂嘉十二弟，是一種筆墨。末句「尋思人世，只合化夢中蝶。」尤爲超脫。此詞前人多不措意，余亦忽視之，近始覺其佳。

記夢蘭陵王詞，臚列古來許多寃憤化爲異物之事，而以化蝶結之，一句推翻全篇，亦卽以一事與許多事對立，章法奇崛可喜。江城子「寶釵飛鳳，」通首皆溫柔意，而以天山羽箭作結，亦是此等章法。白雨齋詞話卷六云：「稼軒詞於雄莽中別饒儁味。……驚雷怒濤中時見和風暖日。」此數語從正反兩面觀之，可解釋上述二詞。蘭陵王爲驚雷中見暖日，江城子則晴天霹靂也。

陳後山挽曾南豐詩云：「丘原無起日，江漢有東流。」稼軒聞朱晦庵卽世感皇恩云：「江河流日夜，何時了？」意同而語氣各異。陳詩語直而卻含蓄，「重」故也；辛詞語婉而卻顯露，「輕」故也。重輕二字卽詩詞區別之所在。然稼軒之作，在詞中已爲重筆矣。

前首感皇恩云：「子雲何在，應有玄經遺草；江河流日夜，何時了？」以揚子雲喻朱晦菴，恐非朱所樂聞。晦菴綱目亟稱子雲爲「莽大夫」者也。南宋以前對於子雲之印象與南宋以後不同。南宋以前每以子雲與孟軻荀卿並提，其後則貶者漸衆矣。此種不同見解，大抵始於紫陽編綱目之時，故稼軒賀新郎云：「投閣先生惟寂寞，笑是非不了身前後。」予往者注稼軒詞未及此意，補正時須提出。

稼軒賀新郎云：「千古事雲飛烟滅。」念奴嬌云：「一點淒凉千古意，獨倚西風寥濶。」又云：「淒凉今古，眼中三兩飛蝶。」瑞鶴仙云：「轉頭陳跡，飛鳥外，晚煙碧。」此意集中屢言之，可想見此翁襟抱。

劉過　劉克莊

改之粗獷，後村膚廓，去稼軒遠甚。後人有辛劉並稱者，可謂擬不於倫。後村雖才情略歉，品格尙高，改之則江湖清客之流。

此論貶二劉亦太過。況周頤之論改之，楊愼之論後村，則甚爲精當。況撰蕙風詞話云：「劉改之詞格本與辛幼安不同。其龍洲詞中如賀新郎贈張彥功云：『誰念天涯牢落況，輕負暖烟濃雨。記酒醒香消時語：客裏歸韉須早發，怕天寒風急相思苦。』前調云：『衣袂京塵曾染處，空有香紅尙軟。料彼此魂消腸斷。』又云：『但託意焦琴紈扇，莫鼓琵琶江上曲，怕荻花楓葉俱淒怨。』祝英台近遊東園云：『晚來約住青驄，踏花歸去，亂紅碎一天風月。』唐多令八月五日安遠樓小集云，『柳下繫船猶未穩，能幾日，又中秋。』醉太平云，『翠綃香暖雲屏，更那堪酒醒。』此等句是其當行本色。其激昂慷慨諸作，乃刻意橅擬幼安，至如沁園春斗酒彘肩云云，則尤橅擬而失之太過者矣。」楊撰詞品云：「劉克莊後村別調，大抵直致近俗，效稼軒而不及也。」予所謂改之粗獷，卽謂橅擬幼安諸作，世人謂改之似辛，乃揭其所短，惟況氏之論，探驪得珠。予所謂後村膚廓，卽直致近俗之意。但粗獷與膚廓，用字稍重耳。

史達祖

南宋詞人善寫兒女之情者，梅溪爲第一。然其胸襟似不及小山淮海之磊落，故少俊邁之氣。此固由於性分，亦有運會關係在其中；弱國之民，卽談私情亦不易開展也。

吳文英

夢窗詞爲倚聲變調，夢窗以前，未有如是雕琢者。凡一種文體至極盛將衰之時，多以雕鏤刻畫爲工。詞至南宋末年，已漸老熟，正合有此一格以結三百餘年之局。

夢窗之前，以雕鏤刻畫爲工者，有一賀方回，此種作風至夢窗始極其致耳。夢窗勝於方回處在重與密二字，方回詞雖致力雕琢，終嫌其輕而碎。予以前未能細讀東山樂府，於其優劣得失所在實瞢無所知。

夢窗詞亦非全無意境。集中如霜葉飛「斷煙離緒關心事，」水龍吟「艷陽不到青山，」又「幾番時事重論，」齊天樂「淩朝一片陽臺影，」慶春澤「帆落廻潮，」八聲甘州「渺空烟四遠，」夜合花「柳暝河橋，」聲聲慢「檀欒金碧，」賀新郎「喬木生雲氣」諸作，皆意境高絕，有崇山壁立，老樹拏雲之概。「喬木生雲氣」與瑞鶴仙之「亂紅生古嶠」，蓋夢窗自爲寫照。

時賢有譏夢窗詞爲堆砌空洞全無意境者，予故有此論。然在今日，一定改右文「亦非」二字爲「絕非」。予之領悟夢窗詞在三十八九歲以後，領悟大謝詩則近五十矣。眞鈍根也。

高陽臺豐樂樓云：「傷春不在高樓上，在鐙前欹枕，雨外熏爐。」卽孟浩然之「夜來風雨聲，花落知多少」也；而吳詞別饒深婉之致。詞境與詩境不同，可於此等處求之。（新附）

鷓鴣天化度寺作云：「吳鴻好爲傳歸信，楊柳閶門屋數間。」予非蘇州人而甚樂其風土，故最喜讀此兩句，正如歐公之思潁也。（新附）

張　炎

玉田詞轉折分明，最便初學。由此以窺柳周，學蘇辛，視各人之性情才力而定。若能入而不能出，則淪爲淸之浙派。元人如張翥輩，亦學玉田而不能出者。

玉田詞有時過於淸空，所謂一日作百首也得者。蓋亡國之民，「理屈詞窮」，實無話可說。「玉老田荒，心事已遲暮，」何等淒婉。王靜安以此四字譏玉田，不知正玉田傷心處。

朱古微晚年不多作詞，人問之，則以「理屈詞窮」對。此前輩一時戲言耳，謂爲寓感慨於詼諧，固無不可，予乃持以尙論古人，眞是妄談。古來亡國遺民，其作品深摯沈痛者多矣，何嘗無話可說？雖然，項蓮生有句云：「莫便傷心，可憐秋到，無聲更苦。」能解此意，卽知予言亦非全妄。

王沂孫

詞源稱碧山詞「琢語峭拔」，是知碧山者。但嫌有句無篇，周密草窗詞亦然。此不惟才力淺弱，亦「理屈詞窮」之故。碧山劣處，蓋合夢窗之晦澀與玉田之空浮而一之，且集中詠物之作太多，見性情處太少，所以不能與於大家之數。

予舊論貶碧山太過。當時雖能欣賞碧山小部分作品之峭拔，而未能認識其全體，蓋見解仍停頓於「人間詞話」之階段也。今日自覺已有轉變，然對於清人穿鑿附會之解說，則始終未能贊同。

予往時僅能欣賞碧山詞語句之峭拔，而未能完全領味其意境之幽深，故云有句無篇，故云晦澀。卽夢窗玉田詞，當時亦只見其枝節，未窺全體。

清人如張惠言、周濟、陳廷焯等，極力推崇碧山，而皆以纏綿忠愛許之，以爲每作皆寓故國之思。蓋緣胸中先橫一尊體之見，牽引附會，以求微言深意，於是催雪落葉，皆成麥秀黍離矣。

王碧山詞固非全無寄託，齊天樂詠蟬二首，確是故國之思。然若逐篇穿鑿，則未有不貽笑柄者。如莊棫之解天香是也。（見白雨齋詞話卷二）

水龍吟詠落葉云：「渭水風生，洞庭波起，幾番秋杪。想重崖半沒，千峰盡出，山中路，無人到。」峭拔幽深，古今名句。陳廷焯白雨齋詞話乃云：「其有恨於崖山乎」。此語與端木埰之解齊天樂，若爲王漁洋所見，當不免「村夫子強作解事」之譏。

蔣捷

元初人詞，如劉秉忠藏春樂府、張弘範淮陽詞、劉因樵庵詞、及鳳林書院草堂詩餘所收諸作，其佳處皆在排比鋪敘，層層襞積，而能以流轉之氣，深沉之思運之，開闔變化，不傷板滯。後來散曲雜劇，皆用此法。竹山爲宋遺民，隱居不出，風節似尚高於玉田碧山；其詞却是元調，與南宋面目不同。蓋風會所關，有不期然而然者。仇遠張翥輩仍宗南宋末流，遂致索然無生氣，此亦所謂「違天不祥」。陳廷焯白雨齋詞話痛貶竹山，每失過當。其論賀新郎秋曉詞，則字句文法亦未看淸，甚矣成見之蔽人也。此君每以理法氣度論詞，於古人佳作，常不能得之於牝牡驪黃之外。

元好問

朱孝臧遺山樂府跋：「杜善夫謂先生詩如佛說法，其言如蜜，中邊皆甜；吾於先生詞亦云。」遺山實熱中功名之士，自其平生行誼，卽可看出，故詩詞皆濃甜如蜜。特身丁亡國，欲出不可，不得不寄情翰墨耳。鷓鴣天後半云：「沽酒市，釣魚磯，愛閒眞與世相違。墓頭不要征西字，元是中原一布衣。」悲涼極矣。予近作論詞絕句之一云：「白髮淒然老布衣，閉沽村釀坐漁磯。墓頭也要征西字，無奈中原事已非。」庶幾得此翁心事。

元初人詩詞，皆受遺山影響，藏春淮陽樵庵三家尤甚。予前所論元初人詞佳處，亦卽遺山詩佳處。寄情翰墨四字說得太輕，遺山暮年心情，豈此四字所能盡者。

劉秉忠　附張弘範

藏春詞佳處在性情深厚，襟抱磊落；悲天憫人之胸懷，澄澈之思想，尤爲歷來詞家所無。淒婉蒼涼之致，猶爲餘事。王鵬運跋藏春樂府云：「往與碧瀣翁論詞，謂雄廓而不失之傖楚，醞藉而不流於側媚，周旋於法度之中而聲情識力常若有餘於法度之外，庶爲塡詞當行。目論者庶不薄塡詞爲小道。藏春詞境，雅與之合。」所論至精，而僅及形式技巧，未足以盡劉詞。

張弘範爲元開國武將，而詞頗不惡，蓋曾受教於鄧中齋，又爲藏春後輩故也。集中木蘭花慢四首，排比頓挫，用筆頗似藏春，不惟耳目浸染，亦是一時風氣如此。浣溪沙三首，蕭閒之趣與功名之念融合，亦詞中不多見之境。但究非專家，故全集不稱。

劉因

王半塘謂樵庵詞「樸厚深醇，」況蕙風則以「眞摯和平」稱之，皆是確論。但終嫌有道學氣，局量亦小。清平樂「青天仰面，」又「山翁醉也」二首最劣。人月圓「茫茫大塊洪爐」裏，看似雄慨，實近膚廓，此二者相隔甚微，惟解人知之。

樵庵詞雖不盡滿人意，然有性情，有學問，如玉樓春「未開常問花開未，」及玉漏遲、南鄉子諸作皆可誦。胸襟氣概之未能廣大，時爲之也，地爲之也，年爲之也；總勝於仇仁近、張仲舉輩之剪綵爲花。（樵庵壽僅四十五歲）

仲舉詞實勝於仁近，以此二人相提並論，是予往年見解未到處。仲舉詞亦未可僅以「剪綵爲花」視之。

納蘭成德　朱彝尊　陳維崧

容若骨秀才清，而天資不厚，享年不永；竹垞亦病才弱氣短，且矜持過甚；故二人長調均鮮佳者。竹垞小令如桂殿秋、解珮令之類，未嘗不卓絕千古，但僅此數首；容若小令佳製甚多，時有前人所無之境界，朱氏遂不得不讓其出一頭地。若夫其年之粗獷叫囂，則詞中之天魔夜叉也。予嘗以庾子山詠懷詩二句評之曰：「索索無眞氣，昏昏有俗心。」

右評竹垞諸語，眞是蚍蜉撼樹；評其年處，語氣雖稍過，意見則今昔無大異。

蔣春霖

詞人寫亂離情況者，鹿潭爲古今第一，雖白石亦無其淸厲。陳廷焯白雨齋詞話云：「水雲樓詞近於樂笑翁，」蓋淺之乎視鹿潭矣！項蓮生之淸而弱，周稚圭之穩而庸，皆不足與鹿潭比。譚獻篋中詞評云：「水雲樓詞淸商變徵之聲，家數頗大，咸豐兵事，天挺此才，爲倚聲家老杜。」是爲知言。

文廷式

陳銳褎碧齋詞話：「文道羲詞有稼軒龍川之遺風，惟其斂才就範，故無流弊。」雲起軒詞去稼軒固遠，却較勝於二劉，龍川以其堅實警鍊，且時有近代人意境故也。

此亦是舊時見解，近年頗覺文詞終不免於浮囂。讀晚清史後，尤不喜其爲人，其人與詞，皆非能斂才就範者；而陳氏以此稱之，可發一笑。

王鵬運

半塘爲近代詞壇功臣，其所自作亦不乏佳什；然全集中能超越古今卓然自樹之作，似僅有詠燭及讀史偶得等三首。鷓鴣天詠燭即「百五韶光雨雪頻」云云，讀史即「廿載龍門世共傾」、「羣彥英英祖國門」兩首。皆收入拙編續詞選。(新附)

沈曾植

朱孝臧云：「先生所自爲曼陀羅寱詞，的是稼軒法乳。」騫按：沈詞賀新郎「浩浩恢台夏」「麥浪千畦皺，」金人捧露盤「壞雲沉」諸首，皆稼軒以後絕無僅有之作。惟通觀全集，氣象總不及辛之雄肆耳。朱語見龍沐勛跋沈撰稼軒詞小箋，載詞學季刊一卷二號。

現代學苑六卷一期

漫談蘇辛異同

自南宋以來，一般人論詞總是把詞分爲兩個宗派：婉約與豪放。婉約爲正，豪放爲變，各有千秋，無分軒輊。而蘇東坡與辛稼軒則同被認爲是豪放派的代表作家，蘇辛並稱，由來已久。四庫全書提要所謂「異軍特起，能於翦紅刻翠之外，屹然別立一宗，迄今不廢」是也。註一 實則豪放二字並不足以盡包蘇辛的一切。凡是第一流的作者，其作品風格必定是多方面的，絕不可能以兩個字或四個字括其全體。所以，蘇東坡就是蘇東坡，辛稼軒就是辛稼軒，蘇辛詞就是蘇辛詞，「豪放」不過是後人撮其大要給他們起的「記號」而已。這個記號的涵義雖然不全，並沒有錯，於是大家也就沿用下來了。

蘇辛雖稱同派，其作品風格仍是同中有異，其性情、思想，更毋寧說是異多於同。我教了若干年「蘇辛詞」，這段意思每年都要對學生講，口裏已竟說出來，就嬾得再用筆記下來了。所以，「至今有句落人間，渭水秋風黃葉滿」。註二 卻沒有寫過一篇有關蘇辛異同的文章。近來，健康情形直線下降，又有許多名利攸關的「研究」工作堆在那裏，去日苦多，餘暇甚少，再不寫恐怕沒有機會了。於是趁暑期稍閒，寫了這一篇漫談。所以題爲漫談，因爲「蘇辛異同」這個題目太大，若想作一篇精嚴洗鍊面面俱到的文章，不是短時間所能作到。本文不過引申前人緒論，大略談談而已。而且近數年來改行作考據之學，整天東翻西檢，考來考去，把本來就不太多的一點靈明之氣都給蔽塞住了。再回頭來寫文藝批評，當然不免生疏呆滯，也就只好漫談。

東坡稼軒詞風格相同之處，是人所共知人所共認的：氣勢清雄，神彩俊邁，縱橫揮灑，跌宕昭彰。「一洗綺羅薌澤之態，擺脫綢繆宛轉之度。」註三 擴充了詞的領域，提高了詞的境界。這也就是所謂豪放派的詞風；其末流則成爲粗獷叫囂。關於這一切，前人論之甚詳，我不想多說。本文要多談他們兩人不盡相同的方面。

大家都知道，人活在世上有三種不可缺少的東西：空氣、陽光、水分。我們整天活在空氣中而並不感覺其存在，使人感覺到的是空氣鼓蕩而成的風。風之大者是我們在臺灣的老朋友颱風，風之小者是詩人筆下常提到的颸。光之大者爲日月，小者是螢火蟲的尾巴。大的水是江海，小的水是淸晨起來花瓣上的露珠，或晚晴時候沾濡在蜘蛛網上的雨點。這三件東西眞是無所不在，隨時皆有，「取之無盡，用之不竭。」註四 我想就用此人生三要素來比擬蘇辛詞的風格意境。

蘇詞是清風、明月；辛詞則是強力電風扇與高度燭光的電燈泡。蘇詞之風與光，天也；辛詞之風與光，人也。有些文藝批評者以爲天然的總是勝於人爲的，其實並不盡然。澄澈晶瑩，普照寰宇，月亮雖然如此偉大，我們能在月光底下看書麼？沒有發明電風扇冷氣機之前，人們也要製作出團扇、摺扇、羽毛扇，來滌煩却暑。豆棚瓜架，閒坐清談，忽有涼風吹來，的確開心愜意，但那是可遇而不可求的偶然享受。若用水來比：大一點說，蘇詞正如前人稱他的散文一樣，是「蘇海，」辛詞則是「韓潮。」小一點說，蘇是一道淸溪，半畝方塘，註五 辛是懸崖九折的飛瀑。以雨水來說，恰好都可引用杜甫的句子。蘇是「隨風潛入夜，潤物細無聲。」註六 辛則幾乎是「九天之雲下垂，四海之水皆立。」註七 用他們自己的詞句來形容，蘇是「清風徐來，水波不興，」註八 辛是「峽束蒼江對起，過危樓，欲飛還斂。」註九 所以蘇詞空靈超妙，辛詞沈着切實。周濟介存齋論詞雜著說：「世以蘇辛並稱。蘇之自在處，辛偶能到辛之當行處，蘇必不能到。二公之詞，不可同日語也。」陳廷焯白雨齋詞話云：「蘇辛並稱，然兩人絕不相似。魄力之大，蘇不如辛；氣體之高，辛不逮蘇。」這兩段是蘇辛異同的確論。我上面所說，不過是用比喻來具體說明「自在」「當行」，「魄力大」「氣體高」這些抽象評語的意義。

周陳兩說之外，王國維人間詞話云：「東坡之詞曠，稼軒之詞豪。」這兩句話論蘇辛詞之不同，也非常確切。周陳是從詞的風格意境上立論，靜安先生則是從性情襟抱上着眼。曠者，能擺脫之謂；豪者，能擔當之謂。能擺脫故能瀟灑，能擔當故能豪邁。這都是性情襟抱上的事。而曠之與豪並非是絕對不同的兩種性情，他們乃是一種性情的兩面。用舊日的哲理名詞來說，都是屬於陽剛性的。所以說，蘇辛兩家是同幹異枝，同源異流。下面我舉兩家作品爲例，來闡述曠豪兩字。

東坡謫居黃州五年，註一〇奉朝旨改到汝州，註一一汝州在當時是大城市，氣候、交通、生活供應，一切都比黃州好。這種情形叫作「量移」，即是酌量減輕其懲罰，把被謫的人移到較好的地方居住，再進一步是「任便居住」，簡稱「自便」，即是恢復選擇居住地的自由。註一二量移與自便往往是再行起用的準備。「自黃移汝」當然是個好消息，但是東坡對於一住五年的地方自不免留戀，這是人之常情，於是他作了一首滿庭芳：

元豐七年四月一日，余將去黃移汝，留別雪堂鄰里二三君子。會李仲覽自江東來別，遂書以慰之。

歸去來兮！吾歸何處？萬里家在岷峨。百年強半，來日苦無多。坐見黃州再閏，兒童盡、楚語吳歌。山中友，雞豚社酒，相勸老東坡。　云何，當此去，人生底事，來往如梭。待閒看秋風，洛水清波。好在堂前細柳，應念我、莫剪柔柯。仍傳語，江南父老，時與曬漁蓑。

這首詞開首幾句相當悲涼，是東坡詞中比較少見的情調。但是，「坐見黃州再閏，兒童盡、楚語吳歌。」田夫野老，社酒雞豚，已竟安之若素了，却又要離開這裏：「云何、當此去，人生底事，來往如梭。」這時他確有很深的感慨：「此生飄蕩何時歇！」「直恐終身走道途。」註一三 可是他輕輕一轉，寫出了「待閒看秋風，洛水清波。」雪堂風月，赤壁江山，當然很值得留戀，而洛水清波不也是漢唐以來許多詩人文士所歌詠的地方麼？這樣展開一步，便有「山重水複疑無路，柳暗花明又一村」的感覺。註一四 這就是所謂曠。胸襟曠達的人，遇事總是從窄往寬裏想。寫起文學作品來也是如此。這一首滿庭芳並不是東坡上乘之作，却足以代表他曠達的胸襟。

與東坡相反，稼軒總是從寬往窄裏想，從寬往窄處寫。他有一首沁園春，我給學生講詞，常拿這一首與上述的滿庭芳對比，作蘇曠辛豪的例證。先把這首詞連題鈔在下面。

戊申歲，奏邸忽騰報謂余以病挂冠，因賦此。

老子平生，笑盡人間，兒女怨恩。況白頭能幾，定應獨往；青雲得意，見說長存。抖擻衣冠，憐渠無恙，合挂當年神武門。都如夢，算能爭幾許，雞曉鐘昏。　此心無有新冤，況抱甕年來自灌園。但淒涼顧影，頻悲往事，慇懃對佛，欲問前因。却怕青山，也妨賢路，休鬭尊前見在身。山中友，試高吟楚些，重與招魂。

這首詞前一半倒像是滿想得開，「淒涼顧影」以下四句也總算是「認了命了」；但接着就是「却怕青山，也妨賢路，休鬭尊前見在身。」比較安定下來的生活、心情，他還是怕維持不久，好容易有點晴意，另一塊陰雲又上來了。這三句與「待閒看秋風洛水清波，」同是大轉灣之筆，而方向則是相反的，「閒看秋風」從窄轉寬，「却怕青山」從寬轉窄：這就是蘇辛兩人性格不同之處。所以，東坡對人處世平和樂易，稼軒就比較嚴峻威猛。至於稼軒作這首沁園春的背景，非三言兩語所能說盡，可參閱中華書局出版稼軒詞編年箋註卷二第一九六至一九八頁。

寬之與曠，意思一樣；而窄與豪又有甚麼關係呢？越想越窄，甚至窄到無地自容，無路可走，還能够挺然特立，還能够昂首濶步，如松柏之淩霜傲雪，這就是豪，也就是我在上文所說的能擔當。境遇之拂逆，心境之苦悶，東坡有力量把他擺脫掉，稼軒有力量把他擔當起來，作用雖不同，其爲有力量則一。因此，曠與豪都是屬於陽剛的。張孟劬先生（爾田）曾說：「蘇辛筆力，如錐畫沙」，性情襟抱是筆力的主要來源。不記得是誰，曾說：「換筆不如換意，意換則筆自換。」性情襟抱卽是意之所由生。所以靜安先生在蘇曠辛豪之後緊接着說「無二人之胸襟而學其詞，猶東施之效捧心也。」

「過眼不如人意事，十常八九今頭白。」註一五 人生本來就是如此，不過事有大小而已。像東坡之遭遷謫，稼軒之落職，當然都是不如意事之太者。東坡對於拂逆的遭遇，在事過境遷之後，總是一笑置之。他在一首西江月中曾說過：「世間萬事轉頭空，未轉頭時是夢。」他謫居海南島數年，吃苦不少，而回中原途中有兩句詩云「夢裏似曾遷海外，醉中不覺到江南。」好像沒有那回事一樣。稼軒可沒有這種瀟灑勁兒。在東坡看來，世間萬事，過去便成虛幻，未來是一片空白，現在則是「曾不能以一瞬」，卽成過去。註一六 所以他把過去未來現在融成一片，亦眞亦幻，亦幻亦眞，所謂「古今如夢，何曾夢覺」是也。註一七 稼軒則把過去未來現在都看作是眞實。他說：「都如夢，算能爭幾許，鷄曉鐘昏。」那是牢騷話而非解脫語，從口氣上可以感覺得出來。所以事情過去了還總是耿耿於懷。他在上饒落職閒居時，曾受過不相干人的輕侮，事實眞相已無從考查，大概類似李廣之被灞陵醉尉「呵止」註一八　過了幾年，他再度起用，作福建提點刑獄、兼代安撫使，還是沒有忘掉這件事。他在這時作的賀新郎詞裏說：「千騎而今遮白髮，忘却滄浪亭樹；但記得、灞陵呵夜。」註一九　他忘却的是滄浪亭樹（指他閒居的地方），記得的是灞陵呵夜，可見越是不如意事，他越不能忘。他這幾句詞當時可能被人傳誦，十來年後，陸游贈他詩還說：「深仇大怨在逆胡，不用追思灞亭夜。」註二〇

上面所說的瀟灑與執着，也是蘇曠辛豪之一例證。我所舉出的都是斷句，現在鈔兩首全章，一詞、一詩，以作進一步的證明。

定風波　東坡

三月七日，沙湖道中遇雨。雨具先去，同行皆狼狽，余不覺。已而遂晴，故作此。

莫聽穿林打葉聲，何妨吟嘯且徐行。竹杖芒鞋輕勝馬，誰怕，一簑烟雨任平生。　料峭春風吹酒醒，微冷，山頭斜照却相迎。回首向來蕭瑟處，歸去，也無風雨也無晴。

鶴鳴亭絕句四首 錄第一首　稼軒

飽飯閒游遶小溪，却將往事細尋思。有時思到難思處，拍碎欄干人不知。

東坡說：「回首向來蕭瑟處，歸去，也無風雨也無晴。」他在海南島時有兩句詩：「管寧投老終歸去，王式當年本不來。」意思與此一樣。他把世間種種，一切作如是觀；也就是我上文所說「亦眞亦幻，亦幻亦眞」。稼軒則吃飽了沒事，溪邊散步，却又想起其實已竟化爲雲烟的往事來了。也許是餘怒，也許是追悔，總而言之是「舊恨春江

流不盡。」註二一 結果把欄干都拍碎了，一個人生悶氣。若使半夜醉歸敲不開門而「倚杖聽江聲」的東坡，註二二看見稼軒拍欄干的樣子，一定會「仰天大笑冠簪落」註二三 而告之曰：「着時似有輸贏，着了並無一物。」註二四這是蘇辛兩人性格與人生觀根本不同之處。

寫到這裏對於蘇辛異同的闡述，自然還不够完備；但總算粗具輪廓，多少能供給青年讀者一些線索，一些啓示。以下我要漫談兩項蘇辛在作詞以外的異同。第一是中國文學作品裏所常見到的「酒」，第二是「鄉土觀念」。

東坡酒量很小，而很喜歡飲酒；他也不只一次喝醉，但絕非縱飲。稼軒酒量如何，雖不得而知，總應該比東坡能多喝幾杯。其飲酒的方式，則頗爲放縱，不似東坡之有節制。這種情形，不僅是生理關係，性情也有關係。東坡空靈超妙，稼軒沉着切實，不只作詞如此，喝酒也是如此。

關於東坡飲酒，宋人筆記中有若干記載，我只鈔錄兩段東坡自己的話：

余飲酒終日，不過五合，天下之不能飲，無在余下者。然喜人飲酒，見客舉杯徐引，則余胸中爲之浩浩焉，落落焉，酣適之味，乃過於客。閑居未嘗一日無客，客至未嘗不置酒，天下之好飲，亦無在余上者。（東坡後集卷九：書東皐子傳後。）

吾飲酒至少，常以把盞爲樂，往往頹然坐睡，人見其醉，而吾中了然，蓋莫能名其爲醉爲醒也。在揚州，飲酒過午輒罷，客去，解衣槃礴，終日歡不足而適有餘。（通行本施註蘇詩卷四十一：和陶淵明飲酒詩序。）

宋人費衮的梁溪漫志卷六「晉人言酒猶兵」條，引錄東坡這段和陶詩序而附識云：「東坡雖不能多飲，而深識酒中之妙如此。晉人正以不知其趣，濡首腐脇，顚倒狂迷，反爲所累。」東坡所講求的是飲酒的情趣，這種情趣，稼軒不是不知道，只是性情豪邁，酒興來了，控制不住；或者遇到拂逆的環境，或追懷往事，借酒以澆壘塊，註二五更不容易控制。他又不像東坡有天然的生理限制，註二六不知不覺之間就喝多了。所以有時不免成爲縱飲，因縱飮而生病，因病而止酒，但終於戒除不掉，直到他去世前半個多月才說：「羡安樂窩中泰和湯，更劇飲無過半醺而已。」註二七在此以前，他對於酒，不是「縱」，就是「止」，不像東坡，始終是「不卽不離」的一個勁兒。稼軒集中提到飲酒的詞很多，其中有兩首雖不見得很好，却很有名的沁園春，一首說止酒，一首說破戒，前者把酒痛罵一頓，後者又代酒解嘲。註二八這種矛盾，在東坡於酒有關的作品中是找不到的。這兩首沁園春之外，又有「飲酒不寫書」、「飲酒成病」、「飲酒敗德」等三首卜算子，見稼軒詞編年箋註卷四第三零二至三零三頁，俱可作本節所說稼軒飲酒問題參考。

東坡稼軒都是「背井離鄉」，在外面作事的。東坡是四川眉山人，我根據王宗稷的東坡年譜統計，東坡二十一歲離家赴開封去考進士，從此到三十四歲，首尾十四年中，只在家鄉住過兩次，一共五年，第一次是丁母憂，第二次是丁父憂。三十四歲直到六十六歲卒於常州，這三十二年始終在外「飄蕩」，沒有回去過。一生六十六年，在家鄉二十六年，在外則有四十年。稼軒是山東濟南人，二十三歲率領義軍渡江，從此一直留在南方。一生六十八年，在外四十五年之久，在家鄉二十三年還要打一些折扣，因爲根據他的聲聲慢詞題，他曾在開封住過。註二九

蘇辛雖都是大半生在外，表現在他們作品中的鄉土觀念却不相同。東坡的鄉思很濃，稼軒則似乎頗爲冷

淡。東坡的名作游金山寺詩云「江山如此不歸山，驚起江神笑我頑；我謝江神豈得已，有田不歸如江水。」此外的例子，在詩裏還有，不遑枚舉了。在詞裏邊則有如下所舉諸句：

歸去來兮吾歸何處？萬里家在岷峨。滿庭芳

家何在？因君問我，歸夢繞松杉。滿庭芳

天涯倦客，山中歸路，望斷故園心眼。永遇樂

忘却成都來十載，因君未免思量。憑將清淚灑江陽。故山知好在，孤客自悲涼。臨江仙

無可奈何新白髮，不如歸去舊青山。浣溪沙

傾蓋相逢勝白頭，故山空復夢松楸。同上

一紙鄉書來萬里，問我何年，眞個成歸計？回首送春拚一醉，東風吹破千行淚。蝶戀花

尊前一笑休辭却，天涯同是傷淪落。故山猶負平生約，西望峨嵋，長羨歸飛鶴。醉落魄

蒼顏華髮，故山歸計何時決？同上

此生飄蕩何時歇？家在西南，長作東南別。同上

在稼軒作品裏，找不到這樣的辭句。只有漢宮春立春詞露了一句：「生怕見、花開花落，朝來塞雁先還。」註三〇還有前面說的聲聲慢，算是提到北方了；但那是開封宋朝的故都，不是稼軒的故鄉本土。而且只是泛寫「當時所見」，以寓興亡盛衰之感，算不了懷鄉的作品。

東坡稼軒作品中所表現的鄉土觀念之濃厚與冷淡，我想與他們兩人的環境和性情都有關係。東坡生於

北宋統一太平之世他之所以不常在家，乃是因爲他的家鄉太僻遠了，游宦在外，沒有順道還鄉的機會，專程回去很不容易。如果他一定想回家的話，並沒有甚麼絕對的限制。稼軒的身世就不同了。他那時候，「南共北，正分裂」〔註三一〕除非「王師北定中原」，那能回去？東坡隨時有還鄉可能，所以念念不忘；稼軒還鄉可能性甚小，也就乾脆「死了這條心」，不再想他。而且，東坡處太平之世，思鄉就說思鄉，想回家就說想回家，言之無罪。稼軒以北人仕於南朝，如果常表示思鄉之情，旁人可能正想也可能反想。想正了是「志切恢復」，想反了則是「身在漢室，心在曹營」〔註三二〕甚或有人故意往反面解釋，以作攻擊讒間的口實。置身宦海，尤其是在亂世，對於這一點不能無所顧慮。但是，他雖不便明言，也未嘗不可用含蓄委婉之筆，寄情託意。而在他的作品中，這樣的句子還是非常少，而且都屬於他的早期作品。〔註三三〕中期以後，有時說「思歸」、「歸去」等語，都是指他在南方的居住地，並非北方故里，這從各詞的語氣及上下文，可以看出。所以我說稼軒鄉土觀念之所以較東坡爲冷淡，環境固有關係，多半還是在性情方面的差別。

我這篇文章，包括一條主流，兩道餘波，是「抽空」寫的，暑假已快終了，還有些雜事待理，已抽不出更多的空來，只好就此權作結束。有若干可資比較的項目，留待以後再談。

附註

一　見四庫全書提要卷一九八稼軒詞提要。

二　稼軒玉樓春用韻答葉仲洽詞句。

三　胡寅酒邊詞序稱頌東坡語。胡是紹興時人，年輩長於稼軒，但他這兩句話同樣可以用來評論辛詞。

四　見東坡赤壁賦。
五　朱熹詩：「半畝方塘一鑑開，天光雲影自徘徊。問渠那得清如許？爲有源頭活水來。」
六　杜甫春夜喜雨詩。
七　杜甫朝獻太淸宮賦。
八　見東坡赤壁賦。
九　稼軒水龍吟過南澗雙溪樓詞句。
十、十一　黃州，今湖北黃岡縣。汝州，今河南臨汝縣。
十二　東坡奉旨量移汝州後不久，卽奉新旨「任便居住」所以他並沒有到汝州。
十三　上句東坡醉落魄離京口作詞；下句東坡除夜野宿常州城外詩。
十四　陸游游山西村詩。原作如此，後人引用上一句多改爲「山窮水盡疑無路」。
十五　稼軒滿江紅贛州席上詞句。
十六　東坡赤壁賦云：「自其變者而觀之，則天地曾不能以一瞬；自其不變者而觀之，則物與我皆無盡也。」
十七　東坡永遇樂徐州夜宿燕子樓詞句。
十八　參閱稼軒詞編年箋註卷二第一六五頁八聲甘州詞及其箋註。
十九　全詞見稼軒詞編年箋註卷三第二六三頁。
二十　此詩題爲送辛幼安殿撰造朝，見劍南詩稿卷五十七。

二十一　稼軒念奴嬌題東流村壁句。
二十二　東坡臨江仙詞云：「夜飲東坡醒復醉，歸來彷彿三更。家童鼻息已雷鳴。敲門都不應，倚杖聽江聲。長恨此身非我有，何時忘却營營！夜闌風靜縠紋平。小舟從此逝，江海寄餘生。」半夜醉歸，到了家門，當然希望快些進去休息，而偏偏叫不開門。這種情形，在旁人很容易發怒，東坡却能悠然的「倚杖聽江聲。」這是小型的「隨遇而安，」是東坡性情平和開朗的一例。
二十三　稼軒蘭陵王賦一丘一壑詞句。
二十四　東坡「書李嵒老棋」文中語。古人謂下棋爲着棋了爲終了、完了之意。
二十五　世說新語任誕篇：「王大曰阮籍胸中壘塊，故須酒澆之。」稼軒江神子和人韻詞：「酒兵昨夜壓愁城，太狂生，轉關情，寫盡胸中、磈磊未全平。」磈磊意同壘塊。
二十六　許多人酒量很小，甚至滴酒不能入口，都是受生理限制，平劇打曹豹戲詞中所謂「天戒」。
二十七　稼軒洞仙歌丁卯八月病中作詞句。丁卯爲宋寧宗開禧三年（一二零七）稼軒卒於是年九月初十日。
二十八　此兩首沁園春見稼軒詞編年箋註卷四第三一二至三一三頁。
二十九　稼軒聲聲慢詞題云：「余兒時嘗入京師禁中凝碧池。」京師指宋之東京，即今河南開封。全詞見稼軒詞編年箋註卷二第一八一頁。
三十　全詞見稼軒詞編年箋註卷五第四六三頁。

三十一　稼軒賀新郎送杜叔高詞句。

三十二　此俗語，余故意顚倒用之。拜託校對先生，不要以爲是筆誤而改回去。

三十三　稼軒水龍吟登建康賞心亭詞云：「落日樓頭，斷鴻聲裏江南游子。……休說鱸魚堪膾，儘西風、季鷹歸未」？滿江紅云：「層樓望，春山叠，家何在？烟波隔。把古今遺恨、向他誰說。蝴蝶不傳千里夢，子規叫斷三更月。聽聲聲枕上勸人歸，歸難得。」都是早期作品。水龍吟語意較爲明顯，滿江紅則很像泛詠一般人的離情別恨。卽使是像這樣的句子，卽使在早期作品中，也還是不易找到。

附記：此文作於五十九年夏，未發表。由顏元叔先生譯爲英文，仍用作者名義載於淡江文理學院出版之 Tamkang Review, Vol. 1, No 2. 譯文較原作略有删節。

跋雍正鈔本趙南星散曲

趙南星撰散曲芳茹園樂府一卷，收入趙忠毅公全集，又有集外單行本，與集全同。集爲明清之間刻本，流傳似不甚廣，任中敏撰曲諧時尙未之見（據散曲叢刊本曲諧卷二西堂曲第四節中敏自述）。其後盧前取全集本與南星所撰笑贊合編，稱清都散客二種，由中華書局排印行世；又收入盧氏飮虹簃所刻曲中。印本之外，予藏有選鈔本，收套數四，小令四十四。四套俱見於印本而頗有删節，其中仙呂點絳脣慰張鞏昌套僅摘錄那吒令一支，餘三套各删去一二支不等；小令則見於印本者僅十五支，多出二十九支。鈔印互見之曲雖不多，而異文多至五十餘事，鈔本往往較勝，可據以補正印本脫誤。

鈔本卷首題「趙忠毅公曲」。卷尾有跋云：「忠毅公小曲，箇箇皆有奇情妙趣。乙卯正月，摘錄數葉。其荒淫之詞，不可入目者，悉置之。蓋恐拘謹之士因之而薄先生也。後學發傳敬識」。全書僅二十三頁，與康熙二十一年御製昇平嘉宴詩、洞賓傳、西湖十景詩合裝一册，封面題「陶養閒情」四字，鈐小印二，其一白文「王發傳印」，其一朱文「燕趙閒人」。發傳，正定人，王定柱之祖父，見定柱所撰述祖德詩。定柱，乾隆五十五年進士，有椒園集行世。述祖德詩集中未收，予藏有定柱手鈔稿本。康熙乙卯爲十四年，不容預鈔二十一年御製詩，且下距定柱登第一百一十五年，祖孫相去不能如是之遠；乾隆乙卯則是定柱登第之後六年，發傳卽使仍在，亦已耄老，此鈔勁整秀潤，決非衰翁筆墨，乙卯蓋雍正十三年也。（一七三五）

尤侗西堂全集百末詞餘自跋云：「高邑趙儕鶴冢宰，一代正人也。予于梁宗伯處見其所塡歌曲，乃雜取村謠里諺，耍弄打諢，以洩其骯髒不平之氣。」南星字儕鶴。梁宗伯卽梁清標，康熙時官禮部尙書，亦正定人。王梁兩家居同鄕里，世爲姻婭，見發傳高祖兆吉自撰年譜（亦予藏稿本）。正定與高邑爲鄰縣，此鈔與尤西堂所見梁本當是同出一源，或卽自梁本錄出，亦未可知。收入全集者蓋後來删定之本，原稿全部已不可復見，鈔本所存吉光片羽，亦足珍矣。中華印本有吳梅跋云：「夢白正人，游戲聲歌，本無妨礙。而集中多市井謔浪之言，如銀鈕絲、一口氣、山坡羊、喜連聲、劈破玉諸曲，再讀一過，疑是僞託。」夢白亦南星字。觀上文所引尤王二跋，可知趙曲確有俚俗市井語，並非僞託。西堂跋中又云：「近則高念東侍郎亦復爲之。」蓋寫作小曲在明末爲一時風氣，並不見棄於端人正士，南星滿懷積憤，發而爲此，所謂「莊言之不足則諧言之」，又何足怪？吳先生旣云「本無妨礙，」復疑其爲僞託，令人有固哉此叟之感。至於個人之是否欣賞喜愛，則是另一問題，予固不喜此種文字者也。

趙爲東林名士，嫉惡素嚴，以骨鯁清亮著稱於世。當時人以水滸綽號分派清流，趙有玉麒麟盧俊義之目。其曲則西堂所謂洩其骯髒不平之氣者，印本芳茹園樂府中僅聯套諸篇偶露此意，小令中甚爲少見。鈔本諸小令則幾乎全爲此種作品。如罵當時官吏則云：

沒勢時喬趨勢，有權時很弄權。聞風綽影蘇蘇顫，馱金輦玉紛紛獻，爲奴作婢團團轉。受用足十年占定鳳凰池，少不的一朝露出麒麟楦。

白眼睛朝天看，黑心腸往下垂。木般哥生惱通文墨，鐵石猫死恨行仁義，胡蘆提痛惡多才智。抓了些打家刼舍盜跖錢，幹了些欺心害理高毬事。俱寄生草。宋高俅諢名高毬。

青青的面色，矮矮的身材，搖頭驀步兩邊篩，有甚的計策。戰欽欽閣部爭先拜，鬧攘攘官吏隨心賣，齊臻臻弩箭霎時來也叫做名揚四海。醉太平

罵土棍鄉豪則云：

只說你踢飛脚驀過了華山巔，只說你打跟頭跳過了黃河堰，只說你吼一聲神鬼驚，只說你眵一眼魔王顫。元來你逞豪強沒天日全不管結寃仇有萬千。饒你有楚霸王拔山力也須索到烏江少渡船。三年，把一首拳喩篇成先見今年，把幾個猛士們着了拳。鴈兒落帶過德勝令

遠處的常聽錯，當鄉人看不差受恩德休把絕情下，說官詞休助凶徒霸，買莊田須用公平價。且休提五湖四海有聲名，只求個三街六巷無人罵。寄生草

學大悲常清淨，一爐香禮拜佛是誰家好漢如神附，打的些施主們忙尋路，打的些徒弟們難分訴。達摩爺面壁躲非災，彌勒佛陪笑求息怒。寄生草

元明散曲，警世勸世者多，憤世而罵世者少，南星諸曲，於各色人物形容畢肖，而罵得痛快淋漓，不留餘地。此與明史本傳所載南星之政治作風，嚴正而近於操切，完全一致，可以想見其人之性格，所謂「言爲心聲」也。

鈔本又有銀鈕絲元旦元宵二曲，亦印本所無者，其詞云：

臘月三十鬧攘攘，富家兒女好風光，鬪衣裳時興寬領袖兒長。金壺盛酒漿，盤中百味香。呀！黃昏裏直亂到鷄兒唱。貧家要忙也沒得忙，元來也撇不在年那廂，我的天兒！樂！一樣春春一樣。

明月團圓第一遭，何人興下鬧元宵。把天燒，花燈火砲一齊着。煙籠桂樹梢，薰黑兎兒毛。呀！響聲兒諕

的金蟾跳，嫦娥天上也心焦。怎似我閒中守寂寥。我的天兒噪！樂一場，一場樂。

以俗調俗語寫尋常節物，本色自然，眞切生動，實勝於印本所收之五首。此等曲卽王跋所謂「箇箇皆有奇情妙趣」者，與憤世嫉俗諸作之「慷慨激烈」，皆能於明代散曲中自成風格。（「慷慨激烈」語見印本所載之新周居士序文）

戊寅春日，琉璃廠書友陰君持此鈔本來求售。既重其收曲多不見於印本者，復喜發傳之書法，結體用筆猶是淸初風格，因收歸揷架；並略誌其內容如上。

民國二十九年初稿，曾載於燕京大學文學年報第七期；五十六年改定。

吳梅的羽調四季花

民國二十八年三月十七日，霜厓先生吳梅病逝於雲南大姚縣李旗屯，享年僅有五十六歲。這是學術界一大損失，如果天假以年，他一定會在曲學上續有新的貢獻。在他生前身後有些人批評他，不滿於他的曲學考據。無可諱言，他的短處是考據多疎，有時不免臆測武斷；而在審音製曲方面，現在已很難再有這樣一個人物。

吳先生去世前一個月，校訂他的弟子盧前（冀野）所作楚鳳烈傳奇，題了一支羽調四季花。註一 音節非常鏗鏘諧婉，把曲子的音樂美發揚盡致，是他生平最後而又最好的一支曲。但是霜厓曲錄新舊兩種版本都沒有收入，僅見於盧冀野所編霜厓先生年譜。年譜附載於四川印本吳先生遺作南北詞簡譜卷首，其書流傳未廣，這一支絕妙好詞已有若存若亡之感，應當特別介紹出來。

這支曲音節之美，絕不是偶然的，確實是「良工心獨苦」。我們且把他與南詞新譜所收的舊曲四季花一並鈔下來，比較一下，便可以看出。

法曲繼長平原註：謂帝女花。把賢藩事，嬌兒怨，又譜秋聲淒淸。前朝夢影空淚零，如今武昌多血腥。舊山川，新甲兵，亂離夫婦誰知姓名，安能對此都寫生。苦雨春鶯，正是不堪重聽。倒惹得茶醒酒醒，花醒月醒人醒。吳曲

愁殺悶人天。見樓兒上，窗兒外，皓月斜穿。更闌。芙蓉帳裏春夢單，鴛鴦枕兒閑半邊。覺來時，愁萬千。粉容

憔悴，嬾貼翠鈿，香肌瘦損羅帶寬。咫尺在目前，悄沒個捎書人便。奈天遠地遠，山遠水遠人遠。舊曲註二

四季花這個調子音節上的佳處，不僅是諧婉，尤其是峭折。這是南曲的本色，南曲音節與北曲不同而可以與北曲爭勝的地方也不盡在諧婉而有時在峭折，讀南北曲者不可不知此理。吳先生這支四季花，諧婉與峭折，相得益彰，其音節之美與南譜所收舊曲完全相等。分析起來有四個原故：一是去上聲的分配，一是雙聲字的運用，一是拗句，一是多用陰平聲押韻。以下就按照此四項來比較這兩支四季花。這種比較，乾燥瑣碎，讀者要用一點耐性才能看得下去。

在這兩支四季花裏，法曲繼長平的繼字與愁殺悶人天的悶字，賢藩事嬌兒怨的事怨二字與樓兒上窗兒外的上外二字，亂離夫婦的婦字註三與粉容憔悴的悴字，誰知姓名的姓字與嬾貼翠鈿的翠字，不堪重聽的聽字與捎書人便的便字，都是去聲，在句子裏的位置都相同。前朝夢影的夢影二字與芙蓉帳裏的帳裏二字，安能對此的對此二字與香肌瘦損的瘦損二字，都是去上連用，位置也都相同。這都不是偶然的。詩的音樂性比較小，尙且有「雙仄定須分去上，三平還要辨陰陽」之說，何況音樂性極強的詞曲。註四

這兩支曲子裏邊的雙聲字，吳曲有淒清、淚零、血腥、亂離、夫婦、寫生等六者。舊曲有鴛鴦、半邊、憔悴、瘦損、捎書等五者。這些字在兩曲裏的位置大半不同，因爲他們不像那些上聲去聲字之有固定格式，而只在作者因時制定，隨宜運用。吳曲運用雙聲字，似乎較舊曲更爲靈活。

許之衡著曲律易知云：「曲句有如詩中拗句者，則必須遵守。」拗句對於我所謂峭折有很大作用。四季花的三個七言句子都是拗句。第一句：吳曲前朝夢影空淚零，舊曲芙蓉帳裏春夢單，都是平平去上平去平。第二句：吳曲如今武多血腥，舊曲鴛鴦枕兒閒半邊，是平平

上平平入平、平平平上平平去平，第三句：吳曲安能對此都爲生，舊曲香肌瘦損羅帶寬，是平平去上平上平、平平去上平去平，兩曲六句之中，吳曲只有血字入聲寫字上聲與舊曲半字帶字俱用去聲者不同。但因爲都是仄聲，對於拗句之拗並無妨礙。血字中原音韻作上聲用，南曲亦可借作上聲。

這個調子的平聲韻字一共有九個，吳曲用，平聲清零腥兵名生驚；舊曲用，天穿闌單邊千鈿寬前。都是六個陰平、三個陽平，也就是陰占三分之二，陽占三分之一。以陰平爲主，用陽平調劑。所以這兩支曲的音調都是清遠高亢，揭響入雲；吳曲用之以寫淒清悲壯的情調，尤爲適合，眞是聲情合一了。這當然是詞曲的最高境界。

上文所舉四項去聲字及拗句構成這支曲調的峭折，去上聲連用字及雙聲字構成其諧婉。吳先生對於這四者的處理安排，悉遵舊譜，一絲不苟，可想見其用心之苦了。四者之外，最末二句叠用的韻字，須用上聲，如舊曲用遠字，梁辰魚寒氣透疏櫺曲用冷字，沈璟秋雨過空墀曲用你字皆是；註五 吳曲用醒字，也是「恪遵古法。」但這不是這兩句的惟一定格。註六

以上所說都是音律方面的問題，如果吳先生能事僅此，還算不了全才佳作。湯顯祖與沈璟是明代兩大曲家，湯氏作曲，很多人說他不合律，沈則兢兢業業，謹守「詞家三尺」。但至今傳誦傳唱的只有湯作，沈作久已光沉響絕。從此可以看出詞藻意境畢竟還是比較重要。王鵬運論劉秉忠藏春樂府云：「周旋於法度之中，而聲情識力，常若有餘於法度之外，庶幾爲塡詞當行。」詞曲一理。吳先生這一支四季花以及他平生所作曲子的大部分，都能適合於王氏所說的標準。審音極細，守律極嚴，而總是「美人細意熨貼平，裁縫滅盡針線跡」，恢恢然游刃有餘，從容閒雅。詞藻高華，意境清眞，文字與音律並美。此其所以不同於不知而作的外行，又非被格律壓得不

能動轉自如的曲匠。前邊已說過，這支曲是吳先生最後的作品，那時他已是久病之軀，自知不久人世，所以結尾數語寫得凄然欲絕。我讀了這支曲便想到周邦彥的幾句詞：「斜陽映山落，斂餘紅、猶戀孤城欄角。」

註一　盧前撰霜厓先生年譜「民國二十八年己卯，先生五十六歲。一月十四日抵雲南大姚縣李旂屯。二月十五日校閱前所爲楚鳳烈傳奇，題羽調四季花云云，蓋絕筆也。三月十七日下午三時，卽夏曆正月二十七日辛未，卒於李旂屯。」鶱按：盧撰楚鳳烈傳奇，未見傳本。

註二　此曲南詞新譜未註作者姓名，萬樹詞律云是王九思（渼陂）作。我查過最足本碧山樂府，並無此曲；萬說不知有何根據？本文姑稱之爲舊曲。

註三　婦字本是上聲，在曲子和近代語言裏讀爲去聲，中原音韻已歸入去聲。

註四　萬樹詞律有幾處論上聲去聲，簡明透徹，節錄於下，以供讀者參考。

一調有一調之風度聲響，若上去互易，則調不振起，便成落腔。……蓋上聲舒徐和軟，其腔低，去聲激厲勁遠，其腔高，相配用之，方能抑揚有致。大抵兩上兩去，在所當避。……更有一要訣曰：名詞轉折跌蕩處多用去聲。何也？三聲之中，上入二者可以作平，去則獨異。故余嘗竊謂：論聲雖以一平對三仄，論歌則當以去對平上入也。當用去者，非去則激不起，用入且不可，斷斷勿用平上也。（詞律發凡第十二條）

鶱按：萬氏所論入聲，是詞和南曲。北曲照北方語音，入聲分派於平上去三者，根本已無入聲，自然不在萬氏所論之內。

上之爲音，輕柔而退遜，故近於平。……用上皆可代平，却用不得去聲字。但試于口吻間諷誦，自覺上聲之

和協而去聲之突兀也。（詞律發凡第十三條）

詞曲中四聲，以一平對上去入之三仄，固已。然三仄可通用，亦有不可通用之處。蓋四聲之中，獨去聲另爲一種沉着遠重之音，所以入聲可以代平，次則上聲亦有可代，而去則萬萬不可。人但于口中調之，其理自明。南北曲之肯綮，全在此處。（詞律卷十七宴淸都調注文）

騫按萬氏論上聲云「舒徐和軟」又云「輕柔退遜」；論去聲云「激厲勁遠」又云「沉着遠重」因爲不是同時寫的，所以用字不同，意思則是一樣。

註五　梁曲全首云：「寒氣透疎櫺，正窗兒破，風兒猛，背却殘燈，愁聽。高梧露滴秋夜淸，南山子規啼一聲。月沉西門，暗扃曉鐘，何處噹噹五更，薰籠坐倚直到明。輾轉夢不成，難道便一生孤另。奈香冷篆冷衾冷枕冷人冷。」沈曲全首云：「秋雨過空堦，正人初靜，更初轉，漸覺淒其。人兒多應傍着珊枕低，剛剛等咱纔睡時，便覺相將投夢思。若伊無意，誰敎夢迷。多情又苦得見稀，抵死恨着伊，恰恨罷又添縈繫。更憐你笑你愁你想你冤你。」梁作音律文字，都可與舊曲及吳曲媲美；沈作眞是拙劣，沈氏其他作品類此者居多，所以湯臨川不大看得起他，曾說：「彼惡知曲意哉！」

註六　湯顯祖紫簫記第二十齣四季花（原題四時花曲）云：「仙酒醉嬋娟，這肌兒脆，聲兒顫，帶笑花前。嫣然斜簪拋出金縷懸，鵝黃畫袴吹可憐。綃湘裙，舞着眠，粉檀香潤，拚嬌恣妍，眞珠幾滴紅上面。婀娜垂柳邊，又不是看花人倦。護春柔酒暈，惹人閒緒花片」此曲南詞新譜收爲四季花之又一體，末兩句與其他諸作用疊字者不同；作家用疊字體者爲多。所以吳著南北詞簡譜卷十四季花調注文云：

「末句例用環調。」一環調卽是叠字體，從文字上講是叠字，從音樂上講是環調。湯曲的面字片字用去聲押韻，頗不合律，湯氏作曲往往有此種淸形。

民國三十七年舊稿五十九年一月改定，現代文學第四十一期。

關漢卿的雜劇

關漢卿是元代雜劇大作家之一，他的事跡不甚可考。關於他的記載，較爲具體的有以下四條：

元鍾嗣成錄鬼簿：關漢卿，大都人，太醫院尹，號已齋叟。

明蔣一葵堯山堂外紀：關漢卿，號已齋叟，大都人。金末爲太醫院尹，金亡不仕。好談妖鬼，所著有鬼董。

乾隆新修祁州志紀事門：關漢卿，元時祁之伍仁村人也。高才博學而艱於遇，因取會眞記作西廂以寄憤；脫稿未完而死，棺中每作哭泣之聲。……此言雖云無稽，然伍仁村旁有高基一所，相傳爲漢卿故宅。

邵遠平元史類編文翰門：關漢卿，解州人，工樂府，著北曲六十種。

此外，還有些關於他的泛論和不甚要緊的軼聞逸事，散見於明人筆記詩話或曲話中，今不具引。

以上四條記載雖甚簡單，却有兩個問題：一、錄鬼簿僅說他曾任太醫院尹，沒說在甚麼時代；堯山堂外紀則說是在金時，而且「金亡不仕」，肯定了他是金遺民。明初郝經的青樓集序、楊維楨的鐵崖樂府，也說漢卿是金人入元。二、他的籍貫有大都、祁州、解州三說。關於他的時代問題，下面再談；現在先解決他的籍貫問題。漢卿之爲大都人，見於錄鬼簿，這是關於元劇作家傳記的權威記錄，佐以堯山堂外紀，此說應無可疑。但元朝所謂大都，並不專指現在的北平；其範圍往大裏說，有時可包括當時所謂「腹裏」，卽今河北、山東、山西各地；至少是北平附近各縣，均屬於大都範圍。祁州卽今河北省安國縣，離北平不過二三百里，自然可算在大都範圍之內。所以大都及祁州兩說實可並行不悖。至於解州，即今解縣，在山西西南境，如算作大都範圍，未免牽強，去北平及祁州更爲遼遠；元史類編之說，別無佐證，恐不足信。解縣是三國時關羽故鄉，爲元明以來關氏艷稱之地，關漢卿之被認爲解州人，也許是追述「祖籍」。

關漢卿的事跡既不甚可考，所以我們談到他，祇能就他的作品加以論述。他在元代許多雜劇作家之中，有三種特點：一、時代最早。二、作品最多。三、題材最爲廣泛，而且描寫各極其致。這三種特點，使關漢卿成爲元劇大作家，現在依次分別說明。

先說漢卿的時代。金元兩朝都有太醫院，編制也都相同，見於金史五十六及元史八十八百官志。關漢卿作太醫院尹，在金？還是在元？也就是說他是否金遺民？這個問題在二十多年以前就已經引起學術界的爭辯，論文甚多，各持一端。我個人認爲「關漢卿不是金遺民」之說較爲合理可靠，他極可能是生於金末，長於元初，和白仁甫差不多，或者比仁甫大七、八歲，（仁甫生於金亡前七年）但不會早到在金朝即已作官。這個問題若是引錄舊說，再加新考，總要萬言以上，不是本文篇幅所能容納，體例亦有未合，所以這裏僅能略述。但，無論關漢卿是否金遺民，都無礙於其爲元劇時代最早的作家。因爲：第一、錄鬼簿把他編入「前輩已死名公才人」之列，而且是第一名。第二、明初寧獻王朱權（丹丘先生）的太和正音譜說他是「初爲雜劇之始」；正音譜與錄鬼簿同爲研究元人雜劇的權威著作。第三、他的作品無論散曲雜劇，其詞藻意境都是元曲早期的風格，所用曲牌及聯套又有許多是中期及後期作品所不用的舊格舊式。（這是我編北曲新譜及元曲套式時比較出來的）由上述第三種理由可以證明錄鬼簿列漢卿爲前輩作家第一人，正音譜說他始爲雜劇，並不是隨意編排的。

再說漢卿作品的數量。錄鬼簿及正音譜都有關於元代雜劇的著錄：通行本錄鬼簿著錄漢卿作劇五十八本，明鈔本錄鬼簿著錄六十二本，正音譜則著錄了五十九本。（原有六十本，但誤分錢大尹鬼報緋衣夢爲兩劇，實得五十九本。）我根據以上三種著錄，參以永樂大典雜劇目錄及臧懋循元曲選、李玄玉北詞廣正譜諸書，考定漢卿所作雜劇爲六十四本。元人作劇以數量言，前三名是關漢卿六十四本，高文秀三十二本，鄭廷玉二十二本，其餘都是二十本以下。諸書著錄元人雜劇，去其重複，合共五百三十餘本，漢卿個人所作卽占全數十分之一强。不但是第一，而其與第二之間的差別恰好是二倍，與第三之間的差別約近三倍，眞是「絕類離倫」的多產作家了。

元劇五百三十餘本，現存的不過一百七十左右，約合全數五分之二弱；漢卿作劇六十四本，全存的祇有十四本，殘存零曲斷句的有三本，合共十七本，也正好是全數五分之二弱。這是一項偶然的巧合。現在把這十七本的名目及板本寫在下邊；散佚的四十七本既已不可復見，與本文論旨無關，故爾從略。（板本只書通行易得者，稀見之本如顧曲齋等從略。）

感天動地竇娥冤（見本元曲選、全集）

杜蘂娘智賞金線池（見本元曲選、全集）

包待制三勘蝴蝶夢（見本元曲選、全集）

趙盼兒風月救風塵（見本元曲選、全集）

錢大尹智寵謝天香（見本元曲選、全集）

詐妮子調風月（見本元刊、全集）

閨怨佳人拜月亭（見本見元刊古今雜劇三十種（以下簡稱元刊）、元人雜劇全集（簡稱全集））

望江亭中秋切鱠旦（旦本　元曲選　全集）

錢大尹鬼報緋衣夢（旦本　全集）

鄧夫人苦痛哭存孝（旦本　孤本元明雜劇（簡稱孤本））

狀元堂陳母教子（旦本　孤本）

關張雙赴西蜀夢（末本　元刊　全集）

關大王單刀會（末本　元刊　全集　孤本）

溫太眞玉鏡臺（末本　元曲選　全集）

以上全存十四本

唐明皇哭香囊（似末本　存五曲　見北詞廣正譜）

風流孔目春衫記（似末本　存一曲　見同上）

孟良盜骨（似末本　存兩句　見同上）

以上殘存三本

這十七本是我考定確係關作的。（孟良盜骨稍有問題）此外有魯齋郎、五侯宴、裴度還帶、單鞭奪槊四本，都是他人作品，舊本誤題關作；又有西廂記第五本，自明以來有些人認爲是關作，甚至有人認爲西廂全部是關作，（如前引祁州志）其說確否，極成問題。所以我都沒把它們列入。（此節所述關作雜劇數目名稱的考證，我另有專文，其中一部分已發表見民國四十一年出版的大陸雜誌特刊第一輯，題爲元劇作者質疑。）

再說漢卿作品的題材及風格。漢卿作劇題材之廣泛，根據他現存全劇十四本卽可看出。他所寫有慷慨悲歌的英雄氣概如單刀會、西蜀夢，浪漫瀟灑的名士風情如玉鏡臺，有情節曲折的公案劇如蝴蝶夢、緋衣夢。他尤其善於描寫女性，所寫女性又有多種類型：有教子成名滿懷喜悅的老太太如陳母，有痛子慘死聲情淒厲的中年婦人如鄧夫人，有懷春的閨秀如拜月亭，有慧黠的丫環如調風月，有機智鎮定的命婦如望江亭，有貞烈含寃的民女如竇娥，有才妓如謝天香，有俠妓如趙盼兒，有多情而善怒的妓女如杜蕊娘。僅僅十四劇包括了這樣多的題材，描寫了這樣多的人物，的確是夠廣泛的了。散佚的四五十種，全劇雖不可見，從錄鬼簿及正音譜所載的名目也可推測出其內容之「兼收並蓄」。他描寫的技巧更是如「水銀瀉地，無孔不入」。無論甚麼題材，甚麼人物，陽剛、陰柔、風雲兒女，都寫的逼眞生動，盡態極妍。試看下面所引幾段曲文：

仙呂混江龍　存的孫劉曹操，平分一國作三朝。不甫能河清海宴，雨順風調。兵器改爲農器用，征旗不動酒旗搖。軍罷戰馬添膘，殺氣散陣雲消，役將校作臣僚，脫金甲着羅袍。帳前旗捲虎潛竿，腰間劍插龍歸鞘。撫治的民安國泰，却又早將老兵驕。（單刀會）

雙調新水令　大江東去浪千疊，引着這數十人，駕着這小舟一葉。又不比九重龍鳳闕，可正是千丈虎狼穴。大丈夫心烈，我覷這單刀會似賽村社。（單刀會）

雙調駐馬聽　水湧山疊，年少周郎何處也？不覺的灰飛烟滅，可憐黃蓋轉傷嗟。破曹的檣櫓一時絕，鏖兵的江水猶然熱，好教我情慘切。這也不是江水　這是二十年流不盡的英雄血。（單刀會　字句從孤本元明雜劇）

南呂一枝花　藕絲翡翠裙，玉膩蝤蠐頸。妲己空破國，西子枉傾城。天上飛瓊，散下風流病。若是寢正濃，夢乍醒；且休問斜月殘燈，直睡到東窗日影。（玉鏡臺）

正宮呆古朵　這供愁的景物，好依時月，浮着個錢來大綠巍巍荷葉。荷葉似花子般團圞，陂塘似鏡面般瑩潔。啊幾時教我腹內無煩惱，心上無縈惹。似這般青銅對面粧，翠鈿侵鬢貼。（拜月亭）

正宮伴讀書　你靠欄檻，臨臺榭，我准備名香爇。心事悠悠憑誰說，祇除向金鼎焚龍麝。與你、殷勤參拜遙天月，此意也無別。（拜月亭）

正宮滾繡球　有日月，朝暮懸；有鬼神，掌着生死權。天地也，祇合把清濁分辨；可怎生，糊突了盜跖顏淵。爲善的，受貧窮更命短；造惡的，享富貴又壽延。天地也，做得個怕硬欺軟；却原來，也這般順水推船。地也、你不分好歹何爲地；天也、你錯勘賢愚枉做天。哎，祇落得兩淚漣漣。（竇娥冤）

仙呂油葫蘆　姻緣簿全憑我共你，誰不待揀個稱意的；他每都揀來揀去百千回。待嫁一個老實的，又怕盡世兒難成對；待嫁一個聰俊的，又怕半路裏輕拋棄。遮莫向，狗溺處藏；遮莫向，牛屎裏堆；忽地便吃了一個合撲地。那時節，睜着眼怨他誰。（救風塵）

寫武將有英雄氣概，寫少女是閨秀聲情，寫寃屈的民婦則叫地呼天，聲淚俱下，寫俠妓的口吻則粗俚中有伉爽之致。若不知道作者，幾乎看不出是同一個人的作品。從前稱讚多才藝的演員，有「裝龍像龍，裝虎像虎」之語，關漢卿則是寫龍像龍，寫虎像虎。其他元劇作家有生動的筆墨，但很少能描寫這樣廣泛的題材。如果關作六十四本能有半數流傳下來，我們當可看到更爲廣泛生動的描寫，可惜僅存十四本。尤其可惜的是他的末本（即以男性爲主角的劇本）流傳太少，除單刀會、西蜀夢外，我們看不到漢卿筆下的風雲之氣。固然，根據錄鬼簿所載漢卿全部作品名目推測，其中末本並不太多，但如能流傳下來，總比現在所能看到的多出好幾本。

旦本多於末本，是關作雜劇另一特點。其他元人雜劇則是末本多而旦本少。現存一百七十餘本元劇，其中末本約占十分之七，旦本僅約十分之三；關作現存十四劇，旦本十一，末本三，其比例恰好與其他元劇相反。關作散曲，也以描寫女性生活心理者爲多。元代兩大曲家關漢卿與馬致遠的最大分別，卽在於此。關作多客觀的描繪人情世態，馬作多主觀的抒寫自家胸臆；關作主題多女性，馬作主題多男性。（馬作雜劇現存七本之中，祇有一個旦本，其末本亦多映現作者個人的胸襟情調。散曲更多爲詠懷之作，極少涉及兒女之情。）

漢卿所作散曲，散見元明各種曲選，近人任二北有輯本，收入所編元人散曲三種。數量不多，內容也較爲單調，都是些風花雪月、閨情別恨之類。大概他一生專門寫雜劇，散曲則是餘力爲之，本文論述也就以雜劇爲主。

最後，引述明寧獻王朱權對於漢卿的批評，以結束本文。朱說見太和正音譜卷上：

> 關漢卿之詞，如瓊林醉客。觀其詞語，乃可上可下之才。蓋所以取者，初爲雜劇之始，故卓以前列。

漢卿寫作既多，有時不免失之於雜，詞藻則瑕瑜並陳，格調則高低互見。正如長江大河，好處是汪洋浩瀚，壞處是沙泥俱下。朱權之喜歡高雅整秀的作品，從他自己所作卓文君、沖漠子兩劇，卽可看出。所以他對於馬致遠張小山二人極力推崇，而對於漢卿的批評則是「毀譽參半」。我在本文中對於關作的好評，也是出於客觀的態度；若論主觀的欣賞，我還是偏愛馬致遠的作品，無論雜劇或散曲。

附記：此文載於民國四十七年出版的中國文學史論集，當時因期限迫促，倉卒「交卷」，敍述漢卿事跡部分，都是根據不確定的舊說，未能採用新發現的資料作進一步的探討。本想棄去不存，但關於漢卿雜劇的著錄及評論方面，多少還有一點我個人的意見，可供學者參考，所以仍舊收入集中。只是要補正兩點。第一：所謂包括「腹裏」之說，把大都的範圍說得太大，恐不可信；但祁州可算在大都範圍之內則無問題。第二：錄鬼簿所謂「太醫院尹，」通行曹楝亭本如此，天一閣舊藏明鈔本、及孟稱舜編古今名劇合選附刻本都作「太醫院戶。」金元兩史百官志所載太醫院編制都沒有「院尹」這個職位，元典章卷三十二、通制條格卷三卻有所謂「醫戶，」可見「尹」字是錯字，而「戶」字不誤。漢卿本人並沒有在太醫院作過醫生或擔任任何職務，只是他家裏有人在太醫院作事。然則「漢卿作太醫院尹在金還是在元，」這個問題根本並不存在。但堯山堂外紀亦云漢卿作太醫院尹，熊自得的析津志把漢卿列入「名宦傳，」這又是「尹」字的旁證。所以，這個問題究竟如何？還是不能有絕對正確的答案。五十五年編集時記。

關漢卿雜劇總目　附元人雜劇總目凡例

今春文化出版事業委員會編印中國文學史論集，載有拙作「關漢卿的雜劇」一文，其中一段云：

關漢卿在元代許多雜劇作家之中有三種特點：一、時代最早。二、作品最多。三、題材最爲廣泛而且描寫各極其致。這三種特點使他成爲元劇大作家。

又一段云：

通行本錄鬼簿著錄漢卿作劇五十八本，明鈔本錄鬼簿著錄六十二本，正音譜則著錄了五十九本。（正音譜原著錄六十本，但誤分錢大尹鬼報緋衣夢爲兩劇，實得五十九本。）我根據以上三種著錄，參以永樂大典雜劇目錄及臧懋循元曲選、李玄玉北詞廣正譜諸書，考定漢卿所作雜劇爲六十四本。元人作劇以數量言，前三名是：關漢卿六十四本，高文秀三十二本，鄭廷玉二十二本，其餘都是二十本以下。諸書著錄元人雜劇，去其重複，合共五百三十餘本；漢卿個人所作即佔全數十分之一強。不但是第一，而其與第二之間的差別恰好是二倍，與第三之間的差別約近三倍，眞是「絕類離倫」的多產作家了。

漢卿作劇雖多，而大部散佚，僅存其目；此種情形，與其他元劇作家初無二致。余作彼文時，僅取漢卿諸劇之全存者十四本、殘存者三本，列舉其目，完全散佚之四十七本，則以篇幅所限，未能備舉。然余所考定者既與前人著錄有所不同，則此六十四本之總目自爲治元曲者之所願聞。乃整理舊稿，發表於此，以求教於博雅之士。

余又曾擬根據三十年來陸續發現之曲籍及其他資料，纂錄「元人雜劇總目」一書，以補正前人著錄之闕失。訂有凡例，共十四條，關劇總目卽依據此十四條而寫定者。今附載於前，以當說明。尤有進者：余所致力，僅及關氏作品。此外諸家，尙付闕如。倘有同道之士，取余所定凡例，改訂增删，使之臻於完善，進而纂錄關氏以外諸家之作，俾所謂「元人雜劇總目」得以早日脫稿，補舊史之藝文，啓初學之門徑，斯固區區之所切禱者。而此篇之發表，其意義將不止於爲關氏個人作品編總目矣。

元人雜劇總目凡例

（一）本目根據下列諸書著錄元代及明初之雜劇，並考訂各劇名目及作者之異同，劇本之存、殘、佚。

（甲）前人著錄：（1）元鍾嗣成錄鬼簿通行本（簿甲括弧內爲各書簡稱）。（2）錄鬼簿明鈔本（簿乙）。（3）明初賈仲名（一作明）錄鬼簿續編（簿續。此書或疑出於明初無名氏手，非賈作）。（4）近人馬廉錄鬼簿新校註（簿註）。（5）明寧獻王朱權太和正音譜（正音）。（6）明臧懋循元曲選卷首附載雜劇目錄（臧目。此目全鈔正音，偶有不同，故附於正音之後）。（7）永樂大典雜劇目錄（大典）。（8）清黃文暘曲海總目（黃目）。（9）清支豐宜曲目表（支表）。（10）清姚燮今樂考證（今樂）。（11）近人王國維曲錄（曲錄）。

（乙）公私各家書目：（12）明晁瑮寶文堂書目（寶文）。（13）明高儒百川書志（百川）。（14）明祁彪佳祁氏書目（祁目）。（15）清錢曾也是園書目（錢目）。（16）清顧脩彙刻書目（彙刻）。（17）清丁丙八千卷樓書目

(丁目)。(18) 國立北平圖書館善本書目甲乙編(館目)。(此外國內外各圖書館及私家藏目偶錄曲籍無關重要者從略。)

(丙) 雜劇總集:(19)元刊古今雜劇三十種(元刊)。(20)明息機子編刊元人雜劇選(息機)。(21)明顧曲齋編刊元人雜劇選(顧曲)。(22) 明陳與郊編新安徐氏刊行古名家雜劇及其續編(名家)。(23) 盋山圖書館影印本元明雜劇。(元明此書係影印徐刊雜劇之一部分,故附於其後)。(24) 明黃正位編刊陽春奏(陽春)。(25) 明臧懋循編刊元曲選(元曲選)。(26) 明孟稱舜編刊柳枝集、酹江集(柳枝、酹江)。(27) 明趙琦美脈望館鈔校古今雜劇(趙校此書即所謂也是園舊藏古今雜劇)。(28) 孤本元明雜劇(孤本此書係排印趙氏鈔校諸劇之別無傳本者)。(29) 近人王季烈孤本元明雜劇提要(孤本提要)。(30) 近人孫楷第述也是園舊藏古今雜劇(孫述以上兩書並非劇本總集,但其中多關於趙氏鈔校諸劇之考訂,故附於此)。(31) 世界文庫(文庫)。(32) 元人雜劇全集(全集此書僅印行一部分,實非全集)。(上列諸書有一部分為稀見珍籍,關於此諸書板本及內容之敍述,非本凡例範圍所及,讀者可參考日本青木正兒著隋樹森譯元人雜劇序說第三章第一、第二兩節)。

(丁) 明人編曲選:(33) 明無名氏編盛世新聲(新聲)。(34) 明張祿編詞林摘豔(摘豔)。(35) 明郭勛編雍熙樂府(雍熙)。(36) 明止雲居士編萬壑清音(清音)。

(戊) 曲譜:(37) 明朱權太和正音譜(正音互見前甲項)。(38) 清李玄玉等北詞廣正譜(廣正)。(39) 清莊親王等九宮大成南北詞宮譜(大成)。(40) 清葉堂納書楹曲譜(納書楹)。

（己）元明筆記雜著：（41）元夏庭芝青樓集（青樓）。（42）明陶九成輟耕錄（輟耕）。（43）明蔣一葵堯山堂外紀（外紀）。（44）明姚桐壽樂郊私語（樂郊）。（45）明李開先詞謔（詞謔）。（明人曲話中涉及元人雜劇部分多屬空論，甚少具體事實，本目偶有徵引，不再詳列其目）。

（二）元末作家入明者不乏其人，如王子一、賈仲明諸人皆是；無名氏諸作，其時代爲元爲明，尤難考定。明初雜劇，大體不失元人矩矱，與元劇並列一編，原自無妨。故本編名爲「元人雜劇總目」而兼收明初人作；分爲元人、元明無名氏、明初人三部，以示區別。（無名氏中元人居大多數，故列於明初人之前。）本此原則，凡載於正續錄鬼簿、太和正音譜、永樂大典目錄三書之雜劇，均行著錄；因以上三書所收各劇，其時代至晚在永樂末年也。

（三）通行本錄鬼簿（簿甲）有六種板本：（1）孟稱舜酹江集附刻本（不全，簡稱孟本）。（2）明鈔說集本（簡稱說集本；原書未見，據孫楷第「釋錄鬼簿的次本」文中所引）。（3）曹寅刻楝亭十二種本（簡稱曹本）。（4）劉世珩暖紅室覆刻清初尤貞起鈔本（簡稱尤本）。（5）乾隆時戴光曾鈔本（簡稱戴鈔本；原書未見，據孫楷第引）。（6）王國維據明鈔校本（簡稱王校本）。各本大致相同，尤本最佳。今以尤本爲主，以餘本參校。

（四）明鈔本錄鬼簿及其續編（簿乙及簿續）脫字誤字甚多，無他本可校。本目所引該書原文，均行補正，並註明根據何書；未註明者係編者以意補正，皆形近音訛，文義顯然易見者。

（五）正續錄鬼簿（正編包括通行及明鈔兩種）、太和正音譜爲著錄元人雜劇之原始資料，最早、最詳、最可信。本目著錄諸劇，凡此二書俱曾著錄者，即註「全錄」二字；他書有無著錄，不再記出。二書或錄或否，或二書未錄而見於他書者，則詳細註明。

（六）附錄各家小傳，其資料以正續錄鬼簿爲主。元劇作家多江湖隱淪之士，事跡不彰；余嘗於元史及諸元人別集中尋求各家傳記資料，所獲甚少，幾於緣木求魚，不只披沙簡金也。

（七）各作家名下，註明所撰雜劇總數及存、殘、佚各若干。

（八）各書所載諸劇作者如有歧異，均詳爲考定。

（九）本目著錄諸劇，概書總題、題目正名（正目）及簡題可考者均予照錄，並註明見於何書。惟已佚諸劇，其簡題無甚用處，故大致雖可考知，亦從省略。（總題、正目、簡題諸名詞之解釋，見拙作「元人雜劇的結構」在彼文中簡題原作簡稱，因易滋混淆，今改定之。）

（十）總題文字概以簿甲爲準；簿甲僅載簡題者則代以他書所載總題。各書均載簡題者仍之。各書所載總題如有歧異，詳爲列舉。

（十一）正目文字概以簿乙爲準；簿乙未註正目而見於他書者，各從其源。各書正目如有歧異，詳爲列舉。

（十二）全劇現存者註「存」字，並註明有何板本；僅存一部分者註「殘」字，並註明現存部分見於何書；全劇不存者註「佚」字。每人所撰諸劇即按存、殘、佚之次序排列。

（十三）本目著錄諸劇，其格式如下。（甲）首列總題，總題下註明（1）存、殘、佚。（2）旦本或末本。（3）見於何書著錄。（4）現存全劇之板本或殘劇見於何書。各書所載總題文字歧異及有關全劇之考訂按語，低兩格書於總題之後。（乙）其次爲簡題及正目，俱較總題低一格書。與簡題或正目有關之考訂按語，低兩格書於其後。

（十四）各本錄鬼簿及正音譜屢有註出「二本」或「次本」字樣。（二本爲同一故事而有二作家編成雜劇且用同一劇名者；二本之中，確知其寫作時期之孰先孰後，則稱後一本爲次本。）今於各書原註二本或有二本而各書失註者，均依原書註明或爲補註，並於兩作者目下各註明某人亦有此劇。原註次本者，於前一作者目下註明有某人次本，後一作者目下註明次某人本。又有用其他方法，如曲調名、角色、韻部之類註明本數或其區別者，均依原書所註轉載。

關漢卿雜劇總目

關漢卿，自號已齋叟，大都人。註一 曾官太醫院尹；性樂易坦率；好談妖鬼，所著有鬼董。註二 畢生致力雜劇，作品之多，爲元人冠，描寫範圍甚廣，各極其致。散曲則多寫兒女柔情，數量亦不多，蓋以餘力爲之。漢卿爲元曲初期作家，生年疑在金末，卒年未詳。註三（本節敍述頗有問題，參閱前篇「關漢卿的雜劇」附記。）

漢卿所撰雜劇凡六十四本，存十四（旦本十一，末本三），殘三，佚四十七。

註一　漢卿籍貫有大都、祁州、解州三說，大都之說最爲可信。

註二　此說見明蔣一葵堯山堂外紀，余所見原文如此，疑當是「鬼董狐」。記曾有人專文討論漢卿此書，手邊無原文，誌出俟考。

註三　堯山堂外紀云漢卿官太醫院，在金時，入元不仕；邾經靑樓集序亦稱漢卿爲金遺民。其說並無確據。

漢卿時代似不如此之早。此問題二十餘年前卽曾引起學術界之爭辯，始終難得確定之結論，然總以「關漢卿非金遺民」之說較爲可信。

閨怨佳人拜月亭 存。旦本。全錄。元刊，全集。

曹本簿甲亭作庭。錢目作王瑞蘭私禱拜月亭。

王德信（實甫）有才子佳人拜月亭，今樂、簿註均以爲與關作同目；王作今不存，無從考定；但恐非同一故事，關作拜月者只有佳人，才子並不在場。

高儒百川書志卷六史部外史門著錄貞淑秀拜月訴衷腸一卷，（按百川著錄雜劇均以一本爲一卷。）註云：「元關漢卿撰，太和譜（按卽正音譜。）名爲拜月亭。」其下又有小字一行云：「續考，明廣陽蔡㬌編。」蓋初據拜月二字臆定此劇爲關作，後始考出爲蔡作也。

簡　題：拜月亭

正　目：無考

詐妮子調風月 存。旦本。全錄。元刊，文庫，全集。

大典調誤作諷。

簡　題：詐妮子（簿乙）　調風月（正音）

正　目：雙鶯燕暗爭春　詐妮子調風月（簿乙。元刊）

錢大尹智寵謝天香 存。旦本。全錄。元曲選，名家，全集，陽春（未見）。

簡　題：謝天香

正　目：柳耆卿錯怨開封宰　錢大尹智寵謝天香（簿乙元曲選）。

元曲選宰作主。

烟月救風塵 存。旦本。全錄。元曲選，名家，全集，童雲野刻本（未見）。

曹本簿甲救作舊，今從尤本簿甲及簿乙。錢目作趙盼兒風月救風塵。

簡　題：救風塵

正　目：虛脾瞞俏倬　烟月救風塵（簿乙）

又：念彼觀音力　還歸於本人

　　虛脾瞞俏倬　烟月救風塵（名家）

又：安秀才花柳成花燭　趙盼兒風月救風塵（元曲選）

包待制三勘蝴蝶夢 存。旦本。簿乙，正晉，錢目。元曲選，名家，全集。

簡　題：蝴蝶夢

正　目：開封府單問後姚婆　包待制三勘蝴蝶夢（簿乙）

又：　葛皇親挾勢行凶橫　趙頑驢偷馬殘生送

王婆婆賢德撫前兒　包待制三勘蝴蝶夢（元曲選，名家）

單問謂單獨審問，元曲中常見之詞，簿乙單作卑，形近之誤。

杜蕊娘智賞金線池

存。旦本。全錄。元曲選，顧曲，名家，柳枝，全集。

簿乙娘誤作如。

簡　題：金線池

正　目：韓解元輕負花月約　老虔婆故阻燕鶯期

石好問復任濟南府　杜蕊娘智賞金線池　諸本俱同

感天動地竇娥寃

存。旦本。簿乙，正音，錢目。元曲選，名家，酹江，全集。

簡　題：竇娥寃

正　目：湯風冒雪沒頭鬼　感天動地竇娥寃（簿乙）

又：　秉鑑持衡廉訪法　感天動地竇娥寃（元曲選）

望江亭中秋切膾旦

存。旦本。全錄。元曲選，息機，全集。

尤本簿甲膾作魚。

旦謂劇是旦本，如罟罟旦、貨郎旦皆是。

簡題：切膾旦（簿乙　正音）　望江亭（元曲選）

正目：洞庭湖半夜賺金牌　望江亭中秋切膾旦（息機）

又：清安觀邂逅說親　望江亭中秋切膾（元曲選）

錢大尹鬼報緋衣夢 存。旦本。全錄。顧曲，名家，文庫，全集。

簿乙、顧曲、名家鬼報均作智勘，簿乙緋作非。按：劇中有「非衣兩把火」之語，合爲裴炎二字，卽劇中主要人物之一；簿乙作「非衣」，原自不誤，諸書皆作「緋衣」，蓋取此二字現成易解。正音誤分「錢大尹鬼報」爲一劇，「緋衣夢」爲一劇。

簡題：緋衣夢

正目：王閏香夜宴四春園　錢大尹智勘非衣夢（簿乙）

又：王閏香夜鬧四春園　錢大尹智勘緋衣夢

李慶安絕處幸逢生　獄神廟暗中彰顯報（顧曲）

此四句次序與慣例不合，應以第三、四句與第一、二句互易。錢目又有王閏香夜月四春園，題無名氏撰，不知與闕作是否一劇。

鄧夫人哭存孝 存。旦本。全錄。孤本。

錢目作鄧夫人痛苦哭存孝，孤本作鄧夫人苦痛哭存孝。
簡題：哭存孝
正目：無考（孤本不載正目）

狀元堂陳母教子 存。且本。簿乙，正音，錢目。孤本。

簡題：陳母教子
正目：翰林院學士加官　狀元堂陳母教子（簿乙）
　簿乙原脫院字。
又：　待漏院招賢納士　狀元堂陳母教子（孤本）

關張雙赴西蜀夢 存。末本。全錄。元刊，全集。

簡題：雙赴夢（簿乙　正音）
正目：荊州牧闖州牧二英魂　關雲長張翼德雙赴夢（簿乙）

關大王單刀會 存。末本。全錄。元刊，孤本，全集。

錢目作關大王獨赴單刀會，百川作關大王單刀赴會記。
簡題：單刀會

正目：魯子敬索荆州　關大王單刀會（簿乙）

又：喬國老諫吳帝　司馬徽休官職

魯子敬索荆州　關大王單刀會（元刋）

元刋原缺「馬徽、魯子、關」五字，據文義補。

又：孫仲謀獨佔江東地　請喬公言定三條計

魯子敬設宴索荆州　關大王獨赴單刀會（孤本）

溫太眞玉鏡臺　存。末本。全錄。元曲選，名家，柳枝，全集。

簡題：玉鏡臺

正目：晉公子水墨宴　溫太眞玉鏡臺（簿乙）

又：王府尹水墨宴　溫太眞玉鏡臺（元曲選　諸本俱同）

以上現存全劇十四本，尙有魯齋郎、五侯宴、裴度還帶、單鞭奪槊四本，舊題關作，實誤。西廂記第五本，明人有指爲關作者，全無確據。今均不收。關於前四劇之問題，余另有文考證，其中五侯宴、裴度還帶兩劇已發表於大陸雜誌特刊第一集，題爲元劇作者質疑。西廂記作者問題，更爲複雜。余以爲明以來流行之西廂既與漢卿無關，亦非王實甫原作，乃元末明初人據實甫原作改編者也。

唐明皇哭香囊　殘。末本。全錄。㢠正；收入趙景深編元人雜劇輯逸。

薄乙作唐明皇啓瘞哭香囊。

廣正引越調棉搭絮絡絲娘雪裏梅幺拙魯速共五曲觀其語氣，是明皇唱。

風流孔目春衫記 殘。旦本。全錄。廣正：收入趙景深編元人雜劇輯逸。

薄乙誤作春秋記。

廣正引仙呂尾聲一曲，實爲一殘缺不全之賺煞；中有「我與你爲妻」之語，知是旦唱。

孟良盜骨 殘。末本。未見著錄，據廣正引。廣正。

廣正引仙呂青哥兒兩句云：「算著我今年合盡，來日個衆軍衆軍傳令」似是楊令公唱。元曲選有昊天塔孟良盜骨題無名氏撰。其中無此兩句青哥兒韻亦不同元曲選仙呂折用東鍾韻，此斷句用眞文韻；且元曲選仙呂折爲令公魂托夢時唱，此斷句則似令公被困將死時唱。據此兩事，可知此劇確有二本。惟諸書於漢卿名下均未著錄此劇，僅廣正譜題爲關作，不知是否可信。

以上殘劇三本。

董解元醉走柳絲亭 佚（以下四十七本俱佚。）全錄。

丙吉教子立宣帝 全錄。

薄太后走馬救周勃 全錄。

簿乙無走馬二字。

大長公主認先皇　全錄。

大長公主，簿甲作太常公主，簿乙作太長宮主。案皇帝之姑母稱大長公主，簿甲乙俱誤，今改正。

曹太后死哭劉夫人　全錄。

簿乙無曹太后三字。

荒墳梅竹鬼團圓　全錄。

正目：舞榭烟花生間阻　荒墳梅竹鬼團圓（簿乙）

風月狀元三負心　全錄。

正目：烟花妓女雙逃走　風流郎君三負心（簿乙）

簿乙烟誤作胭。

續簿無名氏亦有此劇，總題正目俱同簿乙，惟風流作風月。

沒興風雪瘸馬記　全錄。

金銀交鈔三告狀　全錄。

簿乙金銀作金花。

蘇氏造織錦回文 全錄。

曹本簿甲造作進，今從尤本簿甲。簿甲各本文均作紋，今從簿乙及正音。簿乙總題作竇滔妻織錦回文。

介休縣敬德降唐 全錄。

簿乙作武周將敬德降唐，元曲選目作敬德歸唐。

昇仙橋相如題柱 簿甲。

簿甲簿乙於屈子敬名下亦均著錄此劇；簿甲之外，他書均未云此劇是關作，恐當屬屈。

金谷園綠珠墜樓 全錄。

簿乙作石崇妾綠珠墜樓。

孟本簿甲有註云：「神曲者。」案：神曲乃金娥神曲之簡稱，屬雙調，爲不常用之曲牌。孟本註此三字之意，謂此劇有二本，關作有金娥神曲，另一人所作則無之也。此種註曲牌名以明本數及作者之例，尚有庾天錫之麗春園，孟本註云「甘州者，」甘州卽八聲甘州也。關作以外之「綠珠墜樓，」未見著錄，不知何人作。

漢匡衡鑿壁偷光 全錄。

簿乙作夜讀書鑿壁偷光（書原誤孝）。

徐夫人雪恨萬花堂 全錄。

曹本簿甲作劉夫人書寫萬花堂，尤本簿甲作劉夫人寫恨萬花堂，今從簿乙。

正目：孫太守錯疑三虎將　徐夫人雪恨萬花堂（簿乙）

據正目知此劇所演爲三國時吳丹陽太守孫翊之妻徐氏爲夫報仇事，見三國志吳志孫翊傳及孫韶傳註，三國演義亦載其事，故總題從簿乙。

呂蒙正風雪破窰記　末本。全錄（正音註云二本）。

王德信（實甫）亦有此劇，故正音註二本，明鈔說集本簿甲於王作下註云旦本，關作應是末本，今孤本收有此劇係旦本，正目亦與此異，錢目定爲王作，是也。

晏叔元風月鷓鴣天　全錄。

王校簿甲云「叔元當作叔原」：案諸書俱云晏幾道字叔原，無作叔元者；應從王校改正。

姑蘇臺范蠡進西施　全錄。

簿乙作請退軍勾踐進西施。

開封府蕭王勘龍衣　全錄。

柳花亭李婉復落娼　全錄。

正目：柳花亭李婉復落娼　風月街妓女雙告狀（簿乙）

亭原誤作高，婉字原脫，今據簿甲補正。

甲馬營降生趙太祖 全錄。

賢孝婦風雪雙駕車 全錄。

正目：花酒郎君單捻怪　風雪賢婦雙駕車（簿乙）

雙提屍鬼報汴河冤 全錄。

簿甲鬼報作寃報，今從簿乙。

老女壻金馬玉堂春 簿甲乙。

正目：小夫人玉輦金花誥　老女壻金馬玉堂春（簿乙）

宋上皇御斷姻緣簿 全錄。

明鈔本簿甲姻緣作鴛鴦，王校從之。案諸本簿甲及簿乙、正音，俱作姻緣，不應從此孤本。王氏曲錄又附錄姻緣簿一劇於全目之後，更爲支離。

崔玉簫擔水澆花旦 全錄。

簿乙作盧亭亭挑水澆花旦。正音作擔水澆花旦，註云二本。案李文蔚亦有盧亭亭擔水澆花旦，簿甲、簿乙、正音俱著錄，正音亦註二本。據正音註語，此劇總題似應從簿乙，否則關、李二劇總題不同，正音二本之註無所根據。

晉國公裴度還帶　全錄。

簿乙作香山廟裴度還帶。

孤本有山神廟裴度還帶，原題關漢卿作，非是。其劇爲賈仲名作，說見大陸雜誌特刊第一集拙作元劇作者質疑。

隋煬帝牽龍舟　全錄。

風雪狄梁公　全錄。

屈勘宣華妃　全錄。

簿乙華誤作花。

高儒百川書志卷六史部外史門著錄珍珠龍鳳汗衫記三卷，註云：「元關漢卿撰，太和譜名爲宣華妃。」案：百川著錄雜劇，例以一本爲一卷，此云三卷當是三本，諸書俱未云漢卿有此巨著，且元初無一劇演爲數本之風氣。此劇蓋明人所作，想是亦言宣華妃事，高氏見主角相同，臆測誤題。其情形與拜月亭相同（見前）。

月落江梅怨　全錄。

終南山管甯割席　全錄。

簿甲無終南山三字，今從簿乙。

白衣相高鳳漂麥 全錄。

孫康映雪 全錄。

唐太宗哭魏徵 全錄。

武則天肉醉王皇后 全錄。

簿乙作肉生王皇后，生字誤。

翠華妃對玉釵 全錄。

正音釵作釧。元曲選目作對玉梳。

漢元帝哭昭君 全錄。

劉夫人救啞子 全錄。

劉盼盼鬧衡州 全錄。

簿乙作鬧荆州。正音作鬧邢州。

呂無雙銅瓦記 全錄。

簿甲原註：瓦一作丸。

萱草堂玉簪記 全錄。

楚雲公主酹江月 全錄。

尤本（簿甲）雲作金，今從曹本及王校正音酹誤酧。

魯元公主三啾赦 全錄。

簿乙作三嚇嚇，正音作三嚇赦。右總題啾字應從正音改爲嚇字。

正音無名氏有魯元公主，不知與此劇是否二本。

醉娘子三撇嵌 全錄。

藏鬮會 簿乙。

秦少游花酒惜春堂 簿乙。

正目：　韓梅英歌舞鳴珂巷　秦少游花酒惜春堂（簿乙）

歌原誤作影。

右關漢卿所撰雜劇六十四本總目訖

民國四十七年，大陸雜誌十七卷十期。

元劇作者質疑

金錢記　殺狗勸夫　兒女團圓　雙獻功　倩女離魂　酷寒亭　趙氏孤兒　裴度還帶

五侯宴　東墻記　蔣神靈應　澠池會　伊尹耕莘　智勇定齊　三戰呂布　老君堂

降桑椹　黃鶴樓

右列雜劇十八本，金錢記至趙氏孤兒七本，收入明臧懋循編元曲選，裴度還帶以下十一本，收入近人王季烈編孤本元明雜劇（商務出版）。所題作者姓名，或確屬錯誤，或疑爲錯誤，或作者雖是而非原本，或雖非誤題而有可疑之處，均須考定。平日讀曲，嘗分注鄙見於各劇之後，今彙錄於此，以供治元明雜劇者之研討。各劇有出於明人手者，而舊題作者皆爲元人，故仍名之爲元劇作者質疑。文中引用各書簡稱，分別說明於下：

鬼簿　簿甲　簿乙　元鍾嗣成錄鬼簿。此書有初稿、定稿兩種，初稿卽所謂天一閣舊藏明鈔本（有影印傳鈔本）；定稿卽通行刻本。兩稿時有異同，本文於兩稿相同者稱鬼簿，定稿稱簿甲，初稿稱簿乙。

簿續　明賈仲名（？）續錄鬼簿，附簿乙後，無單行本。

正音　明甯獻王朱權太和正音譜。

廣正　清李玄玉等北詞廣正譜。

趙鈔　明趙琦美脈望館鈔校古今雜劇，又名也是園舊藏古今雜劇。全書藏國立北平圖書館；其中別無傳本者，由商務印書館編印，名爲孤本元明雜劇，吳縣王季烈主其事。

孤本　卽上述孤本元明雜劇。

金錢記　此劇今有元曲選本，又有影印元明雜劇本，俱題喬夜符（吉）撰。元明雜劇本正目云：「老相公不肯招良婿，俏書生強要成佳配。韓飛卿醉趕柳眉兒，李太白匹配金錢記。」元曲選僅有後兩句。按簿甲著錄金錢記有兩本：其一在石君寶名下，題「柳眉兒金錢記」；其一在喬名下，題「唐明皇御斷金錢記」。簿乙著錄此劇亦有兩本，亦分屬石喬兩人，而於石劇注正名云「李太白匹配金錢記」，於喬劇注正目云「韓飛（原誤作老）卿勅賜錦花袍，唐明皇御斷金錢記。」今劇正名與石劇同；第四折有冲末扮李太白「奉聖命與他成此一門親事」情節亦合。喬劇之韓飛卿賜袍事則不見於今劇，亦無唐明皇出場下斷。疑今劇應屬石君寶撰，題喬夢符者誤也。

殺狗勸夫　元曲選題無名氏撰，簿續、正音並同。惟簿甲蕭德祥（天瑞）名下有此劇，近人遂有認爲蕭作者。按：正音無德祥其人，簿乙有之而名下未著一劇，僅簿甲德祥名下有劇五本。此五本皆與他人互見，又無一劇注「二本」或「次本」，事殊可疑。簿甲德祥小傳云：「凡古文俱隱括爲南曲，街市盛行，又有南曲戲文等。」簿乙略同。元末明初南戲常重演北劇故事而襲用舊名，頗疑此五本爲德祥所撰南戲，故與他人互見而不注「二本」或「次本」。此北劇之殺狗勸夫仍應從元曲選及簿續、正音定爲無名氏撰。

兒女團圓　有元曲選本，題楊文奎撰，正目云：「白鷺村夫妻雙拆散，翠紅鄉兒女兩團圓。」按：簿甲、簿乙俱無文奎之名，簿甲且並兩團圓之劇名亦未著錄。簿乙及正音著錄之兩團圓則共有四本。其一在正音楊文奎名下，僅有兩團圓三字簡題，無正目，不知內容爲何。其二在簿乙無名氏下，正目云：「金斗郡夫妻雙拆散。豫章城人月兩團圓」。蓋演雙漸小卿事，與今劇演韓弘道事不同。其三在簿乙高茂卿名下，正目云：「鴛鴦村夫妻雙拆散。翠紅鄉兒女兩團圓」。與今劇正合，僅村名易白鷺爲鴛鴦。其四在簿乙楊訥（景賢）名下，注云「次本」而無正目，不知所次何本。據此四者，今劇自以題高茂卿撰最爲妥當。臧懋循似未見鬼簿，僅據正音所載兩團圓之簡稱而題爲楊撰，殊難令人置信。

雙獻功　元曲選有黑旋風雙獻功，題高文秀撰，趙鈔改題無名氏。按：鬼簿文秀名下有黑旋風雙獻頭，正音省爲雙獻頭，俱無雙獻功之目，趙氏改題，似非無因。但今劇情節與簿乙所注正目「孔目上東岳。黑旋風雙獻頭」完全相同；劇尾宋江念詞亦有「黑旋風拔刀相助雙獻頭號令山前」之語。可知雙獻功與雙獻頭實爲一劇。其所以歧異，乃因今本正目爲「及時雨單責狀。黑旋風雙獻功」。故臧氏編元曲選時亦改頭爲功也。此種歧異，實係後人爲求對仗工整，且嫌獻頭之不雅馴而改定者。趙氏未見簿乙所注正目，僅據正音之簡題，遂致誤改。趙氏又以無名氏之雙獻頭武松大報仇題爲高文秀作，則係附會雙獻頭三字，而忘記鬼簿文秀名下之雙獻頭爲黑旋風而非武松也。

倩女離魂　元曲選本題鄭德輝（光祖）撰，明顧曲齋刻本、新安徐氏刻本、柳枝集本並同。按：鬼簿、正音於趙公輔、鄭德輝名下均著錄此劇，簿乙於鄭劇且注明「次本」。可知此劇實有趙鄭兩本，德輝時代較晚，似即次公輔作。簿乙於鄭劇未注正目，於趙劇則注云：「調素琴書生寫恨。迷青瑣倩女離魂」。今劇正目與之只差一字

（書生作王生）若僅據簿乙此注，似應屬趙撰。然簿甲鄭劇題云：「迷靑瑣倩女離魂，」趙劇題云：「棲鳳堂倩女離魂，」則又是鄭題與今劇同，趙題與今劇異。簿甲簿乙既相參差，自不能以之爲據而推翻歷來相傳之舊說。且以詞藻風格論之，今劇酷類㑳梅香王粲登樓諸劇，其爲鄭作，殆無可疑。

酷寒亭　元曲選及影印元明雜劇俱題楊顯之撰。按簿甲、正音顯之名下俱有此目；正音有注云：「旦末二本。」簿乙則顯之及花李郎名下俱有之，證以正音之注，此劇之有二本自無可疑。簿甲正音於花李郎名下偶遺之耳。今劇作者爲楊爲李，因之遂成問題。若謂爲楊作，則有三事可疑。其一、簿甲楊劇題云：「蕭縣君風雪酷寒亭，」蕭縣君見於今劇，爲主角鄭孔目之妻，於第一折中卽已死去，與後文酷寒亭上情事毫無關係。其二、簿乙楊劇正目云：「孫□君託夢秦川道，鄭孔目風雪酷寒亭，」今劇雖亦題爲「鄭孔目風雪酷寒亭，」但無孫□君託夢事。其三、簿乙李劇正目云：「壯士宋彬（原誤兵）遭迭（原誤失）配，像生欒子酷寒亭。」宋彬迭配事却爲今劇主要線索。據此三事，今劇作者應是花李郎而非楊顯之。今劇係末本，失傳者當爲旦本，據「蕭縣君風雪酷寒亭」之題推測，楊劇當是以旦扮蕭縣君爲主角，或蕭未死，或於後部用魂旦，情節與今劇不同。至於簿乙楊劇正目改蕭縣君爲鄭孔目，恐是後人所改，蓋此劇無論旦本末本均有鄭在內也。成問題者，「像生欒子」亦不見於今劇，不知是何關目耳。

趙氏孤兒　此劇爲紀君祥（一云天祥）撰，諸書俱同，向無疑問。惟元曲選本第五折庸弱鬆懈，與前四折不類。元刋雜劇三十種本則僅四折，至趙孤立志報仇爲止，未實敍其事。然自十二月帶堯民歌以下數曲，將報仇情形用想像語寫出，劇情已完。此正手法高妙處，今第五折用實寫，轉成蛇足。文筆既不相類，結構上亦嫌多餘，其爲後人所添無疑。元曲選本前四折與元刊本歧異處，幾無一語無遜色，其庸弱却與第五折相同，第四折末數曲尤可看出係爲增添第五折而改作者。謂添此折者爲卽編元曲選之臧懋循，雖無確據，亦不甚遠。元劇例爲四折，五折者僅此劇及東墻記、五侯宴、降桑椹等四本。東墻記非白樸作，五侯宴非關漢卿作，降桑椹是否劉唐卿作，亦大成問題，均見另條。然則元劇之眞出元人者，殆無五折之例也。

裴度還帶　收入孤本，從趙鈔題關漢卿撰。按：鬼簿、正音漢卿名下俱有此目，趙題不爲無據。惟簿續賈仲名名下亦有之；蓋仲名時代晚於鍾嗣成，鬼簿根本未及其人，正音則成於仲名死前二十餘年，註一 故未及全錄其作品也。簿續賈劇正目云：「長安市璚涯報恩，山神廟裴度還帶。」今劇云「郵亭上瓊英賣詩，山神廟裴度還帶」，瓊英爲劇中女主角，報恩、賣詩、山神廟事俱見於今劇，瓊璚通用，英涯雙聲，當卽一人，是今劇與賈劇相同也。簿甲關劇題爲「晉國公裴度還帶」，今劇演至裴度中狀元與瓊英婚配爲止，無封晉國公事，簿乙關劇題爲「香山廟裴度還帶」，今劇云山神廟，未云香山廟，是今劇與關劇不合也。據此兩點，今劇應改題賈仲名撰。曲文清麗流暢而略傷甜熟，無元初潑辣雄直之氣，亦爲是賈非關之證。

五侯宴　全名爲劉夫人慶賞五侯宴，收入孤本，從趙鈔題關漢卿撰。按：鬼簿漢卿名下有曹太后死哭劉夫人，又有劉夫人救啞子（當作亞子）；無五侯宴。今劇文筆惡劣，不惟去漢卿遠甚，亦不類元人，復不見於簿續及正音無名氏項下，觀其排場、筆墨，蓋明代伶工所編之歷史故事劇耳。趙氏考定作者僅據正音一書，於鬼簿毫不措意。註二 正音例用簡題，故於漢卿名下之曹太后劇省作劉夫人，註三 趙氏未詳查鬼簿，不知其爲曹太后劇之簡題，僅見劉夫人三字相同，遂以劉夫人慶賞五侯宴當之。此君旣好附會，此固不足異也。錢遵王也是園書目著錄元明雜劇，作者題名均從趙鈔；姚燮今樂考證，王國維曲錄補五侯宴入漢卿名下，皆據錢目；王季烈著孤本元明雜劇提要，遂據以爲元初已有一劇五折之證。其始誤者固趙氏也。

東墻記　收入孤本，從趙鈔題白樸（仁甫）撰。按：鬼簿、正音仁甫名下俱有此目；然今劇決非仁甫作，蓋一劇二本，或爲元明間人依仁甫原本重作。綜其論據，共有三端：此劇曲白、關目、與西廂記及㑳梅香雷同之處極多，而曲白則撏撦拼湊，關目則草率拙劣，鈔襲之跡顯然。西廂記作者王實甫年輩晚於仁甫，㑳梅香作者鄭德輝則爲元後期作家。且今所得見之西廂記，實爲元末明初人增改之本，余別有專文詳論。㑳梅香及今本西廂記行世之時，仁甫已近百齡，墓木拱矣，又何從而鈔襲之？更不必論作梧桐雨手筆之不肯鈔襲他人作品也。此其一。此劇時而生唱，時而旦唱，時而貼唱，大違北劇一人獨唱之例。此例元人守之甚嚴，現存元劇百餘種從無例外，有之自今本西廂始。註四 是爲元明之間北劇受南戲影響而生之變化。元初作者守律既嚴，南戲亦未流行，仁甫實無從嘗試爲此例外之作。且主角稱生而不稱末，亦是南戲規矩。此其二。全劇筆墨甜熟，麗而不清，似雅實俗，是元劇末期風格，非初期面目。此其三。據此三事，劇爲元末明初之東墻記，非白仁甫之東墻記，蓋可斷言。廣正十六帙引越調鬪鵪鶉、東原樂、綿搭絮三曲，全同今本，亦注白仁甫撰東墻記，如非廣正編者所見之本即已誤題作者，即是今本有一部分曲文鈔襲仁甫原作。明初人每取元人舊劇而重作之，曲文則間襲原本，劇名則或改或否，如谷子敬城南柳之於馬致遠岳陽樓，朱有燉曲江池之於石君寶曲江池，皆是。今之東墻記蓋其比也。

蔣神靈應　收入孤本，從趙鈔題李文蔚撰。按：簿乙文蔚名下有謝玄淝水破苻堅，（簿甲、正音省去淝水二字。）今本名目與之不同，文筆亦平庸低劣，不類元人，而極似明代伶工所編歷史故事劇。應屬於無名氏撰晉朝故事一類。註五 趙氏僅據破苻堅三字，遂附會題爲李作，此種情形在趙鈔中屢見，如澠池會等劇皆是。

澠池會　伊尹耕莘　智勇定齊　俱收入孤本，澠池會題高文秀撰，伊尹耕莘智勇定齊題鄭德輝（光祖）撰，從趙鈔也。按：此三劇文筆平庸低劣，排場却頗熱鬧，此爲明代伶工所編歷史故事劇與元劇之大別。鬼簿、正音文秀名下有廉頗負荆無澠池會，德輝名下有無塩破環無智勇定齊，有伊尹扶湯無伊尹耕莘，故事雖或相同，劇名則大異，題爲高作鄭作，蓋均出趙氏附會。伊尹耕莘後有趙氏批註云：「太和正音有伊尹扶湯，或即此，是後人改今名也。然詞句亦通暢，雖不類德輝，要亦非俗品，姑置鄭下，再考。」是已自承其爲附會猜測。蓋元劇逸佚既多，學人遂望其多有發現，寧可失入，不欲失出，自趙琦美至王季烈，同此心理也。

三戰呂布　收入孤本，從趙鈔題鄭德輝（光祖）撰。按：鬼簿、正音武漢臣、鄭德輝名下皆有此目；今劇實爲武作。簿甲鄭劇下有註云「末旦頭折」，意謂頭折上場人物既有末又有旦，所以示別於武劇也。今劇頭折有末無旦，是爲不出德輝之證。再就風格言之，漢臣作品蒼勁而超脫，德輝作品清麗而稍嫌滯弱；漢臣爲前期北方作家，爲本色派，德輝爲後期南方作家，爲文采派。試以三戰呂布與武作老生兒（須看元刊三十種本）鄭作倩女離魂、㑳梅香諸劇比較，實極似漢臣，而異於德輝。其爲武作，殆無可疑。鄭劇既爲次本，或即是次武本。廣正一帙引黃鍾水仙子斷句「雙股劍左右着」，註云：「武漢臣三戰呂布」。今劇無黃鍾套，此事似爲吾說之反證，然細觀全劇，此實不成問題；蓋今劇第二楔子及第四折爲明代內府伶工之所增易，非漢臣原本也。今劇第四折文筆遠遜於前三折，且前三折寫張飛牢騷兀傲之氣，嬉笑怒駡，躍然紙上，第四折仍是張飛唱，語氣忽變庸俗空泛，極爲不類，其千篇一律歌頌太平之吉祥語，則與明代內府所編諸劇相同。第二楔子賞花時曲平舖雜湊，亦遠不如第一楔子賞花時之潑辣渾成。劇之經過增換可以斷定。元劇慣例，凡戰爭之劇，其第四折常用探子唱，由其口中敍出陣上情形，所用宮調則爲黃鍾。漢臣原作蓋用此例，廣正所引黃鍾水仙子當卽原作第四折中之一支。至明代內府伶工，或欲改換排場，或不願用黃鍾套，或欲使張飛始終出場以求整齊，乃改作此折爲正宮套，以張飛代探子出場。試觀廣正所引雙股劍之語，一見於第二楔子賞花時云：「大哥哥雙股劍冷颼颼」再見於第四折脫布衫曲云：「大哥哥雙股劍實難措手」。是卽改本變動原作之痕跡也。流傳至今者恰爲此改定之本，漢臣原作之第四折遂不可復見矣。

老君堂　趙鈔題無名氏撰；今收入孤本，改題鄭德輝（光祖）撰，據原本無名人跋語也。此人或云是董其昌。原跋文云：「是集予於內府閱過，乃係元人鄭德輝筆，今則宜置鄭下」。按：鬼簿、正音德輝名下均無此劇，雖以趙琦美之喜附會，亦未言其爲鄭作。今據來歷不明，空言無據之跋語，遽爾定題，殊爲武斷。全劇筆墨庸俗，有時竟至不通，作王粲登樓、翰林風月手筆何致如此。觀其末折排場，蓋亦明人所編歷史故事劇耳。

降桑椹　趙鈔題元無名氏撰，今收入孤本，改題劉唐卿撰。按：簿甲唐卿名下有蔡順摘椹養母；簿乙、正音均無之，正音、簿續無名氏下則均有蔡順分椹。各書著錄撰人不同，與今劇名目亦不一致，今劇作者是否唐卿，殊成問題。其排場之熱鬧，賓白之繁冗，曲文之平庸，均近於明代伶工所編故事劇，謂爲元人作品，亦嫌不類，應題無名氏撰。

黃鶴樓　趙鈔題無名氏撰，今收入孤本，改題朱凱。按：簿甲朱名下雖有是目，今劇却非朱作。廣正四帙引南呂一枝花「趁着這滿江烟水澄」曲，註云：「朱士凱 註六 撰醉走黃鶴樓」。此曲全套見於明止雲居士所編萬璧清音，用尤侯韻，其情節略同今劇第三折，但今劇第三折則爲雙調新水令套，用支思韻，文字亦不相襲。今劇第四折雖爲南呂一支花套，而情節、文字、韻部全異萬璧清音所引。據此推定，此劇實有二本，今劇不知何人所作，但決非朱凱耳。

註一　正音序文題戊寅，是爲洪武三十一年，仲名則永樂二十年尚在，見簿續小傳。

註二　趙氏考定劇名及作者之疏謬附會，孫楷第氏也是園舊藏古今雜劇文中已言之。

註三　正音漢卿名下別有救啞子劇，故知劉夫人爲曹太后劇之簡題。

註四　張生煮海劇有末唱，亦有旦唱，但不同在一折。

註五　見也是園書目。

註六　朱凱字士凱，見簿甲小傳。

民國四十三年，大陸雜誌特刊第一輯。

元人雜劇的逸文及異文

元人雜劇的文學價值，久已論定，這裏不必再說；研究整理元劇的工作，却有許多方面仍須努力。現在要談到這些工作之中的兩部分輯逸和錄異。先說輯逸。

正續錄鬼簿、太和正音譜、永樂大典目錄，是著錄元人雜劇的三部要籍。三書所著錄的元劇，合計起來，去其重複，有五百三十餘本；現存全劇不過一百七十本左右，尚不及全數五分之二。其餘三百餘本，大部分已是不可復見，只有幾十本的單折零曲殘存在明清兩朝各種曲選曲譜裏。如果元劇流傳下來的很多，這少數殘篇，不去注意他們也就算了；偏偏現存元劇只是那麼區區一百餘本，遂使喜讀元劇者，感覺不過癮，而抱着多一折是一折，多一曲是一曲，甚至多一句是一句之感，對這些殘篇特加珍視。正如吃花生米，大部分已竟吃光而興猶未足，於是在碎皮子裏搜尋殘粒，偶有所得，倍覺香甜。而且，這些殘存的元劇，大部分都是佳製：如高文秀的謁魯肅，王德信（實甫）的韓彩雲絲竹芙蓉亭，李取進的神龍殿欒巴噀酒，趙明道的陶朱公范蠡歸湖，岳伯川的羅光遠夢斷楊貴妃，周文質的持漢節蘇武還鄉，都是絕妙好詞，比全本現存的名劇不在以下，比那些幸存的下駟要高出許多。所以，把這些零零碎碎散見各書的殘劇搜輯起來，校訂編錄，以便閱覽，的確是件重要工作。近人從事於此的已有兩位：趙景深有「元人雜劇輯逸」，民國二十四年上海北新書局印行；顧隨有「元明殘劇八種」，載於民國二十六年出版的燕京學報第二十二期。趙輯在前，大部分的殘劇都已收入；顧輯則是增補趙輯所失收或收而不全的幾本，其中有兩三本疑是明初人作，所以題名「元明殘劇」。

這兩種輯本問世，都在商務印書館出版孤本元明雜劇之前，他們所輯錄的，其中有好幾本在孤本裏都有了全劇；另一方面，我又在他們所輯之外，陸續輯出有斷句或零曲現存者七本，（其中兩本爲增補舊輯）有單折現存者六本，全劇一本。所以元劇輯逸的工作，還是要按照下列步驟，重來一次。第一，合顧趙兩種輯本，根據孤本元明雜劇及我所輯錄，加以刪補。第二，輯錄名劇，應當根據不同的來源，詳爲校勘。如某劇某折見於詞林摘豔又見於雍熙樂府，就應當以此兩書互校，輯而不校，不能算是竟全功。顧輯全部這樣作了，趙輯則只有一部分校過。第三，各劇的本事，除非牠是人所共知的故事，都應當加以說明。顧輯諸劇都附有簡單說明，趙輯則沒有。如此刪補、校勘、附記本事，才可成爲一部比較完善的「元劇輯逸」。

我曾經這樣作過一番工夫，但還不想把我的輯本寫定印行；現在還不是印行這種書籍的時候。而且，我所根據的書，較之顧趙兩輯，雖多，也相差無幾，冷僻一點的舊選本如「南北詞廣韻選」「錦囊風月」之類，都還是聞名不曾見面。自然，這些書早就在若存若亡之間，是否還能見到以及其中是否有我們所需要的資料，都在未可知之數；但既有此一線希望，不看見總不放心。所以我想等些年之後再出版，比較妥當。現在只把我這輯本的草目寫出來，以供同好參考。

我所據以輯校元劇的書，共有十種。其中太和正音譜、詞林摘豔、雍熙樂府、北詞廣正譜、九宮大成南北詞宮譜等五種，是顧趙二輯引用過的。此外五種他們未曾引用，其名稱是：盛世新聲（詞林摘豔的前身，文字有異同）、萬曆內府刻本詞林摘豔（內容與顧趙二輯所據原刻本不同）、萬壑清音（明末刊本，選錄雜劇單折及明人傳奇中北曲）、北曲拾遺、及王驥德古本西廂記校注。以上五書，後二種是通行常見的書，前三種比較難得。至於清內府編的昇平寶筏及葉堂的納書楹曲譜則僅有吳昌齡西游記的兩折可與萬壑清音互校，並非主要參考書。

還有一件事要說明：這裏所謂元人雜劇，其中包括若干明初作品在內。跨朝代的作家，其時代本來難說，他們前半生在元，後半生在明，雜劇作品又無年月可考，誰知道是在元朝作的還是在明朝作的；只好從體裁風格上說。所以我認爲凡見於正續錄鬼簿、太和正音譜、及永樂大典目錄的都可算作元人雜劇；只有寧獻王朱權，他是明朝藩王，實在無法算是元人，其作品名目雖見於太和正音譜也只好除外了。

以下是我這輯本的草目，按照正續錄鬼簿的次序排列，見於顧輯趙輯者分別注出，我所輯的則注明新輯，所據各書也一一注出書名，所用簡稱，如詞林摘豔簡稱摘豔，一望即知，不再說明。

關漢卿：　唐明皇哭香囊（趙輯）

越調綿搭絮絡絲娘雪裏梅幺篇拙魯速共五曲俱見廣正譜。絡絲娘曲又見九宮大成。

前人：　風流孔目春衫記（趙輯）

仙呂尾聲見廣正譜。

前人：　孟良盜骨（新輯）

仙呂青哥兒二句見廣正譜。

朱凱亦有昊天塔孟良盜骨劇，收入元曲選，其仙呂套中無此二句，用韻亦異，知此劇確有二本。但錄鬼簿諸書漢卿名下均未著錄此劇，廣正題漢卿撰，不知何所依據。

白樸：韓翠蘋御水流紅葉（趙輯）

正宮端正好「我恰才秋香亭上正歡濃」全折。見新聲，摘豔，萬曆摘豔，雍熙，九宮大成。柳青娘、道和等二曲又見正音譜及廣正譜。

越調酒旗兒。見正音譜、廣正譜、九宮大成。

正音譜於柳青娘、道和、及酒旗兒等三曲俱注流紅葉第三折。按：三曲宮調不同，不能屬於一折；疑正宮套是第二折，越調曲屬第三折。

前人：李克用箭射雙鵰（趙輯）

中呂粉蝶兒「賽社處人齊」全折。見新聲，摘豔，萬曆摘豔，雍熙。六么遍、六么序、蔓菁菜、道和、柳青娘等五曲，又見廣正譜。

趙輯云：「六么令又見九宮大成。」今查大成無此曲。

道和曲廣正譜誤注流紅葉。廣正譜收西廂雙調新水令「晚風寒峭透窗紗」一曲，誤注箭射雙鵰。

高文秀：周瑜謁魯肅（趙輯）

第二折南呂一枝花「蒼天老後生」全折。見新聲，摘豔，萬曆摘豔，雍熙。草池春曲又見正音譜，廣正譜，九宮大成。

雍熙收此劇注王粲細讀全篇與王粲無關，而有「東吳人誰識周公瑾，魯子敬哥哥行去投奔」；

諸語，摘豔注謂魯肅第二折，是也。

馬致遠：劉阮誤入桃源洞（趙輯）

第四折雙調收尾見正音譜，廣正譜。

李直夫：鄧伯道棄子留姪（趙輯）

第二折越調靑山口見正音譜，廣正譜，九宮大成譜。

雙調梅花酒見廣正譜，九宮大成。

王德信：蘇小卿月夜販茶船（趙輯新補。）

中呂粉蝶兒「這些時浪靜風恬」全折。見新聲，摘豔，萬曆摘豔，雍熙鬥鵪鶉曲又見廣正譜。

不知宮調曲牌之斷句一句見王驥德古本西廂記校注卷五頁七引。

王實甫名德信，以字行，見天一閣藏傳鈔本正續錄鬼簿（北京大學影印）

前人：韓彩雲絲竹芙蓉亭（趙輯）

第一折仙呂點絳唇「天霽雲開」全折。見新聲，摘豔，萬曆摘豔，雍熙，李開先編詞套，王驥德古本西廂記校注附錄後庭花曲及尾聲（卽賺煞）第四句又見廣正譜。

李壽卿：鼓盆歌莊子歎骷髏（顧輯）

第一折仙呂點絳唇「散誕逍遙」全折。見新聲，摘豔，萬曆摘豔，雍熙。混江龍，村里迓鼓，元和令等三曲，又見廣正譜。

顧輯據摘豔、雍熙收全折，廣正譜於混江龍，元和令二曲注李壽卿撰歎骷髏，於村里迓鼓曲則注王仲文撰張子房。趙輯全據廣正譜，故於此劇僅收混江龍及元和令，而別立漢張良辭朝歸山一目，以村里迓鼓曲屬之。顧輯則認爲三曲既同見一套，廣正譜歧爲兩劇，必有一誤，而摘豔、雍熙又均未注劇名及作者，乃據青哥兒曲中「拜辭了皇家宣詔」之語，定爲王仲文撰從赤松張良辭朝（即漢張良辭朝歸山）。然終未能自信其說。今按此折應屬於李撰歎骷髏而不屬於王撰張良辭朝，其證有三：一，此折中有「我如今趁着年少志誠學道」之語，張良辭朝，年事已長，不應再云年少。二，仙呂套照例用於第一折，而第一折照例有主角（正末或正旦）自述身世之語，此折若是張良唱，則於扶漢滅楚諸事，必有述及；今此折全爲山林泉石語，不合子房口氣。三，「拜辭宣詔」是說山林之士辭謝徵聘，非謂辭官歸隱。舊鈔本錄鬼簿於李撰歎骷髏下注題目正名云，「南華仙不朝趙天子，鼓盆（歌）莊子歎骷髏」，不朝趙天子與拜辭宣詔語意吻合。（元人撰劇向來不顧史實，故可稱諸侯爲天子、皇家。）

趙明道：南呂牧羊關第四句。見廣正譜。

陶朱公范蠡歸湖（趙輯）

雙調新水令「越王臺無道似摘星樓」一全折。見新聲，摘豔，萬曆摘豔，雍熙，李開先詞套。

武漢臣：虎牢關三戰呂布（新輯）

黃鐘水仙子第五句。見廣正譜。

王仲文：諸葛亮秋風五丈原（趙輯）

第四折雙調掛玉鉤序見正音譜，廣正譜。

李取進：神龍殿欒巴噀酒（趙輯顧補）

第二折南呂一枝花「茜紅袍錦壓襴」全折見新聲，摘豔，雍熙，草池春曲，以上三書俱無之，據廣正譜及九宮大成補輯。

第三折中呂上小樓三句見廣正譜。

此折用正宮廣正譜正宮套數分題錄有全部曲牌；上小樓本屬中呂，例可借入正宮。

第四折雙調新水令「五更朝馬聚宮門」全折見新聲，摘豔，萬曆摘豔，雍熙。

此劇趙輯僅有新水令全折，草池春一曲，上小樓三句，顧輯補入一枝花全折，兩輯均未注折數。今按南呂套敍火神出發，上小樓三句云：「明一會，暗一會，閉合天地。」是失火時情形，雙調套則敍噀酒滅火，次序井然。元劇慣例，首折必用仙呂，從無用南呂者，第四折多用雙調，滅火以後亦復無事可寫，然則南呂套是第二折，上小樓屬第三折，雙調套是第四折，固無可疑。

岳伯川：羅光遠夢斷楊貴妃（趙輯）

正宮端正好「傳將令馬休行」全折。　見新聲，摘豔，萬曆摘豔，雍熙，脫布衫，轉調貨郎兒等二曲又見廣正譜。

九宮大成收此套，題爲天寶遺事；今從廣正譜定爲岳劇。九宮大成所收天寶遺事，全出雍熙樂府，雍熙於此套下題爲馬踐楊妃，九宮大成編者不察，遂誤以爲是天寶遺事。

石子章：黃貴娘秋夜竹窗雨（趙輯）

第一折仙呂點絳唇「紅雨紛紛」全折見摘豔，萬曆摘豔。

吳昌齡：唐三藏西天取經（新輯）

仙呂點絳唇「第一來是帝主親差」全折見萬壑清音，昇平寶筏，納書楹曲譜。

此折即崑曲中傳唱之「北餞」，又名「十宰」。

雙調新水令「却離了叫佛樓」全折見萬壑清音，昇平寶筏，納書楹曲譜，九宮大成。胡十八犯等五曲，又見廣正譜附錄，牌名詞句，均有異同。

此折崑曲傳唱，簡稱「回回」。

今本西游記雜劇六本二十四折，舊題吳昌齡撰，實出明初人楊景賢手；右二折方是吳作，全劇久佚。說見輔仁學誌八卷一期，孫楷第撰「吳昌齡與雜劇西游記」一文。

紀君祥：李元眞松陰記（新輯）

第一折仙呂點絳唇「顏子簞瓢」全折見雍熙。油葫蘆曲第八句又見廣正譜。

廣正譜油葫蘆調下附注引紀君祥松陰夢本調第八句云：「人無百歲人，枉作千年調。」雍熙此套中之油葫蘆第八句正是此十字，全套亦是雜劇口氣，且多「神仙道化」語，定爲紀作無疑。廣正及舊鈔本錄鬼簿作松陰夢，其餘諸書均作松陰記。舊鈔錄鬼簿全劇名爲陳文圖悟道松陰夢。

尙仲賢：　陶淵明歸去來辭（趙輯）

　第四折正宮倘秀才、靈壽杖（卽呆骨朶）二曲俱見正音譜。倘秀才曲又見廣正譜。

前人：　鳳凰坡越娘背燈（趙輯）

　第四折雙調太清歌一曲見正音譜，廣正譜，九宮大成。

前人：　海神廟王魁負桂英（趙輯）

　雙調新水令「豈不聞舉頭三尺有神祇」全折見雍熙。胡十八曲又見廣正譜。

戴善甫：　柳耆卿詩酒翫江樓（趙輯）

　商調集賢賓「家住在碧澄澄綠楊官渡口」全折見新聲，摘豔，萬曆摘豔，雍熙。

花李郎：　懶躁判官釘一釘（趙輯）

　仙呂玉花秋見正音譜，廣正譜，九宮大成。

前人：　勘吉平（趙輯）

　越調聖藥王見廣正譜。

　正宮叨叨令二句見廣正譜。

　第三折雙調鎭江迴見正音譜，廣正譜，九宮大成。

　　正音譜於鎭江迴注勘吉平第三折，趙輯遂幷聖藥王亦列於第三折，殊誤。

鄭德輝：　崔懷寶月夜聞箏（趙輯）

第二折越調送遠行（見正音譜、廣正譜）鬼三臺（見廣正譜、九宮大成）綿搭絮（見廣正譜、九宮大成）拙魯速（見廣正譜、九宮大成）共四曲廣正譜誤注寨兒令、慶元貞兩曲爲本劇，辨詳趙輯序文。

鮑天祐：王妙妙死哭秦少游（趙輯顧補）：

正宮端正好「支楞的斷了冰絃」全折。見新聲，摘豔，萬曆摘豔，雍熙。以上諸書俱未收煞尾曲，據廣正譜補入。

廣正所載此劇煞尾與馬昂夫「小庭幽重門靜」套煞尾文字大致相同曲家互相鈔襲之事，並非少見，雜劇中尤多此種情形。

雙調新水令「似一江春水向東流」全折。見新聲，摘豔，萬曆摘豔，雍熙。據廣正譜及九宮大成補小陽關一曲。

前人：史魚尸諫衞靈公（趙輯）

此劇趙輯只收雙調折，顧輯補收正宮折。

第四折正宮白鶴子（見正音譜、廣正譜、九宮大成）么篇（見正音譜、九宮大成）共二曲。

周文質：持漢節蘇武還鄉（趙輯）

第二折越調雪裏梅見正音譜，九宮大成。

第三折中呂粉蝶兒「羊角風趄地趄天」全折。見新聲，摘豔，萬曆摘豔，雍熙。醉春風曲又見廣正譜。

第四折雙調新水令「衆番官簇擁的我上雕鞍」全折。見雍熙。新水令，掛玉鈎等二曲又見九宮大成。

折次全依趙輯，說詳趙輯序文。

朱凱：　醉走黃鶴樓（趙輯；新補）。

仙呂賺煞一句見廣正譜。

南呂一枝花「趁着這滿江烟水澄」全折見萬壑清音。一枝花曲及烏夜啼第二句又見廣正譜。

此劇趙輯僅據廣正譜收一枝花曲及烏夜啼第二句；今據萬壑清音補輯全折。惟萬壑清音所載此折曲文乃明人採入草廬記傳奇者，恐非朱氏之舊。孤本元明雜劇中收此劇全部，乃另一本，非朱氏作，余另有專文考訂。

郲經：　死葬鴛鴦塚（趙輯；顧補）。

第二折黃鍾醉花陰「羞對鶯花綠窗掩」全折見摘豔，萬曆摘豔，雍熙。據廣正譜補古寨兒令及神仗兒二曲。古寨兒令又見九宮大成（作塞雁兒）。

神仗兒廣正原注王嬌春劇，今併入此折，說詳顧輯。

南呂一枝花「柳拖烟翡翠柔」全折見新聲，摘豔，萬曆摘豔，雍熙。玄鶴鳴，烏夜啼等二曲又見廣正譜，俱注無名氏撰。

此劇趙輯僅收黃鍾折，顧輯補收南呂折；然南呂折是否屬於郲氏此劇，殊難斷定。

陸進之：　韓湘子引渡昇仙會（新輯）

仙呂後庭花滯青哥兒見雍熙。

雍熙僅題後庭花，今據譜改定。此兩調本屬仙呂，可借入商調，右曲全套爲仙呂抑爲商調，無從考定。詳其語意，似全劇已近結束而非第一折，應是商調套。

春牛張：　賢達婦荆娘盜果（新輯）

仙呂賺煞一句見廣正譜。

劉兌：　月下老問世間配偶。（顧輯）

第一折仙呂點絳唇「花信風微」全折見新聲，摘艷，萬曆摘艷，雍熙。

第二折正宮端正好「靑藹藹柳陰濃」全折見新聲，摘艷，萬曆摘艷，雍熙，李開先詞套。

第三折黃鍾醉花陰「玉宇金風送殘暑」全折見新聲，摘艷，萬曆摘艷，雍熙，李開先詞套，刮地風，四門子等二曲又見正音譜。刮地風，古水仙子等二曲又見廣正譜。

第四折雙調新水令「翠簾深護小房櫳」見摘艷，萬曆摘艷，雍熙。

無名氏：　俏書生斷酒色財氣（新輯）

四折全（無賓白）。見北曲拾遺。

此劇未見著錄，乍觀之頗似散曲，然命名及體例與月下老劇絕似，蓋明初流行之一種雜劇作法。

今類附於月下老劇之後。

無名氏：　紙扇記（趙輯）

南呂鵪鶉兒見廣正譜，九宮大成。

雙調步步嬌第五句。見廣正譜。

無名氏　張順水裏報寃（趙輯）

第二折商調雙雁兒見正音譜，九宮大成。

無名氏：像生番語罟罟旦（趙輯，顧補。）

第三折中呂粉蝶兒「心下疑猜」全折。見新聲，摘艷，萬曆摘艷，雍熙。窮河西曲又見正音譜，廣正譜。播海令，古竹馬第二曲又見正音譜，九宮大成。

此劇趙輯僅收窮河西，播海令古竹馬等三曲。顧輯補收全折。

無名氏：夜月杜鵑啼（趙輯）

第一折仙呂點絳唇「楊柳絲柔」全折。見摘艷，萬曆摘艷。

無名氏：拂塵子仁義禮智（新輯）

雙調梅花酒。見廣正譜。

無名氏：楔子仙呂端正好。見正音譜。

無名氏：夢天台（趙輯）

第一折仙呂六么序帶幺篇見正音譜，九宮大成。

第二折商調掛金索見同前。

無名氏：望思臺（顧輯）

第四折商調集賢賓「殿頭官恰才傳宣敕」全折。見新聲，萬曆摘豔，雍熙。（顧輯僅據雍熙，無尾聲，今據新聲及摘豔補足。）

此劇諸書均未注劇名，今據顧輯定爲望思臺；顧輯未注折次，今據摘豔所收尾聲知爲全劇總結束。廣正譜商調逍遙樂第一格注云：（無名氏望思臺劇減第四句），今按新聲及摘豔此折中之逍遙樂曲，較廣正所列第一格正少第四句，此亦本折爲望思臺劇之一證。

無名氏：女學士三勸後姚婆（顧輯）

越調鬥鵪鶉「想當初無鹽安齊」全折。見雍熙。

據顧輯假定爲此劇。

無名氏：收心猿意馬（趙輯）

第三折中呂石榴花，鬥鵪鶉，共二曲。見正音譜，九宮大成。

無名氏：火燒阿房宮（趙輯）

第三折雙調慶豐年。見正音譜，廣正譜，九宮大成。

無名氏：藍關記（趙輯）

第三折南呂賀新郎。見正音譜，廣正譜。

無名氏：千里獨行（新輯）

仙呂點絳唇「我則待創立劉朝」全折。見雍熙。

雍熙原題千里獨行但孤本元明雜劇所收無名氏撰千里獨行劇無此折。今按此折尾聲有「眼看着古城兒堪堪的近了」之語，並敍古城景象，疑是續錄鬼簿著錄之無名氏撰斬蔡陽劇。

無名氏：董永（新輯）

商調集賢賓「想雙親眼中血淚滴」全折。見新聲，萬曆摘艷，雍熙。

右三書於此折俱未注題目，觀其文字語氣，確是雜劇，而所敍情節與雨窗欹枕集所載董永故事大致相同，因假定爲此劇。不見著錄，故未能舉出確實劇名。董永事亦見太平御覽八一七及八二六所引古孝子傳。

無名氏：李孔目王臘梅（新輯）

商調集賢賓「二十年錦營花陣裏」全折。見雍熙。

雍熙於此折未注題目。觀其文字語氣，確是雜劇；但未詳其故事及名目，耳中有李孔目王臘梅之名，二人似是劇中主要人物，故借爲劇名。

以上所輯有全折殘曲及斷句現存者，共四十八本元明殘劇，大都在此，若沒有新發現的參考書，大概不易別有所獲。所以我們極希望有機會能見到南北詞廣韻選、錦囊風月之類的書。

輯逸部分已經說完，下面要談到錄異。

元劇在當時不過是通俗唱本，並非高文典冊，當然不爲人所重視。傳唱傳鈔之際，隨意刪改，乃是必有之事。一般都知道臧懋循編刻元曲百種（卽元曲選）多所刪改，而且多半刪改得不大高明；却不知臧氏以前以後，元劇又何嘗不是隨時隨地被文人以及伶工們刪改着。臧選以外，不甚通行的如息機子刊元人雜劇選，孟稱舜刊柳枝集、酹江集，通行的如元明雜劇，孤本元明雜劇，這些元劇總集有的在臧氏之前，有的在臧氏之後，雖未蒙刪改之名，其刪改的情形有時並不下於臧選。總而言之：你也改，我也改，元劇曲文之多歧異，已是很顯然的事。

因此，我們讀了盛世新聲、詞林摘豔、雍熙樂府諸曲選，以及太和正音、北詞廣正譜諸書，便時常發現元人雜劇的單折或零曲，其文辭字句與各劇通行本頗有出入。兩兩相較，短長互見，大多數可以並存；可以訂補通行諸本妄改妄刪之處也不少。這樣排比校勘，是現代研究元劇者應有工作之一。不過這些雜劇的異文往往很多，若仍循舊例而作校勘記，一本作某、一本作某的校下去，很容易弄得蕪雜零亂而且不勝其煩。所以我主張不必作甚麼校勘記之類，只將各書所收單折以及零曲輯錄在一起，使讀者自去校勘，擇善而從，這樣似乎更爲妥當簡便。所以我不說元劇校異而說錄異。這種辦法，前人已經實行過，如龔翔麟刻本山中白雲詞，卽是如此。乍看好像比校勘記費事，實則更爲省事而合實用，尤其是在元人雜劇這樣異文繁多的情形之下。

以下便是我所輯錄的一篇元人雜劇異文目錄，只限全折，正音廣正二譜所引零曲，則已另行彙鈔成帙。等到有機會付印的時候，我想把他們彙印在一起，與前邊所輯的逸文合成「元劇鉤沈」「元劇錄異」兩部書。叫作元劇鉤沈而不叫作元劇輯逸，並不是爲了字面古雅，而是爲了聲音響亮，鉤沈二字念起來本就比輯逸二字響亮，尤其是和錄異二字對舉的時候，更是如此。

白樸：　梧桐雨

第二，第四，共兩折。俱見新聲，摘豔，萬曆摘豔，雍熙。第二折又見李開先詞套。

馬致遠：　岳陽樓

第一。見李開先詞套。（自此以下省去折字）

前人：　漢宮秋

第三，第四，共兩折。俱見新聲，摘艷，萬曆摘艷，雍熙。第三折又見李開先詞套。

李直夫：　虎頭牌

第二。見新聲，摘艷，萬曆摘艷，雍熙，北曲拾遺。

王德信：　西廂記

雍熙錄全部二十一折。萬曆摘艷錄二十折（少「不念法華經」一折）沈寵綏度曲須知附絃索辨訛錄全部二十一折。雍熙所錄二十一折曾由北平立達書局印爲單行本，民國二十三年出版。

前人：　麗春堂

第三，第四，共兩折。俱見新聲，摘艷，萬曆摘艷，雍熙。

尙仲賢：　氣英布

第四。見新聲，摘艷，萬曆摘艷，雍熙。

前人：　三奪槊

第二。見新聲，摘艷（增益本），萬曆摘艷，雍熙。

費唐臣：　貶黃州

王伯成：第一。見雍熙。

貶夜郎

第一。見李開先詞套。

孟漢卿：魔合羅

第二。見新聲，摘艷（增益本）萬曆摘艷，雍熙。

花李郎：黃粱夢

第三。見新聲，萬曆摘艷，雍熙。

宮大用：七里灘

第二。見新聲，摘艷，萬曆摘艷，雍熙。

前人：范張雞黍

第一。見雍熙。

第二，第三。俱見新聲，摘艷，萬曆摘艷，雍熙。

鄭光祖：㑳梅香

第一。見新聲，摘艷，萬曆摘艷，雍熙。

第二。見新聲，萬曆摘艷，雍熙，李開先詞套。

第三。見萬曆摘艷。

前人：　倩女離魂

第二。見新聲，摘艷，萬曆摘艷，雍熙。

第三。見摘艷，萬曆摘艷，李開先詞套。

第四。見摘艷，萬曆摘艷，雍熙。

前人：　王粲登樓

第一。見雍熙。

第三。見李開先詞套。

金仁傑：　追韓信

第二。見新聲，摘艷，萬曆摘艷，雍熙，李開先詞套。

喬吉：　揚州夢

第一。見雍熙，李開先詞套。

第二。見李開先詞套。

前人：　金錢記

第一。見雍熙。

第二。見李開先詞套。

前人：　兩世姻緣

羅貫中：第二，第三俱見新聲，摘艷，萬曆摘艷，雍熙。第三折又見李開先詞套。
風雲會
第三見新聲，摘艷，萬曆摘艷，雍熙，李開先詞套。
賈仲名：金童玉女
第一，第二第三，共三折。俱見新聲，摘艷，萬曆摘艷，雍熙。第三折又見李開先詞套。
谷子敬：城南柳
第一。見雍熙。
第二，第二第四俱見李開先詞套。
王子一：誤入桃源
第一。見北曲拾遺。
無名氏：漢公卿衣錦還鄉（疑卽危太樸衣錦還鄉）
第四。見新聲，摘艷，萬曆摘艷，雍熙。
無名氏：赤壁賦
第一。見新聲，摘艷，萬曆摘艷，雍熙。
無名氏：抱粧盒
第二，第三，共兩折。俱見新聲，摘艷，萬曆摘艷，雍熙。

無名氏：貨郎旦

第四。見新聲，摘艷，萬曆摘艷，雍熙，正音譜，廣正譜。

諸本俱只錄正宮九轉貨郎兒全套，無其前之南呂一枝花，梁州第七，及其後之尾聲等三曲。

無名氏：衣襖車

第三。見新聲，萬曆摘艷，雍熙。

無名氏：雲窗夢

第一。見摘艷，萬曆摘艷，李開先詞套。

第三。見摘艷，萬曆摘艷。

以上所錄，共雜劇三十一本中的七十折（其中西廂記一本包括全劇），較之通行各本，都有異同。我所根據的各種選集，彼此也常有岐異。大體上說，盛世新聲與詞林摘艷兩者相差不多；雍熙樂府另是一個系統；萬曆本詞林摘艷和原本相近，而各曲中多後加襯字。蓋隆慶萬曆以後，唱腔漸繁，原有詞句已不大能與新腔符合，故歌者多加襯字，「以字代音，取便記憶」。至於李開先詞套選錄諸劇，常有李氏隨便改動的地方，在各種選本中最不可靠。

寫完這個目錄以後，我得到一種概念：明代曲選所選錄的元人雜劇，大多數是中期後期的作品，早期作品極少。即如早期的關漢卿、楊顯之，其作品竟無一折入選；白樸、馬致遠的作品也只有少數。這些曲選都是正德至萬曆之間編印的，於此可以看出明代正嘉以後對於元劇的欣賞偏於淸麗芊綿一派，早期蒼莽樸質的作風，不合他們的口味。這與雜劇傳奇以及南曲北曲之消長是有相當關聯的。

初　稿：民國三十五年，青年文化。
增改稿民國四十七年，學術季刊。

補　遺　五十六年春

無名氏：鴛鴦塚（新輯逸文）

黃鍾醉花陰「行色匆匆易傷感」全折。見新聲，摘艷，萬曆摘艷，雍熙。醉花陰、刮地風、塞雁兒三曲又見廣正譜。

新聲及雍熙俱未注明，摘艷及萬曆摘艷俱注無名氏鴛鴦塚雜劇。但廣正所收三曲俱注曾瑞卿散套。顧輯元明殘劇以爲應從廣正。往日予同意顧說，故初稿及改稿俱未收入。頃者校編舊稿，取此套重讀，覺其確似雜劇而不似散曲，仍以收入爲是。鄴經鴛鴦塚劇已有黃鍾醉花陰套，用廉纖韻，此亦是黃鍾醉花陰用監咸韻。同一劇中不可能有兩折宮調首曲相同又同用閉口韻。故此套爲無名氏所撰另一本鴛鴦塚之某一折，而非屬於鄴劇。

無名氏：村樂堂（異文）

第一折仙呂村里迓鼓、元和令、上馬嬌、遊四門、勝葫蘆、後庭花、柳葉兒共七曲。見新聲、摘艷、雍熙。村里迓鼓、元和令、上馬嬌、遊四門、勝葫蘆、柳葉兒六曲又見正音譜。村里迓鼓曲又見廣正譜。

予在錄異中所收異文限於全折，故未收此數曲。頃思全折僅十一曲而此居其七，似與普通零曲情形不同，乃與鴛鴦塚劇一併補入。諸書俱題爲無名氏散曲，廣正且有注云「出樂府羣珠，」羣珠固專收散曲者也。蓋原爲散曲，此劇引入折中耳。

太和正音北詞廣正二譜引劇校錄

明初寧獻王朱權（涵虛子）所撰太和正音譜，淸初李玄玉等所撰北詞廣正譜，素爲寫讀北曲之圭臬。二譜所引元人雜劇曲文共三百五十二支，分屬於劇本九十六種。其中全劇久佚者三十七種，曲文七十四支；全劇現存者五十九種，曲文二百七十八支。持此二百七十八曲與通行刋本如元刋雜劇三十種、元曲選、元明雜劇等相較，字句不同之處頗多，且有若干曲爲諸本所無。蓋元劇在當時卽無定本，而自元迄明百餘年中又屢經文人伶工竄易改動，異文遂多；收劇最多流行最廣之元曲選，其編者臧懋循（晉叔）尤喜自作聰明，多所删改。二譜所錄曲文每與刋本不同，固無足怪也。正音譜撰於明永樂中，典型未遠；廣正譜書成於淸順康間，文獻足徵。其可信之程度，實遠勝於臧氏「孟浪」竄改之元曲選；卽以校勘最古之元刋雜劇三十種，亦足收比較異同，考訂脫誤之效。然則此將近三百支之曲文，雖屬吉光片羽，固仍有其珍貴之價値也。三十年來，硏究元劇之風蔚起，或述其源流，或析其結構，或考事實，或詳品藻；而蒐輯散佚，校刋同異，則甚少有人致力及之。余素有志於此，曾輯盛世新聲、詞林摘艷、雍熙樂府、李開先詞套、北曲拾遺、及淸人所編九宮大成譜諸書所收元劇單折，彙爲兩編，其原劇不存者曰元劇鉤沈，原劇現存而文字異同可資考訂者曰元劇錄異，繕寫已竣，刋印有待。今復取二譜所引原劇現存之曲彙錄之，以便檢閱，鄙見所及，附加按語，聊爲校勘元劇之一助。簡例數則，列於下方。其原劇久佚諸曲，則屬於鉤沈範圍，故不並錄。

(一) 上文所述五十九劇二百七十八曲，其中有西廂記五十二曲，擬合他書所收西廂曲文輯爲西廂異文彙錄，又貨郎旦九轉貨郎兒九曲自來視爲全套，已收入元劇錄異，故本編所錄，實得五十七劇，二百十七曲。

(二) 本編所錄諸曲分爲三類：通行刊本所無者曰甲類，計十五曲，與通行本歧異較多者曰乙類，計六十七曲，異文甚少或竟無異文者曰丙類，計一百三十五曲。各曲所屬類別，注於曲文之上，如「第四折丙」其意卽爲此曲見某劇第四折而屬於上述之丙類。

(三) 二譜互收之曲，只錄正音，而以廣正異文校附其後。惟正音所收黃粱夢劇玉翼蟬煞曲脫誤過甚，故變例錄廣正而校以正音。

(四) 本編所錄皆爲整支曲文，此外又有斷句若干，其原劇不存者錄入鉤沈，原劇現存者持校通行刊本均無歧異，故置不錄。

(五) 二譜所收曲文，原以大小字分別正襯；本編旨在校勘，並非曲譜，故不分正襯，惟遇有夾白仍用小字。因襯字向被視爲曲文之一部分，夾白則與曲文爲兩事。

拜月亭 一曲　　　　關漢卿

第四折丙 (雙調沽美酒) 聽天將臣職位遷，爲元帥作行院，把虎符令牌腰內懸。見金花誥帝宣，他沒因由要團圓。廣正十七帙二十頁下

單刀會 一曲　　　　前人

第三折丙（中呂剔銀燈）折末他雄糾糾排成戰場，威凜凜兵屯合虎帳。大將軍智在孫吳上，折末他馬如龍人似金剛。不是我十分強硬主張，我磨拳擦掌。廣正五帙十四頁上

調風月　三曲　　前人

甲？（仙呂勝葫蘆）向前來推那玉兎鶻，將我這玉纖手急忙舒。我這裏推捉領繫，推整衣袂，眼腦裏嗤嗤的採揪捽。廣正三帙十二頁上。原注云：詞見商調，少第三七字句。

按：勝葫蘆原屬仙呂，亦入商調。元刋古今雜劇本調風月劇第一折用仙呂，二折中呂，三折越調，四折雙調，並未用商調曲。仙呂折中雖有勝葫蘆一支，文字韻脚與此全異。此曲是否確屬調風月劇，無從考定。觀下列鄆州春曲文字與元刋本迥異，雪裏梅曲又爲元刋本所無，頗疑調風月劇有兩種不同之本子：其一卽元刋本，其一則廣正譜編者所據之別本也。

第三折乙（越調鄆州春）我軟地上吃喬我也不共你爭。索是輕勞重降尊臨，小的每索是多謝承。麻線道上不和你一處行。廣正十六帙二十四頁下

按：元刋本調風月劇，此曲調名作梨花兒，文字出入甚多。

第三折甲（越調雪裏梅）你道是延壽馬索聞名，你莫不背地裏早先曾先曾這般悄悄冥冥，潛潛等等，你兩箇嫌殺月兒明。廣正十六帙十七頁下

按：元刋本調風月劇無此曲，但用韻旣同，情事語氣亦皆相符，確屬一劇無疑。

緋衣夢　一曲　前人

第一折丙（仙呂青哥兒）我和你難憑魚雁，我每日價枕冷衾寒。則俺這宿世姻緣休等閒。直等的夜靜更闌，人離雕欄，柳影花間。我則怕別時容易見時難，則將這佳期來盼。廣正三帙十七頁上

玉鏡臺　四曲　前人

第二折乙（仙呂鵲踏枝）孟子亦荒荒，走齊梁。更不算紂剖桀誅，比干龍逄。屈原投大江，周公禱上蒼，直待啓金縢，纔感悟成王。廣正三帙十九頁下

按：元曲選與此全異，想是臧懋循改作。

第一折丙（仙呂六么序 ㄠ篇）我這裏端詳，他那模樣，花比腮龐，花不成粧，玉比肌肪，玉不生光。宋玉襄王，想像高唐，止不過蝶夢悠揚，朝朝暮暮陽臺上。害的他病在膏肓，若還來此相覷傍，形消骨化，命喪身亡。廣正三帙廿二頁下

第四折乙（雙調滴滴金）我如今先取紙墨，拿將筆硯，收拾完聚。我則待依例飲一銀盂，這一盆凉水，醒酒清神，自家看覷，看覷得渾似無物。廣正十七帙七頁上

按：元曲選作甜水令，一調二名。

第四折乙（雙調鴛鴦煞）冰人完月老姻緣簿，巫娥全宋玉相思苦。今日箇錦帳歡娛，索强如繡幙孤獨。暢道：執酒的相如，怎肯把駕車女文君負。從今後琴趣詩篇，吟和處風流句。則我這意見功夫，會合了朝雲共暮雨。廣正十七帙後二十頁上

謝天香　二曲　前人

第二折丙（南呂隔尾黃鍾煞）（黃鐘尾）我正是閃了他悶棍着他棒，我正是出了箏籃入了筐。實着咱，在羅網，休摘離，休指望。（隔尾）便似一百尺的石門教我怎生撞。便使盡些技倆，干愁斷我肚腸，（黃鍾尾）覓不的箇脫殼金蟬這一箇謊。廣正四帙十九頁上

按：元曲選作煞尾，蓋北曲習慣，無論何種尾聲，皆可以煞尾、尾、尾聲等名通稱之也。「愁斷我」廣正誤作「愁斷義」，今校改。

救風塵 二曲　　前人

第三折丙（正宮窮河西）姐姐每誰敢道袖褪樂章集，你則是斷送的我一身虧。怕待學大曲子，我從頭兒唱與你。本記的人前會掛口兒從今後再休題。廣正二帙十五頁上

第一折丙（仙呂混江龍）我想這姻緣匹配，少一時一刻強難為。如何可意，怎的相知。怕不便脚搭着腦杓成事早，久以後手拍着胸脯悔時遲。尋前程，覓下稍，恰便似黑海也似難尋覓。人心料的不問天理何為。廣正三帙六頁上

第二折丙（商調逍遙樂）那一箇不因循成就，那一箇不頃刻前程，那一箇不等閒間罷手。他每一作一箇水上浮漚，和爺娘結下不斷見的寃仇，恰便似日和月參辰卯酉，正中那男兒機彀。他使那千般貞烈，萬種恩情，到如今一筆都勾。廣正十四帙三頁上

金線池 六曲　　前人

楔子丙（仙呂端正好）說鄭生遇妖狐，崔韜逢雌虎，恰向那大曲內盡都是寒儒。想那知今曉古人家女，都待與秀才

每爲夫婦。廣正三帙一頁上

楔子丙（端正好幺篇）那一片俏心腸，那裏每堪分付，那蘇小卿不辨賢愚。我若是五十年不見雙通叔休道是蘇媽媽，也不是醉驢驢我是他親生的女，又不是買來奴。遮莫拷的我皮肉爛，鍊的我骨髓酥，我怎肯跟將那販茶的馮魁去。廣正三帙一頁下

「鍊的我，」廣正誤作「凍的我，」今校改。

第一折丙（仙呂金盞兒）老實人性兒村，提起那人情來往佯裝鈍，他可早耳朶閉眼睛昏。前門裏統鏝客，後門裏一箇使錢勤，揉開汪淚眼，打拍老精神。

第二折乙（般涉三煞）有耨處散誕鬆寬着耨，有偷處寬行大步偷，強似你一番家把機洩漏逼的你彈着唾，燒着香，却不管舒着手，說那瞞心的謊昧心的咒。你那手怎掩旁人是非口，說的困須休。廣正九帙十一頁下

按：此曲廣正作般涉三煞第八格，注云，「詞見南呂。」元曲選作二煞，在第二折南呂套內南呂般涉，照例不相通借，此曲實是南呂煞廣正以之混入般涉，誤矣。

第三折乙（中呂尾聲）我和你二三年繾綣心，往常時恩愛情交新年歲數三十整，棄了四十載的功名未成。無梁桶兒休提，納實□兒噤聲，我與你慢慢等。廣正五帙廿五頁下

按：此曲廣正作中呂尾聲第三格，注云「多第四句。」元曲選作尾煞，少多出之第四句（即四十載功名未成句）其餘字句，亦多不同。按譜細核，廣正本實是啄木兒煞，元曲選本方是中呂尾聲正格。廣正脫名字，今校補。

第四折乙（雙調梅花酒）俺分離自去年，謝尊官哀憐，看本人顏面，得相公周全。爲老母相間阻，俺夫妻死熬煎，兩下裏正念戀，累謝承可憐見，來時節助財錢，去時節送盤纏。廣正十七帙二十七頁下

竇娥冤 一曲　前人

第一折乙（仙呂一半兒）我見他淚漫漫不住點兒流，情脈脈常懷鬱悶憂。我這裏連忙迎接荒問候，他那裏要說緣由。則見他一半兒徘徊一半兒羞。廣正三帙廿八頁上

按：荒應作慌。

望江亭 一曲　前人

第四折甲 廣正十七帙後十七頁下（雙調隨煞）今朝喜慶排筵宴，俺夫妻永遠成姻眷。楊衙內有口難言，俺男兒山海也似憂愁，今日箇盡脫免。

蝴蝶夢 一曲　前人

第三折丙（正宮收尾）作爺的不曾燒一陌紙錢，作兒的又當了罪愆，爺和兒要見何時見，若要再相逢一面，則除是夢兒中咱子母團圓。廣正二帙廿三頁下

梧桐雨 十五曲　白樸

第二折丙（中呂叫聲）對風景喜開顏，等閑，等閑，御園中排宴饌。酒注嫩鵝黃，茶點鷓鴣斑。正音卷下九頁上

對風景至排餚饌（廣正五帙十一頁上作共妃子喜開顏等閒間後園中列飲饌）

第二折丙（中呂飽老兒）雙撮得泥金衫袖挽，把月殿裏霓裳按。鄭觀音琵琶准備彈，早搭上鮫綃襻。賢王玉笛，花奴羯鼓，韻美聲繁。壽寧錦箏梅妃玉簫，嘹喨循環。（正音卷下十一頁下）

第二折丙（中呂古鮑老）吃剌剌撒開紫檀，却元來黃番綽向前手占板。低低的叫聲玉環，太眞妃笑時花近眼。紅牙筯趁五音擊着梧桐□，嫩枝柯猶未乾。更帶着瑤琴聲範，也索出幾點瓊珠似汗。（正音卷下十一頁下）

第二折丙（中呂紅芍藥）羯鼓聲繁，羅襪弓彎，玉珮丁東響珊珊。卽漸的舞皡雲鬟，施逞蜂腰瘦，燕體翻，兩袖香風拂散。親捧鐘，玉露甘寒，莫要留殘，直喫的夜靜更闌。（正音卷下十一頁下）

羯鼓聲繁（廣正五帙十三頁下作腰鼓聲乾）　羅襪（廣正作羅袖）　卽漸的（廣正作卽漸里）　腰瘦（廣正作腰細）　兩袖（廣正作早兩袖）　親捧鐘（廣正作寡人親捧一盞兒）

直喫的（廣正作直飲到）

第三折乙（雙調攪箏琶）高力士道與陳玄禮，休沒高下，豈可教妃子受刑罰。他見情受着皇后中宮，兼踏着寡人御榻。他人無罪過，頗賢達。卿呵！他不如吳太后般弄權，武則天似篡位，周褒姒舉火取笑，紂妲己敲脛覷人。早閒把他箇哥哥壞了，貴妃有萬千不是，看寡人也合饒過他，一面擒拿。（廣正十七帙十五頁上）

第三折丙（雙調風入松）止不過鳳簫羯鼓間琵琶，忽剌剌板撒紅牙，假若更添箇么花十八，那些兒是敗國亡家。可知道陳後主遭着殺伐，皆因唱後庭花。（廣正十七帙卅五頁上）

第三折乙（雙調胡十八）似恁地對咱，多應來變了卦。見俺留戀着他，龍泉三尺手中拿。便賜死着沙他一句話。生殺，更閒甚陛下，大古是知重俺帝王家。（廣正十七帙三十六頁下）

第三折丙 （雙調借般涉三煞）不想你馬嵬坡下今朝化，沒指望長生殿裏當時話。廣正九帙十二頁下

第三折丙 （雙調借般涉三煞幺篇）誰收了錦纏聯窄面吳綾襪，空感嘆這淚斑斕擁項鮫綃帕。廣正九帙十三頁上

按：元曲選第一曲作三煞，第二曲作二煞。

第三折丙 （雙調太清歌）恨無情捲地狂風刮，都吹落宮花。想他魂斷天涯，作幾縷兒彩霞。天那！一箇漢明妃遠把單于嫁，止不過泣西風淚濕胡笳。幾曾見這般蹂踐踏，將一箇尸首臥黃沙。廣正十七帙卅三頁上

第四折丙 （正宮芙蓉花）淡氤氳串烟裊，昏慘刺銀燈照，玉漏迢迢，纔子是初更報。暗覷靑霄，望夢裏他來到。口是心苗，不住的頻頻叫。正音上卷五十三頁上

按：廣正二帙十三頁下，亦收此曲，字句全同正音。

第四折丙 （正宮伴讀書）一點兒心焦燥，四壁秋蛩鬧。忽見掀簾西風惡，遙觀滿地陰雲罩，披衣悶把幃屏靠。業眼難交。正音上卷五十頁下

一點兒 廣正二帙十三頁上無兒字　　業眼 廣正誤作叢眼

第四折丙 （正宮雙鴛鴦）「語音淸眉眼顰，翠黛雲鬟不欲整，寶髻斜偏亂鬆鬆。」一斜嚲翠鸞翹，渾一是出浴的舊風標，映着雲屏一半兒嬌。好夢將成還驚覺，半襟情淚濕鮫綃。廣正二帙十四頁下

按：荊幹臣散套有此調一章，王惲秋澗樂府有十五章，皆只五句，與上曲翠鸞翹以下格式全同。右曲多語音淸至亂鬆鬆四句，與下五句既不同韻，語氣亦不相屬，不知係何曲殘句，混入於此，斷宜刪去。

第四折乙 （正宮蠻姑兒）懊惱，暗約，怎禁那窗兒外梧桐上雨瀟瀟。一聲聲灑枝葉，一點點滴寒梢，把愁人定虐。正音上卷五十

二頁下

廣正二帙十四頁下全曲作：「懊惱，喑約驚我來的又不是樓頭過雁，砌下寒蛩，簷間玉馬，架上金鷄，是兀那窗兒外梧桐上雨瀟瀟。一聲聲洒枝葉，一點點滴寒稍，會把愁人定虐。」注云：「樓頭四句亦不可曉，正音譜削去豈賓白耶？」按：此四句謂之「帶唱」，性質與「增句」相近，北曲中常有之。

第四折丙（正宮滾繡球）常想着長生殿那一宵，聽囘廊咒誓約不合將碧梧桐挨靠，戲言詞絮絮叨叨，沉香亭那幾宵，按霓裳舞六么，紅牙筯擊成腔調，亂宮商鬧鬧嘈嘈。也是那當時歡笑栽排下今日淒涼厮輳著，暗暗的還報。廣正二帙二頁下

墻頭馬上　一曲　　前人

第三折丙（雙調梅花酒）他毒腸哏切，丈夫又軟揣綑些，相公又惡噷噷乖劣，夫人又叫了頭似蝎蜇。你不望夫石上變化身，築墳臺上立箇碑碣。教我謾慽慽，愁萬縷悶千疊。心似醉意如呆，眼似瞎手如瘸，輕拈掇慢拿捻。廣正十七帙二十七頁上

東墻記　三曲　　前人

第四折丙（越調鬬鵪鶉）眼見的枕剩幃空，怎教的更長漏永。桃蕊飄霞，楊花弄風，翠袖生寒，烏雲不攏，恰配合鳳友鸞交，又見的離別西東。似這等離恨千端，怎支吾閑愁萬種。廣正十六帙一頁下

第四折丙（越調東原樂）這厮是闞人的機，見他說來的不通，越教人添沉重。他一片胡言都是空，無些兒效功。他正是說眞方把咱作弄。廣正十六帙九頁上

第四折丙（越調綿搭絮）深閨靜悄，幽僻空庭，月輪碾紙，幾扇圍屏。似海棠半睡春睡重，鮫綃上綠鬢擁。有情人何日相逢，幾時得赴高唐夾夢中。廣正十六帙十頁上

按：此劇是否白樸所作，大成問題，予別有專論，見元劇作者質疑。

漢宮秋 六曲

馬致遠

第一折丙（仙呂天下樂）和他也弄着精神射絳紗，卿家，你覷咱，則見那瘦岩岩影兒可喜殺。迎頭兒稱妾身，滿口兒呼陛下，必不是尋常百姓家。廣正三帙八頁上

第二折丙（南呂玄鶴鳴）你有甚事疾忙奏，俺無那鼎鑊邊熱油。您文臣合安社稷，武將合定戈矛。您子會文武班頭，山呼萬歲，舞蹈揚塵，道那聲誠惶頓首。如今陽關路上，昭君出塞，當日未央宮裏，女主專權，我不信你敢差排呂太后。枉已後龍爭虎鬭，都是俺鸞交鳳友。廣正四帙七頁上

按：元曲選作哭皇天，一調二名。

第三折丙（雙調梅花酒）向着這逈野荒凉，塞草添黃，兎色早迎霜，犬褪的毛蒼。人搠起纓鎗，馬負着行裝，駝運着餱糧，人獵起圍場。他傷心辭漢主，我攜手上河梁。他部從入窮荒，我前面早叫擺行。愁鑾輿返咸陽，返咸陽過宮墻，過宮墻遶迴廊，遶迴廊近椒房，近椒房月昏黃，月昏黃夜生凉，夜生凉泣寒螿，泣寒螿綠紗窗，綠紗窗不思量。廣正十七帙二十八頁下

第四折乙（中呂叫聲）高唐夢未成，那去了也愛卿愛卿！！怎作得吾當染之輕。廣正五帙十頁下

廣正原注附坊本所載此曲云：「高唐夢未成，那去了也愛卿愛卿！！無些靈聖，怎作得吾當染之輕。」

第四折丙（中呂剔銀燈）恰纔這搭兒單于國使命，呼喚俺王昭君名姓。偏寡人喚娘娘不肯燈前應，却元來是畫來的丹青。猛聽得仙音院鳳管鳴，更作道簫韶九成。（廣正五帙十四頁上）

第四折乙（中呂十二月）休道吾當動情，您宰相每難聽。不比雕梁燕語，錦樹鳩鳴。漢昭君離鄉背井，千里途程。（廣正五帙十八頁下）

薦福碑　一曲　前人

第四折乙（雙調歇指煞）則這遠公休結白蓮會，謝安却被蒼生起。今日在那里，成就了宰相薦賢的心，纔稱了男兒仗義膽，白破了賊漢拖刀計。成就了孫龐刖足的冤，解了共語禪關的意，也則是書生命裏。則這黃閣玉堂臣，險作了違宣抗勅鬼。（廣正十七帙後廿二頁上）

按：元曲選調名作鴛鴦煞，字句亦多不同。

岳陽樓　三曲　前人

第一折丙（仙呂憶王孫）亞夫營裏晚天涼，煬帝宮中春晝長，按舞楚臺人斷腸。則管里為春忙，餓的六宮女腰肢一捻香。（正音卷下四頁）

按：廣正三帙二十八頁下與此全同。

第二折丙（南呂梧桐樹）問甚麼兩碗通輕汗，一粒度三關。問甚麼饅頭皮餛飩餡和和飯。有酒食先生饌。（正音卷下十七頁上）

一粒（廣正此二字上有肯不肯三字）　問甚麼（廣正作齊甚麼）　饅頭（廣正作餛飩）　餛飩（廣正作饅頭）

第四折丙（雙調梅花酒）想你箇匹夫，不識賢愚，蠢蠢之物，落落之徒，休猜我作左道術。我們拿着捩鼻木，您拽着我布

道服。俺急切裏要回去，您當街裏纏師父。我爲甚的不言語，您心下兒自躊躇。廣正十七帙二十七頁下

陳摶高臥 七曲　　　前人

第二折丙（南呂牧羊關）我恰遊仙闕，謁帝閽，猛驚得我跨黃鶴飛下天門。你揮的玉麈特遲，打的金鐘煞緊。又不是紙窗明覺曉，布被煖如春。驚的夢莊周蝶飛去，尚古自炊黃糧鍋未滾。正音卷下十五頁下

第二折丙（南呂紅芍藥）開基創業聖明君，舜德堯仁。玉帛萬國盡來尊，一統乾坤。滅狼烟掃戰塵，恩澤及萬姓黎民。招賢納士禮殷勤，幣帛似微塵。正音卷下十七頁上

第二折丙（南呂菩薩梁州）特遣大臣，把賢良訪問。當今至尊，重酬勞算卦山人。過蒙君寵賜天恩。風雲不憶風雷信，琴鶴自有林泉分。想名利有時盡。乞得田園自在身，我怎肯再入紅塵。正音卷下十五頁下

按：　廣正四帙十二頁上與此全同。

第二折丙（南呂牧羊關）既然海岳歸明主，敢放巢由作外臣，怎望您弔千年高塚麒麟。誰待老景攀蟾，俺子閉身臥雲。試看蓬萊尋藥客，商嶺採芝人，天下已歸漢，山中猶避秦。廣正四帙五頁下

第二折丙（南呂玄鶴鳴）酒醉漢難朝覲，睡魔王怎作宰臣。穿着紫羅袍似酒布袋，秉着白象笏似睡餛飩。若作官後每日價行眠立盹，休休！枉笑煞淩烟閣上人。早是疎慵愚鈍，孤陋寡聞。正音卷下十六頁上

怎作廣正四帙六頁上作怎作的　　穿着廣正作穿着這　　秉着廣正作秉着這

第二折丙（南呂烏夜啼）幸然法正天心順，索甚我橫枝兒治國安民。我則有住山緣，那里有爲官分。樂道安貧，誰羨畫

戟朱門。丹砂好煉養閒身，黃金不鑄封侯印。帶不的幞頭緊，穿不的公裳坌。不如我這拂黃塵的布袍，漉渾酒的綸巾。正音卷下十六頁上

第四折乙（雙調川撥棹）恰離高唐，躲巫山窈窕娘。戰鼎的遊仙夢悠揚。則想道邯鄲道上，原來在佳人錦瑟旁。廣正十七帙二十五頁上

黃粱夢　十六曲　前人

第一折乙（仙呂天下樂）他每得到清平有幾人，俺爐中香滿焚，儘白雲滿溪鎖洞門。誦一卷道德經，講一會齊魯論，這的是清閒眞道本。廣正三帙八頁上

第一折丙（仙呂醉中天）旋醱村醪嫩，自折野花新。獨對青山酒一尊，將朱頂鶴相引。歸去松陰滿身，等的月高風韻，只教吹斷雲根。正音卷下三頁下

第一折丙（仙呂金盞兒）我那里草長春，地無塵，四時花發花常嫩，崎嶇山徑對柴門。雨滋得松葉潤，露養得藥苗新，聽野猿啼古樹，看流水遶孤村。正音卷下三頁下

第一折丙（仙呂雁兒）你有出世超凡神仙分，若繫條一抹條，戴一頂九陽巾，君，敢作箇眞人。正音卷下七頁上

按：元曲選作醉雁兒，一調二名。

第一折乙（仙呂後庭花）酒戀淸香疾病因，色愛荒淫患難根，財貪富貴傷殘命，氣競剛強損陷身：這四件兒忒均勻。你若依本分，必登仙道穩。廣正三帙十二頁下

第一折丙 (仙呂賺煞尾)羽衣輕鸞鶴進，有十二金童接引。萬里天風歸路穩，向蓬萊頂上朝眞。笑欣欣，袖拂着白雲，宴罷瑤池酒半醺。本待把你箇唐呂公教訓，不受這漢鍾離心印，獨自箇跨蒼龍飛上九天門。正音卷下八頁上

第二折丙 (商調高過浪來裏)俺如今鬢髮蒼白，身體囊揣，則恁的東倒西歪，推一交𡸣攧破天靈蓋。我這里割捨了老性命，搭救這兩箇小嬰孩，空教我忿氣冲懷，兩淚盈腮，將兩隻手扛擡，把雙眼揉開，趁起身來望不見英才，又被這半凋謝的垂楊樹間隔。廣正十四帙六頁下

按：元曲選作高過浪里來，一調兩名。

第二折丙 (商調隨調煞)好教我回去艱難，誰似你步行的快。望不見，走上望高臺。空目斷一天殘照靄，不知俺哥哥安。在看時節，隔疎林風送過哭聲來。廣正十四帙十九頁上

第三折丙 (大石調六國朝)風吹羊角，雪剪鵝毛，飛六出，海山白，凍一壺天地老。舉目觀琳琅，巧筆難描。仰面瞻天表，靑山似粉掃。幽窗下寒敲竹葉，前村外冷壓梅梢，繚亂野雲低，微茫江樹杳。正音卷上五十五頁上

按：此劇第三折乃花李郎作。兩人以上合作一劇，元人偶有其例，不多見也。

第三折丙 (大石調歸塞北)春歸的早，既不沙，可怎蝶翅舞飄飄。梅蕊粉塡合長安道，柳花綿迷却灞陵橋，山館酒旗搖。正音卷上五十五頁上

第三折丙 (大石調卜金錢)想那捕魚叟蓑笠綸竿，他向寒江獨釣，和俺採樵人迷却歸來道。凍雀飛，寒鴉噪，古林中驀聽得山猿叫。正音卷上五十五頁

按：元曲選作初問口，一調兩名。

第三折丙（大石調怨別離）園林無處不蕭條，春歸也猶未覺。滿地梨花無人掃，寒料峭，兀良！一點青山不見了。正音卷上五十五頁下

園林廣正七帙四頁下誤作園深　兀良廣正無此二字

第三折丙（大石調雁過南樓）子見凍剝剝一行老小，顫欽欽四體頻搖。一箇孤聳着肩，一箇拳攣着脚，正揚風攪雪天道。兒扯着老父悲，父對着孩兒道，喫飯處霎時間行到。正音卷上五十五頁下

第三折丙（大石調催花樂）那先生浩歌拍手舞黃鶴，住在瑤池閬苑，十洲三島。一曲長笛秋氣高，數着殘棋江月曉。正音卷上五十五頁下

按：元曲選作擂鼓體，一調二名。

第三折丙（大石調淨瓶兒）那先生兩隻手搖山岳，一對眼睺邪妖。劍揮星斗，胸捲江濤。難學惡相貌，伏虎降龍德行高。他是箇活神道，跨蒼龍曾把曾把玉皇朝。

第三折乙（大石調玉翼蟬煞）那先生自歌自舞，飲仙酒吃仙桃。住的是草舍茅庵，煞強如龍樓鳳閣。白雲不掃，蒼松自老，青山圍繞，淡烟籠罩。黃精自斵，靈丹自燒，崎嶇古道，凹答岩壑，門無綽屑，洞無鎖鑰。香焚石卓，笛吹古調。雲黯黯，水迢迢，風凜凜，雪飄飄，柴門閉，竹籬高。檜柏青松，疎竹寒梅，瑞草靈芝，峻嶺巔峯，遙望着幽雅仙莊休錯去了。廣正七帙十七頁下

那先生正音卷上五十八頁下無此三字　飲仙酒吃仙桃正音無飲吃二字　住的是正音無此三字　煞強如正音無煞字

正音所載此曲自檜柏青松以下完全脫去，而竄入其前一首百字令中數語，今從廣正錄出全曲，校以正音。

青衫淚　四曲　　前人

第三折丙（雙調攪箏琶）都是你箇琵琶罪，少歡樂，足別離。爲你引商婦到江南，送昭君在塞北。紫檀面拂金猊，越引的。我傷悲想故人何日囘歸？生被這四條絃撥俺在兩下裏，到不如淸夜聞笛。（廣正十七帙十三頁上）

第三折乙（雙調太淸歌）莫不是片帆飽得西風力，怎能勾謝安攜出東山妓。此行不爲鱸魚鱠，成就了佳期，無箇外人知。大膽姜維，何疑。那廝正販茶上偃仰和衣睡，黑婁婁地鼻息如雷。比及楊柳岸秋風喚起，人已過畫橋西。（廣正十七帙三十二）

下頁

第三折丙（雙調鴛鴦煞）若不是浮梁茶客十分醉，怎奈何江州司馬千行淚□□。你低首無言，仰面悲啼，暢道情血痕多，青衫淚濕。不因這一曲琵琶成佳配，淚似把搥，崙添滿潯陽半江水。（廣正十七帙移十八頁下）

第四折乙（中呂紅芍藥）那廝每販的是紫草紅花，蜜蠟香茶。宜舞東風鬭蝦蟆，巾幘是青紗。聽不上蠻聲氣，死勢煞，怎比那一弄兒江山如畫。那廝分不的兩部鳴蛙，所事村沙。（廣正五帙十三頁下）

誶范雎　二曲　元曲選作誶范叔　高文秀

第二折丙（南呂紅芍藥）一輪紅日淡無光，地老天荒。我則見半空中瑞雪舞飄揚，上下顚狂。看了那待賓筵會上，恰不道畫堂。敢別是一箇風光。你伴着一簍家粗草半青黃，拌上些粗糠。（廣正四帙十一頁下）

第四折甲（雙調胡十八）這的是與你作生日，一根草，滿受你千千歲。當初與你同倫輩，今日休便老兄知滋味。對你便所爲，就裏，庭階下，跪一會，問一囘，打一囘。（廣正十七帙三十六頁下）

按：廣正以此曲爲胡十八第三格，注云「誤題梅花酒」。元曲選無此曲，但其中七弟兄梅花酒兩曲乃就廣正十七帙十六頁下載雙調步步嬌第三句云「都來賀喜。」元曲選有此調無此句，附識於此。

此添改而成者。

麗春堂　王德信　十三曲

第三折丙（越調麻郎兒）生居在華屋，今日流落在丘墟。冷淡了歌兒舞女，空閒了寶馬香車。正音卷下三十七頁下

第三折丙（麻郎兒幺篇）知他是斷與甚處內府，遶青山十里平湖。共一葉扁舟睡足，抖擻着綠蓑歸去。同上

第三折丙（越調東原樂）縱得山林趣，慣得禮法疎。鞍馬區區燕南路，我如今揀溪山好處居。爲甚麼不歸去，被一片野雲留住。同上

廣正十六帙八頁下所載此曲異文頗多，全錄於下：「自從在我山林住，慣縱的我禮數無。鞍馬上驅馳燕南路，揀溪山好處居。我爲甚不回去，則被這一片野雲留住。」

第三折丙（越調綿答絮）也無那採薪的樵子，耕種的農夫，往來的商賈，談笑的鴻儒。作伴的茶藥琴棋筆硯書，秋草人情即漸疎。雖是蓑笠綸竿，釣賢不釣愚。正音卷下三十八頁上

第三折丙（越調絡絲娘）流落的身無所居，甚也有安排我處。呂望嚴陵貫今古，也算春風一度。正音卷下三十七頁下

第三折乙（越調拙魯速）我如今倚年高咫尺鑾輿，仗功勞敢喝金吾。瞞不過這奉玉，我行的去處。那一箇閒人敢攔住。這箇無徒，你是我斷沒來的家奴，你怎敢我根前我根前無怕懼。廣正十六帙十三頁

按：咫尺應作指斥，奉玉應作奉御。

廣正附錄鈔本字句與此不同，照錄於下：「我今日箇赴京見鑾輿，倚仗着功勞，敢喝金吾。瞞不過這近御。我去處便去，那一箇閒人敢言語。那無徒，甚的是通曉兵書，他怎敢我根前我根前無怕懼。」按此所謂鈔本字句與元曲選大致相同。「赴京」應作「赴京都」。

第四折丙 (雙調五供養)窮客程，舊行裝，我可甚衣錦還鄉。恰離了雲水窟，早來到是非場，你與我棄了長竿，抛了短棹，又惹起風波千丈。我這裏凝眸望，見文官武職，排列着諸子諸王。正音卷下廿一頁上

第四折丙 (雙調一錠銀)則聽的玉管輕吹語鳳凰，餘韻悠揚，阿納忽聲兒齊唱，感起我那悲傷。廣正十七帙三十五頁上

第四折丙 (雙調相公愛)淚滴千行與萬行，幾時不登樓高望，鎮常何曾忘故鄉，那一日離得我心兒上。廣正十七帙四十一頁下

第四折乙 (雙調醉娘子)剛道不淒涼，教人轉淒涼。撇下婆娘守着空房，如何不淒涼。廣正十七帙四十頁上

第四折乙 (雙調風流體)我便似官封到官封到一字王，位不過位不過頭廳相。老奴婢老奴婢焉敢當，小使長小使長休攔當。廣正十七帙四十四頁下

第四折乙 (雙調唐兀歹)萬萬載千千秋聖主帝壽昌，地久天長。老微臣怎敢不謙讓，暢好是當來也不當。廣正十七帙四十六頁上

按：調名亦作倘兀歹，廣正誤刊作幺篇歹。

第四折乙 (雙調攪箏琶)從幾時遷作皇文等，誰想先打後商量。且休題百步穿楊，咱兩箇打一盤兒七梁。今後索要安詳，怎敢獨強。我這手稍兒您身上湯一湯，又惹風霜。廣正十七帙十四頁上

按：首句費解，必有訛誤。正音卷下三十五頁下載離亭宴煞，「閒來膝上橫琴坐」云云，題麗春堂第四折。用韻既與本折不同，語意亦與本劇全不相關，蓋誤題也。

燕青博魚　四曲　　李文蔚

第一折乙（大石調喜秋風）我與你便慢慢的行，我與你便磨磨的擦。我爲甚不將脚尖兒那，我只恐怕這路兒滑。似那前街後巷我便宜盤卦恰呵的我這手稍溫，可則又凍的我這脚尖兒痲。廣正七帙四頁上

第一折乙（大石調蒙童兒犯）（貨郎兒）你這千化身觀音菩薩，救了我這箇雙無目惡叉的那吒。（醉太平）則你這針法兒通靈聖心無假多謝仁兒厮救拔。（蒙童兒）又不是攀睛眝肉發你則是可憐見窮漢瞎。廣正七帙七頁下

按：元曲選作憨貨郎，是此調本名，蒙童兒犯之名則是廣正編者所改定。

第一折丙（大石調雁過南樓煞）（雁過南樓）你道是他打了我呵，似房簷上揭瓦不信道我打了他呵，着我便帶鎖披枷輪動我這莽拳頭，趕動我這長稍靶，我遶着那前街後巷尋他。（隋煞）一隻手揪住那厮黃頭髮一隻手將棍靶來牢搯，我可便滴溜撲活攛在那厮馬直下。廣正七帙十六頁下

按：元曲選作尾聲，乃一切尾曲之通稱，雁過南樓煞之名，則是廣正編者所定。

第三折乙（中呂煞尾）比及這包成泥燒瓦罐淘乾了井，更和那鐵打就蘸鋼鍬撅作了坑。你品的簫，吹的笙，演的箏，攧的箏。直什麼瓦包髻磁腿絣綻安頭，蘇小卿不立身，王桂英正是病僧勸患僧，那其間手抵着牙兒恁時節省。廣正五帙廿六頁上

虎頭牌　八曲　　李直夫

第二折丙（雙調大拜門）不想今朝，常思幼年，到處里追陪親眷。吹彈管絃，快活了萬千，大拜門撒敦家筵宴。廣正十七帙四十三頁上

第二折丙 （雙調也不羅）衆官員，諸親眷，送路排筵宴。去也去也程途遠，左右難留戀。同上

第二折乙 （雙調小喜人心）今朝別後，再要相逢，只除是看時節夢見，夢見也不似這遍。不是我兄弟行徯落，嬸子行熬煎，向姪兒行埋怨，好弱難分辨，貴賤難褒貶。廣正十七帙四十四頁上

按：　元曲選作喜人心。

第二折乙 （雙調月兒彎）俺那箇生忿醜生，有人燕京曾見，道共些不成半氣，潑男潑女，每日向茶坊酒肆勾欄裏串。親哥哥口中得出疎言，有句話舌尖上挑着，我却向喉嚨裏嚥。廣正十七帙後四頁下

第二折乙 （雙調風流體）若到春時節，正月二月三月早有些和氣暄，若到夏時節，四月五月六月也有些薰風遍。我最怕的是七月八月九月秋暮天。便休說十月十一月臘月飛雪片。廣正十七帙四十五頁上

第二折乙 （雙調忽都白）你也備知我往日的庄田，舊日的宅院，如今折倒的沒片瓦根椽。又沒箇大針共麻線，渾身上便是家緣。着甚作細米白麵，厚絹薄綿，拆洗共燒燃。看咱一父母顏面，到冷時節有甚麼替換。同上

按：　此曲語氣未完，蓋末尾脫去數語，校元曲選及雍熙樂府北曲拾遺諸書可知。

第二折丙 （雙調唐兀歹）我也曾幔幕紗廚裏頭眠，到如今枕着一塊半頭磚，土炕上堆着些破被氈，暢好是悽惶也麼天。廣正十七帙四十六頁上

第四折乙 （正宮借雙調 七弟兄）也不索左猜右猜，你則合小心兒鎮守着夾山寨。賞中秋玩月暢開懷，判玉條斷的依然在。廣正十七帙二十六頁上

氣英布　一曲　　尚仲賢

第一折丙（仙呂玉花秋）那裏發付這殃人貨勢到來如之奈何。若是楚國天臣見了呵，其實難廻避，怎收撮喒一下裏相迎，你且一下裏躲。廣正三帙廿九頁上

瀟　湘　雨　二曲　　楊顯之

第三折乙（黃鍾喜遷鶯）好着我無情無緒，淋的我三魂七魄全無長吁，氣結成雲霧行行着車轍把腿陷住，可又早閃了胯骨響潺頭直上雨點，粘撥脚底下的泥淤。廣正一帙二頁上

按：廣正末句下尚有「巍乎仰太虛」五字，乃注語混入正文，今刪去。

第四折丙（正宮貨郎兒）想着俺那淮河渡翻船的這災變，也是俺那時乖運蹇，大小裏父南子北見黃泉，排岸司救了我，崔老的與我配姻緣，今日箇誰承望父子和這夫妻兩事兒全。廣正二帙六頁下

酷　寒　亭　一曲　　前　人

第三折丙（煞尾）潤紙窗把兩個都瞧破，拽後門將三簧鎖納合，捕巡軍快拿捉，急開門，走不脫。到官司，問甚麼，取了招，帶枷鎖，建法場，把了市廓，上木驢，著刀剁，萬剮了堯婆兀的不痛快殺我。廣正四帙十六頁下

第四折乙（雙調尾聲）哥哥且寧耐，兄弟一更離山寨，拿住姦夫喫劍敲，才把那斯剔髓挑筋，摘膽剜心，把那斯死狗兒般拖來，則要你殺羊兒般弔着宰。廣正十七帙後十七頁上

按：元曲選改爲鴛鴦煞，與此大異，元明雜劇作尾煞，字句同此。

貶　黃　州　七曲　　費唐臣

第一折丙 (仙呂寄生草)臣則願居蠻貊，誰想立廟堂。今日有曾參難免投梭誣，今日有周公難免流言講，今日有仲尼難免狐裘謗。本是箇長門獻賦漢相如，怎如他東籬賞菊陶元亮。正音卷下二頁下

第一折丙 (寄生草 幺篇)臣折末流儋耳，折末貶夜郎。一箇因書賈誼長沙放，一箇因詩杜甫江邊葬，一箇因文李白波心喪。臣覷屈原千載汨羅江，恰便似禹門三月桃花浪。同上

第二折丙 (正宮端正好)道德五千言，禮樂三十卷，本待經綸就舜日堯天。只因兩角蝸蠻戰，貶得我日近長安遠。正音卷上四十九頁上

第二折丙 (端正好 幺篇)瑤臺昨夜蛟龍戰，玉鱗甲飛滿山川。馮夷飲罷瓊林宴，醉把鮫綃剪。同上

第二折丙 (正宮滾繡球)我怕不文章如韓退之，史筆如司馬遷，英俊如仲宣子建，豪邁如居易宗元。風騷如杜少陵，疎狂如李謫仙，高潔如謝安李愿，德行如閔子顏淵。爲不學乘桴浮海鴟夷子，生紐作踏雪騎驢孟浩然，困煞英賢。同上

第二折丙 (正宮煞)我把紫袍金帶無心戀，雨笠烟蓑有意穿。或向新婦磯頭鷗鷺鄉中，女兒浦口鸚鵡洲邊，漲一竿春水，帶一抹寒烟，棹一隻漁船。黑甜一枕睡，燈火對愁眠。正音卷上五十四頁上

第二折丙 (正宮煞尾)從教臣子一身貶，留得高名萬古傳。但使歌低酒淺，臥雨眠烟，席地幕天，一任長安路兒遠。正音卷上五十四頁下

按：廣正二帙二十四頁下，亦收此曲，字句全同。

合汗衫 二曲　張國賓

第二折乙 (越調青山口)我則見這家，那家，鬧交雜，街坊每救火咱。幾間瓦厦，古剌剌，被巡軍都拽塌。天那天折罰，眞家，

苦痛殺他那浪酒閒茶臥柳眠花半世禁害殺。自奬自誇，天折天罰。他那波他，不俫咱，咱也波咱，是非多。俺那張家，您那根牙，有傷人倫風化，半合兒把我來傒倖殺。（廣正十六帙二十二頁下）

第四折乙　（雙調小陽關）若說着俺小業冤，折倒了我好家緣。火燒了宅院，典賣了這莊田，閃的俺這兩口兒難過遣。（廣正十七帙三十八頁下）

按：廣正以此曲爲小陽關第二格，注云，「誤題小將軍」，元刊古今雜劇及元曲選均題小將軍。

貶夜郎　一曲　王伯成

第三折丙　（中呂迎仙客）比及沾雨露，恨不得吐虹霓，滄海倒傾和月吸。翠紅鄉，圖畫裏，若不設歌舞筵席，枉辜負遲日江山麗。（正晉卷下九頁下）

李逵負荆　七曲　康進之

第二折甲　（正宮蠻姑兒）快疾快疾，碎撦了飛鳳盤龍杏黃旗。你瞞天地昧神祇，我和你共折證到底。（廣正二帙十五頁上）

按：「李逵負荆」廣正作「黑旋風負荆」，「康進之」作「康退之」，下同。

第三折甲　（商調 借仙呂 上京馬）咱每都來到，衆人休鬧，誰是誰非辨箇清濁，不索我扢着村嗓子高聲叫。（廣正三帙卅三頁上）

第三折乙　（商調雙雁兒）一把火燒了草團標，爭些兒把我險中倒。㦬的人却是鯽魚跳。使不着家有老敬老，家有小敬小。（廣正十四帙七頁上）

第三折甲　（商調高平隨調煞）（高平煞）蜻蜓兒怎敢把泰山搖，不恁如何然爪。見景生情，近火先焦。（暢道）天數難逃，則是黑旋風無福粧關索。怎生得遇文王施禮樂，逢桀紂逞奮豪。寬打週遭，亂下風雹，背地評駁，怎指望腦背後包藏刀。着這一着。（隨調煞）明知賢愚不並居，燈臺不自照，試着青眼認鯨鰲。沒來由共他賭賽着，今日方知舌是斬身刀。廣正十四帙二十一頁下

按：元曲選刪去高平煞部分，添改隨調煞部分，改題浪里來煞。

第四折丙（雙調攪箏琶）我行來到轅門外，見小校雁行排。他這般退後趨前，他將我佯呆着不倸。對着俺這有期會，衆英材，穩坐的胎骸。明白，則這箇莽撞的廉頗今日箇請罪來，莫得疑猜。廣正十七帙十二頁上

第四折甲（雙調漢江秋）言清行不清，心大力不大，英雄少怪，主不喫客不寧，天不蓋地不載，非是李山兒無賴。正音卷下廿四頁上

漢江秋 廣正十七帙三十三頁下作楚江秋　行不清 正音誤作幸不清據廣正改

第四折乙（雙調離亭宴帶歇指煞）（離亭宴煞）蓼兒洼內鴛鴦寨，把那廝花桑柱上猪羊般宰。（歇指煞）我將濁酒便篩，將那廝血肝酒內摘。小可如大蟲口內奪脆骨，驪龍頷下取明珠。（離亭宴煞）你魯智深相逐定，我捉那朝不溜女壻畫眉郎，你拿那散妻光媒人送女客。廣正十七帙後二十三頁下

按：元曲選作離亭宴煞，字句改易甚多。

魔合羅 四曲　孟漢卿

第二折丙（黃鍾者刺古）身軀被病執縛，難走難逃。咽喉被藥把捉，難訴難學。託青天暗表，願靈神早報。行善得善，行惡得惡。莫不是今年災禍招。廣正二帙十二頁下

第四折丙（中呂鬼三台）你和他，從頭裏傳消息。沿路上，曾撞着誰？聽言罷，悶漸消，添歡喜，這官司，才是實。呼左右，問端的：這醫人，與誰相識？廣正五帙二十頁上

第四折丙（中呂借宮正窮河西）你問我誰向官中指攀着伊？是你那孝子曾參賽盧醫。你又不是恰纔新認義，須是你親姪，老丑生無端忒下的。廣正二帙十五頁下

第四折乙（中呂道和）却則端的，却則端的，虛事不能實。忒蹺蹊，教俺難根緝，天教張鼎忽使機，脫災危，啜脫出是和非。難支吾，難支對，難分說，難分細。那些那些自歡喜，咱伶俐，一行人取情招狀訖。那些那些他愁戚，當初指望成家計，到如今番作得落便宜。廣正五帙十七頁上

紅　梨　花　一曲　張壽卿

第一折乙（仙呂混江龍）則在這夕陽西下，黃昏啼殺暮栖鴉。半彎新月，幾縷殘霞。暮雨有情滋杏蕊，春風無處不楊花。我裙拖翡翠，鞋蹙鴛鴦，行到這低矮矮他這箇荼蘼架。我則見花穿月影，草接天涯。廣正三帙六頁上

范　張　鷄　黍　四曲　宮天挺

第一折乙（仙呂六么序）子母每輪替換當朝貴，倒班兒居要津，欺瞞殺萬乘之君。官裏便如海如淵，如日如雲，其力如輪，其智如神，怎識他苦害君民的聚歛之臣。如今棟梁材平地剛三寸，怎揩撐萬里乾坤。子是裝肥羊法酒人皮囤，一箇箇智無四兩，肉重千斤。廣正三帙二十一頁

第一折丙（六么序么篇）這等儹軍，又沒甚功勳。却教他畫戟朱門，列鼎重裀，赤金白銀，翠袖紅裙，羊馬成羣，花酒盈樽。有

一日天打算衣絕祿盡，弔頸抽筋。小生白身，樂道安貧，視此輩何足齒云。滿胸襟拍塞懷孤憤，將世間泰華平吞。大丈夫若是言無信，枉頂天履地，束髮冠巾。同上

第三折乙（商調 借仙呂 遊四門）疎刺刺，慘人風過冷颼颼，文生生的頭髮似人揪。靜悄悄，荒郊迥野中時候，昏慘慘，落日墜城頭。殘雪又收，寒鴉下汀洲。景物又幽，村落帶林丘。廣正三帙十一頁下

第三折丙（商調高平煞）則被這君璋子徵將我來緊逼逐，並不肯相離了左右。今日不得已也，且隨衆還家，到來日絕早到墳頭，我與你廬墓丁憂。一片心雖過當無虛謬。早是這朔風草木偃，落日虎狼愁，你覷這四野田疇，三尺荒丘，魂魄悠悠，誰問誰偢，欲去也傷心再回首。廣正十四帙二十一頁上

按：元曲選調名作高過浪來裏，字句大致相同。其後又有隨調煞，元刋古今雜劇本亦有之。此曲似非作煞曲用者。廣正原注云「今日二句疑白」

傷梅香 三曲 鄭光祖

第二折丙（大石調念奴嬌）驚飛幽鳥，蕩殘紅撲簌簌胭脂零落。門掩蒼苔書院悄，潤破窗紙偷瞧。則爲一操瑤琴，一番相見，又不會道閑期約，多情多緒，等閒肌骨如削。廣正七帙一頁上

第二折丙（大石調喜秋風）虧你也用工描，却不見無心草，好門庭倒大來惹人笑。我將着紫香囊，待走的夫人行告，女孩兒甚爲作。正音卷上五十六頁上

走的 廣正七帙三頁下作走向

第二折乙 （大石調煞尾）你聽的樓頭鼓鼕鼕將黃昏報，夫人睡着，宅院蕭條。韻悠悠，聲揭譙樓品畫角，響璫璫，水滴銅壺玉漏敲。刷刷的風颭芭蕉鳳尾搖，厭厭的月上花梢樹影高。悄悄的，私出蘭堂離繡幄，擦擦的轉過欄干上甬道。霍霍的揭動朱簾時你等着，剝剝的彈響窗櫺時痴痴的俺來了。廣正七帙十五頁上

按：元曲選作隨煞尾。

王粲登樓 一曲　前人

第一折甲 （仙呂醉扶歸）論文呵！筆掃雲烟散，論武呵！劍射斗牛寒，掃蕩妖氛不足難。折末待掌帥府居文翰。不消我羽扇綸巾坐間，破強虜三十萬。正音卷下三頁下

按：雍熙樂府卷五載本折有此一曲，字句大致相同。元曲選及徐刻古名家雜劇（即通行影印本元明雜劇）均無此曲。

倩女離魂 六曲　前人

第四折丙 （黃鐘水仙子）據着俺老母情，他則待祆廟火刮刮匝匝烈焰生。將水面上鴛鴦忒楞楞騰生分開交頸，疎剌剌沙鞴雕鞍撒了鎖鞓，斷琅琅湯偷香處喝號提鈴。支楞楞爭絃斷了不續碧玉箏，吉丁丁璫精磚上摔破菱花鏡，撲通通鼕井底墜銀瓶。正音卷上四十五頁

第四折丙 （黃鐘寨兒令）每日價縈縈，閑不住雨淚盈盈，手指着胸堂自招承。自感歎，自傷情，自悔懊，自由性。同上

調名廣正一帙十頁下作寨雁兒元曲選作古寨兒令　縈縈廣正疊此二字

第四折丙（黃鍾神仗兒 篇ㄠ）沒揣地叫一聲狠似雷霆，猛可的諕一驚去了魂靈。這的是俺娘的弊行，打滅醜聲，作箇失驚妖精也甚精，看這舊恩情，你且待我這潑性命。廣正一帙十一頁上

第四折乙（黃鍾尾聲）驀地心回猛然醒，兀良草店上一點孤燈，照不見伴人清瘦影。正音卷上四十八頁下

猛然醒廣正一帙二十三頁作猛然省　一點廣正作見一點兒　照不見廣正照字上有早則二字

第四折丙（雙調荊山玉）你箇辜恩負德王學士，今日也有趁心時。不甫能盼得音書至，揣與我箇悶弓兒。廣正十七帙後一頁下

按：元曲選作側磚兒一調二名。

第四折丙（雙調竹枝歌）打聽爲官折了桂枝，別取了新婚甚意思。妹妹時下恨難支。把哥哥閑傳示，則問這小妮子，被我都嗤嗤扯作紙條兒。同上

追韓信 六曲　金仁傑

第二折乙（雙調新水令）恨天涯流落客孤寒，歎英雄半生虛幻。坐下馬空踏遍山海雄，背上劍枉射的斗牛寒。恨塞滿天地之間，按不住浩然氣透霄漢。廣正附正謬四頁上

第二折丙（駐馬聽）回首靑山，拍拍離愁滿戰鞍；擧頭新雁，呀呀哀怨半天寒。指望待龍投大海架天關，誰承望君騎羸馬連雲棧。覷英雄如等閑，堪恨無端四海蒼生眼。同上

第二折丙（雙調川撥棹）半夜裏恰回還，抵多少夕陽歸去晚。烟水潺潺，環珮珊珊，冷淸淸夜靜水寒，可正是漁翁江上晚。廣正十七帙二十四頁下

第二折丙（雙調梅花酒）雖然是暮景殘，恰夜靜更闌。對綠水青山，正天淡雲閒。明滴溜銀蟾出海山，光燦爛玉兎照天關。撐開船，挂起帆。俺紅塵中受塗炭，您綠波中覓衣飯。俺乘駿馬懼登山，您駕孤舟怕逢灘。俺錦征袍怯衣單，您綠簑衣不曾乾。俺空熬得鬢斑斑，您枉守定水潺潺。俺不能勾紫羅襴，您空執着釣魚竿。㫰都不到這其間。（廣正十七帙二十八頁）

第二折丙（雙調鴛鴦煞）我想這男兒受困遭磨難，恰便似蛟龍未濟逢乾旱。塵蒙了戰策兵書，消磨了頓劍搖環。暢道：惆悵功名，因何太晚，似這般涉水登山，休！休！休！空長歎。謝丞相執手相看，我說與你能舉薦的蕭何再休來趕。（廣正十七帙後十九頁下）

第四折甲（正宮轉調貨郎兒）（貨郎兒）那其間更闌人靜，子房公吹笛數聲，却又早元戎帳裏夢魂驚。（醉太平）歌動離鄉背井，聲悲切雨淚盈盈。鐵笛吹起故鄉情，他可都傷心見景。衆兒郎不顧將軍令，項重瞳引着虞姬聽，早八千兵散楚歌聲。（貨郎兒）月滿空，恰二更，當夜箇吹散了他那英雄百萬兵。（廣正二帙七頁上）

竹葉舟　三曲　范子安

第二折丙（雙調新水令）我曾向五湖四海自遨遊，則我這拂天風兩枚袍袖，喚靈童採瑞草，共仙子上瀛洲。散袒優游，歎塵世幾昏晝。（正普卷下二十頁上）

第二折乙（雙調梅花酒）休待兩鬢秋，與天子分憂。嘆歲月如流，早白了人頭。待獻賦長楊臨帝闕，我乘彩鳳上瀛洲。俺三人是故友：一箇吹玉笛對岩幽，一箇倚銀箏步滄洲，一箇彈錦瑟上扁舟。（正普卷下廿六頁下）

第三折乙（南呂煞）趁着咿啞數聲櫓響離了江口，見明滴溜一點漁燈古渡頭，春江雪浪拍天流。更月黑雲愁，疏剌剌

風狂雨驟。這天氣，甚時候白莽莽銀濤不斷流，那裏也楚尾吳頭。正音卷下十八頁下

留鞋記　三曲　曾瑞

第一折乙（仙呂那吒令）這事，天知地知。這事，你知我知。這事，心知腹知。這事，神知鬼知。口裏言，心中意，且休洩漏了天機。廣正三帙十九頁上

第一折乙（仙呂低過金盞兒）咱兩箇最相知，仔細說眞實。你待等閑洩漏了春消息，我則索賠着笑臉兒廝央及。我索與你金環兒重改造，銀掠兒似新的。你休反悔，一言既出，駟馬難追。廣正三帙廿六頁下

第一折甲（仙呂醉扶歸）有緣千里能相會，劉晨曾誤入武陵溪。那崔護曾在菊英行覓水，柳毅曾把音書寄，千金女在墻頭有意，裴少俊在馬前相會。這幾箇何曾用媒證，都作了夫妻。廣正三帙廿五頁上

鴈門關　二曲　陳以仁

第三折丙（越調古竹馬）也不索征鞍輕壓，征靴微抹，征駒緊跨，不刺刺直趕到海角天涯。生熬的兩事家，心驚膽戰，力困神乏。見他見他，戰戰兢兢，怯怯喬喬，黃甘甘容顏如蠟渣，全不見武藝熟滑。正音卷下三十八頁下

第三折丙（越調古竹馬 乂篇）我從來劣性難拿，是惱犯如何收煞。見咱，趕他，撞陣充軍，倒戈棄甲。縱轡加鞭催戰馬，恨不的剪斷紫稍，踏斜寶鐙，頓寬玉勒，攞損金劖。同上

廣正十六帙二十一頁上附錄此曲別本云：「試看咱，全副披掛。我從來劣性難拿，我和你待要征伐，到今日怎生收煞。我可便趕他，戰乏，撇棄鎗刀，扯碎旗旛，都卸甲。我這裏威風糾糾，增添殺氣，直趕到海角

天涯」一詿云：「時通唱，此必為人改削。」

此兩曲所屬劇名正音廣正均作誤入長安實卽孤本元明雜劇中之雁門關，一劇二名。陳以仁字存甫，正音作孝甫。

金錢記 五曲　喬吉

第一折丙（仙呂點絳唇）書劍生涯，幾年窗下，學班馬。吾豈匏瓜，待一舉登科甲。正音卷下一頁下

第一折丙（仙呂混江龍）博得箇名揚天下，宴瓊林飲御酒揷宮花。恰便似珷玞石待價，怎肯似斗筲器矜誇。如今這洞庭湖撐翻了范蠡船，東陵門鋤荒了邵平瓜。楚屈原假惺惺醉倒步兵廚，晉謝安黑嘍嘍睡在葫蘆架。沒福消軒車駟馬，大纛高牙。同上

第一折丙（仙呂油葫蘆）翠擁紅遮錦繡楊，六宮人忙併煞，誰不知開元官裏好奢華。比及翠盤香冷霓裳罷，又早紅牙聲歇梧桐下。投至到華清宮初出池，比及花萼樓扶上馬。殢風流天寶君王駕，簇捧着箇嬌滴滴海棠花。正音卷下二頁

第一折丙（仙呂天下樂）鳳舞龍飛出翠華，喧嘩，景物佳，藹春風禁城百萬家。覷神仙下碧霄，聽簫韶隔綵霞，人道是蓬萊山子是假。同上

第一折丙（仙呂那吒令）香車載楚娃，圪剌雕輪碾落花。王孫乘駿馬，踈剌金鞭拂柳花。遊人問酒家，窩那靑旗揷杏花。寬綽綽翠亭邊蹴踘場，笑呷呷粉墻內秋千架，香馥馥麝蘭叢羅綺交雜。同上

兩世姻緣 六曲　前人

第一折丙（仙呂 借調雙 得勝令）將羅袖捲，香醪勸，請學士官人穩便。這的是續斷絃，朝生新鏇，只喫的金盞裏倒垂蓮。廣正十七帙後十四頁下

按：元曲選作得勝樂，應從之。

第二折丙（商調集賢賓）隔紗窗日高花弄影，聽何處囀流鶯。虛飄飄半衾幽夢，困騰騰一枕春醒。恰趁着遊蜂兒在柳塢桃蹊，又隨着蝴蝶兒過月榭風亭。覺來時在翠雲十二屏，恍惚如墜露飛螢。寸腸千萬結，長嘆兩三聲。正音卷下四十二頁

第二折丙（商調上京馬）覷不得雁行絃斷臥着瑤箏，聽不得鳳嘴聲殘冷了玉笙，和我這獸面篆消閉了翠鼎。門半掩悄悄冥冥，這的是斷腸人和淚夢初醒。同上

第二折丙（商調金菊香）你看他錦心繡腹那些才能，雪月風花怎不動情。卽席間小曲兒編揑成，端的是剪雪裁冰。常言道惺惺自古惜惺惺。同上

第二折丙（商調浪來裏煞）（浪來裏）心事人拔了短籌，有情的太薄倖，到如今五載不回程。（隨調煞）好教咱上天遠，入地近，潑殘生恰便似風內燈。比及你見俺那虧心的短命，則我這一靈兒先飛出洛陽城。廣正十四帙十八頁下

按：元曲選作高過隨調煞。

第三折丙（越調綿搭絮）論文呵！有周公禮法，論武呵！代天子征伐。你不學雲間翔鳳，他便似井底鳴蛙。你這般搖旗吶喊，簸土揚沙，踅踅磨磨，叫叫喳喳。你這般握武興威待怎麼？將北海尊罍作了兩事家。你賣弄你那搊吒，你若是指一指該萬剮。廣正十六帙十頁下

趙禮讓肥 二曲　　秦簡夫

第四折乙 (雙調挂玉鉤)慌的我手兒脚兒的羞跌蹉戰都速，想着你摘膽剜心處當日箇管待殺吾官士大夫，誰想道重遇架海擎天柱，死生難忘今古誰如。廣正十七帙二十二頁上

第四折乙 (雙調小將軍)臣離家鄉千里餘，覷囊篋一文無，病多的身軀飢腸肚，受了些無限苦。正晉卷下廿四頁上

按：廣正十七帙三十頁下，與此全同。元曲選更動字句改作沽美酒。

殺狗勸夫　二曲　蕭德祥

第二折乙 (正宮貨郎兒)不特似十分家沉醉，吃的來如湯似汁，俺哥哥直睡到紅日三竿未起。哥哥覺來我支持他酪子里回過胭頸，沒揣的轉過身體。廣正二帙七頁上

第二折乙 (正宮笑和尚)諕得我悠悠的魂魄飛，不承望哥哥向當街睡，直背的來家裏，不得口好氣息，到喫頓潑掌摑。你瞞天地昧神祇，打兄弟罵兄弟。哥也！那的是孫二的罪？廣正二帙十三頁下

勘頭巾　一曲　孫仲章

第三折丙 (商調借仙呂後庭花)待推來怎地推，不招承等甚的。指望待同諧老，今日被意中人連累，你你兩箇待作夫妻，今日箇藍橋水濟阻鸞鳳兩下裏。跪佳人在這裏，枷奸夫在那壁。廣正三帙十三頁下

霍光鬼諫　一曲　楊梓

第一折乙 (仙呂六么序 么篇)應昂行唐勝，奔龍牀，扯住衣裳。則就金鑾殿上，咱兩箇併一場。我見他手脚荒張，言語疎狂，事急也，却索着忙。俺英雄犯了無遮當，豈不聞要離刺慶忌，鱄諸刎吳王。廣正三帙二十二頁下

豫讓吞炭 一曲　　前人

第三折丙 (越調眉兒彎)誰戀你官二品,車駟馬,待古有德行的富貴榮華。想着俺那有恩義的主人公放不下,我故來報答。報答的,沒合煞,倒惹一場旁人笑話。正音卷下卅九頁上

按:廣正十六帙十八頁下與此全同。

敬德不伏老 四曲　　前人

第三折乙 (越調絡絲娘)是誰掰住那尉遲敬德,羞得我臉上無皮,如何支諱,怎地支持。則被你敗脫謊也軍師世勣。船到江心補漏遲,我不解你其中心意。廣正十六帙八頁上

第三折甲 (越調絡絲娘 篇么)聽說罷其中心意石盤掿,登時血赤。撐冠生怒髮目滐力,抖搜神威。同上

第三折乙 (越調要三台)你須知咱名氣,我建功天知地知。想這場小可似美良川交兵手段,榆窠園單鞭奪槊神威,牛口峪降伏竇建德,下河東與劉黑闥相持。你看我再施逞生擒王世充當日威風,重施展挾雷勢猛當時氣力。正音卷下四十頁

名氣廣正十六帙十六頁上作名諱　我建功廣正作盡忠心　牛口峪廣正作牛口谷　施逞廣正作施呈　重施展廣正此句上有你看我三字　挾雷勢猛廣正作活挾雷世猛

第三折乙 (越調要三台 篇么)老子老,又不干咱年紀。老不了我擎天柱石,老不了我虎略龍韜,老不了我妙策兵機。老子老,一片忠心貫白日,老子老,猶自萬夫難敵,老子老,添了些雪鬢霜髯,那些兒跎腰曲脊。同上

老子老廣正十六帙十六頁下作老則老下同　又不干廣正作老不了　老不了我擎天柱石至妙策兵機廣正此三句老不了上均有老則老三字　兵機廣正作神機

一片忠心(廣正此句上有老不了我四字)　猶自(廣正作尙兀自)　那些兒(廣正作那些箇)　跎腰(廣正作駝腰)

按：上三劇作者正音廣正均題無名氏，王國維曲錄考定爲楊梓作。

風　雲　會　一曲　　羅　本

第四折丙　(雙調駐馬聽)黃道烟迷，瑞靄盤旋飛鳳椅。紫垣風細，御香繚繞袞龍衣。近宮墻楊柳拂旌旗，傍雕欄花萼迎環珮。行大禮，這的是太平天子朝元日。(正音卷下二十頁上)

按：正音原題無名氏撰；徐刻名家雜劇（即通行影印本元明雜劇）題羅氏撰。

城　南　柳　二曲　　谷子敬

第二折丙　(正宮啄木兒煞)柳呵！霜凝時剛捱得過秋，雪飄時也怎過得冬。覷了你這無下稍枯楊成何用，想着你那南柯一夢，爭如俺桃花依舊笑春風。(正音卷上五十四頁)

按：元曲選作啄木兒尾。

第四折丙　(雙調滴滴金)看了這仙袂飄飄，仙姿綽約，仙音嘹嘹，人在五雲鄉。更有那寶殿參差，瑤池掩映，瓊波搖漾，涵着雲影天光。(正音卷上二十三頁)

金童玉女　十九曲　　賈仲名

第一折甲　(商調賢聖吉)紫檀槽石烈聲，水晶絃韻輕清。震滿殿春雷，捲松濤風雨驚。尼金面伏手平，碾玉軸匙頭淨。翡翠品雲花竹，鮫綃襻錦彩繩。流嗚咽灘上泉，銀甲彈簪雪篩冰。(廣正十四帙七頁)

按：石烈之烈字似應作裂。震滿殿春雷句語意未足，廣正原注云，「此詞第三句刻本無響字，方合前格。」當是震滿殿春雷響。

第一折丙 (商調滿堂紅)鳳凰臺下鳳凰臺，也波臺，鳳凰臺上鳳凰來，也波來。天籟地籟聞人籟，也波籟。八音諧，綵雲裁，翠烟開，月明吹徹海山白。(廣正十四帙十六頁下)

第一折丙 (雙調魚游春水)自嶰谷起遺風，定雌雄十二筒，律應黃鍾。梅落江清吹三弄，聲動關山感歸夢，伴漁翁，引牧童。(廣正十七帙後十五頁下)

第一折丙 (商調芭蕉延壽)韻幽微，高山流水野猿啼，楚雨湘雲塞雁飛，清風明月孤鶴唳，春融和，鶯亂啼。(廣正十四帙十七頁上)

按：以上四曲均爲本劇第一折中插曲，不入套內。

第二折丙 (南呂四塊玉)碾香輪，將芳徑穿，催駿騎，把絲鞭裊，俺這一對兒美愛夫妻宿緣招。俊龐兒落雁沉魚貌，恰便似地長出並蒂花，水養成交頸鴛，天生下比翼鳥。(廣正四帙十二頁下)

第二折丙 (南呂感皇恩)花枝般淹潤妖嬈，笋條般風流年少。你着我跨靑鸞，乘丹鳳，駕玄鶴。看了這花柔柳嫩，端的是玉軟香嬌。恨不的心窩兒裏放，手心中擎，眼皮兒上閣。(廣正四帙又五頁下)

第二折丙 (南呂借雙調荊山玉)尋眞誤入蓬萊島，向羣仙隊裏宴蟠桃。早難道樂者爲之樂，怎割捨銅斗兒錦窩巢。(正音卷下二十五頁)

按：元曲選作側磚兒，卽荊山玉之別名。

第二折丙 (南呂借雙調竹枝歌)胸背攙絨宮錦袍，怎繫這續斷絲廝雜綵條。看了這江梅風韻海棠嬌，櫻桃樊素口，楊柳

小蠻腰。清高蘭蕙性不蓬蒿。同上

按：廣正十七帙後二頁亦收此曲，字句全同。右兩曲借入第二折南呂套內，正音誤題爲第四折曲。

第三折丙　(商調賢聖吉)鏤金廂玉兔鶻，七寶嵌紫珊瑚。墨錠般髭髯撚絨繩偏着鬢鬚。皀紗巾珠篆簌，錦襖子金古輅。花難比玉不如，雲跟靴懸抹綠，面銀盆膩粉團酥。廣正十四帙七頁下

第三折丙　(商調 借仙呂 河西後庭花)翠娉婷衡不俗，美嬋娟嬌艷姝，似對月嫦娥現，如臨溪仙洛浦。他笑呵，似秋蓮恰半吐。他悲呵，似梨花春帶雨。行動呵，似新雁雲邊落。說話呵，似雛鶯枝上語。他醉呵，晚風前垂柳翠拂疎。出浴，似海棠般擎露。立呵，渲丹青仕女圖。坐呵，觀世音自在居。睡呵，羊脂般臥着美玉。吹呵，韻輕清徹太虛。彈呵，撫冰絃斷復續。歌呵，白苧宛意有餘。舞呵，綵雲簇掌上珠。廣正三帙十五頁下 又見十四帙八頁上

翠娉婷十四帙作貌娉婷　嬌艷姝十四帙作娉婷姝　渲丹青十四帙無渲字

第三折乙　(商調望遠行)頗奈無端的鐵拐使機謀，不知怎生來用些道術，將俺小姐迷惑去赴玄都。嗤嗤的扯碎了姻緣簿，忽刺八掘斷前程路，空沒亂搥胸跌足揉腮倦語。將一朶並頭蓮磣可可分兩株，生拆散鶯燕孤，咕叮噹摔碎連環玉。廣正十四帙十頁

第三折丙　(商調賀聖朝)陡澗高山，險峻崎嶇，教我手荒脚亂沒是處。流水橫橋，眼暈心虛。蟠巨蟒老枝枯，滲金睛猛虎伏，躲避在林莽，掩映着身軀。同上

第三折丙　(商調鳳鸞吟)聽的將金安壽名字呼，我這裏低頭拜伏。這答兒雲水山林，甚麼去處？是蓬萊玉宇，聽仙音動處，食仙桃，飲瓊漿甘露。朱頂鶴，獻菓猿，綠毛龜，啣花鹿，投長生玉篆丹書。廣正十四帙十一頁下

第三折丙 (商調借雙調 牡丹春)嬰兒姹女趣，黃芽白雪枯。被金枷玉鎖緊相拘，將心猿意馬牢拴住。雖然得省悟，回首認當初。廣正十七帙後三頁

第三折丙 (商調涼亭樂)迅意光陰過隙駒，恰一夢華胥。飛烏走兔緊相逐，晝夜催寒暑。我本來面目，仙風有道骨。爭如俺鼉鼓笛兒者剌古，歌鸜鵒，舞鷓鴣。廣正十四帙十一頁下

第三折丙 (商調隨調煞)拜辭了翠裙紅袖簇，朱唇皓齒扶，夢回明月生南浦。向無何深處，步瑤池，遊閬苑，到蓬壺。廣正十四帙十九頁下

按：元曲選作啄木兒煞。

第四折乙 (雙調相公愛)俺似並蒂池蓮一處栽，暖水遊魚兩和諧。疑猜，恐青春不再來，月夜花朝翠雲臺。廣正十七帙四十一頁下

按：以上兩曲，廣正原題意馬心猿，與金安壽同為金童玉女一劇之別名。

第四折乙 (雙調小喜人心)聽竹聲鳴籟，聞桂香清藹，檜影松花月色篩，紫府金壇放毫彩。醉舞狂歌，長嘯長吟，疎散情懷。咱壺內心無怠，咱靜裏身無懈。廣正十七帙四十四頁上

按：元曲選作喜人心。

第四折甲 (雙調青天歌)青天莫起浮雲障，雲起青天遮萬象。萬象森羅鎮百邦，光明不現邪魔旺。廣正十七帙四十六頁下

赤壁賦 五曲　無名氏

第一折乙 (仙呂那吒令)自想，東坡伎倆，怎比，東山氣象，怎作，東牀伴當。主人將東閣開，直吃的東方亮，論甚麼日照東

方。廣正三帙十八頁下

第一折乙（仙呂鵲踏枝）且休說翰林忙，暫入他綺羅鄉，則見燭影搖紅，月色昏黃。他教酒吃得倒垂蓮，小生却甚麼檢書幌欹銀釭。廣正三帙十九頁下

第三折丙（越調聖藥王）曲未終，韻更淸，似子規枝上月三更。低一聲，高一聲，似東風花外錦鳩鳴，斜月睡聞鶯。正音卷下三十七頁

第三折丙（越調三臺印）將品竹纔拈定，寧心聽，似簫韶九成。怕水底老龍驚，正風寒露冷。似引新雛紫燕花外聲，怨離凰彩鳳月下鳴，雁落平沙，猿啼峻嶺。正音卷下四十頁上

按：此調又名鬼三臺，元明雜劇作耍三臺，非是，耍三臺另爲一調。

第三折丙（越調煞）舉目看山靑側耳聽江聲，隱遁養姓名，不戀您世情，無利無名，耳乾淸淨。一心定，不受您是非憂寵辱驚。正音卷下四十一頁下

調名廣正十六帙二十六頁下作隨煞　山靑廣正誤作靑山　養姓廣正誤作揚姓

按：此劇作者，正音題無名氏，廣正或題無名氏，或題費唐臣。錄鬼簿於唐臣下著錄貶黃州劇，無赤壁賦劇，廣正蓋誤以此二劇混爲一談。

雲窗夢　二曲　　無名氏

第一折丙（仙呂村裏迓鼓）則俺二人評論，這百年姻眷，這虔婆又走到來，好不與人行方便。待教俺蝶避了蜂，鸞去了鳳，鶯離了燕，鏡破了銅，簪折了玉，瓶墜了泉。俺直恁的緣薄分淺。廣正三帙九頁下

第三折丙 (中呂十二月)金釵倦整，檀口低聲，雲鬟半偏，星眼微睜。可摟着懷兒裏抱定，覷着這短命牢成。廣正五帙十八頁下

鴛鴦被 一曲　無名氏

第二折乙 (正宮笑和尚)吉丁丁璫畫檐前敲玉馬，疎剌剌刷正殿裏吹書畫，忒楞楞騰宿鳥串荼蘼架，赤力力尺搖翠竹，骨魯魯忽熀窗紗，可忒忒撲把不住心頭怕。正音卷上五十頁下

浮漚記 二曲　無名氏

第一折丙 (仙呂四季花)你少曾出外可曾經，我則怕沿路上有歹人行。是強人把咱來相攔定，惱的我惡向膽邊生。我也曾拳到處倒了碑亭，我也曾匾擔打碎天靈。廣正三帙廿九頁下

按：元曲選劇名題硃砂擔浮漚記之別名也。元曲選尙有豈不聞道殺人來須償命諸語，係幺篇。

第四折乙 (雙調新水令)正黃昏庭院景淒淒，哭啼啼淚雙垂走的軟兀剌一絲無兩氣。淅零零的小路險，昏剌剌的晚風吹。脚步兒剛移，一步步行來到杜死地。廣正十七帙一頁下

連環計 三曲　無名氏

第二折乙 (南呂草池春)這的是天道隨人願，我心中得意轉，我暗暗的忻然。何須別變計見，這條妙計長便蒼生拱手告天，日月山河光現。賊臣董卓弄權，滅盡滿門良賤。險些兒不憂的咱憂的咱意攘心閑，心似油煎。誰想家中，搜出美女連環。到來日脂粉內暗暗的藏著征戰。使巧計，怎脫免，貂蟬美滿團圓。廣正四帙十頁上

按：元曲選作絮蝦蟆，即草池春之別名。

第三折乙（正宮笑和尚）願太師早登天子堂，李肅先鋒將，呂布坐金頂蓮花帳。臣不願作侍郎，臣不願作平章，願太師着王允作一箇頭廳相。廣正二帙十三頁上

第四折甲（雙調秋蓮曲）干精細，却呆痴，在意牢隄備。隄備着脚頭妻。怕他也胡爲。呂溫侯先早落便宜，你看取傍州例。正音卷下廿五頁上

胡爲　廣正十七帙後十七頁上誤作故爲

民國四十二年輯校，　四十七年淡江學報。

孤本元明雜劇讀後記

商務印書館校印孤本元明雜劇一書行世以後，爲中國戲劇史添了許多新資料，擴大了雜劇研究的領域。此書的發現及印行，是二十年來學術出版界大事之一，其來源及印行經過是這樣的：

明末常熟人趙琦美字玄度，自號淸常道人，酷嗜雜劇。他曾搜集了許多元明雜劇，也有鈔本，也有刻本，加以校訂，合在一起，成爲一部總集，但並沒有專名。他的藏書室名爲脈望館，於是後人就管這部總集叫作「趙氏脈望館鈔校本元明雜劇」。其後這部總集歸於淸初常熟人錢曾字遵王，他給牠起名爲「古今雜劇」，並寫了一篇目錄，收入他的也是園書目，所以這部總集又名「錢氏也是園舊藏古今雜劇」。自淸初以來，這部書始終是藏書家的秘笈，而且始終未離常熟、蘇州一帶，一般學者都是聞名不曾見面。民國二十六七年間，才因戰事的關係在蘇州出現。由教育部出資收購，交由國立北平圖書館上海辦事處庋藏。照也是園書目所記，全書應有雜劇三百四十二種；歷經散佚，現存的只有二百四十二種，內有四種重複，實存二百三十八種。商務印書館於民國三十年校印了其中未見流傳的孤本一百四十四種，即是現在的孤本元明雜劇。但是，這一百四十四種裏邊，單刀會、遇上皇、博望燒屯三種另有元刋雜劇三十種本，靈芝慶壽、十長生、神仙會、賽嬌容、海棠仙五種另有誠齋樂府本，僧尼共犯一種另有海浮山堂詞稿本，因爲前三種元刻本沒有賓白而此本有之，後六種原本非常少見，商務校印時不知道尚有原本，所以把這九種都當作孤本印了出來。眞正孤本只有一百三十五種。

我讀完全書之後，覺得此書的確是一部很重要的戲劇寶庫，其價值決不下於久已通行的元曲選、六十種曲、盛明雜劇諸書。總述之，約有以下五項。

一、此書印行以後，傳世元人雜劇驟然增加了三十餘種（以前不過一百二十餘種），這數量不可謂不多。固然這三十餘種不敢說全是元人眞筆（參閱拙著元劇作者質疑）而且，卽使是眞筆也有若干是敗筆，如關漢卿的陳母敎子之類。但如金鳳釵、莊周夢、貶黃州等劇，都是上乘之作，非元人不辦。

二、此書所收明代雜劇約百種有零，其中佳作，如周憲王朱有燉的五種，寧獻王朱權的兩種，桑紹良的獨樂園，馮惟敏的僧尼共犯，無名氏的村樂堂、蘇九淫奔，都是文采斐然，足以步武元人。其餘各劇，文字雖無甚可取，但可窺見明代雜劇的大體作風，自然是重要文獻。而且，所謂戲劇，當然不僅是辭采文章，還要看穿插結構。以前我們讀元人雜劇，總嫌其穿插結構平板鬆懈，有時甚至無情無理，充份表示出來他們是原始時期的戲劇。本書所收明人雜劇，穿插結構都很生動緊湊，比起元人的確進步多了。若沒有本書，我們怎能看到這種進步？以前我們研究明人雜劇，只靠盛明雜劇，那裏邊所收的大部分是隆慶萬曆以後的南雜劇，現在有了此書，才使我們認識了正德嘉靖以前北雜劇的面目，這是多麼重要的事？

三、此書各劇賓白裏面有許多研究元代明初及明中葉戲劇的資料，或者是關於劇本的體製，或者是關於戲劇史的演變。其中更有許多社會風俗史料，不僅是研究戲劇的寶庫。

四、此書所收，以明代敎坊或失名文人編演的故事劇居大多數；這些劇本都可以和小說參證比較，來探索若干故事的流傳演變之跡。例如三國故事劇，唐代故事劇，此書各收十一種，水滸劇此書收四種，這些劇本卽可以與三國演義、隋唐演義、水滸傳等小說的各種本子互相參證比較。

五、此書還有一種特點爲其他雜劇總集所無，那就是有很多種劇本後邊附有穿關。穿關是明代劇場術語，把每劇人物登場次第和他們的服裝打扮開單記載，這種單子就叫作穿關。到淸朝也叫作串貫。我們以前讀古代劇本，總以不能知道上演情形爲遺憾。曾有些人努力考索，成績頗有可觀，但因材料缺乏，用力多而成果少。現在有了這種附有穿關的本子，至少在服裝方面可以明瞭許多，這是本書的貢獻之一。研究這個問題，不能單靠一兩劇，必要把所有諸劇的穿關彙在一起，排比勾稽，這樣才能對明代演劇裝扮情形得到一個相當詳確的認識。

綜合以上五項，可以明瞭此書在戲劇欣賞及研究兩方面，有同樣寶貴的價値；更可作探索元明社會風俗及考證小說故事的參考資料。我們讀此書要認淸目標分別利用。

這樣一部好書，可惜有個很大的缺點，那就是只印「孤本」而沒有把另有傳本的九十四種印出來，這是研究古劇的人一致認爲遺憾的事情。聽說當初要印這部書時，曾經發生過爭論。一派主張不管是否孤本全部影印，一派主張只排印孤本。結果後者的主張勝利了。據說是因爲影印太費工料，不是戰時人力物力所能勝任。若全部排印，他們又認爲另有傳本的那些種沒有重印的必要，不如只印孤本，較爲輕而易舉。總而言之，這一點遺憾，固然是由於主持人的偏見，最大原因還是戰時的物力匱乏。

說了半天，這九十四種雜劇有甚麼要緊而應當印出呢？簡單言之是這九十四種與通行本並不一樣，詳細情形則要從根上講起。

在也是園舊藏古今雜劇之外，現存的元明雜劇總集共有九部。（一）元刋古今雜劇三十種，（二）李開先改定元賢傳奇，（三）新安徐氏刋古名家雜劇（有正續兩集，現在通行的影印本元明雜劇二十七種是其中的一部分）。（四）息機子刋元人雜劇選，（五）尊生館刋陽春奏，（六）顧曲齋刋元曲，（七）繼志齋刋元雜劇，（八）臧懋循元曲選，（九）孟稱舜古今名劇合選柳枝集、酹江集。（盛明雜劇初二三集所收多南雜劇，不在此列。）以上所述九部，第一部自成一個系統；第三至第七部是一個系統；第二、第八、第九三部在性質上是一個系統而各不相干，因爲都是改本而改得都不一樣。

雜劇在當時只是民間通俗唱本，不是高文典册，誰也不理會到甚麼叫尊重原文。又因爲是在劇場上演的東西，經過許多伶人樂工，自不免於增删改竄。所以，從有雜劇以來就無所謂原本眞本，只有較爲近古也就是較爲近眞的本子。元刋古今雜劇三十種就屬於這一類。此外再沒有元代刻本的雜劇，於是這一部總集就自成一系而巍然居首。第三至第七種都是萬曆時代刻本，都難免有些改動，但以有元刋本的若干種比較，相去尚不太遠，只是大同小異，其中元刋本所沒有的若干種，總該也是如此。第二、第八、第九三種，都是文人改訂的本子。因爲是文人難免恃才妄作，有時固然可能改好了，但也有時改壞了。像臧懋循元曲選所改的散家財天賜老生兒劇，拿來和元刋本對照，臧氏的改筆簡直不成話。我們現在通行易得的本子只有臧氏這部元曲選，一般治曲的人都渴望得見第三至第七那些較爲近古近眞的本子。但那些都是極爲難得的古董；自影印本元明雜劇二十七種出版之後，算是見到了一小部分，其餘仍是不易見到。也是園舊藏古今雜劇包括有明內府鈔本、明山東于氏鈔本、息機子刋本、新安徐氏刋本，而且都經趙琦美手校過。商務印行的時候，若能全部印行而不是只印孤本，則是有幾十種比現行元曲選本較爲近古近眞的雜劇本子行世，可供學者的探討比勘，這是多麼有意義的事。這幾十種都是傳誦的元明佳作，而且元人作者居多，學者們希望他們的舊本行世，其熱情決不下於希望看到前所未覩的孤本。

這幾十種舊本的價值，不僅在文字校勘，同時也在資料的保存。如司馬相如題橋記，其中即有珍貴戲劇資料爲通行雜劇十段錦本所無。此外湮沒的奇文秘記，正不知有多少，眞是不勝遺憾之至。還有人不滿意商務印書館不曾影印此書而付之排印，並且由王季烈氏校訂，難免有臆改的地方。這倒還不太要緊，王氏的改訂雖然未能盡滿人意，却還逐條說明，不曾湮滅原文。總而言之，我們非常希望元明雜劇舊本能有機會印行出來。

本篇正文至此已完，下面是從王季烈氏爲此書所作提要及序文生出的幾項問題，寫出來作爲附錄。

王氏爲此書作提要，對於每本雜劇都有簡單批評。有些很精當，有些處我與他的意見頗有出入。如無名氏病劉千劇，王氏評云：「曲文尙爲本色，情事無甚意味，蓋當時之武工劇，惟愛看跌打相撲者方賞之。」不過看作一個尋常劇本。我則非常欣賞其古拙質樸，一派蒼蒼莽莽之氣。又如無名氏女眞觀劇，王氏極力讚其典雅淸新，我却嫌其平庸纖弱。此外還有很多處意見不同，不再列舉。大致說來，王氏是以欣賞明傳奇的眼光看元雜劇，我則以欣賞元雜劇的眼光看元雜劇。

王氏爲此書作序，曾表示四項意見，現在把我個人對於這四項意見的意見寫在下面。王氏所述第一項云：

臧氏百種，或疑其去取未當，不免采碱砆而遺珠玉。以此書證之，則臧氏所遺誠然有之，特尙不多。

我以爲，若以此書證之，所遺誠然不多，若以元刋雜劇三十種證之，則所遺實在不算少。元刋三十種與臧選重複的只有十三種，其餘十七種，除去小張屠及替殺妻兩種是無聊的東西，此外十五種，全是所謂珠玉，比起臧選中的碔砆，如爭報恩、馮玉蘭之類，不知要強多少。臧選只有一百種，遺去佳作至十五種，不能算不多。關於這一點，有兩種解釋。第一、臧氏是萬曆時人，那時北雜劇久已衰落，劇本流行並不普遍。臧氏也許根本沒見過這十五種。否則臧氏雖然號稱孟浪，尚不致毫無別擇，眞的采碔砆而遺珠玉。第二、如果臧氏曾見過這些種雜劇而不加采錄，那又有兩種可能的緣故。第一是南北風尚不同的關係。臧氏是南人，又生在南曲盛行的時代，耳濡目染，不知不覺就偏於清麗芊綿的筆墨，試看臧選百種，大多數都具有這種風格，卽可知臧氏的選錄標準。這不僅是臧氏個人的標準，也是當時風尚如此。臧氏的去取，恐怕就是以當時傳唱與否爲斷。以上所說那十五種佳作，多數是悲壯激切的硬性作品，與臧氏個人及當時社會的口味不合，所以不會選錄。第二是賓白不全的關係。元刋本各種都沒有賓白，當時流傳的雜劇本子又不多，臧氏於上述十五種，大概沒見過賓白俱全的本子，完全補作既嫌厖煩，照樣刋行又與其他各種體製歧異，於是乾脆不要，這也很有可能。所以，臧氏的采碔砆而遺珠玉，也許情有可原；若僅以孤本元明雜劇來證明臧選所遺珠玉不多，則未必然。

王氏所述第二項云：

今談曲者，咸以關漢卿爲巨擘，以此書證之，則寧推實夫仁甫，駕而上之。更有不著姓名之本，如劉弘嫁婢、村樂堂等，古拙清新，兼擅其長，堪爲元曲中之絕唱，未可貴耳賤目，以古人之說爲定評。

劉弘嫁婢及村樂堂兩劇，固然不錯，若說堪爲元曲中之絕唱，未免溢美，頂多不過中駟而已。王氏對於關漢卿的批評，更有商量餘地。漢卿作品，並不只此書所收數種。元曲選中的竇娥寃、望江亭、救風塵、玉鏡臺等劇，元刋雜劇三十種中的西蜀夢、單刀會、拜月亭、調風月等劇，都是上乘之作。漢卿作劇，不僅數量比旁人多，內容也比旁人豐富，硬性軟性，悲劇喜劇都有，諸體具備，盡態極姸，談曲者推爲巨擘，久已成爲公論。不過漢卿寫作既多，遂不能始終如一，有時精心用意去寫，有時則爲了應酬伶人，隨意揮灑。所以明寧獻王朱權在太和正音譜中說他是「可上可下之才。」像此書所收陳母教子之類，與單刀會、拜月亭等劇，眞是有天淵之別。正如柳永的樂章集，在曉風殘月等名作之外，又有若干俗陋塵下的篇什。文人與樂工、伶人合作，很容易有這種情形。王氏僅據此書所收幾種漢卿偶然率意的敗筆（其實不一定都是漢卿眞筆）就來評定關不如王，白殊爲不妥。而且此書所收王實甫破窰記，曲文平妥而已，比陳母教子強不了多少。若夫東牆記，曲文既嫌庸俗，又不是仁甫原作，更不能作白勝於關之證。（關於東牆記作者問題，見拙著元劇作者質疑。）

王氏所述第三項云：

伶工學習南曲，便於趕板，每將應有襯字，妄行刪去。故其脚本如綴白裘之類，比傳奇原本襯字爲少。今此書亦爲明代伶工傳習之抄本，而多疊床架屋不可通之襯字，以與有刻本者（如鎖魔鏡及與元曲選重複之各本）相較，則刻本固文從字順，其襯字遠比抄本爲少。乃知抄本中不可通之襯字，皆係伶人妄增，以字代腔，使便記憶，非撰曲時所本有。

南曲襯字，不在本文範圍，姑且不談。北曲襯字，是很重要的東西，傳神達意，全在於此。襯字運用得法，能使曲文生動眞切，神采奕奕。反之，則很好的曲文能被襯字累贅得不能成誦。我們讀元人雜劇，有時感覺句法冗贅而不爽利，有如北京俗語所謂「葡萄拌豆腐，一嘟嚕一塊。」那就是王氏所謂「伶人妄增以字代腔」的襯字鬧的。即如劉弘嫁婢第一折的仙呂混江龍曲（本書第九冊本劇第三頁）簡直念不下去，照王氏所改削的去讀，才覺文從字順。這種妄加襯字的情形，不只此書所收諸劇。如元曲選，總算伶人氣較少，文人氣較多的讀本了，也不免有許多妄加的襯字；只有元刋雜劇三十種，雖然訛脫很多，而妄加的襯字卻較少。關於這一點，我以爲是唱腔改變的緣故。嘉靖、隆慶兩朝，是南北曲腔調轉變的關鍵。在此以後，無論南曲北曲的腔調，都比以前婉轉繁複。但是腔調雖變，而詞句未改，於是詞句與腔調，繁簡多寡，不相符合，這才有了以字代腔使便記憶的情形。雜劇三十種刋行於元代，還是舊腔舊調，所以襯字較少；元曲選及此書，都是萬曆以後的東西，其中所收雜劇，當然要有很多時伶根據新腔增改的地方，襯字之多，大半是爲了這種原故。雜劇在當時是場上之曲，只要唱起來腔調悅耳，也就不覺其文字累贅。現在已變成案頭之書，諷誦而不歌唱，於是這些襯字就成了文字上的大障礙。若能有精通曲律，深明文義的人，把一切雜劇裏邊拖沓累贅，甚至不通的襯字，芟刈廓清，使便誦讀，未嘗不是一件快事。

王氏所述第四項云：

臧氏選劇，務取名作；士禮居三十種及盋山圖書館二十七種，皆元明刻本，亦多佳劇。讀者於元明劇本，徒見文人學士稱賞之作，莫見草野俚俗嗜好之談。此書荃茅並采，其中拏妖捉怪拳棒跌打諸劇，取悅庸衆耳目，雖文字無足取，要可見當時流俗風尙。故此書出而元、明兩代之雜劇，非特驟增一倍，且於雅俗兩途，可窺其全，爲研究兩代草野風俗人情者所不可缺也。（士禮居三十種卽元刋雜劇三十種，因此書原本曾爲黃丕烈收藏。盋山圖書館二十七種卽通行影印本元明雜劇，因此書原本爲南京盋山精舍卽江蘇國學圖書館所藏。）

這一段說得最精彩，能道出此書的好處。這些資料多半在賓白裏邊，所以讀此書時賓白要仔細看，我在前文已經提過了。

以上是我讀完孤本元明雜劇後的意見，都是屬於概論性質的，還有些零星枝節問題，留待以後再寫。

民國四十九年，大陸雜誌第二十一卷第一第二期合刊。

此文曾發表三次，前後約經十年，每次內容都有改動。本篇是最後一次，大致可以說是定稿。民國五十五年記。

從元曲選說到元刋雜劇三十種

臧懋循選刋的元人百種曲，簡稱元曲選，是部通行的元人雜劇讀本，現存元劇三分之二以上都被收入，而且大部分是傳誦的佳作，想讀元劇，自不能不備此書。但此書有兩個缺點。第一是隨意刪改。臧氏是明萬曆時人，那時北雜劇久已衰落，傳奇和南雜劇正在盛行。臧氏生在這種時代，又是南人，對於北雜劇實在有點外行；而偏好自作聰明，選刋各劇多加刪改。有時固然改的不錯，特別是那些淸麗芊綿的句子；而大部分却是點金成鐵。北曲的好處是雄直勁健，臧氏常給改成平鈍纖弱；有時甚至刪改得不合格律。還有些很好的曲文，臧氏竟把他們刪掉。最令人不快的是那些毫無意義疊牀架屋的襯字，弄得句子冗贅不爽，成爲初學讀曲的障礙。這些毛病，自然不能單怪臧氏本人。他那時上距元代已有二百餘年，元劇舊本早經過若干次文人或者伶人的改動；妄改的責任似應由這些人擔負。但是，把元曲選中與同時或稍後的其他刋本重複諸劇拿來比勘，依然是互有異同，而那些刋本彼此之間則大致相同。他們與元曲選不同的地方，又都與元曲選以前的曲譜、曲選，如明初編撰的太和正音譜，正德時印行的盛世新聲，嘉靖時印行的詞林摘豔及雍熙樂府，大致一樣。可見那些本子較爲近古，臧選則自成一系，臧氏仍不能卸掉妄改之責。第二是佳作遺漏仍多。現存元劇包括明初作品在內，不過一百七十種左右，其中佳作未收入臧選的總有二十幾種，照比例來說不能算少。而他所選的百種裏邊却至少有二十種是淺薄無聊的下駟。這當然與妄刪妄改是同樣的缺點。但在這一點上，臧氏所負責任似乎較輕；此事說來話長，容另文敍述。

元曲選既有這兩個缺點，我們要讀元劇自不能專靠這一部書。元曲選以外的元劇彙刻，如顧曲齋刻本元人雜劇，息機子本元人雜劇選、黃刻陽春奏、繼志齋刻元人雜劇（以上俱萬曆朝印行）以及孟稱舜選刻的柳枝酹江二集（崇禎朝印行），都是極難得的骨董，差不多有等於無。普通所能見到的元曲選以外的元劇彙刻只有兩種：其一是江蘇國學圖書館影印的元明雜劇二十七種，其一卽是元刊古今雜劇三十種。元明雜劇卽是萬曆時陳與郊所刻新續古名家雜劇的殘本，其中所收元人作品與元曲選重複的十六種，元曲選所無的四種，其餘七種則是時代不詳與確知爲明人的作品。此書不在本文範圍，現在單說元刊古今雜劇。

元刊古今雜劇是淸朝嘉慶時蘇州名藏書家黃丕烈的故物，黃氏以前，書在同郡何氏，何氏以前則爲明朝名曲家李開先的舊藏。孤帙相傳，淵源有自。類似這樣本子的元人雜劇自來沒聽說有第二部，可見元劇舊本自明中葉以來卽爲不可多得的東西。民國初年，原書歸上虞羅氏，後歸日本京都帝國大學。（註一）由帝大覆刊行世，但所印部數甚少，早已成爲難得的新骨董。民國十三年，上海書店又將日本覆刻本影印，乃成通行的讀物。全書共收元人雜劇三十種，板式字體均不相同，有大字本有小字本，有題大都新刊者，有題古杭新刊者，可知是書坊雜湊成的本子，也許是收藏者把他們裝訂在一起的，所以從來沒有總名。日本覆刻題名爲「覆元槧古今雜劇三十種」，上海影印本題名爲「元刻古今雜劇三十種」，都是臨時起的名子。其中與元曲選重複的有十三種：（楚昭王、看錢奴、陳摶高臥、任風子、老生兒、氣英布、趙氏孤兒、合汗衫、薛仁貴、魔合羅、鐵拐李、范張鷄黍、竹葉舟。）在元曲選之外的有十七種：（西蜀夢、拜月亭、單刀會、調風月、遇上皇、三奪槊、紫雲庭、貶夜郞、介子推、東窗事犯、霍光鬼諫、七里灘、周公攝政、追韓信、博望燒屯、替殺妻、小張屠。）

與元曲選重複的十三種，每種都與元曲選有相當差別，或是結構不同，或是文字不同，或是曲牌次序不同，或是曲牌多寡不同，大致情形日人青木正兒的元人雜劇序說第三章頁四十四至五十比較得頗爲精密，讀者可以參閱。這十三種明示著元曲選本的元人雜劇與元人的本來面目有甚麼樣的差別。我在上文所說臧氏刪改時所犯的幾樣毛病，用這十三種對比，全都可以看出；在這方面，青木氏所說到的並不多。現在舉武漢臣的散家財天賜老生兒（簡稱老生兒）爲例。元刻本老生兒第三折首兩曲云：

（越調鬭鵪鶉）誰肯築祭臺墳臺，誰再修石牆土牆，都長出些棘科荆科，那裏見白楊綠楊。這上墳，是女兒姪兒？是近房遠房？光搭搭墳墓前，濕浸浸田地上，不聞得肉腥魚腥，茶香酒香。

（紫花兒序）兀的、添到兩坎兒新土，燒到一陌兒銀錢，瀽到半椀兒凉漿。這上墳的瀟灑，祭祖的淒凉。斟量，是兩下裏人來的稀，草長的荒。俺可甚子孫榮旺。久以後，少不的放肙馬肙牛，休想立石虎石羊。（賓白從略，下同。）

元曲選作：

（越調鬭鵪鶉）你看，祭臺和這墳臺，磚牆也那土牆，長出些個棘科和這荆科，那裏有白楊也那綠楊。上墳的是女兒和這姪兒？還是近房也那遠房？你覷那、光塲塲的墳墓前，濕津津的田地上，不聞的肉腥和這魚腥，那裏取茶香也那酒香。

（紫花兒序）他添不到那兩鍬兒新土，燒不到那一陌兒銀錢，瀽不到有那半椀兒的凉漿。兀那上墳的瀟灑，和俺這祭祖的也淒涼。參詳，多管是雨下的多，人來的稀，和這草長的荒。我可甚麼子孫興旺。每日放羣馬和這羣牛，那裏有石虎也那石羊。

無論是誰也能看得出元刻本的文字簡潔深刻，元曲選的文字囉哩囉嗦，眞馬眞牛與石虎石羊是很有意義的對照，冷僞而悲涼；改作羣馬羣牛，使對照的作用全失。久以後，少不的，六字作想像之詞，增感慨之致，有遠神深味，改作每日，成了現實的事情，便覺神味索然。這些地方眞是點金成鐵。至於那些毫無意義的襯字，如「和這」「也那」之類，更爲討厭。這些很像是伶人所加，以字代腔，取便記憶，也許不能全怪臧氏。但無論是何人所加，元曲選本襯字太多，不如元刻本的字句簡潔有力，則是顯然的事實。而且不只老生兒一劇如此，重複的十三種裏到處是這樣的例子，襯字少是元刻本的優點之一。（自然，襯字不一定多了就不好，少了就好，上述久以後少不的六字卽是一例。但就一般情形說，襯字總是以少爲妙，元人製曲本來有此規律，而元曲選諸劇的襯字多半是無意義的費字，又是不容否認的事實。）

同劇第四折，元刋本爲：雙調新水令、駐馬聽、七弟兄、梅花酒、收江南、落梅風、江兒水、碧玉簫、水仙子、雁兒落、得勝令、一套十一曲。元曲選則爲：雙調新水令、清江引（卽江兒水）、碧玉簫、落梅風、水仙子、雁兒落、得勝令、一套七曲，刪去駐馬聽、七弟兄、梅花酒、收江南四曲，而將落梅風移至碧玉簫之後，各曲中的字句也是異同參半，改動之跡顯然。這樣一刪一改，結果與北曲聯套規律全不相合。本來，北曲聯套有一定格式，不能隨便顚倒錯亂；雙調的套式固然較爲複雜多變，但像元曲選本老生兒這樣的套式實在有些奇怪。如果元本就是這樣，雖怪也無話可說，現在則對比之下知道是刪改的結果弄得不倫不類，便不能不說臧氏是「孟浪漢」——這是淸人葉堂批詳臧氏的話。

再看元曲選刪去的駐馬聽曲全文：

着布素裝貧疋絹綾羅不挂身用虀鹽守分茶甌酒盞不沾脣。不看經、乾斷了二十年葷，怕回席、整受了三十年悶。我共那受用人都一般白髮侵雙鬢。

描寫吝嗇的商人醒悟以後的心理深透眞切。「我共那受用人都一般白髮侵雙鬢」從旁人口中說出無甚希奇，當事者自己調侃自己便覺感喟蒼凉這支曲是元劇中不多見的佳製臧氏將他刪去殊令人莫明其妙。

從老生兒一劇中便可看出臧氏刪改時所犯的各種毛病；其餘各劇讀者可以自己對照。元人雜劇本來只是伶人所用唱本隨時有人加以改動本是不可避免的事現存各種元人雜劇那一種也不能說確是元人原本。不過以元刋古今雜劇與元曲選比較起來，前者刋印的時代至少要早二百年，當然較爲近於原本而且確有很多優點。所以我們對於這重複的十三種雜劇必須細細比勘擇善而從。

元曲選之外的十七種，除去替殺妻和小張屠是淺俗無聊的東西，其餘十五種都是上乘，最低是中上等作品。元人雜劇，末本多而旦本少，在本書中此種情形更爲顯著。全書只有拜月亭、調風月、紫雲庭三種旦本，其餘二十七種亦卽全書十分之九都是末本，這不是偶然的，元代風氣就是如此，也可以說這是北雜劇的本質。到了萬曆時，時興淸麗芊綿的作品，於是元曲選中所收諸劇，旦本就比較多起來，其總數則仍是少於末本。當然這些旦本也全是在元朝就有的，但多數是元朝後期作品，而且是到明朝才流行的。本書所收則大部分是在元時社會上風行的硬性作品。所以這十幾種的好處也就是所謂硬性美，雄直悲壯。但並不偏枯，因爲其中還有三種旦本；

不過，這是元劇前期的旦本好處全在天眞而不妝飾，與後期以及明初的嚴妝盛服又有分別。

空說好不成總要舉出例來看。像三奪槊劇第二折，是秦瓊自歎衰病之辭，摘錄三曲如下：

（梁州第七）這些時但做夢、早和敵軍對壘才合眼、早不剌剌地戰馬相交。則聽的、韻悠悠的耳畔吹寒角。一回價、不鼕鼕的催軍鼓擂，𠴰噹噹的助戰鑼敲。稀撒撒地畫簾篩日，滴溜溜的繡幕翻風，只疑是、古剌剌雜綵旗搖。那的是急煎煎心癢難揉。往常、則許咱遇水疊橋，除了咱逢山開道，嗨、如今央別人跨海征遼。壯懷怎消，近新來病體兒自然覺，我自喑約也枉了醫療，被這秋氣重金瘡越發作，好交我痛苦難消。

（牧羊關）這些淹漸病，都是俺業上遭，也是俺、殺人多一還一報。折倒的、黃甘甘的容顏，白絲絲的鬢腳；展不開猿猱臂，撐不起虎狼腰。好羞見、程咬金知心友，尉遲恭老故交。

（隔尾）我從二十三上早驅軍校，經到四五千場惡戰討，怎想頭直上輪還老來到。我喑約，慢慢的想度，嗨、刮馬似三十年過去了。

烈士暮年，壯心未已，每讀一過，輒欲擊缺唾壺。再看七里灘第二折，這是嚴子陵隱居垂釣時唱的，摘錄四曲：

（越調鬭鵪鶉）我把這緩笠作交游，簑衣爲伴侶。這緩笠避了些冷霧寒烟，簑衣遮了些斜風細雨。看紅鴛戲波面千層，喜白鷺頂風絲一縷，白日坐一襟芳草茵，晚來宿半間茅苫屋。想從前錯怨天公，甚也有安排我處。

（紫花兒序）你道我不達時務；我是個避世嚴陵，釣幾尾漏網的游魚。怎禁四蹄玉兎，三足金烏，子細躊躕，觀了些成敗興亡，閱了些今古。浪淘盡、千古風流人物。昨日個虎踞在咸陽，今日早鹿走姑蘇。（金蕉葉）七里灘從來是祖居，十輩兒不知禍福。常逩定灘頭景物，我若是不作官，一世兒平生願足。（調笑令）巴到日暮看天隅，見隱隱殘霞三四縷。釣的這錦鱗來滿向籃中貯，正是收綸罷釣漁父。那的是江上晚來堪畫處，抖擻着綠簑歸去。

所謂隱居樂道，山林泉石之作，這總算是當行出色了吧。此外末本，如西蜀夢之悲壯，遇上皇之瀟灑，貶夜郎之清麗，追韓信之俊爽：取讀卽知，篇幅有限，不再摘錄。那三種旦本：拜月亭是南戲拜月亭的祖本，描寫深閨思婦的心理，細膩入微。調風月則充滿喜劇的氣氛，寫舊時使女的憨媚，姿態橫生，不遜於西廂記之描寫紅娘。這兩劇與西蜀夢、單刀會出於一人之手，乃知關漢卿的才情殊不可及，僅讀元曲選所收的那幾種，絕不知此君有多大本領。至於紫雲亭，則是寫歌妓生活心情的淸雋親切之作。

綜上所述，元刊古今雜劇的兩大好處是：與元曲選重複的比較近於元人本來面目，在元曲選之外的都是佳作。但這書也有兩樣缺點。第一是賓白不全，只有正末或正旦的簡單說白，所以劇情有時弄不淸楚；僅只與元曲選重複的十幾種可以對照。第二是錯字、落字、同音假借字、與簡體俗字太多。此書原是當時的小唱本，所以刻工一榻糊塗。爲了這兩個缺點，對於元劇修養有素的人讀此書有時頗感費力，更不必說初學。此書雖好而不太通行，就是這個緣故。我曾把牠全部細校一過，十之八九可以讀通；很想用通行字體寫定付印，可惜一時尙不易辦到。（註二）

（註一）　這是我以前所聽到的錯誤消息，現在知道此書仍在國內，並已有珂羅版影印本；日本京都帝大覆刊本也有再版。

（註二）我所校訂的元刊雜劇三十種已於民國五十一年由臺灣世界書局排印出版。

民國四十三年，大陸雜誌八卷八期。

註文兩條五十五年附加。

臧懋循改訂元雜劇平議

臧懋循（晉叔）編選的元人百種曲，通稱元曲選，是部流通最廣而且最久的元雜劇彙集。現存元雜劇，包括明初作品在內，不過一百六十餘種，這部書收錄了其中五分之三，在以前，這是治元人雜劇者惟一的經典。五十年來曲學故籍陸續發現，其中有若干元刋明刋或明鈔的元雜劇，我們所能見到的共有八種，列目如下：

一、元刋古今雜劇三十種

二、息機子編雜劇選

三、黃正位編陽春奏

四、玉陽仙史（王驥德）編古雜劇——卽顧曲齋本。

五、古名家雜劇。（此書彙刻書目題玉陽仙史編，王國維曲錄以爲玉陽仙史是陳與郊，諸書多從其說。今按：玉陽仙史是王驥德別署，見顧曲齋本古雜劇序文及序後印章；王先生之說別無佐證，恐非是。但古名家雜劇一書似是萬曆時書坊陸續刋行而假借玉陽仙史之名，並非親手編定。）

六、趙琦美脈望館鈔校本古今雜劇。（卽所謂也是園藏曲。此書是刋本與鈔本的彙輯，內容包含三類：一、息機子雜劇選。二、古名家雜劇。三、趙琦美鈔本，其來源爲明內府本及于小谷鈔本。）

七、繼志齋刋元明雜劇。

八、孟稱舜編古今名劇合選（分柳枝、酹江二集）

以上八種，除雜劇三十種是元代刋本古今名劇合選刋於崇禎六年之外，其餘六種都是萬曆時刋本或鈔本。這些本子的內容都與元曲選多少有些不同，於是元曲選多年以來惟我獨尊的地位因之動搖了；但其重要性還是依然如故，而且會永遠如故。一來因爲流傳已久，在人們心裏根深蒂固；二來因爲此書確有其獨特的地方，有獨特的好處也有獨特的壞處。無論欣賞或研究元雜劇，總離不開他。

元曲選好的特點是臧氏編選此書曾經校勘整理，使其成爲極完善最方便的讀本；壞的特點是臧氏曾經對於舊本原文包括曲與白大量改訂，以致失去其本來面目。本文主旨卽是要對此書的好壞兩點，加以檢討。

雜劇在元代只是流行社會民間的一種通俗文藝，不是聖經賢傳高文典册，誰也不理會甚麼叫作尊重原文保持眞象；而且經過長時期許多伶人的演唱，更免不了隨時改動。所以，元雜劇恐怕根本無所謂眞正的原本，只能求其比較接近者而已。一切改動，更無從完全歸之於某一本書或某一個人。但是，臧氏編選元劇之曾經改訂，則是確定的事實，而且是人所共知。我們拿元曲選和上述其他刋本鈔本比較之後，便會發見元曲選如果與甲本不同，與乙本丙本也會都不相同，而甲乙丙各本之間則僅有些微差別，或竟完全一樣。換言之，其他本子之間，細微的差別是有的，但都不像元曲選差別得那樣多。元曲選以外各種本子之一致，證明了他們沒有經過編選者的改訂，是接近原作的；元曲選之與衆不同，證明了其書曾經編選者改訂。近人孫楷第撰述也是園舊藏古今雜劇云：『臧懋循選元曲，師心自用，改訂太多，故其在明人選元曲中自成一系。凡懋循所訂與他一本不合者，校以其他諸本，皆不合；凡他一本所作與懋循本不合者，校以其他諸本，皆大致相合。』卽是我上文所說的意思。

而且，臧氏自己也暗示過他編選此書曾經改訂。元曲選有兩篇臧氏自序，其第一篇有云：『若曰妄加筆削，自附元人功臣，則吾豈敢。』如果臧氏自己不這樣說，我們倒還可以假設元曲選之與衆不同是臧氏所據舊本如此。

臧氏自己的暗示之外，旁人也有提到他改訂元雜劇的，第一個是與臧同時的曲家王驥德（伯良）。王著曲律卷四雜論篇，有一段對於臧氏及元曲選最正確公允的批評，其文云：

近吳興臧博士晉叔校刻元劇上下部共百種，自有雜劇以來，選刻之富無踰此。……其百種之中，諸上乘從來膾炙人口者已十備七八。第期於滿百，頗參中駟，不免魚目夜光之混。又句字多所竄易，稍失本來，即音調亦間有未叶，不無遺憾。晉叔故儁才，詩文並楚楚，乃津津曲學而未見其一染指，豈亦不敢輕涉其藩耶？要之，此舉蒐奇萃渙，典刑斯備，厥勩居多。即時露疵繆，未稱合作，功過自不相掩。

話說得很委婉，意思却很嚴正。第二個是比臧王兩人稍後的孟稱舜（子塞）。他曾具體指出臧改元劇若干實例。孟氏編的古今名劇合選（分柳枝酹江二集）印行於崇禎六年癸酉，在元曲選印行之後十六七年，曲律印行之後十年。此書的眉批常提到臧改元劇的事情，例如：

吳興本多所改竄，有意旨勝原本者，間亦從之。（倩女離魂）

俯仰今古，說來直恁爽快，吳興本於此等處大率多刪去，今悉改從舊。（誤入桃源）

第一條泛說倩女離魂全劇，第二條專指誤入桃源第一折混江龍曲的增句。類似這樣的眉批在柳枝酹江二集中共有五十七條，孟氏自己說只是大致舉例，並未全部指出。孟氏對於臧改的批評，有好有壞，隨時而異，他所編選各劇，文字有時從舊本，有時從臧改。根據上引王孟兩氏之說及元曲選與其他各本亦即所謂舊本異同的情形，我們可以斷言元雜劇在明代所遭遇的改訂，在其他本子裏是細微的，偶然的，到了元曲選，才是大量的，故意的。其他本子至少是接近原作，元曲選則與原作相差頗遠。

王孟兩人都未曾對臧氏作嚴厲的批評。首先對臧氏深表不滿的是清代的葉堂（懷庭），葉氏說：

元曲元氣淋漓，直與唐詩宋詞爭衡，惜今之傳者絕少。百種係臧晉叔所編，觀其刪改四夢，直是一孟浪漢，文律曲律，皆非所知，不知埋沒元人許多佳曲，惜哉。』（納書楹曲譜）（註一）

清代其他曲家對於此事沒有甚麼意見，主要的緣故是因爲他們大多數都未曾見過元曲選之外的其他本子，讀清代諸家曲話可知。到了近幾十年，各種異本陸續發見，這個問題才又被提出來。吳梅（臞安）先生是與葉懷庭持同一論調的，在他的元劇研究第二章裏（臺北啓明書局版）除了引錄葉氏原文之外，吳先生還有許多話，對於臧氏很不客氣：

明朝人刻書，多好妄改詞句。一切經史，都遭此厄；至於詞曲，尤其隨意動筆改削。元人百種曲，是臧晉叔所刻的，論他功勞，確是不小，許多秘本，賴此流傳下來，這是功德無量的。可是，元劇原本，被他盲刪瞎改，弄得一塌胡塗。吾鄉葉懷庭先生說（見上）此話眞是不差。刪改本四夢，他明明說是刪改，還可原恕。論到百種曲，他是從劉延伯借得二百種後，並自己家藏秘劇，一同選擇出百種，分甲乙等十集刻的。他自序裏頭說：『錄之御戲監，與今坊本不同。』此句分明是鬼話。因爲改得太不像樣了，遂作此文過之談。何以見得呢？他自序裏又說道：『若曰妄加筆削，自附元人功臣，則吾豈敢。』這筆削二字，就不知不覺的露出馬脚來了。但是證據在何處呢？日本西京帝國大學覆刊元槧古今雜劇三十種，內中十七種爲臧選所無，其十三種，則與臧本同。試把他互相校勘，不要說詞句間差不多句句有異，即科白中亦大有不同。此書本元朝坊刻，晉叔怕此等坊刻流傳出來，與自己精刻有異，於是說『錄之御戲監，與今坊本不同』自以爲一手掩盡天下目了，豈知尚有元刋本復出可以燭其僞乎？倘有人就此十三種內，一一與臧本細校，別作一書，豈不是一場快事！但是還有八十七種，如何辦法呢？這豈不是極無法整理的麼？

這是自葉懷庭以後，對於臧改元劇最詳細的說明，最嚴厲的批評。吳先生的文章有點『深文周納。』臧氏自序所說，只是故作狡獪的文人習氣，他並不想騙人，更無所謂文過，他自以爲是元人功臣，不會承認有甚麼過。他所謂今坊本即是指息機子雜劇選，古名家雜劇等，與元刋三十種似無關係，吳先生忽略了坊本上有『今』字。臧氏所謂『與今坊本不同』和所謂『筆削』實際是兩件事。元曲選的確有合於舊本勝於今本的地方，例如金錢記第一折，元曲選較古名家雜劇多出那吒令及鵲踏枝二曲而與時代較早的太和正音譜及雍熙樂府相合。（註二）這是『與今坊本不同，』其他大量的有意的改訂，才是『筆削。』以上諸事，吳先生都未十分弄淸楚。還有，吳先生寫此文時，並未見到元刋三十種以外諸本，所以他說，『這八十七種如何辦法。』現在則百種之中已有八十五種（包括元刋之十三種）有他種版本可資比較了。這八十五種的名目及版本，我擬另作一文，名爲元雜劇待校錄，另行發表。以下先看一些爲臧氏辯護的議論。

爲臧氏辯護的有王國維（靜安）先生及現代日本漢學家吉川幸次郎先生。王撰錄曲餘談云：

世多病臧晉叔（懋循）刻元曲選多所改竄。以余所見錢塘丁氏嘉惠堂所藏明初鈔本鄭廷玉楚昭王疎者下船雜劇，謬誤拙劣，不及元曲選本遠甚。蓋元劇多遭伶人改竄，久失其眞，晉叔所刊，出于黃州劉延伯所得御戲監本其序已云『與今坊本不同。』後人執坊本及雍熙樂府所選者而議之，宜其多所牴牾矣。

元人雜劇存於今者，只元曲選百種。此外如元人雜劇選，古名家雜劇所刻元曲，出於元曲選外者不及十種，且此二書亦已久佚。惟雍熙樂府中尙存叢殘折數，然有曲無白，亦難了其意義矣。所存別本亦只疎者下船一種。淡生堂、也是園所藏，竟無一本留於人世者。設無晉叔校刻，今人殆不能知元劇爲何物矣。

王先生所謂久佚的元人雜劇選（息機子本）、古名家雜劇，與『竟無一本留於人世』的也是園藏曲（卽脈望館鈔校本）後來都發見了，在他作錄曲餘談時却都是只見其目未見其書，就是元刋三十種，王先生曾爲之作敍錄者，那時他也未曾見到。元刋三十種行世約在作錄曲餘談之後五六年，其餘諸異本的發見多在王先生身後。所以他這兩段文字都嫌論據薄弱，只疎者下船一劇，焉能據以立論。吳先生對於臧氏的譏評或未免太苛，他所見過的異本也只有元刋三十種，但總較王先生之說爲確切有據。吉川先生在他的元雜劇研究裏，對於元曲選敍述得較以前諸人都詳細，讀者可看鄭淸茂君譯本元雜劇研究頁十九至四十二，卽序說第四節。元雜劇研究是部很好的書，其中有許多精闢的議論。全書之中我不能苟同的只有一事：吉川先生有點忽視了元刋三十種及其他異本的價值而偏護元曲選。此書序說中有這樣兩段話（鄭譯本頁四十至四十一）：

第一、與元曲選同時於萬曆年間刊行的本子，如息機子本、古名家雜劇本、顧曲齋本等，都與元曲選沒有甚麼顯著的差異。這是把息機子本的玉壺春、漁樵記、古名家雜劇本的救風塵、金錢記等，和元曲選實際比較所得的結論。當然不能說沒有出入，但儘管有，也只是五十步與百步罷了。

第二、臧晉叔的改訂，並不是恣意而爲的。雖然也有如上所舉漢宮秋的滿庭芳，不免任加臆改的地方，但並不太多。

我以爲，若從各劇的關目（卽劇情）言之，吉川先生的話是對的，若從曲文言之，則吉川先生的話似與事實不甚相符。我把八十五種雜劇的各種異本逐一比較之後，發見只有少數雜劇相差無幾，特別是元代後期以至明初那些淸麗芊綿而或失之甜熟的作品，因爲這種筆墨與臧晉叔相近。如吉川先生所舉金錢記、玉壺春，卽屬於此類。此外大多數雜劇，元曲選與其他本子之間，很少曲子的詞句沒有差別，少者兩三個字，多者兩三句，有時全曲十之六七都不相同。總計八十五劇，元曲選少於他本的曲子，也就是整支被删去的，有一百四十二支。元曲選較他本多出的曲子有二百二十二支，從文字上看，大部分不類元人；像金錢記的那吒令鵲踏枝兩曲，可以證明是『古已有之』的，甚爲少見。還有，臧氏對於仙呂混江龍曲的增句好像特別不喜歡，遇有增句稍多者總要大加删節。例如：誤入桃源混江龍增句，息機子本、古名家雜劇本都是三十句，元曲選删爲十八句，孟稱舜曾表示反對（見前）。又如范張鷄黍混江龍增句，元刋三十種、息機子、雍熙樂府諸本都是三十四句，元曲選竟删得只餘四句，這樣大刀濶斧，眞不怪葉懷庭譏爲孟浪，吳矅安譏爲盲删。此外，元曲選對於正宮與南呂通用的煞尾曲也常有同樣删節。上述各種情形，不能說是沒有甚麼顯著的差異，不能說不是恣意而爲。自然，這些情形有時是臧氏所據舊本如此，但以諸本對比，參考孟稱舜所舉五十七條，可證明出於臧氏手筆者居大多數。

所以，吳先生之譏評臧氏，或失之稍嚴，王先生與吉川先生之爲臧氏辯護，實失之過寬；其同一缺點則是論據不足。王先生作錄曲餘談時，幾乎未見到任何元曲選以外的本子；吳先生所據則只有元刊三十種。吉川先生所見有異本的雜劇，據元雜劇研究頁二十八至三十七表上所記，約有六十種，但他似並未全部細加比較。現在，我們不存任何成見，根據比較各本的結果平心立論，認爲臧氏編選元劇確曾下過很大工夫，而他的工夫則是王伯良所說『功過自不相掩。』功卽是上文所說獨特的好處，過卽是獨特的壞處，以下就此兩項分別說明。

臧氏之功，不只是流傳秘本，他更大的功是校勘整理元曲選以外的其他本子，有幾樣毛病，諸本或有其一，或有其數者。

一、賓白科介不全，甚至沒有。（只元刊三十種有此情形）

二、曲白混淆，或曲白雖分開而分錯了，誤曲爲白，誤白爲曲。

三、楔子或折次分析不淸，雜劇本來是不分折的，楔子也不另分開，元刊本如此，嘉靖以前刊本亦多如此，分折刊印是嘉靖以後的事。這樣淸楚的分開是進步的形式但有的刊本還是混亂，有時把楔子附於相接連之一折而不分，有時把楔子算爲一折而一劇有了五折。前者之例頗多，後者如顧曲齋古雜劇的倩女雜魂及梧桐葉本劇雖分爲四折一楔子，目錄却題爲五折。

四、牌調名目錯亂。如六么序誤題六么令，醉中天與醉扶歸常互相誤題之類。

五、挿曲與正曲平列。舊本大都如此，元曲選挿曲皆低一格印。

六、文字訛誤脫落，或形近致誤如魯魚亥豕之類，或音近致誤如『峨冠士大夫』誤作『吾官士大夫』之類。或曲文整支脫落，如前文所述金錢記那吒令鵲踏枝二曲之類。

這些毛病，經過臧氏校勘整理，都改正過來了，這使元曲選成爲比其他任何刋本都完善的元雜劇讀本。而且刋印精良，揷圖優美，有悅目賞心之樂，再加上選輯數量豐富，所以這部書能壓倒其他刋本而獨行於世。

臧氏改訂舊文亦可分爲六項：

一、調整舊本對於劇情的處置，即所謂關目，或使之更爲近情合理，或使之更爲周詳完整。在各劇第四折部分，臧氏所用此種工夫最多。前述元曲選較他本多出的二百二十二支曲子，其中有一百一十六支是屬於第四折的，即是調整關目的緣故。

二、一般的潤色文字，包括曲與白二者。

三、對仗。舊本曲文有時應對而不對，或雖對而不十分工整，臧氏把他們都改成工整的對仗。有些可對可否的句子，臧氏也大都改成對句。

四、押韻。舊本曲文出韻或重韻的句子，臧氏大致都給改訂過來。有些本可不必押韻的句子，臧氏也都改爲押韻。

五、增添。在原作之外增添若干支曲子。

六、刪除。刪除若干支原有的曲子。（以上增刪兩項的大致統計已見上文。）

這六項可以併爲三類：增、刪、改。臧氏的改筆有時很成功，或者確比原文好而點石成金，或者雖不比原文更好而能在原文之外自成風格。成功的增添，使劇情或曲文生動飽滿。成功的刪除，收到簡潔的效果。但在另一方面，臧氏却有他失敗的地方；而且，據我個人的意見，失敗多於成功，尤其是曲文，他的改筆有許多處遠遜原作。抽象言之：改生脆爲甜熟，改樸拙爲纖巧，改奇倔爲平凡，改爽快爲忸怩，改簡切爲浮泛，改超脫爲庸俗。有時改得不合格律，有時因爲沒看懂原文而改得失去原意。他增添的曲子有些壞得不能跟原作相比，有時只是畫蛇添足。他對於原文的刪除，則有時弄得大傷元氣，如同把樹木的旁枝細葉都去掉了，只剩下主要枝幹，光禿禿的。甚至把很好的曲子也刪掉了，眞如葉堂所說，『不知埋沒元人許多佳曲，惜哉！』

無論成功或失敗的改訂，有一種共同的毛病，卽是失去原作的眞面目，我們欣賞文學作品，不但要求善求美，還要求眞。不管他改訂得怎樣好法，總不是元人的筆墨而是臧晉叔的筆墨；何況改壞了的地方多於改好的地方；何況他還刪去許多佳曲。若就研究的觀點來說，更是不行，因爲眞之一字對於研究比善或美更爲重要。卽如對仗往往不甚工整一事，是元雜劇常見的情形，我們可以說這是元雜劇作家普遍的短處，也可以說這是當時的一種風氣。總而言之，這是眞象。經過臧氏改訂之後，這種眞象大部分被掩蓋起來了。改訂重韻或出韻的情形也是掩蓋眞象。還有，元曲有若干調子，其中有些句，舊體本不押韻，後來作者才改爲押韻；前期作品，因爲有若干句不押韻，所以韻比較稀；後期作品，因爲原來不押韻的句子也都押韻了，所以韻比較密。韻稀與韻密形成兩種不同的音節美，各有所長，臧氏把許多原不押韻的句子都改成押韻。這種前後期作品音節的演變被弄混亂了。以上所說，若沒有其他異本可資參校，就很難知道其眞正的情形。這樣的改訂，等於是湮滅資料。如果臧氏能像清代樸學家的辦法作成校勘記，凡改訂之處都說明原作如何，那就是怎樣大刪大改都不要緊。但明朝人決不肯費這種事，他們也意識不到這裏。這樣掩蓋眞象，湮滅資料的過失，當然不是校勘整理之功所能掩的。

以上所論功過得失，乃是就元曲選與原作的差別而言，若專從文學欣賞方面來說，則元曲選又另有其獨立的價值而無所謂功過。因爲元曲選所改訂或增添的曲文及賓白，確有很好的，不能因爲有改壞了添壞了的而將其一概抹殺。劇情的改訂，也有些甚爲成功。所以，站在求眞的立場，我們不能把元曲選當爲元人原作，站在求善求美的立場，我們却應欣賞研究這一部『明人改訂的元雜劇別本』。我說元曲選的重要性會永久如故，就是這個道理。至於我個人之偏嗜元刋三十種而不喜歡經過改訂的元曲選，則是另一件事。我以上所說，是客觀的話。所以，我以爲現存元雜劇的各種本子，應當分爲四個系統：

一、元刋古今雜劇三十種。——這是最接近原作的，也可以說就是原作，不僅因爲是元代當時刋本，從文法語彙及整個風格上也可看出來是元人筆墨，『元』氣淋漓。

二、息機子雜劇選、陽春奏、顧曲齋古雜劇、古名家雜劇、繼志齋元明雜劇、及脈望館古今雜劇中諸鈔本。——這是比較接近原作的，不能說毫無改動，但只是細微的偶然的。以上兩系統可稱爲舊本。

三、元曲選。——這是經過臧晉叔『師心自用』大量改訂過的，與衆不同，當然自成一系。

四、古今名劇合選（柳枝、酹江二集）——此書斟酌於舊本與元曲選之間，『擇善而從』，編者孟稱舜自己有時也動筆改訂，所以又是一個與衆不同的本子。

系統既然不同，當然要分別觀之。第一系統的元刋三十種最可信賴，文字也最好，要欣賞眞正元劇，只有此書。但原書脫誤稍多，又滿是簡體俗字，曲白混淆，曲牌錯亂，不經校勘整理不易閱讀。最近我已完成了這部書的校訂本，由臺北世界書局印行，不久出版。至於其中別無他本諸劇之賓白不全，劇情不詳，則只有從曲文中揣測了。第二系統的那些本子，好處是未經大量改動，缺點是校勘整理不够，卽前文所說經元曲選改正的第二至第六那五樣毛病。我們應當把這些本子照元曲選的形式校勘整理，而不要像元曲選那樣隨意改動，並把一切整理經過及必須的改動作成校勘記，定出一部在這個接近原作的系統中最完善的讀本。第三系統的元曲選及第四系統的古今名劇合選則完全不動，把他們當作元雜劇的別本去欣賞研究，我給他們起名叫作『明改元劇』。總而言之，四系並列，分則俱美，合則俱傷。我們不要想合校各系統的本子而求返回元人眞象，那是不可能的事。也無須擇善而從，寫成所謂定本；如果想這樣作，要由各個讀者自己去作，因爲所謂善或美，每人各有標準。照自己的標準寫定出來給大家討論，當然是可以的，但決不必強人從己。另外有一件事很値得去作，那是把元曲選與其他本子不同之處擇要或全部標舉出來，檢討其得失，評論其優劣，並儘可能考證那些是臧氏所據舊本，那些是臧氏改訂，以供讀者參考研究。我曾把元曲選與元刋三十種互見的十三種這樣作過，覺得很有興趣，也很有意義。

本文主要意思已竟寫完，而全篇立論舉例都以曲文爲主，很少提到賓白。這是因爲我有一個偏見，我以爲元雜劇的精華，元雜劇的文學價値，主要是在曲子部分，所以我對於賓白部分各本異同只大致比較一遍，並未細校。我只有一個普遍的印象：我覺得舊本賓白多少都保持些宋元時代的文法與語彙，經臧氏改訂之後，有些部分變成明中葉以後的了。我只舉出臧改賓白的一個例子供讀者參考。張鼎智勘魔合羅劇第四折有一段劇中人高山供詞，是押韻的，元曲選本與古名家雜劇本文字互異，一併鈔出於下。

孔目，我說你聽：老漢一一說眞實，孔目哥哥自思疑。去年時遇七月七，來到城里覓衣食，行到城南五道廟，荒忙頂禮拜神祇。因見同行李德昌，不想廟中染病疾，哭哭啼啼相煩我，親自着我把書馳。寄了一個平安信，誰想回家一命虧。老漢又不是威凜凜胖大胡漢，又不是人中第一；我是個走村串疃的貨郎漢，怎作的圖財致命殺人賊。（古名家本）

聽我老漢一一說眞實，孔目哥哥自思憶。去年時遇七月七，來到城裏覓衣食，行到城南五道廟，慌忙合掌去參謁。忽然有個李德昌，正在廟中染病疾，哭哭啼啼相煩我，我因此替他傳信息。一生破戒只這遭，誰想回家救不得。老漢擔裏無過魔合羅，並沒一點砒霜一寸鐵，怎把走村串疃貨郎兒，屈勘做了圖財致命殺人賊。（元曲選本）

二者對比，元曲選改訂之跡顯然。前者樸拙，後者圓巧，這是舊本與晉叔改本常見的區別，曲白皆是如此。特別要注意的是，古名家本押韻平聲與入聲通用，這是合於元代北曲習慣的，因爲北無入聲，元曲選本則全部押入聲韻，這是明代南曲的習慣，與北曲不合。臧晉叔是南方人，這是他改訂元雜劇賓白的很好例證。我從前認爲，元曲選的賓白大部是明朝人補作，就是從文法語彙與聲韻上觀察得到的結論，現在則認爲不完全是明人補作而是經過明人改訂的。

本文至此結束；說了半天，都是空論，很少舉出實例，乃是爲篇幅所限。若把元曲選與其他本子重要的異同全部舉出，並加以說明與評論，可以寫成一本二十多萬字的專書。這不是誇大的估計，上文曾說，我把元刋三十種與元曲選互見的十三種這樣作過一遍，結果是一篇四萬多字長的文章，平均每種約三千字。元曲選各劇有異本的共八十五種，包括上述十三種在內，三千乘八十五是二十五萬多字。而且，元刋三十種大部無賓白可比，若是把各劇連曲帶白計算，恐要四十萬字。即使就本文所述每項舉一二例，也要超過兩萬字，這不是本刊本期篇幅所能容納。所以本文只是提出一個綱領，以作學者探討此一問題的參考；雖未舉例證，却語語有據，事事客觀。我誠懇希望海內外學者多賜指正討論，這是關於元雜劇的一件大事。

（註一）此係據吳梅元劇研究所引，經與納書楹曲譜原書對勘，完全相符。清楊恩壽詞餘叢話卷二與此不同。其文云『葉廣堂謂元人百種，元氣淋漓，直與唐詩宋詞爭衡，惜今之傳者絕少。百種乃臧晉叔所編，觀所刪改，直是孟浪，文律曲律皆非所知，不知埋沒元人許多佳曲。』顯然是刪改原文而成，葉堂字廣明，又字廣平，號懷庭，楊氏稱之爲葉廣堂，恐誤。

（註二）這是吉川先生發現的，見鄭譯本元雜劇研究頁四十一。

民國五十年，臺灣大學文史哲學報第十期。

附記：本文末段所說元雜劇異本八十五種的比較，我已在民國五十三年全部作出來了，約三十萬字，總名之曰「元雜劇異本比較」；本書「關漢卿竇娥寃雜劇異本比較」即是八十五種之一。全稿不知何時始能付印。民國六十年冬校稿時記。

元明鈔刻本元人雜劇九種提要

行世元人雜劇，皆係彙編，無各劇單行之本。此類彙編，屬於元明刻本或鈔本者，現存九種，按其年代先後，列目如下：

元刋雜劇三十種　元坊刻本
脈望館鈔校本古今雜劇　明趙琦美鈔校
雜劇選　明息機子編
陽春奏　明黃正位編
古名家雜劇　明萬曆書坊刻本
古雜劇　明王驥德編　顧曲齋刻本
元明雜劇　明繼志齋刻本
元曲選　明臧懋循編　雕蟲館刻本
古今名劇合選　明孟稱舜編　分柳枝酹江二集

九種之中，元曲選最爲通行，影印排印版本甚多；其餘八種則皆有影印本流傳。三十年前藏書家視爲珍秘者，已成通行之書。今就本人閱讀所得，爲此九種各撰提要一篇，敍述其內容，評論其得失，以求正於先進，於初學之士，或亦不無裨益。李開先之「改訂元賢傳奇，」據聞尚在人間，而踪跡不明，無從閱讀；故雖屬明代刻本而不在本文範圍之內。

元刊雜劇三十種

此書係取元代大都（今北平）及杭州（今浙江杭縣）各地單刻本雜劇三十種彙爲一編。歷經明清藏書家收藏，原無固定名稱，或名爲元刊，或名爲元刻，或名爲元槧，其實一也。通行有日本京都帝國大學覆刻本，上海中國書店據覆刻石印本，及珂羅版影印本。日本覆刻及上海石印，俱有因原本字跡漫漶而描寫訛誤之處，珂羅版本則保存眞相，毫釐不爽。此書爲元代坊刻之劣品，刻工拙惡草率，脫誤甚多，且多初學不易辨識之簡體字，極不便於閱讀。是以價値雖高而沉埋甚久，僅供藏書家之展玩而已。民國初年石印之後，始漸爲治元曲者所知，但仍未能普及。予曾詳爲校訂整理，由臺灣世界書局於民國五十一年排印行世，始能供一般學者閱讀之用。此書之價値可分三點：第一，全書三十劇中有十四劇爲他處所無。第二，其餘十六劇，有三劇又見於脈望舘鈔校本古今雜劇，有十三劇又見於元曲選，但文字內容差別極大；書爲元代刻本，故所保存者實爲未經明人改動之原作。第三，原本四套銜接，不分折次，楔子亦未析出，爲元雜劇之原始形式。予曾取有異本之十六劇，逐一比較，其結果顯示元人原作雄渾簡勁，遠勝於明人改筆之庸弱。若無此書，吾人將永遠無從認識元劇之本來面目。是以此書所收諸劇雖多賓白不全或竟無賓白，曲文亦每有訛誤脫落，其價値固仍在明代諸本之上。上海石印本附有王國維先生所撰敍錄一篇，予所校訂之本有自序一篇，於此書之內容及其價値有詳盡之敍述，可供參閱。（王撰敍錄亦附入校訂本）此書所收雜劇，均係佳作；僅『小張屠』、『替殺妻』兩劇甚爲拙劣，附驥幸傳，存而不論可也。

脈望館鈔校本古今雜劇

脈望館爲明萬曆天啓間常熟趙琦美齋名，琦美字玄度，一字如白，自號淸常道人，監生出身，歷官太常寺典簿，都察院都事，太僕寺丞，最後官刑部貴州司郎中。嘉靖四十二年生，天啓四年卒，年六十二（一五六三—一六二四）。琦美藏書甚富，有脈望館書目行世，尤嗜讀雜劇，搜羅鈔本刻本多種，手自校讐，彙編爲若干册，即今所謂脈望館鈔校本古今雜劇是也。琦美彙編此書，並未爲之定立名稱。入淸後，其書歸同邑名藏書家錢遵王（曾）爲題名曰古今雜劇。錢氏所居名也是園，故此書亦稱『也是園舊藏古今雜劇』。脈望館鈔校本古今雜劇則爲最近影印此書時所定名稱。此書原收雜劇三百餘種，輾轉流傳至今，只餘二百四十二種。其中元人或元末明初人作者一百零五種，明人作者一百三十五種，重出二種。全書共刻本七十種，其中屬於息機子雜劇選者十五種，屬於古名家雜劇者五十五種；其餘一百七十二種則爲鈔本。鈔本有據明內府本及山東于小穀（亦作谷）鈔本者，亦有不知來源者。此類鈔本，無論賓白、曲詞，常與明代其他刻本尤其元曲選不同，而其文字風格往往近於元人眞象。其缺點則爲未經整理，每有王國維先生所謂『謬誤拙劣』之病（此是王先生評明鈔本『楚昭王』劇之語，見先生所著錄曲餘談）。又有若干本鈔校不精，時有脫誤錯亂之處。此書所收諸劇，無論鈔刻，大部分皆經趙氏校過，但詳校者少，略校者多，有時全劇僅校勘一二字。趙氏雖嗜讀雜劇，而並不十分內行，辨析文字之異同優劣既乏卓識，考訂作者姓名亦嫌疎誤（如誤認『澠池會』『襄陽會』二劇爲高文秀撰，『伊尹耕莘』、『智勇定齊』二劇爲鄭德輝撰，皆是。）以言保存資料，其功誠不可沒，以言校訂整理，則貢獻殊尠。原書於抗戰初期在蘇州上海兩地發現，民國二十七年商務印書舘曾取其中別無傳本之雜劇一百四十二種排印，因戰事關係，延至民國三十年行世，名爲孤本元明雜劇，由王季烈校訂，每有臆改原文處；近年始將全書二百四十二種影印行世。趙氏鈔校此書在萬曆中葉以後，雖較息機子諸本爲晚，但其中鈔本所據之內府本及于小穀本則爲嘉靖或嘉靖以前舊本，予故列之於元刋之後，萬曆諸本之前。

雜劇選

明息機子編刻本，卷首有萬曆戊戌息機子序，略言編刻此書始末，今所見本序文中因蛀蝕缺十餘字，別無他本可補，故有疑莫能詳之處。戊戌爲萬曆二十六年（一五九八）明代雜劇彙刻，以此本年代爲最早。息機子其人，諸書不載，故『不知何許人也，亦不詳其姓字。』全書共收雜劇三十種，彙刻書目第九册載其全目。其第一種『踏雪尋梅』爲明周憲王朱有燉作而誤題馬致遠，故全書實收元人雜劇二十九種。鍾嗣成錄鬼簿著錄馬氏作劇雖有『踏雪尋梅』之目，此書所收實非馬作，脈望舘書目著錄此劇，亦沿舊誤，題爲馬撰。此書完全者未見，僅脈望舘鈔校古今雜劇中有十五種，北平圖書館藏殘帙二十五種，二者相合，去其重複，共存二十六種（踏雪尋梅在內）；尚有『倩女離魂、老生兒、竹塢聽琴、秋胡戲妻』等四種，未見流傳，他日若能發現，亦大快事。此書刋印年代既早，故內容文字亦最爲近古。例如『范張鷄黍』及『陳摶高臥』二劇，今俱有元刋三十種本、元曲選本、及此本元曲選本與元刋三十種差別極多，此本則十九同於元刋而不同於元曲選，足以證明元曲選確曾改訂舊本。與明代其他彙刻如古名家雜劇、顧曲齋古雜劇等相較，此本文字亦往往勝於他本，可見此書之價値矣。

陽春奏

明尊生館主人編，尊生館又曾校刻琵琶記，據其書前題署，知主人名黃正位，履貫俟考。此書前有萬曆己酉東海于若瀛序，及尊生館主人所撰凡例。己酉爲萬曆三十七年（一六零九）晚於息機子雜劇選十一年。據彙刻書目第九册所載，全書八卷共收雜劇三十九種，卷一至卷六共二十四種，爲元或明初人所作北雜劇，卷七之六種爲明人所作北雜劇，卷八之九種爲明人所作南雜劇，其書蓋兼收元明南北，非純粹之元雜劇彙編。全書十九亡佚，今所見本僅餘『風光好，風雲會，陳摶高臥』三種耳，皆元人作也。『風光好』劇與元曲選本相差不多；『風雲會』則與其他明人刻本幾於全同；『陳摶高臥』則近於息機子雜劇選而與改訂最多之元曲選不同。據此推測，此本當與雜劇選相類，爲近古之刻本，惜十九亡佚，未能見其全豹，故頗少獨立之價値。

古名家雜劇

明萬曆間（一五七三—一六二〇）、龍峰徐氏陸續刋行，其編選者舊說云是陳與郊，近始證實爲王驥德。（見下）彙刻書目第九册著錄此書，共分二編，俱題玉陽仙史編，其一爲『古名家雜劇』共八集收劇四十種，其一爲『新續古名家雜劇』，共四集收劇二十種。此六十種之中，元人作者四十四種，明人作者十六種。玉陽仙史原不知爲何人，王國維曲錄始考定爲明隆萬時海寧人陳與郊，與郊事跡見海寧州志、呂天成曲品、王驥德曲律諸書。諸書或稱之爲陳隅陽，或稱禺陽，或稱玉陽，但從無稱玉陽仙史者，故王氏之說未成定論。近年發現之顧曲齋古雜劇，有序文一篇，署名爲玉陽仙史，序後有印章二，其一爲王氏伯良，其一爲白雪齋伯良爲驥德之號，明末曲學大家人所共知，據此序文及印章定玉陽仙史爲王驥德，自較定爲陳與郊更合事實。此書收劇標準頗爲雜亂，文字脫落訛誤，亦較明代其他刻本爲多，乃坊刻之不精者，故予嘗疑『玉陽仙史編』之說乃書賈託名，未必眞出驥德之手。此書原編全者未見，僅見脈望館鈔校本古今雜劇中收有五十五種，合北平圖書館及南京國學圖書館所藏者又有十種，共存六十五種，彙刻書目中著錄而今未見者又有十三種，則原書至少有七十八種，今所見本與彙刻書目所著錄者皆非全帙也。此書雖有脫落訛誤，而所收元人雜劇，皆據舊本，未經臧懋循改訂，故與元曲選比較，每多不同，且收劇獨多，現存六十五劇中屬元人作者有四十九種，數量過於息機子雜劇選及陽春奏諸書，其保存舊本之功，不可沒也。

古雜劇

明萬曆天啓間（約一六一五—一六二二）王驥德編選，板心有『顧曲齋藏版』字樣，故又稱顧曲齋本。驥德字伯良，號方諸生，又號秦樓外史，山陰人，家本望族，隱居不仕，博學能詩文，沈酣曲學，著曲律四卷，爲論曲要籍。又校注西廂記，亦極有名。生年不詳，卒於熹宗天啓三年（一六二三）見其友人毛燧所撰曲律序文。據曲律中所載與湯顯祖、沈璟諸人往來事跡，其年似少於湯沈諸人，蓋生於嘉隆之際，享年六十左右。此書共收元人雜劇二十種，全書現存，刋印精美，插圖尤精，而所收各劇與息機子或古名家本重複者，其內容文字完全相同，錯訛亦皆仍之，蓋依舊本重印而未加校勘整理，與元曲選之大事改訂，恰正相反。故此書只供鑒賞之用，在元劇異文上之貢獻並不太大。猶記民國十八九年間，此書尚未全部發現，通縣王立承（孝慈）偶見其零種『梧桐雨』及某劇，只二册，書竟以銀洋七百購之，其值之昂等於宋元舊刻，當時詫爲豪舉。孝慈身後，所藏曲籍大半歸馬隅卿（廉）。今則顧曲全書已有影印，孝慈、隅卿昔所夢寐以求什襲而藏者，化身千百，家有其書，而二君之墓木拱矣。

元明雜劇

明萬曆天啓間繼志齋刋本，僅存四劇。各家書目均未載，不知原書共若干種，亦不知有無總名；『元明雜劇』之名，乃近人所擬，非原有者。此書所收四劇之作者爲馬致遠、白仁甫、喬夢符、賈仲名；馬白喬均爲元人，賈則由元入明，謂爲元人亦無不可；實無題爲元『明』雜劇之必要。擬此名者，其意或以爲此書所收必不止此，今所未見之劇，其中或有明人作品也。繼志齋爲明代南京陳氏書肆，所刋印戲曲小說書頗多，予舊藏雙紅記傳奇，亦陳氏刋，與此書刻工板式完全相同：字作圓體，插圖工細，人物軀體修長，爲萬曆末至崇禎時一種流行風格。此書之印行，恐尚在臧氏元曲選之後；惟所收四劇，其內容文字皆保持舊本而與元曲選不同，故列於元曲選之前。

元曲選

明臧懋循編刊。卷首有懋循兩序，一作於萬曆乙卯（四十三年、一六一五）一作於丙辰（四十四年、一六一六）可知書分兩次刊行，但相去不過一年耳。懋循字晉叔，長興人，生卒年未詳，萬曆庚辰（八年、一五八零）進士，官南國子監博士，博聞強記，涉獵百家。性任誕不羈，官南京時，與諸名士覽六朝遺跡，命題分賦，或至夜半，每出必以棋局蹴毬繫於車後；忌者劾其沉湎放縱，罷官歸里。元曲選卽其罷官居杭州時所編印也。懋循又有改訂玉茗堂四夢、古詩所、唐詩所諸書行世；其所自著詩文曰負苞堂集。此書收元人雜劇一百種，原名元人百種曲，臧氏齋名曰雕蟲館，故又稱雕蟲館百種；元曲選之名則爲民國七年商務印書館影印時所題新名，新名旣行，舊稱悉廢。坊間又有元曲大觀一書，則是取此書殘帙影印欺世者。此書收劇，在明代諸刻中爲最多，又多名作，挿圖工緻，紙墨精良，故問世以來，流傳最廣，且歷時最久，終有清一代，讀元劇者莫不以此書爲圭臬，其餘諸刻，幾等於廢棄。臧氏於諸劇之校訂整理，甚費苦心；惟於賓白曲文，改動過多，又好增減套式，更易關目，而下筆太快，每失作者原意，點金成鐵之譏，在所不免。臧氏同時人王驥德、淸人葉堂、近人吳梅，皆曾對臧改元曲有所譏評。然有時臧氏所據之劉延伯本卽是如此，並非全出懋循也。詳情具見拙著『臧懋循改訂元雜劇平議』一文（臺灣大學文史哲學報第十期）。此文爲予七八年前舊作，主要論點，至今並無改變。但予從前持論，每責難臧氏於改動舊本時未能詳列原文並說明改動之理由，遂認爲懋循有『掩蓋眞象，湮沒資料』之咎。近年以來，細加思索，始悟此種責難，實嫌過苛：第一，臧氏於各劇賓白曲文增删更易太多，一一臚列說明，實不可能，不惟作者無此精力時間與耐性以作之而讀者亦無一人有此精力時間與耐性以讀之。最近出版之關漢卿雜劇全集，每劇之後附有校勘記，臚列諸本異文，鉅細靡遺。予閱讀此種校勘記未及兩劇，卽感頭腦昏沉，讀不下去，至此始悟以往對臧氏之責難爲不切實際。第二：潤色文字有似『整容』。原來容貌是否醜陋，與夫整容以後是否較原來美麗或竟更醜，乃另一事；但絕無於隆鼻生髮之後復於面部另貼字條，說明『此鼻原係塌陷，或此頭原係半禿』之理。予所責求於臧氏者，無乃類此！臧氏之改元劇，誠難免於『輕率孟浪，點金成鐵』之譏，但若以清代樸學校勘之法責之，以爲不如此卽是『掩蓋眞象，湮沒資料』，則非持平之論。臧氏之世，諸本並存，其所改訂，人人可以覆閱原文，懋循固未能料及二百年後彼個人之本盛行而其餘諸本幾於盡廢也。

古今名劇合選

明孟稱舜編刊，有崇禎癸酉稱舜自序，癸酉爲崇禎六年（一六三三）下距明亡僅十一年，明代雜劇彙編，此爲最晚。全書共分兩集，每集收元明雜劇三十種，其屬於『風花雪月、烟花粉黛』各科者曰柳枝集，屬於『神仙道化、鏺刀趕棒、公案鐵騎』者曰酹江集。後人引據此書，多以『柳枝』或『酹江』稱之，『合選』之名轉少知者。全書所收六十劇中有二十劇爲明人作，其中四種爲稱舜自作；餘四十劇皆元人作品。（王子一、谷子敬二人原書注云國朝人，按二人皆元人入明者，今仍以元人論。）稱舜字子若，一字子塞，山陰人，生平事跡俟考。所著傳奇有『鴛鴦塚』、『二胥記』二種，雜劇有『桃花人面』、『死裏逃生』、『英雄成敗』（卽殘唐再創）、『眼兒媚』四種，並傳於世。稱舜編刊此書在息機子、古名家諸彙編及臧氏元曲選之後，故於各劇內容皆斟酌舊本與臧選之間，擇其所認爲善者而從之；又往往於眉批中注明舊本如何，吳興本（卽元曲選）如何，評其得失，或捨或從。稱舜爲明末曲家南北造詣俱深，眼光見解亦高，斟酌取舍之間，頗爲超卓公允，有時自出己見，改動曲文，亦較臧懋循爲穩妥。此書價値實在元曲選之上，惜收劇略少，原書流傳亦不廣，遂使臧氏之書獨據曲壇至二三百年之久。

以上九種彙編，其鈔刻年代先後不一，各不相謀，故所收雜劇往往重複。予曾取各編中重複之劇共八十五種，就其關目、賓白、套式（卽各套中曲牌之數量及其先後次序）曲文等四項，逐一比較，獲得結論四條；今列擧於下以結束本篇。

一：元刋三十種賓白太簡，或竟無賓白，故關目難於盡知，無從比較。其他明刻明鈔諸木（下文統稱舊本，）關目大致相同；元曲選則多有增飾，各劇第四折增飾尤多。舊本關目太簡或甚至不合情理處，元曲選均有改訂。『柳枝』『酹江』兩集每斟酌於舊本與元曲選之間，而曲文多從舊本，關目則十九從元曲選，卽因臧懋循改訂舊本以關目部分最爲成功。

二：明刻明鈔諸本，賓白甚少差別；元曲選往往獨異。其主要異點有二。第一：舊本較爲簡略，元曲選詳細周到。第二：舊本多保存宋元至明初白話之文法及語彙，元曲選多改爲明中葉以後者；是以舊本較爲古拙，元曲選較爲流利。『柳枝』『酹江』兩集賓白十九從元曲選，亦因其文字通行之故。

三：元明諸本套式幾完全相同；元曲選每有增删，而增加者多，删減較少，尤以第四折增曲爲多，乃增飾關目之故。元劇慣例第三折爲高潮，套式亦較長，第四折每只有曲五六支或少至三四支，賓白亦少，有草草終場之概，元明諸本均是如此，或與當時演出情形有關。元曲選則力求圓到，故各劇第四折無論關目、賓白、套式，均有增加。

四明鈔明刻諸本曲文幾於全同元刋本與元曲選，較之諸本均有歧異而元刋本與元曲選之間，歧異尤多。蓋元刋爲最接近元人原作之本元曲選則爲改動最多之本二者分占兩個極端。元刋曲文確勝於明代諸本，尤其勝於元曲選，後者之改筆，優劣互見而瑜不掩瑕，其得失各點，在『臧懋循改訂元雜劇評議』文中已詳論之。

以上九種彙編中所收元雜劇，均係全本此外又有明代三大曲選：盛世新聲、詞林摘艷、雍熙樂府，其中所選元人雜劇單折亦甚多。其曲文大致接近舊本而異於元曲選。又有與元明諸本均不相同處，不知是編選者所改？抑所據之本即是如此？此三書套式多有删節，每較諸本減少若干支曲子，乃當時伶人傳唱偷工減料之故，非出文士之手，故其所删減往往不合文理，致使全套上下文不相聯貫。是亦讀此三書者所不可不知也。

民國五十八年，清華學報新七卷二期。

本篇及下篇竇娥寃劇，爲予所撰「元雜劇異本比較」之一小部分。全書約三十萬言，印行有待；先取已發表之兩篇編入本集，就正當世。他日全書付印，此兩篇仍將收入。六十年早春記。

關漢卿竇娥冤雜劇異本比較

現存元人雜劇約計一百六十餘種，其中八十五種有兩種以上之不同版本，其內容或大同小異，或差別甚多，而以臧懋循編刋之元曲選與其他版本之差別爲尤鉅。因臧氏編刋此書，曾經大量修改，詳見臺灣大學文史哲學報第十期拙著臧懋循改訂元雜劇平議一文。臧本收劇最多，凡一百種，流行亦最廣，幾爲一般讀元劇者之惟一讀本；換言之，一般學者所讀之元雜劇，多爲臧氏大量修改之本，而非元人之本來面目。以前因其他版本皆不常見，只得奉臧選爲圭臬，比年以來，舊本疊出，資料充足，實有取各本逐一比較，以求得元劇眞相之必要。

現存元雜劇皆係彙集，無單行者，此種彙集連臧選在內共有九種，其中一種爲元代刻本，餘爲明刻或明鈔本。今列舉此九種之目於下。

元刋雜劇三十種

元坊刻本，簡稱元刋。

脈望館鈔校本古今雜劇

明趙琦美鈔校，簡稱趙鈔或脈望。

雜劇選

明息機子編，明萬曆刋本，簡稱雜劇選或息機。

陽春奏

明黃正位編，明萬曆刋本，簡稱陽春。

古名家雜劇

明萬曆書坊刋本，簡稱古名家。

古雜劇

明王驥德編，明萬曆顧曲齋刋本，簡稱古雜劇或顧曲。

元明雜劇

明萬曆或天啓崇禎繼志齋刋本，簡稱元明或繼志。民國十八年國學圖書館影印之元明雜劇六冊係古名家雜劇中之零種，與此非一書。

元曲選

明臧懋循編，明萬曆雕蟲館刋本，簡稱臧選或雕蟲館本，又稱元人百種曲。

古今名劇合選

明孟稱舜編，明崇禎刋本，內分柳枝、酹江二集，簡稱柳枝或酹江。

本人於去年獲得國家長期發展科學委員會補助，從事元雜劇異本之研究，其方法爲取以上各種彙集中互相重複之本，逐一比較，列舉異同，分析得失，以期約略獲知元人原作之眞面目。元人所爲雜劇，並非高文典冊，聖經賢傳，此修彼改，互有參差，自寫作當時以來，即無定本，故所謂眞面目者，亦不過較爲接近而已。比較項目分爲關目、賓白、套式、曲文四項。一年以來，已完成八十五種中之半數，明年暑期當可全部完成，今先將關漢卿之竇娥冤一劇，在本刊發表，以就正於當世國內外鴻儒碩彥，幸垂教焉。

附記一：賈仲名其人至明永樂中尚存，其作品之風格規律亦與元人有別，應屬明代作家，故賈撰諸劇未計入八十五種之內。

附記二：上述十一種彙集中之各劇異本，除元曲選有通行本外，其餘分別收入臺灣世界書局出版之全元雜劇初二三編。

竇娥冤劇有古名家、臧選、及酹江集等三本。臧選較之古名家，增删更改之處頗多，約有五點：一古名家無楔子，臧選添楔子。二古名家割裂第二折後半賓白及曲文入第三折，元劇從無如此形式，臧選訂正之。三臧選增飾關目，添改賓白，賓白添改尤多。除小有疏忽處外（見第一折）大體較古名家周詳。四臧選一三四諸折皆有添作曲子。五古名家題目正名云，「後嫁婆婆忒心偏，守志烈女意自堅。湯風冒雪沒頭鬼，感天動地竇娥冤」臧選改爲「秉鑑持衡廉訪法，感天動地竇娥冤」不如古名家切實周詳。此劇爲臧選於舊本改動較多者，蓋此劇向被認爲漢卿名作，其故事流傳亦廣，明人且演爲傳奇，故臧氏不惜大費筆墨。然删改曲文仍多孟浪處，添作之曲，單獨觀之，頗有佳製，與舊有諸曲並列，終覺格格不入。而原劇質樸本色處，竇娥口氣冷峭處，經臧氏增添删改，所遭破壞甚大。臧本於關目亦有更改，全非作者原意（見第二折關目項及曲文項）。酹江關目賓白依臧選，曲文大部依臧選，有若干處仍古名家之舊。臧選較古名家多出之曲，酹江皆有之。臧選添改曲文，酹江於眉批注出，然似未全注。酹江題目正名同臧選。

楔子

古名家無楔子，竇秀才賣女償債事敍入第一折賓白；臧選將賣女情節析出，增益賓白，並添作仙呂賞花時曲，成爲楔子。如此添改，脈絡較淸。古名家端雲爲保兒扮，臧選則爲正旦。保兒一詞，他處未見，應是倈兒，保倈形近致誤。此時端雲甫七歲，自應用倈兒扮。古名家竇所借爲五兩銀子，合本利該十兩，賣女後蔡婆婆又借與盤纏二兩；臧選則初借二十，本利四十，又送與十兩，其意以爲十兩銀子准折一女孩，爲數太少，二兩亦不够盤纏也。合此與金線池諸劇觀之，自元至明，銀値物價確有波動。古名家竇天章臨行跪地囑咐蔡婆婆善待其女，臧選無跪地動作，天章雖貧，究有讀書人身份，不應下跪，臧改是也。酹江集有楔子，與臧選同。

第一折

關目：

古名家蔡婆婆云：「竇娥成親之後，孩兒死了，已早三年光景。」意謂竇娥成親之後，其夫旋卽亡故，故後文竇娥自敍云「十七歲與夫成親，不幸夫亡化，可早三年光景，我今二十歲也。」臧選則蔡婆婆云：「成親之後不上二年，孩兒害弱症死去，如今媳婦守寡又早三個年頭。」較古名家添出年餘，竇娥之年應是二十二歲。然臧選竇娥出場時又仍古名家之舊云：「十七歲成親，不幸丈夫亡化三年，我今二十歲也。」改前而不改後，遂相矛盾，是臧氏疏忽處。

賓白：

臧選較詳。

套式：

古名家用仙呂點絳脣套，共八曲：點絳脣、混江龍、油葫蘆、天下樂、一半兒、後庭花、靑哥兒、賺煞。

臧選亦用仙呂點絳唇套，共九曲：點絳唇、混江龍、油葫蘆、天下樂、一半兒、後庭花、靑哥兒、寄生草、賺煞。

臧選較古名家多出之寄生草，係臧氏添作，說見後。

酹江集與臧選同。

曲文：

點絳脣：古名家全曲云「滿腹閑愁，數年生受，常相守。無了無休，朝暮依然有。」臧選云「滿腹閑愁，數年禁受，天知否。天若是知我情由，怕不待和天瘦。」古名家雖有拙句，却不失質樸自然之致，臧選所改，則是詞曲家之濫調耳。此亦孟稱舜所謂「不似竇娥口角」者也。（見下混江龍條）

混江龍：古名家全曲云「黃昏白晝，忘飡廢寢兩般憂。夜來夢裏，今日心頭。地久天長難過遣，舊愁新恨幾時休。則這業眼苦，愁眉皺。情懷冗冗，心緒悠悠。」臧選云「則問那黃昏白晝，兩般兒忘飡廢寢幾時休。大都來昨宵夢裏，和着這今日心頭。催人淚的是錦爛漫花枝橫繡闥，斷人腸的是剔團圞月色掛粧樓。長則是急煎煎按不住意中焦，悶沉沉展不徹眉尖皺。越覺的情懷冗冗，心緒悠悠。」酹江集云「黃昏白晝，忘飡廢寢兩般憂。昨宵夢裏，今日心頭。地久天長難過遣，舊愁新恨幾時休。則這業眼苦，雙眉皺，情懷冗冗，心緒悠悠。」酹江有眉批云「吳興本增有催人淚的是錦爛漫花枝橫繡榻（不作闥），斷人腸的是剔團圞月色挂粧樓等語，太覺情豔，不似竇娥口角，依原本刪之。」此批乃酹江編者孟稱舜所加，吳興本卽臧選，臧晉叔長興人，屬吳興郡。臧選添改諸語，與竇娥身分口氣，全劇氣氛，皆相違忤，孟氏所見極是。臧選未改諸句所添襯字，亦皆繁冗可厭。酹江於所謂原本亦不盡依從，如昨宵夢裏句依臧選，新恨改作新悵，愁眉改作雙眉，是卽此可見孟氏編印柳枝酹江之折衷於舊本及臧選之間，有時又自出機杼也。新悵二字甚不自然，悵字恐是誤刻而非改訂。

天下樂古名家「這前程事一筆勾，」臧選改爲「今也波生招禍尤，」酹江從古名家。按臧選改得太「順」不如古名家。

一半兒古名家「情脈脈常懷鬱悶憂，」臧選改爲「莫不是爲索債與人家惹爭鬪，」酹江從臧選。按古名家語意與上句重複，且又空泛，臧改切合關目，故酹江從之。

後庭花古名家首兩句云：「遇時辰我替你憂拜家堂我替你愁。」臧選改爲「避凶神要擇好日頭，拜家堂要將香火修。」酹江從古名家，有眉批云「吳興本首二句改云云，與下梳着個霜雪般二語語氣不貫，不如原本爲佳。」所見極是。

寄生草古名家無此曲及其前之一段賓白，臧選有之。此曲文筆綺麗，與劇中其他諸曲之質樸絕不相類，與混江龍添改諸句及第三折之耍孩兒、二煞、一煞等曲卻極近似。此處着此段曲白，亦嫌多餘。其爲臧氏所添無疑。酹江集亦有此曲而未註明是原本所無。酹江於混江龍、耍孩兒等曲皆注臧氏添改，此曲又未注，明入習慣，照例如此馬虎，不必執此以證明其非臧氏所添也。

賺煞：古名家末句云「這的是前人田土後人收，」臧選改為「兀的不是俺沒丈夫的婦女下場頭，」酹江從臧選。按古名家接上文一直說來戛然而止，語氣冷峭，臧改似求貼切劇情而做作氣重，句子亦太冗贅。大抵潤色前人作品，只能更動數字，若整句改作，則無論文字較原文優劣，皆不能如原文之自然綺麗；文字尚屬易於潤色，質樸本色之作，極難修改，此臧氏改訂元劇曲文之所以失敗多於成功也。

第二折

關目：

古名家張老自稱已在蔡婆婆家作「接脚；」臧選則張老自云「本望作個接脚，却被他媳婦堅執不從。那婆婆一向收留俺爺兒兩個在家同住，只說好事不在忙，等慢慢裏勸轉他媳婦。誰想那婆婆又害起病來。」古名家坐實蔡婆已嫁張老，僅竇娥不允嫁張驢兒；臧選則竇娥固未允嫁，蔡婆婆之事亦在商量中，而蔡婆卽病，張老卽中毒而死。臧選如此改，意在為蔡婆開脫，實則大誤，因蔡婆如尚未嫁張老，則竇娥藥死「公公」之罪不能成立，以後劇情卽無從發展也。

古名家與臧選二本關目，除右敍一節外，大致相同。惟古名家至毒死張老，驢兒拖竇娥告官，本節卽結束。臧選則於見官後，竇娥不忍蔡婆受累而屈認罪名，被判斬刑，本折方完，此段情節，古名家入第三折。因此，古名家將本折割裂，南呂一枝花套半屬本折，半屬下折；第二折有曲半套，第三折有曲一套半，元雜劇從來無此種形式；臧選分析正確，自應從之。酹江與臧選同。

賓白：

臧選較詳，改動頗多。

套式：

臧選用南呂一枝花套，共十一曲：一枝花、梁州第七、隔尾、賀新郎、鬪蝦蟆、隔尾、牧羊關、罵玉郎、感皇恩、採茶歌、黃鍾尾。酹江同臧選。　古名家亦同臧選，但只一枝花至第二支隔尾等六曲屬於本折，牧羊關以下五曲屬第三折，大違慣例。參閱前關目項。

曲文：

梁州第七：古名家「近時有等婆娘每，」臧選改爲「說的來藏頭蓋脚多怜悧。」按此句末字應用仄聲，去聲尤佳。每字卽今語你們我們之們，一般多作平聲讀，實則應讀去聲，元曲中均作去聲用，此字宋元話本中亦作「懣」，懣字固去聲也。古名家韻律不誤，且文意上下聯貫，不必改。古名家「無人意，」臧選改爲「無仁義，」「無人意」勉強可通，不如無仁義自然現成，當是同音致誤。

隔尾：古名家「您三口兒團圓到大來喜，」臧選改爲「得一個身子平安倒大來喜。」按三口兒謂蔡婆與張老及張驢兒也。此句全是譏刺。本折開始時，張老與驢兒同扶蔡婆上場，旋喚竇娥煮羊肚湯，娥不慣見三人同處情景，乃以冷語譏之。竇娥對蔡婆招張老作接脚並勸其本人亦嫁驢兒，異常不滿，故一二兩折中對蔡婆充滿冷嘲甚至熱駡語氣；及見官後，因不忍蔡婆年老受酷刑，始毅然屈認罪名。此種仁心勇氣，女性常多於男性。原劇寫竇娥心理轉變頗爲成功，惟其如此，乃成爲標準悲劇。臧晉叔不明此理，於關目曲白多所更動，遂將此悲劇改得面目全非。

賀新郎古名家全曲云：「一個道你爺先喫，一個道你娘喫。這言語我聽也難聽，我可是氣也不氣。新婚的姻眷偏歡喜，不想那舊日夫妻道理，常好是百從千隨。這婆娘心如風刮絮，那裏肯身化作望夫石，舊恩情倒不比新佳配，他則待百年爲婚眷，那裏肯千里送寒衣。」臧選改爲：「一個道你請喫，一個道婆先喫，這言語聽也難聽，我可是氣也不氣。想他家與咱家有甚的親和戚，怎不記舊日夫妻情意，也曾有百縱千隨。婆婆也，你莫不爲黃金浮世寶，白髮故人稀，因此上把舊恩情全不比新知契，則待要百年同墓穴，那裏肯千里送寒衣。」酹江全依臧選，眉批云：「原本云：這婆娘心如風刮絮，那裏肯身化望夫石，似非媳婦說阿婆語；改從今本。」

按：原本樸質勁峭，罵得淋漓痛快，是絕妙好詞。臧選爲遷就其所改關目，故將此段曲文亦加修改，姑無論其筆墨之輭弱無力，浮泛不切（如黃金白髮兩句），以文意論，亦與原劇大相逕庭。竇娥對其婆婆異常不滿，故曲詞中始終是嘲諷口吻，至此索興罵個痛快。其後來之屈認罪狀，乃發自仁心勇氣之心理轉變，前已言之。此時則無所謂「似非媳婦說阿婆語」。抑有進者，元雜劇作者常借劇中人語以自抒其胸中之所欲言，於劇中人之身分口吻是否相合，有時並不計及。此曲乃漢卿借以譏諷年老再嫁之婦人，不必粘滯於竇娥之不應罵其婆婆。

鬪蝦蟆此調句數可以增減，故臧選較古名家添出數句，似較周詳。但臧選有送入他家墳地語，張老乃無家無業之老光棍，並無准墳地，如何送入？然則此數句仍以不添爲愈也。

採茶歌古名家「我不曾藥死公公當罪責，告你個相公明鏡察虛實」臧選改爲「則我這小婦人毒藥來從何處也天那！怎麼的覆盆不照太陽暉。」用覆盆典太文，不似竇娥口氣。

黃鍾尾：古名家與了招罪句下有「婆婆，我到把你來便打的，打的來恁的」一句，臧選刪去之。酹江從古名家，於婆婆下加也字，改我到把爲我怕把。眉批云：「此句一字一點淚，吳興本刪去，照原本增入」按：此調句數固可增減，但以文意言，此句描寫竇娥由憎恨其婆婆而憐憫其婆婆之心理轉變，爲全劇樞紐，萬不能減。孟稱舜所見極是，加也字，改怕字，使語氣更強，語意更明。恁的指上文罵玉郎等三曲拷打情形，意謂如照打我般打婆婆，老年人決難禁受，此其所以決心屈認，亦卽孟稱舜所謂一字一點淚。臧氏之刪此句，眞吳臞安先生所謂「盲刪」。

第三折

關目：

三本大致相同：惟古名家受審判刑一段屬此折，臧選及酹江僅有法場關目。

賓白：

臧選較詳。

套式：

古名家用正宮端正好套，共七曲：端正好、滾繡毬、倘秀才、叨叨令、快活三、鮑老兒、尾聲。

臧選亦用正宮端正好套，共十曲：端正好、滾繡毬、倘秀才、叨叨令、快活三、鮑老兒、耍孩兒、二煞、一煞、煞尾。酹江同臧選。

臧選較古名家多出之耍孩兒、二煞、一煞等三曲，乃臧晉叔添作。詳後曲文項下。

古名家割上折南呂一枝花套之後五曲入此折，詳前。

曲文：

滚繡毬此曲臧選改訂數處，改筆整齊流暢，似勝於古名家。古名家第二句「有山河今古監，」監字出韻，臧選改爲「有鬼神掌着生死權，」權字合韻，文義亦自然聯貫。古名家「地也，你不分好歹難爲地，天也，我今日負屈銜寃哀告天，空教我獨語獨言。」臧選改爲「地也，你不分好歹何爲地，天也，你錯勘賢愚枉作天，哎！只落得兩淚漣漣。」改筆對仗工整，自屬勝於原作；但原作末句獨語獨言，寫哀哀無告之意甚佳，勝於改筆兩淚漣漣之膚泛。

叨叨令：此曲臧選大部改作，古名家有與倘秀才曲重複語，句律亦不甚合，改筆勝於原作。

耍孩兒、二煞、一煞：古名家無此三曲，臧選有之。酹江從臧選，眉批云：「耍孩兒數枝，原本無之，依吳興本增入。」按此三曲雅麗工整，氣韻流暢，是晉叔佳作。但用典太多太文，不合竇娥口吻，亦不合本劇之樸質氣氛。予在總論中所云「添作諸曲，單獨觀之，頗有佳製，與舊有諸曲並列，終覺格格不入」，卽指此數曲。

尾聲：臧選此曲全部改作，因古名家之原作音律既不甚合，詞句亦不出色也。

第四折

關目：

古名家竇天章自白離開其女端雲（卽竇娥）已十三年，臧選謂十六年，蓋自圓其竇娥婚後年餘始寡之說也。臧氏延長竇娥與其夫之結婚生活，意在強化劇情。臧選敍竇天章審案情形較古名家爲詳，對諸犯人及官吏之處分亦與古名家不同。酹江從臧選。臧選增飾關目常較舊本細緻週詳，不僅此劇爲然，此蓋受傳奇發展之影響。

賓白：

臧選因增飾關目之故，賓白較古名家詳細。結尾下斷之後，有「詞云」一段，用駢語，古名家無之。蓋臧氏添作。酹江同臧選。

套式：

古名家用雙調新水令套，共五曲：新水令，鴈兒落，鴈兒落，得勝令，尾聲。

臧選亦用雙調新水令套，共十曲：新水令，沉醉東風，喬牌兒，鴈兒落，得勝令，川撥棹，七弟兒，梅花酒，收江南，鴛鴦煞尾。

臧氏較古名家多出之沉醉東風，酹江集眉批云「此枝亦原本所無」，當是臧氏添作。喬牌兒乃據名家之第一支鴈兒落改作，鴈兒落連用兩支者甚少見，改作喬牌兒較合聯套慣例。川撥棹，七弟兒，梅花酒，收江南等四曲乃照例連用者，四曲文筆與沉醉東風相同而異於原劇其他諸曲，酹江雖未注出，亦可知爲臧氏所添。川撥棹七弟兒兩曲專就毒藥之來源發揮，與第二折採茶歌則我這小婦人毒藥來從何處也句相應，此亦爲臧氏添作之證（參閱第二折採茶歌曲）。予在總論中云：「臧氏添改諸曲，酹江未全注出」，此四曲即其證。元雜劇第四折用雙調套，常只五六曲，古名家本不似有刪節，臧選嫌其不够周詳，故添白又添曲也。

曲文：

沉醉東風、川撥棹、七弟兄、梅花酒、收江南此數曲古名家無之，皆臧晉叔添作者，詳見前套式項下。

鴛鴦煞尾古名家「囑咐你個爺爺，遷葬了奶奶。恩養俺婆婆，可憐見他年紀高大。」臧選改爲「囑咐你爹爹，收養我奶奶，可憐他無婦無兒，誰管顧年衰邁。」按：遷葬奶奶，謂竇娥生母也，臧選刪去此句，又改下句之婆婆爲奶奶，不惟失去一層意思，稱謂亦不合。蓋古名家「恩養俺婆婆可憐見他年紀高大」句襯字稍多，句法不甚合律，故臧氏改之，而不覺其改筆之不合也。

「屈死的於伏」句，三本俱同，於伏二字未詳其義，疑是愚婦，音近致誤。今所見古名家本有趙琦美校改，於伏改作招伏，不知所據何本。

民國五十三年，大陸雜誌第二十九卷第十期。

李師師流落湖湘道雜劇　附九轉貨郎兒譜

（一）引　言

這是我所寫的「一折雜劇」。元雜劇照例是每本四折，每折唱北曲一套，偶然的例外之作，只有比四折多的，沒有比四折少的。最早的一折雜劇是明正德嘉靖間王九思的中山狼，直到萬曆以後，北曲式微，雜劇規律久已破壞，一折雜劇才漸漸流行，如許潮的武陵春、葉憲祖的北邙說法皆是。到了清朝，作者更多起來，如楊潮觀的吟風閣雜劇，卽是他個人所作一折雜劇總集，共三十二折，每折演一故事，可謂一折雜劇的大觀。這種雜劇，篇幅短小，情節簡單，又不能比擬西洋的獨幕劇，只是利用雜劇體裁來敍事抒情而已。可以說就是加上賓白科介的散曲。與其稱之爲雜劇，不如稱之爲敍事詩。若作好了倒也是頗爲別致的小玩藝。

李師師是宋徽宗時汴梁名妓，門前車馬，盛極一時。根據宋人筆記的傳說，她與宋徽宗及大詞人周邦彥都曾有過一段羅曼史。金人攻佔汴梁之後，她避難南下，流落兩湖一帶，不知所終。見梅禹金青泥蓮花記。又劉克莊後村詩話前集引劉屛山詩云：「輦轂繁華事可傷，師師垂老過湖湘。縷衣檀板無顏色，一曲當年動帝王。」十幾年前，我受了這首詩的啓示，想用她一生的事蹟寫一本四折雜劇，並擬好了題目正名：「周美成情寄蘭陵王，李師師流落湖湘道。」但只寫成了第四折，卽是現在的這一折，其餘三折，始終湊不起來。近數年來，我感覺到我的筆墨寫曲簡直不對路，所以不再妄想寫那三折。但已寫出來的一折，把牠丟掉又覺得可惜；於是把十幾年前的舊稿拿出來徹底修改一遍，並加上頭尾，成爲現在這種形式，「過而存之」安裝頭尾可以說是我的創作，以前的一折雜劇，僅是一折，並無頭尾。

我之所以先寫成這一折，是因爲我久想仿作一套九轉貨郞兒，而這一折的劇情最適合於運用這一套曲子。九轉貨郞兒首見於元無名氏貨郞旦雜劇，再見於明初周憲王朱有燉義勇辭金雜劇；但二者作法並不相同。第一、套式不同。貨郞旦全套包括：南呂一枝花、梁州第七、正宮九轉貨郞兒、南呂煞尾，共曲十二支。義勇辭金全套包括：正宮端正好、滾綉球、倘秀才、九轉貨郞兒、煞尾，共曲十三支。貨郞旦用的是「夾套」把南呂一枝花、梁州第七、煞尾，這一整套分在首尾，中間夾入屬於另一宮調（正宮）的九轉貨郞兒，這在元曲中是絕無僅有的變格。義勇辭金則全套屬於同一宮調，乃是正常形式。第二、曲的格式（卽句法與平仄）不同。這兩種九轉貨郞兒中的第五六七等三轉格式有很多差別，特別是第六轉。義勇辭金體從來無人學步，僅有淸內府編的鼎峙春秋傳奇第四本第五六兩齣曾將原作改撰，改得很拙劣。仿作貨郞旦體的最初有淸洪昇的長生殿傳奇彈詞折。長生殿是一本風靡一時的名劇，從他開始以後，仿作九轉貨郞兒的人就多起來。據我所見，有淸內府編的勸善金科傳奇第八本第十五齣冥判，楊潮觀吟風閣雜劇中的快活山，瞿頡鶴歸來傳奇的訪菊，黃振石榴記傳奇的琴歎，蓉鷗漫叟青溪笑傳奇的醒芳，許鴻磐六觀樓北曲中的儒吏完城雜劇第四折，及近人顧家相勸戲堂樂府中的哀思曲散套，顧隨陟山觀海游春記雜劇的第四折等八種，都是用貨郞旦體。青溪笑、哀思曲、游春記三種寫的很好，其餘稍差。我很想把這八種連同貨旦郞、長生殿、以及另一體的義勇辭金，輯錄起來成爲一本九轉貨郞兒集。（

見後附錄）

貨郎旦和長生殿彈詞這兩套九轉貨郎兒，異曲同工，各有千秋，都是歌場傳唱之曲。貨郎旦（歌場稱爲女彈詞，簡稱女彈，以別於長生殿。）近些年來唱的人比較少了。因爲難唱而且太累；長生殿彈詞則膾炙人口，至今不衰。我一直酷嗜他們，既喜歡其文辭，又喜歡其音律，自己常常吟諷，有機會便去聽人家歌唱。日子久了之後，也就把這九轉的聲響摸熟了。恰好李師師的姓與貨郎旦的李春郎、彈詞的李龜年相同。兩劇的作者，借主角的姓押韻，各生出一段絕妙好詞；於是我也利用這個李字，依樣葫蘆，照虎畫貓，寫成這一折雜劇。其情節則是根據宋人筆記「幻設」出來的。寫戲劇不必講考據，若講考據，則關於李師師與周邦彥的傳說根本靠不住，王國維先生的清眞先生遺事分辯得很詳確。至於套式，則完全依照貨郎旦及彈詞原本，並無刪節。（乾嘉以後，有些唱彈詞的人因爲全套有十二支曲子，賓白穿揷又少，一氣唱下來太累了，所以把梁州第七及貨郎兒第八轉省去。後來遂成慣例，至今還是不唱這兩支曲。仿彈詞諸作，也就有把梁州第七省去不作的，如勸善金科、青溪笑、儒吏完城都是。我認爲，唱的時候爲了唱者氣力的關係而偷工減料，已經不妥，作的時候更不應該破壞原來套式。）

詞曲的韻律與詩不同。作詩只分平仄就行了，有時注意上去聲的分配，那只是技巧而不是規矩，不一定要嚴格遵守。詞曲則因爲配樂的關係，每個牌調之中，都有若干字必須遵照固定的四聲，或平、或上、或去、或入，不能改易。平聲與仄聲固然不能混用，同爲仄聲的上、去、入也不能顚倒錯亂；否則便成爲噪音或啞調，而失去其音樂美，不但不能唱，讀起來也覺得不順口不入耳。北曲完全用北方音，所以只分平上去三聲而沒有入聲，但這三聲的分配還是一樣嚴格。九轉貨郎兒音節之美，全在各句平上去三聲的配合，要作這套曲子，當然必須謹守規律。

（其實作那一套曲子也是一樣）歷來的北曲譜（作法的譜不是唱法的譜）如太和正音、北詞廣正、九宮大成、都沒有把各牌調中的三聲詳細注明，而且各譜都有疏失的地方，於是讀者作者得不到一個詳確的標準去鑒賞或寫作。我所編的北曲新譜，補正各譜疏失之外，特別注意到三聲的分配。每個牌調於所錄實例之後都列有平仄格式，注明調中每一個字應平、應上、應去，或可以不拘。我這部曲譜還想再加修改，暫時不能問世。在這裏，我先把貨郎旦全套所用一枝花、梁州第七、九轉貨郎兒、煞尾、還有本劇楔子及餘文中所用賞花時，共十三個牌調的譜附在本劇後面。讀者根據這個譜去讀貨郎旦、彈詞、及上述其他仿作，可以增加了解，幫助欣賞批評；看我這一折雜劇，也就可以鑒察我的苦心。我寫此劇有兩個起碼條件：一是守律，三聲的分配都照着譜上的規定。全劇只第七轉有三字，第九轉有一字，共四個字不合規定；那都是有特殊緣故的，詳見各該轉注文。二是守韻，完全依照周德淸的中原音韻，不許出韻通假。此外還有兩項。其一、凡兩個仄聲相連的地方，即使譜上並無規定，也儘量用去上或上去，避免連用兩去兩上。其二、入聲字變爲平上去三聲以中原音韻爲標準；全劇只有四字依現代讀音或古代入聲本音，爲賞花時中之逐字，一枝花中之寂字，二轉之蜀字，六轉之國字。濁上聲字之是否作去聲用，則全部按照中原音韻。希望在我的曲文裏邊不致有太多地方被這些枷鎖壓得喘不過氣來。

（二）　李師師流落湖湘道雜劇

楔子

（冲末扮謝克家旅裝上詩云）千古興亡事可哀，吳宮歌舞只荒臺。誰知瘦馬西風客，曾聽霓裳法曲來。小生謝克家本貫江南人氏，自幼隨宦北上，久居汴梁，親歷昇平，素就文史。閒暇之時，也曾與狂朋俊侶，選色徵歌，翠袖殷勤，春濃酒美。誰知好景不長，胡兵南下，一時京師士民，紛紛渡江避虜。當時名妓，像李師師、薛瓊瓊、張憐憐、王惜惜等人，也都不知何往，眞個是鹿散風驚，鸞飄鳳泊。小生離鄉已久，無田可歸，只得旅食四方，隨緣度日。聞得有一故人現任零陵太守，如今前往投奔，藉覓枝棲。一路行來，不知是何地面，看天色已晚，須索趲行者。（唱）

（仙呂賞花時）霜染楓林秋意濃◎　一望裏　「國破山河落照紅」◎向何地、託孤踪◎更休問、風流萬種◎　恰便似　花落逐狂風◎（下）

註：謝克家生平與李師師毫無關涉；偶因此君有「依依宮柳拂宮墻」之憶王孫詞，乃詠刼後汴梁者，故借用其名，白中所敍事蹟，皆虛擬也。「國破山河落照紅」是朱敦儒減字木蘭花詞句。逐字中原音韵入作平，今仍作仄聲用。此段原擬題爲「引首」，以其於古無徵，乃用楔子之名。

本劇

（正旦抱琵琶上詩云）江南二月草芽齊，公子尋芳路欲迷。誰識我　獨抱哀絃彈舊曲，風光無處不淒淒。妾身李師師，生長東京，幼習歌舞，王孫公子，爭付纏頭。也曾供奉宣和皇帝在玉眞宮中，排演大晟新樂，天顏有喜，恩寵頻加。誰知正好歡娛，忽遭喪亂，狂胡入寇，聖主蒙塵。是俺隨衆南下，轉徙江湖，靠了這面琵琶，賣唱餬口。前者聞說王師已到朱仙鎭，方喜還鄉有日，誰料秦檜主和，功敗垂成，俺依舊流落江南，欲歸無計。如今又來到這岳州地面，寄寓荒村，盤纏都已用盡。看今日天氣晴和，不免到洞庭湖畔，商旅舟中，攬些生意去者。哎！

想昔日妙舞清歌，只換得眼前的殘杯冷炙，這悽惶何日是了也！（唱）

（南呂一枝花） 身住在 荒村野店中。心懸在 鳳閣龍樓下◎眼前新寂寞，夢裏舊繁華◎追想起、往日生涯◎才信春無價◎ 誰念我 飃零似落花◎ 出不得 裴興奴，明月船空。倒有個知音的 白樂天，青衫淚灑

註：寂字中原音韻入作平，今仍作仄聲用。裴興奴卽琵琶行中之商婦，見馬致遠青衫淚雜劇。

（梁州第七） 想俺這 楚江邊，飃零商婦。原是個 帝城中，歌舞名娃◎ 人道是 明眸皓齒難描畫◎夜燈深，調笙勸酒。綺窗閒，擘阮分茶◎破新橙，輕舒玉筍溫錦幄，慢展紅霞◎ 恰正好 沐恩波，簫鼓喧譁◎ 驀地裏 起煙塵，身世波查◎出荆襄，冒了些 暗雨淒風，過均房，險遇着 胡兵塞馬◎到湖湘，只剩了這 一面琵琶◎天涯◎故家◎ 遙望着 青山一髮 在 晴雲下◎途路債，幾時罷◎（貼扮二村女濃粧上云） 姐姐你看這兩朵花兒紅得好鮮艷也！（旦唱） 生怕見村女濃粧鬪野花◎尚兀自裝點韶華◎（下）

註：周邦彥少年遊詞云「并刀如水，吳鹽勝雪，纖手破新橙◎錦幄初溫，獸香不斷，相對坐調笙◎」宋人張端義貴耳集以爲此詞在李師師家作，詠徽宗與師師情事。其說雖屬誕妄，入劇固自不妨。過均房句借用陳簡齋事。簡齋自河南避兵南下，經均州、房州，折而東南入湘，在房州南山幾爲金兵追獲，具見詩集。今假定師師入湘亦循此路線。

（淨、冲末、副淨、雜，携酒瓶上，詩云） （淨） 船泊巴陵酒旋沽；（冲末） 亂餘思痛強歡娛。（副淨） 勸君莫話當年事！（雜） 難得這 雨後的 君山似畫圖。（淨） 我每乃是這洞庭湖上過路的客人。船主停船上岸，交易去了，我每這搭乘的閒暇無事，大家買了一瓶茅柴村酒，混混時光；只是寡酒難飲，怎生得個唱的也好。（副

淨）那壁來了。（旦上云）客官們可是聽曲子的麼？（冲末）正是就請過來。（旦做上船科云）客官每！你看這良辰美景水色山光，正好開懷休嫌聒耳。待俺唱套小曲兒向列位請教。（淨）好！好！你快快唱來。（旦做排場敲醒睡科詩云）曹兵百萬下長江，烈火焚燒一戰亡。載酒有人尋赤壁；哎！滅胡何處覓周郎。列位暫息高談，且聽俗曲。（唱）

（正宮轉調貨郎兒）正過着 好風光，江南春岸◎驟雨過，斜陽照晚◎洗出了數峯晴碧洞庭山◎俺不會弄繁聲、歌艷曲。也不要 誇仙佛、警愚頑◎（淨云） 你可唱甚麼那？（旦帶云） 唱一套貨郎兒（唱）把親過眼 的興亡和淚彈◎

註：調名下可加「一轉」字樣。

（云）方才那四句詩，說的是赤壁鏖兵，火燒戰船，殺得曹兵八十三萬人馬片甲不回；俺如今的說唱，是單題着本朝的實事。想俺這大宋朝，祖宗創業，實非容易也！（唱）

（二轉）想當初 亂紛紛，殘唐割據◎夾馬營龍興太祖◎ 到後來 兵變陳橋啓壯圖◎平川蜀∧回戈下荆湖◎南唐北漢歸眞主◎萬方來聚◎ 常則是 瑞靄祥雲繞汴都◎

註：蜀字中原音韵入作平，今從現代讀音作上聲。此字爲句中藏韵，但非必藏者。

（云）提起那東京汴梁，端的是好形勢，妾身生長其間，略知一二，待俺唱來聽者。（唱）

（三轉）那東京啊， 拊荆襄，接連 着 唐鄧◎帶關洛，有 崤函峻嶺◎ 直北上 太行天險作藩屛◎東南通淮潁∧東北擁徐青◎ 總強如 周家洛京◎唐朝杜陵◎便休題 高齊鄴京◎蕭梁的秣陵◎（淨云） 大姐你說的都是城外，這城內

呢？（旦唱）若要問都城八內景◎可知道錦繡天街有盛名◎

註：此轉有正音譜及元曲選兩體，見後貨郎兒譜，今用元曲選體，以其較爲通行也。其中五個四字句，元曲選及長生殿皆以前兩句爲一段，後三句爲一段；今以前四句爲一段，後一句爲一段。此句獨立，音節稍促，故加一藏韵（城字）以緩和之。余所作九轉，不守成規，自出機杼者，僅此一處，未知能合節拍否？

（雜云）我久聞汴梁城有個錦繡天街，十分熱閙，常有些詩人墨客，歌詠昇平。那周美成的詞曲更是有名。當日竟是怎樣風光，大姐必曾親見，請道其詳。（旦唱）

（四轉）那天街 費經營九君傳序◎望不盡朱樓翠宇◎ 眞個是 綠槐烟柳滿皇都◎寶馬來雕輪去◎（帶云）那都人仕女啊（唱）笙歌韶護◎春朝秋暮◎會良朋、斟美酒，樂陶陶共把 流年度◎更有那 韻舒徐◎筆縈紆◎清詞麗藻的驚人句◎子弟每齊唱美成新樂府◎是渠◎縱筆書◎裝點得風月梁園今勝古◎

註：清周之琦浣溪沙詞云：「錦繡天街舊有名◎九君傳序費經營◎至今猶說宋東京◎」北宋自太祖至欽宗凡九帝。此轉有正音譜、廣正譜、長生殿三體，今用正音譜體。

（副淨云）聞說那太上皇帝，乃是個風流天子，彈唱歌舞，無一不精。一時汴梁城裏，出了許多名妓，宣召進宮，朝歡暮飲。這些宮廷氣象，大姐你可說敎我們聽者。（旦云）那宮廷氣象，妾身不過聽人傳說，委實不曾親見，待俺唱來，列位姑妄聽之，也就是了。（唱）

（五轉）那君王 深居在九重天上◎退朝回，春閒晝長◎ 他向那 玉眞軒檻擁羣芳◎微雨過，好風凉◎水邊樹間雙燕忙◎ 有一個 李氏名娃，珠輝玉朗◎ 賽過了 漢飛燕倚新粧◎ 賽過了 昭君西子喬模樣◎ 賽過了 雍門外，韓娥高唱◎誰數那　弄琵琶的，商婦潯陽◎是他管領着　「衆仙同日詠霓裳」◎一個個堆雲鬢綴明璫◎向後宮中伏侍着個暮飲朝歡的老上皇◎

註：

「衆仙同日詠霓裳」是李商隱留贈畏之詩句。

（冲末云）請問大姐，那李氏想就是名滿東京的李師師了。（旦云）正是。（冲末背云）我問起李師師，他爲何微露驚惶之色？我看這女子，言談舉止，不比尋常，說起宮裏風光，又是這等逼眞，莫非他就是那李師師麼？且聽他說下去者。（雜云）你看大姐形容得眞似親眼得見一般，敢則是謊也？（淨云）管他謊不謊，說得熱鬧便好。想今日這臨安城，再過幾年，也趕得上這個樣兒。（冲末云）哎！想那時只爲了太上皇帝貪戀歌舞，不理朝綱，才惹起靖康之禍，父子蒙塵，至今想來，猶有餘痛，還說甚麼今日臨安，明日臨安，只怕早晚不安了也！（旦云）若提起那靖康之難，端的是天翻地覆，慘目傷心，列位聽俺唱來便知分曉。（唱）

（六轉）又誰知　熙熙攘攘神州華夏◎引動了　浩浩蕩蕩強胡士馬◎踏碎了整整齊齊朱朱粉粉上陽花◎一霎時百年宗社成虛話◎只見得三宮六院男男女女上上下下◎紛紛擾擾驚驚恐恐伴蒙塵鑾駕◎都急得哭哭啼啼淚淹襟帕◎沿路上惡惡很很的兵重重疊疊的甲◎緊守定委委屈屈卑卑辱辱父子官家◎安頓在　冷冷淸淸遙遙遠遠五國城下◎相伴着年年歲歲落日西風可兀的吹暮笳◎

註：

此轉有正音譜、元曲選二體，今用正音體作曲照例不許重韻；惟貨郎旦劇重韻處頗多，均見後貨郎兒譜，故本曲重下字韻不爲犯規。且兩下字意義不同，依作詩慣例亦可重用也。國字中原音韻入作上，現代亦有讀上聲者，今從國語標準音作平聲用。可兀的三字爲元劇中常見之襯字，並無特殊意義，此處以年年歲歲落日西風吹暮笳十一字一氣直下，過於急促，故加此三字以緩之。

（旦打悲科）（淨云）你看，說得倒像你自己家裏的事一樣，眞個的慘慘悽悽起來了。莫非你也與那老官家有一手兒麽？（冲末云）休得胡纏，好生聽唱。（副淨云）大姐，那二帝在五國城過的是甚樣生活，我等不知，你且道來。（冲末云）這等事，爲臣子者所不忍聞，提他作甚！（雜云）你且說一說那汴梁城破之後，是何等光景。（旦云）客官問那刼後汴梁麽，聽我慢慢唱來。（唱）

（七轉）冷淸淸，歌臺妓舍◎破設設，梁摧柱斜◎一代繁華一時絕◎舞裙紅、化作了啼鵑血◎到處裏，廢塚殘碣◎抵多少狐踪兎穴◎更休問風吹桃李飃荒野◎這國興亡、須不比花開謝◎最可憐那數不盡的殤魂。長伴着嗚咽咽的汴水悲聲流夜月◎

註：此轉用彈詞體，並和其韻。彈詞此曲，低徊幽咽，聲情合一，乃九轉中最佳者。其故除句法配合外，尤在用車遮韻靑溪笑、儒吏完城、哀思曲皆襲用車遮，效果亦同；惟三曲僅用同一韻部，並未逐句和韻。彈詞首句末二字云「驛舍，」驛字入聲作去，舍字上聲，均不合律，末句月字入聲作去，亦不合，今既和其韻，只得從之。「數不盡的殤魂」六字本是帶白，但照例非有不可，自貨郎旦以後，所有諸作均以之爲曲文之一部分，故亦用大字。杜出塞詩：「磨刀嗚咽水，」陳簡齋臨江仙詞：「長溝流月去無聲，」右曲末句合用其意。

（淨云）這些話聽了，好不是意思，少說幾句也罷。後來這江南的事兒，乃是我等親眼得見的，大姐何不也將他編唱出來。這叫作本地風光，現身說法。（旦微驚介云）俺倒曾編成一曲，唱來請教。（唱）

（八轉）敗殘軍，難敵狂寇◎赤緊的江都不守◎ 鬧攘攘 六龍飛渡海門秋◎到行都越州◎越州◎ 多虧了 梁紅玉擂鼓大江頭◎才免得金烏珠立馬吳山岫◎運機謀也麼哥◎整貔貅也麼哥◎削平了衆醜◎ 眼見得 萬里中原雪涕而收◎ 却有個遮天的妙手◎妙手◎ 他道是 南北的黔黎要暫時休◎把和番書、獨向龍筵奏◎割鴻溝也麼哥◎慶無憂也麼哥◎慶無憂。早依舊羅綺笙歌滿畫樓◎

註：高宗在應天卽位後，旋往揚州。建炎三年二月，金人攻陷揚州，帝倉皇南渡，轉徙兩浙。十月，金兵入浙，帝航海避難，至越州（卽紹興府）居年餘。以上事蹟俱見宋史高宗紀。是爲南宋初年國勢最危急時期。烏珠，舊史及小說均作兀朮，清代始改爲烏珠，見金史國語解。立馬吳山第一峯，乃金完顏亮詩，今借用。吳山在杭州城內。梁紅玉擂鼓助戰事在金人自杭退兵北返時，金帥固曾立馬吳山也。寫作戲劇當然不必全依史實。衆醜謂土寇叛軍等。李義山重有感詩云：「早晚星關雪涕收，」語悲意壯，余甚愛之。今用其語。雪涕而收之而字，要暫時休之要字，皆爲格律關係必加之襯字，詳見後貨郎兒譜八轉彈詞曲注文。秦檜主和理由之一爲避免生靈塗炭。檜當時常留身奏事，散見宋史及建炎以來繫年要錄諸書。留身謂俟同僚退朝後，獨留帝側密談。宋與金議和事，卽在此類密談中決定者。不字本入聲，現代語音：不字之下連平聲或上聲字卽讀去聲，如「不成、」「不好；」其下連去聲字卽讀平聲，如「不敬。」此盡人皆知者。元曲中亦是如此讀法，中原音韻定作上聲，似與當時實際情形不合。今從現代讀音，九轉「不姓李」同此。

（旦云）那秦丞相主和之時，曾說道：「南人歸南，北人歸北，則天下太平矣。」如今和局已成，似俺這汴京人氏，却依舊流落江南，還鄉無路。可正是「我亦北人，將安歸乎？」如今那臨安城中上上下下，只樂湖山，不談恢復，看來北定中原已成絕望，思想起來，好悶人也！（唱）

（九轉）這臨安占斷了京南佳麗◎錢江畔，湖山秀美◎仕女每畫船簫鼓樂雍熙◎早忘了虎狼心北虜強敵◎早忘了涉江淮，顚沛流離◎早忘了祖宗墳，在黃河那壁◎早忘了落胡天蒙塵的二帝◎（冲末背云）聽他口口聲聲，不忘故國，端的是傷心人別有懷抱，必非尋常歌女，想來我所見不差，待我詐他一詐。（向旦云）大姐你自南渡以後，這生涯怎生過遣也？（旦云）俺這些年麼？（唱）無非是富兒門，殘杯冷炙◎（冲末云）可還有些舊時遺物麼？（旦唱）那裏也帝王家，綵扇羅衣◎（冲末云）那些教坊舊人都到那裏去了？（旦云）他們呵！（唱）恰便似伯勞燕子各分飛◎飛過了白茫茫，關河萬里◎（冲末云）大姐！你莫非就是那李師師麼？（旦作驚介云）客官休得取笑，俺怎比得他來。（唱）似俺這敗荷衰柳秋容悴◎更休提夭桃艷李春光媚◎俺只是個走江湖賣唱的路歧兒◎（帶云）客官也？（唱）俺不是奉御的師師也不姓李◎

註：「朕亦北人，將安歸乎？」是高宗對秦檜語，今借用其意。二帝二字應用上聲，因是固定名詞，只得通融。

宋元時謂巡廻各地演劇鬻歌之藝人爲路歧。

（冲末云）我看大姐談吐高華，儀容俊雅，淡粧素服，不減風流。便非李氏師師，也定是京師名妓，故爾動問。有道是：「同是天涯淪落人，相逢何必曾相識。」既然不肯實說，只索罷了。有點小意思在此，請收下者。（旦云）多謝！（作上岸科）（衆下）（旦云）好一個「同是天涯淪落人，相逢何必曾相識。」只是俺這一副形模，怎好認當年姓字。方才信口問答，講漏了幾句，幾乎被他識破；好歹瞞了過去，信與不信，且自由他。看天色已晚，不免還到那野店中投宿去者。（行介）（唱）

（南呂煞尾）遠望見半輪紅日在青山罅◎散牧的牛羊俱到家◎（帶云）當年此際啊！（唱）正嚴粧設酒迎鑾駕◎想前歡、快煞◎歎今朝、痛煞◎面對着暮靄蒼茫淚盈把◎

詩云：幼習笙歌住日邊，湖湘流落亦前緣，關山迢遞家何在，極目烟波一惘然。（下）

餘文

（冲末上詩云）昨日歌聲滿客船，孤懷棖觸夜無眠。朝來獨向荒村裏，要撥黃塵覓翠鈿。小生謝克家，去年秋晚溯江而上，投奔故友，沿路躭擱，行了數月，方才來到這洞庭湖畔。昨日在舟中聽了一番彈唱之後，想起汴京舊事，整夜不曾合眼。我想那女子定是李師師無疑；想是礙着船上人多，難說實話。我在汴梁時節，久慕師師艷名，只恨緣慳一面，今日相逢，豈可錯過。方才上岸打聽，他就住在前面荒村野店之中，我且前去尋問，便知分曉。（行介）一路行來，此間已是，待我上前問者。（向古門問介）借問這裏可有個姓李的女客人麼？（內應介）我們這裏，姓趙的姓錢的姓孫的都有，單沒有個姓李的。（冲末云）我問的是個賣唱的女子。（內云）你問的是他麼？他說沒有姓，今日絕早走了。（冲末云）一步來遲，好不巧也！（唱）

（仙呂賞花時）俺向這湖畔行來興倍濃◎端只要細問根芽拾落紅◎又誰知孤鳳渺無踪◎漫贏得閒愁萬種◎搔蓬鬢、立晨風◎

註：此曲用楔子賞花時韻。

（淨上云）嗨！老兄！那裏尋你不到，原來在此發獃。快開船了，還不快走！（拖冲末下）

註：嗨字元曲中已有之，並非現代所造新字。

(三) 九轉貨郎兒譜前說明

在九轉貨郎兒譜之前，有三件事先要說明：

第一是本譜所用符號。這些符號是我在北曲新譜裏使用的，在我舊作「仙呂混江龍的本格及其變化」文中曾經引用，後來又經增改，成爲下列的樣子：

關於韻及句讀者

◎ 協韻之句

。 不協韻之句

・ 可韻可否之句

△ 藏韻即句中韻或云暗韻或云小韻

∧ 可藏可否

「」 增句此符號與本譜無關

關於三聲者

平 應用平聲之字

上 上聲

去 去聲

仄 上去不拘

十 平仄不拘

坙 平上通用或宜平可上

𣎳 宜上可平

卜 宜上可去

ム 宜去可上

丅 宜平可仄

實例中每遇可韻可否之句其協韻者用・號不協

韻者用○號　　　丄　宜仄可平

第二是襯字及增字的處置問題。北曲句子的長度是有彈性的，每個牌調，其中各句的字數雖有規定，却又可以循一定原則而增減。減字的情形極爲少見，姑且不談，增字則甚爲普遍。增字並不是尋常所謂襯字。襯字是在本格應有的字數（普通稱爲正字）之外，臨時加進去的，專供轉折、聯絡、形容、輔佐之用，有時只是用來調節聲調，所以在語氣上常是較輕的，文義上常是附屬的而不是主要的，很容易看得出來。增字則是循一定原則加出來的，與本格諸正字勢均力敵，渾然一體。這樣抽象的說，也許不大清楚，舉例卽可明白。例如：仙呂油葫蘆第三句本格應當是七個字，而西廂記第一折油葫蘆第三句則爲「這河帶齊梁分秦晉隘幽燕」十一個字，「這河」兩字是襯字，毫無問題，一般以爲「帶分」兩字也是襯，如此就只剩下「齊梁秦晉隘幽燕」七個正字。但是，帶齊梁、分秦晉、隘幽燕，三段平列，帶分兩字，與隘字分兩位置完全一樣，何以單要算他們兩個是襯？而且，七字句變成這樣平分三段九字句的例子很多，何以大家都這樣作？若僅用襯字來解釋，就顯得牽強了。其實，這就是北曲句子的長度有彈性的關係。七字句根本就可以變爲平分三段的九字句，這卽是我所謂原則之一。所以，帶分兩字是增字而不是襯字。襯字這個名詞古已有之；增字的情形，以前論曲的人都不大注意，多數人以爲仍屬於襯字範圍，所以沒有現成名詞，增字這個名詞是我所假定的。大家都知道詞曲句法有所謂「增減攤破」，上面所說北曲句子長度的彈性也可以說是攤破，但攤破包括增減二者，並不只是增，所以我說增字而不說攤破字。以上是對於襯字與增字之別的簡單說明，欲知其詳可參閱大陸雜誌一卷七期拙作「北曲格式的變化」一文。現在將那篇文章所舉出的十二條常用的增字通例（也就是句法變化的原則）鈔在下邊，以供讀者參考。

1 一字句增兩字變爲三字。 例如閱金經第四句本爲一字，張可久小令云「鶯亂啼，」鶯亂兩字是增。

2 二字句增兩字變爲四字上二下二。 例如朝天子首兩句本各爲二字，張可久小令云「瓜田邵平，」「草堂杜陵，」瓜田、草堂，俱是增字。

3 二字句增三字變爲五字上三下二。 例如朝天子第九十兩句本各爲二字，張養浩小令云「嚴子陵釣灘，」「韓元帥將壇，」嚴子陵、韓元帥，俱是增字。

4 三字句增兩字變爲五字上二下三。 例如寄生草首兩句本各爲三字，白樸牆頭馬上雜劇云「榆散青錢亂，」「梅攢翠豆肥，」榆散、梅攢，俱是增字。

5 三字句增三字變爲折腰六字，卽上三下三。 例如：沈醉東風第三四句本各爲三字，張養浩小令云「房玄齡經濟才，」「尉敬德英雄漢，」房玄齡、尉敬德，俱是增字。

此種句法余定名曰六乙，以別於上二下四或上四下二之六言。

6 四字句增一字變爲五字上一下四或上三下二。 例如：醉太平首兩句本各爲四字，張可久小令云「褭白雲紙襖，」「掛翠竹麻條，」又云「洗荷花過雨，」「浴明月平湖，」褭、掛、洗、浴，俱是增字。

此種句法余定名曰五乙，以別於上二下三之五言。

7 四字句增三字變爲七字上三下四。 例如賞花時第四句本爲四字，石君寶曲江池雜劇云「這萬言策須當應口，」萬言策三字是增，這字是襯。

此種句法余定名爲七乙，以別於上四下三之七言。

8 五字句增一字變爲折腰六字。　例如：賞花時第三句本爲五字，石君寶曲江池雜劇云「題金榜占鰲頭，」題字是增。

9 六字句增一字變爲七字，上三下四。　例如：沈醉東風首兩句本各爲六字，盧摯小令云「掛絕壁枯松倒倚，」「落殘霞孤鶩齊飛，」掛、落、俱是增字。

10 七字句增一字變爲八字，上三下五。　例如：醉太平第六句本爲七字，張可久小令云「對淸風不放金杯住，」對字是增。

11 七字句增兩字變爲九字，平分三段。　例如：寄生草第三句本爲七字，無名氏小令云「想着他 擊珊瑚列錦帳石崇勢，」擊字列字是增，想着他三字是襯。又如上文所擧西廂油葫蘆第三句。

12 七字句增三字變爲兩個五字句。　例如油葫蘆第四五兩句本各七字，西廂云「雪浪拍長空、天際秋雲捲。竹索纜浮橋、水上蒼龍偃，」雪浪拍、竹索纜、俱是增字。

此例不常用，只限於少數牌調，但易使讀者迷惑，故擧出之。

以上十二條之外，還有五條通例，都是不常用的，附識於後，實例從略。

1 三字句增一字變爲四字，上一下三。

2 四字句增兩字變爲六字。

3 五字句增兩字變爲七字，上四下三。

4 五字句增三字變爲八字，上三下五。

5七乙增一字變爲八字,上四下四。

歷來各種曲籍,對於襯字增字正字的處置,有三種不同的方式。

一、襯增正一律用大字,如下式:這河帶齊梁分秦晉隘幽燕。

二、襯用小字,增正均用大字,如下式:這河帶齊梁分秦晉隘幽燕。

三、襯增均用小字,正用大字,如下式:這河帶齊梁分秦晉隘幽燕。

如上文所說,襯字常是附屬的,次要的,用小字印出來,形式與意義相合,還沒有甚麼不自然;增字則與正字渾然一體,難分輕重,若增正分用大小字,則把完整的句子弄得忽大忽小,支離破碎,看起來很不舒服。所以,採用第一種方式的較多,第二種次之,第三種很少人採用。但這乃是爲讀本而言,至於曲譜,要把各牌調的本格清楚的表示出來,當然非用第三式不可。我在本篇裏,李師師雜劇部份用第二式,貨郎兒譜用第三式,即是根據上述理由。讀者如想把這一折雜劇與曲譜對照以檢討其是否合乎規律,最好先看上述增字通例。

第三是本譜所舉實例及其版本。本譜九轉貨郎兒部分,每轉我都舉出三個實例。一是太和正音譜本貨郎旦,一是元曲選本貨郎旦,一是長生殿彈詞。貨郎旦與彈詞都是模範作品,既能予人以規矩,又能予人以巧。而彈詞又有時獨出心裁,自成新格。所以我把二者都照錄出來。貨郎旦並列正音譜及元曲選兩種,則因爲這兩種的文字及格式有時不甚相同。貨郎旦全劇有兩種本子,元曲選本及明脈望館鈔本;其九轉貨郎兒部分則又有太和正音譜、盛世新聲、詞林摘艷、萬曆內府本詞林摘艷、雍熙樂府、北詞廣正譜等六種本子,連上述全劇兩種共爲八種。此外還有幾種清代曲譜,如九宮大成譜、納書楹曲譜之類,都沒有計入,因爲去古已遠,只是歌者以意更定或者以訛傳訛，不足爲據。這八種本子，文字互有異同，襯字多寡也不一樣。大別起來，可分爲兩個系統。正音譜等七種是一個系統，只是文字有異同，格式並沒有兩樣，這個系統我稱之爲舊格。元曲選自成一系，我稱之爲新格，因爲這是經臧懋循改過的本字，不只文字，連格式也有時改變。貨郎旦之並列兩種，即是並列上述舊格與新格。正音譜時代最古，襯字最少，適合於入譜作例之用；所以我所舉舊格例曲，即以正音爲底本，而用同一系統的六本參校，作成校記附於曲後。清代及近代曲譜中，偶有可參校的地方，也擇要列入。元曲選本則作爲新格例曲，此本雖非元人本來面目，但流行較爲普遍，後來傳唱都用此本。長生殿彈詞也大致以此爲藍本，我既全錄其文，也就不必與舊格互校。長生殿雖也有數種版本，文字並無不同，後來收入各家曲譜的傳唱諸折，則有時因唱腔的關係，經歌者加以改動。這與文字及曲律並沒有多大關係，所以本譜所錄彈詞只據原本，不用傳唱諸本校訂，僅把有關係的幾處附記在說明裏邊。至於南呂一枝花、梁州第七、煞尾等三曲，則各舉兩例：貨郎旦及長生殿。賞花時爲貨郎旦及長生殿所沒有的，另舉兩曲爲例。

（四）　九轉貨郎兒譜附一枝花、梁州第七、煞尾、賞花時

一枝花　　　貨郎旦元曲選本

雖則是打牌兒出野村。不比那吊名兒臨構肆◎與別人無夥伴。單看俺當家兒◎哥哥你索尋思◎錦片也排着節使◎都只待奏新聲舞柘枝◎揮霍的是一錠錠響鈔精銀。擺列的是一行行朱唇皓齒◎

丅平丄厶平十仄平平厶◎丅平平厶丄十仄仄平平◎十仄平平◎十仄平平厶◎平平十厶丅◎仄丅丅，

十仄平平丁丄丄，十平去丄◎
九句五五◎五五◎四◎五◎五◎七乙七乙◎
一枝花又名占春魁屬南呂宮例作套數首曲用首四句須對末兩句須對第六七兩句，元人對者甚少，明人對者較多；仍以不對爲宜因第七句宕開則文氣充沛活潑，若對上句反嫌拘滯右曲此兩句卽不對。

校記：明脉望館鈔本（以下簡稱鈔）雖則是作俺這是。出野作處野。不比那作不比。吊名兒作做場戶按名字平聲失律場字可讀上聲合律。與別作比別。夥伴作火伴按宋元通俗文字中夥伴多作火伴或伙伴。單看作試看。索尋作試尋。排字上有似字節使作席次。

一枝花例二　　長生殿彈詞

不隄防餘年値亂離。逼拶得歧路遭窮敗◎受奔波風塵顏面黑。歎衰殘霜雪鬢鬚白◎今日個流落天涯◎只留得琵琶在◎揣羞臉上長街又過短街◎那裏是高漸離擊筑悲歌。倒做了伍子胥吹簫也那乞丐◎

上長街又過短街句，後來效者或認上又兩字爲正字而逕作成七乙句法實違一枝花本格。

梁州第七　　貨郎旦元曲選本

正遇着美遨遊融和的天氣更兼着沒煩惱豐稔的年時◎有誰人不想快平生志◎都只待高張繡幙。都只待爛醉金巵◎我本是窮鄉寡婦。沒甚的艷色嬌姿◎又不會賣風流弄粉調脂◎又不會按宮商品竹彈絲◎無過是趕幾處沸騰騰熱鬧場兒搖幾下桑琅琅蛇皮鼓兒◎唱幾句韻悠悠信口腔兒◎一詩◎一詞◎都是些人間新近希奇事◎紐捏來無詮次◎倒也會動的人心諧的耳◎都一般喜笑孜孜◎

丄丅仄，丅平・平仄ㄙ卡仄平平，十仄平平◎十平十仄平平去◎丅平丄仄・十仄平平◎丄平丅仄。十仄平平◎仄平丅，十仄平平◎丄平丅，十仄平平◎仄平丄，十仄平平・丄丅丅，丅平平仄ㄙ卡◎仄平平，十仄平平◎丄丅◎仄至◎十平十仄平平去◎丅丄丄平ㄙ◎十仄平平丄仄平◎十仄平平◎

十八句七乙七乙◎七◎四四◎四四◎七乙◎七乙◎七乙七乙◎七乙◎二◎二◎七◎五◎七◎四◎

各句平仄有二種格式者，以雙行一併列出，稱爲甲式、乙式。例如右曲丅平。（甲式）平仄ㄙ卡（乙式）

梁州第七簡稱梁州，屬南呂宮，例用作套數第二曲，散套中偶有作首曲用者，極爲少見。作此曲以整齊爲主，凡雙句及鼎足句（卽三句一排者如右曲沸騰騰桑琅琅韻悠悠三句）均須排偶對稱；惟第八九兩句（卽右曲賣風流按宮商兩句）常有不對偶者。兩個二字句（卽右曲一詩一詞兩句）可併爲一句而省去一韻，如無名氏散套此兩句云「登臨畫船」；又可用叠韻，如貫雲石散套云「坐間夢間」。

校記：脉望館鈔本此曲僅存二十八字，無可校。

梁州第七例二　　長生殿彈詞

想當日奏清歌趨承金殿，度新聲供應瑤階◎說不盡九重天上恩如海◎幸溫泉驪山雪霽。泛仙舟興慶蓮開◎玩嬋娟華清宮殿。賞芳菲花萼樓臺◎正擔承雨露深澤◎驀遭逢天地奇災◎劍門關塵蒙了鳳輦鸞輿。馬嵬坡血汚了天姿國色◎江南路哭殺了，瘦骨窮骸◎可哀◎落魄◎只得把霓裳御譜沿門賣◎有誰人喝聲采◎空對着六代園陵草樹埋◎滿目興衰◎

海字韻應用去聲。彈詞全套諸曲，聲律精嚴諧美，但上去聲字每有與元人舊規不合處，以下不再注出。

九轉貨郎兒　　貨郎旦 太和正音譜本

一轉

也不唱韓元帥偷營刼寨◎漢司馬陳言獻策◎也不唱巫娥雲雨楚陽臺◎也不唱梁山伯祝英臺◎則唱那娶小婦長安李秀才◎

丄十丄，丅平卒去◎丄十丄，平平去卒◎十平十仄仄平平◎丅丅仄仄平平◎十仄平平平去平◎

六句：　七乙◎七乙◎七◎三三◎七◎

重臺字韻。按此九轉多不避重韻，三轉、四轉、五轉、六轉、七轉、九轉皆有之。

首句第四字如用仄聲，則第六字必用平聲。　單作貨郎兒本格時，末句末字平聲上聲均可；在九轉中則各轉不同，詳見二轉說明。

諸書皆以此曲直屬九轉貨郎兒總題，無一轉字樣，惟北詞廣正譜有之。本譜爲敍次分明，故從廣正；實際寫作時可省去此二字。

貨郎兒屬正宮，註一 右曲卽其本格。此曲用本格者，此一轉外，僅見楊顯之瀟湘雨雜劇。註二 其餘皆爲轉調貨郎兒，卽以貨郎兒本格分列首尾，中間加入其他牌調若干句而組成之曲。惟貨郎兒不一定全用，其第三四五等三句有時省去。加入之調謂之「轉調」，由此組成之曲亦卽名曰轉調貨郎兒。轉調貨郎兒有一支獨用者，合元代及明初雜劇散套計之，共有十體，俱見余所撰北曲新譜。此十體作者只取其一聯入套中卽可。九轉貨郎兒則爲九支曲所組成，第一轉爲貨郎兒本格全曲，二至九轉爲轉調貨郎兒，中間轉調，各轉不同。此九曲爲一整體，不能減少亦不能變更次序。註三 其本名仍爲轉調貨郎兒，以共有九曲，故通稱九轉貨郎兒，仍屬正宮。註四 此九曲不能獨立成套，必須聯入其他套中，但僅見二例：貨郎旦雜劇聯入南呂一枝花套，義勇辭金劇聯入正宮端正好套。依照慣例，聯入一套之曲必須同韻，此九轉則用韻各異，與其所聯入之套亦不必同韻，是爲北曲中之變例。九轉之外，復有三轉調貨郎兒，見於明周憲王朱有燉之仙官慶會劇，爲有燉所創製，未見效者，以與本譜無關，從略。

註一　廣正譜云「貨郎兒亦入仙呂，」未見實例，其說恐誤。

註二　朱凱黃鶴樓劇之貨郎兒，非本格亦非轉調，爲僅見之特殊作法；存疑俟考。

註三　歌場傳唱長生殿彈詞皆不唱第八轉，各曲譜遂有將此轉删去者。此乃歌者節省氣力之通融辦法，亦可云偷工減料，與作法無關。凡作九轉貨郎兒，未有減去任何一轉者。

註四　正音譜云：「此九轉本係南呂宮曲，於正宮借用。」蓋因貨郎旦以之夾入南呂套也。廣正譜則云此九轉屬正宮。今按：貨郎兒本調屬正宮，轉入之曲亦皆屬正宮或例可借入正宮之中呂與雙調。自以從廣正爲是。正音之說，恐是誤會。

校記：祝英臺句上詞林摘艷（以下簡稱摘）雍熙樂府（以下簡稱雍）俱有也不唱三字。按：梁山伯、祝英臺爲同一故事之兩主角，故以文義言只能用一個也不唱，但用兩個則句法平衡。婦字下摘雍俱有的字。

一轉例二　娶小婦萬曆內府詞林摘艷（以下簡稱萬）作應舉去的。　貨郎旦元曲選本也不唱韓元帥偷營劫寨◎也不唱漢司馬陳言獻策◎也不唱巫娥雲雨楚陽臺◎也不唱梁山伯．也不唱祝英臺◎只唱那娶小婦的長安李秀才◎

元曲選本貨郎旦於正音譜一系之舊本多有改動；此轉除襯字較多外，文字及格式均相同。

一轉例三　　長生殿彈詞

唱不盡，興亡夢幻◎彈不盡，悲傷感嘆◎大古里淒涼滿眼對江山◎我只待撥繁絃傳幽怨．翻別調寫愁煩◎慢慢的把天寶當年遺事彈◎

二轉　　貨郎旦正音譜本

(貨郎兒首二句)我則見齊臻臻珠樓高廈◎碧聳聳青簷暗瓦◎(雙調掛玉鈎首句)途路裡長存四季花◎(中呂賣花聲二至四)銅駝陌王孫鬪奢華◎公子士女乘車馬◎繡簾高掛◎(貨郎兒末句)都是他王侯宰相家◎

上十上，丅平平去◎上上上，平平平去平◎十仄平平上仄平◎十仄平平仄平平◎十平十仄平平上◎厶平平去◎十仄平平平去平◎

七句：七乙◎七乙◎七◎七◎七◎四◎七◎

貨郎兒本格，末句末字平上均可；在此九轉中，則每轉均有一定。因各轉在全套中所處位置不同，轉入之調不同，節拍快慢隨之而異，故此字或應用平，或應用上，隨調而定，不可移易，否則聲響全非。例如第一轉冠冕全套，故此字須用平，若用上聲即籠罩不住。第六轉疊字甚多，聲調急促，故此字須用平，若用上聲則收煞不住。第九轉為總結束，末字須用上聲，始有餘音嫋嫋之致，若用平聲即索然無味。此皆古人審音定律之精微處，故長生殿彈詞於此等皆謹守貨郎旦繩墨，不稍通融。本譜所列平仄格式於各轉此字之應平應上俱爲注明。

各轉所轉入諸調之名目，諸書有注出者，有不注者。注出者爲詞林摘豔、雍熙樂府、北詞廣正譜、吳梅北詞簡譜等四書。簡譜全襲廣正，（僅三轉不同，見彼轉）故實際上只有三書。此三書所注，彼此歧異，互有得失。本譜綜合舊說，參以己見，重爲析定，分別注明各家異說，或可並存，或爲錯誤，亦皆附注。轉調所用諸句，與其原調句法相合即可，平仄不一定相合。如右曲之賣花聲三句，平仄皆與原格小異，此種情形，北曲之轉調，南曲之集曲皆有之，並不害其爲某調也。

右曲所注轉調牌名，參用廣正譜及雍熙、摘豔之說。廣正譜以途路句爲貨郎兒之第三句。按此句與貨郎兒本格平仄相反，應從摘豔及雍熙定爲掛玉鈎首句，平仄始合。銅駝陌至繡簾高掛三句之爲賣花聲，則從廣正所定。摘豔及雍熙於此三句亦題掛玉鈎，全不相類。或云：貨郎兒本調屬正宮，故廣正所題轉調牌名皆屬正宮或例可借入正宮之中呂，今闌入雙調，似乎不妥。按雙調亦可借入正宮，見廣正第二帙。以下七轉之殿前歡，八轉之快活年同此。長生殿彈詞徐靈昭批云：「首五句是貨郎兒，下增二句是轉調，末句仍收本調」一似可備一說。若從其說，須分第四句爲「銅駝陌。王孫鬭奢華◎」兩個三字句，以符合貨郎兒第四五兩句，賣花聲則爲三至四。

北詞簡譜云：此轉用慢唱。

校記：　臻臻字下摘雍俱有的字。　珠雍鈔俱作朱。　碧正音作低，今從摘雍鈔。　晤雍作鴛鈔作翠。　路裏摘雍俱作路嶺。 長摘作常。 繡正音作翠，今從摘雍鈔。 都是他摘作都是那，並重此三字；鈔作眞個是。

都是他下雍重都是二字。

二轉例二　　貨郎旦元曲選本

我只見密臻臻的朱樓高廈◎碧聳聳青簷細瓦◎四季裏常開不斷花◎銅駝陌紛紛鬪奢華◎那王孫士女乘車馬◎一望繡簾高掛◎都則是公侯宰相家◎

元曲選此轉文字與正音譜稍異，格式全同。

自二轉以下，只在第一例卽正音譜本注出轉調諸曲名目，例二例三均不再注，

二轉例三　　長生殿彈詞

想當初慶皇唐太平天下◎訪麗色，把娥眉選刷◎有佳人生長在弘農楊氏家◎深閨內端的玉無瑕◎那君王一見了歡無那◎把鈿盒金釵親納◎評跋做昭陽第一花◎

三轉　　貨郎旦正音譜本

(貨郎兒前五句)李秀才不離了，花街柳陌◎占場兒貪杯好色◎看上他柳眉丹臉旱蓮腮◎對面兒相挑泛。背地裏暗窺劃◎(正宮笑和尚第五句)背着他渾家。(中呂鬪鵪鶉首四句)交媒人往來◎閒家擘劃◎諸般綽開◎花紅布擺◎(貨郎兒末句)早將一個烟花娶過來◎

丄十丄，丅平平去◎丄十丄，平平去平◎十平十仄仄平平◎丅丅仄。仄平平◎仄平平平平平卜平◎平平卜平◎平平卜平◎平平去上◎十仄平平平去平◎

十一句：七乙◎七乙◎七◎三三◎三四◎四◎四◎四◎七◎

重劃字韻。

廣正譜以「背着他渾家」五字爲襯；但以大小字分別正襯之紹陶室刻本義勇辭金劇此句云「向店房中」可知乃三字句而非襯字，摘艷題此句爲笑和尚，不爲無因，因笑和尚第五句正是三字，平仄亦與此相合也。今即從摘艷定此句爲笑和尚，以下四個四字句則從廣正定爲鬭鵪鶉；但總覺其聲響不類，存疑俟考。

北詞簡譜云此轉用慢唱

校記：李秀才上鈔有那字。　柳眉句摘雍俱作柳眉星眼杏桃腮。　挑泛萬作挑犯，鈔作詞泛。　背地裏鈔作就裏面。　窺劃雍作窺諧。　渾家上摘雍俱有那字。　交摘雍俱作着，萬作使。　閑家擘劃諸般綽開兩句摘作諸餘裏炒拍一句。　花紅上摘有將字。　早將摘作可又早把。　一個鈔無一字。　這來鈔作到來。

元曲選本與此不同而較爲通行，見下。

三轉例二　　貨郎旦元曲選本

那李秀才不離了，花街柳陌◎占場兒貪杯好色◎看上那柳眉星眼杏花腮◎對面兒相挑泛。背地裏暗差排◎抛着他渾家不睬◎只教那媒人往來◎閑家擘劃◎諸般綽開◎花紅布擺◎早將一個潑賤的烟花娶過來◎

改正音譜本之「背着他渾家」爲「抛着他　渾家不睬」變三字句爲四字句，且加一韻。長生殿彈詞效之。此種作法音律亦甚諧暢，流傳既久，作者歌者無不依此，正音譜之舊格反致湮沒。今並列兩體，作者可任從其一。此體旣爲臧懋循自我作古，自不必再以轉調牌名強求符合。北詞簡譜用此體而仍用廣正之轉調牌名，定此五個四字句爲鬬鵪鶉二至六，殊爲不妥。遍觀元人所作鬬鵪鶉，其第五句皆爲七字，從未有二至六句皆爲四字者。

三轉例三　　長生殿彈詞

那娘娘生得來仙姿佚貌◎說不盡，幽閒窈窕◎眞個是花輸雙頰柳輸腰◎比昭君增妍麗，較西子倍風標◎似觀音飛來海嶠◎恍嫦娥偷離碧霄◎更春情韻饒◎春酣態嬌◎春眠夢悄◎總有好丹青，那百樣娉婷難畫描◎

四轉　　貨郎旦正音譜本

（貨郎兒首四句）那妮子舌刺刺，挑茶斡刺◎百枝枝花兒葉子◎望空裏揣與箇罪名兒◎閒挑刺◎（中呂山坡羊首至九）閒尋公事◎挑三斡四◎大渾家吐不的嚥不的去不了心頭刺◎減了容姿◎瘦了腰肢◎病懨懨睡損裙兒衩◎一臥不起難動止◎嗞冷了四肢◎（貨郎兒末句）將一個賢會的渾家生氣死◎

丄十丄，丅平丕去◎丄十丄，平平去卒◎十平十仄仄平平◎平平去◎平平平去◎平平丄去◎十平ム卜平平去◎仄平平◎仄平平◎十平ム卜平平去◎十仄ム卒平去上◎平仄ム丕◎十仄平平平去上◎

十四句：七乙◎七乙◎七◎三◎四◎四◎七◎三◎三◎七◎七◎一三◎七◎

重刺字韻，肢字韻。

轉調牌名從摘艷及廣正。

正音、雍熙及脈望館鈔本，皆有「閒挑刺」三字，摘艷、廣正、簡譜皆無之。按：此三字與上下文重複太多，雖九轉中不避複語重韻，亦不應如此累贅，疑是衍文，本擬從摛豔諸書刪去。但元曲選本改此三字爲「閒公事」而存之，義勇辭金於此三字作「氤氳氣」而效之，沿襲既久，似亦未可輕刪，故仍存此三字而定爲貨郎兒之第四句。廣正無此三字，可作爲另一體，此外又有長生殿本見下，作者酌從其一可也。

校記：妮子摛作婆娘。　舌刺刺下摛雍俱有的字。　茶雍作搽。挑茶集成曲譜作調，塗傳唱皆同。按：調是挑字之訛，塗應是茶字，茶荼形近，荼塗音同，故致訛誤。　百枝枝摛作百枝百枝的，雍作百枝百枝枝。葉子摛作葉兒。揣與下摛雍俱有他字。　摛豔廣正簡譜俱無閒挑刺三字。　閒尋摛作閒行。　嗻不的摛雍俱作嗻不下。　摛雍俱無去不了三字。　心頭下鈔衍如字。　容姿雍作神思。　睡損下摛雍俱有了字。一臥句摛作扶策扶起剛動止。　嗞摛作他。　賢會雍鈔俱作賢慧。　按：元明曲中每以賢會代賢慧。

四轉例二　　貨郎旦元曲選本

那婆娘舌刺刺挑茶斡刺◎百枝枝花兒葉子◎望空裏揣與他個罪名兒◎尋這等閒公事◎他正是節外生枝◎調三斡四◎只教你大渾家吐不的嚥不的這一個心頭刺◎減了神思◎瘦了容姿◎病懨懨睡損了裙兒衩◎難扶策，怎動止◎忽的呵冷了四肢◎將一個賢會的渾家生氣死◎

「難扶策怎動止」即正音本之「一臥不起難動止，」減七字爲六乙。　正音本之嗞字此改爲忽，不協韻而於其下加兩襯字。　以上兩項改變皆與全曲格式無關。

四轉例三　　長生殿彈詞

（貨郎兒首五句）那君王看承得，似明珠沒兩◎鎮日裏，高擎在掌◎賽過那漢宮飛燕倚新粧◎可正是玉樓中巢翡翠。金殿上鎖着

鴛鴦◎（中呂山坡羊二至九）宵偎晝傍◎直弄得個伶俐的官家。顚不剌懵不剌撇不下心兒上◎弛了朝綱◎占了情場◎百支支寫

不了風流賬◎行厮並坐厮當◎雙◎赤緊的倚了御床◎（貨郎兒末句）博得個月夜花朝同受享◎

較舊格多貨郎兒第五句，少山坡羊首句。

行厮並句卽前曲之難扶策句本七字改爲六乙。

五轉　　貨郎旦正音譜本

（貨郎兒首三句）火逼的花稍上鴉飛鵲散◎更那堪更深夜闌◎則除是火焰山天賜到長安◎（中呂迎仙客全）燒地戶燎天關◎便似火龍降來凡世間◎萬戶燒窑老君煉丹◎介子推綿山◎子房燒了連雲棧◎（中呂紅繡鞋首至五）却便似赤壁鏖兵風範◎布牛陣火燎田單◎火龍炎戰錦斑斕◎把房簷扯。將脊條扳◎急救着連累了官房五六間◎

上十上，丅平丕去◎上十上，平平去平◎十平十仄仄平平◎平仄仄仄平平◎ 上平仄平平厶平 上仄平平十仄平 ◎仄仄平平。

上平去丕◎ 十上上，厶平平 十仄平平 ◎十卜平平去◎十仄平平平去◎十丕上仄平平◎上平平仄仄平平◎平平

仄仄平平◎十仄平平卒去平◎

十六句七乙◎七乙◎七◎三〇三◎七◎四四。◎ 六乙四 ◎五◎六◎六◎七◎三。三◎七◎

重間字韻，但兩間字意義不同。

此轉須用陽聲韻（卽有鼻音之韻），始能「發調」。

第六句（卽火龍降來句）乙式乃元曲選本貨郎旦及長生殿彈詞所用者。

第七八兩句（卽萬戶老君兩句）迎仙客本調各應三字，此則各爲四字；如此改三爲四，北曲中雖不

常見，但亦有實例。其後義勇辭金云，「厚感恩榮北瞻頓首◎」長生殿彈詞云，「一串驪珠聲和韻閒◎」皆作兩個四字句，遂成定式。　第九句（即介子推句）乙式乃元曲選本貨郎旦及長生殿彈詞所用者。此句作四字始合迎仙客本格，但作六乙音律仍諧，北曲亦偶有四字變六乙之例，固不必死守四字本格也。（余作李師師劇此句亦作六乙。）鶴歸來傳奇訪菊折於七八九三句作「焦元帥奮神威◎力抗強敵◎」全用迎仙客本格，亦可從。

轉調牌名從廣正。摘豔、雍熙，俱同廣正，但未將貨郎兒末句析出。長生殿彈詞徐靈昭批云：「五轉於首曲本調外，另增六句轉調，末復重用本調後三句收。」按：此轉共十六句，除去徐氏所謂本調六句及後三句外，尙餘七句，徐云六句，乃七句之誤。如其說，則此七句前四句爲迎仙客，四至七，後三句爲紅繡鞋首至三，亦未嘗不可。但各轉皆以貨郎兒本調分列首尾，未有先用全章又用後三句者；仍以廣正所定，較爲合理。

校記：　更那堪雍作更和那。　則除是摘雍作恰便似。　天賜鈔作天降。　便似摘作便似那，雍作恰便似。　火龍句摘作摘星樓降來到凡世間。　按：火龍與下重複，此句似可改從摘豔。　萬戶燒窑正音及雍熙廣正俱作萬火燒空，今從摘豔。　介子推上摘雍俱有似字。　介子推下摘雍俱有在字。　子房上摘雍俱有恰便似三字。　却便似摘雍俱作恰便似。　火燎摘雍俱作擧火。　田單摘作田丹。　火龍炎戰上摘有便似二字，雍有恰便似三字，炎戰摘雍俱作烟戰。　斑斕摘作闌班，雍作闌斑。　把房簷扯摘作將那房簷燎。　扯字上扳字上鈔俱有來字。　連累上摘有可又早三字。

火逼的好人家人離物散◎更那堪更深夜闌◎是誰將火焰山移向到長安◎燒地戶燎天關◎單則把凌烟閣留他世上看◎恰便似九轉飛芒。老君煉丹◎恰便似介子推在綿山◎恰更似子房燒了連雲棧◎恰便似赤壁下曹兵塗炭◎恰便似佈牛陣舉火田單◎恰便似火龍鏖戰錦斑斕◎將那房簷扯。脊梁扳◎急救呵可又早連累了官房五六間◎

此曲文字與正音本異，格式句法全同，僅凌烟閣介子推兩句俱用乙式。

五轉例三　長生殿彈詞

當日呵那娘娘在荷庭，把宮商細按◎譜新聲將霓裳調翻◎晝長時親自教雙鬟◎舒素手拍香檀◎一字字都吐自朱唇皓齒間◎恰便似一串驪珠聲和韻閒◎恰便似鶯與燕弄關關◎恰便似鳴泉花底流溪澗◎恰便似明月下冷冷清梵◎恰便似緱嶺上鶴唳高寒◎恰便似步虛仙佩夜珊珊◎傳集了梨園部。教坊班◎向翠盤中高簇擁着個娘娘引得那君王帶笑看◎

末句集成曲譜作「向翠盤中高簇擁個美貌如花楊玉環◎」傳唱皆是如此。蓋帶笑兩字連用去聲，極不好唱，亦不好聽，不如「楊玉環」三字用平去平之合律也。玉字入聲作去。但此曲爲唐宮老伶口氣，自不能直斥貴妃小字，故此句以音律言，改得甚好，以文字言，又似不妥。

六轉　貨郎旦正音譜本

(貨郎兒首三句)我則見黯黯慘慘天涯雲布◎萬萬點點瀟湘夜雨◎正値着窄窄狹狹溝溝塹塹路崎嶇◎(正宮叨叨令首句)黑黑黯黯彤雲布◎(中呂上小樓三至末)赤留出律瀟瀟灑灑斷斷續續◎出出律律忽忽魯魯陰雲開處◎霍霍閃閃，電光星注◎(上小樓幺篇首至八)怎禁那颼颼摔摔風淋淋淥淥雨◎高高下下。凹凹凸凸。水渺模胡◎撲撲簌簌濕濕淥淥疏林人物◎(貨郎兒末

句）

却便似慘慘昏昏瀟湘水墨圖◎

丄十丄，丅平坙去◎丄十丄，平平去卒◎十平十仄仄平平◎十平十仄平平去◎丅平丄丄丅平丄丄仄

丅丅◎十丄丅丅十丄丅丅平平去◎仄丅丅，厶平平去◎丅仄平丅仄丅◎丅平丄丄丅平丄丄仄平

平◎丄丄丅丅丄丄丅丅十平平去◎十仄平平坙去平◎

二十句：七乙◎七乙◎七◎七◎四四四◎四四四◎七乙◎三三◎四四四◎四四四◎七◎

重布字韻，雨字韻。

首兩句用雙疊（如右曲之黯黯慘慘萬萬點點，）或用單疊（如下元曲選之黑黯黯濕淋淋，）均可；其餘各句疊字，無論是正是襯，均須照作。　上小樓第六七兩句卽右曲之「出出律律忽忽魯魯」兩句，本各爲三字，偶有各爲四字者，今定爲四字；幺篇第六七兩句卽右曲之「撲撲簌簌濕濕漉漉」兩句同此。上小樓第九句卽右曲之「霍霍閃閃電光星注」本爲七乙，右曲多一疊字，遂似兩個四字句，今定歸本格。

轉調牌名爲余所定。摘豔雍熙自首至電光星注題貨郎兒，颼颼摔摔風至末題上小樓，如此則貨郎兒多出好幾句，上小樓多出一句，皆與原格不合。廣正定爲轉入四邊靜，普天樂兩調，簡譜從之。信如其說，則全曲中所有疊字幾乎全爲襯字，殊未免削足適履。余以摘豔雍熙之啓示析定如右，或勝於廣正之說。今錄廣正所定於下以供讀者參考。

（貨郎兒）我則見　黯黯慘慘天涯雲布◎萬萬點點瀟湘夜雨◎正値着窄窄狹狹溝溝塹塹路崎嶇。（四邊靜）黑黑黯黯彤雲布◎赤留赤律瀟瀟灑灑斷斷續續◎出出律律忽忽魯魯陰雲開處◎霍霍閃閃電光星注◎（普天樂）正値

着颼颼摔摔風。淋淋淥淥雨◎高高下下凹凹答答水渺模胡◎撲撲簌簌濕濕淥淥踈林人物◎（貨郎兒）却便似 慘慘昏昏瀟湘水墨圖◎

讀者試觀此曲，所分正襯，豈不有支離破碎之感乎？首兩句例應一致，此一作雙疊，一作單疊，或是誤刻。北詞簡譜云：此曲緊快已極，故下曲（謂七轉）仍用慢唱。

元曲選本較此少一四字句，見下。

校記：黯黯慘慘摘作昏慘慘的，雍作昏慘慘。萬萬摘雍俱作滴滴，其上有更那堪三字，鈔亦作滴滴而無更那堪三字。按：萬萬點點文法雖不甚妥，却是形容大雨，滴滴點點則是小雨，與全曲景象不合，仍作萬萬爲是。正值着摘雍俱作早是那。彤摘雍鈔俱作陰。按：彤雲本意爲赤色之雲，宋元以後多以形容雪雲，此處以文義言作陰雲爲是，以聲響言彤雲較佳。雲布摘作雲霧。赤留句上雍有那字。出律廣正作赤律。赤留出律至陰雲開處六句摘作那淒淒楚楚水面糊突撲簌簌濕淥淥陰雲開處五句，非是，詳見下。霍霍句上摘雍俱有我則見三字。星注正音誤星泣，從諸本改。怎禁那正音作正值着，與上文重複，從摘雍改。颼颼鈔作颭颭。淋淋摘作霖霖。淥淥鈔作漉漉。凸凸正音作答答，從摘雍鈔。凸答二字音近致誤。水渺模胡摘作斷斷續續。撲撲簌簌濕濕淥淥二句摘作骨骨魯魯出出律律。按：撲簌濕淥形容雨中之踈林人物，骨魯出律形容雲之展動，俱至爲確切，摘艷將之倒置，誤甚。却便似摘作我則見。慘慘昏昏摘雍俱作昏昏慘慘。

六轉例二

貨郎旦元曲選本

我只見黑黯黯天涯雲布◎更那堪濕淋淋傾盆驟雨◎早是那窄窄狹狹溝溝塹塹路崎嶇◎知奔向何方所◎猶喜的消消灑灑斷斷續續◎出出律律忽忽嚕嚕陰雲開處◎我只見霍霍閃閃電光星注◎怎禁那蕭蕭瑟瑟風。點點滴滴雨◎送的來高高下下凹凹凸凸一搭模胡◎早做了撲撲簌簌濕濕淥淥疎林人物◎倒與他粧就了一幅昏昏慘慘瀟湘水墨圖◎

「消消灑灑」一句上較正音本少「赤留出律」四字一句，摘艷於此亦少一句，見前校記。如此卽非上小樓，又難以他調比附，且破壞原格之整齊，故從正音爲是。惟自長生殿效法元曲選減少四字一句以後，傳唱甚久，效者亦多，自亦不妨作爲另一體也。「知奔向何方所」卽前曲之「黑黑黯黯彤雲布」一句，改爲六乙音節太促，故長生殿於此句仍作七字。

六轉例三　長生殿彈詞

恰正好嘔嘔啞啞霓裳歌舞◎不隄防撲撲突突漁陽戰鼓◎剗地裏出出律律紛紛攘攘奏邊書◎急得個上上下下都無措◎早則是喧喧嗾嗾驚驚遽遽◎倉倉卒卒挨挨拶拶出延秋西路◎鑾輿後携着個嬌嬌滴滴貴妃同去◎又只見密密匝匝的兵惡惡很很的語◎鬧鬧炒炒轟轟劃劃四下喳呼◎生逼散恩恩愛愛疼疼熱熱帝王夫婦◎霎時間畫就了這一幅慘慘悽悽絕代佳人絕命圖◎

此曲平仄多不合處但無礙於聲調之諧美，因皆非重要處也。惟出出律律一語本以形容雲之展動，出律卽今北方俗語之「出溜」，以之形容邊書之紛擾，殊爲不妥。

七轉　貨郎旦正音譜本

（貨郎兒首三句）河岸上，和誰說話◎我親身，向根前問他◎他言道奸夫是船家◎（雙調殿前歡三至七）猛將俺家長咽喉搯◎更揪住頭髮◎我是個婆娘家怎救他◎身亡化◎撲鼕命掩黃泉下◎（貨郎兒末句）將他這李春郎的父親，向他那 翻滾滾 波心水淹殺◎

丄十丄丅平平乑去◎丄十丄，平平去平◎十厶平平厶平平◎十平十仄平平厶◎十仄平乑◎平平丅去平◎平平厶◎丄卜平平去◎十仄平平上平上◎

九句七乙◎七乙◎七◎七◎四◎五◎三◎五◎七◎

重他字韻。

第三句平仄與他轉小異，不知是偶然通融，或故意改動。

北詞簡譜云：「末句界白（謂將他這李春郎的父親句）今人通作曲唱，且又用兩板，春父二字各一板，實不合格。而長生彈詞反襲用之。此由襲其調不得不仍其文也。」按此語雖係界白（卽帶白）但有調節音律之作用，故非有不可，且須仿原來句法，末一字必用平聲。

簡譜又云：「七轉仍用慢唱，與二轉三轉同。凡北詞長套皆緊慢相湊，如快活三之後繼以朝天子，卽此意旨。非如南曲，一緊不復慢歌也。」

轉調牌名從摘艷及雍熙，二書未將貨郎兒末句析出，今改正。廣正以猛將俺至黃泉下五句為小梁州，聲響全不相類。

校記：我親身句摘作向前去親身問他。 親身雍作親自。 他言摘雍俱作詐言。 奸夫萬作奸狡。

猛將俺句摘作猛見將長者喉嚨搯，雍作猛見他將俺家長喉嚨搯，鈔作猛然間把長者喉嚨搯。　更揪住摘雍俱作磕搭的揪住。　我是個摘無個字。　救他摘作救拔。　怎字下雍有生字。　身亡化摘作合亡化，其上有也是他三字。　撲鏨摘脫鏨字。　命掩下摘雍俱有在字。　將他這摘雍俱無他這二字。　向他那摘雍俱作則向那，鈔作向着那。　滾滾下摘雍俱有的字。　波心下摘有中字。　水淹雍脫水字。

七轉例二　貨郎旦元曲選本

河岸上，和誰講話◎向前去，親身問他◎只說道奸夫是船家◎猛將咱家長喉嚨搯◎磕搭地揪住頭髮◎我是個婆娘怎生救拔◎也是他合亡化◎撲鏨的命掩黃泉下◎將李春郎的父親只向那翻滾滾波心水淹殺◎

此曲格式與正音本同，長生殿彈詞別成新體，見下。

七轉例三　長生殿彈詞

破不刺，馬嵬驛舍◎冷清清佛堂倒斜◎一代紅顏爲君絕◎千秋遺恨滴羅巾血◎半科樹，是薄命碑碣◎一抔土，是斷腸墓穴◎再無人過荒涼野◎莽天涯誰弔梨花謝◎可憐那抱幽怨的孤魂只伴着嗚咽咽的望帝悲聲啼夜月◎

首四句與舊格全同。半科樹句等於元曲選之磕搭地揪住頭髮，不過彼句磕搭地三字是襯，此則與下句作成對偶，半科樹三字遂成正字。一抔土句等於元曲選之我是個婆娘怎生救拔，將我是個婆娘五字連正帶襯縮爲三字，生字本是襯字化成正字，如此卽變成七乙句法而與上句相對稱。再無人過句等於元曲選之也是他合亡化，蓋認彼句爲六乙而改之爲七字。（依北曲慣例，六乙與七字兩種句法本可互易。）莽天涯以下又與舊格全同。總之此曲係依據元曲選本貨郎旦將襯字化爲正字，並略變句法而成者。經此改易音節遂變，配以車遮韻，淒婉幽咽，似更勝於舊格，故後來作者多效之，並用其韻，余作李師師劇亦然。此曲既經改易，自不必再談轉調牌名，與三轉情形相同。

八轉　貨郎旦正音譜本

(貨郎兒首二句)我則見據一品風流人物◎打扮的諸餘裏俏簇◎(雙調快活年首二句及其疊字)繡雲肩胸背是雁啣蘆◎繫着條兎鶻◎兎鶻◎(中呂堯民歌五六)海犀皮偏宜玉聯珠◎無瑕的荊山玉◎(正宮叨叨令五六)驟身軀也麼哥◎繪髭鬚也麼哥◎(正宮倘秀才末句)打着鬢鬍◎(雙調快活年首二句及其疊字)走犬飛鷹架着鴉鶻◎恰圍場過去◎過去◎(中呂堯民歌五六)折跑盤旋驟着龍駒◎疾似流星去◎(正宮叨叨令五六)那行胡也麼哥•那行胡也麼哥•(貨郎兒末句)恰渾如和番的昭君出塞圖◎

丄十丄，丄丅平丕去◎丄十丄，平平去卆◎十平十仄仄平平◎(仄平平去丕 十平去丕)◎去丕(疊上二字)◎(平平丕平厶平平 丄平平仄厶平平)◎丄仄平平去◎仄平平也麼哥◎仄平平也麼哥◎十平去卆◎十仄平平厶平平◎(仄平平去卜 十平去卜)◎去卜(疊上二字)◎(平平 丄仄)(丕平厶平平 平平厶平平)：◎丄仄平平去◎仄平平也麼哥◎仄平平也麼哥◎十仄平平丕去平◎

十八句七乙◎七乙◎七◎(五乙 四)◎二(疊上句末二字)◎七◎五◎六乙◎六乙◎四◎七◎(五乙 四)◎二(疊上句末二字)◎七◎五◎六乙◎六乙◎七◎

也麼哥三字爲照例須有者，韻在其上一字。叨叨令本格此兩句可不協韻；在此處則非協不可。跑字俗讀上聲，此處從諸韻書作平聲。第六第十四兩句即海犀皮及折跑盤旋兩句乙式，乃長生殿彈詞所用者。瑕番兩字應仄而平，但有襯字補救，詳見下彈詞此轉注文。重恰渾如三字作襯，長生殿彈詞效之，以後遂成定格。

轉調牌名參酌摘艷、雍熙、廣正三說析定。摘艷雍熙首兩句題貨郎兒，第三句以下概題快活年，其失在疏漏，廣正則失在牽強（全式見下附錄）。摘艷雍熙之疏漏一望可知。廣正之牽強則在以兎鶻及過去爲堯民歌第五句句首疊用之二字註，而抹殺其下海犀皮及折跑諸字，以爲皆是襯字。信如其說，兩個兎鶻至聯珠，兩個過去至龍駒，均須作一整句讀，殊爲累贅，此卽勉強牽附之故也。如余所定，則順適矣。

註：堯民歌第五句句首二字例可疊用，如正音譜所錄無名氏小令此句之「雲笛雲笛閒拈月下吹」。

附廣正所載轉調牌名及襯字。

（貨郎兒）我則見一品風流人物◎打扮的諸餘裏俏簇◎（堯民歌）繡雲肩胸背是雁啣蘆◎繫着兎鶻◎兎鶻◎海斜皮偏宜玉聯珠◎無瑕荊山玉◎（叨叨令）驟身軀也哥◎縐髭鬚也哥◎（倘秀才）打着鬢鬍◎（堯民歌）走犬飛鷹架着鷹鶻◎恰圍場過去◎過去◎折跑盤旋驟着龍駒◎疾似流星去◎（叨叨令）那行胡也哥◎恰渾如也哥◎（貨郎兒）恰便似和番的昭君出塞圖◎

廣正所載此曲文字全同正音原本。

校記：雍無我則見三字，摘作他。　正音無據字，從摘雍。　俏簇雍作俏措。　正音無條字，從摘雍。　繫着上摘雍俱有他字。　犀正音及諸本均作斜，從摘艷，集成曲譜作針，形近之誤。　偏宜摘作川山。　聯摘雍俱作連。　無瑕上摘雍俱有是那二字，鈔有都是二字。　無瑕下正音無的字，從摘雍。　身軀雍作身去。　縐鈔作掙。　驟身軀二句摘作那行呼也末哥整身軀也末哥。　全曲四個也麼哥正音俱無麼字，從雍熙。　鬢鬍摘作鬢鬚。　走犬上摘衍後字。　鴉鶻正音作鷹鶻，摘雍俱作雕鶻，從元曲選。　恰圍場摘作他獵圍場，雍作恰獵圍場，鈔作擺圍場。　雍不叠過去二字。　折跑摘雍俱作扯着轡，鈔作這般的。　疾似上摘有端的二字。疾似下摘有那字。　星去摘作星注。　那行胡句摘雍俱作那風流也末哥。　恰渾如正音作恰便似，從摘豔及元曲選。

八轉例二　　　　貨郎旦元曲選本

據一表儀容非俗◎打扮的，諸餘裏俏簇◎繡雲胸背雁啣蘆◎他繫一條兎鶻◎兎鶻◎海斜皮偏宜襯連珠◎都是那無瑕的荊山玉◎整身軀也麼哥◎縮髭鬚也麼哥◎打着鬢鬍◎走犬飛鷹架着鴉鶻◎恰圍場過去◎過去◎折跑盤旋驟着龍駒◎端的個疾似流星度◎那行胡也麼哥◎恰渾如也麼哥◎恰渾如和番的昭君出塞圖◎

行胡通行本均作行朝，失去一韻，今據諸本改。此曲格式與正音本同。

八轉例三　　　　長生殿彈詞

自鑾輿，西巡蜀道◎長安內兵戈肆擾◎千官無復紫宸朝◎把繁華頓消◎頓消◎六宮中朱戶掛蠨蛸◎御榻旁白日狐狸嘯◎叫鴟鴞也麼哥◎長蓬蒿也麼哥◎野鹿兒亂跑◎苑柳宮花一半兒凋◎有誰人去掃◎去掃◎玳瑁空梁燕泥兒拋◎只留得缺月黃昏照◎嘆蕭條也麼哥◎染腥臊也麼哥◎染腥臊玉砌空堆馬糞高◎

六宮中及玳瑁空梁兩句平仄均用乙式。

作曲遇有格律應爲仄聲而所用之字爲平聲時，則於其字之下加一仄聲之襯字以補救之，應平而仄者，則加一平聲之襯字。前者例如貨郎旦八轉無瑕之瑕字，和番之番字，俱應仄而平，故於其下加仄聲之的字爲襯。後者如右曲「野鹿兒亂跑」之鹿字「苑柳宮花一半兒凋」之半字，俱應平而仄，故於其下加平聲之兒字爲襯。此種襯字須用意義較輕之虛字，文義上可有可無，格律上則非加不可。其所以要用虛字者，因加實字容易破壞句式，例如上四下三之七言句，若於其下半段加一意義重要之實字爲襯，即變成兩個四言矣。曲中襯字有爲文義而加者，有爲格律亦即聲調節拍而加者，無論讀曲作曲，不可不知此義。

「苑柳宮花」句即貨郎旦之「走犬飛鷹」句，作此句時，即使平仄全合，亦須在其下半句三字中加一虛字爲襯，因此處逕作七字，節拍稍嫌緊促，故加襯以緩之。貨郎旦加着字爲襯，義勇辭金此句云「鑿井耕田樂着雍熙」亦加着字爲襯，皆是此意。「苑柳宮花」句加兒字，既救平仄之失，又可緩和節拍，誠屬一舉兩得。顧家相哀思曲此句云「碩彥耆臣相繼而凋」全仿彈詞作法，運用而字，似拙實巧。余作李師師劇八轉「萬里中原」句加而字爲襯，即仿顧作。「玳瑁空梁燕泥兒拋」之兒字亦是必加者。貨郎旦此句云「折跑盤旋驟着龍駒」，義勇辭金云「傳及桓靈任着奸回」，皆加襯字，其理由與上述「苑柳宮花」句全同。李師師劇「南北黔黎」句即仿此加要字爲襯。

九轉　　貨郎旦正音譜本

（貨郎兒首三句）我便寫，生時年紀◎不曾道，差遲了半米◎未落筆花箋上淚珠垂◎（脫布衫全）長吁氣，呵軟毛錐◎悽惶淚，滴滿端溪◎到如今十三年，不知個信息◎相別時，恰纔七歲◎（醉太平首至七）那孩兒到如今方纔二十◎恰便似大海內沉石◎自從洛河岸上兩分離◎知他是江南也塞北◎那孩兒富像貌，雙耳過肩垂◎胸前一點硃砂記◎長安解庫在省衙西◎（貨郎兒末句）那孩兒小名喚做春郎，身姓李◎

丄十丄下平丕去◎丄十丄平平去卒◎仄仄平平厶平平　十平十仄厶平平◎丄丅丅，丄仄平平◎丄丅丅，丄仄平平◎丄丅丅，

丅平平仄ㄙ平◎丄丅丅，丅平平去◎丅平ㄙ平上◎丄仄平平◎十平十仄仄平平◎丅平ㄙ平上◎十仄平仄仄平平十平十卜平平ㄙ◎
十平十卜平平ㄙ◎十平十仄仄平平◎十仄平平平去上◎
十五句：七乙◎七乙◎七◎七乙◎七乙◎七乙◎七乙◎四◎四◎七◎四◎七◎七◎七◎七◎

重垂字韻。

末落筆句平仄與貨郎兒本格小異，與七轉同長生殿彈詞則仍用貨郎兒本格平仄。富像貌句與醉太平本格平仄不合又重垂字韻。摘艷雍熙俱作「耳垂福相過肩墜」律雖較合而文法牽強元曲選作「福相貌雙耳過肩墜」僅改重韻，律仍不合。此句只好依正音之舊長生殿彈詞此句平仄與醉太平本格相合。作者或從正音（卽右甲式）或從彈詞（卽右乙式）均可。

轉調牌名從廣正。摘艷雍熙俱同廣正，但未將貨郎兒末句析出。

北詞簡譜云：「末落筆句忽歌散板，此是搬演家簡便法，卽加板唱亦無不可，入後又用緊唱，與七轉相呼應，襯字宜少。」按入後緊唱指富像貌以下三個七字句。

校記：我便寫下摘雍俱有與他二字。我便寫雍作我便就寫。年紀正音及明鈔俱作年月，失韻，今從摘艷及廣正；雍作年幾年紀年幾元曲中每通用。曾道正音作曾到，從摘雍。差遲廣正作差池呵軟下滴滿下摘雍俱有了字。到如今三字摘雍俱無。信息正音作消息，從摘雍，依脫布衫本格，此字應用去聲。那孩兒三字摘鈔俱無。第二個到如今摘雍俱作他如今。摘無方才二字，雍無才字，自從摘鈔俱作俺在那，雍作自從在。兩分摘作各分。知他是摘雍俱作知他在。南也摘無也字。第二個那孩兒摘雍俱作俺孩兒。富像貌句摘雍俱作耳垂福相過肩墜。長安上鈔有住在二字。解庫摘作鋪席，集成訛作街庫。
在省摘雍俱無在字。那孩兒小名鈔作他小名兒。

九轉例二　　貨郎旦元曲選本

便寫與生時年紀◎不曾道差了半米◎未落筆花箋上淚珠垂◎長吁氣呵軟了毛錐◎悽惶淚滴滿了端溪◎十三年，不知個信息◎相別時恰纔七歲◎他如今剛二十◎恰便似大海內沉石◎俺在那洛河岸上兩分離◎知他在江南也塞北◎俺孩兒福相貌雙耳過肩墜◎胸前一點硃砂記◎他祖居在長安解庫省衙西◎那孩兒小名喚做春郎身姓李◎

九轉例三　　長生殿彈詞

這琵琶曾供奉開元皇帝◎重提起心傷淚滴◎我也曾在梨園籍上姓名題◎親向那沈香亭花裏去承值◎華淸宮宴上去追隨◎俺不是賀家的懷智◎黃旛綽同咱皆老輩◎我雖是弄琵琶却不姓雷◎他呵罵逆賊久已身死名垂◎我也不是擅場方響馬仙期◎那些舊相識都休話起◎我只爲家亡國破兵戈沸◎因此上孤身流落在江南地◎您官人絮叨叨苦問俺爲誰◎則俺老伶工名喚做龜年身姓李◎

煞尾　　貨郎旦元曲選本

我只道他州他府潛逃匿◎今世今生沒見期◎又誰知寃家偏撞着寃家對◎你也再沒的怨誰◎我也斷沒的饒伊◎要與那亡過的娘親現報在我眼兒裏◎

十平十仄平平ム◎十仄平平丄仄平◎十十仄平平仄平ム　十平十仄平平ム◎仄丅◎仄丅◎十仄平平去平上◎

六句：七◎七◎七◎二◎二◎七◎

首兩句須對，但不宜與第三句作鼎足對。

此調可作尾聲用，亦可聯入套中。如聯入套中，用一支或數支均可，但須間以他調，不能連續使用，作尾聲用又可名爲收尾、尾煞、隨煞；聯入套中則名爲隔尾。

右曲饒字眼字皆不合律。長生殿則無一字不合。

煞尾例二　長生殿彈詞

俺一似驚烏繞樹向空枝外◎誰承望做舊燕尋巢入畫棟來◎今日個知音喜遇知音在◎這相逢異哉◎恁相投快哉◎李官人呵！待我慢慢的傳與你這一曲霓裳播千載◎

賞花時　楊果散套

秋水粼粼古岸蒼◎蕭索疏籬偎短岡◎山色日微茫◎黃花綻也。粧點馬蹄香◎

十仄平平丁厶平◎十仄平平丁厶平◎十仄仄平平◎丁平∧厶卜平去◎十仄仄平平◎

五句：七◎七◎五◎四∧◎五◎

首兩句均用平聲韻者居多，其次用一平一上；若兩句均用上聲韻則極不美聽，作者甚少。第四句劇套或楔子必須用韻，散套偶有不用韻者，如右曲黃花句。首兩句對偶與否均可。有幺篇，作法同此。

此調可作首曲用，亦可聯入套中。雜劇楔子多用此曲一支或連用幺篇。

賞花時例二　梧桐葉雜劇李唐賓撰

李師師流落湖湘道雜劇

雨淚流紅翠袖斑◎錦被分香鳳枕閒◎無計鎖雕鞍◎江空歲晚◎何處問平安◎

右兩曲皆擇一字不襯者。

附記本篇各種符號，爲予在北曲新譜初稿中所用者。今新譜已寫成定稿，其中丁丄兩種符號，因過於瑣碎，俱改爲十號。本篇姑仍其舊。五十九年冬日記。

民國五十年，幼獅學報三卷二期。

附錄　九轉貨郎兒集

予在李師師雜劇引言中所述九轉貨郎兒套曲，共十一種。其中貨郎旦、長生殿二種，已收入九轉貨郎兒譜，遊春記一種，乃前在大陸時閱讀者，在臺未能覓得原書。尚餘八種，彙錄於此，卽引言所謂「九轉貨郎兒集」也。義勇辭金爲創調之作，自無可議。餘七種皆清人仿長生殿者，或恪遵洪氏，亦步亦趨，或稍有變化，自出機杼，或則不知而作，違格舛律。今略舉其大者，附識曲後，細節不一一指出。讀者依貨郎兒譜覆按，當自得之。予所加標點，亦各依原作之文義句法，斟酌變通，與貨郎兒譜所定標準，未能盡符。各原書有分正襯者，有不分者，其分者亦寬嚴不一，並無準則。今悉仍其舊，不加改動。輯錄既竟，略爲說明如上。五十九年冬日，鄭騫識。

關雲長義勇辭金第四折

朱有燉

（旦扮甘夫人引俫上云）自從㬰了叔叔來到許昌，半年有餘，不知劉皇叔實信。近日叔叔戰敗袁軍，得了他的軍卒，方知皇叔果在袁紹軍中，今又將往汝潁。俺叔叔封了府庫，還了曹公賞賜，要出許昌尋皇叔去。又恐曹公差人來追，等叔叔來時，與他商量則個。（末上與旦相見科）（旦云）叔叔，今要出許昌尋你哥哥，只恐曹公知得，差人追趕，俺母子性命兀自難保。（末云）嫂嫂放心。曹公雖則譎詐，必不殘害忠良。嫂嫂試聽關羽說者。（末唱）

（正宮端正好）憑智力，將俊材收假仁義，把民心結◎各施呈英武豪傑。亂紛紛據地圖功業◎恰便似鬧穰穰蠅爭血◎

（末云）昔人有言：秦失其鹿，天下共逐。今時亦然。袁紹在北，劉表在南，英雄各據，非止一方。今日俺尋歸舊主，智者、彼必不留，愚者、吾無所懼。（末唱）

（滾綉毬）智的，他見得別◎愚的，他不敢惹◎若夫呵稱了我一生心，百年名節◎欲留下一封書，與曹操辭別◎（末做取紙筆科唱）我這裏取雲箋，做書簡疊◎染霜毫，將眞字寫◎一星星把志誠實說◎墨花新運動龍蛇◎（旦云）叔叔若你哥哥與三叔往汝南去了呵，這千里路途，你獨自引着俺怎麼行？（末唱）子我這半年兄弟音書阻。怕甚麼千里關山道路賒◎豈憚跋涉◎

（末做寫書科）（末云）辭曹公書已寫就了也。（旦云）叔叔試念一遍聽咱。（末念書云）漢偏將軍關羽拜上漢兗州牧丞相曹公府下：竊以日在天之上，心在人之內。日在天之上，普照萬方，心在人之內，以表丹誠，丹誠者，信義也。羽昔受降之日，有言曰：主亡則輔，主存則歸。丞相新恩，劉公舊義，恩有所報，義無所斷。今主之耗，羽已知之。刺顏良於白馬，誅文丑於南坡；丞相新恩，滿有所報，劉公舊義，終不能忘。每留所賜之資，盡封府庫之內。伏望台慈，俯垂照鑒。羽頓首再拜。（末云）今將曹公所賜，盡封府庫，將此書放於廳事之上，如今便行也呵。（末唱）

（倘秀才）將書與曹公告別◎把府庫封緘密者◎尊嫂賢姪穩上車◎遠尋鴻雁侶◎跳出虎狼穴◎關雲長去也◎（末旦倈虛下）

（外扮曹公上云）爲因關雲長建立了功名，此人必不肯在此久留。我今做了絳紅袍、白玉帶、遠遊冠、乾皂靴，等他臨行，贈與他去也。（副末扮張遼，淨扮夏侯惇，將書上云。）好教主公得知，關羽引着劉備妻子，出城去了。留下一封書在此，賞賜金銀都封在府庫，不曾將一些去。俺每領了軍馬趕他回來，不可放了他去。（外念書科）（外云）好將軍，好將軍，若是你每被劉備得了，受了他如此厚恩，也還有念孤之心麼？（副末淨云）俺受明公恩寵，生死不忘，豈有敢背之理。（外云）既然如此，人各爲其主，你每又要趕他怎地，你每二人就將送別筵席，與那做的一套衣服，趕上送與他，以爲餞行之禮，不可有違。（副末淨領命下）（末引旦倈上云）行了一早晨，兀的望見的是八里橋也呵。（末唱）

（轉調貨郎兒）凉時候，秋風八月◎向郊外，車兒慢拽◎遠山遙望曉雲遮◎楓林赤，鴈行斜◎極目向天涯一望賒◎

（旦云）這郊外秋景凄凉，好生傷感人也。（末云）過了八里橋，都是荒草坡，嫂嫂且自寬懷者。（末唱）

（二轉）光閃閃，晴霞輝照◎淸湛湛，寒波浩渺◎的溜溜風吹落葉飄◎乾此剌，枯荷被霜凋◎靜巉巉，遍野連天草◎鬧呀呀，斷鴻哀叫◎急穰穰，心隨落日遙◎（校勘：乾此剌原作乾些剌，據雍熙樂府改。）

（末云）言話中間，早來到八里橋了。嫂嫂、姪兒、且歇車一歇，早膳了再行。（末唱）

（三轉）我子見靑陰陰，柳垂兩岸◎下征騎，遲遲意懶◎看了他數十間茅屋枕河灣◎小車兒纔歇住。將玉勒快疾拴◎向店房中，收拾一間◎鬆寬馬鞍◎何曾得閑◎玉粳白揀◎請阿嫂姪兒將美饌飧◎

（末云）已將乾糧與嫂嫂姪兒吃了，不免叫酒保打些酒吃如何。酒保有麼。（淨扮酒保上應）（末云）有好酒，打二百文錢來，（淨云）有。有。（做遞酒科）（末做飲科）（末云）酒雖好，只有些冷，你與我再盪來。（淨做戲旦云）央此位大姐盪一盪罷。（末做怒打淨科）（末唱）

（四轉）打這廝舌刺刺狂言作戲◎口叭叭全無道理◎握雙拳待打這潑東西◎引起咱氤氳氣◎你正是衝着魔祟◎撅了太歲◎打的你忍不的、吃不的、就地下彎拴着睡◎磕損頭皮◎掂折大腿◎（淨倒介云）打死人也！（末云）誰着你調戲人家婦女來。（唱）這是伊念彼觀音力◎着重委的難掙起◎纔。再若恁的◎便休想漢將雲長饒過你◎（校勘：原無纔字，據雍熙樂府補。）

（淨大叫云）呀，元來是關大王。你要逃走，我去對曹丞相說去也。（淨下）（副末淨上云）俺將的茶飯衣服來趕雲長，到此不見，想是去的遠了。和你且在此酒店歇一歇馬再趕。（做入店相見科）（副末淨云）元來雲長在此。曹公知將軍行了，特令俺二人將茶飯衣服，到此餞行。（末云）匆匆不能面辭曹公，深知傲慢，豈敢又勞二位將軍遠來相餞。（末唱）

（五轉）餞行酒，多勞禮厚◎更將這衣服拜留◎這其間遠路途霜降正逢秋◎恰便似堪禦冷鷫鸘裘◎慇懃賜來祇領收◎厚感恩榮北瞻頓首◎您衆將軍遙送勞台候◎餞行酒席前何須又◎待不受呵！越顯的雲長話不投。◎相談相笑。相勸相酬◎將美酒連斟五六甌◎

（旦云）叔叔少要吃酒，恐生歹心。（末云）不妨。曹公知我信義，必無他意。（末唱）

（六轉）寬度量，能容小忿◎廣機謀，方爲大臣◎設筵宴開懷列芳樽◎（副末勸酒科）（末云）我醉了也！（唱）醉時，您將水輕輕噀◎我這裏眼交睫將盹◎（副末云）關將軍醉了也，俺們扶他歇息去。（淨云）哏將軍好不達機變，不趁此時下手，更待何時。（副末云）使不得！曹公怎生分付你來。（淨云）你不要管我，我自做自當。（淨做意科）（末驚覺喝住科）（唱）好也囉，夏侯惇心毒狠◎（末拔劍科）（淨做怕科）（副末做解釋科）（末唱）不由我，氣撲撲惡發生嗔忿◎將你那血瀝瀝六陽，滾了我

明滉滉鋼刀敢恰證本◎

（末拿住淨，淨做跪科。）（末云）夏侯惇！我與你平生無怨，往日無讐，怎生便要害我。想是你不知關羽之名，試聽我從頭說者。（末唱）

（七轉）關羽自河東來聚◎奔涿郡，相從舊主◎但交兵對壘呵不曾輸◎馬到處便伏◎自玄德昔爲平原相。共張飛多曾同禦侮◎我和他知心可腹◎他委俺統領兵卒◎襲邳城、誅車胄占青徐◎敢揚威能耀武◎你待來口兒甜、心兒苦惡狠狠的生嫉妬◎引得我面皮紅、胸中熱氣撲撲的生嗔怒◎我這裏向腰間掣寶鞘、支楞楞的執昆吾◎（末做要殺淨科）（副末跪云）將軍請看曹公之面，饒了夏侯惇這遭。（末云）張將軍請起。夏侯惇！一來曹丞相日前恩義，二來張將軍跪膝告饒，且放了你者。（末做放淨科）（副末淨做謝科）（末唱）若不是且看曹公深恩義我宥你潑性命登時血濺土◎

（副末云）多承將軍恕罪，俺二人辭了將軍，回去覆曹公去也。（末云）且住。俺關羽有幾句言語，說與將軍知道，將軍替關羽轉達曹公。俺想光武創業開疆，也非容易，今日羣雄各據，非止一方，正是臣子盡忠之日。（末唱）

（八轉）炎漢室衰微時世◎爲臣子，須當盡職◎想中興光武建皇極◎一統萬里◎萬里◎舉英賢端士立綱維◎後來有明章能承繼◎慶豐年也哥太平時也哥。自東自西◎鑿井耕田樂着雍熙◎庶民心那喜◎那喜◎到末年傳及桓靈、任着奸回◎不把朝綱治◎黨錮與也哥私賣官也哥。因此上逗引的鬧穰穰羣雄鼎沸起◎

（末云）吾聞君子相別，贈之以言；況我受曹公厚賜，無以爲報。今日別去，有幾句勸諫之言，煩二位將軍回去說俺關羽多多拜上曹公。（末唱）

（九轉）誰肯立孤忠直烈◎更無個冰清玉潔◎重拜覆曹公自思些◎將忠厚言語聽者◎尊帝室，職分休奢俺◎劉玄德雖然衰懦◎終則是漢家枝葉◎一星星君前細說◎一句句你索知耶◎見如今魚龍入海混豪傑◎誰肯立芳名建節◎學宣尼尊王賤伯成功業◎學齊桓諸侯九合歃盟血◎學伊周忠誠輔相永無別◎說來的幾般兒隨公擇◎休把做不經意的常談不記者◎

（副末淨做拜別科）（末云）多勞二位將軍遠來，俺關羽饒舌了也。（副末淨下）（末云）嫂嫂、姪兒、上車趲行。（末唱）

（煞尾）愁隨煙柳千絲結◎悶擁雲林萬仞疊◎來到這荒郊曠野◎感嘆傷嗟◎極目山遮◎早十里長亭路兒也◎

按：此劇有宣德原刊本、嘉靖刊雜劇十段錦本及雍熙樂府本。宣德本在臺無從閱讀，今據十段錦輯錄，據雍熙校改一字校補一字。九宮大成譜亦錄此折，文字多妄加竄改，不足據。

森羅殿積案推情 簡稱冥判

勸善金科 第八本第十五齣

雜扮牛頭、馬面，各戴套頭、穿門神鎧、持叉。雜扮八鬼卒，各戴鬼髮、穿蟒、箭袖、虎皮卒褂，持器械。雜扮八動刑鬼，各戴豎髮額、穿劉唐衣、繫肚囊。雜扮四判官，各戴判官帽、穿圓領、束角帶、持筆簿。引雜扮第一殿閻君、第五殿閻君，各戴冕旒、穿蟒、束玉帶，從酆都門上。仝唱。

南呂調套曲 一枝花 俺爲着飛書下紫霄◎一般的搖珮趨青瑣◎（雜扮第二殿閻君、第三殿閻君，各戴冕旒、穿蟒、束玉帶，從酆都門上。同唱。）信不的叫寃天地少，結不了疑案古今多◎（雜扮第四殿閻君、第六殿閻君，各戴冕旒、穿蟒、束玉帶，從酆都門上。同唱。）儘饒他暗使嘍囉◎早自已難瞞過◎（雜扮第七殿閻君、第八殿閻君，各戴冕旒、穿蟒、束玉帶，從酆都門上。同唱。）非是俺冥司法太苛◎、（雜扮第九殿閻君、第十殿閻君，各戴冕旒、穿蟒、束玉帶，從酆都門上。同唱。）下遝高，葉落歸根好和歹，花開結果◎（衆閻君白）奸佞多戎案，曹司積簿書。天心還慎重，一議不輕誅。我等、十殿閻羅是也。適奉上帝玉旨，令我等會審積年大案；將罪犯提齊，在東嶽大帝殿庭，公同審理。衆鬼使！就此擺道前行。（衆鬼判應科，衆閻君白。）鸞鵲午銜天詔下，旌旗遙拂嶽雲開。（衆同從下場門下。雜扮八侍從，各戴將巾、穿蟒、箭袖、排穗儀仗。雜扮四判官，各戴判官帽、穿圓領、束角帶、持筆簿。引淨扮東嶽大帝，戴冕旒、穿蟒、束玉帶、執圭，從上場門上。唱。）

南呂調套曲　九轉貨郎兒第一轉　香熏透，松風古殿◎簾隱映，丹崖翠巘◎只可惜殘碑無字草芊芊◎雞唱裏催塵世。日起處促流年◎怎敎俺簽注彭殤不悵然◎。韻（白）盤盤石路接天門，秩比三公岳最尊。七十二君封禪後，金泥玉檢至今存。俺乃東嶽天齊大帝是也。恰纔朝見玉帝，奉有玉旨，今日會齊閻君，到俺殿庭公同勘問應行發落案件。則索陞座者。（內奏樂科。雜扮四宮官，各戴宮官帽、穿圓領、繫絲縧、執符節、龍鳳扇，從兩場門分上。場上設高臺、帳幔、桌、虎皮椅，東嶽大帝轉場陞座，衆侍從各分侍科。衆鬼判引衆閻君從上場門上。同白。）金碧輝煌開寶殿，香烟繚繞捲珠簾。（作到進門科。白。）大帝在上！我等衆森羅參禮。（東嶽大帝白）衆位閻君少禮。（衆閻君作參拜科。白。）爲定南山案，來參東嶽宮。欽哉刑是恤，上帝好生同。（東嶽大帝白）衆位閻君，請各歸公座。（衆閻君白）謹遵帝諭。（場上設公案桌、椅，衆閻君各入桌坐科，東嶽大帝白。）衆位閻君！今日遵奉玉旨，會審積年大案，須要仔細詳明，逐一勘問。我當奉請玉旨，定罪施行。（衆閻君白掌案的！可將案卷逐一呈明大帝觀覽。（衆判官作呈簿書科。白。）案卷呈覽。（東嶽大帝作看科。衆閻君白。）可將逆謀案件，細細報明。（衆判官作跪科。白。）奸邪盧杞一案，楊國忠一案，酷吏來俊臣一案，叛逆安祿山一案，朱泚一案，李希烈一案，逢君悞國李勣一案：候大帝勘問定罪。（東嶽大帝白）看這幾樁案件，俱是罪惡滔天，好生可恨也。（唱）

第二轉　錦簇簇，繁華天下◎鬧炒炒，幾場戲耍◎慘可可葬送了長安百萬家◎則待將枝節搜尋到根芽◎敢只是內奸臣、外叛賊相勾搭◎也着他受些刑罰◎。（衆閻君各作怒科。東嶽大帝唱。）早觸怒了皐繇臉削瓜◎（白）帶這盧杞過來。（衆閻君白）快帶盧杞聽審。（鬼卒應科。向酆都門帶淨扮盧杞魂，戴幞頭、搭魂帕、穿宮鵲衣、繫腰裙、帶枷杻、作進門跪科。鬼卒白。）盧杞當面。（東嶽大帝白）盧杞！你貌陋心險，妬賢嫉能，毒害廷臣，不計其數。是個做宰相的麼？（衆閻君白）這廝罪惡多端，屢經審鞫，俱已供招，有卷一覽便知。奸賊！你可將毒害廷臣緣故，再說一番。（盧杞魂白）我自想，這些勾當也沒有別的緣故，算來邪正勢不兩立。顏眞卿在朝，尤爲挺正敢言，那裏容得他，只得假手於賊，以杜後患。那曉得倒成就了他萬古之名，我偏受九泉之苦。（東嶽大帝白）小人固寵保位，一至於此，盧杞你好狠毒也！（唱）

第三轉 恁可是李林甫傳的嫡血◎陷忠良堂深偃月◎那郭汾陽早識你心邪◎見你時廻避了。衆姬妾◎(衆閻君白)令公果有先見。(東嶽大帝唱)直弄的兵戈遍野◎搜括的窮民怨嗟◎奸人黨結◎忠臣恨切◎催趲着國破家亡好快些◎(衆閻君白)這厮罪不容誅，如何發落？(東嶽大帝白)各殿速行定擬，以便回奏。(衆閻君白)按律：臣下犯奸佞者腰鍘。盧杞係奸佞之臣，合依律腰鍘。(東嶽大帝白)各殿王執法無差，便將盧杞做個奸佞的榜樣。(衆閻君白)衆鬼使！可將盧杞押下去。(鬼卒應科，帶盧杞魂作出門科，仍從酆都門下。東嶽大帝白)帶楊國忠過來。(衆閻君白)快帶楊國忠聽審，(鬼卒向酆都門帶雜扮楊國忠魂，戴幞頭搭魂帕穿喜鵲衣繫腰裙帶枷杻作進門跪科鬼卒白)楊國忠當面。(東嶽大帝白)楊國忠！你自恃椒房貴戚，權傾中外，平生罪惡，罄竹難書，我且略舉一二。即如你做御史的時節，迎合奸相之意，按治韋堅等獄，深文巧詆誣衊，被收者數百家，那些怨鬼豈肯饒你。扶風報災，你遣使按問，致郡國水旱不敢上報，那些餓鬼豈肯饒你。洱河敗後，你又興師動衆，可憐勍卒二十萬，蹄履無遺，那些陣亡之鬼也不肯饒你。教俺如何治汝，以雪衆憤。(衆閻君白)可恨！我等不禁髮指，楊國忠！你還有辯處麼。(楊國忠魂白)事已如此，有何分辯？只是我生祭的一身肥肉，都被軍士們啖盡，更將何物抵罪。(衆閻君白)你身上之肉有盡，心中之毒無窮，俺這裏自有個抵罪的法兒。(東嶽大帝白)楊國忠！你不如在長安市上做個無賴照少年，了此一身，倒沒有許多罪業也。(唱)

第四轉 鎮日裏齊整整，花街柳市◎笑吟吟，憨哥浪子◎誇什麼門楣靠這海棠枝◎受了些官家寵賜◎舒了些胸中鬱滯◎千不合、萬不合、惹了馬嵬驛諸軍士◎到了陰司◎喫了官司◎借不的虢國夫人勢◎向這裏、錢也無處使◎撕◎裂了四肢◎剛膽得一具兒骷髏跪在此◎(衆閻君白)這厮罪大惡極。如何發落？(東嶽大帝白)各殿王速行定擬，以便回奏。(衆閻君白)論起來，楊國忠也是一個奸相，該與盧杞同罪；但其間干連人命更多，宜加二等，應上刀山。(東嶽大帝白)各殿王所擬妥協，仍候玉旨施行。(衆閻君白)衆鬼使！可將楊國忠押下去。(鬼卒應科。帶楊國忠魂作出門，仍從酆都門下。衆閻君白。)快帶來俊臣聽審。(鬼卒應科。向酆都門帶丑扮來俊臣魂，戴紗帽、搭魂帕、穿喜鵲衣、繫腰裙、帶枷杻、作進門跪科。來俊臣魂作大喊起立科。白。)我好不伏也！(衆鬼卒作喝打科。東嶽大帝白。)來俊臣！你有何不伏之處，不妨說上來。(來俊臣魂白)我來俊臣最不伏的就是那叫做什麼閻羅王。(東嶽大帝白)休得無禮。(來俊臣魂白)我來俊臣雖是個酷吏，比那閻羅還不及萬分之一，酷吏有罪，閻羅獨無罪，這是死也不伏的。(東嶽大帝白)各殿王恕他狂妄無知，不必計較，待俺曉喻他一番。(衆閻君應白科。東嶽大帝白。)來俊臣！你曉得麼？人間五刑，地府十獄。人間的是殺以止殺，地府的是心所生心。若刑所當刑，地府的舂燒碓磨皆是你自心所成；若刑所不當刑，人間的一笞一杖亦是你妄加於彼。你巧伺女主，屢興大獄，芟夷巨室，翦削宗支，罪已上通於天。何況貪婪

淫穢，受賕枉法，謀吐蕃之婢，奪畏簡之妻，自比石勒，中懷反叛。無間地獄，正爲汝輩設也。（唱）

第五轉　你生捏就蕭何律令◎活脫的張湯情性◎則見慘離離貫索許多星◎逢乳虎畏蒼鷹◎還又著成一篇羅織經◎秦國酉君漢朝甯成◎近日的周興◎羅鉗吉網名相並◎偏帶着一種風流餘興◎赴西市可也該應◎你蓋棺何處用灰釘◎刲的魚腸快踹的馬蹄輕◎人人道恨地獄偏無十九層◎（白）各殿王！那來俊臣徑押送酆都去罷。（衆閻君白）是！衆鬼使，將來俊臣押下去，帶安祿山過來。（鬼卒應科，帶來俊臣魂作出門科，仍從酆都門下。隨帶雜扮安祿山魂，戴黑貂、搭魂帕、穿喜鵲衣、繫腰裙、帶枷杻、作進門跪科。鬼卒白。）安祿山當面。（東嶽大帝白）安祿山！你狼子野心，辜恩負德，輒敢稱兵犯闕，以致天子蒙塵，生靈塗炭。只要問你赤心何在。（衆閻君白）逆賊！你快快說上來。（安祿山魂白）祿山荷蒙開元皇帝非常恩遇，初無反叛之心，無奈楊國忠那厮必欲殺我，我恐墮其術中，矢在弦上，不得不發耳。（東嶽大帝白）你久蓄異心，何須狡辯（唱）

第六轉　可記得重重疊疊，君恩天樣◎怎下得狠狠毒毒，胡思亂想◎早則見密密匝匝，人人馬馬，逼滎陽◎便擒了嘘嘘喘喘哥舒將◎骨都骨朵男男女女死死傷傷◎倉倉猝猝急急遽遽鑾輿西向◎你不顧羞羞荅荅也敢正衙排仗◎踩躪那宮宮殿殿花。亂點那官官府府帳◎嗚嗚咽咽簫簫管管凝碧淒涼◎哭殺了倔倔強強悽悽慘慘琵琶隊長◎合消受這悄悄冥冥、梟子猪兒一劍鋩（衆閻君白）叛賊如此結局麼。（東嶽大帝白）叛賊豈但如此結局；各殿宜速行按律定擬，以便回奏者。（衆閻君白）按律：叛逆者下油鍋。（東嶽大帝白）安祿山候玉旨徑下油鍋便了。其朱泚、李希烈等，都是安祿山之餘氛流毒，屢經各殿王審問，不必再審，與安祿山一體治罪。也下油鍋便了。（衆閻君白）衆鬼使，將安祿山押下去，帶朱泚李希烈過來。鬼卒應科，帶安祿山魂作出門科，仍從酆都門下。隨帶淨扮朱泚魂，戴九梁冠、搭魂帕、穿喜鵲衣、繫腰裙、帶枷杻，淨扮李希烈魂，戴九梁冠、搭魂帕、穿喜鵲衣。繫腰裙、帶枷杻，作進門跪科。（東嶽大帝白）二犯押回拘禁。（鬼卒應科，帶朱泚魂、李希烈魂，仍從酆都門下。東嶽大帝白。）我想那朱泚、李希烈啊。（唱）

第七轉　乘亂後，謀王奪霸◎在軍中，稱孤道寡◎無非是、公孫井中蛙◎（衆閻君白）這等重囚，還乞大帝親訊。（東嶽大帝唱）不是咱、將重案輕批答◎也則是他業由心發◎（衆閻君白）這兩個亂賊，恰被兩個忠義之士一打一罵，早已褫其魂魄矣。（東嶽大帝唱）一從那千斤鎚、博浪沙◎椎秦罷◎只有貶司農這笏天來大◎和那顏常山的弟兄。一樣的青史上姓名香艷殺◎（衆閻君白）帶李勣聽審。（鬼卒應科，向酆都門帶雜扮李勣魂，戴幞頭、搭魂帕、穿青襴衣、繫腰裙、帶枷杻、作進門跪科。鬼卒白。）李勣當面。（東嶽大帝白）李勣！你是唐太宗從龍之彥，勳銘鐘鼎，身畫凌烟，何故罹此重辟？（李勣魂白）李勣身係重囚，何敢鳴冤。高宗皇帝謂勣奉上忠，事親孝，歷三朝，未嘗有過；李勣豈敢當。至冊立武后一案，只道是言亦無益，且實不能逆料後日之禍，深負昭陵。若謂勣私已畏禍，從而導之，則史臣過刻之論也。伏惟嶽帝憐之。（東嶽大帝白）取李勣平生善惡簿查閱。（衆閻君作喚判官取簿科。二判官應科。向下各取簿，隨上，至公案前跪科，分白）這是李勣善行簿，用朱書的，這是李勣惡行簿，用墨書的。（東嶽大帝作看科白）李勣善行不勝紀載，其惡行甚少；至於立后一件，墨書一紙不滿兩三行。豈可以小眚掩其大德？各殿王也覺得輕入人罪了。（衆閻君各作出公座科，白。）善惡自有輕重，不論多寡。或一善可以蓋諸惡，善重故也；或萬善不能敵一惡，惡重故也。李勣雖善行纍纍，只消立武氏一事，惡已儘彀了。我等惟有上奉天條，焉敢出入。（東嶽大帝白）善惡重輕，有何憑據？（衆閻君白）善惡重輕，豈可臆斷。只要上了天平，自然不失銖黍。（東嶽大帝白）各殿王請歸公座。（衆閻君各作入座科，白。）鬼卒們！速取善惡平過來。（衆勦刑鬼應科，向下扛善惡平，隨上，設中場科。一判官取朱簿數十本置天平一頭，作平墜到地科；一判官取黑簿一本置天平一頭，作平重極、將朱簿齊翻落地科。（東嶽大帝白）李勣！你一生之案自定矣。眞個可憐（唱）

第八轉　當日箇，一意投身眞主◎辛苦的，櫛風和那沐雨◎綠沉槍衝陣去驟龍駒◎纓着曼胡◎曼胡◎襲錦征袍偏宜繡天吳◎雕鞍黃金鍍◎好形模也波哥◎淩烟圖也波哥◎攀者龍鬚◎偌大江山寄着心腹◎只消伊一句◎一句◎把黃臺瓜，摘箇無餘◎枉是勳勞著◎竟何如也波哥◎總成虛也波哥◎還則怕地下難饒鬼董狐◎（白）雖然如此，各殿王，李勣畢竟在矜疑之列，須請玉旨處分。（衆閻君白）是！衆鬼卒且將李勣帶去另行看守。（鬼卒應科，帶李勣魂作出門科，仍從酆都門下。（東嶽大帝唱。）

第九轉　都虧了，你森羅十地◎一件件，虛心的定擬◎東葉大，須彌小、總無遺◎南山倒，鐵案無移◎須明白，上達天墀◎（衆閻君各作出座呈簿科，白。）各案擬定罪名呈覽，以便題達。（東嶽大帝作看科，唱。）腰鍘的是奸邪，相臣盧杞◎楊國忠等應加二◎阿鼻獄、來俊臣，一名酷吏◎（衆閻君白）安祿山、朱泚、李希烈、俱入油鍋，（東嶽大帝唱）這是那三大案反賊◎並皆付之鼎鑊洵相宜◎俺只是可憐這李勣◎怎能彀奉玉旨特地赦金鷄◎（衆閻君白）只是流毒甚深，法嚴首惡。（東嶽大帝唱）他發心初豈要剪落這蟠根李◎（下座科。隨撤公案桌椅科。東嶽大帝白。）十殿請回，我便上靈霄奏事去也。（唱）宮庭吏散夕陽西◎只有這靑不了嵐光相送你◎（四宮官從兩場門分下，衆侍從擁護東嶽大帝同從昇天門下。衆閻君白。）東嶽大帝已往靈霄奏事，我等各回殿宇，候待玉旨便了。（唱）

煞尾　回瞻山殿烟雲鎖◎宛似朝回散玉珂◎消豁了重重積案多◎則盼着鳳下天門書報可◎（衆鬼判擁護衆閻君，仍同從酆都門下。）

按：乾嘉以後，唱長生殿彈詞者，多將梁州第七及八轉兩曲省略不唱，遂成定例。此折與琴歎、青溪笑、儒吏完城，俱略去梁州而仍存八轉。此種作法，幾占九轉貨郎兒集之半，因梁州第七難作難唱，文人歌者皆視爲畏途也。

快活山樵歌九轉 吟風閣雜劇卷一

楊潮觀

（末扮樵夫腰斧上）日日肩擔血汗錢，自然衣食不求天。只因世上多迷網，錯認樵夫作地仙。自家西山下一個樵柴漢便是。安心耐苦，隱姓逃名，靠着一把破斧頭養家活口，守着兩間草房子吃飯穿衣。只爲連日風雨，不好出門；喜得天氣初晴，曉來西爽，正好上山生活去也。（行介）

（北南呂）（一枝花）恁天高孤雲停不飛、道的是留伴淸閒我◎淅零零一宵風露下。亂紛紛千葉洞庭波◎俺待把舊斧新磨◎拾得乾柴火◎一徑裏撥開荆棘科◎暢好是踏空林啄木驚飛、立峰頂嘯聲兒入破◎

你看一帶蒼烟斷壑，紅葉紛飛，俺幾日不上山來，怎知秋色已是如許。

（梁州第七）喜的那聳晴空靑山不老。鋪平地野草先衰◎望不斷疏林空翠寒烟外◎有的是隨身器械。趁的是隨手生涯◎儘逍遙隨天吩咐。任嶇崎隨地安排◎（一路行來，怎這樵友們一個厮遇不着。）莫不是隔重雲獨斧輪材◎莫不是憩孤亭聽鳥忘懷◎則這般莽蕭蕭一徑樵風。有誰共採◎却笑俺貪多力小心兒大◎又何曾論錢賣◎只落得滿擔挑來唱上街◎破笠兒歪◎按：此曲用減句格。

（小生扮書生，衣包雨傘上。）求富要得富，求貴要得貴。脚步太匆忙，跌入山凹內。（見介）（末）這漢子爲何跌倒在此，扶你起來。（小生）樵子哥，有勞搭救。俺是上京應試，下第而回，只因滿肚牢騷，把那路頭走錯。（末）牢騷、牢騷，笑你爬高；快活、快活，深山歲月。（小生）樵子。似你打柴辛苦，鎮日裏摩肩擦擔，還說甚麽快活來。（末）唉。我的快活，你所不知，你所不曉，我的快活多着哩。（小生）你且道來。（末）你聽我道：世上人得福弗知。我第一件快活是感謝天地大恩，教我得了人身，免其墮落。你只看那山中的飛禽走獸，他弱肉強呑，傷弓落穽，有無窮的苦厄難度哩。

（北正宮）（貨郎兒第一轉）跳不出陰陽化孕◎數不盡的飛潛鈍蠢◎知他輪廻六道是何因◎偏我這野頭顱，無業障托天地有人身◎免得那戴角披毛受轉輪◎

（小生）將人比物，自然是做人的快活了，何消說得。（末）呀！相公且住。就是幸得人身，知道是男是女？怕做了女子呵。

（二轉）只見他悶深閨，執雌持下◎儘妙質備鞍爲馬◎半路裏知是與誰人做渾家◎甘箕帚還得要賠茶◎幸前生占定了陽爻卦◎看鏡裏鬚眉非假◎由着俺點勘風前種種花◎

（小生）將男比女，自然是做男的快活，從來物賤人貴，男尊女卑。（末笑介）相公既如此說，我們這身子是又尊又貴的了，就該擺踱起來。（作滿場擺去，跌倒坐下介。）呸！纔擺了不多一會，就跌倒了，難道我這樣尊貴還搖擺不得麽。你在傍邊不要笑我，只該扶我一扶。（作扶起介）（小生）你跌痛不曾？（末）還虧在半山邊，爬得不很高，跌得不很痛；若是跌壞了手脚，連這打柴的勾當也做不成了，還有恁快活哩？你看世上一般是男子漢，那些疲癃殘疾的豈少，他受用不受用哩？

（三轉）你只道、一般的是男兒漢好◎有幾椿兒瘖聾跛眇◎免不得、籧篨俯仰槖駞腰◎恨、出胞胎留缺陷。怪、懸疣贅更蹊蹺◎乍相逢、是天刑休笑◎却相憐、是人疴怎逃◎只怕、前生所招◎今生肯饒◎後生難料◎喜得俺、全受全歸漢一條◎

（小生）這倒是現前的快活。（末）咳！相公，你且不要快活。你看好好的人，五官端正，氣體完全，忽然疾病纏身起來，瀼血之災，牀席之厄，何等苦楚。

（四轉）嘆人生、恣意兒把七情斵喪◎歷寒暑、五行爭蕩◎怎能彀、兼全福事百年康◎身無恙◎臨官帝旺◎忽生魔障◎只要他幾日個、吃不的、坐不的、掙不起頭兒上◎執着藥方◎靠着醫王◎困懨懨樂事兒都拋漾◎到此際、由他貴家王◎富家郎◎慌◎不覺的、怕了無常◎怎似俺今日呵任逍遙、步擔肩挑無痛創◎

（小生）這樣說來，你自身是快活的了。且問你家下還有恁人？（末）我這窮漢，上有爹娘，下有妻子，仗着打柴過活。倒也骨肉完全，並不知生離死別之苦。却想世界上那些鰥寡孤獨的人兒，怎生單單另另過了日子。

（五轉）論樂事天倫上起◎算骨肉團圞者希◎都只爲、利名心南北更東西◎拚遠別守孤栖◎把鴛鴦拆開做兩處飛◎也有的、命犯孤辰鰥夫寡妻◎也有的、無奈做僧尼◎也有的、幼年間孤露無根蒂◎也有的、白髮無兒依倚◎這的是、窮民無告數都奇◎縱然他獨樂也凄其◎似俺打柴的回去呵向爹娘供菽水呼妻子共鹽虀◎儘年年、斷守着柴門少別離◎

（小生）這原是天倫樂事，多半是命中所招，你何不自己尋些快活出來。（末）相公！那尋來的便不是眞快活。我看世界上要尋快活的，偏會尋出不快活來。自古道：小人懷土，君子懷刑。你看那些犯罪囚徒，現世報應，就是蒼蠅蚊子也只得盡情供養他。這苦楚是從何處討來？謝天地！偏我這打柴人，信步行來，倒也無辱無榮，自由自在。

（六轉）則看那犯罪的人呵他好似、凜冽冽，魚遊鍋釜◎慘慽慽，肉臨刀俎◎就是那公冶長陷在縲絏中也只好、寃寃苦苦、嗚嗚咽咽叫無辜◎逼得他轉轉側側身無措◎更有那素富貴的人，到下場頭也時常行呼患難，難道他都是應得的罪麼，只爲他受享過頭了。陡然間、花花碌碌風風雨雨◎顛顛倒倒。忽忽律律災來也那運去◎就是做大將軍的周亞夫，也弄得、乾乾脣脣餓殍同數◎對着那、惡惡很很的狼做驚驚怯怯的鼠◎怎顧得恩恩愛愛疼疼熱熱膚髮妻孥◎除非是悲悲慽慽提提挈挈佛天超度◎想到此處，似俺雖則打柴辛苦，這等自由自便。就是福分天堂不及吾◎

（小生）聽你數來，這些快活在下都也有分，但只是公共的。（末）相公！俺窮漢那有私下的，只還有大大公共的。常言道：寧爲太平犬，莫作離亂人。那刀兵亂世，天翻地覆，骨肉分離，是怎麼光景！偏你我生來值着太平盛世，如今在深山內含哺鼓腹，由着我們講這一席太平話，這就是個大造化了。想起那亂世呵。

（七轉）積世裏蒼生業重◎莽天涯，値兵凶歲凶◎下山虎鬪着混江龍◎那時節殺戮的洶洶◎更誅求的種種◎有幾個得逃生出網籠◎還驚恐◎只避秦人先入桃源洞◎我和你像華胥國的人兒。怎知他凜冽冽的肉顫心驚纏怕夢◎按：此曲句法不甚合律。

（內作風起介）（小生）甚麼聲響？（末）虎嘯的風響。（小生）阿呀！你還只管說快活，這個害怕不害怕哩？

（末）相公不要害怕，地上人行，山中虎步，有甚驚奇，只不要惹他就是了。人不起害虎心，虎那有傷人意也。

（同立高處介虎跳一同下。）

（八轉）俺這苦營生，健勤身手◎趁時光，晨昏卯酉◎深山無伴獨相求◎正黃花晚秋◎晚秋◎路荒蕪、人跡罕來投◎材不材、到處山中有◎叫鵂鶹也麼哥◎跳猿猴也麼哥◎野鹿兒奮遊◎猛虎揚威、一見回頭◎俺何

曾念咒◎念咒◎物我都忘有恁擔憂◎只怕得一點機心漏◎臥林邱也麼哥◎吼泉流也麼哥◎吼泉流◎伐木丁丁山更幽◎

（小生）如此說，這裏想是爛柯山，你莫非是個神仙出現。（末笑介）呀！相公。俺明明是個樵子，你却道是神仙。

（九轉）那神仙呵！只看這爛柯山逕◎重尋處，叫癡兒瞎等◎則剩得樵無斧、奕無枰◎眞個有仙分，該呆漢通靈◎得仙氣，該枯木重榮◎却怎生、把千年換將來俄頃◎把樵子兒似夢魂厮迸◎把斧柯兒與刦灰俱冷◎這不像海月空撈影◎俺只是舊生涯，耕田鑿井◎蠢頭顱，穿雲驀嶺◎挑一擔風月輕淸◎也不見、揶揄山鬼路逢迎◎也不曾見禹王的神鼎，但守着草鞋幾兩凡夫命◎一般的巢許無名姓◎你看俺、野花斜揷鬢邊橫◎朝朝的白木長鑱三尺柄◎

（小生）你不信神仙，我却想做神仙。（末）做神仙怎的？（小生）做神仙好上天？（末）你這人想要上天，可由來。你只管往上想，上不去，自然想出煩惱來了。我只管往下想，便覺得非仙是仙。像你這等想頭，豈不是無苦尋苦。（小生拍手大笑介）罷了！罷了！我一肚子的熱病，被你這一服淸凉散澆得來雪散冰消。從前許多煩惱，都不知那裏去了。雙手拓開生死路，一身跳出是非門。（末）呀！我說得快活，你也聽得快活了麼。

（尾聲）俺不過閒人自把閒情耐◎你也不要、五十功名心便灰◎須知道是、天工早已安排待◎你寬懷也該◎你操勞也該◎相公呵。俺與你、一斧頭劈破了愁城觀自在◎

只管在此閒話，日已西，怕我老娘在家盼望，我要擔柴回去了。你也就此出山去罷。（指路下）（小生）多蒙指引。正是：要知山下路，須問過來人。呀！轉頭過來，那樵子飄然竟去了，可惜他不曾留下姓名。也罷！俺就把這座山喚做快活山，有何不可？

訪菊 鶴歸來傳奇首齣

瞿頡

（生外老旦末俱國朝服式冠帶上）

（南中呂菊花新）（生）絃歌學道試琴堂◎（外）顧曲風流鬢已霜◎（老旦）半野足徜徉◎（末）欣五柳家風無恙◎

（生）學生言耐偲。（外）學生周少霞。（老旦）學生魏杏坡。（末）學生陶茂君。（相見揖介）（生）我等遁跡林泉，放懷詩酒，頗盡盍簪之樂，可稱耐久之朋矣。（末）這幾時只不見瞿菊亭，未免稍形寂寞。未知他有何事情，足跡不入城市。（外）此公近日躭於聲律，惟以製曲爲樂。去年撰一部元圭記，是少康中興故事，推陳出新，足補史遷之缺。近日聞得又在那裏做本傳奇，名曰鶴歸來，想因寄興宮商，所以杜門不出。（老旦）可曉得這本鶴歸來又是何人故事？（外）聽得就是他家忠宣公與檢討公祖孫二人之事。（生）瞿忠宣是吾邑中第一流人，吾等雖叨桑梓，但於明史內觀其大節，至其家庭遺事，却未深悉。今日何不去訪菊亭，就請教這本鶴歸來。便可深知顛末。（末）耐偲此言甚是有理，我們大家同去何如？（外老旦）當得奉陪。（生末）如此就請同行。（外老旦）二兄請。（同下）（小生國朝服式冠帶上）

（北正宮端正好）渚茶香爐烟裊◎翻新譜幾費推敲◎却喜得門無剝啄催租擾◎述祖德傳忠孝◎

零落家門愧式微，猶存王謝舊烏衣。月明華表空山裏，剩有忠魂化鶴歸。小生瞿菊亭。功名蹭蹬，尚餘筆墨之緣；門第衰頹，却愧簪纓之裔。想起當日留守公殉節粵西，檢討公負骸歸里，萃忠孝於一門，荷倫常於萬古。今蒙聖主，賜謚忠宣；天恩高厚，發潛闡幽，可謂至矣。只是古來忠臣孝子，每藉梨園演出，方能婦孺皆知。小生不揣荒陋，趁着清閒，撰成院本，名曰鶴歸來。意欲與故人周少霞、言耐偲輩，商榷一番。想我半月以來，未與諸君會面，今日天氣初晴，一定有人相訪。僮兒！（內應介）（小生）今日恐有貴客到來，端正烹茶伺候。（內）曉得了。（四人上）（外）聽出琴三弄，（生）論文酒一尊。（末）欲登秋水閣，（老旦）齊到藕花村。（衆）來此是了。菊亭兄在家麼？（小生）是那個？呀！原來是各位仁兄。（揖介）（衆）久違芝宇，鄙吝皆萌。（小生）今辱高軒，周飢頓慰。各位仁兄請坐。（衆）有坐。請問吾兄何以足音杳然？（小生）小弟近日在家撰得一本新劇，正要就正諸公。（外）可是鶴歸來麼。（小生）少霞兄何以知之？（外）小弟頗有所聞，所以一猜便著。（生）今日弟輩特來請教。（小生）怎奈這底本已被□□班取去，諸公若不嫌絮煩，待小弟先將大意說與諸公聽者。（衆）願聞（小生）

（九轉貨郎兒）（一轉）（貨郎兒）不說他爲循吏鳴琴保障◎居言路，封章頻上◎也不說黃門詔獄鎖鋃鐺◎也不說春暉園遊復賞◎東皐墅詠和觴◎只慢慢的把西粵情形說短長◎

（生）吾等正要請教廣西的事情。但不知忠宣公幾時到廣西去的？（小生）是弘光元年六月到廣西巡撫之任，其時南都已經失守，那邊有個靖江王，自稱監國，潛謀不軌。

（二轉）（貨郎兒）那其間有強藩潛窺神器◎把一個老中丞生生逼勒◎誰知道白刃臨頭也誓不依◎（賣花聲）密約個焦元帥，把叛黨盡誅夷◎擁戴著端藩做天子◎改元爲永歷◎（貨郎兒）指望個王業偏安在粵西◎

（外）請問那時檢討公在於何處？（小生）忠宣公赴任之時，檢討公就要同去，因他年紀小，不許他去。後來瞞着父母，同了義友劉文華，泛海尋祖。

（三轉）（貨郎兒）那太史公生一副過人至性◎撇不下祖父母飄零桂嶺◎背地裏辭親挈友涉蓬瀛◎虧了個碧霞君神靈護。老闍黎斧資贈◎（鬬鵪鶉）纔能彀濟得窮途全他身命◎骨肉團圞祖孫歡慶◎可惜邵夫人先亡過了（貨郎兒）便哭倒靈幃也喚不醒◎

（老旦）這也可憐。聞得檢討公在廣西曾經做過郡馬，不知是何人之女？（小生）就是靖江王的姪女，名喚始安郡主，是寧聖太后賜婚的。

（四轉）（貨郎兒）有一個靖藩女在掖庭撫養◎天生就德容無兩◎那太后呵！看承得似親生兒女不尋常◎（山坡羊）要覓個佳子弟俊兒郎◎婦隨夫唱◎偏生是高不就、低不湊、配不上鴛鴦帳◎恰好檢討公渡了重洋◎到了全陽◎好姻緣早注定三生藉上◎可正是魚比目，鳳求凰◎雙◎似梁鴻得了孟光◎（貨郎兒）只可惜烽火連天方擾攘◎

（丑扮僮兒捧茶上）爲有堂前客，忙烹雨後泉。各位老爺，茶在此。（小生）諸公請。（衆）請。（末）其時大兵已到何處？（小生）那時定南王孔有德已經下了湖南，提兵將入粵境，先差人到忠宣公處，下書招降（外）不知忠宣公何以待之？（小生）不想惱了忠宣公的性兒，封也不開，就焚其書信，斬其來使。（生）呀！焚書斬使，定南王怎肯干休，豈不是自速其禍麼。（小生）忠宣公也並非鹵莽，早有成算在胸。

（五轉）（貨郎兒）明曉得傍臥榻，豈容鼾睡◎捋虎鬚，危亡立至◎單靠着丹心一片力撐持◎（迎仙客）却也曾整車甲。撫瘡痍◎准備下鐵馬金戈來禦敵◎虧一個焦元帥奮神威◎力抗王師◎保得偏隅地◎（紅繡鞋）不想那陳邦傅懷異志，潛通上國◎背地裏樹了降旗◎把赤心虎將暗戕賊◎霎時間腹心潰。手足披◎（貨郎兒）把好端端半壁江山、弄得個瓜解冰消不可爲◎

（生）後來便怎麼樣了。（小生）到了庚寅年十一月，其時焦璉已死，陳邦傅已降，定南王便破了嚴關，長驅直入。（生）爲何無人守禦呢。（小生）可笑那班勳鎮。

（六轉）（貨郎兒）平日裏盡道是、安安穩穩，丸泥封戸◎不隄防、撲撲突突，喧天戰鼓◎驀地裏出出律律紛紛攘攘奏邊書◎（四邊靜）急得個上上下下都無措◎早則是喧喧嗾嗾驚驚遽遽◎只辦得倉倉卒卒挨挨樓樓向滇黔逃去◎省垣中、單留個錚錚佼佼督師閣部◎(普天樂)但聽得鬧鬧炒炒的聲。號號啕啕的哭◎丟下个寂寂寥寥冷冷清清留守衙署◎剛來了急急忙忙轟轟烈烈別山總督◎(貨郎兒)可憐他師和弟、畫就這一幅慘慘昏昏寒夜孤燈聽雨圖◎

(老旦)那時忠宣公何以不去？(小生)他是個留守，自然城存與存；城亡與亡。他有個中軍戚良勳，也曾勸他走避，被忠宣公大聲叱去，但叫他把兵符印劍繳還行在。恰好張司馬從靈川回來，曉得城中但存留守一人，排闥而入，相期共死。(末)後來如何被執？如何殉難？請兄再說與弟輩知道。(小生)諸兄聽者。

(七轉)(貨郎兒)天乍曉大清兵到◎他二人呵鐵錚錚幾曾屈撓◎把萬古綱常一肩挑◎(小梁州)定南苦勸終違拗◎高歌長嘯◎一編浩氣聯吟好◎修血表◎立志甚堅牢◎(貨郎兒)甘向那仙鶴岩前領一刀◎

(外)聞得定南王曾勸二公爲僧，何故不從。(小生)忠宣公說；「爲僧者，薙髮之別名也。」所以寧死不從。(生)文山當日願以黃冠歸里，看來忠宣公又勝一籌矣。(老旦)請問其時檢討公何在？(小生)他在行在供職。(老旦)檢討公既不在桂林，不知忠宣公歿後是何人殯殮的？(小生)虧了個故人楊碩甫。(末)那楊碩甫可就是松仙的徒弟麼？(小生)正是。

(八轉)(貨郎兒)他學神仙無心仕宦◎(末)因何到了廣西？(小生)就是松仙叫他同了忠宣公去的。錦囊開裝成顚癇◎(堯民歌)後來忠宣公幽囚時節、虧着他橐饘潛納具壺簞◎覩雙忠淚潸◎淚潸◎具棺衾殯殮在空山◎不隨着衆紛紛各自逃灾難◎(生)此公眞義士也！(外)聞得此人後來不知所終，都說是跟着松仙得道去了。(叨叨令)(小生)抱忠肝也麼哥◎列仙班也麼哥◎高誼信非凡◎(老旦)難道檢討公不來赴難麼？(小生)怎麼不來赴難！他一聞桂林失守。(堯民歌)便泥首宮門別聖顏◎把程途急趲◎急趲◎怎奈兵戈阻隔，道路不通，向白刃叢中兩三番◎覆巢遺卵拚糜爛◎(叨叨令)淚汍瀾也麼哥◎歷間關也麼哥◎(貨郎兒)歷間關◎負骨寧知行路難◎

（外）一門忠孝，可也難得。但不知吾兄所撰傳奇，何以名曰鶴歸來，莫非取令威故事麼？（小生）非也。（外）願聞命名之意。（小生）哪！只爲忠宣公幾根勁骨。

（九轉）（貨郎兒）在西粵淹留三載◎太史公也險遭毒害◎可憐他長途萬里負遺骸◎不知受了多少驚恐，吃了多少辛苦。（脫布衫）纔望見拂水岩家山一帶◎先是那會元坊鶴唳聲哀◎分明是魂歸遼海◎（生）原來有這等奇事。（小生）是邑乘裏煌煌記載◎（末）聞得忠宣公曾爲鶴郡城隍，未知端的如何？（醉太平）（小生）他，做明神却也應該◎論天理，也不用疑猜◎（外）昔年曾蒙聖恩賜謚，可稱異數。（小生）最難得是，皇朝雨露潤枯荄◎信聖度如天大◎（老旦）如今吾兄闡揚祖德，播之管絃，庶幾兒童走卒，盡知名姓，當與岳忠武、楊椒山諸公，並垂不朽矣。（小生）愧鯫生謭陋無文彩◎便移宮換羽也何曾解◎（生）向來大作，弟輩素所敬服，吾兄不必過謙。（小生）恁諸公絮叨叨苦問這由來◎（貨郎兒）這便是鶴歸來一本傳奇的命意在◎

（外）聽兄一番敘述，弟輩已粗知梗槪。但耳聞不如目擊，再得優孟衣冠，逐一演出，便如親炙前賢矣。（小生）此本新劇，□□班已經習熟，聽得今日在□處搬演，諸公有興，何不同往一觀。（老旦）如此甚好，我們趁早就去。（衆）弟輩告辭了。（小生）諸公先請，小弟隨後就到。（衆）正是：後學須知忠孝事，清芬全賴子孫揚。請了。（小生）恕不遠送了。（衆下）（小生）

（煞尾）今朝佳客清談好◎細述家門不厭嘈◎只愁諸公今日見了這本鶴歸來，是雍門琴調◎變徵聲高免不得淚濕青袍◎我想忠宣公已蒙賜謚，檢討公尚未題旌，何日裏再盼得天上綸音獎純孝◎

按：此套首尾用正宮端正好及煞尾，乃義勇辭金體而省去滾繡球倘秀才二曲，中間九轉則用貨郎旦體。是爲僅見之「合璧」作法。

琴歎 石榴記第二十六齣

黃振

（小生扮張幼謙病容抱琴上）說病何曾有病來，鰥魚通夜目雙開。書生豈下窮愁淚，（指琴介）琴到秋清響自哀。小生監禁大牢，計算也不下三五十個日子，又不見審，又不見發落。畢竟此案是何結局？心中好生委決不下。虧得禁子哥做人頗好，別的囚徒，鋃鐺大鎖，夤夜鉗釱，絲毫莫想轉動；獨俺不甚嚴緊，杻械非官來親點，可以鎮日不帶。不知是何緣故？（笑指手足介）散手散脚，倒也自在。（搖頭介）但鼻中腥穢之氣，耳中酸楚之聲，目中鳩鵠之形，四圍逼緊，刻難寧耐。如何是好！連日覺得抑鬱無聊，茶飯懶飧，漸漸有些不大清爽之意。俺想一身被逮，六親皆散，並左右使喚之人也無一個，如何病得！不免打起精神，乘今夜月明人靜，將琴抱入獄神堂上，掃地焚香，清彈一曲，以抒幽憤，有何不可。（行介）

（北）（南宮）（一枝花）問俺爲世間何等人而久棲於此◎一般也身軀長七尺博古善文詞◎今日個潦倒如斯◎可不辱沒了平生志◎古者英雄有困時◎果能如淮陰侯拜將登壇，司馬公援經作史◎

（作到介）唉！一般也有花有石，有窗有几，儘可排遣，何必多求。待俺收拾起來，（作掃地拂席焚香介）將琴兒和起絃來。（就坐和絃介）（撫琴歎介）琴呵！世間無情之物固多，有情之物亦復不少，如你小小身軀，包羅萬有。昔人云：能令江月白，又令江水深。是何神技，一至於此。

（九轉貨郎兒）（貨郎兒）爲甚的聲悲壯金戈鐵馬◎聲酸楚鸞孤鵠寡◎爲甚的邊關萬里泣胡笳◎爲甚的嗷嗷鴈。覓伴兒叫落平沙◎爲甚的助幽思半夜悽啼屋上鴉◎

（內作鴉啼介）好笑！正說到你，恰好就啼起來了。此一啼，到合着何晏故事。初，晏繫獄，有二烏止於屋上。女曰：烏有喜聲父必免。遂撰一曲名烏夜啼，譜入琴中。俺久繫犴狴，度此良夜，一聞此聲，能不有動於中乎？琴已和就，彈什麼好呢？哦，有了。（彈介）

（拘幽操）殷道溷溷、浸濁煩兮，朱紫相合、不別分兮，迷亂聲色、信讒言兮。炎炎之虐、使我愆兮，幽閉牢穽、由其言兮。

此名拘幽操，乃周文王拘于羑里之作。彼乃聖人，能觀爻象，休咎前知，尚不無鬱厄之辭。況我何人，能豁達處之、委心任運乎？（推琴不彈介）彈來彈去，越起愁煩，彈他則甚。（起步沉吟介）俺想，爲情而死，死亦何恨，就是今日如此，也是自作自受，待怨誰來。特恨不能踐同盟之言，有負初心耳。

（二轉）俺雖不能如梁山伯風流年少◎他可也比得過祝英臺幽閒窈窕◎一般兒也向書窗訂素交◎幾年間親親熱熱恩恩愛愛的勝似同胞◎使父母看見了都歡笑◎又可的端陽節到◎生就一本石榴樹兒起禍苗◎

（三轉）想當日雙跪了指天說誓◎相偎着也自覺風流絕世◎那一句句的傷心言語幾人知◎只有個花神在暗地裏點頭兒◎老天、如這等師兄師妹◎恩夫愛妻◎便該讀書不離◎花朝月夕◎同行竝立◎纔算的美滿乾坤萬物宜◎

無奈天心必不肯成全，意外生出許多枝節，教你顛顛倒倒，觸着的便是網羅，踏着的都是機械。（跌足介）俺好恨那！

（四轉）要什麼延幕友將軍攜帶◎許婚姻東家錯愛◎生生把一株連理兩分開◎苦、苦了個梁山伯。苦、苦了個祝英臺◎情山義海◎央出個做美的紅娘來探花去採花、暗中把書兒帶◎淚也盈腮◎愁也盈懷◎病懨懨欠下了相思債◎不還不可還無賴◎咳◎種了禍胎◎都是色膽如天惹出來◎

（五轉）怪只怪那老犁牛風魔癡妄◎好端端要爲人嶽丈◎你既將嬌女許才郎◎也不算矮你門墻◎爲甚的刁張儀忽起欺心向楚王◎試問你凡馬駑駘何如驌驦◎直恁的聽鳩鳥謀殺鸞凰◎可知道貞松烈柏難摧枉◎君不見袄

神廟，火延佛像◎望夫山石化紅妝◎相思樹，人變鴛鴦◎都可做沒商量◎說什麼一個風流罪過的帶鎖披枷公冶長◎

（六轉）今日裏悽悽慘慘身拘囹圄◎悉悉索索耳聽桎梏◎見多少悶悶沉沉、陰陰磣磣、病囚徒。向着那黑黑窣窣深房屋◎巡着人顛顛倒倒◎仰仰伏伏◎猪猪狗狗牛牛馬馬的扳頭攢足◎夜深了奇奇怪怪，難聞難睹◎少什麼迷迷滅滅的燈淅淅颯颯的雨◎支支喳喳唏唏哭哭屋角鼪鼯◎咿咿啞啞格格雜雜天陰門戶◎甚至於膿膿血血、還見了些披髮伸舌的厲鬼圖◎

（內打三鼓介）呀！已交三鼓了。這些鈴柝之聲，空城遠布，靜夜聽之，寧不淚下。

（七轉）鈴與柝隨風四應◎響噹噹，三更五更◎墻頭上月光又空明◎照碎了階下梧桐影◎寒蛩兒叢聚苔逕◎紙條兒颯颯不住的響遍空櫺◎問誰禁得這蕭條境◎不由人不害死銷魂病◎咳！怎一家兒弄得似，風雨殘花飄不定

想起俺爹爹，在軍前未卜安否，諒還在那里望俺春闈捷信，怎知你孩兒龍門未跳，轉跳進了虎頭門麼！前聞母親着抱琴送信去，未知去否？若接到此信，料亦驚駭不淺，年老客途，何以堪此。（內打四鼓介）

（八轉）想着你桑榆景晚◎孤身寄，強兵百萬◎便是才如諸葛也煩難◎況衰年懶殘◎懶殘◎近今來書信阻關山◎禁得幾個板蕩中原歎◎嘔心肝也麼哥苦形骸也麼哥多病少安◎況有妻孥休戚相關◎怕此時未成眠、把凉蟾也看◎也看◎可知妻憶兒夫淚不曾乾◎兒愚犯法把雙親盼◎好傷心也麼哥太凄凉也麼哥。爭得四五處離魂夢裏團齊敘一番◎

（外扮獄卒上）（呵欠介）你這箇什麼張官人，眞眞年輕，有些書氣。一夜不睡，唧唧嚕嚕，說些什麼？又不像

念文章，又不像念奄經，鎮夜說了去，炒得合監中人不安，却是爲何！依我說，還是去睡睡罷。（小生）哎喲！禁子哥。小生苦處，三日夜說不盡，何爭一夜。（外）呀！這又奇了。坐監的人有箇不苦的？似你這等，算雲眼兒裏的了，還不知足麼！（小生）是！小生就去睡了。（外）有這工夫爲何不去下場，顚倒把狀元倒好中來了。（冷笑介）應是皐陶爲主考，大牢中有讀書聲。眞眞書獃。（搖頭下）（小生良久不語介）好沒來由，倒被這廝搶白一場。罷了！無知之言，且自由他。（內打五更介）坐了一夜，鷄已亂鳴，想天欲曙也。

（九轉）聽喔喔鷄聲齊至◎坐一夜，神疲欲死◎也把各種閑愁心上略略去些兒◎只有那人家合巹良時◎這人家，父不仁慈◎逼將來不無悽惶事◎若眞個，教他爾爾◎這性命無言可辭◎我力任之◎（泣介）妻呀！我還癡心妄想作連枝◎眼巴巴、望那長安一片紙◎早知道魁星文運只如斯◎倒不如石榴花下同尋死◎到而今天明鷄已亂啼時◎還說甚夢裏功名兩個字◎

（抱琴行介）

（煞尾）還把這琴兒抱向懷中轉◎（指琴介）除爾悠悠誰與言◎琴呵！俺和你患難交情久逾見◎可憐◎可憐◎就是這一夜恩情亦非淺◎

九轉詞逸叟醒羣芳 續青溪笑末折

蓉鷗漫叟

（生蒼髯道衣朱履上）絮雪凝香月滿軒，主人送客獨留髡。爲談往事成惆悵，春雨秋風牡蠣園。老夫安峯逸叟是也。壯志烟高，逸情饒上。旁搜博采，但期讀五車書；西抹東塗，也曾行萬里路。阮生眼角，亦解留人；坡老肚皮，頗能容物。三十年曉風殘月，肯居薄倖之名；六千場酒海詩天，偶訂相思之譜。新歡蘊藉，掉來孫楚杯中；舊緒迷離，譜入桓伊笛裏。這也由他。只爲度歲，暫寄白門。今日瑤霧主人相招，同西樓寓公閒話，不想在秋影

樓得遇葆華內史，因約了他們來。是時候了，只索先去。正是：作客天涯忘逆旅，題襟閣上拂輕塵。（行下）

（小旦淡妝雅服上）花溪蟾影澄如水，鍾阜螺痕淡向人。倘欲臨風學飛燕，水晶盤裏貯儂身。兒家瑤雰。自閉門深巷以來，熱不因人，冷宜避俗。最怕閒蜂浪蝶，敢誇香草琪葩。地似冰清，喜雙扉之常闔；意如花淡，愛九畹之齊芬。這幾年，荷安峯逸叟看承，不以常人目我，頗契襟懷。更喜西樓寓公，題額贈詩，倍增聲價。今朝風日清佳，邀請他們到此小敍，想必就來，只索坐待。（生行上作扣門進見介）呀！主人今日爲何起得恁早。（小旦笑介）你老人家來遲了，倒說我起得早。昨日在何處閒行？（生）昨午本赴西樓，適過秋影樓中聽琴，坐有葆華內史，說他今日也要同秋影來這裏閒話。我已遣人邀寓公去了。（小旦）如此甚好。（雜上）稟老爺。小人到西樓，與馬盈門，有客在彼閒話。門上人說，不能來了。（生）罷了。（小旦）可要著人到秋影樓去邀內史？（生）不消。他們約定，少刻自來。（小旦）是！請在東軒坐罷。（同生虛下）（小生便服同旦行上）爲期逸叟攀清話，同訪瑤姬品素心。（作到門同進介）（生同小旦上）（小旦）二姐姐同內史來了；他老人家候久了。（小生）昨日所說瑤雰閣三字，是西樓寓公寫的，今在何處？（生）在閣上，少刻再看，且在此處請坐。（各坐介）（小生）請問尊丈：來此多時，又經幾番憑眺？幾番題品了？（生）我此來呵。

（一枝花）莽雲山淩空放眼瞧◎那禁得歲暮舒長嘯◎意遲遲紅塵知己少◎恨絲絲綠鬢替人凋◎端的是氣迸雲高◎渾忘却身將老◎（旦）你老人家滴健得緊哩。（生）因此上拖游屐度浮橋又過新橋◎儘著這十四樓，風月銷磨那忍見三十年，鶯花零落◎

我想繁華滿眼，去日如梭，一瞬升沉，言之不盡哩。

（貨郎兒）說不了，羅浮夢快◎說不了，閬風路窄◎想當日浮踪曾此溷風埃◎（小生）近來有好些題詠了？要領教哩。

（生）我前日偶然高興，將金陵瑣事。編了貨郎兒九轉彈詞。我展長牋，吟瀟灑。摭瑣事，意徘徊◎不覺的把禿筆描青寫出

來◎

（小生旦）如此妙得緊，倒要請教了。（生）內史與秋影不嫌絮煩，待我細數從前，歷言今日。且住，只是我的彈詞配著琵琶韻調方好。（旦）這個容易。瑤芬妹子近時彈得一手好琵琶，何不請教他彈著，你老人家歌著，豈不是名士佳人，同庭雅調麼。（小旦）姐姐又來燥皮了。（小生）一定要請教。（生）這也說不得了，你且彈起來。（小旦取琵琶彈介）（小生向旦介）你拍檀板，我倚洞簫和之。（旦拍板、小生吹簫介）（生）我想當日呵。

（二轉）記芳年、繞城南花天月大◎趲去路見燈光激射◎啓雙扉恰老樹當門第四家◎前庭畔、蓮步太夭斜◎笑吟吟、驀地裏春生乍◎遙問訊、畹如回答◎那壁是小妹孿生喚霽花◎

那湯九字畹如，湯十字霽花，他是雙生姊妹，眞個出落得好。其時有個朱元寶家，邃閣重軒，爲貯嬌之所。或者花晨月夕，小舟載美，蕩漾河干，說不盡的興致哩。

（三轉）熱平康、賺得來花情萬種◎却都向朱門坐擁◎有時、蘭舟滿載水雲重◎ 那時，許壽、趙靜芳、白塔西施、賽楊妃，分住河樓，各邀姊妹。又有素心蘭、秋海棠、荷官等輩，同著李香佩、唐素君、都負時名。共飛瓊、彈寶瑟並飛燕、捧銀鍾◎覓西施、移家翠隴訪楊妃、階分碧蓉◎更春蘭韻工◎秋棠態濃◎朝荷豔涌◎映帶著、仙李唐花各一叢◎

（小生）這也算熱鬧的了。（生）時光荏苒，花事芊眠，漸漸的王家後起的人多着哩。

（四轉）那其間、有王氏、玳筵乍啟◎水閣裏日輝星朗◎正好、綠珠婉孌秀瑛芳◎眞個是、好因緣、金屋貯佳。作合玉樓藏◎如珠在掌◎直弄得、人兒念著心兒癢◎獨占花場◎分住仙鄉◎ 自綠珠秀瑛去後，那翾雲韻秋跟著豔瑞二人，擅名河上。花朝撲蝶，好不風光哩。 那姍姍、翾韻又逢翩上◎駢柯合並蒂雙◎斷稱著、豔瑞名揚◎早譜出、四

美花朝同宴賞◎

（小旦）你老人家提他則甚。（小生）果然擅一時之盛。（生）我還想，各處風廊月榭，畫幔珠簾，選舞徵歌，十分興趣。眞個是，上頭簫管，中流烟月，光景如在目前。秋影，你身當其際，也曾囘想麼。

（五轉）隨處有好妝臺、傍風亭、枕雕櫳幾扇◎繞雲廊、引畫箔雙懸◎晚涼時、水月渺無邊◎盤寶髻整香鈿◎一陣陣茉莉風熏翠袖偏◎猛聽得、鶯語滑燕聲圓◎想像煞、朱唇皓齒露微嗎◎彷彿是、臨江客步虛仙◎向月宮中、遙對著十頃光明鏡裏天◎按：此曲較正格少數句。

（小生）眞個是，欲界仙都，昇平樂土。這班人也覺得太受用了。如今看來，怎麼蕭索了許多。（生）正是：怎得四時有不謝之花，八節有長春之草。那曉得熱鬧場中早抽身的還好，那不曉得趁好囘頭的，隨波逐流，也就不堪收拾了。（旦小旦作點頭介）（生）哎。

（六轉）恰便好、興匆匆看花命酒◎漫尋思、淅零零輕霜著柳◎那覺的搖搖曳曳、飄飄渺渺、倩誰收◎則只見、玉顏改、心如灸◎則只見蕭蕭槭槭、離離索索、朝朝暮暮、風風雨雨、那佳時難又◎怎得個、花花簇簇、逢場如舊◎有幾個、尷尷尬尬的人、辛辛苦苦的守◎不似那、虛虛晃晃、輕輕易易、梗斷萍浮◎要想起、孤孤另另、悽悽慘慘、不堪回首◎肯看那一派冷冷清清、流水斜陽黯淡秋◎

我想三二十年來，門庭半改，人事都非。那玉李、綠琴、陶酉、唐秀，早已化爲異物。即初圓、玉秀、徐玉、郭心、瑟瑟、珊珊、文卿、崑仙，又都不知去向。如壬壽那等人家，更弄得衣食不周了，有誰看顧他，眞個可憐呵。

（七轉）轉眼見，東鄰西舍◎熱轟轟，太覺奢遮◎九夏三冬任消歇◎十年往事似風花瞥◎這門巷、繫一雙金

勒◎那庭院、積半堆黃葉◎炎涼情態眞休也◎叫西風、誰是疼人者◎可憐那沒聊賴的朱顏。只盼著、寒瑟瑟靑溪一輪月◎

（旦小旦作微嘆介）（小生）似這般光景，凡我輩有情人，亦當墮淚。（生）秋影格高韻遠，瑤霧性冷情閒。他兩個本具慧心，早能悟徹，將來可站定脚跟了。（小生）尊丈看得不差。不知此番到來，又有月旦麼？（生）咳！人海虛情，花場惡狀，我半生閱歷，厭棄不勝；怎肯再墮汙塵，牽纏不了。客居無事，惟有聽琴登秋影之樓，說茗上瑤霧之閣，或西樓論文，閒傾尊酒；那河上華筵，一槩不敢祇領了。

（八轉）舊靑衫酒痕生暈◎長干道風光不盡◎支笻來作拗花人◎正陽囘早春◎正陽囘早春◎只看承秋影伴瑤霧◎林下風竟不改前時韻◎氣氤氳也麼哥◎話紛綸也麼哥◎這答兒較勝◎河上華筵一例兒陳◎又何須去問◎去問◎那後來之秀，未嘗無人，我已懶於評品了。屈指光陰一番兒新◎有幾個、後起天生俊◎我步逡巡也麼哥◎意因循也麼哥◎任你含嬌逞笑嚬◎

（旦小旦向小生介）他老人家高懷逸致，那個及得他來。（小生）正是。請問尊丈，游踪所至，有幾種詞翰傳遍靑溪了？（生）待我自己數說幾句，內史休得見笑。

（九轉）捻霜髯、肯說道，先生休矣◎誰識我，心花放蕋◎我也曾、趁兩行紅粉寫烏絲◎頻向那，莫愁湖，湖上去游戲◎桃葉渡渡口赴星期◎數不迭，冶春風致◎聯珠傳，畫出當日事◎俺還有、詠花篇細品仙姿◎知呵，拈百首早有折柳新詩◎俺更喜、標贅筆寫紛披◎並譜出靑溪笑人人贊美◎（旦向小旦介）他老人家高興得緊，只是忒費心思了。（生笑介）俺也是、江湖飄泊閒情寄◎偶爲此、高歌喚醒鴛鴦隊◎恁忒煞、關情嗎嗎切切細問俺何爲◎則要覓有情人、把九轉歌詞唱到底◎

（小生）似此鴻辭，定當傳誦千古。（旦）我明日把這九轉詞譜入琴曲，何如？（小生）妙極。妙極。我想他老人家風流豪邁，韻絕一時。那拈花覓詠，賞月銜杯，有多少佳話。我風埃過客，望之似神仙中人，不勝艷羨。（旦笑介）他老人家竟是一個臥雪袁安了。（小旦）姐姐又來燥皮了。（生）老夫如今呵。

（煞尾）俺最喜、春前瑞雪應豐年兆◎恰便是閣上凝香作韻士巢◎那裏見有情天肯無情老◎嘆當時夢拋◎喜今時興饒◎（笑介）呵呵　秋影呀，竟讓你說着了。俺只要做一個臥雪袁安恁可道好◎

（內喚介）閣中梅花大放，請各位登閣宴賞罷。（小旦）請。（生小生旦同下）

拄杖挑雲憶往時，　惜花誰作有情癡。
今朝過客遙相問，　九轉憑誰唱我詞。

頌功　儒吏完城第四折

許鴻磐

（淨去粉墨儒服上）俺濬縣學內生員是也。因俺賢父台捍賊完城，合邑感激不盡。今日又奉恩綸，俺父台銜加司馬。衆紳士謹治酒筵，在縣署花廳內慶功賀喜。教俺絃歌新曲，以代頌揚，只索走遭也。

（一枝花）不隄防、承平起寇賊逼樛的、鄰境嗟危殆◎險把俺老書生、瘦骨餧狼豺◎幸遇治賦奇才◎留得咱、殘生在◎纔得理絃歌，再整破書齋◎今日個報德筵開◎播新聲同申感戴◎

（副淨二襍扮紳士上）（遇淨介）我等俱齊，入署去者。（至署通稟進）（生蟒補五品頂）（戴掛珠上）（迎衆入花廳介）（生）諸位皆在窘鄉，還要張筵治酒，心實不安。（衆）無以爲報，聊表寸忱。（襍稟介）同城老爺俱到。（生）請。（末外丑去粉墨）（小生同上，各相見介。）（副淨）老父母竭盡心力，留得合城性命，五中感激，難以言傳。謹製成守孤城北曲一套，（指淨介）他是學內老諸生，素通音律，彈得好三絃，因令他按譜絃歌，以代傳頌揚不盡之意。（末）這定要領教。（副淨）看酒。（送酒介）（生一席、外末一席、丑小生一席、副淨等左右各一席。）（末執杯向淨介）請教。（淨飲酒）（襍遞三絃）（淨彈唱介）

（貨郎兒）俺不唱，蘇洄謀叛◎也不唱王倫造反◎也不唱、林爽文聚衆鬧臺灣◎俺只唱、癸酉年，遭兵亂。受圍困，歷艱難◎慢慢的、把那保守黎陽近事彈◎

此事因何而起。

（二轉）只因爲鬧白蓮，賊分八卦◎反滑城、將官民害殺◎好一似、猛獸乘風弄瓜牙◎俺小平川逼近是鄰家◎他梟張鴟顧眞堪怕◎莽烽火，傳來一霎◎弄的、滿縣裏驚慌亂似麻◎

喜遇著俺賢父台呵。

（三轉）這賢侯，赤緊的，驚聞諜報◎不由的，衝冠氣惱◎急忙的、商量戰守聚同僚◎笑孔融、才略短。賽虞詡、智謀高◎灑丹誠人心踴躍◎發倉儲、軍糧裕饒◎更分開卡哨◎扼斷溪橋◎防嚴要道◎你看他、文弱書生運六韜◎

當時情形好不危急哩。

（四轉）那強賊、遺兇徒，分頭肆搶◎先覷俺，東黎片壤◎錯認做、怯魯杲在南陽◎你看他、恣咆哮，如餓虎逞奔突，似貪狼◎恁地猖狂◎但只見鬧嚷嚷緊一回、慢一回、晝夜裏更番上◎火燬關廂◎礟裂垣墻◎似狂風疊湧長江浪◎你看曹縣破，定陶亡◎還有長垣被戕◎眞個是、地動山搖難抵擋◎

盤根錯節所以別利器，那時方見俺父台本事也。

（五轉）這賢侯展雄才，把嚴城衛捍◎矢丹心，忘眠廢餐◎倚敵樓親把彊弓彎◎鐵衣冷。劍光寒◎鎮日裏、立在嫖鎗利矢間◎虧煞你痛斷根株先除內姦◎虧煞你、架樑柵把碎堞完◎虧煞你雷車打的雲梯斷◎虧煞你、焚賊寨出奇乘間◎虧煞你效迭戰鐵鎖連環◎虧煞你、控衛河不使浪波翻◎這的是能應變善達權◎向那萬難中、保守的累卵孤城穩似山◎

內守既嚴，外援復至。當日呵。

（六轉）正值他鬧該該雲梯亂豎◎忽聽得、撲通通隔山戰鼓◎遙望見、赫赫燀燀、堂堂正正、萬軍趨◎嚇的那、衆逆賊頻驚顧◎早只是、慌慌怯怯。紛紛亂亂。搶搶攘攘。挨挨擠擠各尋生路◎城門內、霍霍閃閃，旌旗飛出◎只見、糾糾的衆鄉兵桓桓的諸義旅◎騰騰躍躍。叱叱咤咤。一陣喧呼◎早盪開、昏昏黯黯。悽悽慘慘的。妖氛毒霧◎霎時間畫出一副烈烈轟轟、保據邯鄲的戰勝圖◎

（外）凶燄之張，守禦之嚴，戰功之烈，唱來一一如在目前，是好摹繪也。（淨）完城之功，大者有三：一爲屏藩遠近。聽俺唱來。

（七轉）燄騰騰，燎原撲滅◎浪洶洶，橫流斷絕◎問平地風波是誰遮◎那三方鄰境、盡把俺屏藩借◎東高舖，是淇縣的喉舌◎南隆固是湯陰的臂脇◎過淇門緊接朝歌野◎指黃河遙控延津掖◎若不是小黎城砥柱中流。倒只怕、鐵錚錚的堅城俱潰裂◎

一爲安撫流亡。聽俺唱來。

（八轉）自滑城，陡興邪教◎滿郊原，豖蛇肆擾◎千村萬落半焚燒◎這災危怎逃◎怎逃◎遇賊的、白骨委蓬蒿◎避賊的、赤足忙奔逃◎似風飄也麼哥◎似波漂也麼哥◎恁顚連誰告◎門外天涯空淚拋◎賴仁人護保◎護保◎家園回首黯魂銷◎險些兒化作溝中殍◎獲安巢也麼哥◎沐恩膏也麼哥◎似這樣陰功山樣高◎

一爲保全百姓。聽俺唱來。

（九轉）今日個銷烽燧，城門不閉◎離水火，咸登衽席◎却似那、誦招魂新自鬼門歸◎一個個、幸餘生痛定自思維◎感深恩不止脫身危◎且待俺更端話起◎第一呵、爺娘蒙護庇◎第二呵、保子孫，永延血食◎第三呵、兄與弟，還得手足相依◎且喜得、夫妻伉儷免仳離◎還留下、舊相知良朋數輩◎慢說那、田園廬舍無拋棄◎就是那、牛羊鷄犬也含生意◎縱饒你、妙形容一管燦花筆◎也述不盡保障完全的恩義美◎

今日銜加司馬，正是功德之報也。

（煞尾）只爲你劬勞留得哀鴻在◎因此上、丹鳳銜將詔旨來◎你看那、白鷳繡補生光采◎恁恩德大哉◎這恩榮異哉◎譜一套紀實的九轉貨郎兒播千載◎

哀思曲 并序　顧家相

勵堂樂府

余以辛亥季春，解彰德郡篆，即遣眷屬來寓西安。緣先考妣皆葬鄠縣，不能不爲秦之僑民；且前一歲已卜就寓廬，有賓至如歸之樂。余旋於夏至前抵寓，三男遹光則八月下旬方到，征塵未拂，而已聞武昌警報矣。九月朔日，西安民軍接踵起事，全家在危城之中，幸未遭土匪焚掠。雖僅閱數日，秩序漸復，而痛定思痛，猶覺動魄驚心。既而甘軍東來，攻擾近省州縣，鶴唳風聲，時時在耳。迨甘軍聞共和詔下，始行撤退，干戈靜息，誠爲一方之福。惟是京華北望，朝局已非，迴首前塵，如夢如昨。憶余生咸豐癸丑，是爲洪楊破金陵之歲，其時北方諸省固無恙也。同治初元，秦中亂作，屠戮之禍，慘不忍聞。乃未幾而回匪盪平，東南且旋底定焉。自時厥後，或邊徼用兵而中原無事，或小醜竊發而大局無妨。越南朝鮮兩役，爲外交巨擘；然余在內地，又值聽鼓閒居，初不相涉。庚子變起，余所宰萍鄉爲劉忠誠轄境，所營煤礦又爲張文襄提倡，同在東南保護之中。都門諸事，可駭可笑，蓋聞而知之。回鑾後，入都覲見，忝膺郡守，彰德近接畿疆，極欲勉圖報稱。無如新政日繁，民生日蹙，縣官日益困苦，督責寡效，衷幸終虛。且默察時艱，亂萌隱伏，去志益決，非敢漫詡見幾，實尚希圖倖免。猶冀少權兵革，垂老或不致再覩烽煙；方將鑿井耕田，爲擊壤康衢之叟。何意事變忽乘，及身親見；差幸已無官守，尚可進退自如耳。仲夏中浣，屆六旬誕辰，親友多情，欲爲致祝。余既力拒其請，而悲從中來，不能自已。迺取六十年閱歷興衰之迹，援筆成文。長歌當哭，聊寫牢騷，且以質之親友。若謂上擬庾開府之哀江南，郝文忠之哀三都，則吾豈敢。

（北南呂）（一枝花）最難忘、髫齡值亂離。更何堪、垂老遭兵革◎受饑荒、容顏增菜色。苦奔馳、磨鍊到筋骸◎飽聽了、礮震鎗排◎還留得殘生在◎依北斗、望京華、無窮感懷◎怎比得商山翁皓首芝餐。權做了、東陵侯青門也那瓜賣◎

（梁州第七）想當年、肇皇圖，龍興遼海◎莅中原，定鼎燕臺◎喜相承、重熙累洽臻康泰◎闢版章，武功烜赫。舉詞科，文教宏開◎翠華巡，輿情愛戴。木蘭狩，蒙部綏懷◎天運窮，盛極終衰◎人事迮，措置多乖◎失藩封，被吞了緬越琉球。訂約章，迷混了東邊疆界◎護朝鮮，割棄了海外珠崖◎堪哀◎可駭◎說不盡、一朝基業興還敗◎料史官、能紀載◎俺只把、切近的遭逢敍述來◎珠淚盈腮◎

（轉調貨郎兒）禁不住，驚濤瀰瀚◎料不定，滄桑變幻◎誰收拾、浮沈破碎舊江山◎俺待要、撫松枝，尋夏社。歌麥秀，泣殷頑◎轉盼的、六十年華似指彈◎

（二轉）想當初、奠苞桑、大清天下◎涵帝澤、徧遐陬向化◎有鯫生、誕育在郴州長武衙◎（先考宰長武，余生署中。）似崌山片玉美無瑕◎（余生時，先妣祈神廟籤詩有且向崌山求片玉句。），我棒萱、珍重得高無價◎親傳授經師家法◎指望著、文章蔚國華◎

（三轉）自從那、起金田、潢池兵盜◎據金陵、江湖雲擾◎驀地裏、燎原凶燄燭天高◎幸名賢開幕府。賴儒將，賦同袍◎殄封狼，三湘年少◎蕩鯨鯢、長淮俊髦◎更殲除、東西捻巢◎滇黔蠢苗◎羌回桀驁◎全仗出羣才、手挽銀河把氛祲銷◎

（四轉）那時節、正中興、昇平有象◎不隄防、龍歸天上◎依舊是、垂簾母后蒞朝堂◎選宗支、承大統。增科舉，策賢良◎恩波浩蕩◎引動得、那文人、十八省的千百里的都躍向桃花浪◎鄙人呵、逐隊觀場◎桂杏聯芳◎（乙亥順天鄉試中式，丙子聯捷。）顫巍巍名字魁春榜◎（會榜列第六名。）牛刀試。驥足驤◎分發到江西豫章◎一例兒、錢穀簿書勞鞅掌◎

（五轉）想朝廷、廣招徠、闢通商口岸◎慎稽查、榷江洋稅關◎任梯航萬國萃瀛寰◎營租界、館諸番◎一件件、怙冒懷柔政令頒◎爭奈是、斥異排夷、愚蒙性頑◎（西敎先盛行於外域，而後入中國，與佛敎回敎同。愚民不察，以中國本有之邪敎作一例觀，誠爲錯誤。然佛敎迷信成俗，已歷千載，儒士猶或排之；其排西敎，亦無足怪。）爭奈是、迎與賽、斂錢難◎（西敎不拜多神，約章聲明，華民入敎者，迎神賽會槪不出資。但春祈秋報，自古已然，舊俗勢難改變。假如一村百戶，歲需百緡，若有三十戶入西敎，頓少三十緡，仍須七十戶加增攤認，必非所願。民敎齟齬，此亦一大原因。）爭奈是、杯弓蛇影生疑案◎（中國邪敎，小則惑衆斂錢，大則謀爲不軌，自張角以後，歷代有之。師巫邪術，久懸厲禁。採生折割，乃邪術之一端，前人指爲白蓮敎所爲，白蓮敎盛於明代，史冊可徵。西敎設育嬰堂，民間遺失孩童，輒疑爲堂中誘拐，謠言傳播，有挖眼剖心之謬說。同治庚午天津之案，釀禍甚巨。）爭奈是、聽獄訟、庸流偏袒◎（敎士護敎民，官吏畏敎士，此尤通病。）因此上、鍾怨毒、鬱積民間◎因此上、奸徒勾結起波瀾◎練習了、紅燈照義和團◎看一夥兒沒下梢的聖母師兄上將壇◎

（六轉）這不過、怒吽吽、莠民用武◎怎抵擋、氣昂昂、洋兵內渡◎聯合了、美英法德、日俄奧意、衆師徒◎弄得箇、端莊剛董都無措◎逼迫了、九重帝后。滿朝親貴。紛紛擾擾。牽牽扯扯。幸大同宣府◎百忙裏纔轉到、迢迢遞遞，秦關深處◎多虧得龍蟠虎踞的吳襟江帶湖的楚◎同心協力安安穩穩。保守偏隅◎還有箇堂堂使相。峩峩仗節。把邦交重固◎到頭來濟濟蹌蹌、捧日廻光照帝都◎

（七轉）破白浪，六鼇擊楫◎。辛丑，余因明保，調取引見。癸卯，請咨由海道北上。覲丹墀，雙熊畫車◎以知府發河南。一載睢陽郡符攝◎眞除鄴下在雄州列◎陳筱石中丞奏改彰德爲要缺，以余請補。先委署歸德事，丙午冬始到鄴。幾行字，考韓陵碑碣◎，韓陵片石，今已無存，僅文字尙可考見。三尺土，訪茂秦墓穴◎明代詩人謝茂秦葬府城南廿里，余承江叔海觀察之命往訪。舊碑傾側，爲築碑樓，加題識焉。銅臺歌舞凄涼歇◎銅雀等三臺，在府屬臨漳縣鄉間，僅存三土堆。賸空堂畫錦開黌舍◎，書院內有畫錦堂，改設中學校。自慚這二千石的官階。並沒有、一半點的涓埃報天闕◎

（八轉）自回鑾舊邦新造◎揮戈處，虞淵日杳◎慈宮聯轡返重霄◎把繁華頓消◎頓消◎廟堂中、風雨乍漂搖◎歎綢繆牖戶的孤兒藐◎教新操也麼哥◎調秋操也麼哥◎會黨兒多少◎碩彥耆臣相繼而凋◎。不憖遺一老◎一老◎燕雀嬉堂大厦兒燒◎問誰能銅柱擎天表◎起風潮也麼哥◎換新朝也麼哥◎換新朝恰逢了革命成湯遜位堯◎

（九轉）這長安是秦漢、隋唐京邸◎歷千載，銷沈王氣◎一自我家君作宰到關西◎抛撇了、流觴亭春日曾修禊◎甘領受、灞陵橋冬雪且吟詩◎僥倖煞少年科第◎驅宦轍，圖南還北徙◎猛在那、急流中抽身脫離◎挈眷屬，可也攜手同歸◎忽驚聽、季秋月朔動征鼙◎只得避災患，柴門暫閉◎眼見的、時危局險民生敝◎聊借這、高歌譜出傷心事◎若問天下滔滔應向何處棲◎俺則願享餘年、長守著先人邱壟裏◎

（煞尾）聞說道宮闕、陵廟都無改◎似這般優待前朝禮數該◎對舊君故國、兀自存忠愛◎洽民心快哉◎迓

天麻大哉◎漫稱揚政改共和的太平代◎

右曲脫稿於壬子首夏，其時優待皇室條款雖經頒佈，而燕秦遠隔，未悉實情。迨兒輩自都下歸，縷述兩宮安善，當局於優待各節均將履行，且定議駐蹕頤和園，猶不忍遽請遷移。而存留太廟，永歸淸室奉祀，尤亘古未有之曠典。昔虞舜禪位，文命商均退處藩封，而仲尼稱爲「宗廟饗之，子孫保之。」今玆盛舉，以視唐虞洵有加焉。薄海臣民，非特不必存鼎遷社屋之悲，或當以躬逢其盛爲幸。爰附識數語，竊自笑杞人之憂爲過計也。中秋後六日，勱堂自注。

洪昉思彈詞篇，首用南呂一枝花、梁州第七二曲，末用煞尾一曲，前後相應，蓋本元曲女彈詞之舊也。然元人所作轉調貨郎兒，首尾有無，亦各不同；故余初稿未用之。甲寅秋杪，重入都門，雖風景不殊，鍾簴無恙，而文武衣冠之異，王侯第宅之新，未免增人棖觸。爰取自序及附識之意，補塡三闋，置之首尾，俾與洪氏一律。長言詠歎，不自知其手之舞之，足之蹈之也。勱堂又識。

附記：　這篇文章在幼獅學報發表時，各支曲子的標點都在行內，而押韻的雙圈，爲防模糊不淸，用大型排印。這次編集重印，本應全部排在行外，並改爲大小一致。因爲我的疏忽，未能對排印者交代淸楚，以致參差不齊：不押韻者用小型排在行外，押韻雙圈則被誤認爲一種「特殊符號」，仍用大型而排在行內。這種形式，甚不美觀，版已排好，再改也來不及了，眞是遺憾！當然這都怪我自己。

評唐編全宋詞

唐圭璋君於民國二十一二年間發願輯全宋詞；閱時未及十年，其書竟成。網羅羣籍，蔚爲巨觀，未嘗不歎其弘毅。然繙讀一週，則又惜其體例乖舛，校勘疏謬，未能盡滿人意。今論列所未安者若干則於下方，質之唐君，或不以爲忤也。

(一)此書僅有作者索引，無調名及首句索引，卽舊式目錄亦無之，讀者尋檢，極爲費力。

(二)帝王、宗室、釋、道、女流，應按時代先後，與其他詞人一同排列，本書則「各歸其類」（見例言第二則），此種編列方式，殊嫌陳舊。

(三)唐君於宋人筆記詩話，似未逐編細閱。卽如王銍默記所載有歐陽修望江南，吳曾能改齋漫錄（卷十七）所載有蘇軾和秦觀千秋歲，歐詞雖是嫉者僞託，（參閱詞話叢編本詞苑萃編卷二十）然「僞託者猶爲宋人」（參閱本書例言第八則）；蘇詞則情眞語摯，決爲眞筆，朱子大全集文集卷四十五答廖子晦書亦曾引其斷句二詞本書均未收入，此外恐尙有遺珠。

(四)是書輯錄諸詞，出處有兩書以上者，多只注一書。卽以宋徽宗詞爲例，聲聲慢「梅」詞，彊村叢書所收曹元忠輯本注出處云「樂府雅詞拾遺上、梅苑一、花草粹編九。」同調「宮梅粉淡」一首，曹注「樂府雅詞拾遺上、花草粹編九。」探春令，曹注「樂府雅詞拾遺上，能改齋漫錄十六。」念奴嬌，曹注「樂府雅詞拾遺上、花草粹編十。」以上諸詞，本書僅注樂府雅詞拾遺。燕山亭，曹注「陽春白雪二、詞林萬選二、草堂詩餘別集三、花草粹編十。」本書僅注「陽春白雪」眼兒媚，曹注「花草粹編四、宣和遺事下」本書僅注宣和遺事下。此外如趙萬里所輯各家，引據出處，至爲詳明，有至十餘種者，本書一律僅注一種。夫輯錄遺文，證據出處，愈詳愈佳，唐君豈不知之？又非未見原輯注文，乃竟務從簡略，滅前人之苦心，彰一己之疏謬，實令人不解。

(五)此書輯錄諸詞，時有眞僞不分，作者失考之處。例如：

一　宋高宗望江南（卷一頁七下）卽王銍默記所載無名氏謗歐陽修詞之前半首而字句小異。蓋當時里巷傳誦之詞，或高宗曾引賜婉儀，非眞高宗作也。

二　蘇軾斷句「麴生禪」云云（卷四十頁十八下）是辛棄疾詞（見本書卷一六九頁七上。）

三　杜安世醜奴兒「微風簾幙」一首（卷五十三頁三上）是馮延巳詞（見四印齋本陽春集頁六上。）

四　杜安世喜遷鶯令（卷五十三頁五下）是晏殊詞（見卷二十六頁六上。）

五　韓世忠滿江紅旣云「小說家言未可憑信」（卷一零二頁一下）卽不應載入正集，應入第二十冊之附錄一。

六　劉錡鷓鴣天出京本通俗小說碾玉觀音（卷一零二頁十上）恐是僞託，應入第二十冊之附錄一。

七　陸游江月晃重山「雪意」一首（卷一五零頁十上）是元人劉秉忠詞（見四印齋本藏春樂府頁七上，四庫本藏春集卷六亦載之）唐據花草粹編補入陸詞，非是。

復有最爲孟浪者二事：

八　歐陽修醉翁琴趣外編所收諸詞之眞僞，自來卽成問題，稍諳詞史者無不知之。本書於卷二十九備錄琴趣外編諸詞（僅刪去重見近體樂府及他人詞集者）跋語中復云「歐詞之『可信』者，具在於是矣」何肯定乃爾。

九　卷二八二頁七下據花草粹編收董解元哨遍。竟不知此詞是西廂記諸宮調斷送引辭，董解元爲金章宗時人耶？況周儀蕙風詞話（卷三頁五下）以此首爲詞，是前輩疏處，卽使其說可從，亦未云董解元是宋人也。

（六）此書於互見諸詞，均爲注出，又附宋詞互見表，然掇拾未盡，例如：

一　張先醉桃源（卷二十二頁五上）互見歐陽修詞（卷二十七頁四上，調名作阮郎歸。）

二　張先訴衷情「數枝金菊對芙蓉」一首，（卷二十三頁二下）互見晏殊詞（卷二十六頁三上。）

三　向滈南歌子（卷九十七頁四下）互見張孝祥詞（卷一四二頁六下。）按孝祥曾官廣西，向滈則未聞過嶺，此詞應是張作。

四　王以寧臨江仙「聞道洛陽花正好」一首（卷一一零頁六下）互見陳瓘詞（卷七十三頁六下。）

五　劉淸夫玉樓春「柳梢綠小」一首（卷二三四頁九下）歷代詩餘（卷三十二頁十四下）作劉因詞。

六　王埜西河（卷二二六頁四下）詞律（石印本卷十八頁十六下）作王彧詞。

以上諸詞，本書均未注互見，亦不載於互見表。又如：

一　截江網太常引「壽丈人」一首（卷二九六頁十五上）是辛棄疾「壽韓南澗」詞（見卷一七四頁二上）。

二　翰墨全書洞仙歌（卷二九七頁十下）是朱敦儒詞（見卷一二三頁五上）。

三　翰墨全書賀新郎「寄陳同甫」一首（卷二九七頁十一下）是辛棄疾詞（見卷一六三頁四上）。

四　花草粹編瑞鷓鴣（應作鷓鴣天）「擬上高樓」（卷二九八頁四下）或云是辛棄疾詞（卷一七四頁九上，字句小異）。

五　花草粹編木蘭花「春思」（卷二九八頁五上）是劉淸夫詞（見卷二二四頁九下）。

以上均未檢出。

（七）此書凡遇互見之詞，卽互載其全文，已經考定爲某人作者，亦皆互載。如卷一頁一瑤臺聚八仙「梅」詞，既考定其爲神宗作，又於徽宗名下錄其全文（卷一頁五上）。此類多不勝舉，在一人名下注出卽可，何必如此浪費紙墨？

（八）又有考定爲某人作品而其人集中反不載者，例如：

一　宋徽宗雪明鳷鵲夜一首，唐君云「歲時廣記作田不伐詞，當從之，曹據花草粹編輯作徽宗詞，非是（卷一頁四下）；」而本書田詞中（卷八十八頁六至七）不載此詞，（按此詞見卷八十八頁三上作万俟詠詞，唐君蓋誤記耳）。

二　蘇軾江城子「銀濤無際」一首，唐君云「是石林詞，刪去」（卷四十頁十下）；張元幹詞亦收此首，唐君亦云「應作石林詞，」（卷八十六頁十四下）而卷八十四葉夢得石林詞不載此首。

三　鄧剡唐多令唐君考定爲文天祥作（卷二七二頁三上）；而文詞中（卷二六零頁四下至六上）不載此首。

（九）此書所附各家小傳，過於簡略，有等於無。其尤爲疏謬者，韓玉竟無小傳（卷二一二頁六上）。按當時有兩韓玉，其一始終爲金人，其一金人歸宋，四庫總目提要卷一九八辨之甚詳。今編全宋詞，豈得不著一字？唐君此書粗率處多類此也。

（十）本書作者次序，時有錯誤，例如：

一　賀鑄生於皇祐四年，周邦彥生於嘉祐元年（並見本書小傳），自來編詞者（如依時代編次）皆先賀後周。本書編賀詞於卷七十四至七十六，編周詞於卷六十八至六十九。

二　張元幹生於治平四年，卒於紹興十三年，葉夢得生於熙寧十年，卒於紹興十八年（並見本書小傳），本書編張詞於卷八十五至八十六，編葉詞於卷八十四。

按：右一條所記張元幹生卒年，乃誤據三續疑年錄。前年予已考定爲生於元祐六年，卒於紹興三十年以後。詳見幼獅學誌七卷四期拙著宋人生卒考示例續編。增訂重編本全宋詞亦已改定，與予說合，但無考證說明。編葉詞於張前，實不誤也。民國六十年元月識。

三　万俟詠田爲皆大晟府舊人，其詞皆作於南渡以前，故花庵選入「唐宋名賢」，乃竟編於卷八十八，在張葉南渡諸詞之後。

四　朱敦儒呂本中皆南渡初人，史浩至紹熙中始卒，本書編史詞於卷一一八至一二一，編朱詞於卷一二三至一二五，編呂詞於卷一二六。

五　黃機竹齋詞有「次徐斯遠韻寄稼軒」乳燕飛（卷二三九頁三上）又有「送杜仲高」山花子（卷二三九頁十三上）蓋慶元嘉定間人，吳文英則咸淳中尙存，本書編吳詞於卷二三五，編黃詞於卷二三九。

（十一）詞調常有異名，於各家詞中，自可各依原本，不必劃一；然互見之詞，則必爲之說明，方不致使讀者迷惘，例如。

一　張先醉桃源（卷二十二頁五上）互見歐陽修詞（卷二十七頁四上）而歐詞調作阮郎歸。

二　張先相思令（卷二十二頁七上）互見歐陽修詞（卷二十九頁十八上）而歐詞調作長相思。

三　毛滂相見歡（卷七十二頁二十五下）跋中作烏夜啼（卷七十二頁二十六下）。

四　秦觀長相思（卷五十頁三下）互見賀鑄詞（卷七十六頁十四下）而賀詞調作望揚州。

（十二）本書仿全唐詩例，以人爲主，不以詞集爲主，故名家專集但題作者，不著集名，僅於小傳內注明著有××詞（有時亦不注明，如朱翌灊山詩餘，卷一零五頁九下；）或於卷尾注明右校××本××詞，若干首（有時亦不注明，如程垓書舟詞，卷一九七頁二十，盧祖皋蒲江詞，卷一九八頁五）至舊有序跋，則概行刪削。今按詞集名稱，應於作者名下大書題明，不必拘泥全唐詩之例，但既已注出，亦無大礙。若各家序跋，則於考訂研究，裨益甚多，如晏幾道小山詞黃庭堅序及佚名跋（應是自跋）爲考訂幾道事跡之重要資料，程垓書舟詞王偁序，梁啓超據以考定作者爲南宋人，非東坡中表，黃公度知稼翁詞舊附其子黃沃跋，據知公度卒年及編注詞集始末，此類資材，如何可以刪去！既云全宋詞，卽應使讀者手此一編，不必他求，若仍須參考衆本，則又何貴有此乎？

（十三）致語、念語、樂語、口號、破子之類，可據以考見宋時唱詞之情形，在當時與詞爲一體，在今日爲作詞史之資料，自無刪去之理。本書於各家詞集有此數項者或刪（如歐陽修詞，卷二十七至二十九，周必大詞，卷一五三）或存（如黃裳詞，卷四十四至卷四十五，史浩詞，卷一一八至一二一，洪适詞，卷一三四至一三六），殊所未喻。又如韓琦安陽好九首（卷三十頁七下）互見王安中初寮詞（卷九十八頁七下），本書既考定詞爲韓作，乃於王詞中附錄此九首有口號破子，韓詞中反無之。蓋唐君此書僅據舊本分別鈔錄，未詳加審核校訂，隨處皆可見其荒率之跡也。

（十四）例言末條云「詳細之異文校記則以是編意主網羅，故不具錄。」夫輯錄舊文而不詳校，則是僅作了一半工作而已。本書所收各家詞應校定者甚多，而唐君於名家專集舊有校語者亦多刪去不錄，（如彊村叢書中諸集，原本均有校語，唐皆未錄）自家不肯費事，且並前人所費之事亦湮沒之，必使讀者於此編之外，旁求廣採，乃有所得，不知是誠何心也。至於唐君所校諸家，其校語皆不附於本詞之下而總附於篇末跋中，一調有數首者，又多不注某一首（如王之道相山詞，卷一零四，楊炎正西樵語業，卷一八二）唐君自圖省事而讀者苦矣。唐君所校，又多謬誤，例如：

一　秦觀臨江仙「千里瀟湘接藍浦」（卷五十二頁三下）「接」原作「挼」，唐據黃校改「接」（卷五十二頁十上跋文。）按：「山染黛，水挼藍」是宋詞常用語，「接」字妄改。

二　陳與義法駕導引「自洗玉舟斟白醴」唐據毛校改「玉尊」（卷一零二頁七下，）且於跋中注云「玉舟確爲『玉尊』之誤」（卷一零二頁九下。）不知此詞兩「舟」字前後呼應，決不能改，若改「玉尊」則下句「月華微映是空舟」無所本矣。

三　王之道江城子「霽詞」「三日頻占來歲稔」（卷一零四頁三上，）唐跋云「日原誤『白，』據四庫全書相山集本校正」（卷一零四頁二十五。）按陶朱公書「臘前得兩三番雪，謂之臘前三白，」朝野僉載「西北人諺云『要宜麥，見三白』『白』字不誤。」

四　王之道滿庭芳「野草蔭長松」（卷一零四頁十上，）唐跋云「野原誤作『藉』據集本校正」（卷一零四頁二十五。）按：「藉草」亦常用語，此處與「蔭松」對舉，應是「藉草」「野草蔭長松」與上文合讀，亦不妥貼。

五　王之道南歌子「紗幮薄露涼」（卷一零四頁二十四上，）唐跋云「露原誤作霧，據集本校正」（卷一零四頁二十五。）按：「薄霧，」狀紗也，至爲易解，何容妄改。

六　楊旡咎水調歌頭「花蘂不驚秋」（卷一一七頁五下，）唐跋云「原作花『藥，』毛校改作『

蕊，』精當可信」（卷一一七頁二十六）。按「花蘂」亦詩詞中常用語，改「蘂」爲「蕊，」有何「精當」可信？

七　楊炎正水調歌頭第一首「乘興特上最高樓」（卷一八二頁一上），唐跋云：「乘興原作『發興』據明鈔本校改」（卷一八二頁六下）。按杜甫題鄭縣亭子詩云「戶牖憑高發興新」原句不誤。

八　楊炎正水調歌頭「把酒對斜日」一首「故園且回首」（卷一八二頁一下至二上）唐跋云：「園原作『國，』據明鈔本校改」（卷一八二頁六下）。按此調此字從無用平聲者，改「園」字誤。

九　楊炎正洞仙歌「壽稼軒」「歸來閑早」（卷一八二頁四上）唐跋云：「原作『聞早，』據明鈔本校改」（卷一八二頁六下）。按「聞早」卽及早之意，詞曲中常用之，今河北南部，河南北部一帶，尚有此語。

十　李好古菩薩蠻「肉紅銷翠春風裏，」唐跋云：「四印齋本作『納紅，』據典雅詞改『肉紅』」（並見卷二六一頁九下）。按：與『銷翠』對舉，自應是「納紅。」

此外妄改之處尚多，乃知校勘之事，誠未易言。若夫形近誤植之字，多於落葉，則是手民之誤，未能盡責唐君也。

以上諸事，略舉大凡，全書疵累，尚不止此。然如斯弘業，原非一手一足所能爲力，吾儕於唐君亦可不必過事吹求矣。

民國三十年，燕京學報第二十九期。

此文作於三十年前全宋詞初出版時。今已有增訂重編本行世，體例內容，遠勝於舊；此文目標既失，本可不存。然予所指陳諸事，新本有仍舊未改者，亦有「悄然」更正而不言所出者，讀者細心尋索，當自得之。存往日之辛勤，備他人之參考，此予之所以終未忍棄此已陳之芻狗也。至於少年氣盛，措詞銳厲，則在「今是昨非」之列。民國六十年元月記。

評陳輯元人小令集

元人小令集一冊，不分卷，近人陳乃乾輯，民國二十四年上海開明書店印行。此書取元明各種曲選及專集所載元人小令，彙爲一編，按宮調曲牌編次，頗便誦讀。然尚有小疵，未能盡善，綜論其失，約有六端。

一曰體例不合。　此書輯錄諸曲，不注出處，並一簡單之引書目錄亦無之，來歷不明，交代不淸，非撰述之體。

二曰遺漏。　此書未收汪元亨作品。元亨入明尚存，不收固無不可，然其作風仍是元音而非明調，與明初闒茸端謹一派不同，雍熙樂府卷十七頁一汪撰醉太平即注云「元人汪元亨」，是汪氏作品似應收入也。雍熙卷十七頁六十五有商調梧葉兒四首，題盧疎齋撰，此書亦未收。此四首是否確爲盧作，雖有問題，但卽使疑而不錄，亦應考證數語。此外無名氏小令，亦有遺珠。卽如頁十二正宮叨叨令收無名氏作失題六首，其第三首見雍熙卷十九頁五十六，第四五六首亦見於同卷之頁五十九。雍熙於第三首之外尚有三首，與此首俱題別情；第四五六首之外尚有一首，與此三首俱題幽輿。此書均未收。一題四首爲元明小令常見之例，風格意境以及所用語句亦均一致，其俱爲一人之作無疑，自不容有所去取。又如頁一零二中呂普天樂收無名氏失題十首，（原在滕賓作品之後，漏題失名二字。）此十首見雍熙卷十八頁五十二至五十三，原爲三人唱和四時詞，共十二首，而此書遺其末二首。以上係就雍熙樂府一書檢出者，其他曲籍，未及細檢，恐均不免有所遺漏。汪元亨曲，論其風格，仍以歸入明初爲宜；予舊說非是。五十一年附記。

三曰重出稍多。　例如頁二十六正宮醉太平貫雲石失題一首與頁二十七鍾嗣成作第四首，頁五十五仙呂一半兒胡祗遹四季第三首與頁六十失名作第四首頁一二零中呂喜春來姚燧失題第四首與頁一三二無名氏失題第二十首頁一二八中呂喜春來喬吉秋望一首與頁一二九周德清秋思頁一四九中呂滿庭芳張可久感興寄王公實一首與頁一五八無名氏失題第十九首頁二二零南呂四塊玉馬致遠歎世第三四兩首與頁二二四劉致遊賞第四五兩首頁二九零雙調落梅風貫雲石失題第一首與頁二九二張可久春日湖上頁三七六雙調殿前歡阿里西瑛嬾雲窩第二首與頁三八零喬吉和作第五首頁三八零雙調殿前歡盧摯失題第四首與頁三九九無名氏失題第十首頁三八九貫雲石失題第八首與頁三九八無名氏失題第七首頁四一五雙調折桂令張養浩過金山寺與頁四二八趙天錫作頁四七九雙調淸江引馬致遠野興第六首與頁四九七無名氏失題第五首均係重出共十二條。夫輯錄前人作品重出在所不免但如此之多則難逃疎漏之譏矣。且以上重出諸作字句多有異同作者原題不一正可取資校勘並應考定作者陳氏未能利用惜哉。蓋陳氏輯錄此書但就現存曲籍命人抄撮而未曾親加檢閱也。

四曰作者失考。　如頁二二七南呂閱金經失題四首此書題劉秉忠作實爲張養浩見雲莊休居自適小樂府（飮虹簃刻本頁二十九）曲中華鵲山綽然亭皆養浩事與劉無涉。又如頁四八二雙調淸江引詠風四首此書題貫雲石作實爲明周憲王朱有燉見誠齋樂府（飮虹簃刻本卷一頁二至三）更應删去。

五曰標點錯誤。　標點曲作本非易事因文義之外並須兼顧曲律惟此書標點有僅論文義亦屬難通者。如頁二七六雙調慶東原無名氏失題第一首應標點如下：

花陰話柳影歌世不曾口綻些兒個行院每炒煿姨夫每惱聒奶奶行收撮。落得個擔兒沉又惹得風聲大。

陳氏點作：

花陰話·柳影歌·世不曾口綻些兒個行院·每炒㛹姨夫·每惱聒奶奶·行收撮落得個擔兒沉·又惹得風聲大·

又如頁二八六雙調落梅風張養浩失題第一首，應標點如下：

門外山無數亭中春有餘但沉吟早成詩句。笑九皋禽也能相媚嫵，駕白雲、半空飛去。

陳氏點作：

門外山·無數亭·中春有餘但沉吟·早成詩句笑九皋禽·也能相媚嫵·駕白雲半空飛去·

以上舉其錯誤尤甚者。此外零星小錯尚多，未必皆是手民之誤。以陳氏之學力，或不致如此不通，恐是假手書記或尋常校對人員爲之。學問之道，「事必躬親」爲第一要義，否則極易代人受過。

六曰校勘疏謬。　此書誤字觸目皆是。如頁一第八行雙欹誤雙歌，第十行狂亂誤王亂，第十二行瞅問誤秋問，頁一一第十行寒雁誤寒燕，頁一四第四行西泠誤西林，頁四三第一行妨何誤方何，不醒誤不醉，第五行鬼門誤兒門，頁六二第六行萬金誤黃金，頁一三四第四行博得誤傳得，頁一五二第十行誦茫茫誤涌茫茫，頁一六五末行邙山誤邱山，頁一九五第六行高臥誤高攀，頁二零四第十行黃柑誤黃相，頁三零八第二行苫三間誤店三間，頁三一二末行金錢誤金身，頁三四一第一行起舞誤起我，頁三九七第四行醉顏誤醉翁，第六行王留誤主留，伴哥誤伴可，頁四零一第九行敕勒誤軟動，頁四一零第十行麗華誤劉華之類：不僅魯魚滿紙，讀之不快，有時更似是而非，易惑初學。陳氏所據各原本如太平樂府、陽春白雪、樂府新聲諸書，本來即有錯誤，復有排印時手民之誤植，固難怪其如此。若夫取現存元明曲籍，校其異文，補缺正誤，擇善而從，則又是進一步事矣。

民國三十年，燕京大學文學年報第七期。

評王箋小山詞

這是一部不太引人注意的書，但是讀過之後，總覺得如鯁在喉，非吐不快，終於寫成這篇小文。我不寫文章譏評旁人著作已近十年。本來著書立說，原非易事，無懈可擊的著作，能有幾部？即使是爲了騙稿費而東鈔西湊的玩藝，也是情有可原，何況多少費了些心思的著作，又何必去揭人家的面皮呢！但是「小山詞」是宋詞中我最喜歡讀的，現在有人作「小山詞箋」而亂來一氣，這使我不得不破戒了。

這部「詞箋」有兩個大毛病。一是穿鑿附會。現在隨便舉一個例子，本書第五頁有一首點絳唇，原文如下：

「花信來時，恨無人似花依舊。又成春瘦，折斷門前柳。　天與多情，不與長相守。分飛後，淚痕和酒，沾了雙羅袖。」

這本是一首尋常傷春怨別之詞，一點也看不出有甚麼深意；但被王先生一箋，就熱鬧了。王先生說：

『按范仲淹富弼皆出晏氏之門，弼又爲晏殊壻，殊同平章事，兼樞密使，薦弼爲樞密副使。殊知應天府時，延范仲淹教授生徒，故宋史謂殊爲相專以得人爲急，所進者且多名士。及殊死而人情冷落，叔原乃有所感。故既嘆人情之不如花，又謂「折斷門前柳」。「門前柳」卽門前桃李也。柳不獨春日方有，故感「春瘦」。叔原之意，蓋可知矣。』

小山作詞的時候，絕不會想到他這一首點絳唇，還有如此一篇大道理。這篇道理全是王先生想出來的。炎涼反覆，固然是世情之常，但絕非沒有例外。我們看過所有關於晏殊的記載，並沒有身後門庭冷落之語，不知王先生何所見而斷定其必然如此。「花信來時，恨無人似花依舊」只是「流連光景惜朱顏」之意，也就是唐人劉希夷的名句所謂「年年歲歲花相似，歲歲年年人不同。」這與人情冷落有何關係，而如此生拉硬扯。拉扯得尤其遠的是「門前柳卽門前桃李也，」眞不知這是從何說起。根據王先生的邏輯當然可以再拉扯下去：門前桃李卽范仲淹富弼也。想不到這兩位宋代名臣身後千年，還遭此羅織；但不知他們兩位誰是桃花誰是李樹耳。卽使這首詞眞如王先生所說，是有感於人情之冷落，也不能毫無根據地拿范富兩人作例，而把寡情冷淡的嫌疑加在他們的頭上。尤其是范仲淹，他雖出晏殊之門，年齡却比晏殊大兩歲，他在晏殊死以前三年就先死了。（范卒於仁宗皇祐四年壬辰，年六十四。晏卒於至和二年乙未，年六十五。）

箋註詩詞，忌諱捕風捉影，像猜燈謎似的亂猜，這是人人都能想得到的常理。但把沒影兒的事情，也說得津津有味的，却好像很多。如震鈞的一部「香奩集發微」，鮦陽居士的解釋東坡卜算子，張惠言詞選的解釋溫飛卿菩薩蠻，流風餘韻，至今未絕。這也很難怪，蓋自漢儒毛氏之解詩經就是如此，根深蒂固，由來久矣。

這部詞箋第二個毛病是支離瑣碎。例如頁九一好女兒「想旗亭望斷黃昏月，」旗亭只是泛用，王先生却把集異記所載旗亭畫壁故事整段鈔下來了。他絲毫沒有理會到小山詞意與這段故事之毫無關係；而旗亭倒底是甚麼物事，不知道的人還是不知道。又如頁一零五六么令調「天涯倚樓新恨」句，注引許渾詩「山鳥一聲人未起，半牀春月在天涯，」又引趙嘏詩「長笛一聲人倚樓，」又引戴叔倫詩「送客添新恨，聽鶯憶舊遊。」眞不嫌麻煩。照這樣注法，一部全唐詩都可搬來作小山詞的注解了。

卽使小山詞眞是「無一字無來歷，」也決不會是王先生所注的這些來歷。小山詞確有來歷的地方，他却未注出。如頁五十一鷓鴣天「莫使金尊對月空」句，明明白白是用李白將進酒的「人生得意須盡歡，莫使金尊空對月」而顚倒一字這是小孩子也會背的詩王先生並未注出反倒引了祖詠宴吳王宅詩「更待西園月，金樽樂未終，」又薛能詩「雲捲庭虛月逗空」相去之遠，蓋不可以道里計。還有前邊所引劉希夷詩，「年年歲歲」兩句固然未必就是小山詞所本但用這兩句來注「花信來時恨無人似花依舊」總比王注所引陸龜蒙詩「幾點社前雨，一番花信風，」李中詩「空餘堤上柳，依舊自垂絲」爲有意義。

一部「小山詞箋」裏像這種的例子幾於俯拾卽是，這本書的價値也就可想而知了。這些，本來是無足輕重的，卽使給講成了辰州符、八卦咒，「小山詞」也還是「小山詞，」並無損於毫末。只是看了這部箋注，就好像看見一幅氣韻生動設色姸麗的名畫，被妄人蓋滿了收藏印記，總覺得心目不快，也就不能自己而說上幾句。

民國三十七年，上海東南時報。

評介世界書局本詞學叢書

這部叢書共收唐五代詞總集一種、別集二種，宋詞別集十三種，淸詞別集五種、選本一種，詞人傳記及年譜十一種，詞話詞律各一種。附在各家詞集後面的詞話，還有其他附錄，都未計入。所收錄的都是名家詞集，所採用的都是精校詳注的本子，或據古本影印。那些年譜詞話及其他附錄，尤其是研究詞學的重要資料。據本書序目說，全部共百種，分三集印行；我們非常希望二集三集早日出版。

一、全唐五代詞彙

詞彙共分兩部。上編爲唐五代詞十五卷，收詞一千一百四十餘首，采自花間、尊前、金奩三集及全唐詩。下編爲敦煌曲校錄三卷、補校一卷，收上編所無的唐五代詞五百四十餘首。這五百多首詞散在中法英日各國所收藏的敦煌卷子裏邊，以前也曾有人零星校錄過，如彊村叢書本的雲謠集，卽是；這個本子則是集大成的，搜輯完備，校訂精詳。此本一出，傳世唐五代詞驟增了五百多首，約佔全數三分之一弱；而且這些詞的體製、音律、風格，有許多與一般唐宋詞不同之處，有了這些新資料，初期的詞史簡直需要改寫了。

關於這五百多首詞，我個人有兩項意見。第一：這些詞大部分是平民作品，與一般文士之作，實異其趣，所謂「大輅椎輪」、「山肴野蔌」，另有其體格風味，讀者要分別覩之。第二：這些詞的欣賞價值似乎遜於研究價值。但這一點並無損於其本值，研究文學自不能專着眼於欣賞方面；何況，如上所述，這些詞的質樸風味亦能於花間尊前之外，別成一格。

二、溫飛卿、韋端己、南唐二主、馮正中、晏氏父子、姜白石、吳夢窗諸人的年譜或繫年。這些年譜或繫年，都是近人夏瞿禪作，是極爲翔實的傳記資料，搜羅完備，考訂精審。原來載於上海出版的詞學季刊，那是抗戰以前的刊物，現在臺灣未必能找到兩三部全份的。本叢書把他們彙印在一起，是很有意義的事。此外還有張子野年譜，希望能在二集或三集裏刊出。

三、南唐二主詞校注、蘇門四學士詞校注、片玉詞注。

詞集有注的很少，詞集需要注的却不少，這是猶待努力的事業。本叢書所收幾種詞注，都是佳作。二主詞校注於校訂文字，辨別眞僞，搜考散逸，下了很大工夫，附錄則是採輯各家詞話序跋。蘇門四學士詞校注，體例與二主詞一樣，其優點也是一樣，四家都附有年譜或傳記、詞話、序跋及其他參考資料。其中秦少游詞最爲重要，編的也最好，黃山谷詞次之，晁無咎詞又次之，張文潛詞只輯得六首，湊足四學士而已。片玉詞注的體例與上述二書不同，上述二書並不注釋典故及詞句，其注文都是屬於校勘考訂方面的；片玉詞注則專注典故及詞中所用唐人詩句的出處，也可以說全是舊派的注法。爲了讀片玉詞，這本注甚爲有用，雖然其中有疏陋的地方，大體還不錯，而且這幾乎是碩果僅存的宋人注宋詞別集（注者陳元龍是南宋人）。片玉詞作者周邦彥是運用唐詩入詞的能手；這本注把周氏所運用的唐詩原句差不多都注出來了，使讀者可以玩味比較，在修辭琢句上很有幫助。片玉詞本來叫清眞集，片玉之名是南宋時人改題的。本叢書把陳注未收的清眞集外詞也收入了，是周詞最完備的本子。

四、珠玉詞，六一詞。

這兩種別集都是影印毛氏汲古閣宋六十家詞原刻本。六十家詞雖甚爲通行，但錯字頗多，不是最好的本子。珠玉詞有唐宋百名家詞本六一詞有林大椿校本（名歐陽文忠近體樂府）都勝於六十家詞本唐宋百名家詞及林校近體樂府在臺都不易得也許本叢書編者沒有找到底本。

五、東坡樂府、稼軒長短句。

清末詞學大家王鵬運（半塘）校印的四印齋詞，是有名的彙刻詞集，所收各種都是根據善本校刻。其中東坡詞用的是元延祐雲間本稼軒詞用的是元大德廣信本，都遠勝於通行的六十家詞本。本叢書所收則是這兩種元本的影印。四印齋詞無論全套零種，早已成了骨董；現在居然有比四印齋本更好的影印本行世，對於我這曾經偏好蘇辛詞的人，這眞是一件快事。

四印齋覆刻蘇辛詞，校勘非常精審；但見到影印元本之後，方知也有疏失之處。卽如，影印本稼軒詞總頁數三七三頁浣溪沙「臺倚崩崖玉滅瘢」又一首「妙手都無斧鑿瘢」四印齋本兩瘢字都改從六十家本作痕字。其實瘢字是有出處的。漢書卷九十九上王莽傳：「莽因曰，誠見君面有瘢美玉可以滅瘢。」顏師古注云：「瘢，創痕也。」山崖崩塌，正像人面上有了創痕，在崩處修一座臺把他塡補上，卽等於美玉滅瘢。這是稼軒詞原意。改作痕字，意雖可通，却把出典及運用之妙湮沒了，變成平凡的筆句。第二首用前首韻，自然也是瘢字。宋淳熙四卷本稼軒詞，這兩字也都作瘢。四印齋本改了之後並未注明，這是很大的疏失，若無影印本我們如何能知元本不誤。東坡詞我還沒來得及校對，恐怕也有這種情形。卽此可見影印本之可貴。

這兩種影印本有個缺點，就是只有總頁數而沒有原來的卷數，照目錄尋檢，頗感不便。本叢書最後一種卽萬樹詞律的影印本也有同樣不便情形。希望以後出版二集三集的時候，遇有影印本能把卷數一並印出。

六、白石道人歌曲

近代詞人朱祖謀（原名孝臧）校印的彊村叢書，是與四印齋詞齊名的詞集彙刻，校勘之精詳尚過於四印齋。這本白石道人歌曲卽是彊村叢書本，是根據乾嘉時江研南鈔本及陸鍾輝、張奕樞兩種刻本校印的，後面附有朱氏校勘記及張文虎舒藝室隨筆，可謂白石詞的最佳本。此本之外，還有陳柱的白石詞箋評也很有用。

白石詞旁譜與張炎的詞源同爲研究宋代詞樂的津梁。上述舒藝室隨筆卽是研究白石詞譜的。除此之外，本叢書又附錄有夏瞿禪的姜白石詞譜說、白石十七譜譯稿、白石詞樂說小箋等四種。夏氏根據西安民間發現的大批樂譜（其中譜式記錄和白石譜十九相同）來整理白石詞譜，當然能發前人之所未及。我於詞樂，所知甚少，對着這些弘文，只有望而興歎。但我仍可保證其價値。不懂電學的人總不會連電燈泡的燭數都認不出來。

七、夢窗詞、小箋、後箋、海綃說詞。

這是影印朱祖謀的四校本夢窗詞。雕章繪句，又好用生字僻典，校印時最容易出錯。以前通用的六十家詞本就有很多錯誤。朱氏酷好夢窗詞，曾校訂好幾次，這是最後定本，收入彊村遺書，與彊村叢書本有些不同。遺書是民國二十二、三年間印行的，印本不多，早已稀如星鳳。所以這是個可貴的本子。但我把四校本和叢書本對照，覺得有時叢書本又似勝於四校；校得次數多了，難免有求之過深，轉失原意之處。爲了一般誦讀，僅用四校本也就够了；若是專門研究吳詞，則有把四校本、叢書本及更在前的單行本參合考訂的必要。

附錄的夢窗詞小箋、後箋，是朱祖謀及夏瞿禪作，搜輯詞中的人物掌故，使讀者對於吳詞的背景有更深的認識。夢窗名位不顯，宋元史乘雜書裏關於他的記載不多，小箋、後箋所未搜集到的材料恐怕沒有多少。海綃說詞是近人陳洵作的專說夢窗詞，雖有些帖括氣，却能啓發初學。

八、納蘭詞、水雲樓詞、樵風樂府、彊村語業、蕙風詞。

清代是詞的復興時期，名家甚多。納蘭成德、蔣春霖、鄭文焯、朱祖謀四家，雖不足以盡清詞之全，却都是重要代表作家；況周儀詞頗負盛名，我個人則以爲他不足與上述四家並列。但爲了他的名著蕙風詞話，把他的詞一並印出來，仍是有意義的事；何況喜歡蕙風詞的也頗有些人。

納蘭詞用榆園叢刻本，水雲樓詞用同治時正續集合刻本，都是完備的足本。但水雲樓詞又有上海有正書局出版的水雲樓詩詞集，漢文正楷書局的水雲樓詞合集，較之同治合刻本多詞約十幾首。這兩種本子在臺灣恐怕無從尋覓，這樣可遇不可求的書只有留俟將來補充了。樵風樂府、彊村語業，都是作者自己删定的本子，自然極爲精粹；將來出版二集或三集時，能根據鄭的大鶴山房全書，朱的彊村遺書，把删去的作品一齊印出來也是很好的事。作者自己删定，因爲情緒及興趣變遷的關係，未必沒有遺珠；我卽發現其中有若干好詞被删掉了。

九、蕙風詞話，近三百年名家詞選。

況蕙風的詞雖不見甚佳，他的詞話却不怪朱彊村推爲絕作。本來，批評家未必卽是創作家，宋嚴羽的滄浪詩話是部名作，他的詩並不怎麼樣。蕙風詞話無論講源流正變的總評，或評介各家作品的分評，都極爲精當透澈，這是讀詞的人不可不讀的書。

忍寒居士的近三百年名家詞選，選錄六十七家、五百餘首，上起明遺民，下至民國以後，附有詞人傳記及輯評。這本書的選錄標準，與我個人私見很不相合。拙編續詞選中，選錄清詞二百多首，與此書相同的很少。那時我並沒有見過此書，只是因為眼光宗旨不同，無形之中，背道而馳。仁智之見，各有不同，本是選家常有之事。讀者最好把這兩種選本合讀，可以多認識些不同的風格。

十、詞律

詞律的作者萬樹，生於清初詞學衰微的時代，所見詞籍，不如後來人所見之多，而且所根據的不一定是善本，所以詞律中每有考訂疏舛之處，招致非議。但是繼起的同類書籍，雖有幾部考訂精詳，或簡便適用，似乎超過詞律，而總不能如詞律之博大，這是詞律一書之所以始終不廢。還有，萬氏是詞曲作家，尤長於曲，他所作擁雙艷傳奇三種，詞藻妍麗，意境清新，尤其難得的是，訂律甚精，守律甚嚴，却又能運用自如，不為律縛。他的詞集名香膽詞，也是綺麗一派。詞曲本是一理；萬氏有這樣的天才與寫作經驗，所以詞律一書，辨析四聲，特別是上去聲的配合，常有很精闢的見解。他並非僅僅取古人成作比較歸納出結果來，而說明其當然；更能以音理及經驗為根據，來說明其所以然。這是萬書不能廢的另一種緣故。本叢書所收詞律，是光緒初年恩錫杜文瀾校刻本，原本後印的多模胡不情；又有石印，錯誤很多，不能用。現在據初印本影印，字體雖小，却還清楚。

五十年三月七日中央日報學人副刊

詩名著選編輯大旨

一：本書共分四編，第一編漢魏六朝詩，第二編唐詩，第三編宋詩附金詩，第四編元明淸詩。

二：本書一部分講授，一部分課外閱讀，爲督勵學者，並啓發其自修之能力計，不加標點，不分段落。

三：本書所選作品，以體製通行，堪資模範者爲主。四言自齊梁以後，已非通行詩體，故詩經及後來四言名作，均未選入。他日當另編四言詩選，以供研究參考之用。

四：隋季以前，七言詩及長短句，數量均不甚多，今合漢魏六朝之作爲一編，統名之曰雜言。歌謠非詩之正體，然其中不少淸恩秀句，堪爲吟咏之助；今擇八代歌謠之佳者若干首，附編卷末。唐以後古意漸遠，佳作不多，故未之及。

五：摹擬之作，若無作者之性格情感活躍其間，則塊然無生氣。陸機擬十九首、江淹雜擬，尚不能充分表現其自我；自此以下，可觀者更少。今於擬古之作，採擇至愼，庾信擬詠懷之外，罕有所取。

六：漢魏六朝諸名家詩，數量不多，故曹阮陶謝作品，幾全部選入。盛唐李杜之作，美不勝收，唐宋人選本多不之及，良以欲讀二公之詩，非求專集不可。今但擇其最精者，嘗鼎一臠，略知禦味而已。

七：自來選宋以後詩者，多以唐音爲標準，各朝獨有之風格，反致湮沒不彰。今力矯此弊，期使學者於歷代流變有正確之明瞭。

八：金國偏處北方，文風不振，遺山之外，未見名家。元代才人，專爲雜劇。明世韻文，敝於帖括；少數不受覊勒之士，則寄情於散曲傳奇。故三朝作品，選錄不多。清人詩詞，跨越朱明；然乾嘉諸老，致力樸學，道咸名士，究心時務；僅康雍際全盛之時，同光承大亂之後，數家可採而已。今選清詩，詳首尾而略中葉，職此故也。

九：近代人詩，不乏佳作，第恐聞見寡陋，掛一漏萬。今遵昭明成例，生存人作品，概不入選。

十：選政之難，古今同慨。此書所選未必皆是佳作，佳作亦未必全無遺漏。然選本多於牛毛，各人有各人之時代，各人有各人之見解與性情。選者能表現此二者至如何程度，卽其選本價值之所在也。如蒙讀者惠予指正，幸甚。

民國二十七八年間，予任教燕京大學，講授「詩名著選」課程，選錄歷代古近體詩若干篇備講義之用。曾取其中漢魏六朝部分排印成冊，並撰寫編輯大旨冠於冊首。其後屢思全部付印，而衆業拘牽，始終未遑着手。今景迫桑榆，舊所著書待印者尙多，已無意及此矣。大旨十條，雖是三十餘年前見解，而至今無重大改變，或有可供學者參考之處，爰錄存之，並誌歲月。六十年早春記。

施譯文心雕龍中英對照本序

在中國文學史上，劉勰是一個奇才，文心雕龍是一部奇書。這部書論述了中國文學的本質、技巧、各種體裁、及周秦以至齊梁間的源流演變。不僅理論精深，文字典雅，而且組織嚴密完整，自成體系。在第六世紀初期即有這樣一部體大思精的文學理論兼文學史的鉅著，是中國人值得驕傲的事。自然應當把牠譯成西洋文字，介紹給彼邦學者。不只顯示中國文化之精深與悠久，並可以對他們發生觸類旁通集思廣益的效果。但是，這部書很難翻譯。難譯之處，不僅在其理論，尤在其文字。劉勰是齊梁間人，他所寫的是六朝時的駢儷文體，文法訓詁，造句用字，與唐宋以後通行的散文大有區別。若不是中外文學都具有高深造詣的人士，閱讀且不免困難，何況翻譯，更不必談到甚麼信、達、雅三大條件了。多年以來，曾經有若干學者作此嘗試，都是淺嘗即止，半途而廢。儘管有若干比較次要的中國文學論著已被譯成西文，這部名著却始終沒有一部完全的譯本，這是中西文化交流上的一個缺陷。

民國四十五年即西元一九五六，我得到美國國務院的補助，到美國去作為期一年的講學與研究。我選定了兩個學校，一個是西雅圖的華盛頓州立大學，一個是劍橋的哈佛大學。因為這兩校分處美國東西兩海岸，遙遙相對，都是漢學研究的重鎮；我更可以藉「赴任」之便，作橫貫美洲的旅行。上半年我先到西雅圖華大，下半年到哈佛。在華大時，重見到了該校遠東系教授施友忠先生。施先生是我在北平燕京大學時的同學，他比我年長、班次高、他的夫人王世宜女士也早我一屆畢業，都是名符其實而並非謙稱的學長。我的英文不行，又是第一次遠適異國，言語勉強能通，人地確實生疏。在教學及日常生活上，他們賢伉儷曾給予我很多的鼓勵與幫助。而施先生恰好就在那時開始翻譯文心雕龍的艱鉅工作。他曾就若干小節跟我討論，我也曾盡其所知，多少貢獻過一點意見供他參考。我們在遠東系所在地湯姆孫樓外樹陰下討論三曹文學的情形，事隔十三四年，記憶猶新。這是我與這部雕龍英譯本之間的一點淵源，也就是我所以不辭僭妄，遵施先生之囑爲這本書寫序的一個主因。

施先生這個譯本，約完成於一九五八年春天，次年由紐約哥倫比亞大學出版社印行。一九六二我第二次赴華大時，已經存書不多，現在則已銷售無餘了。於是施先生徵得該社同意，收回版權，最近乘休假來臺之便，交由臺灣中華書局印行再版，改爲中英對照，以期便利學者，省去他們檢閱原書的麻煩。他所根據的底本是開明書店出版的近人范氏註本，這個本子包括了許多清末以前各家的校註及有關資料。此外並參考近人楊氏、王氏最新的校註，擇善而從。譯本有許多附註，都是根據諸家舊說，再加上譯者自己的見解。初版偶然有疏失的地方，或由讀者指出，或由他自己發見，都已修訂過了。所以，這部新版文心雕龍英譯本，不僅附有原書全文，而且比初版更爲完善，確可以裨益中外士林，嘉惠後學。

此書第一次出版之後，引起歐美漢學界廣泛的注意與讚美。有的學者說，「這是一件偉大的先驅工作」。有的學者說，「譯筆信而能達，英文也很優美」。他們所說的優美也就是嚴幾道所謂「雅」。當然，也曾引起過若干批評與爭執。翻譯這樣一部博大精深的名著，如果所得反應只有譽而無毀，反足以證明某些讚美之詞未必都是由衷之言。如上文所說，各方學者正確的商討，善意的陳說，施先生虛懷若谷，都已就原譯加以修訂。另外有一些西方學者，對於中國文字至少是劉彥和那個時代的文字，尙未能完全認識淸楚，因而發出若干誤解式的譏評，或代爲改譯反而譯錯。這一切當然「礙難接受」關於此點，施先生在他的英文自序裏已經很含蓄的暗示過了；我自也不必多說。「含蓄」是優雅文字的必要條件，也是像我們這樣年紀的人應有的修養。以下我只想述說中國學者對此譯本的評論。

文心雕龍是一部好書，却不甚易讀，這是一般學者公認的事。必須克服其中的文障與理障，才能了解並欣賞原書的精義。而施先生這個譯本正是在克服了二障之後所譯出的他幾十年來所學所教，不只是文學，還有哲學。若無文學根柢，難破文障，若無哲學根柢，自然破不了理障。所以，不止一兩個中國學者曾說過：「有時讀雕龍原書遇到不易索解的地方，無論是單句或整段，用施譯來對讀之後，却能豁然貫通，渙然冰釋」我個人對此亦有同感。爲了避免標榜之嫌，我不想舉出他們的名字了。總起來說這部雕龍英譯本不僅有助於西方學者，介紹給他們中國文學理論，對於本國學人閱讀古籍也具有啓發的作用。

話已說完。一定有人會懷疑我的英文程度是否够資格評介這本書。這個問題很容易解釋。卽使是一個連淸炒肉絲都不會做的人，菜肴味道的好壞却不致於嘗不出來。知味者不一定是會親手烹調的易牙；何況我又曾在此書的翻譯過程中有過一段淵源呢。話雖如此，我還是誠懇的請求海內外前輩以及一般學者宥其僭妄。

中華民國五十九年西元一九七零四月鄭騫序於臺北

紅蕖記南詞韻選及三沈年譜合印本跋

這本書包括三部分：明人沈璟撰寫的傳奇紅蕖記，他選輯的散曲集南詞韻選，及亡友淩景埏遺著吳江曲家三沈年譜。三者性質不同，想不出合適的總名，若叫作甚麼叢書又嫌東西太少了。於是把紅蕖記與南詞韻選並列，而以三沈年譜作爲附錄。現在把三者的內容分別說明。

沈璟，字伯英，號寧菴，又號詞隱生，明江蘇吳江人，生於嘉靖三十二年癸丑，卒於萬曆三十八年庚戌，西元是一五五三至一六一零。萬曆至明末的曲壇，大致分爲詞藻與格律兩派。詞藻派大家是作還魂記等四夢的湯顯祖，格律派宗匠是沈璟。顯祖所居名玉茗堂，沈璟是吳江人，所以詞藻派又稱玉茗堂派，格律派又稱吳江派。其作品文學價值之高，對於後世影響之深遠，沈不如湯。在當時曲壇上的地位、聲勢，沈不只與湯並立，甚至駕而上之。沈一生致力於曲學、曲藝，考訂、創作，著述甚富。他的生平事蹟、著述目錄及其存佚，詳見本書附錄沈寧菴年譜，這裏不再多說。紅蕖記是他所著屬玉堂傳奇十七種之一，這十七種現存的只有紅蕖記、埋劍記、雙魚記、義俠記、桃符記、墜釵記、博笑記等七種；又有十孝記，僅在明刊本羣音類選中有其曲文而無賓白，不能算是全存。全存的七種之中，義俠收入六十種曲，埋劍、博笑都有影印明刻本，這三種最爲通行；紅蕖、雙魚，有明刻本而未見影印，桃符、墜釵，僅有鈔本，這四種甚爲難得。民國五十五年我在美國獲得紅蕖記的全部照片，現即根據照片，影印行世。這部紅蕖記的板式字體及插圖風格，與明繼志齋刻本埋劍記及元明雜劇數種完全一樣，可確定爲繼志齋刻本。繼志齋是明萬曆後期至崇禎間的南京書肆，肆主人姓陳，所刻戲曲書甚多。各書板式字體及插圖，都很精雅可愛，但已失去明中葉以前的厚重古拙風味。即此一端，亦可看出國運之消長隆替。

我們印行紅蕖記，不只因爲其版本之難得，主要的原因還是在其文學價值。這本書乃是沈璟現存傳奇中最好的作品，在明代即負盛譽。呂天成曲品云：「著意著詞，曲白工美。鄭德璘事固奇，無端巧合，結撰更宜。先生自謂字雕句鏤，正供案頭耳。此後一變矣。」王驥德曲律卷四云：「紅蕖蔚多藻語，雙魚而後，專尚本色矣。」（按：即上文曲品所謂「此後一變。」）曲律又云：「詞隱傳奇，要當以紅蕖稱首。」近代曲學大師吳梅所作此劇跋語，也盛稱其音律詞藻，並臻佳妙。對此劇略有微詞的只有明人徐復祚的曲論，他說：「紅蕖詞極贍，才極富，然於本色不能不讓他作。蓋先生嚴於法，紅蕖時時爲法所拘，遂不復條暢。」我認爲徐氏的見解是錯誤的。無論詩文詞曲，要想作本色語，必須才高情深，始能生動感人；否則所謂「本色條暢」便流於淺薄浮泛，失去文學價值。沈璟之於曲，工力雖深，而才情實在不够，比湯顯祖差遠了。「變而趨於本色，」正是用其所短，反不如紅蕖記，至少在表面上可以撐起一個「詞藻贍美」的架子。沈氏生前負一世盛名，而身後幾於光沉響絕，不如臨川四夢之膾炙人口，歷久不衰；一方面因爲他過於注重格律，另一方面因爲他沒有照著紅蕖記這條路子走下去。尤其可惜的是他這部最好的作品最晚才被發現，使我們到現在才完全認識他，因此，影印流傳是不能再緩了。

南詞韻選是沈璟選輯的一部南曲選，只選散曲，不收傳奇。吳梅跋影印本吳騷合編云：「余謂散曲總集，莫富於雍熙，而莫精於南詞韻選。他如南北宮詞紀、太霞新奏、詞林逸響諸書，不過承流接武而已。」南北宮詞紀是一部很好的散曲總集，搜羅較南詞韻選宏富，選擇也頗爲精當，吳先生把他與太霞新奏及詞林逸響等量齊觀，我們未敢苟同。他也不過是順筆一提而已。而南詞韻選之精，則確屬定論。沈璟選這本書的宗旨及標準，詳見卷首的序文及凡例。他所選無論小令套數都可以稱得起是韻律精嚴，文字優美。從這部選本，我們得到一種啓示：凡是律精韻嚴的作品，其文字大都是優美的，越是失律脫韻之作，其文字越是不行。由此可見，「韻律縛人，有才難展」是嬾人或外行的話。有些人才氣雖高，却不適於塡詞譜曲，這是事實；但只要是此道中人，就不會被韻律束縛住，問題只在其才之大小與情之深淺。

這部曲選雖精，命運却不大好，竟無足本流傳。我所知見的只有兩部殘本：一，國立中央圖書館藏，全書十九卷只存前十卷。二，吳梅舊藏，存卷一至卷十六及卷十七之大部分，缺十八十九兩卷及卷十七的套數半套，小令二闋。但是根據卷首目錄，十八十九兩卷一共只有小令十一首，套數一套，就全書的比例來說，實在所缺無幾。原書序文云：「孰選之？吳郡詞隱生也。孰行之？虎林維石也。」其板式字體，極像明虎林容與堂刻本幽閨記，中央圖書館善本書目定此書爲明虎林刻本是對的。虎林即是現在的杭州。館藏的半部，現存臺北該館；吳先生藏本則久已不知流落何所。亡友凌景埏曾輾轉從吳先生處借鈔，我又用這個鈔本晒藍一部，三十餘年來，歷劫猶存；至少在臺灣應該是個孤本了。現在卽根據這個晒藍本及館藏原刻本，校點印行。有幾項說明，寫在下面：

一：原刻本眉欄有若干批註，絕大部分是註字音的，偶爾有一兩條說明唱法或考訂調名。鈔本把他們全部刪去，今不再據原刻補錄。因爲原刻只有十卷，補也補不全，而且這些批註對於一般讀者並沒有多大用處。

二：元明以來，曲家所謂「閉口」卽現代聲韻學所謂雙唇鼻音收尾的字，逐漸與舌尖鼻音甚至舌根鼻音混淆，到了明中葉以後，大部分人已不能辨別他們。所以原刻本遇到這種字，如今心南藍等，都在字外加圓圈，以提醒唱者與讀者，鈔本則用括弧代替圓圈。其他明中葉以後所刻曲籍，也有用這種形式的，這種形式，在木刻本並不太難看。現在用鉛字排印，字的形體較木刻縮小很多，而滿紙都是括弧，實在太刺目，而且爲了一般誦讀實無必要。所以我把這些「音符」一律删去。除了以上眉批及閉口符號兩項之外，排印本完全保持原刻本形式。

三：前十卷原刻本現存，照書排印就可以了，不需要甚麼校勘工作。原刻本只有一個錯字，在卷十，已根據其他曲選改正過來。第十一卷以下，鈔本每有脫誤而原刻不存，都根據其他曲選，如新編南九宮詞、南宮詞紀、吳歈萃雅、詞林逸響、吳騷合編、太霞新奏、南音三籟等書，補足改正，並在曲後註明。

四：原書有若干曲題爲無名氏作，今檢閱上述其他曲選，如查出作者姓名，即補註於後。這些書所題作者未必完全可靠。如有疑問，亦附帶提出，例如題名高明（則誠）的幾套即是。明代曲家專集如陳鐸的秋碧樂府、梁辰魚的江東白苧等等，我也都查閱過了，但對於以上三四兩項的校補工作並沒有甚麼幫助。

五：原書各曲之後每附有詞隱按語而並未署名，爲了便於識別，我新加的按語都冠以「騫按」二字。惟有校勘字句的各條，一望而知非原書所有，用不著加上這兩個字。

六：標點詞曲，很難適用新式標點符號，所以我標點本書仍用舊式，只分句逗兩項。斷句標準，以沈自晉的南詞新譜爲主，而以鈕少雅的九宮正始及吳梅的南詞簡譜爲參考。

總起來說，我對於此書校勘標點之外多少作了一些考訂整理的工夫，但限於時間及資料，作得不夠澈底，希望同好先進，惠予補充匡正。

亡友淩景埏先生，字敬言，江蘇吳江人，生於民國前八年，即清光緒三十年甲辰。蘇州東吳大學文學士，北平燕京大學文碩士。曾任燕京中文系講師、東吳中文系教授兼主任。當時燕大教員職稱跟現行制度不一樣，副教授等於資歷較淺的教授，講師等於副教授，助教等於講師，現在的助教在燕大叫作助理。敬言專攻詞曲，而經史小學都有很好的根柢。教書治學之餘，喜歡下圍棋，唱崑曲，喝幾杯紹興酒，頗有點蘇州名士風味。但是性情淳厚，行爲謹飭，對人處世外和而內剛，是個標準的品端學優之士。我與他在燕京同學同事，先後多年，過從甚密。民國三十六七年間，我在上海暨南大學教書，他在同濟大學兼課，每兩星期從蘇州來上海一次，我也偶然到蘇州去看他。這是我們最後的聚首。三十七年秋冬間我來臺灣，三十八年大局逆轉，他因家庭及交通工具關係，未能來臺。從此音信隔絕。五十一年我在香港新亞書院，才聽人說他已於四十九年在南京逝世，死因是被運貨馬車撞倒而引起腦溢血或腦震蕩。年僅五十七歲，一生未離開教育工作。他身體不太好，而晚年環境絕不適合於他的性情思想及生活方式；即使不遭意外，恐也會「夭其天年」。

敬言著作不多，三沈年譜之外，僅有詞曲論文數篇，刋載於燕京學報及文史雜誌。又有董西廂諸宮調註釋一書，乃是未完之稿，身後由旁人整理印行，書中一切未必都是他的本意。三沈年譜分載於燕大中文系編印的文學年報第五六七等三期，正是我們在燕大教書的時候。他的鄉土觀念頗重，三沈是他的鄉先賢，曲學又是他的本行，這三部年譜也就是他的精心用意之作。文學年報流傳不廣，早已不易覓得，所以我把他們付之重印，略見生死交情。更希望由此使研究詞曲及文學史的學者對於這一代曲學名家也是曲學世家能有更多的認識；在此以前，沒有更詳盡的三沈傳記。

承蒙友人王靜芝先生學棣蔡興濟先生允許由他們主持的北海出版社印行這本書，並覓人鈔寫，親任校對。流通古書固然是大家共同努力的目標；爲了亡友遺著和我所作的校點部分，謹在此對他們兩位深致謝意！

民國五十九年九月鄭騫跋於臺北寓廬之永嘉室

天樂正音譜跋

民國三十七年，余來臺北，與杭縣方杰人司鐸共事於臺灣大學，所居比鄰，時相過從。承以天樂正音譜一帙見示，凡南北曲九套，擬古樂歌二十章，吳漁山先生之遺著也。余於墨井道人，僅知其能詩文，擅繪事，與四王南田齊名藝苑，崇奉景教，信道甚篤；初不知其詩畫之餘，兼通聲樂，吹泠泠之玉笛，作琅琅之木鐸。今讀斯編，格律妥帖，機調圓熟，且復渾雅淵穆，聲希味淡，居然於南北曲中別闢新境。乃知才人之技，洵無施而不可，陸放翁所謂「才高遇事即崢嶸」者，漁山其庶幾乎。然常熟密邇吳下，順康上接啓禎，梁魏范袁流風未沫，漁山生長其間，耳濡目染，尋聲按譜，餘事能工，固亦時為之，境為之。觀其常以南中方音協韻，而北套未盡精純，即一證也。抑有進者：詞主抒情，曲兼敘事，俱不宜於說理。此編諸作，寓情於理，肫摯誠篤，如見耆年大德，耳提面命，自非學養深厚，藝與道合者，孰能臻此。往讀元無名人所為曲自然集，雜綴道家修鍊服食之言，儼同歌訣，鉛汞龍虎，姹女嬰兒，觸目紛陳，徒能引睡；以視漁山此作，相去誠不可以道里計矣。原書為鈔本，寫工拙劣，脫誤滿紙。遂與杰人共檢舊譜，分析正襯，脫者補之，誤者訂之，雖有闕疑，庶堪誦讀。舉凡形近之誤，同音之訛，皆為校出，不避纖瑣；則杰人保存原鈔眞象之深意存焉。編中多述天主教理，兼詠儀式，非教外人所能縷悉；且世變方亟，散亡可慮。杰人乃復引據經典，詳為注釋，付之排印，藉廣流傳，蓋所以弘教旨，振宗風，若夫文字技巧之末，猶屬第二義也。以余曾效微勞，命識數語，爰抒所見，質諸世之博雅君子。其擬古樂歌二十章，高古雅健，亦有漢魏樂府之遺風云。三十九年仲秋，鄭騫謹跋於臺北龍圖里寓廬。

陳著詩詞論叢序

從事於古典文學有三條路可走：創作、評論、考據。創作需要超逸的才華，深厚的性情，還要有適當的環境與經驗，是件可遇而不可求的事。考據最爲簡單，只要頭腦清楚，肯查書，手勤眼快，就可以有很好的成績；但其結果往往與文學本身無關，愈考愈遠，都是些題外文章。只有評論，既可以闡發前言，亦可申述己見，上接古人，下啓來學，比創作容易把握，比考據切合文學本質，是一條康莊大道。能夠自成一家之言的文學評論，當然是談何容易；至於一般性的批評與闡釋，則至少是初涉文學藩籬者最好的練習，以後或順著這條路線繼續下去，或轉入創作、考據，都很方便，因爲多作評論文字，可以養成明確的眼光，清晰的頭腦，與陳述的能力，熟能生巧之後，還可使「筆鋒帶有情感，」這些都是創作及考據的共同基礎。

陳曉薔女士是國立臺灣大學中文系高材生，畢業之後，先在淡水中學任教，近五年來，一直在東海大學中文系擔任助教，佐理系務及授課之餘，勤於誦讀，在系中諸前輩指導之下，寫了若干篇有關宋代詩詞的文章。現在又經他們鼓勵，把這些文章彙集成册，刋印問世。全書近十篇，都是上文所謂批評闡釋性的文章，見解正確，分析詳明，文筆則流利暢達，不但已够一般寫作所需要的水準，而且更超過了些。這本集子出版以後，可以藉此獲得先進們的教益，朋輩的切磋，也可以使比她年輕的學子們得到啓發。在作者自己來說，這是一件很值得歡欣鼓舞的事。作者曾上過我的課，有將近十年的師生之誼，所以她來請我寫一篇序，我也就不作推辭而欣然執筆。我相信作者一定能順着這個路線繼續努力，以求獲得更高更多的成就，而滿足各方對她的期待。

民國五十年初夏，鄭騫序於臺北龍安坡寓廬。

羅著南北曲小令譜序

行世南北曲譜，可分兩類：取傳唱之曲，標注工尺板眼以供嘌唱者，謂之唱法譜，又曰音樂譜，如遏雲閣曲譜、集成曲譜是。按調列曲，分其句讀，示作者以規模，不注工尺板眼，或僅注板眼而無工尺者，謂之作法譜，又曰文字譜，如太和正音、北詞廣正、南詞新譜等是。今羅君錦堂之南北曲小令譜，則作法譜而兼備曲選之用者也。舊有作法諸譜，皆僅有例曲，別無注釋。一調之中共若干句，每句各若干字，某字應平，某字應仄，某字平仄不拘，仄聲之中或應作上或應作去，某句協韻，某句則否；凡此諸端，不僅爲操觚之準繩，亦爲上口之途徑。舊譜既未詳細說明，學者亦惟有執例曲而反覆揣摩之，暗索冥搜，事倍功半。向來作曲者之所以常感無所適從，讀曲者之每覺棘喉澀舌，正爲此耳。羅君此書，於前述諸端，析訂正確，解說詳明，綱舉目張，洪纖悉備，而定格之外，廣收例曲，不惟求其規律之謹嚴，尤注意其文字之美妙，是卽予所謂作法譜而兼備曲選之用者。初學之士，手此一編，細心閱讀，則無論寫作吟諷，自然如履康莊，有得心應手之樂。範圍所及，雖僅小令部分，而津逮初學，卽此已足；他日倘能徧及諸調，撰成全譜，以進於專門之業，則尤予所企望者！羅君英年嗜學，鍥而不舍；十餘年來，由學士而碩士而博士，予皆忝任導師，應求濡呴，誼兼師友，於其書之成也，固樂爲之序。

癸卯歲暮鄭騫序於臺北寓廬。

羅著中國戲曲總目彙編序

曲在中國各種文體之中，發展最晚，地位最低。無論散曲戲曲，以前的人只拿他們當作小道末技，偶一讀之，偶一爲之，不成主流，更非正統。把曲的地位提高到與詩賦駢散文一樣，對曲學作有系統的敍述，大規模的研究，乃是近五六十年來中國文學受西洋影響以後的事。起初敍述研究的對象是戲曲，漸漸散曲也跟着沾了光。風氣這種東西，向來是一發而不可遏止的，所謂「風起雲湧」。研究曲學既成風氣，於是多年沉埋的曲籍陸續發現了，有關曲學的著作逐漸增多了；而曲學著作幾乎全是「述而不作」，創作的東西簡直是鳳毛麟角。因爲，曲這種文體技巧上的要求太多，限制太嚴，尤其是聲律方面，常使人有束手縛足之感。古人環境適宜，時間充裕，依聲守律已經習慣而成自然，還是不能多產。現代人的生活已不是舊體文學所能敍述描寫，現代人的思想感情已不是舊體文學所能表現；規矩比較自由，體製比較濶大的五七言古詩及駢散文，已不能完全適合現代寫作的需要，何況精緻而頗嫌狹窄的曲。所以，時至今日，舊體文學只是供研究欣賞的學問或藝術品，而不是供寫作之用的工具，曲尤其是如此。

從事文藝創作，可以專靠天才與經驗，暗中摸索，開徑獨行；「及其用力既久，而一旦豁然貫通焉」，就可以成爲作家。研究學問則不能如此，必須有門徑，有方法，否則事倍功半，要走許多寃枉路，有時甚致茫然無所適從。所謂目錄之學，是作學問的重要門徑之一，正如同到圖書館去看書，要有一份詳備的書目。想要作某種學問而不知有關此種學問都有甚麼書，如何能行？從前的書目，如書目答問、國學要籍解題、國學參考書目之類，大致都不出「四大部」卽經史子集的範圍，曲學書籍是不登這樣的大雅之堂的。曲學昌明已有半個世紀，有關曲籍的書目也出版了一些，但還沒有一部綜合詳備的目錄，這是學術界一大缺憾。羅錦堂君這本總目，卽是爲了彌補這個缺憾而編纂的。我雖沒有看過他的全稿，但根據他寄來的目錄及我十餘年來對他的了解，我相信這應當是一部體例周詳，網羅弘富，記錄前人成果，開啓後人門徑，切實有用的工具書。此書一出，一般曲學研究者得以人手一編，按圖索驥，左右逢源，實在是對於文學的一大貢獻。兩年以前，錦堂的南北曲小令譜出版，我曾給他作序，現在又有機會介紹這一本書，對我個人來說，這是非常愉快的事。

中華民國五十五年春日，鄭騫序於美國康州新港耶魯大學。

吳著微波集序

文猶水也而水與水不同。波濤汹湧是水，漣漪蕩漾是水，杜牧漢江詩所說「溶溶漾漾白鷗飛，綠淨春深好染衣」是水，朱熹觀書有感詩所說「半畝方塘一鑑開，天光雲影共徘徊」也是水。這四者，或爲壯觀，或爲美景，大小，動靜，各異其趣，而其爲引人入勝的賞心樂事則是一樣。我最喜歡杜牧那首詩，單憑溶溶漾漾四個字的聲音，卽可想像到一江春水在夕陽映照之下「無語東流」。

吳君宏一把他過去所寫散文若干篇編成一本集子，名爲「微波」，「微波」於去年問世，現在又要發行再版了，要我寫一篇序。「微波」這個集名使我聯想到上面所說水的四種形態。吳君的文筆與思路，清新澄澈，靜止時是涵空倒影的半畝方塘；有時「風行水上」就會蕩起一片漣漪。這樣的文章，不是拍天裂岸的驚濤駭浪，宏一不適合於向這方面發展。文各有體，人各有才，勉強不來的。清池裏一片漣漪並不遜於一江溶漾的春水，半畝方塘並不遜於萬頃烟波。「境界有大小，不以是而分優劣」。重要的是能永久保持其清新澄澈。怎樣保持，則是朱子那首詩的後一半：「問渠那得淸如許？爲有源頭活水來。」多讀，多寫，常去感受，常去體驗，卽是源頭活水。這些活水一定能使「微波」不僅再版，而且繼續有新作品，新集子，像石頭抛擲在水面上激起的波紋，一個圈接一個圈的連下去。

民國五十六年五月鄭騫序於臺北。

中華語文叢書

景午叢編（上編）

作　　者／鄭　騫　著
主　　編／劉郁君
美術編輯／臺灣中華書局編輯部

出 版 者／台灣中華書局股份有限公司
發 行 人／張敏君
行銷經理／王新君
地　　址／11494 台北市內湖區舊宗路二段181巷8號5樓
客服專線／02-8797-8396　　傳　真／02-8797-8909
網　　址／www.chunghwabook.wordpress.com
匯款帳號／兆豐國際商業銀行　東內湖分行
　　　　　067-09-311980　台灣中華書局股份有限公司

法律顧問／安侯法律事務所
印刷公司／秀威資訊科技股份有限公司
版　　本／2015年11月再版一刷
定　　價／NTD 960（精裝）

國家圖書館出版品預行編目（CIP）資料

景午叢編（上編）／鄭騫著. -- 再版. -- 臺北市
：臺灣中華, 2015.11
　冊；公分. --（中華語文叢書）
ISBN 978-957-43-2902-1(上編：精裝).

1.文學通論　2.文學評論

848.6　　104020683

NO.H2018-1Q
ISBN 978-957-43-2902-1（精裝）